U0468571

有爱的青春陪伴者

小情密 〔上册〕

竹枳/著

江苏凤凰文艺出版社

图书在版编目（CIP）数据

小情窦：全2册 / 竹枳著. -- 南京：江苏凤凰文艺出版社, 2024. 11. -- ISBN 978-7-5594-8957-9

Ⅰ. I247.5

中国国家版本馆CIP数据核字第20247FN413号

小情窦：全2册

竹枳 著

责任编辑	王昕宁
特约编辑	狐小九
出版发行	江苏凤凰文艺出版社
	南京市中央路165号，邮编：210009
网　　址	http://www.jswenyi.com
印　　刷	长沙鸿发印务实业有限公司
开　　本	880mm×1230mm　1/32
印　　张	18
字　　数	572千字
版　　次	2024年11月第1版
印　　次	2024年11月第1次印刷
书　　号	ISBN 978-7-5594-8957-9
定　　价	65.80元

江苏凤凰文艺版图书凡印刷、装订错误，可向出版社调换，联系电话025-83280257

上册目录 /

第一章　再遇祁岸　　　　　　　　/001

第二章　不能说的秘密　　　　　　/030

第三章　她分手了　　　　　　　　/058

第四章　为她保驾护航　　　　　　/086

第五章　自作多情　　　　　　　　/114

第六章　曾经，曾经　　　　　　　/142

第七章　他的温柔　　　　　　　　/171

第八章　假扮情侣　　　　　　　　/199

第九章　他的小蝴蝶　　　　　　　/227

第十章　报复　　　　　　　　　　/256

下册目录 /

第十一章 轻轻的吻　　　　　　/283

第十二章 祁岸的告白　　　　　/312

第十三章 甜蜜犯规　　　　　　/338

第十四章 往日的真相　　　　　/367

第十五章 奇妙心事　　　　　　/396

第十六章 带她回家　　　　　　/425

第十七章 他的梦想成真　　　　/455

番外一　　　　　　　　　　　　/486

番外二　　　　　　　　　　　　/542

独家番外　　　　　　　　　　　/563

第一章
再遇祁岸

五月的北川市已然进入了夏季。

下午四点半,暴雨将至,簌簌凉风裹挟着风雨欲来的湿冷,吹动繁茂的枝叶,摩擦出细微的沙沙声。不多时,雨水席卷,噼里啪啦地敲在窗上,汇聚成透明的水流。

宋枝蕙在键盘上敲出最后一个字,终于停下,从图书馆六楼的窗户向外望去。

天色晦暗,大雨瓢泼而下,与安静的室内俨然划分为两个世界。

手机在此时响了一声,宋枝蕙收回神,看到闺密蔡暄发来的微信。

蔡暄:宝贝疯够了没?什么时候回来?说好今天陪我吃火锅,可别放我鸽子啊!

被蔡暄一提醒,宋枝蕙这才想起来两人几天前的约定。她长睫轻颤,葱白的指尖在屏幕上跳跃。

宋枝蕙:暂时回不去,下雨了,我没带伞。

蔡暄:啥意思?你今天还没回学校?

宋枝蕙:我今天一直在图书馆。

蔡暄:啊?我还以为你跟何恺在一起。

宋枝蕙眼底划过一瞬的惘然,沉默一会儿,还是说了实话:没,我和他吵架了。

何恺是宋枝蕙交往了三年的男朋友。因为交往三周年纪念的事,两人在几天前吵了一架。

那天,何恺的少爷脾气上来,当着很多路人的面,指着宋枝蕙,丢了一句:"你真是我见过的最不知好歹的!"随后便怫然不悦地上了他那辆新买的豪车,把她一个人留在人来人往的商业街。

之后,两人开始冷战,今天是第三天。

得知情况,蔡暄无语,十分仗义地说来图书馆接她。

宋枝蕙本想拒绝,但这雨下了好半天都没有要停的意思,她只好答应。还好宿舍楼离图书馆不远。

两人约好后,宋枝蕙收拾东西下楼。乘电梯时,旁边还有一个女生。电梯刚到一楼,宋枝蕙就听见那女生给男朋友打电话撒娇:"不嘛,我就要你接,哪有男朋友不管女朋友的?你是想让我感冒吗?"

那头的人不知说了什么,哄得那女生眉开眼笑:"好啦,我在大厅门口等你,到时候奖励你一个大大的拥抱。"说这话时,电梯门开了,那女生越过宋枝蕙。

宋枝蕙下意识地看了一眼,女生的长相并不出彩,可眼里溢出来的甜蜜却让她看起来明亮又鲜活。

莫名的情绪涌上心头,宋枝蕙的眸色变得晦暗。

蔡暄赶到图书馆时,暴雨已经转为蒙蒙细雨,她踩着一路湿泞拾阶而上,一眼就看到身穿浅色衣裙、留着披肩长发、正抱着书站在门口的宋枝蕙,宛如一株浸润春雨的茉莉,纯洁清丽。

看到蔡暄,宋枝蕙素淡的脸上立刻绽放出绵软的笑。

每次看见宋枝蕙笑,蔡暄都会真情实感地感叹——天哪,这姑娘也太会长了吧!

细眉弯弯,眼形秀气偏长,一双眸子圆润乌黑,鼻翼小巧漂亮。

是那种清媚的长相,又因饱满的唇形显出几分稚气。

凭借这样的外貌,宋枝蕙刚进入大学,就斩获北川大"校花"的名号。

但她性格实在内敛,就算有漂亮的资本,也被渣男当成软柿子拿捏。

蔡暄打心眼儿里为这姑娘鸣不平。两人刚到校外的火锅店坐下,她就忍不住开骂:"何恺也真是的,动不动就耍脾气搞冷战,他当谈恋爱是过家家吗?"

服务员在这时送上菜单,宋枝蕙接过来,声音温暾:"这次吵架也不全怪他吧。"

整理雨伞的蔡暄抬头:"啥?"

宋枝蕙拿着铅笔在菜单上点着菜,顺便把事情原委缓缓道出——

为了庆祝两人在一起三年,何恺特意定好行程,打算带宋枝蕙出国玩,谁知宋枝蕙的外婆忽然生病,需要人照顾。宋枝蕙的舅舅和舅妈还要看顾烧烤店的生意,只有宋枝蕙有时间和精力。

"何恺当时的意思是,他找护工照顾我外婆,而我跟他出国。"宋枝蕙把菜单交给服务员,"但我不放心。"

蔡暄恍然:"就为这事啊?至于吗?你俩换个时间不就得了。"

宋枝蕙牵起一抹牵强的笑:"我也是这么说的,但何恺说他受够了。"

其实也不怪何恺不满。两人在一起三年,宋枝蕙几乎没怎么好好陪过他,平时不是上课就是兼职,只把很少的时间拿出来恋爱。

"说实话,我一直觉得你俩不合适。"往火锅里下肉时,蔡暄不过脑子地说,"之所以能谈这么久,无非是一个有别的消遣,另一个也不大上心。"

这话一出,宋枝蕙端着热茶的手没拿稳,杯子差点儿掉到地上,热茶洒了大半,烫得她手背发红。

蔡暄忙递给她纸巾。宋枝蕙秀眉微蹙,把杯子重新摆到桌上,用纸巾擦了擦手,说了句"没事"。

蔡暄这才反应过来自己刚刚的话有多令人觉得刺耳,她有些许尴尬,不由得撇开脸,视线却忽然定格在玻璃窗外的某处,下意识地惊叹一声。

宋枝蕙抬头,顺着蔡暄直勾勾的眼神看过去,只一眼,就看到街道对面那抹颀长恣意的身影。

稀薄的日光洒在男生凌厉英挺的侧脸上,衬得他皮肤冷白。他一头短发干净利落,肩宽腿长,正慵懒地靠坐在咖啡厅的户外座位里,垂着眸,修长的手指夹着半根烟,漫不经心地拨弄着手机。

他旁边是两个"潮男"和一个身穿粉色紧身裙的"辣妹"。三个人嘻嘻哈哈,他却不参与,看上去玩世不恭又倨傲冷冽,却又俨然是人群中的C位。

两家店面距离实在近,即便隔着街,宋枝蕙也能清楚看到他左手突出的腕骨上戴着一只眼熟的乌银手环。

如果她没记错,那手环的外侧,应该刻着一串梵文。

这时,蔡暄不可思议地嚷嚷:"那不是祁岸吗?是不是?"

在北川大，无人不知祁岸。

他是校投资方的长子，也是学校里最出名的风云人物，只有他才能诠释，什么叫有颜有钱、桀骜不羁又出类拔萃。

据说，他未成年时就夺得过国外马术比赛的冠军，大学刚入校就有影视公司要签他。进入大学后，他用每年拿到的奖学金去资助班里最贫困的同学。他这样优秀，玩起极限运动也毫不手软，又狂又野。不仅如此，他手下还打理着个与极限运动相关的俱乐部。

学校里的女生只要提到他，都是一脸触不可及的向往和倾慕，也包括蔡暄这个"花痴"。

短暂怔忡后，宋枝蕙找回自己的声音："嗯，好像是。他为什么会出现在新校区？"

"你不知道吗，咱们学校要合并了。"蔡暄解释，"老校区的地皮被卖了，那边的专业都得挪过来，就这阵子的事。"

换言之，祁岸出现在这儿并不是偶然，因为他以后都要在新校区上课。

宋枝蕙听完，一时怔忪。

蔡暄却看得意犹未尽，继续说："那是他女朋友吗？前凸后翘的，果然帅哥都喜欢这款。

"说真的，祁岸本人比论坛里的抓拍照片还要帅，不愧为宝藏级帅哥，看着那张脸就让人流口水。

"等等，他开的那车我特别喜欢，新款得要四百来万呢——"

感叹间，蔡暄拽着宋枝蕙的袖子，强迫她跟自己一起看。

宋枝蕙拗不过蔡暄，再次侧头，刚巧看到祁岸一行人坐上一辆敞篷豪车——两个男生很自觉地坐上狭窄后座，"辣妹"则上了副驾驶座。

身高腿长的祁岸把玩着一串车钥匙，面色倜然地上了车，单手刚搭上方向盘，旁边的"辣妹"就拿过一杯拿铁，笑眯眯地把吸管朝他嘴边递。

祁岸嫌弃地偏了下头，下一秒，他像是感知到什么，狭长的眼睛毫无预兆地朝宋枝蕙的方向望来。

视线即将相接的一瞬，宋枝蕙的心脏悬起，几乎条件反射地别开视线。

蔡暄却丝毫未觉，甚至在祁岸看过来时，捂嘴发出忸怩的怪叫："天哪，他居然看到我了？好害羞！"

宋枝蕙没说话。

几秒后，那辆豪车穿过这条狭窄的街道绝尘而去。

宋枝蕙再抬头时，祁岸顾长的身影和那道若有似无的目光早已消失不见。

只依稀捕捉到那辆豪车，在街角飞速掠过的车影。

这顿饭是宋枝蕙请的，理由是感谢蔡暄冒雨来图书馆接她。

蔡暄酒足饭饱，摸着圆滚的小肚皮嚷嚷着要回宿舍带她打游戏。不想两人刚从火锅店出来，宋枝蕙就接到何恺母亲的电话。

宋枝蕙虽然与何恺的感情一直磕磕绊绊，与何母却相处得很好。因为何恺有变异性哮喘，何母经常会给她打电话，关心她和何恺的生活，并叮嘱她多照看一下何恺。这次找她，也是因为何母在朋友圈得知何恺感冒，心里着急却联系不上他。

何母本以为他们俩在一起，没想到宋枝蕙抱歉地说："没有阿姨，我今天在学校。"

何母很惊讶："啊？我还以为你们两个在旅行。"

宋枝蕙抿唇："忽然有事取消了。"

何母似是察觉到不对，倒也没细问下去，只说让她去趟何恺那儿，给他送点感冒药和吃的，还说："这孩子粗心大意，说不定都没起床，我怕他烧坏了，有你在身边照顾他，我也放心。"

蔡暄在旁听到这话，翻了个大大的白眼。

宋枝蕙指尖蜷了蜷，有些犹豫。但想到何恺生病，她又有些担心，最终只能答应过去。

挂断电话，宋枝蕙跟蔡暄说明情况。

蔡暄一脸"我就知道"的表情，但走之前还是多嘴了一句："别这么快和好啊，省得便宜了那孙子。"

宋枝蕙笑了笑："我知道的。"

两人在校门口分别，宋枝蕙去了趟药店，又去了超市，随后才打车前往何母在大学城附近给何恺购置的 loft 公寓。

这套公寓刚买没多久，宋枝蕙也是抵达小区后，才发现自己不大记得何恺公寓的门牌号。偏偏这会儿何母的电话打不通，她与何恺的朋友又都不来往，根本找不到人询问。

最重要的是，她也不想见何恺，并且不想给他打电话。

思来想去，宋枝蕙只能前往门卫室，跟保安大叔说了些好话，让他代为保管转交。

或许是何恺平日太招摇，大叔很快就记起他是谁："1109号房那小子啊。"

宋枝蕙这才想起门牌号，但这会儿她已经彻底不想上去了，只是忍不住问了句："他怎么了？"

"也没怎么，"保安大叔笑着说，"就是经常看到他大半夜喝得醉醺醺的被送回来，还带一群男男女女，有时候玩到太晚，被邻居投诉。"

一股不可名状的情绪像棉絮般堆积在心口，宋枝蕙牵强一笑。

保安大叔倒也痛快："东西存这儿也行，但是你得登记一下。哎，登记本呢？"说着，他在略显凌乱的桌面上翻找起来。

宋枝蕙说了句"不急"。不想话音刚落，身后倏地响起短促刺耳的鸣笛声，突兀得让她神经一绷。她下意识地偏头望去，然后就看到一辆眼熟的黑色烤漆豪车，缓缓停在大门口的栏杆前。

然而，宋枝蕙的思绪还未来得及反应，手里拎着的装水果的塑料袋却在这时不堪重负地突然断裂。原本坠坠的力骤然一松，袋子里的苹果、橙子、山竹一股脑掉出来，噼里啪啦地落在地上。

宋枝蕙的喉咙里下意识地溢出一声轻呼，蹙着眉头，第一时间弯腰去捡。

不想车门在这时打开，一双复古混色限量款球鞋踏在地面，再往上，是两条笔直修长的腿。刚巧有两颗不知好歹的圆橙咕噜噜地滚到他脚边。

视线顺着两颗橙子望去，宋枝蕙捡水果的手一僵。

这一霎，距离实在近，她几乎避无可避地抬眼望着眼前身姿挺拔的男生，呼吸也不由得紧促。

他的一双眼睛内勾外翘，眸子漆黑，眼皮褶皱浓且深。他瞥了眼脚边的橙子，随手关上车门，而后才慢条斯理地抬眼，居高临下地看向宋枝蕙。

他分明是冰冷的表情，眼神却和几年前如出一辙，嚣张中带着痞气，却专注而深邃。深邃到让人很容易就误解为——那是一种克制的、凝重的、让人迷失的深情。

对视两秒，宋枝蕙缓缓直起身，屏息凝神又自我防御地退了一小步。

或许是她此刻的窘态让人误会，就在这个瞬间，她听到祁岸阔别三年的、混着沙砾感的磁性嗓音在她头顶荡开——

"你来得不巧。"祁岸一瞬不瞬地望着她，仿若隐匿着某种情绪，语调低沉又漠然，"何恺这会儿不在。"

开场白来得太突然，宋枝葱迟了两三秒才反应过来，她确实是在何恺小区门口，与祁岸重逢了。

或许"重逢"这个词并不准确，毕竟这三年，祁岸的名字一直存在于她的生活中，只是两人从未有过正面的交集。

无言的尴尬上涌，宋枝葱有片刻失语。好在这微妙的一瞬被车那端冒头的矮个男生打破。

他略显惊讶地说："这不是枝葱妹子嘛，好久不见啊！"

男生这话说得油腔滑调，就好像宋枝葱和他很熟似的。祁岸淡淡地瞥了他一眼，那男生嘿嘿一笑。

宋枝葱这才认出对方是谢宗奇，是祁岸与何恺的共同朋友，平时不是跟何恺那群人混在一起，就是跟在祁岸身后扑腾。之前何恺带宋枝葱参加聚会时，宋枝葱见过谢宗奇两次。

谢宗奇热情地招呼："傻站着干吗？怎么不进去？"那语气，明显以为是何恺把她叫过来的。

宋枝葱面色薄红，摇了摇头："我只是来送东西。"

她的声音清软，偏甜，引得祁岸的目光在她脸上停顿几秒，他忽然开口："你可以进去等，他过会儿应该会回来。"

他的语气沉着，声音慵懒又富有压迫性。

宋枝葱与他对视一秒，很快转开视线，动了动唇："不了，我还有事。"说完，她蹲下身，继续拾地上掉落的水果。

祁岸低头看去。谢宗奇"哎"一声："这咋掉了一地？"赶忙身体力行地帮宋枝葱捡。

宋枝葱刚想说不用，就见祁岸屈着长腿半蹲下，低头露出一截修长白净的脖颈，骨节分明的手将地上的橙子逐个拾起，继而起身，迤迤然走到她身前。

顷刻间，幽冷的檀香尾调混着一点发涩的尼古丁味侵入她的鼻腔。

宋枝葱抬眸，看到他修竹般的手握着几颗橙子递过来。

祁岸居高临下，说："接。"

精神莫名紧绷，宋枝葱拘谨地接着橙子，一颗一颗地放到帆布包中。

祁岸倒也耐心，她接一颗，他递一颗，两人的指尖也因此触碰。

是微凉的，属于男性的触感，让宋枝葱如同遭受小幅电击。她心情微妙,那句"谢谢"也忽然哽在喉中,只觉帆布包沉甸甸的,坠得她心里发堵。

不多时,谢宗奇兜着一堆水果回来,一股脑地倒进她的帆布包中。宋枝蕙这才反应过来,她刚才明明也可以让祁岸这样。

她耳根发热,轻轻说了声谢谢。

刚巧保安大叔叫她:"姑娘,过来登记吧,好不容易找到了本子。"

宋枝蕙这才记起来这边的目的。她回到窗口,犹豫了下,只把药递过去,而后才接过笔,在本子上写下自己与何恺的姓名和联系方式。

听她礼貌道谢,保安大叔"嘻"了声:"谢什么,应该的。"

祁岸走上前,衣袖不经意间拂过宋枝蕙,用指节敲了敲窗沿:"叔,麻烦抬下杆,我们是1109号房房主的朋友,进去吃个饭。"

闻着他身上好闻的味道,宋枝蕙轻轻一哽,下意识地退离几分。

保安大叔愣了愣:"那你们是一起的啊?"

保安大叔对宋枝蕙说:"你让他帮你转交不就得了?"

谢宗奇也搭腔:"不然你跟我们一起进去吧!"

他话落,祁岸凝眸向宋枝蕙瞥去一眼。

迎着两人的目光,宋枝蕙抿了下唇:"不了,我真的有事。"随后像是刻意回避什么,她冲两人略一颔首,丢下一句"我先走了",便像一阵风,快步越过两人而去。

谢宗奇摸不着头脑:"跑这么快干吗?我们又不吃人。"

祁岸伫立在原地,就这么不动声色地望着宋枝蕙离开的背影,直到那抹身影消失在街口的转角,才收回深远不明的视线。

从何恺的小区离开,宋枝蕙一口气走到隔壁街的公交车站。眼下天色暮霭沉沉,她站在稀疏的人群中,一面等回学校的公交车,一面给何母发信息:我去找他,他不在,我就把药给他留下了。他应该没事,阿姨请放心。

发送完毕,她又想到什么,找到与何恺的对话框,指尖慢吞吞地敲了几句话:帮你买的感冒药我放在了小区门卫室,记得去取。有空给阿姨回个电话,她很担心。

刚巧等的那趟公交车来了,宋枝蕙迅速把何恺的微信设为免打扰,熄灭手机,而后才随着人流上了车。

看到信息时，何恺刚拎着两大袋奶茶回到1109号房。

他出门前喧闹放纵的公寓一楼此刻平静得诡异，只有楼上传来打桌球的杂音，以及并不大的说话声。

谢宗奇听到关门的动静朝楼下看去，一眼就瞥到站在门口看手机的何恺。

"你可算回来了。"谢宗奇来到他身边，接过两大袋包装好的饮品，"你再不回来我们都要饿死了。"

何恺抬眸，那张"少爷脸"难得严肃："宋枝蒽来过？"

谢宗奇纳罕："你不知道？不是你让她来的？"

何恺有点儿烦躁地上楼："我跟她吵架了。"

谢宗奇如梦初醒，道："我说呢，刚刚我和岸哥劝她进来等你，她不进来。"

何恺顿住："她和祁岸？"

"是啊。岸哥还帮她捡橙子呢。"

何恺神色古怪，谢宗奇却浑然未觉，噔噔两步上楼，喊："奶茶来了，先到先得啊！"

男生们插科打诨地开玩笑："妞儿都被赶跑了，谁还喝这玩意儿。"

何恺蹙眉来到二楼，视线越过几人，看到在沙发那边手里拿着飞镖，漫不经心地扔着玩的祁岸。

男生侧颜利落英气，长身鹤立，桀骜不驯，即便是随意地站在那儿，身材也依然挺拔有型。他看上去扔得漫不经心，但能让每支飞镖都带着破风的力道精准扎在靶心。

何恺看着他，欲言又止。

发完饮品，谢宗奇走过来低声提醒："岸哥今天心情不好。"

何恺看着谢宗奇，谢宗奇又说："就刚刚那会儿，我和岸哥进来，碰上邱恒在那儿和一个妞儿亲热，岸哥看到直接让他俩滚。见他发火，老秦也赶忙把别的妹子都送走，还在路上的也不让来了。"

正因为这事，聚会才变得如此冷清。但大家都敢怒不敢言，因为他们的身家地位比不过祁岸，没人敢得罪他。就连这场聚会，也是他们暗地里在拉帮结派，要不是何恺和谢宗奇在中间牵线，有些人就算铆足力气也巴结不到祁岸。

谢宗奇好言相劝:"别放心上,岸哥这脾气你知道,他眼里容不得沙子——"

听到两人说话,另一个男生也凑过来,揽上何恺的肩膀:"可不嘛,咱哥几个在一起照样开心,而且过段时间你生日,到时候你是寿星,你想怎么办都随你,别说喊几个妞儿了,就算点炮仗我都支持你!"

祁岸似乎听到了,扔飞镖的手一顿,目光朝几人意味不明地瞥来,看似蜻蜓点水地一落,却让何恺心里发毛。何恺一时暴躁上头,甩开那男生的手:"喊什么喊,我有女朋友!"

话音落下,何恺转身就走,留下两人面面相觑。

那边的祁岸收回漫不经心的目光,抛出的飞镖"咚"的一声,再度正中靶心。

宋枝蕙回到宿舍时,天已完全黑透。

她住的是混寝四人间,四个人来自不同专业,但相处得都不错。

见她回来,室友苏黎曼八卦地打趣:"我亲爱的仙女蕙,你家何恺这是终于舍得放你回来了?"

宋枝蕙笑了笑,走到桌前把包里的水果拿出来,挨个分到她们桌上。到室友林洋时,宋枝蕙敲了敲她的床位。打游戏的林洋匆忙接过,说了声"谢谢"后赶忙投身"战斗"。

在卫生间的蔡暄冒出半个头:"找到何恺了?"

宋枝蕙摇头:"去得不巧,他不在。"

蔡暄蹙眉:"感冒了都不老实待在家,这人也太不靠谱了吧!"

宋枝蕙打开电脑,说:"随他吧。"话说得潇潇洒洒,仿佛并不在意。蔡暄是真看不透她,也没法说什么,只能任由她去。

宋枝蕙却身体力行地证明她并不是在说气话。熄灯前两个小时,她心无旁骛地赶完兼职翻译稿,随后洗了澡,吹干头发,上床睡觉。

只是这一觉睡得并不安生,她梦到畴昔种种,临近凌晨才彻底沉睡。

宋枝蕙不知在床下充电的手机闪了好久,还是苏黎曼第二天早上告诉她:"昨晚何恺一直给你打电话,你的手机闪得我睡不着。后来我实在受不了,就替你接了,你别介意哈。"

宋枝蕙愣了愣,第一时间说抱歉。

"没事啦。"苏黎曼用娇软的南方腔调道,"你倒是快给何恺回个消息吧,感觉他都要急死了。"

纤长的睫毛垂下,宋枝蒽点开微信,看到何恺昨晚发来的唯一一条信息:你来之前怎么不告诉我一声?

依旧是那趾高气扬的少爷口吻。急吗?她怎么不觉得。

宋枝蒽不动声色地熄灭手机,一上午都没给何恺回复。

大三的日语系课程格外多,上午有两节选修课,下午还有两节很重要的专业大课。

和她比起来,经管系的蔡暄尤为自在,在宋枝蒽熬第二节大课时,蔡暄已经回了宿舍享受生活。

下课后,宋枝蒽对着蔡暄发来的"吃薯片看平板"的照片回了句:阶级敌人。

蔡暄:"阶级敌人"今晚请你吃西餐,去不去?

蔡暄:我们系联谊,正好帮你找个新男友。

蔡暄:别说我不爱你哈,你的那份钱我帮你出了。

宋枝蒽随着人流往外走,回复:不了,我晚上有事。

蔡暄:你不会这么快就和渣男和好了吧?

宋枝蒽指尖顿了下,实话实说:今晚我要给烧烤店帮工。

舅舅和舅妈的烧烤店是小本生意,没有雇人,临近周末客人多时,宋枝蒽就会过去帮忙,偶尔还会给室友们带回一些烤串和小龙虾。

不想麻烦舅舅、舅妈,宋枝蒽在学校吃过晚饭才伴着绯色晚霞前往烧烤店。

这晚生意不错,一桌又一桌的客人把小小的门市房填得满满当当,刚布置好的户外座位也坐了两桌客人,屋里屋外都是香味四溢的人间烟火气。

舅妈忙不过来,让宋枝蒽负责点菜和收银。正当两人交接时,一辆黑色烤漆豪车招摇地停在小店门口,卷起一片飞扬的尘土。

或许是这辆车的价值和这家店的风格太不匹配,不管是店内还是店外的客人,都不约而同地朝车子望去。

夜色中,泛着冷光的车窗降下,玉琢似的白净手指夹着一点猩红,骨节分明,随意搭在窗沿,指间香烟的白雾袅袅飘散。

随后,车门被打开,几个男生下来。

宋枝蒽的舅妈发现情况立马过去招呼:"来来来,里边请!"

理着小票的宋枝蕙这时停下动作，朝门口望去，原本放空的目光，也在下一瞬倏然聚焦。视线所及之处，是男生屈着长腿从驾驶位迈下，他身穿黑色T恤，肩宽腿长，劲拔高挺，戴着乌银手环的那只手攥着一串车钥匙和一盒烟。他那张冷冽又玩世不恭的俊脸，带着倨傲又慵懒的气质。

就像蔡暄形容的那样——明明长相精致到女生都自叹不如，气质却是浑然天成的痞帅不驯。

宋枝蕙精神紧绷，怎么都没想到，北川这么大，她居然会在这里见到祁岸。

然而惊讶还未过去，以祁岸为首的几人就在宋舅妈的安排下，落座于门口左边的露天餐桌旁。不知是有意还是无意，祁岸落座的位置，刚好正对收银台。

闪烁的霓虹串灯下，他食指夹着烟，跷着腿靠坐在椅子上，漫不经心地拿着简陋的菜单看着。几个男生瓜分走了他烟盒里剩下的烟，没几秒，餐桌周围就变得烟雾弥漫。

不知谁说了什么，几人哈哈笑起来，祁岸也在烟雾后浅勾起一边嘴角，露出一个不走心的笑。

这时，游走在两桌客人间的宋舅妈朝店里喊了一声："枝蕙啊，过来帮我点下餐！"

祁岸闻言一顿，于烟雾缭绕中缓缓抬起眼。幽邃的视线穿过光影与月色的层层屏障，就这么不经意地与宋枝蕙撞了个正着。宋枝蕙心悸了一瞬，匆匆于他锐利的眸光中败下阵来，拿起收银台上的点单本和笔。那道目光却似乎一直跟着她，直到她走到桌前。

"麻烦点一下单。"

顺着软糯的嗓音，几个男生看到宋枝蕙的脸，顿时满眼惊艳，有人甚至开口夸赞："美女啊！"

宋枝蕙的嘴角不自然地绷着。

"别废话。"祁岸懒懒地开腔，把菜单朝桌上一扔，不耐烦地往后一靠，"想吃什么，快点。"

一声命令如同圣旨，几人这才正经起来，挨个点菜，最后将菜单交给祁岸。

宋枝蕙停下笔尖，不自觉地窥探着他。

祁岸半垂眼帘，专心看着菜单，几秒后才淡淡地开腔："一斤金汤小龙虾，一份烤鱿鱼。"

宋枝葱在纸上记下，之后又把菜单从头到尾念了一遍，确定没记错后，才道出公式化的台词："几位有忌口吗？"

她的声音有种不易察觉的清甜，夜色下的眸子也仿佛润了一层水，清凌凌的，十分动人。

几个男生都乐呵呵地摇头说没有。于是，宋枝葱征询的目光转向祁岸，喉咙下意识地溢出字眼："那……"

祁岸灵活修长的手摆弄着银质打火机，在桌上一下下地磕着。他眼神轻轻一瞟，落在宋枝葱白桃似的脸上，目光又深如一汪不见底的潭，将她牢牢锁在其中。下一秒，他浓眉轻挑，磁性的嗓音荡出几分不羁和拖腔拿调的质问——

"我有没有忌口，你不是都知道？"

语气如情人低语般，几个字被他念得酥酥麻麻。那感觉，仿佛两人是有过前尘往事的旧情侣，忽而重逢，免不了有一方要故意刁难。

没想过祁岸会说这话，宋枝葱怔住。除她以外的几个人，亦不约而同地噤了声。

方寸之地，各色目光在二人脸上来回暧昧地睃着，好似在等百年难得一遇的好戏，而罪魁祸首却肆无忌惮地把视线定格在宋枝葱的脸上。

不知是被头顶的串灯照射的，还是被他这话招惹的，宋枝葱的面色透出一抹不自然的酡红。但她不是任人宰割的性格，她略垂下眼，葱白的指尖按下圆珠笔，"咔嗒"一声后，她做出认真记录的模样，平心静气地答："时间太久，不记得了。"

拒绝的口吻，好似在证明两人不一般的"关系"。看热闹的其他人顿时摆出一副"吃瓜"状，交换着心照不宣的眼神，就差开始起哄了。

祁岸却不急着说话，耐人寻味地淡淡勾着唇，不紧不慢地拿起打火机。"咔嗒"一声响，他嘴里衔着的烟被点燃。他微微仰头，脖颈的线条拉长，喉结动了动，朝上吐了口白雾。恍惚间，祁岸的长眸半眯，略微沙哑的磁性嗓音耐心而宽容："不要洋葱和香菜。"

的确是和几年前一样的忌口。宋枝葱轻轻抿唇，在本子上写下这行字。最后一笔落下，她抬起眼，目光独独掠过祁岸，对其他人礼貌说了声"稍等"，便转身离开。

殊不知，那群男生的八卦之魂早已按捺不住，她还没走到店门口，就有人嬉皮笑脸地问："啥关系啊岸哥，你有啥忌口人家都知道？"

"可不是嘛，还不快跟我们说说。"

听到这话，宋枝蒽的脚步不由得一慢。本以为当事人会借此开上不着调的玩笑，不想祁岸再开口时，语气早已没有先前的故意和顽劣，只漫不经心地哼笑了声："没什么好说的。"语气掺杂些许冷淡和索然，顿了顿，他弹断半截烟灰，"哥们儿的女朋友。"字句里是明显的降调。

几乎一出口，男生们的猜疑便瞬间消失，取而代之的是一声声叹气："这样啊！没意思。"

再后来，宋枝蒽什么也听不到了。她扯下那张点单纸，脚步轻飘地送往后厨。好似有关那桌的一切，都随着她的远离而渐隐在市井喧嚣中。

晚上十点，小店的客流量依旧居高不下。客人一桌桌落座，宋枝蒽有些忙不过来，以至于祁岸他们什么时候结的账，她都不知道。

只是忽然瞥见原本停着豪车的位置，不知何时换了一辆简陋轿车。她下意识地朝街道两边望去，不算繁华的街道浸在墨黑夜色里，偶尔几道车影掠过，却没有任何关于那辆豪车的蛛丝马迹。

祁岸没和她打招呼就走了，仿佛在用行动证明，这场猝不及防的相见，真的只是一场单纯的偶遇。

宋枝蒽默默收回视线，把眼前的这桌菜点完。

差不多十二点时，烧烤店才结束营业。舅舅把店门关了，一个人在收拾后厨。

舅妈则一面忙着算账，一面跟宋枝蒽说："枝蒽啊，今晚回家住，我给你留了排骨玉米汤，是你外婆起早去市场买的鲜玉米和排骨炖的，可好喝了。"

宋枝蒽整理收银台上的杂物："就知道她病一好又要折腾。"

"老太太嘛，岁数大了闲不住的。最主要的是她真惦记你，总说你太瘦是因为在学校吃不好。"

宋枝蒽解释："学校的饭菜不错，有空我也会和几个朋友一起出去改善伙食。"

"朋友"两个字让舅妈想起什么："对了，今晚有一桌客人是不是和你认识？"

/014/

宋枝蕙手上的动作一顿,她犹豫地说:"是有一桌……"

舅妈扬眉:"就开豪车的那桌是不是?为首的男孩儿长得特别帅。"

"特别帅"三个朴实无华的字,一下就让宋枝蕙想到祁岸那张既贵气又有距离感的俊脸。神色划过一丝不自然,宋枝蕙点了点头,然后就听舅妈说那桌结账的时候,祁岸多给了钱。

"他们一共消费四百四十六,我说给他抹个零,算他四百四,结果他直接给我扫了五百,我当时都傻了,"舅妈说得绘声绘色,"这我哪好意思收啊,就喊了他一声,要把钱给他退回去,谁知道他跟我说不用找了,都是熟人。"

当时,祁岸说得淡泊随意,舅妈没反应过来。祁岸朝正给客人点菜的宋枝蕙扬了扬下巴,面色略显冷淡,声音却沉稳温和:"就当给她捧场了。"

舅妈以为他们认识,便没再推辞,再后来笑呵呵地送他们一伙人上了车。

听完描述,宋枝蕙略有些失神,心底生出局促和惶然。

舅妈追问:"你跟舅妈说实话,那小子是不是你的追求者?"

宋枝蕙回过神,语气有些诧异:"怎么可能?"

"怎么不可能?"舅妈骄傲得理直气壮,"我们枝蕙上的是名牌大学,年年拿奖学金,长得还这么漂亮,那小子再帅也是个男人,怎么就不能有心思?不过丑话说在前头,就算那小子再勾人,你也别忘了你是有男朋友的人。何恺虽然平时不着调,但高三那年他没少照顾你,你们也谈了这么久,可不能像李桃桃那样朝三暮四。"

李桃桃是舅妈的独生女,宋枝蕙的表姐,大学刚毕业。为了拿到在B市的高薪工作,李桃桃和谈了六年的男朋友分手,和大她十来岁的上司交往了。为这事,舅妈气得一个多月都没搭理她。

宋枝蕙知道舅妈的用意和担心,只能说出实情:"他跟何恺是朋友,我们三个以前在同一所高中念书。"

"何恺的朋友啊。"舅妈诧异之后恍然,"那怪不得。"一切找到了合理的解释,她没再说什么。

舅舅收拾好后厨后,三个人便一起关了店门,打车回家。

到家时已近凌晨。外婆早早就睡下了,宋枝蕙透过门缝看了她一眼,而后才去洗澡睡觉。

或许是受舅妈那番话的影响，宋枝蒽即便已累得像个运转到极致的陀螺，可一闭上眼，还是不自觉地想起今晚再度见到的祁岸。

几年过去，他的外貌并没有因骨骼生长而变化，依旧处在颜值巅峰，出类拔萃，气质却褪去青涩，历练出沉稳凌厉和满分的蛊惑。也不怪舅妈多想，像祁岸这样的天之骄子，但凡是个正常姑娘，都会忍不住多看几眼。

宋枝蒽没跟舅妈说实话，那就是，在何恺和祁岸之间，她先认识的人，其实是祁岸。

那是高二那年的夏天，宋枝蒽因家庭变故，随着在城里做保姆的外婆，在雇主家别墅的阁楼安顿下来。

盛夏里，烈日当空，葱蔚洇润。刚洗好澡出来的宋枝蒽就在阁楼门口，第一次看到了祁岸。

少年穿着干净的白色衬衫、深蓝色制服长裤，肩宽腿长，蓬勃清爽。他十分散漫地靠坐在她那张旧椅子里，浓长的眼睫低垂，修长的手指漫不经心地翻着她那本已经旧了的习题册。

金色日光被枝叶剪碎，透过玻璃洒在他立体精致的侧颜上，勾勒出一圈暖融融的光晕。和初来乍到局促的宋枝蒽相比，他显然恣意放纵，又骄傲任性。

宋枝蒽怔怔地站在原地，想说话，却又因为怯懦而不敢开口，如同等待一场漫长的审判。

祁岸不疾不徐地撩起眼皮，长眸内勾外翘，波澜不惊地看着眼前披着湿漉漉的长发、眼尾处长着暗红色胎记的女孩，一字一顿地开口："宋枝蒽。"

被叫名字的宋枝蒽仿若哑住。

男生却轻扬冷眉，声音磁性清朗地问："赵奶奶接来的外孙女？"

他轻飘的语气里，带着几分顽劣和谈不上友好的试探，让人很容易产生不安。

宋枝蒽生涩地回了一个"是"。说完，她垂眼抿唇，不再吭声，像一只受了惊又没底气抢回自己地盘的兔子。

似乎觉得有意思，祁岸微扯着嘴角，把习题册撂在一边，双手插在口袋里，走到她跟前："不好奇我是谁？"

宋枝蒽抬眸看他。眼前的少年高眉深目，个子比她高出一个头，吊儿郎当地站在那儿，挡住整片明媚日光。偏湿润的空气里，缱绻着属于他身上清爽好闻的皂角香。

见她不说话，祁岸干脆倚着门框，要笑不笑地盯着她："问你呢，哑巴了？"不友好的字眼，被他说出一种招猫逗狗的语气。

宋枝蕙哪里见过这阵仗，下意识地往后退了半步，说："我认得你。"乌黑的眼睛里仿佛盛了一汪清泉，荡着怯生生的涟漪。

少年挑眉，听到宋枝蕙用很小的声音说："你是这家……"她似乎在脑中寻找合适的词汇，眼睫颤了颤，蹦出几个字，"雇主的儿子。"

本以为她会说出什么惊天动地的话，闹了半天是这么个形容，祁岸唇边卷起玩味，嗤笑了一声。

他正想说什么，楼下忽地响起一声叫喊："我说大少爷，你有完没完？什么时候能下来，快迟到了！"

"催什么催！"祁岸冲外面喊了一嗓子，腔调不耐烦。

或许是他的侧脸太过优越，宋枝蕙没忍住，多看了他一眼，就被祁岸抓个正着。

"小蝴蝶。"他忽然打趣似的叫她。

宋枝蕙蒙了，什么小蝴蝶？

祁岸冲她挑眉，指着自己狭长微挑的眼尾："你这里，不像蝴蝶翅膀吗？"

宋枝蕙的表情看起来更呆了。这是第一次，有人这样形容她那碍眼的胎记。但紧跟着，那种新奇的心情，就变成了尴尬和羞赧，宋枝蕙习惯性地侧过头，只露出没有胎记的半边脸，被湿发半遮半掩的耳朵也明显红润起来。

看到这一幕，少年嘴角的弧度更深了几分，他漫不经心地直起身，懒洋洋地开腔："行了，小蝴蝶，我得走了。"

宋枝蕙缓缓地转过头，有些难以接受他用这么奇怪的称呼叫自己。偏偏少年毫不收敛，深邃的长眸似笑非笑，语气郑重如同命令："记住了，我叫祁岸。耳刀祁，回头是岸的岸。"

思维一旦陷入往事就会变得迟钝，宋枝蕙也不知道自己是什么时候睡着的，只觉被过去的回忆不断侵袭着脑细胞，拽着她在梦里徜徉一遍又一遍，等醒来时，已经到了第二天。

窗外的老树在夏日里野蛮生长，浅薄的光影被错落的枝叶剪碎，伴着生机勃勃的鸟叫，把宋枝蕙从不大稳当的睡梦中叫醒。

她睡眼惺忪地拿起枕边还连着充电线的手机，按亮屏幕，看到还不到九点。

想到周六没课，宋枝蕙决定再赖一下床，不想刚翻了个身，手机就嗡嗡振动起来，是蔡暄找她。

宋枝蕙以为她有什么急事，摸起手机"喂"了声，哪知回应她的，是一道熟悉到不能再熟悉的男性嗓音："喂，枝蕙？"

僵化的意识被这还算温柔的声音彻底唤醒，宋枝蕙有些木然，几秒后撑起眼皮，略感意外地望着天花板，问道："何恺？"

听到她的声音，那边的人如释重负地舒了一口气："可算找到你了。"

冷战几天，她突然有些不适应何恺用这么耐心温柔的口吻说话。沉默了下，她平静地道："有事吗？"一出声，她才发现自己的语气太过陌生冷淡。

何恺似乎也感知到了，再开口时，声音里掺杂了一丝少有的被动："我在你宿舍楼下。"

宋枝蕙收拢握着手机的手，没说话。

何恺语速很慢："枝蕙，我知道你在生我气，但有什么事我们能不能当面谈？别冷战。"

"别冷战？拜托，到底是谁先开始冷战的？真是贼喊捉贼！"乘地铁回学校的路上，蔡暄在电话里气不打一处来，"他一大早就打电话找我，问你在哪儿，说打不通你的电话，我懒得理他，他就一直打。

"后来没办法，我才下楼。我看他是真紧张，就把手机借给他找你。

"不过你也别随便心软，借着这次给他点儿教训，别让他总觉得自己是盘菜。"

宋枝蕙握着栏杆扶手，也不知道自己为什么这么平静。她轻轻"嗯"了一声："不会的，别担心。"

宋枝蕙说这话也不全是为了让蔡暄放心，而是这次吵架确实让宋枝蕙感到疲惫。两人在一起三年，感情一直有磕绊。不管大事小事，多数是何恺先闹脾气，被动的宋枝蕙选择包容。偶尔两人都在气头上，也要等冷战够了，彼此才会心照不宣地各自抛来"台阶"。

但这一次，宋枝蕙非但没主动求和，还在何恺找她时做冷处理，简直是开天辟地头一次。所以，何恺才有那么一点危机意识。比如，在把宋枝蕙约来甜品店之前，何恺特意为她点好了她爱吃的甜品和厚乳拿铁，态度也没了以往的高高在上，和她闲聊几句就切入主题，说那天聚会是别人撺掇办的，跟他没关系，聚会上也没女生。

"而且我那天确实感冒了，知道你给我送药就立马下去拿了。之所以这两天不找你，是因为我……我确实在赌气。我就想看看，你到底会不会找我，结果你还真没找。"何恺有些委屈，求和似的，看着宋枝蕙，"你看，该解释的我都解释了，咱俩别闹了成吗？"

宋枝蕙莫名不喜欢这话，什么叫"别闹"？她抬眸看他，话里有几分不客气："我没跟你闹。我那天说过了，我外婆身体不好，我不放心把她交给别人。"

何恺赶忙点头："是，是我不对，是我不好，以后我不这样了，行吗？"他虽然在认错，但听起来更像为了息事宁人而不得不服软。

饶是平日里温软惯了的宋枝蕙也蹙起眉："你没有不好。"她想往下说，却突然词穷。

何恺刚好抓准时机见缝插针地说："是啊，我没不好，你也没做错，既然这样，我们还有什么好纠结？咱们就当这事过去了，你也别再拉黑我了，行不行？"

很少见到这样急切的何恺，宋枝蕙哽住。

周围人也在这时投来打量的目光，宋枝蕙脸颊微热，说不清是尴尬还是一时心软，不知不觉地点头，但丑话也说在前头："我想先冷静几天，重新审视一下我们的关系。"

何恺刚绽放的笑刹那僵住："什么意思？"

"意思就是，"宋枝蕙顿了顿，说出实话，"我觉得我们之间相处得很累。"

说出了心中所想，宋枝蕙在回学校的路上心情格外平静。何恺则沉默了一路。

两人来到宿舍附近的小超市，宋枝蕙要买些日用品，正想让何恺回去，何恺却抢先一步开口："那这几天，我可以找你吗？"

不得不承认，这话多少打动了宋枝蕙。她以为以何恺的性子，会骄傲地选择继续冷战。

堵在心里的气消退几分，到底是谈了三年的感情，宋枝蕙点了点头："可以。"

闻言，何恺终于露出笑容，好似想通什么："行，我明白了，不就是好好表现嘛！"他的语气又开始张扬。

宋枝蕙抿起唇，不大自在地别开头，下一秒，目光忽地捕捉到一道颀长挺拔的身影。

祁岸一身休闲服，骨节分明的手拿着一瓶冰饮，侧脸轮廓英挺漠然，正迈着长腿和同行男生一起从超市阔步出来。分明是很平常的一幕，却因他恣意凌厉的气场，让人无法忽视。

注意到她的目光，祁岸也朝宋枝蕙的方向望来。

夏日的微风正当时，掺杂着碎金般的日光落在祁岸白净的皮肤上。

他正一瞬不瞬地望着宋枝蕙，那副神情模样，与她昨晚回忆中的他别无二致。

没想到自己会连续三天碰到祁岸，宋枝蕙的思绪有些混乱，一时忘记移开眼。她身边的何恺也看到了祁岸，表情甚至比她还要讶然。

倒是和祁岸一起走过来的谢宗奇心思单纯，发现他们后，第一时间喊了一嗓子："这不是恺哥和枝蕙妹妹嘛，好巧啊！"

宋枝蕙眸光闪了闪，低声道："好巧。"

何恺在一旁僵硬地出声："你怎么在这儿？"这话显然是对谢宗奇说的，可他的眼睛却看向祁岸。

谢宗奇一乐，晃了晃手里的篮球："当然是找岸哥打篮球啊！"

被提到的祁岸淡淡地扫了何恺一眼，磁性的嗓音清朗如刃："你呢？来做什么？"话里带着几分疏离的明知故问，不像寒暄，倒像不怎么欢迎何恺。

莫名的尴尬在四周蔓延开，也就是这个瞬间，何恺的掌心毫无预兆地覆上宋枝蕙的手，让她心口一滞。

何恺微笑地看向祁岸，故作轻松地开腔："我来这儿还能干什么，当然是来找女朋友。"他理所当然地回答，仿佛在证明什么。

随着他的话，祁岸的视线缓缓下移，幽深的目光定格在两人紧握在一起的手上，浓黑的眸子深不见底，让人分辨不清他的情绪。

被何恺牵着的那只手不知不觉地渗出汗，宋枝蕙忽然有些不自在，有种想要马上从这里逃离的冲动。这么想时，她也这么做了，只是一不小心幅度有点大,导致她抽出手的动作看起来有几分像是嫌弃地甩开。

单纯的谢宗奇第一个瞪大眼,何恺也明显哽了一下,扭头看向宋枝蕙。

三个人里,唯一八风不动的是祁岸,他略显玩味地挑起眉,目光冷淡莫测。

宋枝蕙没注意到这些细节,她双颊绯红,像是忍耐到极限,只敷衍地说了句:"我还有事,先走一步。"说完也不管其他人是什么反应,目不斜视地快步从祁岸身边掠过,径直前往超市。

有风吹过,属于她的香气飘散在空气中,是和以前一样,浅淡清新的茉莉香。祁岸微微侧目,几秒后才正眼看向何恺。

何恺这会儿却盯着宋枝蕙离开的方向,一脸被折了面子的懊恼,强忍着才没骂出脏话。

谢宗奇干笑两声:"哎呀,天气好热,枝蕙妹妹可能是晒烦了,不然就是看到我不舒服,都怪我,总能让她碰到。"

"跟你没关系。"祁岸淡淡地开腔,"她'社恐'。"

简简单单的几个字,仿佛道出一股让人不能深想的熟稔。何恺的下颌线无意识地绷紧。

祁岸却无视他眼底的情绪起伏,勾了下唇:"打篮球吗?一对一。"

何恺与祁岸打了场一对一的篮球赛,就在室内篮球场。

因为祁岸,很多人过去看了。或许因为何恺的大学本就与北川大挨在一起,也或许是他女友宋枝蕙的校花名号太响亮,总之,很多人认出了他。

最震惊的要数蔡暄和苏黎曼,两人回宿舍的第一句话就是:"天哪!你家何恺跟祁岸是好哥们儿?"

这事宋枝蕙一直没提,因为她本就和祁岸没什么瓜葛了,也不想搞得好像和风云人物很熟的样子。但此时被追问,宋枝蕙也没什么好隐瞒的,就说:"嗯,他们俩认识很多年了。"

蔡暄听后很兴奋,撺掇宋枝蕙帮她要祁岸的微信号。宋枝蕙有些无奈,却也答应了,反正就算要不到,蔡暄也拿她没办法。

倒是苏黎曼比较关心她跟何恺的事,好心告诉她这场篮球赛何恺输得很惨,最后一个球还是祁岸故意放水,他才拿到分的。

说到这儿,蔡暄更激动了,一边把视频拿出来给宋枝蕙看,一边眉飞色舞地描述这场篮球赛有多精彩。

事实也的确如她所言,一米八九的祁岸打起篮球来行云流水,利落干脆,无论是起跳还是投篮,劲瘦的肌肉线条都极为流畅惹眼,同时又不失少年人的轻狂意气。再加上他本就属于痞气撩人那款,光是随手撩起衣摆擦汗,就能引得现场女生尖叫。

和祁岸比起来,何恺就有些惨烈,不仅身高和身材比不过人家,球技也不行,却还硬着头皮使蛮力,闹得满头大汗最后还摔在地上。还是祁岸把他从地上拉起来,何恺却有些不领情,把祁岸的手甩开。

不过这种情况只发生了一次,篮球赛结束后,两人碰了下肩,又恢复成好兄弟的模样,一起在长椅上坐下喝水休息,看其他人比赛。

视频播放完,苏黎曼一边涂着指甲油,一边说:"反正我觉得何恺那会儿挺没面子的,枝蕙,你要不要问问?"

蔡暄却在旁边说:"哪有那么严重,不过是输个球。再说了,他的对手可是祁岸。"

听着两人闲聊,宋枝蕙一直保持沉默,她确实想过关心一下何恺,奈何她的直播要开始了。

作为当红网站的热门陪伴学习 UP 主"木木一吱",宋枝蕙每周六、周日晚上七点直播,平时也会剪一些与日语学习有关的视频发到账号上。早两年这账号还无人问津,在她开始用侧脸对着镜头直播后才声名鹊起。观众里有部分人喜欢她直播时的温馨氛围,有部分人则痴迷于她的颜值,比如她清丽精致的侧颜和指尖如笋、腕似白藕的手,毕竟谁不喜欢和美女一起学习呢!

就这样,宋枝蕙的粉丝越来越多。有时候不忙,她也会在直播间跟大家聊天。但她性子内敛,就算说话也要字斟句酌。

再后来,偶有学习用品类的商家找她做广告,让她带个货。到现在,这个账号已经有了两万粉丝,宋枝蕙也靠这个账号赚了一笔不小的酬劳。

她不喜欢"放鸽子",到了晚上七点,准时把座位外围的帘子拉上,在封闭空间内开始直播。

没多久,直播间就进来了几百号人,有眼熟的账号开始跟宋枝蕙问好。碍于有室友在宿舍,宋枝蕙不想开口,便在公屏上放上标签:今天室友在宿舍,不聊天。

而后,她便对着电脑和书本沉浸式学习,依旧是和以前同样的氛围,时而做笔记，时而在电脑上查资料，时而刷题。

微信响了一声，听到动静，宋枝蒽略一抬头。她没想到，这个时间，何恺居然主动找她：在干吗？

她登录的是网页微信，用来直播的手机拍不到完整的界面，只能隐隐露出一点何恺的头像。如果是平时，宋枝蒽不会回复，但这天情况特殊。何恺三番五次吃瘪，宋枝蒽觉得如果自己再不搭理他，恐怕他真的会炸。

斟酌几秒，宋枝蒽回复：在宿舍自习。

何恺并不知道宋枝蒽在网上直播的事，宋枝蒽一直没告诉他。

发完这句，她忽地想到苏黎曼的话，正犹豫要不要安慰他一下，不想何恺却一副没事人的模样，问她晚上吃得好不好，要不要给她点个榴梿千层，仿佛那场丢人的球赛并没有影响他的心情。

宋枝蒽稍微放心了一点，回复：不用，我吃过晚饭了。

顿了顿，她继续打字"我要继续做题"，但还没发出去，何恺就提前发来一条：枝蒽，你是不是不喜欢我了？

突如其来的一句话，既像试探又好似在忧心，让宋枝蒽摁键的动作顿住。

偏巧这时，旁边用来看直播字幕的旧手机屏幕开始闪动，宋枝蒽偏过头去，然后就看到那个ID为"050912"的粉丝，在她的直播间不停地刷礼物。

宋枝蒽对这人有印象，他几乎不说话，但每次来看，都会刷礼物给她。

只是今天不知怎么了，上来就刷最高级别的游艇，每刷一次，他的ID和游艇特效就几乎铺满整个屏幕。其他粉丝也被这人的豪气惊呆，在下面一个个地冒头惊叹。

要是别的UP主，早就高兴得敲锣打鼓了，恨不得跪谢"金主"。宋枝蒽却被眼前这一幕惊到，下意识地开口："050912，你别再刷了。"怕对方听不到，她特意把耳机拿近了些，"别刷了，够了，真的，别浪费钱。"声音文文弱弱，却又很坚决。

似乎听到了她的话，"050912"停了下来，但这会儿他也已经刷了二十几个游艇。

第一次被人打赏这么大数额的礼物，宋枝蒽的额头微微发汗，说话也有些发颤："050912，你还在吗？"

过了好一会儿，"050912"的消息出现在屏幕上：在。

宋枝蕙过意不去，开口："你能给我你的收款码吗？"此话一出，直播间的弹幕瞬间沸腾。

宋枝蕙盯着滚动的弹幕，双颊默默发烫。

等了好一会儿，"050912"终于又发来消息，是强势又简短的两个字：不用。

两秒后，"050912"又接了句：打球赢了，高兴。

两句话被他说得轻松随意，仿佛刚刚的一掷千金只是因为开心而随手一挥。殊不知，他这爽快豪气的举动，把直播间的气氛都炒热了几度。

唯独宋枝蕙的心神停留在那句"打球赢了，高兴"。不知是不是她多想，在看到那句话的瞬间，她脑中第一个浮现出来的画面就是某人又冷又痞的俊脸。就在今天，他也打赢了一场球。

可是，怎么可能？这三年她跟祁岸根本就是陌生人，更别说这个账号连何恺都不知道。

宋枝蕙自己都觉得这个想法很扯。

静默须臾，她点进"050912"的主页，如她所料，里面什么都没有，也自然看不出端倪。

宋枝蕙莫名松了口气，又觉得自己自作多情。

稍作思忖，她还是选择私信"050912"，让他把收款码发给她，说等她下个月可以提现，就把自己收到的那部分钱退给他。可一直到直播结束，"050912"都没再出现。

反倒是何恺，又找了她几次。他没纠结宋枝蕙为什么不回答那个问题，只是拿话点她。

何恺：其实我就是担心，毕竟岸哥现在和你在一个校区，要想碰到可太容易了。

何恺：你都不知道他现在有多招风，一打完球就有不少女生找他要微信。

何恺：他倒也没拒绝，挑了个漂亮的加了，跟选妃似的。

宋枝蕙微屈手指，情绪像充满气的气球，膨胀到极点，再慢慢泄气，又好像拳头砸在棉花上，找不到发力点。

她想说他要是这么不相信她，又何必跟她耗三年。但她终究不是利落的性子，沉默半晌，她只敷衍地回了句：我累了，想睡觉，你也早点休息。

话里的冷淡几乎溢出屏幕，宋枝蕙没管何恺是什么反应，一整晚都没再搭理他。

何恺也不至于冥顽不灵，意识到自己说错话，第二天就订了一大束玫瑰在大课之前给宋枝蕙送去，闹得全系皆知。后来几天，他又送了她昂贵的蛋糕和整箱零食，不过不是他本人送的，而是找了同城速递。

午后阳光浓烈，将校园晒出慵懒的氛围。心理学选修课上，教授在台前讲得激情澎湃，台下学生各自开着小差。

坐在苏黎曼和宋枝蕙之间的蔡暄小声说："我看何恺不是没时间过来，他就是怕丢脸。"

"就一场篮球比赛，"苏黎曼说，"不至于吧？"

"怎么不至于，你没看到论坛上的帖子吗？'校花男友球赛惨败本校校草'，"蔡暄压着嗓音，"光听着都觉得'社死'。"

苏黎曼扑哧一笑，蔡暄扭头对正在记笔记的宋枝蕙道："不然就是说一套做一套，嘴上想好好表现，背地里却还是懒得用心。"

宋枝蕙头也没抬："是我说这阵子比较忙，不让他过来。"

蔡暄翻了个白眼："可算了吧。他要是真在意，你拦着他，他也会死皮赖脸地来找你。"

话糙理不糙，宋枝蕙抿了下唇，没接话。

蔡暄恨铁不成钢地说："真是的，这大好青春，那么多帅哥你不要，偏偏吊在何恺身上。我要是长了你这张脸，早就踹了何恺去钓祁岸！"

闻言，宋枝蕙笔尖一顿。蔡暄想到什么，凑过去又问："哎，你到底帮我要到祁岸的微信号了没？"

苏黎曼看不下去了："你可真是'有事钟无艳，无事夏迎春'，刚刚还挤对何恺，这会儿又要人家帮你要微信号。"

"我又没让何恺帮忙，"蔡暄噘嘴，"我让我家枝蕙帮我……哎，不对啊苏黎曼，你怎么处处帮何恺说话？"

"我哪有……"

两人在一旁小声辩驳，宋枝蕙却思绪飘散。说来也神奇，自那天后，她再也没在学校里碰到过祁岸。这样一来，就更显得何恺之前的担心是无稽之谈。毕竟像祁岸那样的天之骄子，又怎么会在意平凡普通的宋枝蕙。

眼帘垂下，宋枝蕙带着重新整理好的思绪继续听课。旁边的两位也渐渐安静下来，似乎因为这件事争执得不太开心，下半节课都没怎么说话。

往后的几天，蔡暄也都没提何恺，更没让宋枝蕙要祁岸的微信号。

何恺对这些全然不知，宋枝蕙也没再让他送东西。

或许时间真的可以冲淡很多事，两个人的感情就这样慢慢开始回温。转眼到了中旬，宋枝蕙终于收到去年她为某本当红小说做海外翻译的稿费尾款，还算丰厚的一笔，足够解决她的燃眉之急。

宋枝蕙预留出她需要的部分，剩下的均分成三份，给舅妈转了一份作为她和外婆的生活费，又取出现金给外婆留了一份。剩下的那份，她专门去外汇银行，打到母亲的日本账户里。

宋枝蕙的父亲去世得早，是外婆和在日本打工的母亲负担她的一系列费用。她之所以学日语，也是想在毕业后去日本留学，与母亲团聚。

只是母亲这两年越来越忙，两人沟通的频率也逐渐降低，有时候一个月只能通上一两次电话。宋枝蕙知道母亲不易，从不多说什么，但就算如此，心里也难免会有期待。

回学校的路上，她犹豫了好久，才给母亲发了微信消息：妈，我下个月末生日，你能回来吗？

发完这条，宋枝蕙的心潮不自觉地起伏。其实两人之前就约好五一见面，但母亲负责的项目突然出了点意外回不来。懂事的宋枝蕙表示理解，但也还是想和母亲见一面。

然而直到她回到学校开始上自习，母亲都没回复，倒是舅妈打来电话。

怕打扰到走廊里默默背书的学生，宋枝蕙专门去一楼大厅接的电话。舅妈开口就谴责她转钱："赡养老人是一家人的事，你一个小孩给什么生活费？你一个月能回来住几天？再说了，你还要攒钱，都自顾不暇了，我们又怎么好意思收。"虽然语气严肃，但话里话外都是对她的关爱。

宋枝蕙犹豫了一会儿，说道："那我先存着，等你们需要了再拿。"

"我们不缺钱，"舅妈又强调了一遍，"你管好自己就行。"

终究说不过舅妈，宋枝蕙只能妥协。舅妈放下心，又叮嘱了她两句，而后才提起另一茬："对了，枝蕙，有个事我要跟你说，就上次过来给你捧场的几个男孩，你记得吧。"

听到舅妈的话，宋枝蕙思维急转，神色忽地一滞……祁岸？

舅妈便把前因后果道出："之前我不是说他消费四百四十六，付了五百吗，结果我前几天整理票据才发现，我那天算错账了，他那桌才消费三百二十块。"

此话一出，宋枝葱有些恍然。舅妈哭笑不得："多收人近六十块我就够过意不去了，这下好了，多收了一百八十块，搞不好人家背后说我们是黑店。"

　　"不至于，"宋枝葱脱口而出，"祁岸不是那种人。"

　　"那我也不能多收，"舅妈用微信给她转了一百八十元，"只能拜托你帮我把钱还给他。"

　　那边似乎有急事，舅妈丢下句"先不跟你说了，我这边有事"就匆忙挂断了电话。嘟嘟两声忙音让宋枝葱有些发蒙。

　　只是不管怎么说，一顿饭多收人家一百八十元确实说不过去，这种误会也的确应该尽早解决。

　　但问题是，她没有祁岸的联系方式，如果要把钱给他，就只能找人打听，或者找何恺帮忙。很明显，第二种办法最简单直接，但要是她跟何恺说这件事，何恺免不了又要多想。

　　只是如果不通过何恺……宋枝葱试想一下自己主动去打听祁岸联系方式的情景，估计刚问出口就会被人误会，这样光是想想就让她觉得窒息。

　　算了，还是给何恺打个电话吧。

　　下定决心，宋枝葱不知不觉地走到饮料机前，盯着柜子里花花绿绿的瓶子拨通电话，却不想接电话的人不是何恺，而是去何恺那儿取东西的谢宗奇。

　　"恺哥啊，他在洗澡呢，我帮你把电话给他送过去？"

　　听到谢宗奇的声音，宋枝葱先是惊讶，继而不自觉地轻松起来："不用，不用找他，找你就行。"

　　"找我？"谢宗奇纳闷，"啥事？"

　　宋枝葱喉咙有些发紧："我想请你帮我给祁岸转些钱。"

　　"岸哥？"那边的人惊讶得拉长声音，"你给岸哥转啥钱？"

　　宋枝葱正要解释，身后倏然扬起一道混着沙砾般磁性的男声："给我转钱干什么？"

　　平平静静的嗓音，像雨滴落在青石板上。宋枝葱只觉耳膜隐约震颤了下，心跳也仿佛落空。

　　北川大的新校区绝对不小，但说大，也大不到哪儿去，所以在教学楼里遇到，还真算不上什么令人纳罕的事。可即便心里明白，宋枝葱抬眸的一瞬，也还是露出一丝慌乱。反倒是映在饮料机玻璃门上的那张冷峻的面孔，神色自如，一双狭长幽邃的眸一瞬不瞬地看着她。

在倒影中对视两秒，宋枝蕙转过身，看见多日未见的祁岸双手插兜，宽肩上松垮地挂着休闲包，真切地站在她面前，依旧是长眸半敛，居高临下的桀骜之态。

两人距离近得异常暧昧，宋枝蕙稍稍一呼吸，就能闻到他身上飘散在空气中淡淡的檀木香。她耳边，谢宗奇还在说话："喂？人呢？"

喉咙仿佛被棉花堵住，宋枝蕙吞吞吐吐地道："……没事了。"说完，她挂断电话。

头顶那道视线依旧存在感极强，祁岸盯着她，鸦羽般的睫毛微垂，问："为什么给我转钱？"声音没什么情绪，却莫名有压迫感。

宋枝蕙缄默，如坠梦中之感漫上心头，她轻抿了下唇，听到自己轻而糯的声音："那天我舅妈给你算错了账，多收了你好多钱，她过意不去，让我帮忙转交。"

说着话，宋枝蕙再次对上他的眼睛，因而发现祁岸今天格外沉静，面色也隐约透着几分不健康的苍白。

似乎并不意外这件事，祁岸平心静气地道："不用，不差那点。"说完，他绕过宋枝蕙，对着饮料机上的二维码扫了瓶饮料。

宋枝蕙不自觉地站到一旁，在他把功能性饮料取出来后才开口："我知道你不缺钱……但毕竟不少，你还是收下吧，不然我舅妈会过意不去。"

说话间，宋枝蕙点开微信，态度有种不自知的殷切："麻烦你……出示一下二维码。"

略带请求的口吻，乖得跟什么似的，哪里像还钱，分明像找人借钱。

干涩的喉咙泛起一丝痒意，祁岸拧开瓶盖，脖颈微扬喝了一口，喉结滚动，下一瞬，他掀起慵懒的眸，吊着眼梢看向宋枝蕙。

宋枝蕙被他蛊惑勾人的双眸意味深长地一瞧，耳根有些发烫，敛声道："不然，我让何恺……"

后面的话还没说完，祁岸浓眉一蹙，之前那点耐心仿佛烟消云散，顷刻间，语调也没了温度："手机。"

宋枝蕙微微一怔，祁岸不耐烦地朝她伸出手，五指修长，掌心朝上。她顿了一下，倒也听话地把手机放上去，只是动作谨慎又局促，生怕一不小心碰到他。

祁岸眼底划过一抹极轻的嘲意，随后垂下头，露出一截白净的脖颈，不作声地摆弄。没几秒，他裤袋里的手机嗡嗡作响，他却不接，把手机还给宋枝蕙。

宋枝蕙接过手机，低眉看了眼屏幕，这才反应过来祁岸是用她的手机，给他的手机打了个电话。

"钱就当存在你那儿了。"祁岸不咸不淡地开口。

宋枝蕙缓缓抬头。

"你们家不是有外卖吗？"祁岸瞥了她一眼，语气像在敷衍，却有种不容置喙的强势，"以后想点，再给你打电话。"

说完，祁岸也不管宋枝蕙什么反应，收回目光，仗着身高腿长，目不斜视地阔步从她身边绕过。

宋枝蕙的棉麻肩袖和他的外套摩擦，发出微乎其微的一声响，她悬起的心脏也在这一瞬下坠，仿佛摔在静水中，"咚"的一声。等祁岸上了二楼，她才如梦初醒般地回过神来。

手机在这时响起，是个陌生号码。宋枝蕙停顿了一下才接通，听见谢宗奇无奈的声音："枝蕙妹妹啊，你怎么说挂就挂！"

宋枝蕙指尖收拢，说了句"抱歉"，顺便解释她已经找到办法给祁岸转钱了。

谢宗奇不爱多管闲事，就没多问："那行，解决了就行。"

他正要挂断电话，宋枝蕙却有些犹豫地说："这件事可以别告诉何恺吗？"

谢宗奇"啊"了一声："我刚还真忘了告诉他，拿了东西就从他家出来了。不过你放心，我这人嘴不碎。"

宋枝蕙这才松了口气，又郑重地道了谢。

电话挂断时，其他来上课的学生也陆陆续续进了教学楼，三三两两地结伴，一楼大厅很快变得喧嚣。宋枝蕙望着那些人的面孔，脑中鬼使神差地涌上一个念头……

第二章
不能说的秘密

教国际金融学这门课的教授是出了名的"魔鬼",他是学院资深的老教授,最喜欢干的事就是背着手往教室门口一站,专抓那些迟到的,然后上课挑他们回答问题。答得上来的还好,答不上来的就会被他记住且下节课被他精准点名。所以还没到上课时间,学生们就都提前进入了教室。

可就算如此,也总有一些人胆大包天。比如祁岸宿舍的那几位,通宵打了一晚上的游戏,第二天起不来,于是"买通"宿舍里最爱勤工俭学的邹子铭,让他帮忙答到。

邹子铭看着斯文,脑子转得比谁都快。他跟在祁岸后头进入教室,手里拎着几瓶饮料,给前排的男生一人一瓶,让他们帮忙,又将一瓶最贵的放到祁岸的桌上。

靠坐在椅子上闭目养神的祁岸掀了掀眼皮,又闭上。

因为换了校区,学院要求所有学生住宿舍,祁岸也不能回自己校外的房子住了。偏偏他那几个室友一睡着不是磨牙就是打呼噜,闹得他连续三天没睡好,再加上昨晚上不知是谁把窗户打开了,他着了凉,发烧了。

台上老教授讲得激情澎湃,邹子铭在底下转着笔开玩笑:"我看你还是别硬撑了,不如我在论坛上发个帖,说你病了,准有好心姑娘排队给你送药。"

祁岸没说话,一脸"生人勿近"地垂眸拨弄着手机,他整堂课安静得除答了一个"到"字，半声都没吭，却引得周遭姑娘一有机会就往他身上瞄。

后来还真让邹子铭算准了。下课铃打响没多久，就有女生过来给祁岸送东西。白色塑料袋里装着一盒药，还附带了个粉色小信封。

邹子铭用手肘撞了撞祁岸，后者抬起头。女生被祁岸那双深邃的眼睛看得有些害羞："外面有人托我给你的，是个女生。"

一听是女生，邹子铭老神在在地笑起来。祁岸却没什么兴趣地敛回目光，冷漠无情地说了一句："谢了。"

女生抿抿唇走了。

邹子铭把粉色信封拿出来，以为是情书，结果看到露出来的一个边："怎么还有一百八十块钱？"

祁岸玩手游的动作一顿。

邹子铭把钱抽出来，确实是一百八十元，工工整整地放在一起。祁岸盯着那几张票子，眸底沁出薄霜。

见状，浑身都是心眼儿的邹子铭默默地把钱塞回去。

祁岸又纹丝不动地看着那盒感冒药，看了好一会儿，才把那盒药拿过来，见盒盖上写了一行清秀小字：上课别吃，会困。

祁岸眼底的薄霜在这一瞬渐融，浮现出一抹参不透的情绪。静默须臾，他垂下眼打开药盒。药显然是新买的，十包一包不少。他抽出其中一包。

就在这时，手机振了振，是微信群在召唤。

老秦：@所有人 今儿股票赚了点钱，晚上老地方见啊，我请客。

此话一出，顿时炸出其他人。

但在老秦眼里，主角只有祁岸。于是，他又单独艾特一遍：@Tshore 岸哥，晚上出来啊！

还未等祁岸吭声，何恺冒了头：不行，老秦，我今天跟我对象约好了，我就不去了。

大家纷纷起哄，何恺嬉皮笑脸地发红包：好不容易哄好的，体谅体谅。

看在钱的分儿上，大家闭了嘴，有人还顺势开起玩笑，让何恺抓紧大好时光，将女友稳住。

眼看笑话被勾起，祁岸突然发了张照片，是他桌上拆开的那盒感冒药，旁边露出一角粉色信封，看一眼就知道是在学校。

祁岸冷淡又直接地说：不去了，感冒。

这话像一盆冷水，顿时把群里热闹的氛围浇灭。没多久，老秦出来化解：感冒确实不能出来玩，得好好在家休息。

说完，老秦又抓住照片里那一点粉色，开起玩笑：这一看就是妹子送的吧？情书一角都露出来了。

何恺配合：可不是吗，我猜肯定是美女，不然岸哥碰都不会碰。

他说这话时，祁岸刚好拆开那包药，往嗓子里一倒，喉结滚动，药沫就着那瓶饮料下了肚。清甜发苦的味道在舌尖弥漫开，祁岸重新往后一倚，没什么表情地打出一句话：是挺漂亮。

宋枝蕙亲眼看到祁岸收到东西后才回的自习室。伴着窗外随风摇曳的杨柳和蓬勃朝气的日光，大家都在安静地学习。宋枝蕙心神却不太安分，字也写得潦草，偏偏这时手机还振个不停。

有蔡暄在宿舍小群里絮叨，有何恺发信息问她中午想吃什么，还有舅妈也在这时提醒她那一百八十块钱红包别忘了领。

宋枝蕙顿了顿，把红包点了，回复舅妈：钱已经转交给他了，放心。

舅妈几乎秒回：他没说什么吧？

话里有些担心，生怕宋枝蕙被责难。

或许是被这句话影响，宋枝蕙脑中再度浮现出祁岸在阶梯教室收到东西时那一幕，冷淡、漠然，情绪没有一丝波动。

静默几秒，她回：他什么都没说。

她想说，如果不是她硬塞过去，祁岸甚至都没想收下那笔钱。事实上，宋枝蕙也不知道自己当时怎么鼓起的勇气。明明想问他联系方式都觉得尴尬，却能拦住别人询问他的教室，而后又买了感冒药，托人把东西送过去。

思来想去，可能只是因为，她一面不想与他产生瓜葛，一面又觉得，自己从前受了他许多恩惠，她应该还。

宋枝蕙一眼就看出祁岸生病了，这人一生病脸色就格外差，像压着什么风雨欲来的情绪。以至于那一刻，宋枝蕙突然想起高二那年，祁岸生着病还满脸不爽地把她拉上私家车的事。

那时宋枝蕙转学到祁岸所在的班级没多久，两人自第一次见面后也没怎么交流，远谈不上熟悉。

因为外婆的关系，司机对宋枝蕙多有照应，比如上学时，司机总会叫宋枝蕙一起坐私家车过去。

只是十七八岁的小姑娘脸皮薄得很，她知道自己能上这所高中已经是托祁岸母亲帮忙，并不敢再添麻烦，又怕祁岸会不开心，于是一连拒绝了好几天。

可她不知道，祁岸是个离经叛道的性子，本来不觉得怎样，反倒是她越不顺从，他越生出想整治她的心。

于是在某个下雨天的早上，祁岸不顾大雨下了车，把在公交车站台前傻等着的宋枝蕙拽上车去。

车内暖气泛着馨香，安稳舒适。宋枝蕙却像只被吓坏的小鸡仔，抱着书包拘谨地缩在角落。祁岸用毛巾擦着头发，一双凌厉的长眸直勾勾地盯着她："都要迟到了还等公交车，你傻吗？"

那张俊脸高贵又轻狂，心情好时和煦若春风，心情不好时凶神恶煞。

宋枝蕙被他吓得心跳奇快不敢说话，祁岸却直接把另一条干净毛巾丢在她身上。

她抿起唇，慢吞吞地拿起毛巾，低声说了句"谢谢"。

后来两个人也没怎么说话。祁岸在车上睡了一路，他闭上眼，精雕细琢的侧颜总算生出一点和气。

只是到了学校，他也不在状态。也不知谁说祁岸发烧了，跟着有人在班上问谁有感冒药。好巧不巧，宋枝蕙书包里刚好有一板，但她实在害羞，又跟其他人不熟，只能等下课人少的间隙，悄悄把药放到祁岸桌上。

哪知祁岸虽然趴在桌上，却根本没睡。少年从臂弯里抬起一双困倦却清澈的眼，明明不那么舒服，见到是她，却尚有余力似的挑起眉，逗弄般瞧着她。宋枝蕙一秒耳热，话也没留半句，转身就回了座位。

等她平静了一会儿，再回过头时，祁岸早已坐起身，大刺刺地靠坐在椅子里，拆开两粒感冒药，就着半瓶水仰头往下灌。清早碎金般的光洒在他身上，属于少年人的喉结上下滚动，蓬勃清爽。宋枝蕙只匆匆瞥了两眼，便迅速转过头去。

再后来，祁岸被药劲儿撂倒，睡了一整节数学课，老师把他单独叫到办公室，罚他多做了两套数学卷子。

也就是那天晚上，祁岸带着他那只肥嘟嘟的金毛，把那两张薄薄的纸卷成筒，上门要账似的，抱臂斜斜地倚在阁楼门口。

一人一狗，气势十足，宋枝蕙霎时噤若寒蝉。随着她逐渐升温的面颊，男生那双冷冽的眸蕴出一点零星笑意，半开玩笑地开口："今天这作业，你是不是得负全责？"

低哑的嗓音染着慵懒的腔调，弥漫在空荡荡的走廊里，宛如撩人心弦的乐章。

那样的眉眼，好似深埋在记忆里，如果不是仔细去想，宋枝葸几乎无法将其与现在的祁岸重合。

宋枝葸甚至在想，这些年他是不是经历了什么，导致他现在比当初深沉莫测那么多。

思绪在不经意间飘走，直到何恺打来电话，宋枝葸才回过神，但她并没有第一时间接。想着自习再混下去也是浪费时间，她干脆收拾东西准备回宿舍，等出了教学楼才给何恺回电话。

打了那么多次她才接，何恺多少有些不满："你到底在干吗？"

宋枝葸沉默了下，解释："在上自习，没看到。"

何恺语气有所收敛："你看看我给你发的微信，想吃什么告诉我，我现在开车去接你。"

想着也算是两人闹了这么久后第一次约会，宋枝葸没什么脾气："你选吧，我吃什么都一样。"

何恺倒不客气，说了句"行"。之后两人约好时间，在校门口见。

宋枝葸回宿舍时，何恺这边已经收拾好准备出门。他刚把车从车库开出来，手机就疯狂弹出微信消息。以为是宋枝葸，他没着急看，直到车开上主路，才漫不经心地拿起来瞥了一眼。就这一眼，他的视线便黏在屏幕上挪不开，方向盘也猛打了个转，他一踩脚刹，把车停在路边。

应雪：亲爱的阿恺，我来北川啦！

应雪：惊不惊喜？意不意外？

应雪：我现在在机场。

应雪：你要是有空的话，来接我，咱俩碰个面？

夏日的天气让人捉摸不透。宋枝葸回宿舍时还是晴空万里，等她换好裙子时，阳光却不知何时隐蔽到浓云之后。

"哎，估计等会儿又要下雨。"蔡暄从上铺下来，对宿舍里其他两位说，"咱们点外卖吧，我想吃大盘鸡……"说着看向打扮好的宋枝葸，

"你别忘了带伞啊,何恺那不靠谱的。"

宋枝蕙荡起一抹笑,当着蔡暄的面把雨伞放到包里,随即又想起什么,在桌上找到给何恺准备的小礼物,是一副新买的轻奢牌子的墨镜。这对于何恺来说不贵,可对宋枝蕙来说,不算一笔小钱。之前她就想送,但因为两人吵架,一直耽搁,刚好最近收到稿费,她才买下来。

只是没想到,这次礼物依旧没能送出去。

宋枝蕙刚走到校门口,何恺就打来电话。明明之前急着见面的人是他,可这一刻,说有急事要取消今天约会的人也是他。

说不意外是不可能的,宋枝蕙脚步顿住:"发生什么事了?需不需要帮忙?"

"不用。"何恺说得有些含糊,"就是有个朋友来北川,人生地不熟,我得照应一下。"干脆坚定的语气,仿佛他面临的是滔天大事,对比之下,宋枝蕙似乎不值一提。

说不清这一刻的心情,宋枝蕙只觉有些讽刺。何恺一句"有个朋友来北川",就随便把女朋友抛在脑后。反过来,她因外婆的病拒绝他制定好的行程,就是不知好歹。

似乎察觉到她情绪不对,何恺放软了语气:"宝贝别生气,明天好不好?明天你想去哪儿我都陪你。"他温声软语地哄,理所当然地以为宋枝蕙会谅解,毕竟她向来懂事。

然而这次,宋枝蕙并不吃这套,指尖陷进肉里,声音很轻:"不好,我明天很忙。"

那边似乎没想到她会是这个态度,一时安静下来。

宋枝蕙也没指望能从他嘴里听到什么舒心的话,索性快刀斩乱麻,掐断这通并不愉快的电话,耳畔终于迎来平静。

她抬起头,天空乌云密布,风中卷着雨水前兆的气息,涌入心扉。

一场暴雨,似乎很快就要来临。

机场内某家高级餐厅。

被挂断电话的何恺脾气上头,愤愤地一摔手机,骂了句脏话。

坐在他对面的应雪正用英文跟侍应生点菜,她看着二十出头,柳眉星眼,珠光宝气,浑身上下都散发着富养长大的气质。她这次突然回国,还专门从平城飞到北川来,是说想见见这边的老同学,比如何恺、祁岸、以及他们那群一起玩的富家子弟，几人从初中就同班。

侍应生离开后，应雪幸灾乐祸地开口："怎么，被小女朋友弄得这么灰头土脸？"

被她打趣，何恺嗤了一声。应雪怂恿道："不然你把她接过来，这样她不就放心了？"

何恺简直被逗笑了："你是真不嫌事大，她要是知道我来接你，可就不是挂电话这么简单了。"毕竟当初何恺追了应雪好几年，平城一中无人不知。

应雪却不服："那怎么了？咱俩关系好也是事实。"她声柔眼媚，像是温泉水流沁润心田，不声不响就把何恺那点儿戾气化解了。

何恺笑着摇头，应雪千伶百俐："不过说真的，我当初还真没觉得你俩能处这么久，都三年了还没腻。"

"何止是你，我自己都想不到。"何恺呵笑一声，"有时感觉我都能让她给气死。"

"怎么说？"

何恺叹了口气，开始数落："她就是看着懂事，其实比谁都有主意，对她好也不领情，更不解风情，平时除了学习就是打工赚钱，根本玩不到一起去。"

应雪似笑非笑地喝了口柠檬水。何恺无奈道："都是惯的。"

应雪撂下水杯，说："我看你呀，就是没弄到手，等到手，看你还稀不稀罕。"

这话揶揄得恰到好处，刚好侍应生来上菜，掩住了男生脸上一闪而过的尴尬。

何恺拿起餐叉，有些烦地开口："好不容易见一面，别聊那些不开心的。"

那天，宋枝蕙回了宿舍就没再出去。蔡暄问起，她也只说天气不好，约会才取消。

蔡暄也没怀疑，毕竟这场声势浩大的雨毫不客气地下到了第二天的早上。

这期间，何恺一条消息也没给宋枝蕙发，两人十分默契地回到了之前冷战的状态。或许早已习惯，宋枝蕙跟平时没什么两样，上完课就留在教学楼里自习，翻译稿子，日子比白开水还平淡。

唯一让她有些波动的，就是一直没回消息的母亲。中午跟外婆打电话，外婆也问，说她这次给她母亲打这么多钱，她母亲有没有很高兴。宋枝蕙向来是个报喜不报忧的性子，随口编了句母亲很开心，就没再往下说。

下午没课，宋枝蕙想回自习室，蔡暄却看不得她这苦行僧似的生活，非拉她一起逛街。反正也没事，宋枝蕙就陪蔡暄去了。

蔡暄这人有点儿像男孩性格，平时打扮也偏中性，但不知为何，这次逛街总挑裙子。宋枝蕙看出端倪，笑着调侃她几句，蔡暄这才承认最近经学姐介绍认识了一个金融系的男生，两人聊得不错，打算约着见一面。

蔡暄正对着镜子臭美："他长得还行，一下就冲淡了我对祁岸的'花痴'。"

宋枝蕙流连在衣架上的目光短暂停住，旁边的售货员注意到，赶忙过来推销，说她穿这套浅蓝色的裙子一定非常漂亮。

蔡暄也怂恿她："试试啊枝蕙，别浪费你的小蛮腰。"

宋枝蕙确实犹豫，但看到超过四位数的标价，顿时打消念头，她抱歉地笑笑："太贵了。"

售货员也是年轻人，并没鄙夷，转而热情地介绍其他相对便宜的裙子，但也都被宋枝蕙婉拒了。

蔡暄无语："我说宋枝蕙，你才二十岁出头，不用这么苦待自己吧！"说话间，她开始挑鞋，"你平时那些兼职赚的钱都花哪儿去了，怎么一样也不舍得给自己买？"

面色划过一丝不自然，宋枝蕙想说因为我欠了别人很大一笔钱，但终究没开口。

蔡暄结账时又跟宋枝蕙抖机灵："不买也挺好，省得明晚你陪我约会时艳压我。"

宋枝蕙意外地说："陪你约会？"

"对啊，"蔡暄理直气壮，"你姐妹第一次跟男生'相亲'，你难道不去给我撑场面吗？"

话已至此，宋枝蕙也不可能拒绝。

第二天晚上，宋枝蕙把手头上的事情往后推了推，专门空出时间陪蔡暄去见那个网聊对象。

地点在学校商场的一家西餐厅。盛装打扮的蔡暄难得手脚发软，见对方之前还跟宋枝葱碎碎念："要是他本人长得和照片不符，我们立马走人哈。"

不承想刚说完，两人就在餐厅门口看到了那个金融系的男生。他叫陈志昂，中等身高，相貌清秀，虽然没有照片上那么帅，但本人看着也还不赖。

几乎第一眼，双方就认出彼此，宋枝葱明显瞧出蔡暄眼底迸射出来的精光。陈志昂对蔡暄也很满意，但更意外的是旁边陪同的居然是宋枝葱。

出门前，蔡暄特意叮嘱她打扮得朴素一点，于是宋枝葱只穿了一条浅色的棉布衬衫裙，出门前还戴了个眼镜。可她天生丽质，就算这样也没掩盖住身上那股脱俗的书卷气，让陈志昂一下就认出她是北川大的校花。只是碍于第一次见面，且蔡暄在，陈志昂便装作不知道。

蔡暄倒是大方许多，点完菜后抛出了一个话题："你不是说还有朋友一起？怎么没来？"

"你说邹子铭啊，"陈志昂拿出手机，"他学生会那边临时有活动要参加，我宿舍还有两个，我问问他们。"

说着，他面不改色地在群里发消息：你们几个有没有人性？说来陪我，现在都不出现！再不来我们开吃了！

第一个被炸出来的是邹子铭，他问：见面怎么样，妹子满意不？

随后是赵远：哎，等我一会儿啊，我游戏里还有一轮团战，打完就过去。

陈志昂：岸哥呢？让岸哥来给我撑场面。

赵远：做你的春秋大梦吧，岸哥一大早就陪妹子去了，能搭理你？

邹子铭：你让岸哥去还不如等赵远。

陈志昂：你们是真不在乎我一个人尴尬啊，实话跟你们说，不来你们绝对后悔。

赵远：怎么后悔，有美女？

邹子铭：美女不也是你的吗？

陈志昂：还真不是。

说到这儿，他抬起头，趁着服务生上菜的间隙，随便找了个角度偷拍了一张宋枝葱的照片发到群里。

陈志昂：认出来了没？

照片发送出去，本以为大家会和他一样惊讶，然而他远远低估了赵远的"宅"和邹子铭的"两耳不闻窗外事"。

两人给出的评价都是略敷衍的：嗯，挺好看。

赵远更是转眼又开了局游戏，没有出门的打算。

唯独远在城南澜园茶庄陪人谈生意的祁岸，在看到群消息时，目光定格在了那张照片上。照片拍得潦草，女生轮廓也模糊。可即便是这样，也难掩其妍姿艳质。

古色古香的廊庭圆桌上，几位客人和身穿旗袍气质优雅的宋兰时在品茶。

宋兰时柔声如鹂，为几人耐心地介绍当季的几款热销茶品，以及新到的冰种翡翠。介绍完毕，她引几位客人去里面的包间吃饭，祁岸却起身淡淡地开口："我就不去了。"

宋兰时细眉微抬："都到饭点儿了，你这当老板的不吃饭干吗去？"她看了眼廊庭外，"外面还下着小雨。"

祁岸随手抄起桌上的车钥匙和烟，阴沉暮色下，英挺疏淡的眉眼看不出情绪："陪朋友吃个饭，不碍事。"

在群里扑腾了好半天都没人说要来，陈志昂干脆放弃："算了，不叫他们，咱们三个也吃得开心。"说罢又点了两样菜，想让蔡暄和宋枝蕙吃尽兴。为此，蔡暄对陈志昂更为满意，偷偷地给宋枝蕙使了好多次眼色。

饭吃得差不多了，陈志昂和蔡暄又开始商量等会儿看什么电影。宋枝蕙没想到还有这一局，莫名有些尴尬。她没起什么作用也就算了，现在越来越像个蹭饭的电灯泡。

刚好这时，外婆打电话给她，说今晚炖了银耳雪梨汤，让她回去喝。宋枝蕙决定为两人腾出二人世界，可还没来得及开口，坐在对面拨弄手机的陈志昂就感叹了一声。

蔡暄闻言一愣："怎么了？"

"我哥们儿要来。"陈志昂一边回信息一边道，"还是我宿舍里最帅的那个——"

话音刚落，他忽地看到什么，起身招手："这儿！岸哥，这儿！"

听到这个称呼，宋枝蕙脊背一僵，几乎是下意识地朝着陈志昂招手的方向扭头,然后就看到身高腿长、卓尔不群的祁岸穿过喧嚣的餐厅,朝这边阔步走来。浓眉冷眼隐在不明朗的光影中,他幽深不明地瞥了她一眼,又一触即离。

宋枝葱的心脏犹如被无形的大手攥紧,眼睁睁看着祁岸在陈志昂的招呼下,走到桌前,拉开陈志昂身旁的椅子。

他出现得实在突然,以至于蔡暄也哑住了。陈志昂却浑然未觉,笑着说:"你来之前也不告诉我一声,我们都快吃完了。"

祁岸将手机和车钥匙随手放在桌上,略显玩味地挑起眉,目光冷淡莫测,像被风吹动的烛火,极轻地摇曳。

他眼帘悠然一掀,懒懒地瞥向宋枝葱。

眼神看似轻飘,却蕴着几分说不清道不明的情绪。

宋枝葱微微抿唇,想避开,对方却先一步收回目光。

祁岸侧眸朝陈志昂漫不经心地挑起眉,拖着腔调:"单纯帮你结个账,不行?"

他这话并不是开玩笑,无论是在学校、俱乐部,还是在外面,他都是出了名的出手阔绰,因为这点想和他套近乎的人一直很多。

如果是平时,陈志昂也就让他请了,但这次不同,先不说祁岸根本没吃,再者他也不好让蔡暄看笑话。

祁岸不是多话的性格,等陈志昂结账时,他一条胳膊挂在椅背上,有一搭没一搭地回着信息。

至于蔡暄,早就飘了,就像粉丝见到偶像,一下就变得淑女起来。直到四人离开餐厅,她才跟宋枝葱嘀咕:"好帅好帅,和他一比陈志昂立马就矬了,呜呜呜枝葱,这是老天送给我的桃花吗?一次还两朵!"

这会儿她们正跟在两个男生身后,宋枝葱望着前方距离不到五米的宽肩薄背和逆天长腿,依旧有些吃不消。似乎从合并校区开始,她和祁岸遇见的频率就越来越高。而现在,他们还莫名其妙地要一起看电影。

宋枝葱心情复杂,没来由地感到别扭。在蔡暄还沉浸在见到男神的激动时,她有些突兀地开口:"暄暄,外婆叫我回去,我就不陪你看电影了,行吗?"音调夹杂着她惯有的温柔征询。

闻声,前方二人不约而同地停下步子。

蔡暄简直像被踩了尾巴的猫,紧紧地抱住宋枝葱的胳膊:"不行,你不许走!"

祁岸略垂下眼，淡漠的眸光不动声色地落在宋枝蕙身上。她长得清瘦，长发乌黑柔顺地披散着，七分袖下露出来的小臂肌肤白似牛奶，纤细的腕骨仿佛一折就断。几年过去，何恺是一丁点儿也没把她喂胖。

陈志昂这时也插嘴："对啊，别走了，岸哥好不容易出来陪我，你要走了，蔡暄一个人也尴尬。"

宋枝蕙闻言，神色有些犹豫。蔡暄抓住她心软这点，和陈志昂一起游说。

然而两人说得再多，都抵不过祁岸突如其来的一句："你外婆要是不放心，我可以给她打个电话。"

腔调还是那样磁性慵懒，像随口调侃，却又透着正经。只是这份正经只有宋枝蕙能品到，蔡暄则权当玩笑，在旁边扑哧一笑。

宋枝蕙不由自主地对上祁岸略带玩味的视线，那双清冷不羁的长眸一眨不眨："我是认真的。"

外婆从祁岸小学时就一直带着他，和宋枝蕙比起来，祁岸更像她外婆的亲孙子。后来雇佣关系解除，祁岸当时又不在平城，这才和老人家断了联系。

过去的点点回忆被他勾出，宋枝蕙心思动荡，再加上另外两人实在盛情难却，最后她只好妥协，一同去看电影。

电影是刚上映的悬疑片，口碑很好。两个男生自觉地去买票，蔡暄则拉着宋枝蕙去买饮料零食，期间还不忘感叹："我有生之年居然能和祁岸一起看电影！"

宋枝蕙安静地听着，心里却开始计算，这是她和祁岸第几次一同看电影……第三次，还是第四次？好像有些记不清了。

没多久，电影开场，宋枝蕙和蔡暄手挽着手进去。

或许是工作日的原因，这个时间来看电影的人不多，第四排就只有他们四个。宋枝蕙和蔡暄挨着坐下，陈志昂则坐在蔡暄旁边。祁岸不知去了哪里，好半天都没进来。

还是蔡暄问起，陈志昂才说："哦，他刚接了个电话，等会儿就回来。"蔡暄倒也没惦记，开开心心地继续和陈志昂聊天。

没多久，影厅熄灯，影片开始放映。几个十几岁的高中生推门进来，叽叽喳喳地坐在他们身后那排。

宋枝蕙不经意朝门口望了眼，依旧没有祁岸的身影。想想也是，他那样桀骜不驯的性子，又怎么会真的耐下心来陪不相关的人看电影，恐怕这会儿早已离开。

默默收敛心神，宋枝蕙把目光重新放到银幕上。却不想，刚投入到剧情中没几分钟，影厅的门就再度被推开。场地漆黑，无法辨认来人是谁，宋枝蕙也没在意。直到那道高大挺拔的身影缓缓在她身旁落座，淡淡的檀木香涌入鼻腔，她才后知后觉地侧头。晦暗的光影交错，宋枝蕙略感意外地望着男生精致凌厉的侧脸。

祁岸的手随意地搭在扶手上，从容地靠坐在椅子里，目不转睛地看着银幕，语气却像与熟人那般："刚接了个电话。"说话时，无处安放的长腿微动，裤子无意间擦碰到她垂在小腿边的棉布裙。

宋枝蕙瑟缩了一下，突然不知该接什么。她想告诉祁岸，陈志昂给他留的座位在里面，可开口时话却转了个弯："……嗯，没事。"她语速有点慢，"刚开演。"

轻软的语调，融在背景音里，如耳语悄悄。祁岸于暗影中淡淡地瞥她一眼，宋枝蕙纹丝不动地坐在那儿，削肩细颈，无论何时都保持着良好的体态，目不斜视地望着前方，仿佛此刻看的不是电影，而是老师的PPT。

几秒后，他收回视线，像是讨到什么乐趣，不着痕迹地闷声笑了笑。

电影结束时，将近晚上八点。

蔡暄看得意犹未尽，灯一亮就和陈志昂兴味十足地讨论。

宋枝蕙跟在后头，下台阶的时候，接到外婆的电话。外婆明显急了，问她怎么还不回去。

宋枝蕙边往外走边耐心解释，说自己刚陪朋友看电影，现在马上回去。说话的时候，影厅的铁门突然弹回来，她刚要用手去撑，一条修长冷白的手臂就忽然掠过她的肩膀，抵住门。手腕上戴着只乌银手环，削薄有力的肌肉在拉伸后线条流畅清爽，青筋突显，利落又诱人。随之而来的，还有几分薄霜似的檀木香，混着男生独有的荷尔蒙气息，弥漫在这狭小的一隅之地。

宋枝蕙怔了怔，抬眸对上男生凌厉的下颌线。呼吸萦绕间，两人距离近到仿佛贴在一起。

祁岸低垂眼帘，浓黑的眼睛里，清晰地映着她那张清秀又慌张的脸，薄唇吐出简单的一个字："走。"宋枝蕙回过神，莫名红了耳根，微微侧身从门缝中出去。

随着稀疏的人流出来后，她的呼吸才喘匀，只是依旧不大好受。

蔡暄和陈志昂像一对情侣，走在前面，宋枝蕙独自跟在后头，偏偏祁岸还插兜走在她身后。明明刚在一起看完电影，此刻两人却像陌生人般默不作声。宋枝蕙突然很佩服自己，她好像天生就有把自己的处境变尴尬的能力。

后来还是蔡暄想起，这才等了等身后落单的二人。而后，四人一起前往地下停车场，上了祁岸的车。宋枝蕙虽然对车没什么研究，但也能看出眼前这辆车不是他之前开的超跑。

她和蔡暄坐在宽大舒适的后座，陈志昂则熟稔地上了副驾驶座。伴着轻轻晚风和朦胧月色，几人就这么闲聊着回了学校。

说是闲聊，其实主要是陈志昂和蔡暄在说，偶尔祁岸会搭上一句。他的声音沾染一点懒怠的笑意，荡漾在夜色里很是动听。

四人中最安静的就是宋枝蕙。其实她平时也算不上完全不开口的性子，只是今天，总不知道该说些什么。

这种情况一直持续到车抵达学校门口。

陈志昂想跟蔡暄一起走回去，宋枝蕙不想当电灯泡，就在下车前提了句："你们先走吧，不用管我，我在校门口打车去外婆家。"

陈志昂都听笑了："打车？岸哥在这儿还用你打车？瞧不起谁呢。"

祁岸透过后视镜瞟了她一眼，语气淡淡的："好歹是熟人，不用这么生分。"

不知是不是错觉，宋枝蕙从这话中听出一点讽刺，也知道继续客气下去不太礼貌，于是没再吭声。

祁岸把车稳稳地停在路边，蔡暄和陈志昂下了车。

和两人挥别后，祁岸没着急走，摸出一根烟咬在嘴里，打火机"咔嗒"一声点燃。夹着烟的那只手随意地搭在车窗上，那张俊脸在奶白色的烟雾下显得尤为性感撩人。

宋枝蕙看了两眼，收回视线，想说些什么缓解尴尬。祁岸却好似读懂了她的心思，偏头冲她扬了扬下巴："坐到前面来。"命令似的语气，和从前不差分毫。

宋枝蕙嘴边刚吐出一个"不"，就听他不容置喙地说出下半句："我不给人当司机。"

宋枝蕙只好乖乖坐上副驾驶座。

系安全带时，祁岸略抬了下手腕，说："我抽完这根。"

宋枝蕙点头："不急。"

不知这话怎么戳到他的笑点了，祁岸弹着烟灰闷声一笑："老太太管你还挺严。"

老太太是祁岸对宋枝蕙外婆的独有称呼，听着没大没小，实际上满是亲昵。

或许被这话影响，宋枝蕙心中少了生分和局促，话也自然许多："也还好。"顿了顿，又说，"她这几年一直惦念你。"

祁岸浅勾着唇，默然几秒才开口："她现在身体怎么样？"说话间，他朝宋枝蕙看去，"听何恺说她之前生病了。"

突然提到何恺，宋枝蕙神色一滞。祁岸很容易就看出两人又闹了不愉快。刚巧手里这根烟抽完，祁岸随手捻灭，握住方向盘，说："地址。"

宋枝蕙回过神，报出街道和小区名。祁岸话不多说，把车开上主路，又顺手点开音乐。

舒缓的钢琴曲在车内荡起涟漪。宋枝蕙抿了抿唇，继续刚才的话题："她现在没什么事了，只是身体不比以前。"

"改天有空我去看看。"祁岸话说得随意，说完后瞥了宋枝蕙一眼，"不介意吧？"

"怎么会？"宋枝蕙坐直身子，"外婆看到你高兴还来不及。"

"是吗？"祁岸露出这晚第一个走心的笑，却又轻嗤了声，"何恺不见得高兴。"促狭的语气，裹挟几分显而易见的揶揄。

本以为宋枝蕙会默不作声，不想她一改常态，目光朝车窗外看去，不辨情绪地来了句："不用管他，爱高兴不高兴。"话里赌气的意味显而易见。

祁岸唇畔徐徐勾起不太客气的嘲意，正想说什么，突然有电话打进来，是和祁岸关系比较好的一个高中同学，也在北川念书。

懒得拿手机，祁岸便用车载蓝牙接通。对方大概在酒吧，背景音喧嚣，扯着嗓门："喂，岸哥，有空没？过来玩啊！"

祁岸眉目冷淡，语调也没了刚刚的耐心："忙着呢，没空。"宋枝蕙看他一眼。

对方不依不饶："天天问你，你天天没空，我看你就是不想来。"

祁岸没好气地哼笑一声："知道我不想去还找我？"

"当然得找了，"男生语气加重，"这次是高中同学聚会，咱平城一中关系好的都来了，就是为了给咱女神庆生。"

祁岸眼神淡漠："什么女神？"

"敢情你还不知道呢，应雪回来了！"

这个名字出现得太突然，宋枝蒽心神一凛。可接下来的话，更像一柄利刃，将她脑中某根紧绷的无形的弦生生割断——

"就这两天的事，何恺去接的。昨天何恺带她在市区逛了一圈，今天又在奥秘维斯请客专门给她过生日，可有排面了！现在大家都到了，就差你，刚应雪还说呢，最想见你，你这——"话还没说完，祁岸就毫不留情地掐断了电话。

原本吵闹的空气顿时安静下来，祁岸随手点了首曲子播放，悠扬如流水的钢琴声缓缓响起。绕过前方街口时，他的视线不着痕迹地瞥向身旁默不作声的人。

月色凉薄，华灯街景飞驰而过。宋枝蒽微垂眼帘，耳边碎发被晚风带起，有光影从她柔静白皙的脸上轻盈掠过。

视线在她紧握到发白的双手上停顿片刻，祁岸转过头，目视前方。外面不知何时下起雨了，大滴小滴落在车窗上，汇聚成细小水流。

祁岸喉结微滚，心中无端生出一阵烦躁，不自觉将脚下油门踩重几分。车内的二人就这么诡异地静默着，谁都没再开口，直到车在小区门口停下。

"到了。"祁岸的嗓音低哑含霜。

宋枝蒽如梦初醒般地抬头，在昏黄的光线下，眼眶看起来有一点发红。

"谢谢。"她声音很轻，说完对上祁岸的视线，微微颔首。

她正准备推门下车，车门却突然落了锁。

宋枝蒽扭头看祁岸，他冷着一张俊脸，仗着手长从后座扯来外套，毫不客气地丢到她身上，仿佛酝酿着什么火。

宋枝蒽怔怔地接住，脑中蹦出的第一个想法是——我惹到他了？他为什么突然这样？

抱着这样的想法，宋枝蒽试探着开口："你——"

"外面下雨了。"祁岸打断她的话，语调压着几分不耐烦和不爽，看也不看她，"披上。"语气强势，却并不让人反感。

宋枝蕙这才反应过来他的用意，默不作声地把他宽大的衣服披在身上，被混着微涩烟味的檀木尾调气息笼罩——这是专属于他的味道。

随后"咔嗒"一声，车门解锁。宋枝蕙收回神，推门下车。

如墨的夜色漆黑一片，雨水砸在头上有一丝发凉。宋枝蕙把衣服提起遮住头，同时弯下腰敲了敲车窗。

祁岸降下车窗，露出凌厉冷峻的侧颜。

"谢谢你送我回来。"宋枝蕙杏眼清澈，语气真诚，"衣服我回头洗干净还你。"

"无所谓。"他嗓音终于平和了些，转过头望着她，深邃长眸里冰消雾散，"别感冒。"

也许是错觉，宋枝蕙竟从他口中听出一丝温柔。

只是她还来不及多想，那辆黑色的车就匆匆驶入夜色，祁岸也随之消失在雨幕街景里。

雨越下越大，宋枝蕙一路小跑回家。

这个时间外婆还没睡，见她淋成落汤鸡回来，不免有些自责："早知道下雨就不让你回来了，瞧瞧给淋的。"

宋枝蕙脱下外套笑说不碍事，旋即钻进厨房四处查看："我的银耳雪梨汤呢？"

"别动，我给你盛。"

外婆今年六十有余，原本身子骨硬朗得很，只是前阵子突发心脏病，身体这才大不如前。

宋枝蕙不想让她忙活，便就近接来一碗，坐在餐桌前慢慢喝。

外婆在客厅给她收拾衣服和包，无意间瞥到沙发上那件宽大的男款外套，见衣服被淋湿大半，她拎起来喃喃自语："小恺这衣服一看就挺贵，淋成这样怕是以后都不好穿。"

宋枝蕙抬眸，脱口而出："那不是何恺的。"

外婆："啊？"

宋枝蕙抿抿唇，拨弄着碗里的银耳雪梨："那是祁岸的。"

近三年没听到这个名字，外婆睁大眼："小岸？你今晚跟小岸一起看的电影？"

这话实在有歧义，宋枝蕙解释："不是我跟他单独看，是几个朋友一起。"

外婆听得云里雾里，宋枝蒽便把来龙去脉跟她说清楚，说校区合并，她现在经常会和祁岸碰面，他的室友和蔡暄很可能成为一对。最后，宋枝蒽还说祁岸要过来看看外婆。

外婆听了很高兴："来啊，你让他来，趁我手艺还没生疏，把他爱吃的都做一遍。"

宋枝蒽不好敷衍，便应下："那我回头问问他。"

喝完汤，宋枝蒽被催着去洗了个热水澡，而后才回房间。

这个时间，舅舅和舅妈还没回来，不大的三室一厅格外静谧。宋枝蒽平躺在床上，望着白花花的天花板，突然就想起在祁岸车里听到的那通电话。视线放空几秒，她拿起手机，点开微博。

她的微博账号不怎么用，一是她不爱刷，二是她也没什么日常想发。如果不是今天听说应雪回来……事实上，连何恺都不知道，宋枝蒽很早就与应雪在微博上互相关注——在高三毕业的聚会上，应雪得知她答应了何恺的追求后，借此来示好。

宋枝蒽到现在还记得应雪那时挽着她的胳膊，笑眯眯地说："以后我不在，就拜托你照顾何恺啦！"她每次回想起，恶心感便涌上心头。

宋枝蒽指尖微蜷，还是点开了应雪的微博。作为留美学生，她的微博账号有几千粉丝，她平时发的都是看起来高端的吃喝日常。而她最近发的那条，就有宋枝蒽想找的蛛丝马迹。

就在何恺取消约会那天，应雪发了条九宫格照片的微博。几张美食菜品照，配上她的精修自拍，看起来稀松平常，宋枝蒽却在餐桌上看到了何恺的手机壳边框。宋枝蒽之所以记得那么清楚，是因为那是她亲手用滴胶做的。

她的目光在照片上定格两秒，仿佛有什么东西压在心口，感觉闷闷的。

静默良久，宋枝蒽终究没克制住心底那一点计较，把手机扔到一边。接下来的一整夜，她都没怎么睡踏实，脑中不断回闪着过去的某些片段。

有应雪那几个看她不顺眼的人组成的小团体；有拎着油漆桶来追债的人；也有挡在她身前护着她，曾事无巨细关心她的何恺；以及在谢师宴那天看到的祁岸。

当时祁岸瘦高挺拔，倚在楼梯口抽烟，昏黄的光线落在他身上，映得他孤子傲然。宋枝蒽从他身边默默走过，身影交叠的一瞬，他忽然抬眼，于她头顶落下发哑的一句："选择他了？"

是宋枝蕙大半年未曾听过的磁性嗓音，那一刻似荡在她耳边的风，激起她心湖一阵涟漪。

宋枝蕙像是走了千万里路，终于等来他迟到的一句话，眼眶蓦地发烫，想说什么，但终究只是别开脸，低低应了声："嗯。"

回应她的是祁岸一声情绪不明的低哦，似有嘲意，又有愠怒。她还来不及求证，祁岸便裹挟一身涩感冷香从她身边走过，干脆利落地下楼，没再留下任何只言片语。

后来夜色靡靡，刚迈过成年门槛的少年人学着大人模样，觥筹交错喜笑颜开，宋枝蕙却没再看到祁岸的身影。就好像他来这里，只是她一场顾影自怜的幻觉。

也是很久以后，宋枝蕙才意识到，那好像是她与他最后一次近距离的见面。

自此之后，两人注定山高水远。

后会无期。

又下了一整夜的雨，宋枝蕙清晨一开窗，就能闻到空气里清新湿润的泥土和草木气息。

宋枝蕙被外婆早早叫起来吃早餐，刚坐到桌前就接到蔡暄的电话："枝蕙！我终于脱单了！"

她的声音喜庆得很，听得外婆都跟着笑："哎呀，真好，暄暄有对象啦！省得你跟小恺在一块儿的时候她没人陪。"

外婆话落，宋枝蕙笑笑。或许是一整夜的失眠把人磨到没脾气，她这一早情绪稳定得和以往没任何差别，返校时，还为蔡暄带了一盒外婆做的糯米糕。

周日大家都没课，林洋和苏黎曼早早收拾好出去逛街了。

蔡暄吃着米糕问宋枝蕙今天准备干吗，毕竟她现在是有对象的人，等会儿收拾好了还要和男朋友见面。

"不用担心，我有兼职。"宋枝蕙坐在桌前难得化起妆。

"之前那个商务日语翻译？"蔡暄想起来，"那人又叫你了？"

"嗯，合作了好几次，比较合拍。"宋枝蕙化好妆，把长发扎成低马尾，看起来比平时干练，"你别管我了，我今天什么时候能完事都不一定。"

听她这么说，蔡暄放心了，却又忽然想起什么，提醒她一句："你走之前别忘了把岸哥的外套送去干洗店啊，那家店下午两点就关门。"

经蔡暄提醒，宋枝蕙从宿舍楼出来后，第一时间就直奔学校的干洗店。

老板拿到衣服摸了摸，说了句这衣服不便宜，但也没多要她钱，只说让她三天后来取。

宋枝蕙微笑谢过，刚要离开，就被叫住。

"同学啊，你这衣服里有东西。"

宋枝蕙怔了下，走过去说："我看看。"

她拿起祁岸的外套，在衣服的几个口袋里翻了翻，果然翻到一枚做工精良价格不菲的玉佛吊坠和一张身份证。她没想到这么重要的东西会落在自己手里，一时手心有些发烫，本想等衣服干洗好再一起给他，现在看来不太可能。

宋枝蕙看了眼手表，马上到兼职的时间了，权衡之下，她只能给祁岸发短信：我把你的衣服送去干洗，发现里面装了你的身份证和玉佛，怕东西丢，我就先放在自己这儿了，你有空的时候，记得来拿一下吧。

顿了顿，她又补充：我是宋枝蕙。

那晚送完宋枝蕙，祁岸刚往回返就接到钟点工阿姨的电话，说家里的狗不太舒服，吐了两三次，让他尽快回去。

狗叫绣绣，是只雌性金毛，他养了十年，无论去哪儿他都会带着。

许是上了年纪，绣绣最近常不舒服，还厌食。祁岸带它去看过医生，医生说它胃不太好，给开了些药。

恰逢换校区，学院要求所有学生住宿舍，祁岸好一阵子没回去，就把绣绣交给阿姨和金煌俱乐部的经理罗贝贝照顾。没想到不到一周的时间，绣绣的情况就恶化了。

罗贝贝接到祁岸的电话，吓得直接从俱乐部跑来宠物医院。医生检查后才知道绣绣是胃穿孔，需要做手术。

罗贝贝一头浅金发没了往日的时髦与神气，像个小媳妇似的，跟祁岸道歉，说是这阵子光忙着比赛，照顾绣绣粗心了。

祁岸不冷不热地靠在门口抽烟，那点火气就着白色烟雾吐纳，目光懒懒的，看不出情绪。

罗贝贝没来由地心慌，毕竟俱乐部上下都知道，祁老板的破烂脾气据说只对两个雌性生物有过耐心，一个是他传说中的初恋，另一个就是绣绣。她正想着要不要喊个人来救命,却见祁岸用修长骨感的手把烟捻灭,说:"行了,回去吧。"

罗贝贝不敢相信。祁岸闷声谑笑:"怎么,想替绣绣挨刀?"

罗贝贝把头摇得跟拨浪鼓一样。既然老板都发话了,她也没什么好说的,只是走之前再三劝他:"其实不用守夜的,医院这边有护理。"

祁岸"啧"了一声:"你走不走?不走一起留。"

"走走走!"罗贝贝赶忙撤退,"那我明早儿来看你啊!"

祁岸没搭理她,倚在门边朝手术室那头望了眼,心思在狗身上绕了几圈,莫名地想到了宋枝蕙。他垂下浓黑的睫毛,视线在手机界面上定格几秒,唇畔勾起淡淡的嘲意,到底什么都没发,熄了屏。

绣绣的情况比想象中的好很多。两个小时后,手术顺利做完,绣绣还要被留院护理,医生建议祁岸这两天尽量多来陪陪它。

祁岸对绣绣十分上心,一直在医院留到凌晨三点,见绣绣的状态稳定下来才回家,第二天也是一早就来了医院。

出于内疚和关心,罗贝贝在不久后带着热乎乎的早餐来看他,还提出和他换班照看绣绣。

祁岸咬着烟倚在门口的老位置,斜眼看她,不羁的神情似乎在想她值不值得托付。

就在这时,宋枝蕙的短信来了。"嘀嘀"两声,穿插在罗贝贝叽叽喳喳的自告奋勇声中。

祁岸按灭烟,低垂眼帘,定睛看着屏幕上的几行信息——礼貌客气,生怕他不知道她是谁,特意报上自己的名字。

就在罗贝贝说得口干舌燥停下时,祁岸轻声一笑,肃然冷寂了一晚上的神色,也仿佛染上了少见的温和。

罗贝贝哽住:"你到底听没听我说话?"

祁岸这才轻轻地瞥她一眼:"等会儿,我打个电话。"他的心情比昨晚好了不止一点半点,说完,走到一边给宋枝蕙拨了个电话过去。

电话"嘟嘟"响了好半天都没接通,祁岸也不知哪股劲儿冒了出来,理直气壮地再打。直到第五遍,宋枝蕙才接。祁岸不满地眯起眼,听到电话那头略带克制的气音:"抱歉……我刚刚在忙。"柔弱可怜的语调,仿佛趴在他耳畔求饶。

祁岸的喉咙泛起一股痒意，视线望向远方，不紧不慢地应声："你在哪儿？我去取。"磁性嗓音如上好的黑胶唱片，清朗悦耳。

那边安静几秒，再开口时声音明显大了些："我现在不在学校，在外面做兼职。"

"巧了。"祁岸挑眉，"我也不在学校。"

她似乎很匆忙，语速变快："你现在着急用身份证吗？如果不急，等我回学校让蔡暄找陈志昂帮忙转交——"

话刚说一半，就被祁岸毫不客气地打断："谁说我不急？"

反问的语气，透着他惯有的强势和不容反抗的坚定，宋枝蒽顿时哽住，一下收了声。

祁岸的腔调却蓦地转缓，耐着性子一字一句："如果急该怎么办？"

"如果急的话——"宋枝蒽有些愧疚地开口，"那就只能麻烦你过来找我，可能到了还要等。"

"那就等。"祁岸的回应远比想象中痛快，宋枝蒽微微怔忡，旋即听到祁岸自相矛盾又直截了当的话，"反正我时间多的是。"

宋枝蒽一挂断电话就把自己所在的四星级酒店地址发过去。

祁岸收到，回了个"嗯"字，熄了手机屏。罗贝贝不可置信地看着他："啥意思？里头的绣绣不管了？"

祁岸漫不经心地收起手机。或许是因为绣绣的情况良好，他那张冷峻痞气的脸多了几分温度。祁岸略抬下巴："这不是有你？"吊儿郎当的语气，却一点儿都不像开玩笑，像是忽然又信任她了。

罗贝贝不知如何接话，最终也只能任由祁岸把她一个人留在宠物医院。她忍不住想，这到底是什么人物能有这么大能耐，让祁老板连一向宠爱的狗都不管了？

宋枝蒽是在日本客户去厕所的间隙出来给祁岸打的电话。挂断后，她匆忙回去，呼吸有些起伏不定。合作的经理人是位年轻漂亮的姐姐，见状贴心地问她："是不是遇到什么急事了？"

"没有，"宋枝蒽摇头，"是别人的重要物品在我这儿，对方要找我拿。"

经理人点头，又抬腕看表："最多还要半小时，这单应该也就谈下来了。"

然而在此之前，宋枝蒽已经陪同了近三个小时，从机场到公司，再到酒店。没办法，做生意就是这样。

日本客户行事挑剔谨慎，这位姐姐也是刚入行从事出口贸易没多久，公司不大，暂时算是单打独斗，她如果能拿下这单，势必会对她的事业有很大帮助。宋枝蕙虽然只跟她签了半天，但并不介意多帮一帮她。

祁岸来得远比想象中要快。就在客户和随行助理一同看日文合同时，宋枝蕙收到了他的消息。

祁岸：我到了，在一楼。

宋枝蕙屏息凝神，趁双方暂时不需要她，用最快的速度回复：抱歉，还没结束，再等等好吗？我很快。

祁岸：不急。

祁岸：一楼等你。

见他这么说，宋枝蕙的眉头慢慢舒展，悬着的心也默默放下。她又忽然想到何恺——说起来，之前两人也有过类似的状况，何恺的车钥匙落在给她披的外套里，第二天才发现，偏偏他那时准备和朋友出去玩，急着用。当时的宋枝蕙正在上一节很重要的课，教授很严格，完全不可能中途出去，宋枝蕙只能让何恺稍等二十分钟。毕竟教学楼里有很多空着的自习室，他可以随便进去等。

可就算这样，何恺也很生气，一条又一条地给她发微信消息，指责她看到钥匙为什么不提前把钥匙给他，耽误事。宋枝蕙心里过意不去，在下课后的第一时间去楼下找何恺，然而何恺拿完钥匙就走，从头到尾都没给她好脸色。

也许是习惯了他的少爷脾气，那时的宋枝蕙并没觉得有多难以忍受，但有了这一刻的对比，她忽然意识到，何恺好像从根本上就没长大过，无论面对什么事，他的第一反应永远是指责和埋怨，而不是主动解决与包容理解。

经理人姐姐没有估错，这场谈判最终在半个小时内解决，日本客户在百般权衡后签了单。尘埃落定，双方都轻松许多，起身握手预祝双方合作愉快。

宋枝蕙却没解除"战斗"状态，在告诉祁岸她现在要去找他后，踩着高跟鞋第一时间挤进观光电梯。

祁岸依旧与半小时前一样平静：来一楼就能看到我。

客梯拥挤，宋枝蕙盯着屏幕上的信息有点困惑。这家酒店是出了名的客流量大，他难道知道自己会从哪个电梯口下来？

疑惑间，电梯抵达一楼。宋枝蕙顺着人流出去，转而发现一楼一直播放的通俗钢琴曲不知何时换成了略微生僻的一首，关键是，这如淅淅沥沥雨水般的琴声，明显是现场弹奏的。

音乐在耳边回荡了不知多少秒，宋枝蕙心潮澎湃，终于想起这首曲子的名字。是她最喜欢的电影《不能说的秘密》里，女主路小雨的专属插曲，曲名就叫《路小雨》，名字虽平凡，却惊艳动听，如涟漪层层递进，婉转悠扬。

宋枝蕙放慢脚步，像是忽然明了，又不太确定地朝音乐传来的方向走去。

此刻，富丽堂皇的大厅内，一些客人正围在钢琴旁安静地欣赏眼前的钢琴弹奏。只是眼下弹奏的人并不是酒店雇的专门乐手，而是气质桀骜的祁岸。

男生略垂长眸，低头露出一截修长白皙的脖颈，瘦长骨感的手指在黑白键上跳跃，看似玩票，却能随着韵律由快变慢，敲出动人心扉又生机勃勃的力量。这一刻的他，有种少见的清俊不羁，或者说，简单的词语已经不能描述出他的出挑不凡。

琴音像是清晨的露水，沁入心田。短短三分钟，周遭都随之沉浸在当下轻柔又浪漫的氛围中，令人不忍打扰。

宋枝蕙站在五米开外，心神跌宕，脑中忽然就不可抑制地回想起那个暑假，两人一起在小屋里看完这部电影，祁岸回过头看到她偷偷擦眼泪，侧头朝她谑笑："要不要这么矫情？又不是真的。"

就这一句，宋枝蕙气闷了整个下午都没理他。再后来，祁岸也不知道抽什么风，花了三天专门学会这首《路小雨》，又在接下来的校庆亲自表演。

白衫少年，丰神俊朗，和琴声一起俘获在场女生的心。一曲结束，台下掌声雷动。祁岸勾着唇对着话筒，嗓音低沉磁性，目光不知看向何处，不羁地说了句："电影是假的，但总有人会给你真的。"

回忆伴着曲子涌得太凶太急，宋枝蕙如在岸边搁浅的鲸鱼，被眼前的画面冲击得无法动弹。

直到这首曲子结束，一位衣着优雅的白人女性走上前，风情万种地朝祁岸说了什么。祁岸半敛长眸，洒脱自如地说了句英文，随后，目光幽深又意味不明地朝五米开外的宋枝蕙看过来。

距离太远，宋枝蕙无法知晓两人的对话内容，却能清晰地看到白人女性瞬间失望的神情。

宋枝蕙的指尖陷入掌心软肉，呆呆地看着人群散开。祁岸气定神闲，长腿闲庭信步般慢悠悠地走来，和她正面相迎。

混着檀木尾调的荷尔蒙气息兜头而下，他浓眉一扬，率先开口："新皮肤？"

宋枝蕙愣了愣："什么？"祁岸微抬下巴，示意她的穿搭。

为了这场商务会面，宋枝蕙特意穿了深色的西装裙套装配高跟鞋，看起来像是生活在CBD的白领，清丽聪慧。

被他近距离打量得有些不自在，宋枝蕙稍错开目光，莫名腼腆："兼职需要。"

祁岸语调慵懒："挺合适。"

宋枝蕙轻轻抿唇，从外套口袋里摸出用眼镜布包好的玉佛和身份证，递给他："早上太匆忙，没找到合适的东西来装……不好意思，让你等这么久。"

祁岸接过来，垂眸瞥了眼，不甚在意地装进裤袋。他撩起眼皮，朝她望来，并不接茬："忙完了？"

想到他打电话说很急，宋枝蕙顺水推舟："你有急事就先走吧，我这边……"

祁岸手插在口袋里，淡漠的眼神里透露出几分正儿八经的善意。

他微微偏头，声音磁性地说道："外面下了雨，一起回去。"

宋枝蕙朝外面望去，果然看到门童帮进来的客人收伞。雨势似乎不小，再加上她有些打脚的高跟鞋……几乎就要脱口而出的拒绝忽然有些说不出口。

她正犹豫着，祁岸却已替她做好决定——直接从她手中接过手提包，连个招呼也不打，姿态潇洒地朝外走。

宋枝蕙无语，这人霸道又随心的做派怎么一丁点儿都没变？她深吸一口气，无可奈何地跟上。

好在上了车，祁岸没再"绑架"她的包，宋枝蕙系好安全带后的第一件事就是把包放到腿上。等车开离酒店,她才出声:"把我送到前面的公交车站就行。"

祁岸目视前方,没说话。宋枝蒽压住莫名而来的小脾气,还未来得及开口,车就在公交车站附近稳稳地停下。

尴尬了一秒,她说:"谢谢。"

目光掠过他冷白的侧脸,宋枝蒽推门下车,用包挡在头顶,穿过人行道跑到公交车站牌下。站牌有些简陋,用来挡雨实属狼狈,但聊胜于无。她再抬眼时,那辆超跑已经消失在车流中,犹如一抹转瞬即逝的水痕。

等了好久,公交车也不来,她一个人站在那儿,独自接受风雨的洗礼,觉得自己傻得要命。她忽然就觉得何恺说得没错,她确实不知好歹,无论对谁都是。宋枝蒽垂下眸,拿出手机准备叫车回去。虽然多少有点舍不得花那三十块钱,但这雨越下越大也总不是办法。

指尖在几个打车软件上来回拨弄,宋枝蒽还没选好,一辆熟悉的车打着双闪,就这么招摇又平稳地在附近停下。

仿佛后知后觉地感受到什么,她缓缓抬眸,视线穿过雨幕,朝车身方向定睛望去。只是还未能确定是不是那辆车,头顶就忽然被什么遮挡住,一阵檀木香混着荷尔蒙的气息笼罩下来。

宋枝蒽心头一凛,扭过头,果然看到眼前身形颀长的祁岸。他不知何时走到她身旁,手腕戴着乌银手环的手撑着一把浅黄色雨伞,人此刻正居高临下地睨着她。

两人身高差有些大,宋枝蒽不得不仰头,望向他时,眼底闪过慌乱:"你不是走了?"

"前面堵车,只能绕回来。"祁岸的神色慵懒淡漠,"然后就看到你在这儿淋雨。"话里是若有似无的揶揄,明摆着故意戳穿她的窘境。

宋枝蒽抓着帆布包的手紧了紧。祁岸把伞柄递到她面前,嗓音平静冷淡:"拿着。"

宋枝蒽眼睫轻颤:"那你呢?"

"我有车。"

"可是——"

"不拿我走了。"平铺直叙的语气,祁岸已经开始不耐烦。

事实证明,无论过去多久,宋枝蒽潜意识里都不敢挑战他的"权威",只能抬手接过。偏偏祁岸在这一刻并没撒手,宋枝蒽指尖攥得泛白,视线被迫落在对方稍显痞气的俊脸上。

他深邃的眸中闪过短短一瞬顽劣，正欲开口之际，身后倏然响起男生不合时宜的诧异声音。

"岸哥？你怎么在这儿？"

讶然十足的语气，起伏成一道完美的抛物线，猝不及防地打破这僵持气氛。

宋枝蕙回神，几乎和祁岸同时朝身后人望去。

此时此刻，冷战了好多天的何恺，正撑伞站在不远处。看到两人共握住同一把伞的画面，他眼底的不可置信如山洪一般涌出。

宋枝蕙的身形陡然僵硬。倒是在伞下躲雨的祁岸眸光悠然地迎着何恺那难掩敌意的视线，朗眉星目坦坦荡荡，就这么站在宋枝蕙身旁，没有一丝退缩。

然而直到很久以后，宋枝蕙才明白，那天何恺脸上近乎扭曲的神色，并不只是醋意与不爽，还有怕被拆穿的惊慌与惧怕。祁岸也并非一时兴起的挑衅，而是封存太久，又无处发泄的愠怒。

雨水噼里啪啦地敲击着伞面，汇集成下落的水流，如同天然的屏障，将三人划分为两个空间。但显然，这次宋枝蕙并不在何恺那个阵营。

祁岸身量高大，肩宽腿长，屈尊般地站在那把小伞下，并没有让出空间的余地。宋枝蕙虽然松开了握着伞柄的手，却也没有要走到何恺身边的意思，或者说，她根本就没想过何恺会出现，也并不惊喜于他的出现。

三人在雨中就这么尴尬地对视着，直到何恺咽下心中的不爽，维持着还算体面的假笑，走到二人跟前。他看向宋枝蕙，眼神明显在质问——你们怎么会在一起？

宋枝蕙没说话，祁岸低沉冷淡的嗓音如利刃般破开尴尬："我有东西落在她那儿，过来取。"散漫的神态坦然自若，一秒就激化了何恺胸口压着的那把火。

何恺皮笑肉不笑地"噢"了一声："什么东西落在她那儿？"说着又看向宋枝蕙，"你们什么时候走得这么近？"

他笑中带刺，眼里的质疑和揣测藏都懒得藏，似乎早就忘记，前几天把宋枝蕙抛下，去和应雪见面的人是他。

宋枝蕙心口滞闷，像是在隐忍什么，缓缓拢拳。

祁岸却不是忍气吞声的性子，勾着一丝薄笑反唇相讥："我跟她几年前就走得近，你不是都知道？"

这话隐含着要拆穿他的意思，何恺瞬间冷静下来，哑口无言。毕竟无论内心有多不平衡，都无法抹去当初是祁岸将宋枝葱介绍给他的事实。

似有些不自在，他不情不愿地呵笑了一声："要这么说的话，那确实。"话刚说完，迟到好久的66路公交车就到了。

宋枝葱撇过头，望向那辆人挤人的公交车，车门打开，几个乘客从后门下了车。前门也"嘎吱"一声打开。像是终于找到得以喘气的机会，她轻声说："车来了。"

说话间，宋枝葱扭头看向祁岸，礼貌真诚："谢谢你的雨伞，我先走了。"说完这话，她也不管站在对面的何恺是什么表情，从祁岸的伞下迈出，迈步上了公交车。

没想到事情会是这个走向，旁边的何恺面色骤沉，扭头又看了眼面色淡漠的祁岸，似乎在权衡什么，最终一咬牙一跺脚快步跟了上去。

望着何恺急匆匆的背影，祁岸嘴角勾起一丝讥讽的笑意，眼波流转间，刚好看到站在车窗前握着扶手的宋枝葱。车窗上雨滴零落，她小巧秀气的脸被雾气遮挡得有些模糊。

似是察觉到车窗外的目光，宋枝葱不由自主地抬起眼睛，朝依旧在雨中撑伞的祁岸望去。他撑着那把黄色的雨伞，单手插兜，身形颀长，气质桀骜，俊朗淡漠的脸上情绪不明，正眸光深邃地望着她。二人的视线透过水雾短暂相交。

直到公交车再度启动，嘈杂的车内响起何恺有些憋屈的声音："别挤了，别挤行吗？你踩到我的脚了！"

回过神，宋枝葱朝声源处望去。只见本就不算高大的何恺，身影早已淹没在拥挤的乘客中。

静默两秒，宋枝葱收回视线，目光不经意地再度朝车窗外望去。然而此时街景流动，刚刚那道如孤松伫立的身影早已消失在视线之中。

第三章
她分手了

新校区在三环开外,从酒店坐公交车回去,几乎穿过大半个城市。偏偏下雨交通堵塞,这辆回大学城的66路车一路拥挤。

何恺被迫罚站一路,心情暴躁到极致,一下车就拉着宋枝蕙吵了起来。他几乎忘记自己来找她的目的,三言两语地就把矛盾激化到最大,先是不满宋枝蕙那天无故掐断电话,又指责她和祁岸背地里纠缠,最后又埋怨她上了公交车,害得他新买的那辆车还停在那儿。

他说到激动处,话要多难听有多难听:"我说呢,最近怎么动不动就和我闹矛盾,原来是和旧相识好上了。校区合并后能常和他见面你很开心吧?他还说东西落你那儿了,什么东西,你敢说吗?"

两人站在学校附近的公交车站,声音不小,引得路人都忍不住多驻足看两眼。

宋枝蕙看着无理取闹的何恺,心中虽然有气,但更多的是一种透彻心扉的失望,忽然就觉得,这三年好像一点意义都没有。他们之间,争吵过剩,猜忌过剩,唯独甜蜜贫瘠。至于信任,更是从头到尾都没有。

宋枝蕙蓦地发出一声笑。

被这声笑刺激,何恺蹙眉:"你笑什么?"

宋枝蕙长相本就偏清冷,眼下面色发冷,更有种少见的生人勿近的气场。她开口反击:"你说我和祁岸背地里纠缠,那你和应雪这几天又算什么?好朋友叙旧?还是再续前缘?"

"你怎么知道……"何恺惊慌失色,气势减了几分,"祁岸告诉你的?"

/058/

"他从不在背后讲人闲话，"宋枝蕙嗓音如玉石相撞，清脆又掷地有声，"是我在他朋友的电话中亲耳听到的。而且我和应雪的微博一直是互相关注的，她发什么，我都知道。"

言至于此，很多细节根本不用一一阐明。何恺神色恍惚，宋枝蕙却不卑不亢："你不是想知道他找我来拿什么吗？好，我现在就告诉你。他落在我这儿的是玉佛和身份证。

"之所以落在我这儿，是因为昨天我陪蔡暄见网聊对象，祁岸是那个男生的室友，送我们回来的时候，下了大雨，他把衣服借给我。

"不管你相不相信，我和祁岸自始至终都清清白白，如果我做过哪怕一件对不起你的事，我宋枝蕙天打雷劈。"

清冷的嗓音笃定又坚决，铿锵有力。

意识到她这次是真的动了怒，何恺自觉理亏："枝蕙，我……我没有……"

然而宋枝蕙早已身心俱疲，没心情和他耗下去，她沉下一口气，丢下一句："我还有课，先走了。"便毫不留恋地转身冒雨朝校园走去。

宋枝蕙没有搪塞何恺，她下午确实有一节改了时间的通识选修课。她浑浑噩噩地熬完整节课，直到回到宿舍，才发觉自己发烧了。

蔡暄约会回来，见她在床上病恹恹地躺着，问她怎么了。宋枝蕙说"没事"，结果蔡暄手刚贴到她头上就被烫得缩了一下。

"都烧成这样了你说没事？"蔡暄满脸无语地找温度计，一量才知道她烧到了三十八度。

"不行，你得去医院，"蔡暄好半天都没找到退烧药，挠着额头，"再不济也得去医务室。"她说完想到什么，"对了，何恺呢？叫他来照顾你。"

宋枝蕙裹着被子转身，把头埋起来。蔡暄见状，后知后觉地睁大眼："别告诉我你俩又吵架了。"

宋枝蕙没吭声，蔡暄过去扒拉她："问你呢！"

好半天，宋枝蕙瓮声瓮气地说："下午又吵了一次。"

还"又"？蔡暄简直不知从何吐槽起："我好心告诉他地址，他却过去跟你吵架？"

然而蔡暄气归气，还没忘记当下最重要的是宋枝蕙生病了。蔡暄让宋枝蕙跟自己去医务室，宋枝蕙不愿意，最后只能在线上买了退烧药送过来。

蔡暄送水递药，忍不住嘟囔："我看还不如跟他分手，隔三岔五吵架，硌硬谁呢。"

宋枝蕙喝下药，继续躺着，好一会儿才出声："我欠他很大一笔钱。"话音染着感冒后浓重的鼻音，轻飘飘的，有些不真实。

蔡暄窝在椅子里看着手机，几秒后才反应过来："什么钱？你在说胡话吗，宋枝蕙？"

药劲儿上来，宋枝蕙合上眼皮没再说话，昏昏沉沉地睡了过去。等到第二天她状况好转，蔡暄又问她昨天说那话是什么意思。

已是中午，刚下课的两人约在食堂一起吃饭。蔡暄是个好奇心旺盛的人，见她没回避这个问题，便打破砂锅问到底。

可能是情绪憋太久需要抒发，也可能是昨天烧了一夜，想通了什么，宋枝蕙没再闭口不谈。

"当年我爸带人炒股亏了很大一笔钱，闹得几家人都倾家荡产，那些人追债追到我头上，是何恺帮我摆平的。"

说这话时，她语气很轻，轻得好像在说别人的事，但其实，那是一段令人极为不安的记忆，她轻易不愿对别人提起。

话音落下，蔡暄神色恍然，好像忽然明白了什么。比如，为什么宋枝蕙一年到头兼职，却舍不得为自己置办喜欢的东西，为什么别人可以过得轻松自在，宋枝蕙却永远像在与时间赛跑。因为别人的起点是地平线，宋枝蕙的起点是万丈深渊。

而这些，并不是家境优渥的蔡暄可以想象的，她现在唯一在乎的就是宋枝蕙欠何恺多少钱。

"之前还了十万，"宋枝蕙想了想，"我手头又攒了五万多，打算过段时间还给他，但就算这样，我也还欠他十几万。"

"十几万？"蔡暄下巴都要惊掉了。虽说这个数目谈不上巨大，但对宋枝蕙这样的家境来说，却是不知道什么时候才能赚出来。

"所以你这三年来才这么纵容他，也不敢和他分手？"

"不是这个原因。"宋枝蕙垂下眼，"他没要我还，是我自己硬要给。"

不只是还钱，这三年，何恺送她的礼物但凡贵重一点，她都不会收。

"而且，"她顿了顿，"我确实喜欢过他。"

那时的何恺，陪她走过了最艰难的岁月，把所有的耐心和关爱都给了她，甚至为了和她在一起，不惜放弃外地更好的学校，毅然决然地来到这个城市，上了一所十分普通的大学。

这样的攻势，即便原本只有感动，慢慢也会变成爱情。

可那已经是很久很久以前的事了，现在，对这段感情失去新鲜感的何恺，与始终不愿突破底线的宋枝葱，就像两条渐行渐远的轨道。偏偏中间又横亘着金钱与恩情的枷锁，以至于无论何恺多么过分，宋枝葱总会下意识地说服自己去包容理解——那是她即将跌入深渊时，向她伸来的唯一的一双手，她不能随意松开。可是，在经历最近这一年后，那些砝码仿佛一点点失去效力，宋枝葱只觉被这段感情拖得好累。

得知前因后果，蔡暄一时也没了主意："你这情况确实微妙，要是你主动提分手，搞不好他还会觉得你利用完他就丢，而且十几万也不是说赚就能赚到的。"

宋枝葱没接话，过了好一会儿才说："不想了，先吃饭。"

连续吃了两天药，宋枝葱很快就恢复了从前的精气神。她这两天除了上课，其余时间都被兼职塞满，好像生活中的任何波澜都不能阻止她赚钱的步伐。

期间，何恺在微信上刷了几次存在感，时而给她微信步数点赞，时而在朋友圈发"知乎"问题，诸如"男生什么时候才会对女生彻底失望""怎样才能维持好一段感情"之类的。和从前冷战期差不多的套路，只是用得太多，宋枝葱早已没兴趣陪玩。

再后来，就是宋枝葱的室友林洋的生日。林洋之前就说，生日那天要请大家去吃市里美食排行榜前三的那家日料。为此蔡暄私下拉了个群，和大家商量送林洋礼物的事。

苏黎曼觉得个人买，总归送不上什么好礼物，便提议三人凑钱给林洋买个大的。所以，三人最终凑了一千，给林洋买了套不错的计算机外部设备。

不用花心思挑礼物，宋枝葱乐得清闲，在图书馆写完大半篇翻译稿，等时间差不多，才坐公交车前往约定的地点。

只是没想到，她刚从公交车上下来，就看到街道对面那家日料店门口，停着一辆熟悉的超跑。

超跑副驾驶座上坐着一位面熟的"辣妹"，那姑娘和上次一个画风，一头浅金色的长发，穿着马卡龙色紧身连体裙，拿着杯星巴克，在那儿对着手机嘟嘴自拍。驾驶位却空着。

宋枝蒽仿佛从麻木的状态中收回神，呼吸瞬间一轻。

她看到那道颀长挺拔的身影，浸在傍晚绯金的天色中，慵懒地靠在店门口抽烟。他的双颊随着吸气微微凹陷，勾勒出凌厉的下颌线，修长的手指夹着一点明明灭灭的猩红，痞气又性感。与超跑"辣妹"相比，他自己明显是道更惹眼的风景线。

可对宋枝蒽来说，这一刻没有养眼，只有意外。没想过两人在校外还会相遇，她心神微晃，脚步也随之顿住。

然而就在这时，对方似乎感知到什么，缓缓撩起眼波。白雾倾吐弥漫间，一双锋利冷冽的双眸漫不经心地朝她的方向瞥来。

视线相触的前一秒，宋枝蒽喉间微哽，不假思索地别开视线。刚好身后有家水果超市，她自然而然地走进去。

货架上摆着花花绿绿的水果，宋枝蒽随便选了几样，等送去收银台结账时，才屏息凝神，朝街道对面不甚明显地望了眼。

她也不懂自己怎么会这样，明明没做任何亏心事，却本能地把自己当成一只蜗牛藏起来，仿佛这样就不必面对因那场吵架而衍生出来的纷乱无章的情绪。

只是这次确实是她多虑了，那车并没有在店门口多停的意思，宋枝蒽望去时，祁岸已经拎着外卖上了车。

旁边的姑娘接过外卖，凑过去跟他说了什么，笑得跟朵花似的。随后，那张英挺精致的脸，在暮色下极淡地勾了下唇。

宋枝蒽的视线收回时，兜里的手机响了声。

蔡暄：宋枝蒽，你好磨蹭，到了没？

宋枝蒽：马上。

回复完，宋枝蒽结账，前往餐厅。不怪蔡暄催促，她确实是最后一个到的。蔡暄没兴师问罪，而是在她落座后兴冲冲地问："你在楼下和岸哥碰面没？"

这一问宋枝蒽才得知，早在她过来之前，蔡暄她们几个和祁岸就已经见过面。怎么说他与蔡暄都是吃过一次饭的交情，再加上陈志昂在中间，两人很自然地成了"熟人"。

祁岸得知今天是林洋的生日，特意让老板替她们选了个最好的包间，又出钱点了个不便宜的寿喜锅套餐送她们。

宋枝蕊愣了愣:"他认识这家店的老板?"

"认识啊。"蔡暄眨着眼,"不然怎么可能把车那么招摇地停在大门口,还那么随便地点外卖!"

宋枝蕊一瞬默然,顿了顿:"我和他没碰面。"

苏黎曼插话:"可惜了,要是碰到你,说不定都能让老板给个优惠。"

陪她点餐的林洋听到抬头:"枝蕊也跟祁岸认识?"

苏黎曼一边在菜单上打钩,一边说:"你还真是打游戏打到疯魔,连枝蕊的对象跟祁岸是好哥们儿都不知道?"

"啊,这样吗?"林洋表情有点蒙。

宋枝蕊轻轻抿唇,苏黎曼还想说什么,蔡暄把话题岔过去,只是岔得并不远,从围绕祁岸,变成讨论和他一起来的那位"辣妹"。

蔡暄之前就见过一次,这次终于见到正脸,兴奋地道:"那身材是真的绝,前凸后翘,可惜脸差了点儿意思,比不上咱枝蕊。"

"整体也算不错啦。"苏黎曼给出中肯的评价,"可能是因为配祁岸那级别的帅哥,才会觉得不够搭。"说着又看向宋枝蕊,"还有,你拿枝蕊的脸和她比,这不欺负人吗?"

话说完,三人笑作一团。宋枝蕊无奈地抖了下嘴角:"就知道拿我寻开心。"

没多久,侍应生把菜品上齐,话题总算没再围绕祁岸。只是女孩子聊天七零八碎的,难免有些嘈杂。宋枝蕊话少,在旁默默地听着,直到干洗店那边给她发来信息,说那件男款外套洗好了,明天可以去取。

多亏老板提醒,她这几天过得匆忙又浑噩,早就忘记手里还压着祁岸的一件昂贵的外套没还。她的思绪也因此不受控制地回想起刚刚隔街相望的一幕,窘迫再度涌上心头。也不知她那会儿做出那么大的反应,在人家眼里会不会成了笑话。

宋枝蕊握着水杯的手指紧了紧,思忖两秒,问蔡暄,可不可以让陈志昂帮忙转交祁岸的外套。

"他回老家了,今天刚回。"蔡暄纳罕地说,"你想给岸哥送外套当面给他不就行了?"

宋枝蕊一噎,牵了一下嘴角:"嗯,也是。"

托林洋的福，这顿晚餐四人吃得很尽兴，连宋枝蕙都有些撑。

从餐厅出来，蔡暄又起头带她们去KTV，结果这一玩差点玩过头，刚回宿舍就熄了灯，几人只能可怜巴巴地就着充电台灯洗漱。等彻底忙完已经过了十一点，宋枝蕙身心俱疲地躺在木板床上，望着印着几块光斑的天花板，脑中又开始琢磨送衣服的事。

到现在，她已经分不清究竟是她不想见祁岸，还是因为何恺的猜忌故而两人不敢碰面。即便两人清清白白，她似乎也无法承受哪怕一丁点儿无中生有的埋怨。

宋枝蕙稍稍侧身拿起手机，想着实在不行也只能硬着头皮找祁岸，不想下铺的蔡暄忽然敲敲她的床头。

蔡暄后知后觉想起宋枝蕙吃饭时拜托她的那件事，帮她支招儿："你要是实在没时间当面还外套，就送到他宿舍楼管那儿吧。"

宋枝蕙醍醐灌顶："楼管那儿可以寄存？"

"那儿肯定当不了菜鸟驿站，但偶尔帮学生存个东西肯定可以。"

有了这个办法，宋枝蕙安心许多。只是日语系的专业课都集中在上午，导致宋枝蕙中午才有时间去干洗店取走衣服。按照蔡暄给的楼号，她拿到衣服后直奔男生宿舍楼，想着尽可能早点，也省得遇到祁岸。却不想老天专喜欢干些捉弄人的事。

宋枝蕙正顺着斜坡朝上走着，余光捕捉到一抹迎面走来的身影。清风和煦，郁郁葱葱的林荫路上，应雪纤瘦高挑，在人群中十分显眼。那张偏超模长相的脸，虽然漂亮但太飞扬跋扈，看着极不好惹。

宋枝蕙停住脚步，看着应雪踩着高跟鞋走到她面前。

似乎并不意外会在这里相遇，应雪笑道："真没想到今天先见到的人是你。"

望着眼前多年未见的女生，宋枝蕙神情有些不自然，脑中蹦出的第一个想法是——她还要见谁？

何恺？

还是祁岸？

还未思索出来，应雪抢先给了答案："你也来找祁岸？"

宋枝蕙捏紧纸袋，有那么一瞬间，她想转身离开，仿佛又回到曾经的晦暗时光，逃避与应雪有关的一切。但是，这里是北川大，不是平城一中，她也不是十八岁的宋枝蕙。

明白这点，宋枝蕙平静地回望："我来给他送东西。"没有任何要叙旧的意思，说完便错开她朝前走。

应雪却不罢休，不管周遭有没有行人，直接扬声："既然碰到了，为什么不谈谈？你知道的，何恺很在意你，也很在意你和——"

话到这里，留下短暂又意味深长的刻意中断。应雪太知道宋枝蕙是什么性子——无论身在何处，都恨不得隐匿起来，安然，平凡。

但这也是她最嫉妒宋枝蕙的地方。从小到大，她花尽心思才能得到别人的认可与赞美，宋枝蕙得到这一切，只需要做一个小小的激光去除手术。

果不其然，被这话刺激到的宋枝蕙停下脚步，应雪走到她跟前，笑容无懈可击："前两天何恺都跟我说了，我觉得有些事没必要误会这么深，所以才想当面找你谈。"

"谈什么？"宋枝蕙眸色冷淡，"谈他为什么抛下我去接你？还是宁愿和我冷战也要给你接风洗尘？"更难听的话被教养束缚住，她不想变成和应雪一样的人。

应雪却不在意："你看吧，误会就是这么深，所以我说，咱们得坐下来谈。"

"现在是中午。"应雪抬腕看表，"我要找祁岸，你也要给他送东西，不如大家一起吃个饭。"

"不必了。"宋枝蕙拒绝，"如果何恺想找我谈，让他自己来。"语气疏离又凉薄，说完转身就走。然而步伐还未迈开，视线就看到不远处从上坡路往下迎面走来的两个人。

高大的身量，恣意的身姿，即便穿着简单的白T恤和长裤，也掩盖不住那矜贵又桀骜不驯的气质。对比之下，吊儿郎当的谢宗奇就像个小跟班。

偏偏这跟班眼神还挺好，一眼就看到了宋枝蕙，叫叫嚷嚷的声音在林荫路上传开，引得路人也朝这边望来。

宋枝蕙原本还算自如的神态在这一刻终于有些绷不住，手足无措地站在那儿。没想到那么绞尽脑汁地避开，该见的面还是要见。

两个男生走到二人面前。谢宗奇和应雪不熟，略瞥她一眼便看向宋枝蕙，刚要喊"枝蕙妹妹"，就被应雪捏着嗓子打断："岸哥！"

应雪生怕被忽略似的走到祁岸跟前，语气娇俏："我等了你好半天，你总算出现了。"

祁岸双手插在衣服口袋里，漫不经心地看她一眼，问道："你怎么在这儿？"低沉冷淡的声音透露着生人勿近的气息，一丝欢迎的意味都没有。

应雪说："当然是来找你吃饭啊，之前在群里不是说了，我今天来找你玩。"

他们这伙人年少时就混在一起，应雪作为这群人里唯一的女生，又是何恺单恋多年的对象，一直是团宠般的存在。只是宠她的人里不包括祁岸，无论应雪怎么主动，他都不把应雪当回事。

他越这样，应雪越来劲。就像这次，她刚从国外回来没几天，就变着法儿地安排聚会，想和他见一面。可祁岸却怎么都不出现，她只好厚着脸皮来北川大玩，打听好祁岸今天在哪儿，第一时间杀了过来。

祁岸并未感动于她的热情，哼笑了一声："玩什么？我又没时间。"说着，略抬下巴，朝站在那儿的宋枝蕙瞥一眼，挑了挑眉，"你呢？也来找我玩？"

这话乍听一本正经，细品却玩味十足。谢宗奇扑哧一笑。

迎着三人的目光，宋枝蕙眉头微蹙，声音有些紧："我来还衣服。"

话落，她想将衣服递过去，不想祁岸先一步朝她走来，他接过她手里的纸袋，稍稍打开，垂眸看了一眼。

应雪见缝插针地挽住宋枝蕙："走啊，咱一起吃饭去，餐厅我都选好了。"

突然被"绑架"，宋枝蕙无言，更夸张的是应雪把她的手攥得很紧，她的手抽也抽不出。

"谁要跟你吃饭。"祁岸抬眸，轻飘飘地开腔，"我们三个下午还有事。"

宋枝蕙怔住。

我们三个？有事？

谢宗奇清了清嗓子，装模作样地说："可不是吗，我们三个下午还有事。"

说完，应雪脸色就变了，她松开宋枝蕙，问："你们要办什么事。"

祁岸眸里荡着要笑不笑的冷意，语气轻狂："用得着告诉你？"

这话突如其来，是个人都能听出其中的讽刺意味，威力堪比当众给应雪一巴掌，短短几秒她就红了脸。

偏偏祁岸毫不愧疚，说完，他下巴冲宋枝蒽随意一偏，意思清楚得不能再清楚。宋枝蒽虽有些发蒙，但也还算机灵地跟过去。谢宗奇配合地走在她右边，三人一起，倒不至于让人遐想联翩。

走出好几米远，才听到身后应雪不甘心地叫喊着："祁岸，算你行！"随后是一阵嗒嗒的高跟鞋声。宋枝蒽朝后瞥了一眼，看到应雪怒气冲冲的背影渐行渐远。

谢宗奇捡到乐子似的："这姑奶奶，也不知道何恺当年是——"

话没说完，祁岸一眼瞪了过去。谢宗奇拍了下自己的嘴，忙转移话题："枝蒽妹妹，走啊，一起吃饭去。"

"不了，"宋枝蒽委婉拒绝，"我还有事。"出于礼貌，她不得不与祁岸对视，"谢谢你的外套和今天的解围。"说完倒没像以前一样急着走，而是等着祁岸说话。

祁岸抬眉，语气带着一点促狭："这次不跑了？"眼神带有几分审度，似在谴责她每次都乌龟缩壳般的做派——昨天看到他扭头就走，今天还东西也不事先通知，刻意避着的意思太过明显。

这些话虽然没说出来，但宋枝蒽已然感知，心中有愧。她想了想，找到冠冕堂皇的说辞："表达感谢要礼貌一点。"

她这正儿八经的架势，又把谢宗奇逗笑了："还是我们枝蒽妹妹有趣。"

宋枝蒽抿唇："那我走了，再见。"说完，在祁岸悠然的注视下，略一颔首准备离开。

不想谢宗奇嘴欠地又蹦出一句话："那明儿晚上见啊，枝蒽妹妹。"

宋枝蒽脚步一顿，扭头看向正跟她摆手的谢宗奇："明晚？"

谢宗奇也怔住，不经大脑地开口："明天是老秦生日，你家何恺不是说了带家属？"毕竟在外人眼里，何恺的家属就等于宋枝蒽，但此刻宋枝蒽的反应完全不似知道这事，气氛瞬间寂静。

祁岸皱眉横了谢宗奇一眼："闭嘴。"

谢宗奇这才反应过来，只是为时已晚。宋枝蒽那表情看起来早已明白什么，却还是自我安慰般地牵起敷衍的嘴角。

"嗯，明天见。"这次说完，她没顾两人的反应，也没多停顿便转身离开。

望着她离开的背影，谢宗奇倒吸了一口气："完了，我是不是惹事儿了……"

/067/

祁岸没吭声，狭长深邃的眸子注视着那道纤瘦的背影，薄唇绷成一条线，似压着某种晦涩不能言的情绪。

北川大新校区是出了名的地盘广袤，又是午休时间，校车司机都去吃饭了，以至于偌大的校园，连个代步的校车都看不见。

关键时刻，何恺的电话又打不通，应雪只好憋着一肚子气，踩着那双新买的还有些磨脚的高跟鞋，一瘸一拐地走向校门口。等她坐上私家车，何恺才回电话。

应雪哪受过这种气，先是添油加醋地复述了一遍经过，后又委屈地说祁岸太过分，这么多年交情一点面子都不给。提到宋枝蕙时，她还明里暗里地挑拨："反正我看他们俩的样子熟得很，借衣服还衣服，还说有事要三个人一起办。"

何恺本来无所谓，毕竟大家都知道祁岸不爱搭理应雪，但一听到宋枝蕙，他声调就变了："她去找祁岸？办事？办什么事？"

"谁知道呢，又不告诉我。"应雪也来劲了，"早就跟你说他们俩有事，你还不信。"

本以为何恺会愤慨，没想到他静默了几秒，反而安静下来。或许是反思到那天自己的话很严重，也或许是不愿相信应雪口中的"事实"，何恺欲言又止，半晌才道："不一定，也有可能是误会。"顿了顿，他语气正经几分，"我信枝蕙，她不是那样的人。"

应雪原本还沾沾自喜，听到这话一时哽住："何恺你什么意思？觉得我在骗你？之前不是你跟我说怀疑他们俩有事吗？现在我帮你去打探，你反倒装好人。"

"没有，这其中可能有什么误会。"何恺也很心累，"算了，这事你别管了，我后天找她谈。"

他的反应完全出乎预料，应雪呆了呆。更让她无法接受的是，何恺好像远没她想象中在乎她的情绪，随口说了句有点急事，便挂断了电话。

这还是何恺第一次这么对她，应雪似受到打击一般，蔫巴巴地坐在车里，甚至不由得想，难道时间真的可以磨灭一个人对另一个人的感情，哪怕何恺曾经喜欢她那么多年？

原本的恃宠而骄和信誓旦旦在这一刻被击得土崩瓦解，应雪深吸一口气，不能输给宋枝蕙——无论是在祁岸还是何恺这里，她一定得做点什么。

中午分别后，宋枝蕙去食堂随便吃了顿午餐。下午没课，她难得没去图书馆，而是回了宿舍。

宿舍里，苏黎曼和蔡暄正凑在一起研究美妆，两人叽叽喳喳，活像一对喜庆的麻雀。蔡暄看到她，顺口一问："岸哥的衣服送过去了？"

宋枝蕙抽出书本放到桌上："嗯，还了。"她拉开椅子坐下，打开笔记本电脑准备工作。

注意到她回来，苏黎曼也问："枝蕙，要不要和我们一起去喝下午茶，拍美美的照片？"

宋枝蕙想了想："我下午打算直播一会儿。"她最近因为各种事，好久都没上线，刚好宿舍里最闹腾的两人要出去，不抓紧机会直播确实可惜。

苏黎曼悻悻地说了声"好"，继续对着镜子贴假睫毛。

倒是蔡暄背着手来到她身后，指尖戳了戳她："怎么感觉你不对劲？"

宋枝蕙握键盘的手微顿："有吗？"

"有啊！还很明显。"蔡暄靠着她的桌沿，挑了挑眉，"有心事的话，可以和我说。"

宋枝蕙有一瞬犹豫，但想到蔡暄马上就要出去，话转了个弯："暂时没事，有事第一时间找你。"

见她这次总归是没自己硬憋着，蔡暄拍了拍她的肩膀："别让我操心就行。"

宋枝蕙笑了笑。

过了没多久，蔡暄和苏黎曼离开，宿舍里只剩她和专注打游戏的林洋。两人互不打扰，各自忙各自的"事业"。

大概是白天，宋枝蕙直播开得又突然，这次流量并不大，只有一些眼熟的老粉进来。宋枝蕙不是很在意，专心做着自己的事，好像这样就可以消化掉这个中午的坏心情。可就算这样，那副心情不佳的状态依旧骗不了看直播的人。

很快就有人在下面评论：

△吱吱心情不好吗？

△怎么看起来这么疲惫？

宋枝蕙隔了好久才看到这些话，感觉到温暖，她浅浅勾唇，声音不算大地说:"确实一般。"

△为什么呀?

△吱吱今天可以和我们聊天?

或许是这一刻没心情看书,也或许是她确实需要一点倾诉的空间,宋枝蒽想了想,半开玩笑地道:"可能因为快要分手了吧。"

话音落下,评论区顿时沸腾起来。有人好奇宋枝蒽为什么分手,跟谁分手,有人则意外原来看着这么乖的吱吱早就有了对象。

下一秒,宋枝蒽在屏幕上扫到一串眼熟的数字。

050912:什么叫要分手?

050912:分就是分。

050912:没分就是没分。

语气太生硬直白,要不是知道他是在直播间刷了二十几个游艇的大佬,还真容易误会他是"杠精"。

宋枝蒽抿唇,没想到这家伙居然会出现。始终记着他之前一直没搭理自己,她稍稍有些怨念地说:"050912,你终于来了啊!"

一说这话,下面就有人问怎么回事。宋枝蒽没答,点开050912的私信,打算继续纠缠他说"还钱"的事,没想到050912先一步回她。

050912:一直没登录账号,现在才看见。

050912:钱留着吧,就当祝你分手愉快。

宋枝蒽被气笑了,快速敲字:哪有你这种人,还咒人?

050912:不是你说的快要分手了?

宋枝蒽一瞬哑然,不可控制地再度想起谢宗奇今天那话,心中坚守许久的顽石,似乎也被某种摧枯拉朽的力量,一点点敲碎,那种滞涩的感觉再度涌现上来。

直到050912又发来信息:人呢?

宋枝蒽指尖微蜷,默然几秒,像突然赌上一口气,对他说,也对自己许诺:到明晚七点吧。

如果到那时,她依旧接不到何恺的任何电话,就代表何恺心中,她已经不是他的"家属",那么她也没必要,为了恩情与金钱的可怜束缚,再勉强维系这段本就支离破碎的感情。

只是这些心里话,她不好告诉一个陌生人,只能化繁为简:如果明晚七点,我还没分成,你就把二维码发我,我把钱退你。毕竟没分手,那笔钱也谈不上"分手愉快"。

050912反问:如果分了呢?你能不退?

宋枝蒽想了想,打定主意:那就不退。

顿了顿,她又说:说出来虽然有些不好意思,但我确实很缺钱,趁现在还没确定,你反悔还来得及。

050912:我做事从不后悔。

沉默几秒,050912又发来消息:就照你说的办,明晚七点,等你消息。

话题到这里似乎终止,宋枝蒽因为在直播,不好一直发信息,便退出聊天继续营业。一直到直播结束,050912都没再出现。

宋枝蒽在事后才觉得莫名其妙,她看着两人的对话,总觉得有些奇怪。真的有人会随便给一个不认识的主播刷这么多钱,还在意别人分不分手?还是真像那些粉丝所说,050912是藏在她身边的某位暗恋者,抑或只是单纯有钱任性外加对她有好感?

思绪被绕得云里雾里,宋枝蒽终究没有勇气问他一句——我们是不是认识?

到了第二天,繁忙的专业课和课外实践让宋枝蒽忙得不可开交,等到傍晚回到宿舍,她才想起晚上七点还有个不成文的"赌约"。

宿舍七楼窗外,微风轻柔、晚霞漫天。宿舍内,麻辣烫和螺蛳粉的味道混在一起,除此之外,还有林洋打游戏的语音声,苏黎曼追电视剧的外放音,以及蔡暄和陈志昂恩恩爱爱的说话声。

宋枝蒽仿佛与她们隔离在两个世界,她沉默地坐在椅子里,看着桌上一直安静的手机,似乎在等待一个即将水落石出的结果。

然而直到六点五十分,何恺都杳无音信。即便差了十分钟,她心中那点自欺欺人的耐心也早已消耗殆尽。

宋枝蒽说不清这一刻的心情,有尘埃落定后的自嘲,还有如释重负的释然。她深吸了一口气,点开与何恺空白已久的聊天界面。

只是老天似乎远嫌这段关系不够戏剧狗血,让这场分手来得并没那么痛快,她在打出"我们分手吧"这句话之前,聊天界面突兀地滑出两条信息——

何恺先是发来一条定位信息,而后还有一段文字。

何恺:我今天出门太急药不够用了,现在咳得厉害,又不方便出去买,你能不能给我送一瓶过来?

秦永和的生日派对定在晚上六点半，地点就在五环的祥林雅苑别墅区。别墅虽老，却依山傍水十分清静，的确适合一群人在这边发疯撒野，但说是六点半准时到，实则等大家到齐已经快七点了，谢宗奇和祁岸是最后到的。

谢宗奇下车见到秦永和就骂骂咧咧，说他选的这是什么风水宝地，难找就算了，中途还差点碰上车祸，这才耽误这么半天。

秦永和这个当寿星的不计较地赔着笑，一方面是谢宗奇给他的礼物够大份，另一方面是之前说不来的祁岸居然来了。秦家最近内部动荡，他这分支想多找点外部靠山和合作机会，自然把目光盯上财大气粗又手腕雷霆的祁家。

只是祁岸向来随性不羁，不是特别熟悉他的人根本摸不清他的性子。秦永和唯一能想到的办法，就是铆足劲儿和他套近乎，就这场生日派对，明面儿上主角是秦永和，但里面的诸多设施，酒品菜肴，都是倾向于祁岸的喜好采买置办的。

只是祁岸显然没被这些取悦到，他把一份贵重的礼物送给秦永和后，人朝沙发主位上随意一坐，嘴里衔了根烟，目光四下淡漠地扫了扫。

这个时间，人差不多都到齐了，三层楼的别墅，三十来个男男女女，只有几个面熟的。

秦永和给他和谢宗奇分别递了火，烟雾吐息间，他开玩笑似的说祁岸觉得哪个女孩漂亮，他给介绍。

谢宗奇听笑了，说："你可拉倒吧，我和岸哥在一块儿混这么长时间，还真没见他对哪个女生另眼相看。"

祁岸弹断半截烟灰，略掀眼皮："何恺呢，跟谁一起来的？"

秦永和扭头四下望望，又上楼瞅了瞅，不大一会儿就回来了："早来了，在上面玩牌呢，领着他那高中同学。"说着想起什么，"哎，那女生你也认识，叫应雪。"

话音落下，祁岸吐了口烟，眉宇间蕴着冷冽。

谢宗奇叫了声："何恺还真没带对象来啊！"说完看向祁岸，"宋枝蕙知道了得多伤心。"

祁岸半垂着冷白的眼皮，静默不言。

秦永和搭腔："出来玩嘛，带谁不是玩？他也说了，在和宋枝蕙闹矛盾，而且宋枝蕙性子闷，就算过来也融不进来，怪麻烦的，不像这个应雪，人精似的，'哥哥'叫得一口一个顺。"

刚说完，就有人在二楼叫了一声老秦。秦永和"哎"了声立马上去陪别的朋友了。谢宗奇饿得厉害，去餐区那边找吃的，顺便和几个熟人寒暄。

祁岸却始终不合群地坐在那儿，抽完整根烟，捻灭烟蒂，另一只手不知第几次点亮手机。时间早已超过七点，屏幕上却没有任何通知，仿佛昨天的约定只是随口一谈。

视线在上头定格几秒，祁岸无声轻哂，把手机丢到桌上，神情冷怠地往后一靠，眼底有清霜泛开。偏他这抹冷然的身影处在喧嚣中，有种遗世独立的散漫性感，引得不少姑娘借着送食物的机会过来搭讪。

有同校的，有邻校的，也有不知从哪儿过来的"社会人"。但可惜，祁岸宁可看电视墙上胡乱播放的综艺，也不愿看她们其中任何人一眼，吐出最多的两句话也不过是"放那儿吧"和"谢了"。茶几上的食物就这么堆积成山，他却连动一口的兴趣都没有。

落地窗外不知何时下起夜雨，硕大的雨滴砸在玻璃上，噼里啪啦，宛如密集的鼓点，听得人无端心烦。

胸腔升起躁意，祁岸烟瘾作祟，从桌上摸起烟盒、打火机，随后起身凝眉朝楼梯口阔步走去。

就在这分辨不清的嘈杂声中，一楼的门被轻轻推开。正要找祁岸的谢宗奇转过身，视线不经意朝那儿一瞥，眼睛瞬间睁大："枝蕙妹子？你怎么来了？"

诧异的话像两颗玻璃珠，一前一后应声落地，更像一道无形的绳索，倏然将祁岸朝上迈的步伐困于原地。

祁岸敛眸，顺着谢宗奇的视线朝门口望去，就看到身穿一条被雨水微微打湿的素色长裙的宋枝蕙手里拎着一小袋东西。清瘦的身材，清凌凌的眼，像是一株被风雨侵袭过的带着破碎感却又倔强的茉莉。

也就是这个瞬间，宋枝蕙对上祁岸幽深灼然的视线，杏眼漾起一抹不易察觉的慌乱，她习惯性地略微垂眸，再开口时，已然看向另一边的谢宗奇。像是处在此地浑身不自在，她声音很轻："我来给何恺送哮喘药，你知道他在——"

后面的"哪儿"还未来得及问出，就被突如其来的凉薄声音打断。

"他不在。"

被打断的宋枝蕙生生一哽,她抬眸就看到祁岸双手插兜,一双笔直长腿顺着台阶随意走下,望着她的眸光却冷如寒刃。

别墅虽大,但前往二楼的楼梯并没有多宽敞。身量高大的祁岸往那儿一站,俨然一道耸立的墙,毫不客气地截断通往二楼的所有路径。

偏偏此刻,大多数人都在二楼。透过楼上透明的玻璃墙,很容易就看到里头攒动的人影。说笑声搅在一起,肆意喧嚣,显得这道"逐客令"听起来格外刺耳,就好像上头有什么不可见人的秘密,让祁岸故意拦着她,不让她去看。

气氛随之沉默下来,宋枝蕙拎着塑料袋的手指微微收紧。想到上一次她在何恺家门口碰到祁岸,他也是说何恺不在……

眼见场面越来越僵化,心思澄明的谢宗奇忙走到她身边低声化解尴尬:"别介意啊,岸哥今天心情不好,但他说得没错,恺哥确实不在,你要给他什么,把东西交给我——"

说着,他去拿宋枝蕙手里的东西,没想到宋枝蕙非但没松手,还目光锐利地看看他:"上一次也是这样?"

谢宗奇愣住:"什么?"

宋枝蕙粉唇绷成一条线,没说话,就这么绕过他,面无表情地朝楼梯那边走去。

谢宗奇"哎"了声,本以为祁岸会拦住她,没想到祁岸只是在两人衣料摩擦的瞬间,浅睨她一眼,仿佛蕴着什么意有所指的警告。

宋枝蕙迈台阶的脚步微顿,短暂的一瞬过后,她便将所有的情绪掩于长睫之下,脚步坚决地朝楼上走去。

裙角摆动,属于她的清甜气息荡进鼻腔,祁岸垂下眼。

谢宗奇满脸写着担忧:"这下真完了……"

祁岸平静地从兜里摸出烟,不声不响地斜倚在墙边,将烟衔在嘴里漫不经心地点燃。

火光熄灭,吐息间,白雾散开。长指夹着猩红一点,祁岸神色懒怠,长眸透过薄白的青烟朝上看。

不出几秒,楼上的喧嚣声渐收,随之而来的是一道清脆的女声:"这就是你所谓的咳得很厉害?"声音平平静静,却让所有人都屏息凝神。

宋枝蕙出现得太过突然,以至于此刻被应雪挽着胳膊打牌的何恺,

/074/

犹如被人正面一击，整个人傻住。他有些不敢相信："枝蕙，你怎么在这儿？"

应雪却收放自如，在何恺把手臂抽出来之前，早已率先松开，神色却耀武扬威般，仿佛在对宋枝蕙炫耀什么。

宋枝蕙收回落在她身上的视线，看向何恺："不是你说的哮喘药不够用，叫我送过来。"

目光在两人身上游离一瞬，何恺好像明白什么，再加上身边这么多人看着，他几乎没有选择地开口："啊……是。是我难受让你过来……他们烟抽得太凶了，我药都用完了……"话里透着隐隐的心虚。

到此为止，宋枝蕙已经明白得不能再明白。信息不是何恺发的，他根本就没想她过来，之所以在愣神后又承认，只是为了护住身后的人。

至于楼下拦着她的祁岸……宋枝蕙恍惚一瞬，忽然不想在这个地方待下去。她把那袋药放到旁边的沙发上，冷淡地说："既然你没事，我就先走了。"目光随之在应雪脸上蜻蜓点水般地一落，暗含讽刺，"省得扫了你的兴。"话落，她转身毫不迟疑地下楼。

她的话却让应雪生生一哽，他人的目光也在这瞬间略带探究鄙夷地转到应雪的脸上。不管高中的圈子是什么样，在现在的圈子里，宋枝蕙确确实实是何恺光明正大的女朋友。

也不知是谁看不下去，在这时说了句："走什么啊？这么晚，留下来一起玩吧。"

"是啊，何恺，你女朋友大老远过来。"

"那是何恺女朋友啊，第一次见。"

"有女朋友还和别人凑那么近？"

何恺从手足无措中回过神，神色慌张地追下楼，刚喊了句"枝蕙"，那边跷腿坐在主位的祁岸就应声抬眸，内勾外翘的漆黑眸子不冷不热地朝他瞥来。二楼所有人也都停下玩乐，靠着围栏，看热闹似的，看着楼下的何恺与宋枝蕙。

顶着这么多人的目光，何恺难掩尴尬，恨不得宋枝蕙马上停下来。偏偏宋枝蕙不给他留一丝一毫的面子，在他追上来抓住她手臂的瞬间，她当着所有人的面，毫不客气地甩开。

手臂差点儿抡到何恺的脸上，他本就气闷了多日，又被她当众驳了面子，情绪没控制住，原本愧疚的脸色霎时变成恼怒："你气什么啊，我这不是要你留下来吗?"

随着这一句,原本的和乐气氛肉眼可见地降至冰点。

宋枝蕙却毫不退让,冷瞥了一眼何恺,神色比看陌生人还要漠然:"不必,我不稀罕。"

说完这话,宋枝蕙像是对这个地方厌恶至极,一秒也不想逗留地转身离开。

大门"啪"的一声落了锁,别墅内鸦雀无声。

何恺一脸憋闷暴躁,索性破罐子破摔,扭身上了楼。

烧到尽头的烟灰在这时落下,烫在冷白的手背上,激起灼热的痛感。祁岸不以为意地随手拂开,掀起沾染戾气的眸朝落地窗外悠长望去,只见那抹孤单又倔强的身影早已融入夜雨模糊不清。

楼上传来老秦和几个哥们儿替何恺化解尴尬的说话声。何恺找回几分面子,抱怨发泄的话顺着楼梯从二楼回荡到一楼——

"就没见过这么不懂事的,你说你生日,她闹什么?"

"算了,我也懒得较劲,别影响老秦的心情。"

"碍事倒是不碍事,小吵小闹罢了,闹够了她就会回来。"

"反正每次都是这样,放心。"

祁岸抽完最后一口,烟蒂被冷白长指摁灭在烟灰缸中,发狠地捻。

谢宗奇收回目光,看到一身肃冷之气的祁岸抄起桌上的车钥匙起身。这架势,莫名有种出门干架的既视感。谢宗奇声音抖了抖:"岸哥,你要干啥去?"

祁岸难掩寒意地瞥了他一眼,嗓音低沉凛冽:"捉人。"

宋枝蕙从别墅区出来时,雨越下越大。她是打车过来的,对这里完全不熟悉,走出别墅区才知道,这地方荒得过分。主路上的车十分稀少就算了,附近居然也没什么可以躲雨的便利店,她只能把挎包遮在头上,一面往前寻找可以躲雨的地方,一面四下张望有没有出租车。

好在中途遇到一个可以暂避风雨的公交车站,宋枝蕙才不至于太过狼狈。只是这一夜到底不顺居多,她约了很久的网约车却始终没有司机接单,反倒是被过往的车辆溅了一裙子泥水。

即便宋枝蕙情绪稳定,面对此情此景,也还是难抵洪水一般的低落情绪。特别是用了快四年的手机很快就要没电，如果再这样下去，她恐怕连家都回不去。

宋枝蕙抿了抿被淋得发白的唇，正想着给蔡暄打电话，麻烦她过来接自己，不想前方倏然亮起一束明亮的车灯。

以为又是哪辆车路过，宋枝蕙朝里退了半步。不承想，那辆黑色跑车居然在公交车站旁缓缓停下。雨水在光线的映射下斜似银针，车窗被降下，是祁岸那张俊美的脸，他于昏黄光线中目不转睛地看着她。

宋枝蕙被风卷带的细雨淋得半眯起眼，视线相触的瞬间，心口堪堪一窒。她怎么都没想到，祁岸会追出来。甚至在潜意识里，她已经把祁岸归为何恺的同类，他们一样家境优渥，一样骄纵狂妄，一样游戏人间。更尴尬的是，自己狼狈的这一幕被他看见，宋枝蕙面色瞬间变得不自然。

倒是祁岸在淅淅沥沥的雨中扬声："上车。"

他的出现仿佛带着神奇的魔力，明明前一秒她还很平静，后一秒麻痹的神经便像被什么激活，不知不觉就红了眼。那模样，就像一只在风雨中无家可归的兔子，突然遇到一棵参天大树。

见她傻站着不动，祁岸之前硬压下去的烦乱心绪又莫名涌现，干脆下了车。他拎着她上次穿过的外套，面色凌厉地冒雨走上前，将外套骤然罩在她身上。

惊异的刹那，宋枝蕙不自觉地配合着微低下头，还未来得及说话，祁岸便强行拽住她的手臂，一副保护的架势，把她径直带上副驾驶座。

车门关上，"啪"的一声落了锁。祁岸满眼沉郁，把纸巾丢给宋枝蕙，打开暖风。

说不清为什么，也许是此刻不再淋雨，也许是身边坐着祁岸，宋枝蕙原本混沌不堪的心情，竟渐渐得到平息。她垂下眸，纤白手指慢吞吞地撕开包装纸，一点点擦着头发，开口时，声音尽量平静："是何恺让你来的吗？"

车外大雨倾盆，不知停歇。祁岸收回不经意间落在她手上的视线，摸出一根烟咬在嘴里，低眸点燃，又怕呛到她，便降低车窗，把手搭在上面。

静默须臾，他吐了口白雾："你希望是，还是不是？"

话音落下，车内静谧如斯。不知过了多久，他偏头看向宋枝蕙。宋枝蕙刚好也眨着湿漉漉的眼看他。本以为她会逃避这个问题，没想到宋枝蒽轻声开口:"我希望不是。"祁岸指尖一颤。

宋枝蒽别开视线,卸下紧绷的肩头,神色有种觉悟后的平淡:"这样就不会心软。"

从话里捕捉到某些重点,祁岸弹断一截烟灰,心潮无声地起伏:"我以为你会失望。"

宋枝蒽摇头:"我只是很意外。"

祁岸斜睨着她:"意外什么?"

宋枝蒽把纸巾捏得不成样子:"我以为你今天……看我不痛快。"祁岸那时站在楼梯口望向她时那冷淡的一眼,疏离得就像个陌生人,到现在她还记忆犹新。

没料到她会这样想,祁岸眸色黯了几分,半垂着眼,声似喃喃:"我什么时候看你不痛快过?摸摸你的良心,宋枝蒽。"

这一声低沉郑重的全名,蕴着浅淡的不满和隐约的委屈,宋枝蒽心尖一颤。

祁岸目光幽深地看着她:"还是你觉得我不让你上去,是在帮何恺?"

这话彻底摧毁心底最后一点猜忌,宋枝蒽望着祁岸的眸光怔了怔,后知后觉地反应过来什么……是了,他只是不想让自己难堪。

宋枝蒽眼睫轻颤,哽了哽:"可是,如果我说我是故意要上去呢。"

祁岸微顿,看向她。宋枝蒽眼底有水光在荡,她就是想看看,这段感情能糟糕到什么程度,就是想让自己彻底死心。

"所以你现在满意了?"祁岸直勾勾地望着她,蓦地轻笑,语气蕴着不解的寒意,"这些年他到底做了什么,让你这么舍不得放手?"

宋枝蒽迎上他的目光,喉咙泛起涩意。

"还是说,你真爱他爱得那么死去活来?"他望着她,眼神如山涧细雨,潮湿发涩。

宋枝蒽几乎被撼住,心口也像落了根扎痛神经的针。莫名情绪化开,她动动唇,想解释,不巧的是,电话就在这时响起。

祁岸绷着下颌线,偏头望向窗外,侧颜冷峻又凌厉。

宋枝蒽微吸一口气,垂着眼,按下接听。下一秒,车内响起何恺愤慨的声音:"我给你打了这么多遍电话,你怎么现在才接?你知不知道我有多担心你?"

宋枝蒽握紧手机,没说话。何恺又说:"你现在在哪儿呢?我去接你……好好一场聚会都被你搅和了，我真服了，你就不能留下来听我解释完再发火吗？"

宋枝葱依旧不吭声。何恺顿了顿，像是反应过来什么："宋枝葱，你别告诉我你现在跟祁岸在一起，我刚发现他人不在了车也不在了，谢宗奇说他早就出去了……"

话到这里，祁岸所剩无几的耐心终于耗尽，他捻灭手里的半截烟，眸色冷厉地转过头来。

就在他想替宋枝葱提前结束通话的瞬间，宋枝葱冷静开腔："何恺，该给你留的面子我今晚都留了。现在，我们分手。"

这番毅然决然的话说得毫无预兆，就像晴朗无云的碧空，猝然下起暴雨，劈头盖脸又让人无从抗拒。

然而比起电话那头突然收声的何恺，这一刻的祁岸惊愕尤甚，眸色一滞，深浓的眼波扫向宋枝葱。面前的姑娘几乎被雨水淋透，瘦弱身躯披着他的宽大外套，略显狼狈，甚至在说出这话时，手也攥得泛白。可偏偏那副神色决绝坚毅，完全不像平时那般柔弱可欺。

祁岸不动声色地敛眸，望向打在车窗上的雨丝，手臂却在无声中收紧，青筋微凸，下颌与喉结亦连成一条锋利紧绷的线。

电话那头，何恺不可思议地吼道："你说什么？！宋枝葱！你再说一遍？！"

向来温暾的女生在此刻冷漠到极致："我说，我们分手。"声音干脆，一点转圜的余地都没有，不卑不亢，"欠你的钱我会尽快还给你，以后我跟你桥归桥，路归路，不要再有别的联系。"

说完这话，宋枝葱没有给他一丁点儿解释的机会，直接掐断了电话，连同微信一起拉黑。至于还钱，她只要继续打到何恺之前的账户就行。

做完酝酿已久的一切，宋枝葱如释重负，不自觉地轻吐了一口气。只是转念想到交往三年的恋情竟在一夕结束，心里仍旧有种难以名状的烦闷。

祁岸偏头凝视她，打破这一刻凝滞的气氛："你欠他什么钱？"比起年少时，他如今的声音褪去青涩，变得低沉有力，听着让人莫名安心。

宋枝葱靠在那儿，薄薄的声息如跑了八百米般疲惫："高三那年，追债的找到我和外婆，闹着要我们赔钱，是何恺出钱帮我们解决了很大一部分债务。"

祁岸听闻，眼睫一颤。那一年，他被父亲祁仲卿接回 B 市，一面要应对祁家的那些让人生厌的豪门内斗，一面又要兼顾学业与马术比赛。身心俱疲的他全然不知这时的宋枝蕙正处在被讨债的恐惧中，他甚至有些赌气，认为她莫名其妙地和自己疏远，却与何恺那么亲近。

直到此刻，他才终于明白。但前尘往事早已化作烟云尘埃，无法回溯。

祁岸不甘地微微收拢拳头，嗓音不自觉沉哑几分："欠他多少钱？"

同样的问题，蔡暄问起来时宋枝蕙就会毫无负担地回答，但换作是祁岸，她就莫名很难启齿，好像心中在忌惮着什么，生怕这件事变成另一个恩情的开始，产生另一个相同性质的牵绊。

宋枝蕙不想再这样，于是答案也变得客套许多："没有太多，我自己能还。"话里摆明不想他插手。

祁岸又怎会听不出来，他蓦地轻嗤一声："所以就为这事，你才选择他？"语气里或多或少藏着讥讽和不满。

宋枝蕙心口微滞，有些不开心。这话就好像她的感情，可以被利益收买，谁愿意给她一颗糖，她就愿意跟谁走。

话虽没有说出口，可表情却把她出卖得彻底底。注意到她的情绪变化，祁岸眉头稍紧，顿了下，冷声解释："我不是这个意思，你别多想。"

本以为这个话题会到此结束，不想宋枝蕙自己开口："我喜欢过他。"宋枝蕙轻软的嗓音裹挟一缕湿润和敢作敢当的坚定，"在我曾经觉得人生都没有希望的时候，是他拉住了我。所以那时我就在想，如果跟他在一起，也很好，至少会觉得很温暖。再后来，我就在相处中对他产生了好感。"

"因为他曾经对我好，还有恩情，我一直都在……都在努力忍让、包容。我以为这样是对的，但到现在我才发现，这才是这段感情走向彻底失败的症结所在。"长长的一段心里话说完，如同五脏六腑排除浊气，她莫名轻松了许多。

她抬起头，才发现祁岸一直在静静地注视着她。昏黄的光线洒落在他立体深邃的五官上，镌刻出俊朗的分割线，漆黑深邃的眼底也被根根分明的长睫映衬得比任何时候都要澄澈真挚。

被他这一眼烫到，宋枝蕙指尖一颤，下意识地撇开脸。

祁岸波澜不惊地收回目光，说："的确，他没那么不堪。"沉默了下，他又说，"所以现在你还喜欢？"

"喜欢什么？"她问。

祁岸掀眸，目光幽深又探究地看着她："喜欢何恺。"

宋枝蔻蹙了下眉。

"我的意思是，"祁岸目视前方，语气意味深长，"你决定和他分手，是因为生气，还是因为不再喜欢？"

这话像是提醒宋枝蔻什么，她恍然一瞬，经过深思熟虑，最终摇头："分手了怎么可能还喜欢。"顿了顿，她轻声喃喃道，"喜欢又怎么会分手。"

似乎从这话中探寻到了什么想要的答案，祁岸往后一靠，闷笑一声："确实，喜欢又怎么会分手。"搭在方向盘上的长指随意地敲了敲，"能分手就是不喜欢。"

磁性的嗓音带起空气震颤，在车内回荡，余韵悠长，仿佛为这段感情盖上了某种无形的结束印章。

从此以后，何恺是何恺，宋枝蔻是宋枝蔻。

祥林雅苑别墅区。

户外斜风细雨，夜色凉寒，相比之下，温暖舒适的室内，烟酒美食音浪欢笑，一派眼花缭乱，纸醉金迷。

然而此刻的何恺却没心情沉溺其中。在所有人都在二楼纵情享乐的时候，只有他和应雪待在一楼。

何恺站在落地窗前，想着刚刚那通电话发愣。即便他之前预测过这次事情的严重性，但他怎么都没想过，宋枝蔻真的会和他提分手。明明这三年，她对他几乎无条件包容，怎么这一次突然忍耐不了了？连个解释也不愿意听？

何恺无法理解，更想不通。

这副失魂落魄的神色落入应雪眼里，她压了压得意的笑，迤迤然走到他身后，抱起双臂："她说什么？"

何恺没好气地看向她："她说要和我分手。"

应雪挑眉装出惊讶的模样："天哪，她不至于吧，真这么生气啊？"

话说得阴阳怪气的，何恺听后，立刻脾气上头："还不都怪你？你没事拿我手机给她发什么信息！"

应雪朝上翻了个白眼，说出事先准备好的台词："还不是因为担心你，想着你和她这么冷着也不是办法，我就帮你拉下脸创造契机咯。谁知道她这么玩不起，又赶上外面下了雨。"

应雪垂眸瞧着指尖新做的美甲："我不过和你手挽了下手，咱俩以前还经常整晚聊视频呢，这要是让她知道——"

"够了！"何恺臊得耳朵通红，说话也磕巴了，"我跟你聊视频是、是朋友间的正常操作，但你不能当着她的面故意和我挽手！而且你明知道她会过来。"说到这里，他终于反应过来什么，睁大眼，"应雪，你故意的？！"

应雪却丝毫不慌乱："是啊，我故意的怎么了？我就是看不惯你们都把她当心肝宝贝的嘴脸！要是祁岸就算了，现在连你也这样。"应雪冷笑，"也不知道是谁说的，说我是白月光和朱砂痣，愿意等我一辈子。"

何恺无语："那都是我高中时候说的话，你怎么还拿这个说事？而且当初看到我和枝蕙在一起你不也很高兴吗？"

这番话仿佛明摆着告诉应雪：我对你的迷恋早就是过去式，现在我喜欢的人是宋枝蕙。心中涩意汹涌泛开，应雪维持着面子，傲娇地扯了扯嘴角："行，是我搅坏你的好姻缘，是我狗拿耗子多管闲事。"

她胳膊一甩，踩着高跟鞋上楼。走了几步，忽又停下，她斜眼蔑视何恺："别怪我不提醒你，宋枝蕙和你分手没那么简单。这大晚上下着雨，我就不信那少爷能坐得住。你是不知道，在你和宋枝蕙吵架的时候，祁岸那眼神恨不得生吃了你！"

这次说完，她哼笑一声，没再停留，转身挤入灯红酒绿的人群，把何恺一个人孤零零地留在楼下。

何恺的神色肉眼可见地惊慌起来，几乎不经思考，就抓起沙发上的外套冲了出去。

祁岸开车行驶在送宋枝蕙回家的路上。

车窗外冷风簌簌，夜色笼罩着天空与公路。

明黄色的车灯照射下，细雨如丝亦如牛毛，氤氲一片，偶有车辆嗖的一下经过，快得仿若流星。

方才宋枝蕙说自己当下太狼狈，又担心何恺去学校堵人，才临时决定回家休息。好在这里离家更近一点，宋枝蕙不用担心路途太久，太麻烦祁岸。

或许是疲累了一天，又淋了雨，她一路上都不大舒服，干脆偏过头无声休憩。祁岸不是话多的性子，也没拉着她多说一句，倒是把车内空调温度调高，顺手帮她调整了下座椅，往上提了提外套。

只是处在迷糊中的宋枝葱全然不知，后来还是被何恺的电话吵醒。

何恺暴躁的声音在车内回荡："我怎么知道她抽什么风突然要跟我分手！我这边正要跟她解释呢，她倒好，什么都不说清楚就把我拉黑。"

宋枝葱微微睁开迷蒙的双眼，不自觉地望向祁岸。眼前的男生肩宽背薄，熟稔地操控着方向盘，侧颜英俊不羁。

意识到什么，宋枝葱坐直身体，微微吸了下不大通顺的鼻子，细如笋尖的十指不自然地搅在一起。

注意到旁边的动静，祁岸开口前略扫了她一眼。宋枝葱盯着来回摆动的雨刷，耳垂透着淡淡绯红，迷糊中带着倔强，又有种让人怜爱的羸弱。

收回视线，祁岸目视前方，嗓音富有极强的压迫感："可你跟应雪当众搞暧昧也是事实。"

宋枝葱眉头稍松，不自觉地望向祁岸。

何恺的音调一下蹦得老高："那是应雪自己挽上来的，又不是我挽着她！而且那时候太混乱了，大家不都闹在一起……"

"那你当初又为什么非带她来？"祁岸轻哂一声，"既然带她来，闹出误会，就应该自己承担。"

话音落下，那边安静了几秒。何恺再开腔时难免有些兴师问罪："岸哥，你怎么一点儿也不向着我？应雪能磨人你又不是不知道，我和枝葱又在吵架。"话在这里顿住，他又说，"还是说，你现在就跟她在一起？我刚开车去你家晃了一圈，你不在，你是不是带她——"

浮动一晚上的火气在这一瞬被点燃，祁岸呵笑了一声，声音沾着戾气："何恺，你把我当什么人？又把宋枝葱当什么人？"

祁岸对何恺发这么大的脾气，还是头一次见。宋枝葱下意识地僵直脊背，几乎不受控制地抬手拽住祁岸的衣摆。她现在已经够麻烦他了，不想再因为自己影响他们之间的关系。

祁岸蹙眉，还未收回厉色，就下意识地朝她看了一眼。

眼前的姑娘面庞素净，往常平淡到近乎木讷的神色，却在这刻显得急切。视线望到她葱白的指尖，祁岸喉间一哽，火气像淋了场突如其来的雨，转瞬就熄得一干二净。

何恺意识到自己说话失了分寸，赶忙道歉："岸哥你别气，是我鲁莽，口不择言。"

祁岸却没心思与他纠缠,再开口时,语调冷淡:"她不在我这儿,我也不想听你的破烂事。"

宋枝葱听着他不近人情又略显维护的斥责,面颊爬上一抹不自然的红晕。

"最后,我再提醒你一句,你跟她已经分手了,往后少干缺德事。"

祁岸远比之前的宋枝葱果决冷漠,说完将电话一掐,"啪"的一声随手丢在中控台。

望着被他随意丢在那儿的价格过万的手机,宋枝葱无声地哽了哽,心想他这破烂脾气,还真是一丁点儿都没变……还是一发火就拿物件撒气。默然几秒,她到底没忍住,把被他摔得有些可怜的手机从中控台上拿下来。确认没有摔坏,宋枝葱稍稍松了口气,随后擅自抽出纸巾,在上面轻柔地擦了擦。

祁岸拿余光瞥了她一眼,原本冷厉的神色淡了些许。

宋枝葱把手机重新放在中控台上,只不过这次离祁岸近了很多。

"你那样摔,手机会坏,车也受不了。"像是没话找话,她轻声念叨。

换作别人,祁岸会呛声,但对象是宋枝葱,他也不知怎么,嘴里就蹦出一句没脾气的"嗯"。隔了几秒,他又来了句:"你说得对。"

也不知道为什么,宋枝葱竟然觉得这语气莫名亲昵,不由得被自己这个下意识的想法吓得直咬唇瓣。

好在前方就是她家小区,她赶忙借此岔开话题,告诉祁岸在前面路口停下就行。

这个时候,雨差不多停了。下车前,她想把衣服脱下来,但发现这衣服已经被她弄得湿得没法穿,甚至两个人身上的气味都混在了一起。

她正尴尬着,听到祁岸轻声说:"穿回去。"他正儿八经地看着她,"顺便帮我洗了——不要干洗,要你亲自洗。"语气里夹带着几分蛮不讲理的霸道。

宋枝葱一时无语,想反驳,又没有勇气说出来。毕竟是人家大晚上冒雨送她回来,刚刚还为了她跟何恺吵了一架。人情最难推拒,宋枝葱微微蹙眉,最终只能点头,说了声"好"。

衣服她也没脱,就这么穿着下车,她走之前又对祁岸说了声"谢谢"。

这次祁岸倒没像上次那样冷漠,他慵懒地倚在驾驶位上,挑着眉梢看她:"谢就完了?你算算,我送了你几次?"

如同被他拿捏住软肋,宋枝蒽哑口无言。

"你可以慢慢想。"祁岸拖着调子,不紧不慢,"我不急。"

说完,祁岸戴着精雕指环的手重新掉转了方向盘,落在宋枝蒽脸上的那道意味深长的视线也慢慢收回。他嘴角噙着零星半点的戏谑,目视前方,转眼就开着那辆招摇惹眼的车,一并汇入了车流如织的茫茫夜色。

宋枝蒽在原地望了会儿,直到彻底看不到那辆车的影子,身心才彻底松懈下来。

第四章
为她保驾护航

虽然折腾了很久,宋枝葱到家时也才不过晚上九点。

外婆最近身体好转,来了闲情逸致,想把阳台给宋枝葱改造成小书房,这样也省得她在卧室里挤着。只是外婆不太懂当下年轻人的眼光,正想着给宋枝葱打视频电话,不想这丫头自己回来了。

宋枝葱淋了雨,头发半干不干的,脸色也不大好。惊喜还没维持几秒,外婆就开始心疼和责怪她了。

宋枝葱早就料到外婆会是这个反应,避重就轻地说自己是临时决定回来的,没想到突然下雨。

外婆却免不了碎叨几句。不过她说归说,等宋枝葱刚冲完澡出来,一碗热气腾腾的葱油面就已经端到她面前。外婆摸了摸她的额头,确定她没发烧,这才重新去收拾堆满杂物的小阳台,想着她正好在,便让她跟着一起参谋这书房怎么打造。

宋枝葱往外歪了下头:"稍微弄弄就行了,没那么讲究。"

外婆却一副"那怎么行"的态度,怎么说都要把阳台打造得漂亮。没一会儿又提到新买的排骨和鱼,外婆扬高声调:"你不是说小岸念着我吗,不如这次就让他来家里吃饭。正好小恺也好久没来了,他们两个还是朋友,叫过来一起,就在你舅舅的烧烤店,热闹热闹。"

话是再平常不过的家长里短,可对宋枝葱来说,却像刚划破的伤口突然碰了水,捏着筷子的手一紧。

有那么一瞬，她想告诉外婆，她已经跟何恺分手了。可想到外婆很可能为了这事操心，话就随着面一同咽了下去，只敷衍了句"到时候再看"。

说完，手机刚好亮了下，是"木木一吱"账号相关的推送通知。

宋枝葱神色恍然，这才想起什么。撂下筷子拿起手机，她找到和050912的对话框，匆匆敲字：抱歉，来晚了。

然而还没开始说下句，向来神出鬼没的050912居然很快就出现：你倒挺有自知之明。

宋枝葱眉头一紧，有些不知所措：你不会一直等着吧？

这话似乎让对方很无语，050912发了很长一串省略号，跟着又发了一句：想多了，刚好看到。

语气里莫名有种我没那么闲的既视感。

宋枝葱这才松了口气，字斟句酌地打字：我来就是想告诉你一声，钱我应该不会退给你了。

隔了几秒，050912问：分手了？

宋枝葱指尖稍作迟疑，回了个老老实实的"嗯"字，顿了顿，又发：我需要这笔钱，但是，如果你有什么不方便，可以跟我说，我愿意把钱还给你。

050912：没什么不方便，那本来就是打赏的钱。

宋枝葱说不清这一刻的心情，总觉得自己应该说些感谢的话，偏偏她嘴拙，更不知道别的主播对"榜一大哥"都是什么态度。

然而对方似乎并不在意，只随口问了句：今晚还有心情直播？

木木一吱：不直播。

她的指尖在输入框打出一句"只是上来找你"，又觉得不妥，删掉后另敲了另外一句：不播了，淋雨有点感冒。

本以为对方还会说些什么，不料050912只回了个冷冷淡淡的"嗯"。

像是在主动结束话题，反正宋枝葱也没什么话好聊，于是就没回了。

后来吃完面，她帮外婆收拾了会儿家务，洗了洗换下来的衣物，以及祁岸的那件昂贵外套。只是怕外婆认出来问东问西，她只能挂在卧室晾干。

忙完之后，她才陪外婆在阳台那边规划设计。

或许是因为有外婆的关爱和陪伴，宋枝葱心情好了许多，甚至有好几个瞬间，她都忘记自己今晚刚刚失恋。直到回到卧室，躺在床上，她

/087/

才发觉自己经历了何等惊心动魄的一天。

先是当众斥责何恺甩手而去,又在雨中逆行,上了祁岸的车,最后又当着何恺最忌惮的人的面,和他提了分手。好像一夕之间,就把曾经想做而不敢做的事,通通做了个遍。而祁岸,无疑就是那个为她保驾护航的人。

今晚最让宋枝蕙意想不到的事,不是何恺和应雪那番暧昧举动,而是祁岸会来找自己,甚至,为了她和那么多年的好兄弟发火。明明这三年,两人一点联系和交集都没有,甚至不如陌生人……

宋枝蕙在她那张小床上翻了个身。眼下夜色浓郁,万籁俱寂,月光透过窗纱温柔地漫进来。也许是这一刻的氛围太适合回忆,以至于她情不自禁地想起与祁岸有关的年少往事。

事实上,这并不是祁岸第一次为了她跟朋友发火,那次情况远比何恺这次严重许多。

宋枝蕙记得,那还是在祁岸家安顿好后的第一个月。因为"感冒药"事件,那晚宋枝蕙被祁岸盯着任劳任怨地补了一晚上的卷子,两人也因此熟悉了起来。

只是无论是在别墅里,还是在班上,她跟祁岸的交流都不多,但祁岸只要不打球,就会叫上宋枝蕙一起回去。

早上就更不用说了,有时候宋枝蕙下楼迟了,祁岸还会不爽地站在阁楼下面的小花园里,插着口袋不耐烦地喊她的名字。白衫长裤的俊朗少年,插着兜肆意不羁地往那儿一站,惹眼又嚣张。

宋枝蕙被他叫得气急败坏,只能推开阁楼的窗户压低声音制止他:"别喊了,我马上就下来!"

见她认栽,祁岸挑着眉心情大好,嘴角噙着的笑明明又痞又坏,却格外撩人心扉。

就这么叫了几次,左右两家邻居都知道这宅子新来了个叫宋枝蕙的小姑娘。从此以后,宋枝蕙就更不敢挑战这位大少爷的权威,但凡他提出的要求,只要合理,她都尽可能满足。

比如在他打球时,她帮他买瓶水放在桌上;比如借他抄一下习题册和卷子;再比如就是帮他递个消息。

祁岸的母亲易美茹偶尔会和当时的法国男友约会到很晚,因此祁岸常趁着这个机会,和那些兄弟朋友出去鬼混。

和他比起来，宋枝蕙乖得要命，每天放学回家的第一件事，就是帮外婆处理家务，而易美茹也习惯性地在回家之前告诉她外婆一声，交代她外婆准备夜宵，或是别的事情。所以宋枝蕙才会很清楚易美茹什么时候回来。

那会儿，宋枝蕙没有智能手机，就用短信和祁岸联系。只是聊天记录里，除了机械汇报易美茹什么时候回家，再无其他。

但这样的事情太多，导致那段时间大家都在传，祁岸是不是有了情况：体育课后放到桌面上的水；准确率极高的供他抄的习题册；每次聚会只要收到信息，就会立马回家；还有每到周四，他都会支开身边兄弟，专门去顶楼的琴房弹琴。

就因为宋枝蕙每周四值日，她不想祁岸等得太明显，就让他找点乐子。却不想，这些举动却能造成这么大的误会。

宋枝蕙得知这件事时，刚好就在祁岸那圈人身后吃饭。

说来也奇妙，食堂熙熙攘攘的，两伙人隔得也不近，偏偏她就清晰地听到了这番话。那时她在班上还有个关系不错的女同学，叫童乐乐，童乐乐对班里八卦的事向来兴趣浓厚，当即就此展开一番推论，猜和祁岸有关系的田螺姑娘一定是个仙女，温柔漂亮还有气质。

她越说，宋枝蕙头垂得越低，恨不得把餐盘里的冬瓜戳碎。童乐乐说了好半天才发现："哎，宋枝蕙，你耳朵怎么这么红，发烧了？"

宋枝蕙仓皇地抬眼，摇了摇头，说"没有"，说完再度垂下眼。

或许是这一刻距离够近，或许是从这个角度，童乐乐看到的是宋枝蕙没有胎记的那半边脸，她忽然"呀"了一声，抓住宋枝蕙细白的手腕，满脸惊奇地说："宋枝蕙，我怎么现在才发现你皮肤这么好，五官也好看？"

这声音委实大了一点，引得斜前方正热热闹闹聊天的那伙人都注意过来。

好巧不巧，宋枝蕙一抬眸，就与跷着长腿吃饭的祁岸撞上视线。少年唇畔笑痕还未完全褪去，就这么半眯起眼，斜斜地朝宋枝蕙望来，目光玩味直白，肆无忌惮。

就是这个瞬间，不知谁谑笑了声，说："两个丑女还真是会'商业互吹'。"

话音落地，那一桌人除了祁岸，顿时哄笑不止。

听到这话,童乐乐脸上的笑意戛然而止,宋枝蒽白皙的皮肤也像被人扇了一巴掌,唰地红了,握着筷子的手指收紧,又克制着轻颤。宋枝蒽把下唇咬得发白,第一时间别开与祁岸对视的视线,努力不让眼底那股酸涩掉下来。

几乎同一时间,祁岸猝不及防地冷下脸。少年人意气风发又倨傲,带着强硬的冲劲儿,又狠又准地把手中的不锈钢筷子"啪"的一下抽到对面男生脸上。

筷子落地的瞬间,整桌人都静了。被他打的那个男生叫郑威,此时更是目光呆滞,嘴角还挂着一粒没来得及咽下去的饭粒。

祁岸却手搭椅背,随意往后一靠,冲被抽傻了的郑威似笑非笑地说:"很好笑是吗?"

眸底被戾色铺满,祁岸扯着一边嘴角,嗓音冷如寒冰,带着狠劲儿低笑了声:"再笑一个给我看看。"

没人料到事情会是这个走向。在祁岸发飙的那刻,几乎所有人都屏息凝神。

各色目光在周围来回扫射,扫得宋枝蒽一口饭都吃不下去,她紧紧捏着筷子,感觉呼吸都滞涩几分。童乐乐义愤填膺又勇敢地起身,当着所有人的面,斥责郑威:"我知道我丑,不用你提醒,但你又是什么货色?背后给班上女生评'十大丑女'的事你以为大家都不知道?你这种人也就在学校能嘚瑟,等到了社会你试试?看有没有人收拾你!

"而且我夸宋枝蒽漂亮怎么了,她不过长了个胎记,没有那个胎记她比学校任何女生都漂亮,你的评价算个屁!"

她说这话时,郑威就呆若木鸡地坐在那里,连身子都不敢转。刚刚一同嘲笑的其他几个人也都面色讪讪地低着头,抓耳挠腮,完全没了刚才的嬉皮笑脸和作威作福的样子。

唯一八风不动的人是祁岸,他始终保持刚刚那副姿态,面色却比之前冷上百倍千倍,就这么目不转睛地盯着眼前的郑威。

在童乐乐怒气冲天地指责完后,他声音低沉地说:"去,道歉。"

清清朗朗的几个字,如雨滴落在青石板上,又像甘霖润泽干涸的心田。眼眶那湿润的一滴终究被宋枝蒽忍住,她抬起头,看到郑威迟疑了两三秒后,不情不愿地站起身。金属椅腿和大理石地面摩擦发出刺耳的"嘎吱"一声。他顶着一张如丧考妣的脸,来到宋枝蒽和童乐乐的饭桌前,含混着嗓音说了句"对不起"。

童乐乐冷哼一声，一屁股在旁边坐下。

本以为这事就这么结束了，不料在郑威转身离开的前一秒，宋枝蒽拿起旁边装着水的玻璃杯，毫无预兆地起身，朝郑威脸上泼去。

水是温水，也根本没多少。可泼在脸上激起的羞耻心，完全不亚于一巴掌当众扇在郑威脸上。

那是宋枝蒽第一次当众做出这样的反击，甚至连她自己，都拿不准自己当时怎么就脑子一热，做出这样的举动。

或许是后知后觉的恐惧心理作祟，宋枝蒽拉起童乐乐转身就走。却不知道，坐在斜前方朝这边看着的祁岸，嘴角勾起的一抹戏谑又玩味的笑。

就是那个晚上，洗过澡一身沐浴香气的祁岸再次来到阁楼。少年穿着宽大的白卫衣、短裤，双手抄兜随意地走进来，毫不客气地霸占着宋枝蒽那张小小的旧转椅，像那么回事地告诉她，她得罪人了。

"郑威那家伙很记仇。你今天让他当众丢脸，小心他报复。"

最后几个字被他说得抑扬顿挫，说完，祁岸吊起眼梢，由下至上地觑着她，像在故意看她什么反应。

宋枝蒽轻抿着唇，默不作声地站在桌旁收拾杂物，好一会儿才开口："那就让他报复。"

说完，她像赌气似的，一转身，把书本文具一股脑放进书包里，哪里还像平时那个软糯糯的小绵羊。

祁岸嘴角一扯，似是觉得新鲜，吊儿郎当地笑："看不出来，还挺有骨气。"

被他这么一讽刺，宋枝蒽动作一顿。十八岁的少女婴儿肥还未完全褪去，本就有些圆润的两颊这会儿更有些鼓，她嘴角略微奋着，目不转睛地看着祁岸，还没想好说什么，就见少年漫不经心地起身。

修长如玉的手撑在桌面上，另一只手习惯性地插着裤兜，祁岸略微弯腰，一瞬不瞬地望着宋枝蒽，调子慵懒轻佻："怕了？"

被他身上好闻的气息侵袭到心跳加速，宋枝蒽下意识地往后退了半步。偏偏祁岸好整以暇，毫不退让。宋枝蒽被他的目光灼得不自在，不得已别开视线，露出眼尾后如蝴蝶振翅欲飞的暗红色胎记。

祁岸盯着那块胎记，目光有很短的一瞬凝滞。但很快，他就恢复那

/091/

副慵懒桀骜的模样,语气难掩凌厉锋芒:"放心,有我在。"

宋枝蒽抬眸看他。少年随意倚着桌沿斜睨着她,薄润的唇邪邪一勾:"我看谁敢欺负你。"

那时那刻的那番话,像年少时不成文的约定,不掺半点虚情假意。

只是后来发生太多不可预测的事,宋枝蒽还是度过了一段非常难熬的高中时光,祁岸也终究没能成为那个一直保护她的人。

大雨初霁,翌日的北川市碧空如洗。

昨夜,宋枝蒽睡得不太安稳,又受了风寒,临近中午才醒。这个时间,舅舅和舅妈都在家,屋里饭菜香味四溢,勾得馋虫作祟。

宋枝蒽本想继续在床上赖会儿,手机却不省心,不停地振动。昨晚她手机几乎没电,一直扔在桌上充着电没管,后来睡过去,更是什么都听不到。

也是这会儿,她才发现手机里多了好多条短信以及好几个未接电话。

其中大多数都来自同一个陌生号码,她只看了一眼就知道是何恺。见她不接电话,何恺发了好多条信息解释昨天的事。

13634××98××:枝蒽,我对天发誓,我是真不知道应雪给你发了信息,她什么时候拿我的手机我都不知道。

13634××98××:聚会我也不是不想带你去,当时咱俩不是在冷战吗,我没想好怎么处理,应雪她从国外回来说没意思,就磨着我非要我带她去。

13634××98××:不过后来我也反省了,是我不对,我跟她只是普通朋友,不能这么越界,我当时也不应该为了面子,承认是我发的。

13634××98××:枝蒽,对不起,真的对不起,是我不好让你受委屈。

13634××98××:我真的知道错了枝蒽,咱俩别分手行不行?

宋枝蒽波澜不惊地看着屏幕上的短信,心里没觉得半分爽快,只觉得很讽刺。何恺似乎从来就没搞懂,她为什么要和他分手。并不是因为应雪,或是聚会这件事,而是从根本上,他就没有好好对待过这段感情。

而这种话,和他说再多也没有用。他总会娴熟地找出各种理由周旋,再用丰富的口舌经验打败嘴拙的宋枝蒽。

静默须臾,宋枝蒽到底什么都没回,熄灭屏幕把手机放到一边,起身下床出去洗漱。

收拾好出来时，午饭已经准备好，热腾腾地摆满一小张桌子。舅妈和舅舅难得出门晚些，一家四口其乐融融地坐在一起吃饭。

外婆生怕宋枝葱吃不饱，一个劲儿地给她夹菜，连带着平时粗心大意的舅舅都跟着注意起她来："枝葱这是怎么了，怎么感觉脸色这么差？"

宋枝葱筷子尖一顿，脱口而出："昨晚淋了雨，有点不舒服。"

听她这么说，舅妈这才想起什么，"哎"了一声撂下筷子："你这要是不说，我都忘了——"

她起身快步走到厨房，不知在捣鼓什么，没多久就端着一份刚用微波炉热好的煎饺回来。

煎饺金灿灿的，上面洒了黑芝麻和葱花，热气腾腾勾人食欲，是宋枝葱从小到大最爱吃的食物。

舅妈特意将煎饺放到宋枝葱面前："喏，你的。就是你那个朋友给的，上次给你捧场的男孩，昨晚又去我那儿吃烧烤了，带着一堆小男生。"

舅舅接话："就他们啊，一顿饭吃了一千多，不要命地点。"

外婆笑起来："我说呢，你们俩今天怎么看起来这么喜气，原来昨晚上接了大单。"

舅妈憨厚地笑："哎呀，都是枝葱的小同学来捧场，什么贵的点什么，那酒后来都喝不完……哎，我还没说完呢。"她看向宋枝葱，"就他，昨天临走前，让我把感冒药和这份玉米鲜肉煎饺给你带回去，说你晚上淋了雨，也没怎么吃东西。药就在电视柜底下放着，粉色的塑料袋。也怪我们回来太晚，你都睡了，就忘记跟你说。"

宋枝葱猝不及防地怔住。

外婆也意外起来："什么小同学，什么来历，怎么这么有钱，对你还这么上心。"

舅妈心直口快："是她对象的朋友——"

话还没说完，宋枝葱就出声打断了："是祁岸。"

外婆若有所悟，又有些惊讶："小岸啊。"

宋枝葱轻"嗯"了声，没再答话，只顾低头吃饭。

饭后，宋枝葱照例陪舅妈一起收拾碗筷。舅妈偷偷问她："你跟舅妈说实话，你是不是跟何恺闹矛盾了？"

宋枝葱洗碗的手一顿，神色不大自然。

"你看看，我就说没错。"舅妈眼光向来毒辣，"不然昨天那男孩也不至于那么明目张胆地给你送东西。"

宋枝蕙用钢丝球机械地擦着瓷碗,犹犹豫豫地打听:"他昨天怎么说的?"

"也没说什么,无非就是过来让我把这两样东西交给你,态度挺诚恳的,能看出来他挺关心你的。我看哪,这小子,八成对你有意思。"

话音落下,宋枝蕙手一滑,瓷碗差点摔了,还好她稳住了。舅妈笑了:"你瞧瞧你,一点儿都藏不住事,我才说了两句你就露馅儿。"

"没有,舅妈。"宋枝蕙臊着一张脸摇头,"我跟他真的只是普通……普通同学。"

舅妈心知肚明地笑了:"嗯,对,普通同学。"说完也没再"难为"她,只叮嘱她一句,昨天祁岸捧场花了不少钱,无论如何,都应该跟他说声谢谢。

回到卧室,宋枝蕙背靠着门,深吸一口气。明明昨天被祁岸送回来时,她都没觉得局促,可现在却莫名心跳加速。但无论如何,这个谢还是要道的。她不想欠人情,更何况这人情三番五次的,积累起来总有些算不清。

思忖几秒,宋枝蕙到底给祁岸发了条信息。她字斟句酌,发得规规矩矩。先是感谢他昨晚为自己解围,送自己回来,又再度感谢他的感冒药和鲜肉玉米煎饺,最后又郑重表达,不必为了捧场,去烧烤店破费。

说完这些,她想到祁岸昨晚的那句"谢就完了?",又开始思考要怎么用行动感谢,只是还没掂量出个所以然来,手机就响了。

是祁岸打过来的电话,宋枝蕙的视线在屏幕上顿了下,稍迟一秒才接通,克制着心里微妙的不自在,她轻轻"喂"了声。

祁岸似乎刚起来没多久,声音有些哑,拖着慵懒的调子:"发信息不方便,我在洗澡。"

不知为什么,明明眼前什么都没有,可他一撂下这话,宋枝蕙脑中就迅速浮现出祁岸肌肉流畅的上半身,在满是水雾的浴室里洗澡的画面。偏偏那边水声哗哗,回响声还不小。宋枝蕙一时哽住,耳根不自觉地烧起来。

还是祁岸问她:"怎么不说话?"

强行关闭大脑的联想功能,宋枝蕙咬字有些缥缈:"嗯……我在。"

似是从话中听出什么端倪,祁岸气音卷着薄薄又促狭的笑,顺着电流溢出来。生怕他说出什么乱七八糟的话，宋枝蕙匆匆打断："有什么事你说吧。"

"噢。"祁岸调子降下来，"不是你主动找的我？"

宋枝蕙：……好像确实是这样。

那股没来由的局促感攀升上来，她试探着问："那你看到信息了没？"

"看了。"这次他的语气终于正经些，只是免不了夹杂着水声，听不特别真切，"吃饭是昨晚临时起意，我那群朋友上次吃完觉得不错，这才提议再过去，你不用放在心上。"

言外之意是，他昨晚并非为了给她捧场。

"至于那点儿吃的和药……"

宋枝蕙竖起耳朵。

祁岸语气随意："俱乐部有个哥们儿感冒了，不小心买多了，顺手送你。"

几句避重就轻的话，轻飘飘就打破了宋枝蕙之前的那些"感激之情"。无语归无语，但她的心理负担多少轻了些。

"既然这样，我还是把钱还你吧，"宋枝蕙礼貌地说，"不管是给谁买的，都花了钱。"

本以为这位阔少会拒绝，没想到他答应得很痛快："加我微信。"祁岸正儿八经，"搜我手机号就行。"

宋枝蕙一噎，怎么感觉这个走向渐渐有些迷惑……

见她不吭声，祁岸咄咄逼人："怎么，不想给？"

"没不想给。"宋枝蕙面皮薄，性格又实在，讷讷地说，"我加你就是。"

听到这话，这位大少爷多少满意了些。

宋枝蕙问过一共多少钱后，又在挂断电话前提了一句："那件衣服晾干后我会尽快还你。"

"你最好尽快。"祁岸嗓音透着几分似笑非笑的强势顽劣，"我可等着穿。"

宋枝蕙忍住吐槽他的冲动，说了声"好"。这次真要挂电话，祁岸却想起什么，问她："谢我的那件事呢？想好没？"

料到他会这么问，宋枝蕙平心静气地答："还在想。"

祁岸"嗯？"了声，像在质疑她的诚意。

"不然就请你吃东西？"宋枝蕙轻到不易察觉地叹了口气，"除此之外，我也请不起你别的。"

不过还好，祁岸倒没蛮不讲理，只是顺口问了问："那你什么时候回学校？"

宋枝蒽考虑了下："明天。"明天她有必须上的专业课，不想回去也要回去。

祁岸痛快应声："行。明天找你。"说完，不等宋枝蒽再回话，便不客气地掐断了电话。

宋枝蒽不想去计较，退出通话界面后，按部就班地在微信里搜索到祁岸的微信号。

看到他微信的那一瞬间，宋枝蒽不可避免地有些恍惚。这么多年过去，他的头像依旧是绣绣在草坪上撒欢的照片。金黄色的狗，配着蓝天白云和绿色草坪，格外生机勃勃，而这张照片，还是宋枝蒽当年拍下来发给他的。甚至，他的微信名都和从前一样，依旧是Tshore。

指尖在"添加到通讯录"上迟疑几秒，宋枝蒽咬住嘴唇，像是下定什么决心般，点了下去。然而让她意想不到的一幕发生了，中间没有任何需要验证的步骤，她直接添加成功。

望着屏幕上那句系统自动发送的"我是吱吱"的打招呼内容，宋枝蒽莫名愣住，鬼使神差地问：……不需要验证？

对方很快回复了一张截图，是微信朋友权限那页，最顶端的"加我好友时需要验证"后面的按钮，是明显到不能再明显的绿色。

宋枝蒽心口一窒，后知后觉地反应过来什么。可还未等她及时制止尴尬，祁岸就亲手把这"社死"的一瞬捅破——

Tshore：我不像某些人。

Tshore：我从不删人微信。

即便他没有发任何表情，宋枝蒽也能从这两条信息中读出暗含的怨念，就好像祁岸这口气憋了好几年，终于有机会当着她的面吐出来。

宋枝蒽哑口无言，想了好一会儿也只说了句"对不起"。

想不到的是，祁岸比想象中通情达理。

Tshore：我知道不是你。

Tshore：是何恺，他亲口说的。

他这么一说，宋枝蒽倒是记起来，当年谢师宴，她跟何恺刚在一起没多久，何恺喝醉了，一个劲儿地跟她撒娇吃醋，让她把祁岸删掉。宋枝蕙无奈，只能把新买的手机交给他。

然而想到这些，宋枝蕙更不解了。要是这样的话，祁岸岂不是很早就知道自己被删了？那他为什么还要——

思绪在这一瞬像被火苗烫到，还没开始蔓延，就像只蜗牛缩回壳中，宋枝蕙迅速遏制住那些胡思乱想，神色也有些不自知的凌乱……够了宋枝蕙，不许自作多情。她默默在心中苛责自己，祁岸又发了信息来。

Tshore：别想太多，加回来就行。

这句话像一盆冷水，淋在刚要烧起的心火上，威力十足，又像一道赦免令牌，宽恕她曾经的"罪过"。

宋枝蕙肩膀微松，慢慢舒了一口气，耳朵的温度降下，她回了句"好的"。

祁岸倒是没再发其他的。宋枝蕙发了个五十块钱的红包给他，然后像是不忍面对这不现实的一切，迅速退出了微信。

接下来的半天，她一直和外婆待在一起。

她难得在家休息，外婆带她在附近的小商场和公园逛了逛，回来的时候，刚好遇到楼下的理发店搞活动，外婆凑热闹烫了个头。

反正没什么事，宋枝蕙就陪着一起，顺便把快及腰的长发剪短了些，或许就像网络上那些老土的解释一样，失恋剪发，寓意着从头开始。

只是理发小哥并不懂小女生的心思，给她剪头发的过程中，一个劲儿地向她灌输，她这张脸染发烫发会多好看。

"我跟你说，美女，就你这张脸哈，现在回头率是100%，哥给你弄完那回头率绝对是1000%！"

宋枝蕙本就有些"社恐"，被他这么一念叨，更是不自在，最后只能说自己没钱没时间，又拿出手机装作聊天，这才躲过一劫。不过她也因此注意到，她发给祁岸的红包，他一直都没收。红包甚至坚挺地留到了当天晚上。

也不是没想过提醒他一下，可碍于金额实在太少，以及两人目前有些尴尬和微妙的关系，宋枝蕙打消了这个念头。但很快，她又开始为明天请祁岸吃东西而发愁。

第二天上午是和蔡暄一起的通识选修课，宋枝蕙觉得不然就跟蔡暄求助，让她叫上陈志昂，四个人一起吃东西，也不至于太尴尬。

只是她还没来得及把这个打算跟蔡暄说，第二天坐地铁回学校的路上,蔡暄就心有灵犀地打电话过来。

"天哪,宋枝蕙,发生这么大的事你怎么都不跟我说?"

"何恺未免也太过分了,都这样你还不跟他分手?"

"还有那个叫什么雪的,烦不烦哪,这架势是想当小三吗?我呸!"

早班地铁上喧嚣嘈杂。宋枝蕙握着扶手,拎着外套的那只手握着手机,声音透着茫然:"什么天大的事?"顿了顿,她问,"你怎么知道应雪?"

"你没看学校论坛里的帖子吗?我发你。"

没几秒,宋枝蕙就收到蔡暄发来的帖子的链接。她平时很少关注论坛,偶尔看看,也大多是蔡暄发给她的,没想到有一天她自己会成为帖子里事件的相关人员。

怀着复杂的心情,宋枝蕙点开。然而事实证明,是她多虑了。帖子里,大家关注最多的并不是她跟何恺的事,而是祁岸。

帖子是学校里他的某个迷妹发的,就是她跟何恺闹掰那天,这位迷妹就在秦永和生日聚会的现场,因为太害羞了,她一直没敢过去跟祁岸打招呼,又不甘心默默关注,便跑去学校论坛上发帖。

出乎意料的是,这帖子很快就火了,好多和她一样的迷妹热情洋溢,纷纷怂恿她多发一些照片。这楼主也没什么坏心思,想着满足一下大家对于校草颜值的渴望,便多偷拍了几张发上去,只是没想到,她拍着拍着,居然拍到了祁岸和宋枝蕙。

就是宋枝蕙刚来别墅找何恺那会儿,祁岸双手插兜站在楼梯口,斜睨着宋枝蕙,有种拦人的架势。宋枝蕙垂眸,素淡着一张脸,不听劝阻地上楼。

分明是抓拍,却抓到了最精髓的地方。几乎所有人都注意到祁岸看宋枝蕙的眼神,沉郁又耐人寻味,完全没往日目空一切的冷淡,倒是有种熟稔的缠绵深邃。

众人发现了盲点,帖子的热度一下就起来了。

这几年,北川大私下素来有"南祁岸北枝蕙"的夸张式说法。究其原因,不过是两人都是近几年学校里最出类拔萃的代表性人物。

祁岸不必说,仅是家境和外貌,就足以让他站在别人人生的终点;宋枝蕙能够得到那么多荣誉与关注,无外乎她格外刻苦优秀,独立自强,以及美而不自知,不拿美貌当资本的秉性。

只可惜两人专业不同。一个在南边的老校区，一个在北边的新校区，八竿子打不着，更别说宋枝蕙自打入学，就有校外男友。但不妨碍有人拉郎配，那会儿好多人都在说，这两人有天要是同框了得多养眼。结果不承想，众人好奇的世纪同框，就这么出现了，还是在校外。

正因如此，大家才从单单注意祁岸，到关注祁岸和宋枝蕙两人，以及宋枝蕙为什么会出现在那儿。

那个楼主也挺八面玲珑，没多久就打听明白，甚至后续内容她根本不用打听，因为宋枝蕙跟何恺对峙的时候，她就在旁边。何恺跟应雪的亲密，这楼主也看得真真切切。

楼主在大家的央求下，把前因后果都说了出来，于是一夜之间，大家就都知道了宋枝蕙的对象在外面拈花惹草。

有人说宋枝蕙性子太绵软了，要是换作别人早就一个耳光上去说分手。校友们对何恺的讨伐就此热烈展开，直到楼主发来新情况，说宋枝蕙走后没多久，祁岸也走了，这个时候，外面的雨刚巧变大。

再往下的八卦讨论，宋枝蕙没看了，也不太敢往下看。

刚巧这时地铁到了站，她轻舒一口气，回了条"我跟何恺分手了"，便熄灭屏幕下了地铁，朝校园走去。

按照约定，她和蔡暄在第二教学楼三楼的阶梯教室会合。距离上课时间还早，教室里稀稀拉拉地坐着各个系的学生。

蔡暄早就替她占好座位，见她坐下，两眼放光，跟中了彩票似的："真的假的？你们俩真分手了？"那话里的喜气把声带都震出颤音。

宋枝蕙无奈："差不多得你，不过分个手，能不能别这么开心。"

"怎么能不开心啊！"蔡暄就差拍大腿了，"你忍了他这么久终于解脱，我作为你的好姐妹，不替你开心难道还替你哭吗？！你看这外面的大好江山，看看这些年轻力壮的好儿郎，莫要耽误青春啊，宋枝蕙。"

宋枝蕙把书本文具拿出来："宫斗剧看多了吧。"

眼镜刚架到秀挺的鼻梁上，胳膊就被蔡暄迫不及待地摇了摇："何恺呢，何恺什么反应？他道歉了没？来挽回了没？"

宋枝蕙顿了顿："道歉了。"她语气很随意，"但我没理。"

蔡暄马上咧嘴露出一个"干得漂亮"的笑，又叮嘱道："他再挽回你也别理啊。"

见她婆婆妈妈的样子，宋枝蕙嘴角勾起无奈的笑。

蔡暄却压低声音问:"那你和祁岸是咋回事?"宋枝葱打开电脑包的动作一顿。

似被对方看出端倪,蔡暄说:"别跟我撒谎啊宋枝葱,帖子里现在都在猜,说他那会儿是出去找你了,还说他压根儿没女朋友。啧,要是他真找你,这走向也太刺激了。

"哎哎哎,你躲什么啊?我才提两句你就脸红。"

宋枝葱知道蔡暄在诈她:"胡说,我什么时候脸红?"

蔡暄"哟哟哟"地出声,点个痣绝对活脱脱的媒婆:"你就装吧——"

后面话还没说完,嗓子就像被塞了团棉花戛然而止,表情也跟着骤然一变,不可思议地望着门口:"祁岸??"

宋枝葱再了解她不过,知道蔡暄在玩狼来了的把戏,白了她一眼:"你够了。"

不想话音刚落,蔡暄就站起身,招摇地喊:"岸哥,这边有座位,这儿!"

话音落下,教室里的其他人也跟着朝她们的方向望去,蔡暄这个社交达人却毫不在乎地朝斜后方的那排指去。

宋枝葱心头一哽,这才后知后觉地意识到什么,抬眸朝门口望去。然后,她就看到正站在讲台边,一身白卫衣配米色休闲长裤,左手插兜,右手提着一杯咖啡,目光悠然地朝阶梯上望的祁岸。他宽肩长腿,身姿高大挺拔,几乎吸引住了在场所有人的目光。

他在这刹那,却只望着宋枝葱的方向,眉眼桀骜不羁,昭然若揭的一抹谑笑挂在嘴角,似笑非笑。

宋枝葱别开视线,素白小脸透出一抹不经意的局促。可再躲也没用,蔡暄还是把祁岸还有他身后的邹子铭叫到了这边。

两个男生身高腿长,不过几步就随意地迈上来。

之前陈志昂为了庆祝脱单组局请吃饭,邹子铭因此和蔡暄认识,两人都是能说会道的社交达人,几乎一上来就聊起来:"你们两个聊什么呢,笑得花枝乱颤的。"

蔡暄"啊"了一声,借题发挥:"在聊宋枝葱脸红没。"说着,她扭头看宋枝葱,脸色无辜得很,"我说她脸红了,她偏不承认,不然你们看看,我说得对不对?"

明目张胆的调笑打趣,像是故意惹人害羞。没想到,祁岸还真顺着她的话，眼神暧昧地打量过来，拖腔拿调地开口："还行，不算太红。"

被他这么一说，宋枝蕙双颊反倒烧起来，也因此生出少有的娇憨之态，在下面拧了下蔡暄的大腿。蔡暄"啊呀"一声。

邹子铭扑哧一笑。祁岸轻描淡写地勾了勾唇。

怕再逗下去宋枝蕙真的生气，蔡暄揉着大腿赶忙转移话题："对了，你们两个怎么也来上这门选修课啊？之前都没碰过面。"

"我们不上啊。"邹子铭笑，压低声音，"替别人上。"

这个时间，其他上课的同学也陆续进来，邹子铭向来是个机警的，扬了扬下巴："你们先聊，我去后面占座位。"说完拿着书本，走到后面把位置占好。

蔡暄眨着眼看向祁岸："岸哥你呢？也替别人占？"

祁岸倒是不急，目光不经意地从宋枝蕙脸上收回，看向蔡暄："陪邹子铭。"说完又问，"你们选修课是这门？"

"对呀。"蔡暄说着，扯了扯宋枝蕙的胳膊，"还是我家枝蕙小宝贝帮我选的，可难抢了。"那神色挤眉弄眼的，恨不得把宋枝蕙推到祁岸跟前。

宋枝蕙不得不对上祁岸的视线，她这会儿倒是真如蔡暄所说，双耳红得就像刚刚烫过热水。

偏偏祁岸盯着她，不太正经地闷笑了声："手还挺快，下学期也帮我选选？"半开玩笑的话被他说得吊儿郎当，说完也不当真似的，冲蔡暄眼神示意了下，抬腿便离开。

属于他身上的沉冷檀木香落在空气里，格外清凛蛊惑，宋枝蕙强压下莫名加速的心跳。然而一丁点儿的蛛丝马迹都逃不过蔡暄的眼，她半眯着眼凑过来，在宋枝蕙旁边咬耳朵："我说什么来着，你就是脸红，你就是。"

宋枝蕙想反驳什么，可话吐了一点，却又不由自主地收回："算了，随你怎么说。"

宋枝蕙懒得理她，抽出笔记本电脑放到桌上，手机在这时"嘀"了一声。

心头升起某种预感，她拿出来一看，果然是祁岸。

Tshore：中午吃什么？

宋枝蕙不自觉地抿起唇，试探着问：发错人了？

Tshore：想耍赖？

宋枝葸这才反应过来他是什么意思,不过她也不至于看起来这么不信守承诺吧。

宋枝葸默默无语:不至于,就是有点突然。

她想了想又说:那就中午吧,吃什么你定,不过我想叫上蔡暄一起。

发完这话,她心里有点忐忑,想着要不要补充一句什么,省得看起来此地无银三百两。

毕竟祁岸这性子,很可能在这时来上一句"你想多了,我本来也不想和你单独吃"之类的话。

然而现实出乎预料,祁岸只平平静静地回了个"嗯",又说:你定吧,我吃什么都行。

宋枝葸放下心,随即又想到他的外套还在包里,于是趁热打铁:衣服洗好了,等下还你。

祁岸又回了个"嗯"字,后面也没再说什么。话题就这么中断。

宋枝葸心中莫名于这位少爷难得的温驯,一面打开笔记本电脑。未点亮的屏幕被她擦得光滑明亮,不想角度清奇,刚好映出随意地坐在斜后方的祁岸的身影。

男生一双长腿无处安放,慵懒恣意地坐在椅子里,头略偏望着前方讲台。似乎感知到什么,他在这瞬间懒懒地掀眸,缓缓地朝她的背影瞥来。

宋枝葸却浑然未觉,目光空茫地盯着屏幕,不知道在想些什么。直到两人的视线在漆黑反光的电脑屏幕上猝不及防地相接。察觉到的一瞬,宋枝葸脑子宕机般,几乎立刻僵直身子。祁岸却目不转睛,眉眼轻挑。那感觉就好像是她故意为之,只为了多窥探他一眼,却被抓个正着。

宋枝葸第一次这么恨自己爱擦屏幕的这个毛病。还好她手够快,没几秒就按亮屏幕,这才中断两人尴尬的视线。做完这一切,动荡的心神才归位,耳根却早已烧透成石榴籽。

宋枝葸闭了闭眼。

斜后方坐姿悠闲的祁岸却在这刻勾起唇,在她看似不动声色却明显懊恼的背影上盯了两秒,他低眸,看向微信里的"小蝴蝶",想发点儿什么逗逗她,但想了想,终究只是发了一句无关紧要的话。

桌上的手机振了振,宋枝葸本就心不在焉的思绪一顿,不由自主地朝手机瞥了眼,然后就看到祁岸再度发来的微信——

Tshore:头发剪得挺好看。

不是揶揄她刚刚闹的乌龙,而是夸她新剪的头发。然而她的发型根本没改变,只是长度稍稍短了些,甚至蔡暄都没注意到。只有他,一眼看了出来。

宋枝蒽怔了两秒,意识迟缓地反应过来什么,耳郭再度发热。

或许是因为祁岸就坐在教室后排,这节课女生格外浮躁。别说号称选修课大混子的蔡暄,就连专心翻译稿子的宋枝蒽,都能或多或少地察觉到前排那些女生频频回望的视线。

上半节课上完,英语系的系花踩着高跟鞋去找祁岸要电话号码,她先是介绍了一下自己,又大方自信地问祁岸,可不可以认识一下,交换个微信。

祁岸从游戏界面收回目光,漫不经心地撩起眼帘,那双深邃的眼平静无波,慵懒地瞥了她一眼。

蔡暄一边眼巴巴地瞧着,一边还给宋枝蒽当喇叭播报:"这女生我有印象,号称英语系'少男杀手',但凡她下手就没有男的会拒绝,也不知道岸哥能不能把持住。"

宋枝蒽压根儿没听,敲击键盘的速度丝毫不减。

蔡暄突然激动起来,摇着她的手臂:"岸哥没给!"

屏幕上刚翻译好的句子差点被她弄没了,宋枝蒽无语地看向蔡暄,刚要开口说她,就见那位英语系系花面色通红地下了台阶。

蔡暄抿着嘴偷乐:"我就说她没戏,每天趾高气扬地觉得谁都能被她拿下,现在吃瘪了吧!岸哥才不喜欢花孔雀。"

宋枝蒽无奈地瞥她一眼。蔡暄一脸冤枉:"我可不是尖酸刻薄啊,这女的之前勾搭过陈志昂,我看她来气很正常。"

宋枝蒽稍稍意外:"那陈志昂什么反应?"

"没什么反应啊,"蔡暄得意地说,"他那会儿心都在我身上呢。"

宋枝蒽点了点头,也因此想到中午吃饭的事。想着陈志昂这阵都在老家,蔡暄应该不会没时间,便顺口问她,中午要不要陪她一起请祁岸吃饭。

果不其然,蔡暄听闻眯起眼:"时间我是有的,但你是不是要跟我解释一下,为什么要请人吃饭?刚刚不还看起来和岸哥不太熟?"

被她揶揄,宋枝蒽微吸了口气,想着这事终究也瞒不住,就说了实话:

"那天确实是他送我回去的。"

蔡暄眉毛一挑:"看来论坛里那些人还真猜对了。"

"不是你想的那样。"宋枝蕙不大自在地解释,"我和祁岸其实很多年前就认识,他那天帮我,单纯出于对——"

"朋友"两个字似乎有些难以说出口,她顿了顿,换了个说法:"对老同学的关照。"

蔡暄果真瞪大眼:"你俩以前是同学?"

宋枝蕙点头:"曾经有一学年是同班。"甚至,吃在一处,住在一处。然而这些话,她是绝对不会对外说的。

蔡暄又有些疑惑:"难道我的眼光真的有问题?可明明——"

话没说完,她的手机响了,是陈志昂找她。注意力被转移走,蔡暄高高兴兴地接起电话。

宋枝蕙这才得以收敛心神,把注意力重新放到翻译稿件上,可不知为什么,心绪却始终无法真正沉淀下来,幸好蔡暄后面都没有再问她和祁岸的事情。

没多久,第二节课上完,蔡暄立马充当起"桥梁"的角色,把祁岸他们叫过来,一起研究去哪里吃饭。

下台阶的时候,祁岸刚好走在宋枝蕙后面。她不必回身,就能闻到他身上干净好闻的气息,如清晨露水下的青柏,如影随形地笼罩在头顶。

蔡暄还频频回头,和他热烈讨论着周围有什么好吃的餐厅。祁岸不咸不淡地应着,往下走时,眸光漫不经心地掠过宋枝蕙被长发若有似无遮掩的一截雪白到耀眼的脖颈。

像是察觉到他的目光,又像是故意躲着什么似的,宋枝蕙脚步下意识地加快。刚巧有个不认识的同学横插到两人中间,阻隔了这抹视线。

祁岸收回神时,蔡暄刚好提到校外那家口碑不错又实惠的简餐店。他眸色一敛,长睫如鸦羽般遮下来:"那就去。"

四个人出了教室,邹子铭说下午还有事,想拒绝,却被宋枝蕙阻拦:"一起去吧,四个人吃饭也热闹,而且也不会浪费多少时间。"

祁岸插着兜,挑眉:"你走了,就不怕我孤单?"

邹子铭用一种很复杂的眼神看他,最后也只能放弃挣扎,一起去了校外的简餐餐厅。

那位置也妙,就在宋枝蕙之前和蔡暄吃火锅那家店的斜对面,再往前,就是当时祁岸和"辣妹"他们一起喝咖啡的咖啡店。两家店是一个老板，装潢很像，也都有户外座位。

天气不错，几人选择坐在户外，只是位置有些尴尬。宋枝蒽刚挨着蔡暄坐下，那邹子铭就非常有眼力见儿地坐在蔡暄的另一边。动作最迟缓的祁岸，就只能在宋枝蒽的左手边"纡尊降贵"地坐下。

明明是同样的座位，别人坐正好，他却因为身高腿长像是被拘着，姿态也随意，手臂在桌面上随意一搭，一只戴着乌银手环的手，把玩着一枚银质打火机。

宋枝蒽余光瞥了眼，没说话，默默端起白开水小口抿着。

在蔡暄拉祁岸闲聊时，邹子铭叫服务生点单。蔡暄兴冲冲地指给祁岸看："就那个位置，我当初就看到你在那儿，还有其他几个人。"说着又摇了摇宋枝蒽的手臂，"还有枝蒽。"

祁岸朝前望了眼，旋即收回视线："看到我们在干什么？"

"就聊天吧，"蔡暄想了想，"哦，还有，你旁边坐着一个'辣妹'，上车的时候'辣妹'给你递咖啡，你不喝。"

听到她这么说，祁岸像是终于回忆起，扯了下唇，说："好像是有这么回事，不过'辣妹'是什么鬼？"

说话间，分开的长腿不自觉地动了动，裤料不经意间擦碰到宋枝蒽的膝盖。宋枝蒽收了收小腿。

"就是那个'粉色炸弹'啊，留着一头金发的，我们在日料店门口也见到过，"蔡暄稍稍凑上前，瞪圆眼，"岸哥，你说实话，她是不是你对象？"

不想祁岸还没回答，邹子铭倒是笑了："他有对象？这事我怎么不知道。"

说完，三人不约而同地望向祁岸，包括宋枝蒽。只是祁岸的目光，只承接到一人。祁岸眼神透彻，蕴着若有似无的涟漪，咬字缓慢："巧了，我也不知道。"

被这一眼灼到，宋枝蒽哽了哽，尽量自然地移开眼，看向桌上空了的水杯。

蔡暄的眼神在两人之间转了转，语调也有些做作："那到底是什么关系啊？你跟我们说说吧。"

打火机盖子被拇指掀开，"咔嗒"一声，祁岸说："底下的员工，俱乐部的经理人。"

蔡暄更惊讶了："你手底下的员工吗？你还真开了俱乐部啊。"

"何止。"邹子铭笑着搭话，"祁老板最喜欢投资赚钱。"

这么一说，蔡暄眼底顿时迸发出钦佩的神情。

祁岸却随性如常，抬手捞起右手边的水壶，顺手在宋枝蕙刚刚用过的水杯里，重新倒了一杯白开水。

注视着一点点上涌的水线，宋枝蕙指尖蜷了蜷。

刚巧侍应生过来为四人点单。这顿饭是宋枝蕙请，她自然地接过菜单，简单地扫了眼。菜式确实如蔡暄所说，洋气好看又不贵。

她看完后，递给左手边的祁岸，他挑了挑眉。

宋枝蕙嗓音轻软："你是这顿饭的主角，想吃什么你点。"

视线在她葱白指尖上瞥了眼，祁岸往后微微一靠，好整以暇地接过来。正翻看着，侍应生开口："今天是'520'，有活动的。"

蔡暄一瞬恍然："对哦，今天是'520'，我都忘了，刚刚陈志昂还给我发了红包。"

邹子铭听闻也来了兴致："什么活动？"

侍应生笑着说道："你们桌有情侣的话，可以满99减30，满200减60。"

说完这话，刚巧隔壁桌叫侍应生。眼见侍应生离开，蔡暄兴冲冲地撞了撞宋枝蕙："这活动力度好大哎，可以帮你省不少钱。"

宋枝蕙无语："我们四个又没有情侣，哪来的活动。"

"那就装啊！你跟岸哥郎才女貌的，不是最好的人选？"

宋枝蕙被这话堵得哑口无言，眼神透露出不以为然。祁岸亦不疾不徐地抬起眼，两人的视线就这么在空气中不知第几次相接。宋枝蕙白皙的耳垂透着粉，几乎一触即离地避开视线。

邹子铭有理有据地解围："你说装情侣就装情侣啊，也要店家相信。"

蔡暄"啊"了一声。

邹子铭在类似的店打过很多次工，对这种活动比较熟悉，他朝店里正搂在一起的一对男女扬了扬下巴："要想打折，肯定要凑在一起拍张亲密照贴在墙上。"

"这样啊。"话说完，蔡暄恍然，"那是我鲁莽了。"

祁岸没说话，勾着唇意味不明地哼笑了声。

好在侍应生很快就回来，问他们要不要参加活动。蔡暄替宋枝蒽拒绝道："参加不了，我们没情侣。"

侍应生很意外地看了眼宋枝蒽和祁岸："这两位不是？"

这下蔡暄和邹子铭都傻了眼。两人齐齐看向宋枝蒽和祁岸，蔡暄不由自主地低声咕哝："你看吧，不只是我说你俩般配。"那眼神都快拉丝儿了好不好。

宋枝蒽脸色一阵红一阵白，直接在桌下踢了她一脚。

蔡暄"嘶"的一声。

祁岸平心静气地说："不是情侣。"他语气淡淡的，情绪不明，说完便垂下眼默默地点菜，阻止了刚要蔓延的尴尬气氛。

宋枝蒽自始至终都没开口，蔡暄冲她挤出一个笑，用口型说了句"对不起"。

没多久，四人点的简餐纷纷送上来，中间还加了道大家一起吃的主菜。

蔡暄想起宋枝蒽是左撇子，想提醒她坐过来些，不料还未开口，就见原本右手拿着餐叉的祁岸，忽然把餐叉换到左手。男生手指修长干净，姿势娴熟自如地握着餐叉，将盘中的意大利面搅了搅。

蔡暄微微睁大眼："岸哥，你也是左撇子啊。"

"不是。"

宋枝蒽手一顿，不受控制地朝他看去。祁岸眼皮都不抬一下，漫不经心地说："以前家里有人是左撇子，为了迁就她，专门学的。"

话说得平淡，却像落在心上的玻璃珠，噼里啪啦击得人心神发颤。宋枝蒽捏着餐叉的手紧了紧，神思不受控制地涨起潮。没有人比她更清楚祁岸为什么学会左手吃饭，也没有人比她更清楚，祁岸为了谁坚持用左手吃饭。

餐叉默不作声地扎着盘子里的西蓝花，宋枝蒽不知其味地塞进嘴里，缓慢咀嚼。

她本以为，这一刻，这一顿饭，已经是她这天经历的最让她不知所措的事。

然而更大的玩笑还在后面。

就在蔡暄开口笑说"那正好，枝蒽就是左撇子"时，何恺猝不及防地出现了。他的车就停在餐厅围栏外，在看到宋枝蒽和祁岸坐在一起吃饭的画面时，他神色如同被雷劈了一般，毫不犹豫地推开门下车。

这条街太窄，他关门的声音又太大，以至于"左右逢源"的蔡暄第一时间就注意到他走来，紧跟着表情就僵了下来，在桌底拉了拉宋枝蒽的裙摆。

宋枝蒽愣了愣，反应过来的时候，何恺已经怒气冲冲地走到他们跟前。他直勾勾地盯着宋枝蒽，恼火的嗓音像一盆冷水，骤然浇灭餐桌上的轻松气氛："拉黑我所有联系方式，却在这里和祁岸吃饭，行，宋枝蒽，你真行！"

咬牙切齿的字句，愤懑得像是要撸起袖子干架。

祁岸放下餐叉，本就锋利的眉眼在这刻似染上冷霜，毫无善意地看向何恺："她为什么不能和我一起吃饭？"

平平静静的声音落下，仿佛冷水冲淡这一刻的暴怒。

宋枝蒽眸光闪了闪，甚至有些恍惚，好像一切事情突然朝着不可预知的方向发展。

最不可控的就是何恺，他这刻情绪上头，全然无视祁岸，只盯着宋枝蒽："我在跟她说话。"

心脏随着这话，仿佛被拴上铁链，滞闷地下坠，宋枝蒽面无表情地抬眸。

何恺下颌紧绷。宋枝蒽用看陌生人般的眼神看着他："我跟谁在一起吃饭用不着你管。"

"什么叫不用我管。我还没答应和你分手呢！"他说得气急败坏，像个无理取闹的孩子。

偏偏对面的蔡暄和邹子铭一脸漠然讥讽，蔡暄更是阴阳怪气："分手又不需要你同意。"邹子铭在旁边拽了她一下，蔡暄翻了个白眼，闭嘴。

何恺被这话激得恼羞成怒，猛地捉住宋枝蒽细软的胳膊："你出来，我有话单独跟你谈！"

这一下用了十足的力道，宋枝蒽疼得眉头骤然蹙起。

祁岸却在这瞬牢牢扣住宋枝蒽放在桌上的半截手臂，眼里浸着风雨欲来的厉色，视如仇寇般地看向弄疼宋枝蒽的那只手："她已经和你分手了。"

说话间，祁岸凝眸看向何恺，沉冷的嗓音裹挟着浓重的威慑，阴鸷渗入骨子里："松开。"

何恺的心猝然一颤，印象中，这还是祁岸这么多年来，第一次用这种语气态度对自己,以至于他下意识地就松开了攥住宋枝蒽胳膊的手。

心中那股愤怒退潮一般降下来,祁岸神色稍缓的同时,亦收回禁锢宋枝蒽另一边手腕的手。

两方力道松懈,宋枝蒽眉头也松了。来自祁岸掌心的温度却残留在皮肤上,带着浅浅的如同烧灼的触感,她捂住刚刚被掐过的胳膊,唇瓣抿成一条线。祁岸目光一瞬不移地看着她。

何恺似乎意识到刚刚的态度太过恶劣,他语气有所收敛,紧张关切地说:"对不起,枝蒽,是我弄疼你了……我们出去谈好吗?"

说话间,何恺的手又要碰她。祁岸眉头蹙起,只是还未有所反应,蔡暄就先忍不下去了,她起身一把推开何恺的手,挡在宋枝蒽身前:"你以为你是谁啊,你让枝蒽跟你出去她就跟你出去?"

蔡暄是典型的火象星座,吵起架来从来就没输过,这么一嚷,其他客人也纷纷看过来。

"蔡暄你——"何恺面子挂不住,想了半天也没想好回撑的话,只能重新盯着宋枝蒽,"这是我跟她之间的事,跟你们无关。"

邹子铭被这话逗笑,目光看热闹似的瞥向祁岸。只见祁岸眼底冷霜未散,像一只锐利的鹰,静静窥伺着何恺。

还未等祁岸开始"绞杀",宋枝蒽轻飘飘地开嗓:"那就谈。"
祁岸眸色微动。
何恺眉心一跳。
宋枝蒽偏头面无表情地看着何恺:"我也不想在这儿陪你丢人。"
虽说要单独谈,实际上,两人并未走远。

何恺本来提议去他车上说,但被宋枝蒽拒绝了,事到如今,她也不想与前男友靠得太近。没办法,何恺只能随她到前方不远处的巷子尽头的红墙下,进行所谓的面谈。好在那边有片树荫,不至于被阳光暴晒。

蔡暄气得不行,饭也不吃了就开骂:"见过不要脸的,但没见过这么不要脸的!自己拈花惹草被甩,这会儿倒是理直气壮。哎,你们男人是不是天生就会死皮赖脸?"

突然被扫射,邹子铭一哽:"这跟我有什么关系?"他冤得很,"而且这桌上的男人又不止我一个。"

蔡暄白眼一翻:"岸哥是男神,不是男人——"说着,她撇头看向祁岸,却发现她男神此刻目光深远,半分不偏地凝望着那对前情侣一前一后的身影。

从蔡暄的角度望去,祁岸骨相绝伦,侧颜立体,专注深沉的眸色下,散发着几分不可捉摸的气场。

而此刻,宋枝蒽正跟何恺一并站在红墙下。

风吹过,绿柳摇曳。女孩儿身影清丽婉约,那份清新美感如嵌在油画之中。何恺不知说了什么,忽然过去牵宋枝蒽的手,却被宋枝蒽眉头微皱着甩开。

祁岸喉结微滚,下颌线紧绷。思绪莫名就回到三年前,他第一次见到何恺和宋枝蒽出双入对。

也是这样的艳阳天,成批的毕业生站在办谢师宴的饭店门口,等各科老师到来,个个脸上都青春洋溢,嬉笑怒骂,好不热闹。

祁岸一眼就看到了人群中的宋枝蒽。那会儿,她已经做过激光手术。没了眼尾的蝴蝶状胎记,宋枝蒽的美貌终于得以展露,就像一枚去掉瑕疵的上好和田玉,面容清丽甜软,不费吹灰之力,就在人群中散发出莹莹熠熠的光,一颦一笑,也沾染着勾人心弦的美。

应该是膝盖受了伤,她靠在门厅的柱子上,何恺蹲下身,耐心温柔地帮她涂药水。她眉头轻蹙,忍着疼。何恺仰头不知跟她说了什么,又逗得她抿唇一笑。

等终于贴好创可贴,何恺才站起身,自然地牵过她的手,给她最体贴的安慰。就好像这样亲昵的举动,他们已经做过无数遍。

胸口在那刻滞闷得近乎难以呼吸,祁岸到底还是移开了眼。可脑中却依旧烙下宋枝蒽眼底那一抹澄澈又满足的笑,还有后来酒过三巡时,宋枝蒽面对他,那莫名躲闪又生分的目光。

何恺酒意微醺,眼眶发红地冲他举杯:"岸哥,祝你以后在国外前途似锦!也祝我和枝蒽,永远幸福,永远在一起!"

那会儿的何恺大概永远也想不到,这两句发自内心的许愿,没有一句成真。

祁岸放弃出国留学,毅然决然地以优异的成绩选择了国内金融系久负盛名的北川大。而何恺,也在三年后和宋枝蒽分道扬镳。

畴昔种种,像幻灯片一样在眼前播放,直至身旁的蔡暄轻轻出声喊道:"岸哥?"

祁岸思绪被打断,神色如初见时那般漠然地瞥了蔡暄一眼。这一眼让蔡暄登时闭上嘴，没敢说话。

浓黑的眼帘垂下，祁岸长手磕了磕烟盒，摸出根烟咬在嘴里，低沉懒散："烟瘾犯了，出去抽根烟。"

另一边，何恺不可思议地看着宋枝蕙："你这话什么意思，什么叫你早就受够我了？"

宋枝蕙就知道他会这么理解，于是尽量平静地说："不是早就受够你，而是受够了我们这样四不像的关系。"

何恺不解地看着她："我们的关系怎么就成了四不像了？我从来没否认过你是我对象啊。"

"我知道。"宋枝蕙并不否认，"这点你做得很好，但不代表这就是我想要的。"

"那你想要什么？你说啊，我给不就完了？"何恺觉得她在无理取闹，"我不明白，枝蕙，我们谈了三年，就因为一场误会——"

"不单单只是误会。"宋枝蕙眸光冷静，"之前我不指责你，是不想拆穿，但你既然把话说到这个份儿上，我也直说了。

"你追应雪三年，那是过去的事，我不计较，但你和我在一起后，依旧和她保持密切的联系，你这样做是否有考虑过我的感受？

"还有很多其他的事，让我觉得我根本没受到过尊重。什么事，都是你的感受最重要，但凡不顺你心意，你就会生气，闹脾气，甚至觉得是我的问题。

"何恺，你扪心自问，真的是我的问题吗？你又是否做到刚和我在一起时对我承诺的那些？还是说，我欠着你，我就活该一味地忍让包容，动不动就忍受你的冷暴力？"

说这些话的时候，宋枝蕙声音轻颤，像是终于把积郁已久的不快，一股脑倒出来。

何恺完全没想到她有这么多不满，他表情僵化，眨着眼："那只是冷战啊，我们也就冷战几天就好了，怎么能算作冷暴力呢？"

"你说不算就不算？"宋枝蕙笑了，"那我被你冷落了一个星期，饭也吃不好，觉也睡不着，一个人躲在被子里哭又算什么？我自找的？还是自作自受？"

从未见她这么咄咄逼人过，何恺瞬间语塞。

宋枝蕙又说："是不是在你心里，我就应该是那个对你无限宽容，什么事情都要围着你转,不会反抗,只会顺从的女朋友?"

何恺连忙摇头:"不是,我没那么想过。"似乎意识到问题,他声音慢慢地沉下去,连自己都觉得没底气,"你说的这些……确实是我做得不好,但这些我都可以改的,你也说过,感情不就是需要磨合——"

"没必要再磨合了。"宋枝蒽语气里有种疲到极致的放弃,"我累了。"

这句话像是一把刀,深深扎进胸口,何恺木然了两秒,而后像是心凉至极后反应过来什么:"所以你现在就是铁了心要和我分手,是这个意思吧,宋枝蒽。"

宋枝蒽没有说话,何恺的脾气又开始上头,他朝餐厅那边指:"是因为祁岸回来了?你刚好找到借口甩了我?"

攻击性的言语像扑面而来的冰雹,撕破了两人最后的体面。

"你说我对你冷暴力,那你对我又尽到过什么责任?别人谈了三年,都一块儿同居了。宋枝蒽,你拍拍你的良心,这三年我强行碰过你一次没?哪次不是我主动和你亲密,而你拒绝!我也是个男人,你觉得这样我会开心吗?"

本以为宋枝蒽被这样指责,会服软,没想到她近乎冷漠地看着何恺:"所以你对我的不满,就只有这肤浅的一点?"

何恺下意识地想反驳,但又忽然哑口,他好像真的找不到宋枝蒽的什么不是。两人相处的这三年,除去最开始恋爱的那段时间,确实是宋枝蒽对他的好更多。

他生病,她照顾;他功课落下,她陪着一起补习;甚至有时候他衣服脏了懒得洗,家里乱了懒得收拾,宋枝蒽都会帮他打理妥当。更别说两人闹矛盾,宋枝蒽从来都给足面子,最后也是她主动服软,维护这段关系。

宋枝蒽无法做到的,大概就是像应雪那样,陪着他出入各种场合一起疯玩,让他尝到想要的秘果。回头看去,她已经把能拿出来的最多的时间和耐心都留给了他。

愣怔之际,宋枝蒽轻声开口:"何恺,我们其实并不合适。你追求的是享乐,是甜蜜。但很抱歉,现阶段的我,给不了你这些。"

话说到这儿,宋枝蒽稍作停顿,随后理智补充:"还有我跟祁岸。"

何恺抬起被刺痛的眼。宋枝蒽平静地看着他:"我不是应雪,祁岸和你也不同,到此为止,我还是那句话,我和他清清白白,自始至终。

不管怎样,谢谢你这三年的陪伴。你的那些钱,我会尽快还给你,请你放心。"

说完这些,宋枝葱长长地舒了一口气,一眼都没再看何恺,转身离开。

如同尘埃落定,一切再无转圜的余地。何恺胸腔涌上心房塌陷的滋味,下意识地捉住宋枝葱的手腕,咬牙切齿地道:"你今天要是走了,以后就别想再回来。"他咬字艰难,"你别后悔。"

宋枝葱停下脚步,平心静气地望着他:"我不后悔。希望你也不要纠缠。"

第五章
自作多情

何恺从没受过这样的屈辱,刚和宋枝蔥谈完,就开车愤然离去。和他一起来吃饭的几个男生还很纳闷,完全不知道发生了什么,甚至有几个还从对面的火锅店追出来,在街道上喊了他的名字。

这个时候,宋枝蔥刚回到座位上没多久,看到旁边的座位空着,她便把装着祁岸外套的纸袋挂到椅背上。

祁岸抽烟回来,瞥了那袋子一眼,随后回到餐桌前,在她身边拉开椅子坐下,兜头就是一句情绪不辨的话:"处理完了?"

淡淡的烟草味混着他身上浓淡适宜的檀木香,散发出独特的"苏"感。宋枝蔥不自觉地抬头看了他一眼,轻声应道:"处理完了。"

最开心的还是蔡暄,她兴冲冲地对祁岸说:"你刚刚不在,都不知道我们枝蔥甩人的身影多么利落干脆,啧,何恺那脸臭得,就差砸车了。"

祁岸听闻,兴趣渐起,挑了下眉,睨向宋枝蔥。这会儿大概是饿了,宋枝蔥专注地吃着面前那份冷掉的烩饭,腮帮子被米粒塞得鼓起来,刚好不用说话。

唇畔勾起若有似无的浅纹,祁岸倒也没问,也跟着用左手拿起餐叉,挑起冷掉的意大利面,食欲倒是看起来比之前好了不止一星半点。

由于下午还有课,四人很快吃完。

宋枝蔥也是去结账时,才得知这餐已经有人结了账。

宋枝蔥愣了愣:"谁结的?"

侍应生说是同行的男生,但想了想,又加了句:"最帅的那个。"说完,她手一扬,指向此刻慵懒地靠站在门口抽着烟的祁岸,"就是那个。"

青烟白雾随风飘散。宋枝蕙朝他望去,刚好对上男生不经意瞥来的视线,高眉深目,就这么凝神看着她。

心口微微悸动,宋枝蕙收回目光,说了声"谢谢"。

出来后,四人一起散着步往回走。

祁岸手插在口袋里和邹子铭并排在前面走着,宋枝蕙和蔡暄手挽着手走在后面。

走了好半天,宋枝蕙都没想到怎么跟祁岸搭话说这件事,倒是蔡暄忽然想到什么,横插一句:"不对啊,岸哥。"

被她一叫,祁岸放慢脚步,清澈的双眸瞥来:"怎么?"

"你跟何恺不是好兄弟吗?怎么你——"蔡暄不知道该怎么形容,想了好一会儿才说,"我听别人说你们俩认识很多年了,可你们俩看起来也不怎么和睦啊?"特别是刚刚何恺找上门的时候,祁岸看他的眼神简直就像看仇人。

这话问得太过直接,宋枝蕙一颗心莫名高悬。

当事人却悠然自如:"认识很多年不代表关系好。而且不是有个词,"祁岸不甚在意地哼笑了声,语气吊儿郎当,"叫'塑料'。"

就连邹子铭都笑着搭话:"想不到我们祁老板也有'塑料兄弟情'。"

祁岸但笑不语,又像藏着什么秘密,视线与朝他望来的宋枝蕙相撞。宋枝蕙被他瞧出几分窘迫的神色,偏转了头。

好在蔡暄打了个岔,把祁岸的注意力吸引过去:"还好你跟他只是'塑料兄弟',你要是跟他关系好,我们以后肯定都不跟你玩。"

邹子铭接话:"就因为跟何恺是朋友?"

"对啊,"蔡暄理直气壮,"谁知道何恺会不会借着兄弟的名义,再来缠着我们枝蕙。毕竟像枝蕙这么漂亮又温柔的女朋友,可不是哪里都能找到的。"

被她夸得天上有地下无,还是在祁岸面前,宋枝蕙难免有些尴尬。

偏偏祁岸幽幽地接了句:"确实。"说话间,他若有似无地瞥了宋枝蕙一眼,拖着随性又玩味的调子,"可不是哪里都能找到。"

没多久,四人回到学校,各自回了自己的宿舍。

而因为祁岸这两句不着调的玩笑话,蔡暄揶揄了宋枝蕙一中午,好几次都见缝插针地跟她嘀咕:"我还是觉得岸哥对你有意思。说真的,他中午护着你那一下,简直苏爆!而且出手又阔绰,趁着抽烟的工夫直接把账给结了,啧,真体贴啊,还说什么让你请吃饭,我看分明是对你另有所图。

"最主要的是,他那张脸啊,宋枝蕙,你看了难道不迷糊吗?我每次一看到他,再想到陈志昂,就想自戳双目。要不你跟他试试?不然我一想到他以后要被哪个不认识的女生追走,就好心痛,呜呜呜。"

前面那几句,宋枝蕙还能忍受,可听她说到"试试",就不可避免地有些认真了。

"蔡暄,"宋枝蕙脸色稍稍有些不悦,"够了。"

蔡暄原本还在旁边戏精表演呢,见她突然严肃下来,也跟着嘴角一耷拉:"哦。"

也不知道她是真不太开心,还是装的,蔡暄一个人默默跑到床那边开始玩手机。今天宿舍就她们俩,蔡暄忽然闭上嘴,宿舍就格外安静。宋枝蕙本来在翻译稿子,被她一搅和,也有点写不下去,一方面怕她生气,另一方面又觉得自己和祁岸总被这么误会不好。

想了半天,宋枝蕙还是开了口:"其实我和祁岸……我们俩的关系真的不是你想的那样。"

蔡暄嘴巴噘得能挂油瓶,赌气似的不吭声。宋枝蕙索性转过身,对着她说:"他现在这么护着我,是因为我高中的时候,跟他一起生活过,我外婆是他家的保姆,我那时候没地方住,就寄居在他家别墅的阁楼里。"

听到这话,蔡暄一秒撩起眼皮,眼神诧异:"你外婆是他家的保姆?"

宋枝蕙点头:"他跟我外婆感情非常好,所以对我也很照顾,那种感觉就像……"

她在脑中蓦地搜寻到几年前何恺对她说的那番话——

他说:"枝蕙,我帮你问了,岸哥说他一直把你当妹妹。他不希望你伤心,所以一直都没明确表态。是我一直问,他才肯松口……他还说……他说让我不要告诉你,怕影响你考学。他以后,也应该不会和你一起去北川大了。他要听从家里的安排,出国留学。"

"喂,你怎么突然发起呆?"

蔡暄猛然一声,把宋枝蕙从记忆旋涡中捞起来,她缓了缓神,下意识地低应了声。

"继续往后说啊，"蔡暄急得眨起眼，"那种感觉就像什么？"

宋枝蒽哽了哽，对上蔡暄求知若渴的视线，平静地说："那种感觉，就像兄妹。"顿了顿，她垂下眼，"祁岸他一直把我当妹妹。"

如果有人问宋枝蒽，她这短暂的二十多年人生里，最难熬的时光是哪一段。

她一定会毫不犹豫地说，高三那年。

高三，宋枝蒽的生日刚过没多久，祁岸就因为一些不可抗力，回了B市。他走的时候悄无声息，就像周末起早去和朋友打球一般，仿佛几个小时后就会回来。

实际上，宋枝蒽从清早等到傍晚，再随着月亮一起沉入夜色，都没有等到他回来。后来还是外婆告诉她，祁岸是回到B市他爸爸那边，高三这一整年都要在那边度过。每每回想起来，宋枝蒽都觉得日子好像从那一刻忽然变糟。

祁岸走后的那一个月，没了他的庇护，班上的一些"臭鱼烂虾"便把目标重新锁定在宋枝蒽。也不知道从哪里走漏的消息，很快就有人说她是老赖的女儿，因为父亲带人玩股票赔了个精光，喝了安眠药自杀，导致她在老家那边无法立足，这才来到平城念书，还说她父亲害垮了好几个家庭。

然而事实是，在宋枝蒽的父亲去世后，宋枝蒽的继母早就卷走了家里所有财产，带着弟弟跑路，唯独留下无家可归的宋枝蒽。还是知道这事的外婆，从北川赶来把她接走。其中一部分的债务，也是由外婆和在日本的母亲一并承担。

可这些却被那些造谣者无视，只关注她此刻过得看似自在的生活。等宋枝蒽回过神时，她已经成了整个年级嫌恶且鄙夷的对象。

之前被她当众泼过水的郑威，更是肆无忌惮地欺负她。

除他之外，闹得最欢的就是以应雪为首的小团体，她们围绕在宋枝蒽身边，用语言让她难堪——在体育课上远远地注视着她，大声笑，说她是祁岸家的小保姆，如今大少爷走了，小保姆没了靠山，失魂落魄。

某天放学，她后背上不知被谁贴了一张大大的字条，上面写了三个大字——"低能儿"。后来还是在回去的路上，一个好心大叔告诉她这件事，并帮她把背后的字条撕下来。

即便在心里告诉自己，要坚强不要哭，可在大叔安慰她的那一刻，宋枝葸还是扛不住地落下泪来。她勉强笑着摇头，说没事的，这只是别人的恶作剧。好像这样，就不必面对那些苦涩的恶意。

她也不是没有反抗过，只是那些人联合在一起的浪潮太过汹涌，她刚燃起一点顽强的火苗，就被生生扑灭。

好在那时转校的童乐乐，偶尔会和她私下聚一聚，帮她排解烦躁，以及当时负责教语文的林老师，只要看到那些人针对宋枝葸，林老师总会很严肃地制止并教育。也就只有林老师在的时候，宋枝葸才会有安全感。

那段时间，祁岸不常给家里打电话，即便打来，大多数也都是外婆接的，宋枝葸偶尔会在旁边听听他的声音，得知他在那边还好，就默默地回到楼上做题。

好像一夜之间，她跟祁岸退回到最陌生的关系，甚至她自己也不知道为什么。

她像蜗牛一样缓慢又艰难地前行，既有考学的压力，也有来自身边人的针对，就是在那段最难熬的时光里，何恺走进了她的生活。因为有他帮忙，她身边那些恶意终于开始收敛。

宋枝葸也因为感激何恺，和他不知不觉走近。那时的他对宋枝葸而言，就像一道明媚爽朗的阳光，洒在她晦涩难安的生活中，带来新的生机。

与此同时，她也终于和祁岸再度联系上。那是在外婆给她买了人生中的第一部智能手机之后。

因为后妈，宋枝葸从前的生活很拮据，家里的资源几乎全都给了弟弟，即便身边同龄人都用上了智能手机，宋父也没舍得花钱给她买，始终说供她读书就要好好学习，不要搞些乱七八糟的。

宋枝葸明白他们的偏心，也懒得去计较，就真的乖乖用着老人机，平时除了读书学习，也没有多余的娱乐。

童乐乐知道这事把她那糟心的后妈骂了一通，而后又帮她申请了微信账号。因为不太懂操作，宋枝葸在微信界面发现祁岸的账号后，手一抖就点了申请。当天晚上，祁岸就通过了。

也不太记得到底是谁先开口说的话，总之，两人冰封了快一个月的关系，就这么慢慢解冻。宋枝葸从来不是一个勇气可嘉的人，她到底没问祁岸，为什么他什么都没说就这么走了，又为什么这么长时间，一次也没找过她。

那时的她，就像一个灵魂贫瘠的拾荒者，根本不奢望命运额外的馈赠，只要老天肯给她一点甜，她就会心怀感激，牢牢攥住。

就这样，她和祁岸通过网络，再次度过了一段很平和的时光。

两人学业都很忙，并不经常聊天，但每隔几天一定会聊一次。祁岸也会送她礼物，比如昂贵崭新的文具用品，还有她喜欢的小玩偶。

那一年的除夕夜，两人虽然没有见面，却打了一通很长的视频电话。

祁岸给她看B市的新年夜晚，宋枝蒽给他看自己包的饺子。

视频结束前，祁岸和她说了一句话，他说："宋枝蒽，我也想去北川大。"不是往常顽劣又玩味的语气，而是认真的，带着笃定的少年人的承诺。

视频里，祁岸的身后是大簇明亮璀璨的烟火，在漆黑的夜空中，如流星般簌簌绽放跌落。祁岸亦露出少有的明朗蓬勃的笑，英挺的眉眼也跟着肆无忌惮地弯起，闪耀着灼灼又意气的光。

宋枝蒽在一片喧嚣的烟花爆竹声中，心神动荡，重重点头。像是生怕这一瞬只是她的幻觉般，她用力吐出承诺般的字眼："好。"

悠长的回忆被椅子腿摩擦大理石地面的声音打断。

蔡暄听入迷一般，坐在她身前："那后来呢？后来你们两个怎么样了，你又为什么跟何恺在一起？"

宋枝蒽抿唇，声音缓慢，有些发涩："后来开了学，高三下学期学业很重，老师管手机管得也很严，我们的联系也因此少了很多。等放月假的时候，我已经联系不上他了。"

蔡暄露出很纳闷的表情："什么叫联系不上？是你打电话他不接，信息也不回吗？"

宋枝蒽想了想："差不多。"

那时候联系不上祁岸，宋枝蒽很担心。隔了几天，她又尝试着打过一次电话，没想到接的人是祁岸的父亲。

他父亲和祁岸形容的一样，沉稳威严，有着上位者天然的威严和不可理喻。他父亲毫不留情地告诉她，不要再打扰祁岸。残忍又直白的几句话，让宋枝蒽哑口无言，又好像突然就被一盆冷水淋醒，看清眼前的事实。

被挂电话后，她还是不甘心，等了好久好久，可从那以后，她再也没接到过祁岸的电话。再然后，她的手机就在公交车上被小偷给偷了。这件事她不敢告诉外婆，就只能用以前的老人机，还是何恺主动提出用双开微信帮她登录她的账号，方便等祁岸的回复。所以后来，宋枝蕙每次上微信看，都是借用何恺的手机。

可就算这样，宋枝蕙也没收到过祁岸的只言片语。到最后，她还是从何恺口中得知祁岸要出国的消息。

何恺看出她的失魂落魄，说去帮她跟祁岸好好谈一谈，问清楚到底是怎么回事。

宋枝蕙没阻拦他，她也想知道，为什么祁岸说消失就消失，哪怕那个真相是残忍的。

事实证明，她想得没错，何恺带来的答案和她猜想的别无二致。那就是，祁岸对她的所有好，都是对妹妹那般的。

"这事情走向怎么这么突然。"蔡暄有些难以理解，"你当初就没想过，这事是岸哥他爸从中作梗？他爸那么有钱，稍微用点儿手段，就能让你们俩联系不上，你有没有考虑过这点？"

"考虑过，所以我去了趟 B 市。"

没想到一向循规蹈矩又乖软的宋枝蕙会做出这样的事，蔡暄胃口被大大地吊了起来，她惊讶地看着宋枝蕙："然后呢？你和他见面没？"

宋枝蕙眼神空洞，似乎并不愿想起那段过去，但也还是开了口："算是见到，但又没当面见。"

蔡暄睁大了眼。

宋枝蕙自嘲般地笑了下："我去了他的学校，然后看到，他在学校矮巷口，和别的女生亲密。"

那是个大雪纷飞的隆冬夜，不到晚上七点，天已经完全黑透。

雪花翻飞，冷风拂面，宋枝蕙穿着笨重的羽绒服，顺着好心人指的方向，来到学校附近的那条红墙矮巷旁。然后，她就看到，昏黄光线下那两道交缠的年轻身影。

娇柔的女生紧紧地贴在男生怀里，气息不稳，男生却霸道十足地把人禁锢在矮墙上，始终不肯放行。

讽刺的是，他的手上，还戴着和宋枝蕙一对的乌银手环——是他之前去寺庙求来的，说是两人一人一个。手环外侧刻着《文殊菩萨十大愿》

的梵文，寓意考试顺利，得偿所愿。

那瞬间，宋枝蕙仿佛被抽走所有力气，心里那座执着的小房子，也猝然塌陷。她再也没有勇气做什么，任由眼泪在风雪中肆意流淌，怯懦又自惭形秽地往后退了两步，转身仓皇地逃离到白茫茫的雪色中。

听到这里，蔡暄已经彻底无语了："岸哥怎么是这种人啊？这不就是始乱终弃？"

"不是的，他没有。"宋枝蕙哽了哽，为他说话，"他从来就没对我承诺过什么，甚至他已经明确告诉了何恺，他对我是怎样的态度。是我非不死心，过去求证。"

蔡暄眼神怜惜地问："那你恨他吗？"

宋枝蕙摇头："他是我遇到过的对我最好的人之一，我恨谁都不可能恨他。"

"那你跟何恺在一起，是因为他吗？"

"不是。"宋枝蕙说这话时没有任何犹豫，"我那个时候，一方面是被何恺的真心打动，一方面又觉得和他在一起很安稳，很开心。"

蔡暄叹了口气："也是，谁要是在我最艰难的时候对我好，我也扛不住，不过……你和岸哥现在离得这么近，又跟何恺分了手，你就没想过把当年的事情跟他说清楚？"

她说到了重点，宋枝蕙思绪空白了两三秒，然后轻轻地摇头："事情都过去那么久了，没什么好说的。"

当年她已经失望过一次。她承认，那种滋味太难忘，自己又太懦弱，以至于事到如今她都不想把过去的事情再拿出来回忆一遍。更何况，她跟祁岸的关系早已撇清，更没有去说的必要。

蔡暄理解她的心思，但还是心有戚戚："我要是你，可能就趁机找他问了，毕竟你们俩现在的关系，明显你是占上风的。"

宋枝蕙指尖蜷了一下。蔡暄正儿八经地看着她："别怪我多嘴啊，我能感觉到，岸哥对你有心。"

最后那句话像敲击在心上的锤音，宋枝蕙有一瞬间恍惚，但理智又很快让她清醒过来。她眉头轻蹙，似是不想再谈下去："我和他不可能。"

蔡暄嘴角往下一耷拉。宋枝蕙转身面向桌面，重新看向笔记本屏幕："而且我现在只想尽快赚够钱还给何恺。感情上的事，我一丁点儿也不想沾。"

烈日炎炎只保持了一天，翌日，天气就再度转为阴沉。

顶着这样飘着小雨的天气，谢宗奇在学校找了祁岸一圈都没找到，只能冒雨来到祁岸在北川大新校区附近的别墅。

祁岸刚醒没多久，穿着一身浅色居家服，搭着条毛巾下楼，擦着未干的头发，拖着慵懒的调子："什么风大清早把你吹来了？"

绣绣跑到前面，完全没有一条刚做完手术的老狗该有的样子，摇着尾巴欢脱地凑过来，围着谢宗奇闻啊闻。

谢宗奇围着狗子逗了会儿，这才坐下来，玩笑道："怎么，不兴我想你啊？"

祁岸不以为意地扯了下唇，随手多热了份牛奶和面包，端着往茶几上一撂，屈着长腿在米白色沙发上悠然坐下。

谢宗奇饿坏了，端起牛奶就猛喝两口。

祁岸闻着他身上明显的烟酒味，斜眼看他："昨晚没回？"

"何止，"谢宗奇撂下杯子，抽出纸巾擦了擦嘴，"被老秦他们拉着玩了一个通宵。说何恺失恋了，难受，我们这帮兄弟一个都不准走，啤酒摆了一桌。我也真是服了何恺，本身就有变异性哮喘，还能陪那些大烟鬼待一晚上，一边咳一边吸哮喘药。不就是失个恋？他至于吗？"

听出来话里有话，祁岸勾了下嘴角："所以你来找我就是为了说这个事。"

谢宗奇咬着面包看他："料事如神啊，我的岸哥。"

祁岸乜斜他一眼，谢宗奇凑上去："难道你就不好奇，昨晚何恺是个什么德行？"

"他是什么狗德行，"祁岸一瞬不瞬地看着谢宗奇，咬字冷漠无情，"我还真不在意。"说完拿起桌上的面包片，手肘撑着双膝，不紧不慢地撕下来送进嘴里。

谢宗奇听出门道，眨眨眼："所以你跟何恺，你俩真像他说的那样，因为宋枝蒽闹掰了？"

祁岸喝着牛奶，喉结微滚。

谢宗奇："不至于吧，为了个女生。"

说这话时，祁岸刚好喝完，把玻璃杯朝桌上随意一磕，"哐当"一声。谢宗奇肩膀一紧，抿紧唇。

祁岸抬眼看他："别磨叽，你过来到底想问什么？"

顶着他那锐利的目光，谢宗奇"嘿嘿"一笑："也没什么，就是帮他刺探一下军情，比如你和宋枝葱发展到哪步……"眼见祁岸蹙起眉，谢宗奇赶忙大喘一口气，"还、还有他在宋枝葱那边，是不是被判了死刑？"

祁岸唇畔噙着嘲意哼笑了声，单手搭着往后悠然一靠："是不是被判死刑他心里没点数？"

谢宗奇笑得尴尬，寻思自己是造了什么孽要夹在中间，思来想去也只能说："何恺昨晚喝太多，拉着我一直念叨，说让我帮忙求求你，让你别跟他抢宋枝葱。"

这话说得有点儿意思。祁岸轻嗤，要笑不笑地睨着他："抢？"他咬字不自觉狠了些，"到底是谁在抢？"

这话意有所指，仿佛吃了好久的闷亏，现今终于得以蓄力反击。

谢宗奇可太了解祁岸了，一眼就看出这是风雨欲来的模样，也不敢再往下问，只能讷讷地道："岸哥你也不用生我气，其实我就是顺路过来问一嘴，就算问到什么我也不会告诉他，我就是觉得，你们俩都是我朋友，又认识那么多年了，犯不着闹这么僵。"

祁岸知道谢宗奇这人很好，也最看重感情，就没继续拿他出气。

如鸦羽般的眼睫垂下，祁岸轻揉着绣绣的脑袋，漫不经心地说："这事与你无关，我跟你该怎样就怎样，至于何恺……"

谢宗奇抬眼看他。祁岸字字沉缓凛冽，颇有恩断义绝的意味："我本来也没把他当成好兄弟。"

完全没想到过来问能问出这么个糟糕到极致的结果，谢宗奇倒吸一口气，不过想想，也是何恺活该。想到他昨晚那骂骂咧咧的表现，谢宗奇叹了口气："其实吧，我也觉得是他的问题，不怪枝葱妹子和他分手，他这人脾气上来确实说话太伤人，你都不知道他昨晚说话多难听。"

祁岸眼帘微掀。

"他说宋枝葱能有今天全靠他，都是他一直护着，给她处理家里的事，给她钱花，还说宋枝葱现在甩了他，是想攀上更好的大腿。"

"更好的大腿"指谁，不言而喻。

祁岸鼻尖溢出一声低冷轻哼。

想着既然说了，不如说个痛快，谢宗奇便把何恺那最阴暗的想法说了出来："他说要是实在追不回宋枝葱，就要她立马还钱，不还，就给她扣上个'捞女'的名声，让她在北川大抬不起头。"

祁岸的眼神随着这话冷到极点，下颌绷成凌厉的一条线。被他这副神情冻到，谢宗奇哽了哽："不过也不用太当真，他喝醉瞎说的。"

祁岸没说话，俊脸凝神像在琢磨着什么，须臾之后才开口："他这倒是提醒了我。"

谢宗奇挑起一条眉毛："提醒你啥？"

祁岸轻哼了声，唇畔勾起漫不经心的弧度："提醒我——怎么跟他抢宋枝蕙。"

直白到不能再直白的话，听得谢宗奇嘴巴张了好半天都没合上……这还是以前生人勿近，女色更不近的祁岸吗？不过这会儿他也终于明白，这俩人算是真杠上了，就单纯为了个姑娘。

谢宗奇不能理解，也不想理解。他们俩爱什么恩怨什么恩怨，他反正是不想参与，也不想当传话筒。想着，他起身跟祁岸道了个别："那什么，我也折腾一晚上了，我先回家睡个觉，醒了再找你。"

祁岸淡瞥他一眼，"嗯"了一声。

谢宗奇走后，不算小的别墅再度恢复安静。祁岸在沙发上沉思了一会儿，随后拿起手机给宋兰时打了个电话。他开口便问："你那边有什么工作适合大学生兼职，要钱多事少的。"

宋兰时愣了一下："男的女的。"

"女的。"

宋兰时沉默几秒："我最近刚好缺个助理。"

"不行。"祁岸回得很果断，"她平时很忙，还要上课。"

宋兰时笑了："我说老板，您这朋友这么忙的话，就好好上课呗，还赚什么钱。"

祁岸嗓音透着几分不悦："没合适的就说没有，别阴阳怪气的。"顿了顿，他又补充，"人家也没来求我。"

话说到这份儿上，宋兰时听明白了，大少爷这是有"情况"。莫名觉得还挺新鲜，她抿唇暧昧地笑："哦，原来是我们老板主动的呀。"

祁岸没说话，眼底却掠过一丝无人窥探的不自在，就连声音也沾染微恼："有没有？没有就挂了。"

"你别说，好像还真有一个。"宋兰时似乎在认真思考，"但你得说一下对方的条件，我这儿刚好缺个模特，陪我偶尔直播带货，拍拍新品照片,要求呢,就是长得漂亮,最好手也漂亮。"

柔鹂般的声线堪堪落下,祁岸就想到宋枝蕙那张清丽温婉又富有书卷气的秀致面庞,还有她那双柔白得如同嫩豆腐的细软巧手。喉结略略滚动,祁岸握着手机的长指微蜷,胸腔里闷出低哑磁性的嗓音:"她手很漂亮……人更漂亮。"

那天在校外简餐厅发生的一切,实在太过显眼,以至于宋枝蕙跟何恺一刀两断的消息很快在校内传播开。

很多男生得知校园女神分手感到幸灾乐祸和高兴,甚至开玩笑说大家又有机会了。只是这样的言论还没发酵多久,也不知道是谁拍下了宋枝蕙跟祁岸坐在一起吃饭的画面,在私下传播。

画面里,宋枝蕙身穿浅蓝色镂空领衬衫,正跟旁边的蔡暄四目相对说着什么。身量高大的祁岸慵懒地靠坐在左侧的藤椅里,眸光漫不经心地瞥着她,嘴角勾着若有似无的浅淡笑意。那抹被不经意捕捉到的眼神,就好像他已经这么看了宋枝蕙很久。

照片一出,不止男生,女生的芳心也碎了一地。一方面是因为宋枝蕙跟祁岸坐在一起看起来的确非常养眼,另一方面也是大家默认这两人有情况。

毕竟那天在别墅,祁岸紧跟着宋枝蕙就出去了,现在两人还凑在一起吃饭……别人很难不多想。

然而这一切,宋枝蕙全然不知。她本就是两耳不闻窗外事的性格,更别说与何恺分手后,一心铆足劲赚钱还债。可惜最近赚钱的门路没有那么多,即便有也都是非常零碎且没什么性价比的小活儿。

赶得早不如赶得巧,就在宋枝蕙犹豫要不要接下师姐介绍的外地商务翻译兼职时,她收到了宋兰时的工作邀请。

那是在周五晚上的选修课上,对方先发来短信自我介绍了一下,又礼貌地问她现在忙不忙,方不方便接电话沟通一下。

宋枝蕙难免有些纳罕。自打上大学以来,她做过很多兼职,但一般都是熟人介绍,或者她主动投简历,很少有这种招聘方主动联系的。但出于礼貌,她还是问了下对方是怎么知道她的号码的。

宋兰时答得滴水不漏,说自己在北川大有位认识的师哥,对方刚好是学校的辅导员,知她在物色兼职模特,就想到了宋枝蕙。他说宋枝蕙在学校名气很高,也做过兼职模特。

这么一说,宋枝蕙确实想起学院里有个挺平易近人的辅导员,他也会给家庭条件一般的同学介绍靠谱的工作机会。之前宋枝蕙因为要帮学校拍宣传照,和这位辅导员有过短暂的交集,再加上她大一时确实做过兼职模特,这才放下戒心。

趁着选修课的课间休息,宋枝蕙给宋兰时打了个电话,宋兰时把自己这边的大体情况和她说了一下。女人一口吴侬软语,调子温柔又真诚:"暂时就是帮我拍一拍照,偶尔做个直播带货,价钱嘛,你可以先来工作室看一眼,我们再商量也不迟。正好也看看我这边的行情,我也看看你是不是真像我老同学说的那么拔尖儿。"

虽然是实话,却字字句句透着涵养,让人丝毫不感到被冒犯。

宋枝蕙没那么快答应。她从来运气就不大好,也不大相信有天上掉馅儿饼的好事,一时间多少有些犹豫。

宋兰时倒也不为难她:"这样吧,你先考虑下,要是决定来,就给我打个电话。"

就这样,晚上选修课结束后,宋枝蕙托蔡暄这个万事通联系到那位辅导员,问了一嘴。辅导员答得实诚,说确实有这么个事,宋枝蕙的电话也确实是宋兰时从他手里要走的,还说他老同学的茶庄挺牛,没事可以去看看。

电话挂断。蔡暄凑过来:"怎么样,是真的吗?"

宋枝蕙点了点头。蔡暄眼睛都亮了:"那就去啊,经过辅导员验证的事,肯定没错的,正好再给你添一笔收入,早点还清渣男那笔钱。"

这两天,蔡暄甚至都懒得叫何恺的本名,一律用"渣男"代替。

被她提醒,宋枝蕙蓦地想起之前准备好的那五万块钱还没给何恺转过去,于是算准了时间,在睡前用银行软件依照从前的账号转账过去。

转账成功的刹那,银行卡里的余额瞬间瘪下去,宋枝蕙这才有种缺钱的紧迫感——她确实需要新的法子赚钱了。

只是没想到这个深夜的举动,还是惊动了何恺。

何恺直接用另一个号码打电话过来。宿舍已经熄了灯,大家又都在睡觉,宋枝蕙猜到是他,直接拒听,奈何何恺不依不饶地发短信过来。

13634××98××:宋枝蕙你什么意思,真要跟我划清界限是吧?

13634××98××:好啊,你既然要还,那就把剩下的那十几万一起

/126/

给我，这么分着给是什么意思？

宋枝蕙心口发闷，想回些什么，却打了几次都删掉。何恺说得对，她是欠人钱的一方，始终理亏。

思来想去，她只能说：抱歉，现在没有那么多，剩下的我会尽快还。

几句话说得公式又陌生。

那边安静好久，似乎也觉得这番话说得太有失风度，何恺隔会儿又戏精似的开口：我其实不是这个意思，你知道的。

13634××98××：枝蕙，我好想你，我知道错了，你回到我身边好不好？我不能没有你。

类似的信息，他又发了好多条，就好像全然忘记了他之前放的狠话。

宋枝蕙一条都懒得看，直接把手机调成静音，闭上眼睡觉。

被这件事刺激到，她第二天起早也不再顾忌什么，直接给宋兰时回了个电话。

宋兰时得知宋枝蕙要来很高兴，两人约好当天下午在城南的澜园茶庄见面。

鉴于她这次面试的是模特岗位，宋枝蕙特意精心打扮了下，穿了条红色的法式桔梗裙，衬得她杏脸桃腮，肤如凝脂，细腰盈盈不堪一握。再配合当天的妆容，眼波流转顾盼生辉，有种少见的娇憨少女感，格外惹眼。

宋枝蕙刚按照导航来到三环外独门独栋的澜园茶庄，就见到穿着一身黛青色旗袍的宋兰时站在门口，巧笑盼兮地迎接她："你们辅导员倒是没骗我。"

宋枝蕙内敛地笑笑："兰时姐好。"

宋兰时十分大方地挽住她的胳膊，带她进了澜园。

澜园茶庄硕大的门脸是仿古设计，整套宅子装修成山水园林的模样，在廊庭中穿梭时，曲径通幽，有种置身旧时宅院的恍然震撼。

宋枝蕙没想到所谓的茶庄会是这么大的一套宅院，稚嫩生涩地问："这么大的一处地方，都是用来工作的？"

"不啊，很多人住在这儿。"宋兰时无论何时都笑容和善，优雅知性，"还有我们这边的一些工作人员，比如茶艺师、糕点师，还有一些其他员工。西边的宅院，是茶庄，跟茶艺有关的一切都在那边，平常会有很多喜爱茶文化的客人在那儿品茶会友，东边是安置珠宝玉石和古董的地方，有些海外华商会来这边和我做生意。你工作的内容就是帮我拍一些珠宝玉石首饰的展示照片和视频,偶尔再陪我开个直播,带带货。"

说话间,两人穿过拱形门,顺着回廊进入东边的宅院。比起西边,这里花草更为繁茂,有小桥流水,假山池塘,空气散发着清新淡雅的草本花香,亭台水榭更增添了几分独特的中式古典韵味。

眼前美不胜收的景色,宋枝蕙还未尽收眼底,目光就不由自主地定格在前方水榭的矮桌前面对面下围棋的两人身上。

其中一人显然已近中年,一身笔挺西装,颇有贵气之态。至于另外那位……宋枝蕙心神一凛,抿住唇,脚步不由得放慢。

只见祁岸一身休闲的黑T恤和浅灰色长裤,单手撑着腿,另一只修长的手执着一枚黑子,手臂线条紧实又流畅。

英挺的剑眉凝着,神色少了惯有的玩味倨傲,多出几分专注睿智,似在凝神思索此刻应该落子何处,沉着冷静有魅力。

前面的宋兰时扬声道:"下了快一个小时了,还没分出胜负啊。"

顺着她的话,祁岸这才漫不经心地撩起眼皮,再然后,就对上宋枝蕙不知所措的视线。

往常她一身素淡,像一株含羞茉莉,倒是第一次见她穿这样明艳的颜色,顿时有种抢眼的美。祁岸蓦地挑了下眉,眼底兴味渐起。

宋枝蕙压下心中的意外,稍稍错开目光。本以为他会开口揶揄什么,哪承想,这少爷饶有兴致的注意力,只在她身上停留须臾,视线便重新回到棋盘上。

祁岸垂着浓密的睫毛,调子慵懒:"耿叔太厉害,我一时半会儿赢不了。"

中年男子笑:"你这小子,早说这么厉害,我就不跟你比了。"

"一言既出,驷马难追,耿叔。"祁岸哼笑着落了子,抬起幽深的眸,"输了可是要把玉观音一分不差地带走。"

宋兰时听笑了,像个长辈似的嗔怪:"耿叔好不容易来一次,阿岸你别欺客。"

祁岸听了这话,眼皮也不抬一下,嘴角却荡着浅浅纹路,皓白长手落子的速度也快了起来。

宋枝蕙像个误入镜花水月的旁观者,从拘谨局促再到茫然,视线也不经意地在祁岸身上多落了几秒。

还是宋兰时把她扯回神,介绍道:"这是我的一个弟弟,在这儿帮我陪客户。"

宋枝蒽哽了下,点头。转身的瞬间,她刚好错过祁岸朝她身上瞥来的意味深长又深邃的视线。他的眼底也难得浮动出不甚明晰的怡然之色,甚至嘴角也不自知地浅勾着。

旁边的耿叔顺着他的目光看去,心想,你小子也有今天。

推门进了左边的宅子,宋兰时像是想到什么,随口道:"对了,他也在北川大念书,你们以后有机会还可以认识认识。"

宋枝蒽面色有一秒的尴尬,她想说不必,本就认识,但想想又把话咽了回去。

宋兰时不是啰唆的性格,带她在一楼玉石展柜转了转,又上二楼,带她看别人在这边挂着售卖的真丝旗袍。

宋兰时拿起一件在她身上比了比:"嗯,挺合适的,以后你刚好可以穿着这些旗袍帮我拍照。"

后面两人又坐在沙发上聊了聊,宋枝蒽这才知道宋兰时是摄影师起家,后面有了这套宅子,又拉到投资和人脉,才开始干这方面的生意。

"情况我也跟你说得差不多了,你该看的也都看了,我这人呢喜欢有话直说,"宋兰时在沙发上坐下,"见你第一面我就觉得你合适,现在就差你的意向了。你要是觉得行,咱们今天就签约,薪资待遇嘛,"她想了想,"我之前也跟我们这儿的大股东谈了,一个月一万,鉴于你没毕业,就先不给你缴纳保险,你看有没有问题。"

宋枝蒽面试过不少兼职,但这是生平第一次对方这么痛快,给的价还这么高。

生怕自己听错,她眨着清凌凌的眼,微微启唇:"您是说错了吗?一万?"

"怎么可能说错。"宋兰时忍俊不禁,"当然是一万。"

宋枝蒽彻底无语,甚至还露出一丝局促的"没见过世面"。

宋兰时莞尔:"我养得起这么大的宅子,养不起你一个模特吗?"

唇瓣抿出淡淡的酒涡,宋枝蒽还是有些不敢相信:"那工作内容呢?不瞒您说,我大三的课业很满。"

"我知道啊,之前老同学都跟我提过,"宋兰时帮她斟了杯上好的大红袍,"不太耽误你课业的,就是可能忙起来连着拍一两天比较累。"

"那一个月工作几天呢?"

"看新品批次吧,不过我一个月上新也才四五次,主要发给朋友圈的阔太太们看。"

听她这么一说,宋枝蕙大概明白怎么回事,如此算来,一个月最多也就拍十天。只是她并非那么轻信的性格,从小到大的成长经历让宋枝蕙多少有些猜忌谨慎,她想了会儿,还是忍不住问宋兰时,这么好的工作机会,为什么偏偏选她。甚至,她喃喃说出心中所想:"还是说,这个机会,是祁岸帮忙安排的?"

闻言,宋兰时意想不到地抬眉,然而还未等她开口,身后就响起祁岸浑厚又顽劣的嗓音:"宋枝蕙,我以前怎么没发现你这么自恋。"

宋枝蕙面色一怔,下意识地回头望去,然后就看到那道顾长又压迫感极强的身影,逆着光随意地靠站在门口,沉醇的檀木香随着微风浮动在空气中。

祁岸抱着双臂,明晃晃地望着她,眸光丝丝缕缕缠绕,仿佛勾着魂。下一秒,他噙起几分戏谑,拖腔拿调:"你怎么不说,我今天来这儿是为了见你?"意味深长的目光在这刻仿佛将人烫穿。

宋枝蕙哪里料到他会突然出现,又刚巧听到她那番话,薄粉的脸颊顿时染成酡红,嘴唇欲言又止地动了动。她终究没找到合适的回击的话,只能"败北"回头,不去看他,低喃着抱怨似的说了句:"我可不敢。"

话音落下,祁岸哼笑了声,倒是没接话,但也没要离开的意思。他瞥了眼她白皙后颈上那一点暗红色的痣,就这么插兜绕过去,在宋兰时对面的单人沙发上悠然坐下,活像个无事可做的二世祖。

看着两个二十出头的年轻人"你来我往",宋兰时抿唇柔笑,揶揄道:"你看他这样像帮你安排的人吗?"

确实不怎么像。宋枝蕙没话了,却也因祁岸在场,无形中局促几分。

后来还是宋兰时打破尴尬,解释之所以挑选宋枝蕙,是因为觉得她的外形很符合她要的温婉,她性子懒,不想临时再面试别人,就干脆相信眼缘。至于工资,是她提前就和大股东那边商量好的,无论选谁都是这个月薪。

听宋兰时这么说,宋枝蕙总算安心,只是她出门太急没带身份证,合同没签成。

宋兰时是个说话算数的，跟她说好下次来再签，随后两人加了微信。

祁岸全程在旁跷着腿玩游戏，看起来漠不关心。

直到谈完后，宋兰时叫了他一声："你今天还有事没？没事的话，帮我送送枝葸？我这边还要招待一下耿叔。"

她这么说不是没道理，就在刚刚，天空又阴沉了几分。浓云漫延到天际，看起来又要下一场酣畅淋漓的雨。

宋枝葸抿起唇，还没说话，祁岸就撩起透黑的眼，朝她瞥来："送倒是可以，就是不知道人家乐不乐意。"

话里有几分揶揄，像是接着之前的话茬，就差再加一句："省得人家觉得我别有用心"。

宋枝葸莫名就觉得，如果她再拒绝，反倒应了那句"自恋"的尴尬。以至于思绪还没怎么捋好，她就鬼使神差地说了句"可以"。

这话一出，空气瞬间静默。没料到她这么痛快，祁岸颇为意外地挑了下眉。

大概是之前已经挨了一记他的"尴尬"，此刻被他这么明晃晃地盯着，宋枝葸耐受度也高了很多，甚至还很自然地补充："那就麻烦你了。"

宋兰时要招待耿叔和接下来的客人，把宋枝葸送到大门口稍微寒暄了两句，便折返回去。

进屋前，宋兰时刚好看到祁岸那拉风的超跑从地库中开出来。察觉到她有话要说，祁岸把车停下，降下车窗看她："怎么？"

宋兰时浅浅地白了他一眼："枉我这么大费周章，你倒好，句句挤对人家。"

祁岸眉间紧蹙一霎："她走了？"

"没有，在门口等你呢。"宋兰时说归说，对他的埋怨还是不少，"收起你那狗脾气，对人姑娘温柔点儿。"

眉眼舒展开，祁岸嘴角略略一勾，要笑不笑地说："她那性子跟橡皮筋似的，我怎么温柔。"说着，面色浮上几分顽劣，"治她，就得反着来。"

宋兰时用不相信的目光看他。

"放心，"祁岸低笑，"我有数。"说完踩下油门，朝澜园大门口开去。

天上乌云密布，空气中浮动着暴雨将至的潮湿气味，呼吸都跟着滞闷。

那辆跑车这时停到宋枝蕙面前，颇有种救人于水火的架势。

大概是坐了太多次，宋枝蕙很娴熟地上了副驾驶座，也是巧，她刚系上安全带，硕大的雨滴就噼里啪啦地砸了下来。车窗被砸出声响，光看着就有些后怕，也还好她没拒绝宋兰时的提议，不然今天又要被大雨淋。

只不过当下多少有些尴尬，车内空间总共就那么大，四处浮动着祁岸身上独特的气息，避无可避。

就在她琢磨着要不要说点儿什么时，开着车的祁岸漫不经心地打趣道："我看你才是'雨神'。"

雨刷机械地摆动，前方行进的路途也变得清晰。

宋枝蕙稍稍思量他的话，觉得好像和他碰见的时候大多都在下雨。不过也不奇怪，北川市在这个季节本就多雨。

虽然是这么想，但她回答的时候，自然不会这么回。或许是记着之前被他挤对过两次，宋枝蕙面无表情地"哦"了一声："那也是因为碰上你。"

这话似乎取悦了祁岸，他唇畔勾出一抹笑："那还真是特别的缘分。"

宋枝蕙握着包的手蜷了蜷，蓦地想起当初在火锅店那一瞥，那时蔡暄还在她耳边嘀咕，说好羡慕那个"辣妹"，有豪车副驾驶位坐。

如今看来，她好像更胜一筹，她甚至已经记不清这阵子到底第几次坐祁岸的副驾驶座了。不仅如此，那顿她请客的饭也是祁岸结的账，就连她那份感冒药的红包他也没收……

想到这些，宋枝蕙温暾地开口："这样吧，你送我的这几次，我付车费给你，还有之前的钱，你也一起收了。"

说话间，她打开手机计算器粗略算了算，估算出大致数字。

虽然这时候，她的银行卡里只剩下不到两千块钱，但想着欠谁都不能欠他的，宋枝蕙咬咬牙还是给他转了五百过去。

祁岸瞥了她好几眼，又蓦地想到何恺醉酒时的那番话，心头突然就泛上一抹无处发泄的酸涩的滞闷。祁岸不自觉地冷下俊脸，刚要开口说"我不缺你那点钱"，放在中控台上的手机就"嘀"了一声。

宋枝蕙觑着他："钱。"

祁岸随意瞥了眼手机，没说话。宋枝蕙眼神染着零星的期许，抿抿唇，又说了一次："钱我转过去了，你记得收。"

祁岸偏像跟她作对似的，不吭声，只拿凌厉的侧脸对着她。

宋枝蕙怕他像上次一样，怎么都不肯收，只能大着胆子拿起他的手机。细白的手软得跟没骨头似的，和他那黑黢黢又沉甸甸的手机形成鲜明的对比。

祁岸随即就被气得一声低笑，语气也凉上半分："谁让你动我东西的？"

然而平时那么软的姑娘，这会儿对他却像是捏准七寸似的，毫不退让。宋枝蕙表情固执又带了点戾："你收了我就不动。"话说得板板正正，莫名又倔又萌。

祁岸彻底乐了，斜睨着宋枝蕙："把你厉害的。"

沉缓的咬字，淡淡的语气，不像在撑人，倒像是溺着甜味儿的纵容。她握着手机的指尖一下就麻了，行为也不由自主地服了软，想把手机重新放到中控台。不料，祁岸忽地开腔，念出一组数字。宋枝蕙顿了顿，反应过来他说的是手机的解锁密码。

祁岸目不斜视地开着车，调子轻飘："剩下的你自己折腾。"

完全放心的语气，就好像两人是多亲密的关系，亲密到宋枝蕙可以随意触碰他的"隐私区"。

她忽然就后悔了，手里的手机也像个烫手山芋。但开弓没有回头箭，宋枝蕙犹豫了两秒，最终还是解锁了祁岸的手机。

他的手机跟大多数男生的手机差不多，除了游戏就是日常用的软件，简简单单，让宋枝蕙有些意外的是，他的手机壁纸是绣绣的照片。

只不过和宋枝蕙记忆中的绣绣不大一样，这张照片里的绣绣叼着球趴在地板上，明显老了很多，甚至惯有的笑容也带着疲惫。晃了一秒的神，随后，她才点开祁岸的微信。他的未读消息很多，宋枝蕙不大好意思看，可即便这样，她也还是很快就找到列表中的自己。

倒不是她的头像有多醒目，而是祁岸给她备注太特别，不是宋枝蕙，而是……小蝴蝶。

宋枝蕙嘴角绷着，努力克制着脸上细微的表情，替他点了收取转账。

眼见那五百块钱终于转账成功，无意识地耸着的肩头终于渐渐松懈，她轻舒一口气，正想把手机还回去，罗贝贝的电话就打了过来。宋枝蕙手一抖，差点挂断，赶忙递给祁岸。

电话一接通，就听罗贝贝叽叽喳喳的嗓音在车内荡开，她说绣绣不知怎么又不愿意吃饭了，俱乐部那边又有事，要她立马回去，这会儿家里没人，她不放心绣绣自己在家，问祁岸什么时候能回去。

提到绣绣，祁岸神色多了些许紧迫，声线也比刚刚低沉几分，说自己很快回去，让罗贝贝先去俱乐部。

电话被挂断。宋枝蕙到底没忍住："绣绣是生病了吗？"

早年在祁岸家生活时，她就没少照顾绣绣，后来祁岸高三那年回到B市，绣绣更是依赖她。只是后来，她和外婆与易美茹断开联系，离开别墅，从那以后就再没见过绣绣。多年未见，又得知它生病，宋枝蕙免不了担心。

祁岸本想把她送回学校再折返回去，此刻听到她关心的语气，话不由自主地随了心："不然你跟我回去。"

话落，空气安静了一霎。宋枝蕙杏眼微怔，略显意外地眨了眨。

祁岸也觉得这话对于现下二人的关系来说过分熟稔，咽了下嗓子，轻描淡写般地添上另一层解释："我的意思是说——"

"可以吗？"宋枝蕙真诚地打断他，"我真的可以跟你回去见绣绣？"

喉结无声地滚了滚，像是终于找到正当理由，祁岸迎向她赤诚无瑕的双眸，情绪含在发哑的嗓音里："当然。"

很久以后的宋枝蕙回想起来，仍旧觉得那是很神奇的一天。

神奇到一切事情发生的节点好像都被人精心计算过，总能在两人即将分开的前一秒，生出新的缘由，使两人被迫"黏"在一起。

只是那刻的宋枝蕙浑然未觉，满脑子都是祁岸漫不经心又不偏不倚击中她要害的话，比如——

绣绣今年已经十五岁了，它前阵子刚做完手术，伤口还没彻底恢复，也不知道还能再陪它多久。

车上的气氛因为这个话题变得安静起来，直到车子开到祁岸离北川大新校区没多远的小区。

这个时候，骤雨已停，天空也散尽阴霾，仿佛婴孩大哭过后露出晴朗又纯真的笑脸。

宋枝蕙从车上下来，甚至还被阳光刺得眯起眼，然后就发现祁岸所住的小区正是被当地人津津乐道的房价贵到顶天的楼盘。而他买的是地理位置最好的那栋，独门独院的小洋房带着个不小的院落，宋枝蕙刚跟他进去，就看到呆坐在一楼落地窗前的一只上了年纪慢悠悠地摇着尾巴的金毛。

是真的没想到,她这辈子还有机会再见到绣绣,宋枝蕙心头涌上一抹柔软的伤感。幸好她一直跟在祁岸身后,不至于把矫情的神态展现出来。

只是在祁岸进门拿拖鞋给她时,他还是不经意地瞥到她眼尾的那抹淡淡的红晕,以至于再开口时,声音不自觉地多了几分温和柔意:"绣绣情况还不错,不用太担心。"

说着,他朝绣绣招呼了一声。绣绣听到动静,立马乖乖起身朝他走来,围绕在他裤腿边亲昵地蹭。

眼见当年亲手带过的狗子就在自己面前,宋枝蕙微微屏息,莫名感到有些心情复杂。

祁岸半蹲下来,搂着它揉了两下,抬眸望向宋枝蕙:"你要是实在不放心,以后就多过来看看。"

他的语气难得正经,没有半分暧昧之意。

宋枝蕙指尖蜷了蜷,没接话,踩着宽大绵软的男款拖鞋走到祁岸身边,也蹲了下来,抬手摸了摸绣绣。

直到这会儿,绣绣才后知后觉地反应过来,眼前人似乎有些面熟,湿乎乎的鼻子凑过去,在她手上闻了闻,注意力也渐渐从祁岸转移到她身上。

祁岸起身,抬脚轻踢了下绣绣的屁股,哼笑:"也不算太没良心,对你还有印象。"

他刚说完这话,绣绣就十分娴熟地钻到宋枝蕙怀里。

心头那抹伤感立马被这个温馨的互动抚平,宋枝蕙露出这一路第一个明朗的笑,撸着怀里温暖的大狗狗,声音都轻快许多:"怎么可能不记得,当年你不在,都是我——"

像是忽然触及不可说的,宋枝蕙顿时哽住,神色也凝滞下来。

目光不经意地抬起,她发现坐在沙发上,双手交握搭在双膝上的祁岸,正意味深长地看着她:"都是你怎么?"

宋枝蕙撇了下嘴角,垂眼低声说:"都是我在照顾。"

当年祁岸一走,绣绣在家里的地位骤降,易美茹不喜欢狗,更是管都不愿意管。宋枝蕙便主动承担起每天遛狗,给狗喂饭和洗澡的职责。

那时候她想的是,如果绣绣过得不好,祁岸回来一定会不开心,她不想祁岸不开心。

只是没想到,这一切的担心都是徒劳,祁岸根本就没想过回来。

后来,宋枝葱离开别墅,想着要不要把绣绣带走,易美茹反倒不让,说祁岸要把绣绣接到身边。

往事像旋涡一样拉扯着思绪。祁岸的声音把她拉回现实:"既然你以前照顾了那么久,那以后是不是更要多花一些时间照顾。"

宋枝葱眉心一跳,由下至上迎着他的视线。

祁岸的目光牢不可破地锁着她,不留给她一丝一毫叛逃的余地:"宋枝葱,做人要有始有终。"

宋枝葱很无语地看着他:"你这都什么歪理邪说?"

她正想说这是你的狗又不是我的,却被突如其来的电话打断。

大概又是那个罗贝贝的电话,祁岸瞥了一眼,皱着眉接起,那边语速很快地说了一堆,祁岸敷衍了几声,随后起身朝厨房那边懒散地走去。

"我哪有时间给它解冻肉,你之前怎么不拿出来?行了,闭嘴吧。"语调是一贯的不客气,又有种上位者的强横,听起来和对她说话时的语气不大一样。

宋枝葱朝那边瞥了一眼,默默地收回视线。

没多久,线条结实的手臂端着一碗丰盛的冻干和肉,递到她眼前。

宋枝葱愣了愣,略有些呆地抬头,然后就看到眼前居高临下的祁岸。

"你来喂。"他垂着眸命令,"我去那边弄点羊奶。"

漫不经心的两句话,熟稔得就好像两人的关系又回到从前。

宋枝葱抿了下唇,乖顺地接过,放到绣绣跟前,等祁岸泡好羊奶回来的时候,绣绣已经呼噜呼噜吃得很香了。

"小屁孩。"祁岸在宋枝葱身旁蹲下,修长大手揉了把绣绣的头,嗓音卷着淡淡的笑,"就会看人下菜碟。罗贝贝喂你,你就一口不吃。"

宋枝葱嘴角翘起笑,担忧的心情也好转几分。

只是尴尬接踵而来,她蹲得太久,想要起来时腿突然抽了筋,整个人像是没骨头似的眼看就要栽倒,是祁岸起身捉住她细白的手臂,一把将人捞回。

单薄瘦弱的身子撞到男生坚实柔韧的胸膛,两人的气息也在这一瞬暧昧地融在一起。宋枝葱心神一凛。

祁岸攥着她胳膊的手却没有第一时间松开,就这么若有似无地贴在一起,是比拥抱还让人脸红心跳的姿态。偏偏这个时候,宋枝葱肚子发出一声不合时宜的"咕噜"。

祁岸听到动静，长眸轻佻地觑着她，嘴角微不可察地勾了下："你也饿了？"

宋枝蕙就没这么尴尬过，她下意识地想说不。祁岸却先一步松开她，将地上的两个"光盆"捡起来。

"等着。"他随口丢下这话，再度朝厨房那边阔步走去。

回过神的宋枝蕙咬了一下唇瓣软肉，她瞥了眼墙上的时间，不早不晚，刚好下午四点。

按理说这个时间她不会饿，可今天却不知怎么。而这会儿吃饱喝足的绣绣坐在地上眼巴巴地瞅着她，她想离开的心又迟疑了几分。

到最后，她也没能抵过祁岸美味肥牛烩饭的诱惑，乖乖去了厨房，和祁岸面对面坐下来吃饭。

也许真的有人从出生就被老天点全了技能点，祁岸做饭一直很好吃，从前宋枝蕙就没少吃他做的夜宵，只是如今想来，有些恍如隔世。

她也确实没想到，有天祁岸还会亲手做东西给她吃，且两人还能够平平静静地面对面坐着。望着眼前色香味俱全的烩饭，她甚至产生一瞬的迷惘。

祁岸帮她摆好餐具，还端来一杯椰奶冰咖啡。

"家里没方糖，怕你觉得太苦，加了椰奶。肥牛也不够了，"祁岸把他那份里的肉都挑到宋枝蕙餐盘里，"将就吃。"

不知道是不是错觉，宋枝蕙莫名觉得祁岸"喂"她比"喂"绣绣还要上心。

微荡的心绪不受控制地百转千回，宋枝蕙小声制止："够了，我吃不完。"

她声线柔软，像刚出窝的奶猫。

祁岸望着她，喉结微滚，心下莫名燥热，拿起冰咖啡喝了口，才又说："吃不完就把肉蛋培根都吃掉，还有芝士。"

宋枝蕙没吭声，专心吃饭。两人就这么安安静静地咀嚼。

中途，宋兰时打来一个电话，问祁岸有没有把宋枝蕙安全送回学校。话头被挑起，祁岸一手握着电话，一面眼神昭昭地看着宋枝蕙："还没，她还在我这儿吃饭。"

宋兰时听后"哟"了一声，暧昧地笑出声。这声笑落到宋枝蕙耳朵里，激得她耳根不自觉地烧热。她想反驳什么，却又不知从何反驳起，最后只能不大自在地别开视线。

祁岸倒是如沐春风般心情不错地勾着唇，又跟宋兰时聊了几句，这才挂断电话。

宋枝蕙就是这会儿，问起他和宋兰时的关系。

"她是我舅舅曾经的女朋友。"祁岸答得随意，"后来我舅舅去世，她也一直没嫁人，就这么守着我舅舅给她的澜园。"

宋枝蕙神色迟缓下来，有些意外："她——"

祁岸抬眸看她，眸光真挚："是不是没想到？"

宋枝蕙顿住，点了点头："她很美，感觉会有很多人喜欢她，所以我没想到她会这么专一深情。"

"深情的又何止她一人。"祁岸扯唇，"当初我舅舅为了和她在一起，和家人闹得很凶，后来分了手也郁郁寡欢，再后来就在外地出了事故，临终前把遗产都给了她。"

宋枝蕙像是听到电视剧中才会发生的剧情，有些不解："为什么要反对？"

"很难理解吗？"祁岸轻哂，"家族利益，捆绑婚姻，完全不新鲜。"

短短几句，像是砸在心口的碎石，生生豁开几道细小的口子，宋枝蕙后知后觉地一怔。

从她的微表情里看出什么，祁岸几乎遵从本能地开口："但我不会。"字字昭然，像是在刻意阐明什么。

宋枝蕙心念一动，缓缓掀眸，莹润的杏眼清凌凌地看着他。

祁岸默不作声，眼神期冀，就好像希望她这会儿能说点什么。然而，宋枝蕙什么都没说，只是似懂非懂地点了下头，垂下眸继续吃她的饭。

宋枝蕙的心却已然乱了，捏着餐勺的手不自觉地收紧，像是生怕自己被这瞬的安静淹没。她正要开口找下一个话题，不料她的手机也出来搅局。

望着屏幕上的"何母"二字，宋枝蕙微微张唇。祁岸的目光亦锁在她的手机界面，空气短暂地凝滞一瞬。

宋枝蕙僵持几秒，到底还是接了电话。果然如她预料，何母开口就问她跟何恺怎么回事，为什么好好的闹到要分手。

怎么说都是私事，宋枝蕙不想让祁岸听了笑话，便拿起手机起身，

/138/

顺便给他递了个眼神,告诉他自己出去接。

祁岸没说话,也没阻拦,就这么面无表情地靠坐在椅子里,目光却幽深地望着在窗外接电话的宋枝蕙。

落地窗前,她身形纤细窈窕又玲珑有致,浑身上下都散发着纯稚的青春气息。美好到,一眼望见,就不愿挪开半分。

宋枝蕙对此浑然不知,全部心神都用来应付何恺的母亲。

何恺大约把事情经过都跟他妈妈说了,何母开口就贬损何恺,说他不着调拎不清,又骂那个应雪不三不四,说他们何家最讨厌这种人。只是说来说去,最后也都绕到何恺不懂事,让宋枝蕙再给他一次机会。

"你看你跟小恺这么多年了,感情深厚,总不能说分手就真的分吧。而且我跟你叔叔都这么喜欢你,你就不能看在我们的面子上,再给他一次机会。

"还有,他跟我发誓了,说真的知道错了,离开你他一点都不开心。枝蕙哪,你就看在阿姨的面子上,再给他一次机会行不行?"

何母之所以敢这么说,是因为当初何恺有借钱给她,全都是经过何母的首肯。换句话说,当年的宋枝蕙能在追债人的虎口下逃脱下来,靠的都是何家。

但不管怎样,分手就是分手。如果恩情能够撼动什么,她当初也不会狠下心。

只是碍于不好当面拒绝,宋枝蕙只能四两拨千斤地敷衍何母,说自己这会儿在外面抽不开身,跟何恺的事情回去再谈。

何母也不算胡搅蛮缠,打探到口风,就适可而止,最后又关心她几句,这才挂断电话。

好不容易送走这尊大佛,宋枝蕙轻舒一口气。不料肩膀刚松懈下来,头顶就落下一道疏冷又略带讥讽的声音:"所以这是准备和好了?"

宋枝蕙极为无语地扭身,看着此刻抱臂靠在门口的祁岸,那眼神仿佛在说——"你来之前能不能有点声音"。

祁岸淡睨着她,语气谈不上和善:"是你打电话太专注了。"他哼笑了声,"我在这儿站半天了。"顽劣又恣意的模样,和从前十八岁的祁岸如出一辙。

宋枝蕙是真拿他一点办法都没有,只能往后退了半步,顺着他之前的问题瓮声回答:"没和好。"话里多少有点小脾气,"也不可能和好。"

祁岸略一抬眉,刚刚还凝滞的神色隐约融化几分。

宋枝蒽却故意不去看他,绕过他走进屋内。

想着饭吃得差不多了,时间也不早了,她便拎起沙发上的包,对祁岸磕巴了下:"那个,我……该回去了。"

祁岸手插着兜斜斜地靠在门口处,情绪不辨地看着她。

宋枝蒽有点儿怕他这样看自己,那感觉就好像她干了什么对不起他的事。偏偏狗随主人,绣绣也可怜巴巴地绕到她跟前,舍不得地蹭她。

宋枝蒽头皮都麻了,只能粗略地揉了把绣绣,又潦草地说了句"改天再来看你",说完便快步穿过客厅,朝门口走去。

当她换鞋的时候,祁岸似笑非笑地说:"那你可要说话算话,宋枝蒽同学。"磁性的嗓音故意拖着轻佻的调子,说不清是认真,还是逗她玩的。

宋枝蒽背对着祁岸,蹲下身,默默提上小白鞋。长发朝前滑落,露出不小的一片细腻柔滑的雪白肌肤。祁岸的视线不经意地在上面落了一瞬,又不动声色地撇开。

转过身时,宋枝蒽双颊晕着不自知的淡粉,朝他点头:"那我走了,再见。"说完也不管祁岸什么反应,低眸快速从他身边擦过。

空气中浮动起她身上的清甜香。祁岸保持着插兜的姿势,目不转睛地盯着她的身影,直到她彻底消失在别墅院落门口,他唇畔才荡起一抹不自知的笑。

这时,罗贝贝和俱乐部的钱向东开车过来。

车刚停在别墅门口,穿着红色桔梗裙和小白鞋的宋枝蒽就匆匆出来,轻盈的身姿像是展翅欲飞的蝴蝶,微卷的黑发在身后轻荡,快步朝另一个方向走去。

钱向东刚要推开车门下去,罗贝贝就拉住他,嗷了一嗓子:"我看到什么了?!"

钱向东扭头:"你看到什么了?"

罗贝贝眼冒金光:"姑娘,"她指着宋枝蒽离开的方向,"长得还挺漂亮的姑娘。"

钱向东用看傻子的表情看她:"姑娘怎么了,哪儿没姑娘。"

罗贝贝当即翻了个大白眼:"大街上的姑娘,和从岸哥家里出来的姑娘,那能一样吗!"

她这么一说，钱向东"嘿"了一声，这才反应过来点儿什么。他不禁探头朝外望去，视线一下就捕捉到那抹渐行渐远的红色身影："哎，你别说啊，感觉还真有点儿漂亮，皮肤白得跟牛奶似的。"

"那不废话吗？"

"不过她真是从岸子家里出来的？"

"当然了，我亲眼看到的，再说你这熊样的都喜欢美女，岸哥跟个漂亮妹妹私交甚密有什么好奇怪的。"

"这话你还真说错了。"

钱向东把大脑袋收回来："岸子品位独特，还真不怎么喜欢美女。"

罗贝贝用不可置信的目光看他。钱向东来了劲："你知道岸子曾经有个把他折磨得死去活来，又是比赛受伤，又是疯了似的，和家里闹掰的'白月光'吧？我也是无意中看到她和岸子的高中合照。说实话，那姑娘长得挺一般。"

罗贝贝瞪着眼，满脸八卦："怎么个一般？"

大概觉得背后对一个小姑娘指指点点不好，钱向东犹豫了一下，指了指右边的眼尾："具体长啥样记不清了，反正就记得，她这儿有块挺明显的胎记。"

第六章
曾经，曾经

宋枝蕙是在离开那片富人区后，才发现祁岸住的地方离北川大很近，近到大概就只有一条街的距离。懒得等公交车，她索性走回学校。

回宿舍时，其他三人叽叽喳喳正准备出去吃晚饭。蔡暄看到宋枝蕙回来，立马叫住她："正好，你跟我们一起。"

脑中晃过刚刚那份丰盛的烩饭，宋枝蕙把包放下："我就不去了，我刚吃完。"

到底是同吃同住三年的好闺密，蔡暄一下就捕捉到她微表情里的不对劲，眯着眼过去："吃过了？在哪儿吃的，跟谁吃的？怎么不带我？"

宋枝蕙露出无奈的表情，扯过椅子坐下："就是随便吃的，你又不是不知道我下午去干吗了？"

蔡暄瞬间恍然："对啊，还没问你呢，面试怎么样，工作靠谱不？"

"挺好的。"宋枝蕙拿起水杯喝了口水，"下次去就签约。"

蔡暄眨着星星眼："那工资呢？"

宋枝蕙眼神飘忽了下，想着一万的工资说出来可能会有点离谱，就把话转了个弯，说了句就几千块。

"安心啦，毕竟是兼职，肯定不会太多。"蔡暄好心安慰她，"隔壁那谁，之前也接了个车模的工作，累了一个月才赚三千。"

宋枝蕙有些意外："才三千？"

"不然呢？"正在补妆的苏黎曼插话，"北川市撑死是个新一线，给兼职的大学生的工资怎么可能多，三千已经比大学生一个月的生活费还多了。"

听她这么一说,宋枝蕙又想到祁岸。虽然宋兰时否认是祁岸帮她安排的这样待遇好的工作,但她还是有些不相信。一万个薪资,完全可以聘请一些小有名气的网红了,再加上今天在他家发生的那一切……她其实能很明显地感觉到,祁岸对她或多或少的照顾。

宋枝蕙很清晰地把这种照顾,归类为祁岸的习惯,抑或是经年重逢后一丝不自觉的愧疚。

只是这事并不好开口。宋枝蕙到晚上也没决定好到底要不要再问他一次。不承想,睡前,祁岸倒是先一步找她。

那会儿,宋枝蕙刚洗完澡准备上床休息,然后就看到手机界面上挂着他的两条信息。

宋枝蕙点进去,发现是两张她和绣绣的照片。她一身红色桔梗裙,穿着祁岸的男款大拖鞋,笑容明媚又灿烂,亲昵地搂着绣绣,另外一张是她蹲在绣绣跟前,认真地看着绣绣吃饭。

即便距离远,又像是抓拍,画质并不怎么好,但这并不妨碍看清宋枝蕙的面容。

双颊不知不觉地升温,她抬手摸了下耳垂,绷着唇线在聊天框里敲出一行字:为什么拍我?

她想想又觉得有些奇怪,于是删掉,改成:什么时候拍的,我怎么不知道?

祁岸回得不快不慢:随手拍的,为了给朋友看。

宋枝蕙眨了下眼,为什么要给朋友看?

似乎也意识到这话歧义太大,祁岸补充:罗贝贝不相信绣绣换个人喂就能吃饭。清理相册的时候正好看到,发你省内存。

宋枝蕙默默哽住,心想这个行事风格果然很祁岸,又不免觉得,虽然祁岸拍得敷衍,但照片里她笑得还挺好看,而且这也是她第一次和绣绣一起拍照片。

手指迟疑了一下,她礼貌地回:谢谢,我很喜欢。

祁岸:阴阳怪气谁呢?

宋枝蕙敲字:没有啊,你想多了吧。

怕对方不信,宋枝蕙又说:我以前就想跟绣绣拍合照,但是……

指尖停顿下来。

祁岸：怎么？

宋枝蒽犹豫几秒，发了出去：以前的我太不好看了，就没拍。

高中以前，她都很惧怕拍照。是后来做了激光手术，去掉了那块胎记，她才慢慢地拾起自信，又在蔡暄的教导和鼓励下，渐渐学会自然地面对镜头。

聊天内容不知不觉地扯远了，那边好一会儿都没回复。宋枝蒽莫名有些尴尬，正犹豫要不要把话题绕到兼职上，对方却忽然回复。

祁岸：没有，很好看。

宋枝蒽指尖微停。

祁岸：去掉胎记更好看。

两句话乍一看有些不明所以，但结合上面的语境……反应过来的宋枝蒽忽然就不知该如何回应。

刚巧熄灯时间到了，宿舍陷入一片黑暗。床下几个姑娘争先恐后去洗漱，床上的宋枝蒽则对着手机屏幕出神。就是这会儿，下铺的蔡暄叫了她一声："宝贝，我牙膏用完了，借你的用一下哈。"

宋枝蒽愣了一瞬，才说"用吧"，随后又把目光重新放到聊天界面上。

就像在胖人面前不说胖，在丑人面前不说丑，饶是从前再凌厉桀骜的祁岸，也不会因为她的外貌取笑她。

或许是冷静下来，宋枝蒽从那两句话中品出几分好心的慰藉。

同时，她又在心中告诫自己不要多想，手上不由分说地敲出一行字：我熄灯了，晚安。

祁岸回得很快：嗯，睡了。

宋枝蒽抿了下嘴，没再回，两人的聊天就这么默契地断了。

宋枝蒽把两张照片保存下来，放下手机，像是终于得以喘息般，缓缓地闭上眼，结束这波澜起伏的一天。

与此同时，城市的另一边，祁岸悠然地靠躺在沙发上，手边坐着乖巧温顺的绣绣。戴着乌银手环的那只手宠溺地揉了揉它的脑袋，绣绣吐着舌头，憨憨地望着他笑。

祁岸淡勾起唇，嗓音喃喃自语般荡开："出息了，还知道跟我说晚安了。"

翌日清晨，天朗气清。云朵像是松软的棉花糖飘在天边，疾雨之后

/144/

的阳光毫不吝啬地灌满宿舍的每个角落。

宿舍里除了宋枝蕙,其他人都有课,一大早就起来了。

宋枝蕙被吵醒,干脆下床跟她们一起收拾,准备去图书馆泡着。

只是还没出门,宋兰时的电话就打了过来,说工作室那边提前到了一批首饰,需要她过去拍照,不过不急,让她这两天挑个时间过去就行。

宋枝蕙手头没什么事,就约好等会儿过去,挂断电话前,她又忍不住问:"祁岸这两天会在吗?"

宋兰时"哦"了声:"你希望他在还是不在?"

宋枝蕙被这话噎住,欲言又止。

见她有些局促,宋兰时收起打趣:"他这两天要陪俱乐部去外地比赛,没空来我这儿。"

宋枝蕙一颗心缓缓落下:"那就好。"

北川大距离澜园有些远,她到的时候已近中午。

澜园这会儿没什么贵客,宋兰时打扮比昨天淡许多,但也因此有种洗尽铅华的美。她招呼宋枝蕙在主厅坐下,随后拿出合同签约。本想着带她吃过午饭再工作,宋枝蕙怕耽误进度,想尽快开始。

"不愧是北川大学霸,执行力就是强。"宋兰时毫不吝啬地夸她,挽着她去换旗袍。宋枝蕙本身气质偏清冷,于是选了一身淡青色的刺绣款。

本来还担心自己撑不出那份风姿,没想到这旗袍就跟长在她身上似的,合适得不得了。

刚好这套首饰的主题就叫"清秋",她戴在身上,还真有种民国时期清冷大小姐的氛围。化妆师给她化妆的时候还忍不住称赞,说她不止五官生得好,皮肤也白嫩无瑕,是最好的画布。

不多时,妆化完,宋兰时带宋枝蕙去隔壁的摄影棚拍照。宋枝蕙一开始不太能放得开,但就像宋兰时说的那般,她是学霸型人才,宋兰时给她示范几次,她就知道用什么样的神色姿态了。

人像很快拍完,剩下的就是手部、颈部及耳部的特写。宋枝蕙皮肤好到几乎不需要打光就能成为那些玉石首饰的完美背景板。

等这套旗袍拍完,宋枝蕙又换上第二套主题为"禅"的服装,是套烟灰色的汉元素衣服,布景也更有韵味。

第三套风格全变,是有些欧洲中世纪风格的服装,搭配复古巴洛克风珠宝,连妆面也浓郁许多。

这套首饰是宋兰时最看重的,所以拍摄的照片也格外多。

结束时,刚好下午四点。化妆师和助理收工后去食堂吃饭。宋兰时想着这姑娘第一次来,又最累,就提出带她去外面开小灶,宋枝蕙哪里好意思,推拒说这些本来就是她该干的,而且她也想早点回学校。

拗不过,宋兰时只能提议顺路送她回学校,刚好她在那边有点杂事要处理。宋枝蕙盛情难却,只能和宋兰时一起走。

天气炎热,临走前,宋兰时嘱咐助理送来两杯打包好的冷萃咖啡,还有两份很精致的糕点,拎着上了车。她把其中一份咖啡和糕点塞给宋枝蕙:"总不能你来我这儿一趟,空着肚子回去。拿着吧,这糕点我们自己做的,成本不高,至于咖啡,"她冲宋枝蕙眨眨眼,"咖啡豆是祁岸买的,不喝白不喝。"

印着澜园商标的咖啡杯壁氤氲潮湿的水珠,宋枝蕙温暾地说了声"谢谢"。

宋兰时开着车:"你这人哪儿都好,就是太客气,这样在社会上混容易吃亏。"

指腹摩挲着杯壁,宋枝蕙乖巧应声:"那我以后改改。"

宋兰时笑了:"这就对了,给你什么你就拿着,就算没有这层合作关系,我也会替阿岸多照顾你。"

提到祁岸,宋枝蕙没忍住:"他是怎么跟你说的……"

"说什么,你跟他的关系?"宋兰时似笑非笑地望了她一眼。

宋枝蕙点头。

"也没怎么说,"宋兰时云淡风轻,"就告诉我说你是以前认识的一个妹妹,既然凑巧来我这儿工作,就让我多照顾照顾。"

宋枝蕙略微有些愣怔,不过也没什么好意外的,毕竟祁岸本就把她当妹妹。

思及此,宋枝蕙喝了口咖啡,不想一下就被苦到。

宋兰时捕捉到她那瞬间皱成一小团的脸,扑哧一笑:"怎么这么夸张,你那杯没加糖?"

宋枝蕙从小到大都不爱喝苦的东西,每次喝咖啡都要加很多奶球,第一次尝到这种,顿时有些可怜地摇头。

宋兰时拿起自己那杯,发现也是不加糖的。她瞬间了然:"啊,怪我,是我没嘱咐到位,那边以为送到东院是给祁岸做的,就按照他的喜好来了。"

"他爱喝这种咖啡?"

"爱啊。"

"每次来都要专门给他做,而且一定什么都不能加,这种苦涩涩的最好。"

宋枝蒽眨了下眼:"可是我怎么记得他爱喝甜的。"

"甜的?"宋兰时想了想,"没有吧,他从来不爱喝甜的,可乐都不爱喝。"

原本宋枝蒽只是随口一提,没想到会被这么果断地否决,倒也不是较真,而是她真的记得祁岸爱喝甜的。偏偏宋兰时也一口咬定:"我认识阿岸快十年了,他真的不喜欢喝甜的,我敢确定。"

"可是……"宋枝蒽的声音弱下来,"我记得他高中时喝了一个月的奶茶。"她就算记错任何事,也不可能记错这件。

宋兰时露出一个不和小孩子计较的笑:"是吗,那可能是曾经爱喝,但现在他是完全不碰的。"

不想再讨论下去,宋枝蒽轻声附和:"嗯,可能是。"顿了顿,又觉得自己对祁岸的事情"过于关注",她不自在地别开头,看向车窗外流逝的街景。

后来,两人又随意聊了些别的,没多久,宋兰时就把车开到北川大校门口。

宋枝蒽拎着糕点下车,很感激地和她说再见。宋兰时亦温柔地回应:"糕点记得早点吃,不然天气热容易坏。"

宋枝蒽点点头,又和她挥挥手,而后才转身从斑马线穿到对面。

这时,祁岸的电话打来了。宋兰时刚接通就忍不住笑了:"我说祁老板,监督工作不用这么准时吧。"

祁岸无视她的怪腔怪调,嗓音淡漠:"把她送到学校了?"

"送了,"宋兰时应声,"人刚走,还带着你嘱咐的抹茶芝士切块。"

这个时间,远在隔壁市的祁岸刚和俱乐部成员一起入住酒店,钱向东在他的总统套房里给大家开会。

祁岸单手插兜随意地倚在落地窗前,轻哂一声:"我嘱咐什么了?"

"不是你告诉我的,给她弄点儿东西吃,怕她饿?"宋兰时平心静气地说。

祁岸眼尾微垂，沉默几秒，似有几分不乐意："不是有食堂？你就不能给她弄点儿吃的？"

"我这不想着带她单独出去吃点儿好的补补身体，是她拒绝了。没办法，我就只能给她带点儿甜品。"宋兰时说着气笑了，"臭小子，你这什么态度，求我办事还有脾气，有本事你自己上。"

祁岸扯着唇，语气有点儿浑："我这不是有事吗？"

"懒得理你。"宋兰时喝了口冰咖啡，"反正我人送到了，吃的也给了，你少埋怨我。"

"没埋怨，"祁岸闷出一嗓子笑，多出几分真心实意，"辛苦了。"

宋兰时勾勾唇："马后炮。"随后又说，"我也是不懂你，明明要你今天过来，你偏要跑去带俱乐部，比赛那边不是有罗贝贝和钱向东吗，你操什么心。"

"说得轻巧。"祁岸不以为然，"我今天要是再出现，才是真刻意。"

想想也是，要是每次来祁岸都刚巧在，就算是傻子都能看出来猫腻。更何况这大少爷傲娇得很，压根儿就不想让宋枝蒽知道这一切都是他安排的。不过话说回来，宋兰时还是觉得祁岸要抓紧点："反正你自己的事，自己上点心，别背后对人家好的事都做尽，回头却被别人捷足先登。"

祁岸想说什么，但想想，也只是无奈地哼笑了声："我倒是想激进点儿。"

"怎么？"她问。

祁岸凝视着三十八层外的高楼林立又浮华的城市，忽然就想起高三那年，他与宋枝蒽最后一次在微信上的对话。

那时，他马术比赛失利，不止失去自己的爱马，还从马背上摔下来，昏迷半月有余，后来即便醒来，也一直在医院养伤。

祁仲卿本就不同意他赛马，为此更是雷霆震怒，切断他与外界的所有联系，这其中，首当其冲的就是宋枝蒽。后来，他的一个堂妹来看他的时候，偷偷给他带了一部手机。

祁岸按照对她号码有些模糊的记忆，尝试着给宋枝蒽打过一次电话，但对方始终没接。

猜测可能在上课，手机被老师集体收上去了，祁岸就没再打，改为微信留言。

只是那时的他根本没考虑过这个软件的运行机制，那就是只要换手机重新登录，之前未读的消息，就会自动消失。

祁岸也没想那么多，他只是把自己的情况，尽量还原给她，除去自己住院和失去爱马这件事。然而等了很久，宋枝蒽都没有回他。

后来到了晚自习的下课时间，祁岸给她打视频，可回应他的却是毫不留情地拒绝。等到将近凌晨，宋枝蒽才回消息给他。

不是以前那种温顺软糯的语气，像是完全变了个人，冷漠到陌生。她说，是他父亲不允许她继续缠着他，所以她不会再联系他。

祁岸从一开始就知道祁仲卿切断他和外界联系一定会有这种打算，所以他第一时间就跟她解释，告诉她，他以后会和祁家脱离关系，独立生活，所以她不用考虑他父亲说什么。

怕她还在生气，再加上当时他的胳膊没有完全恢复，祁岸便打视频电话给她。

哪知，宋枝蒽依旧保持沉默抗拒，似是斟酌许久才说：我觉得我们还是不要一起去北川大了，你的前程我耽误不起。

那是祁岸人生中第二次感受到心脏塌陷的窒闷痛感。

第一次，是因为爱马球球去世；第二次，则是因为宋枝蒽。

空且沉寂的病房里，无人知晓，那一身骄矜傲骨的少年，被这简单的一句话，拆去了周身力气，曾经固若金汤的信念与渴望，也在此刻土崩瓦解。

祁岸不死心地问她：那要是我心甘情愿呢？

是他心甘情愿，放弃出国，留在国内陪她上理想的大学。也是他心甘情愿，与祁家闹翻，甚至为了脱离掌控，去参加马术比赛只为赢得奖金。

然而心里这些动荡还未开口倾诉，宋枝蒽便先一步堵住他所有进攻的路。

她说：祁岸，我不愿意。

缄默十余秒。

宋兰时纳罕发问："是我信号不好吗？怎么突然没声音了？"

祁岸眼底漫开冷寂，敛回神："在。"他语调冷淡地接起上面的话，"我的意思是，宋枝蒽就是只蜗牛，看着又慢又软，但只要一碰，就会缩回壳里去。"

宋兰时愣了愣，但她是聪明人，稍稍一琢磨就明白怎么回事。她笑：

"那大少爷,你打算怎么对付这只小蜗牛?"

本是揶揄调侃的话,祁岸却答得正儿八经:"何恺亏欠过伤害过她的,我会一点点弥补回来。"

第一次听这位大少爷流露出这种语气,宋兰时意外地"哟"了声。

祁岸却不在意,眼尾微垂,凌厉的磁性嗓音漾出满满的倨傲:"总有一天,她会心甘情愿来到我身边。"

人的记忆真的很奇怪,明明之前还无比确定的事,只要一旦被人否定,就会产生自我怀疑。当天回到宿舍,宋枝蕙便是如此。

她吃过饭后没多久就去了图书馆。然而再僻静的环境,再好的学习氛围,她都无法完全专心翻译手头的稿子,删删减减好半天才写出一整段。到后来已经说不清是为了求证,还是为了追溯另外一层意义上的"真相",宋枝蕙在微信上找了童乐乐。

童乐乐是宋枝蕙在平城一中为数不多还有联系的同学。一方面因为两人曾经关系确实不错,另一方面是因为宋枝蕙在平城一中本也没什么朋友,所以童乐乐的存在对她来说难能可贵。

童乐乐对此也是一样,不过她收到信息的第一件事并不是关心祁岸爱不爱喝甜的,而是很意外宋枝蕙和祁岸居然又联系上了。在她的印象中,这两人早已"分道扬镳"很多年。

宋枝蕙倒没瞒她,说她跟何恺分手了,还有最近校区也合并了,总之就是机缘巧合下,她和祁岸"久别重逢"。

本以为童乐乐会安慰她几句,没想到这家伙跟当初蔡暄的反应一样,立马恭喜她恢复单身。

童乐乐:不瞒你说,我高中的时候就看不上何恺,他围在应雪屁股后面为虎作伥,别提多硌硬。

童乐乐:他对你好的那会儿我也不在,所以我对他的印象就一直停留在当初。

童乐乐:你也别怪我不安慰你,我是真觉得你离开他挺好的。

宋枝蕙:没事,我也不需要安慰,我现在很好。

童乐乐见她没事,并没多想这事,而是认真思考她的问题。

童乐乐:我跟祁岸不熟,你问他爱不爱喝甜的我肯定不知道,但是我记得他喝了一个月的奶茶,那奶茶当时送小鸭子,他把小鸭子都给你了,这事你应该最清楚啊。

宋枝蔻对这件事情再清楚不过。如今,那套喝奶茶赠的十几只黄色玩具小鸭子还收在家里阳台上的储物柜里,和它们放在一起的,还有和祁岸同款的乌银手环。

而当年,这排小鸭子一直摆在宋枝蔻阁楼房间的小窗台上。他到底爱不爱喝甜的东西,宋枝蔻现在也不确定了,但祁岸喝奶茶,确实是从校外那家奶茶店送小鸭子盲盒开始的。

那会儿,宋枝蔻零花钱不多,只和童乐乐一起喝过两次。童乐乐知道她喜欢这个小鸭子,就把自己的送给她,于是宋枝蔻就攒下了三只不重复的,摆在桌面上。

没想到这个无心之举,引起了一场不小的风波。当时的班主任是个非常严厉的化学老师,只要她在班级,班级气氛就会格外凝重,而她对学生的管教也是十分严格。

所以在看到宋枝蔻桌上摆着小鸭子的时候,她题都不讲了,直接走到宋枝蔻跟前。

宋枝蔻原本还在认真听课,直到那三只小鸭子忽然被收走。

"知道成绩为什么始终提不上去吗?就因为一天天的心思都不知道去哪儿了。都什么时候了,还玩物丧志。"

随着几句严厉的批评声,全班同学的目光都聚集到宋枝蔻身上,平时看她不爽的几个男生女生也翘起看热闹的嘴角。

被这么多同学注意,宋枝蔻脸颊烧起来,她下意识地开口:"没有,我只是把它们放在那儿,我没有玩。"

然而说再多都没有用,在这种重点班,成绩才是说话挺直腰板的硬道理,可宋枝蔻被化学成绩拖后腿,综合成绩在这个班吊车尾。如果继续下去,她很可能在下学期被分到 B 班。

班主任本想收上去说两句就走人,完全没想到宋枝蔻会反驳。她脸色霎时沉下来,张口就批评宋枝蔻听课不认真,总是走神发呆,隐晦地指责宋枝蔻跟祁岸这段时间走得太近。其中最刺耳的一句话就是:"你不想学好没关系,别拖累成绩好的同学。"

如果只是单纯指责她玩物丧志也就算了,突然被扣上这个罪名,宋枝蔻心潮一下就翻涌起来,眼眶也红了。

就是这时,斜后方忍了好半天的祁岸开腔:"老师,我觉得您说这话没什么必要。"

还未完全褪去青涩的少年感嗓音在几十平方米的大教室豁然荡开,完全没把老师放在眼里。几乎所有人都惊讶地转过视线,朝祁岸望去。

第一次被人当众挑战权威,班主任瞬间怒火中烧,注意力也因此转移到祁岸身上,她用书本狠狠地拍了下桌面:"祁岸,这是你跟老师说话的态度吗?给我站起来!"

换作别人,这会儿估计早就吓得腿软。祁岸却始终那副天不怕地不怕的姿态,就这么插着兜,随意地站起身。

班主任被他的态度气到,正想开训,祁岸却率先开口:"老师,您别误会,我只是就事论事。"男生染着一点笑腔的声音清越动听,像在说鸡毛蒜皮的小事,"毕竟宋枝蒽和我关系近这事,班上同学都知道,您这么含沙射影的,我听着不太舒服。"说到这儿,他扯唇笑了,笑得极为盎然,"我们是您的学生没错,但我们也有自尊。"

"祁岸!"班主任彻底发火,"有你这么顶撞老师的吗?别以为成绩好我就不敢收拾你,给我出去!"

祁岸面不改色地回望着她,挑了下眉。他规规矩矩地从位置上走了出来,只是走到老师面前时,似笑非笑地开口:"宋枝蒽桌上的鸭子是我放的,放那儿单纯觉得好玩,没想到因为几个玩具就惹老师生气了,老师要怪就怪我。不过我确实没觉得这几个鸭子就能影响学习。"

班主任气得大喊:"去操场给我跑十圈!跑不完不许回来!"

刚一下课,就有别的班的同学过来八卦,然而这个时候的祁岸早就去了楼下操场跑圈。班主任亲自监督惩罚,倒也因此无视了宋枝蒽。

宋枝蒽从一开始的委屈憋闷与害怕,变成对祁岸的愧疚,但她又没有勇气下去看他一眼,因为她知道,如果自己下去,只会更连累祁岸。她只能在燥热的夏季课间,埋头在书本间,一遍遍地做着化学题。眼泪不知不觉地落下来,滴在习题册上,晕开淡淡的墨迹,也在年少的心上烙下深刻而灼痛的自卑。

那是她第一次,从真正意义上,觉得自己不配。不配待在成绩这么好的班级,也不配站在祁岸身边。这种私密而隐晦的酸楚,就像一颗包着糖衣的药丸,含在嘴里,苦得化不开,又无论如何都吐不出去。

好在,那天班主任没有惩罚得太厉害。室外接近四十度的高温,她怕祁岸中暑,跑了七圈就让他回来了,而直到当天放学,她都没有再找

/ 152 /

过宋枝蕙。易美茹更是不知道祁岸在学校闹的这档子事。就像石子激起的小小涟漪，这段小插曲很快就归于平静。

只是祁岸却不好过，虽然没跑够十圈，但学校操场太大，当天晚上他就不太舒服。

偏偏易美茹又在外地，外婆担心祁岸，还叫来家庭医生。医生倒说没事，只是热伤风，输两瓶液就好了。

祁岸没什么意见，躺在他的卧室，像个浑球二世祖，要吃的有吃的，要喝的有喝的。只是这些对他来说远远不够，等到大半夜，外婆睡了，他反倒来了精神，展露他真正的磨人本性。

宋枝蕙在那儿熬夜刷题，手机就在旁边响个不停，全都是表情包，每隔几秒就打断她的解题思路。到后来，宋枝蕙把手机静音，祁岸就干脆打电话过来。

宋枝蕙又恼又气，可电话一接通，语气又忍不住软下来，问他能不能不要闹了，她卷面上的大部分题都解不出来。

听到她那憋屈可怜的声音，祁岸意想不到地顿住。安静几秒，他收回玩味的语气，略显嫌弃地说："笨死了，下来，我教你。"

如果是平时，宋枝蕙才不会听他的话，可那天祁岸因为她生病，她从内心就无法拒绝他的要求。于是当天晚上，她不那么情愿地抱着习题册下了楼。

祁岸也没骗她，真的顶着低烧，哑着嗓子一遍遍不厌其烦地给她讲题，虽然偶尔也会被她气到用笔敲打她的头，但总体来说，过程还是很愉快。那也是宋枝蕙第一次觉得，这个横行霸道的大少爷，也会有这么耐心温和的一面。

也就是从那天开始，宋枝蕙成了祁岸卧室后半夜的常客。通常是在外婆和易美茹都睡了之后，宋枝蕙才过去，两人偶尔偷偷煮个夜宵，一边吃，祁岸一边给她讲化学题。宋枝蕙再帮他理一理多到写不完的语文和英语作业。

短短半个月时间，宋枝蕙不止胖了五斤，化学测验的成绩也突飞猛进。

就是那次小考后，祁岸开始跟身边的朋友一起喝校外的奶茶。几乎每次都是他请客，拎着一大塑料袋回来，和那群关系好的人分掉，留下一堆小鸭子盲盒。

宋枝蕙也因此拿到很多只不同款式的小鸭子，只不过她再也没有摆在学校,而是放在阁楼卧室里的窗台上,后来不知不觉就快凑齐一整套。

何恺还打趣说:"岸哥,你每天都喝这么甜了吧唧的东西不烦吗?"

祁岸打着游戏,眼皮都不抬一下,语气又跩又痞:"我就好这口,不行?"

那时,宋枝蕙就坐在斜前方的位置,默默地刷着题。明明她专心时很少关注身边的声音,可那一刻,她还是很清晰地捕捉到祁岸的说话声……以及,自己清晰的心跳声。

往事历历在目,宋枝蕙想,也许就是因为当时祁岸的那句话,才让她觉得他爱喝甜的东西?

就在这时,手机再度响了声。

童乐乐:你为啥忽然纠结这件事?有什么紧要的吗?

宋枝蕙忽然就被问住了。难道要说,她只是想求证一下,当初祁岸是不是为了她才喝了一个月的奶茶?可这样好奇怪,她说不出口。

不过还好,童乐乐不是蔡暄,她不爱刨根问底,甚至还给了个建议:你要真想知道,就亲自去问他本人吧。

道理是这么个道理,只是说来简单做起来难。宋枝蕙犹豫好半天都没鼓起勇气给祁岸发信息,去问这种过时又暧昧的问题。

刚好第二天晚上有直播,闲聊时,她忽然想起,便鼓起勇气在直播间里问大家,如果一个人不喜欢甜的饮料,会不会连着一个月都喝奶茶。

这问题听起来奇怪,但大家聊得还挺热情——

△不喜欢甜的也可以喝奶茶吧,我就经常喝不加糖的啊。

△我表哥就很讨厌甜的饮料,他说齁嗓子,从来不碰。

△我本人不完全排斥甜的饮料,但确实做不到一个月都喝奶茶。

△这人是打赌打输了吗?为什么要喝一个月?

话题抽丝剥茧般地朝着事实的本真靠拢。

宋枝蕙默写单词的笔尖微顿:"也不是打赌,就是,喝奶茶送小礼物什么的……"音调混着半分心虚,越来越低。

正当直播间里聊得热络,那串眼熟的数字猝不及防地出现了。

这位尊贵的050912对大家刚聊的话题表示疑惑:什么连续喝一个月的奶茶?

热心小伙伴打字告诉他前因后果。见大家都这么热情,宋枝蕙也就没参与话题,等她又背了几个单词后,才看到050912说的话。

050912：就不能是为了别人喝的吗？

此话一出，大家转瞬豁然，一溜烟儿地说怪不得，又猜是不是宋枝葱的新追求者。这些话犹如飞镖投掷在心间，宋枝葱哽了哽。

转眼了解情况的050912却开始阴阳怪气：魅力还挺大，刚分手就有人追。

宋枝葱吃不消，露出无语的表情："不是追求者，是很久以前认识的一个朋友，当时喝奶茶送小鸭子，他后来把那些小鸭子都送给我了，我以为他是喜欢喝奶茶，但我昨天才知道，他一点儿都不喜欢喝甜的东西。"

终于把心底的话说出来了，宋枝葱痛快不少。

却不知此刻屏幕外，隔壁市的某家著名火锅店内，祁岸正斜靠在椅子里，一只手随意地夹着根烟，垂眸看着她的直播。

餐厅内喧器不停，俱乐部其他人喝酒的喝酒，吃肉的吃肉。唯独祁岸，他沉浸在宋枝葱刚刚的话里，仿佛在认真思索着什么。须臾之后，他又似了然般眉梢微挑，蓦地轻嗤，嘴角勾出几不可察的弧度。

整套表情看下来，非常不符合他平时生人勿近的模样。旁边的罗贝贝看到，用手肘撞了撞正跟人吹牛的钱向东。

钱向东朝祁岸看去，张了下嘴，又低声嘟哝："这是真有情况了。"

然而声音压得再低，也抵不过祁岸那对灵敏的耳朵，他掀眸警告地瞥了钱向东一眼："想说什么大声点儿，别嘀嘀咕咕。"

钱向东"嘿嘿"一笑："没有没有，我哪儿敢。"

罗贝贝抿唇偷乐，祁岸瞪了她一眼，又懒得计较地移开眼，垂着眸在直播间不紧不慢地敲字：你为什么不亲自问他？

看到这话，屏幕里那白糯糯的小半张脸微微怔住。见她抿着粉唇不说话，祁岸顽劣之心渐起，舌尖抵着腮帮子，再度敲字：没准儿他希望你问。

其他粉丝也表示赞同，问一问又没什么，说不定还可以促进两人的关系更进一步。

被这么多人怂恿，宋枝葱有些难为情。什么更进一步，她从没想过……最终也只是厌厌地说："其实问了也没什么意义，都是很久之前的事了，说不定他都忘了，或者只是一时好心。"

不料刚说完，050912就又发了一句：不一定。

宋枝蕙眨了下眼。

祁岸盯着她清亮乌黑的眸,指尖落字无半分犹豫:可能他早就喜欢你。

也是凑巧,这句话刚打到屏幕上,宋枝蕙用来直播的旧手机就因没电关了机,另一部用来看屏幕的手机也因此黑屏,显示主播已下线。

宋枝蕙没料到会这样,本想充上电继续播,偏偏宿舍其他人正好在这时回来了。

林洋和苏黎曼上完晚课回来,一进门就叽叽喳喳的,蔡暄也在后头拎着一束鲜花和冰激凌蛋糕,哼着歌推门而入。

原本安静的直播环境荡然无存,宋枝蕙只好打消继续直播的念头,发了条动态,说手机没电了,下次播。

祁岸盯着灰掉的屏幕,黑沉沉的眸底漫起一丝极轻的自嘲。他像是忽然倦了,把手机随手扔到桌上,拿起酒杯喝了口。麦黄色的液体顺着喉结往下滚,连带着某些模糊的情绪也一并吞入腹中。

这回是钱向东用胳膊肘顶了顶罗贝贝,罗贝贝却直摇头。正当两人来回推拒的时候,桌上的手机响了。

祁岸眼帘低垂,在看到来电人后,并没有第一时间接通,而是任由其响了好久。被铃声影响,餐桌上其他人也安静下来,面面相觑不太敢说话。

直到晾够了,祁岸才敛着淡漠慵懒的眸,将电话接通。易美茹声线如喧嚣浪潮中的一缕浮萍,隐隐约约,祁岸蹙起眉,咬上一根烟,要点不点的:"看病就去看,犯不着我陪。那是你朋友,又不是我的。别以为我不知道你在想什么。"

打火机"咔嗒"一声,燃起猩红一点,祁岸吐了口白雾:"随她,爱来就来,学校也不是我开的。"说完这些,他像是再也没心情敷衍,随手挂断了电话。

知道一点内情的罗贝贝犹犹豫豫地开口:"老板,咱明天还回去吗?"

"为什么不回去?"祁岸弹掉一小截烟灰,掀起眼皮看她,"你是不是忘了,我还是个学生。"

或许是被蔡暄昨晚那份冰激凌蛋糕伤到了胃,宋枝蕙一整夜都不大舒服,第二天醒来也有些浑噩。好在上午只有一节大课,之后便没什么事了,她可以回宿舍好好休息。

其他人就没那么好运了，临近期末，课程多又不敢敷衍，生怕错过老师画的重点，就连林洋都不打游戏了，每天专心上课。相比之下，门门课程不落的三好学生宋枝蕙，就显得格外游刃有余。

苏黎曼知道她等会儿回宿舍，还托她帮忙取个快递。宋枝蕙就顺路去快递超市旁边的药店买了些胃药，出来的时候，刚好看到校门口那边驶入一辆招摇的保时捷。

玫红色的车身，格外吸睛，只是路过，就吸引了很多人的目光。照理说，学校是不允许外来车辆随便入内的，除非是一些有通行证的"贵客"。

只是她并非被车吸引，而是车后座那个一晃而过又似曾相识的侧影，淡粉色的套装，栗色长鬈发，甜美又立体的侧颜，明媚得就像夏日里冒着泡的西柚汽水。

宋枝蕙短暂地愣怔了一瞬。她确信自己不认识这样的女生，但又觉得有些眼熟，像是在哪里见过。这种奇妙的感觉占据着她的思绪，直到回到宿舍，她才恍然发现自己忘记带宿舍钥匙了，而这会儿，其他人都在外面。

无奈之下，宋枝蕙只能求助蔡暄。

"那你来找我吧，我就在三教307陪陈志昂上专业课。"蔡暄的声音像灌了蜜，俨然处在热恋期。

想着三教离宿舍楼并不远，这会儿她也没地方去，宋枝蕙便挂断电话第一时间赶过去。

距离下课还有段时间，宋枝蕙就在空旷的二楼找了个空闲的教室等着，直到上半节课的下课铃打响，才上楼去找蔡暄。

只是没想到，她会因为这个契机，再度见到祁岸。确切地说，并不只是见到他，还有刚刚坐在那辆保时捷后座的女生。

女生一头栗色长鬈发，淡粉色小香风套装，男生则穿着干净爽朗的白T恤，宽松牛仔裤，手插着口袋随意地倚在墙边。二人在拐角处站着，有种不可言说的融洽气氛。

余光似乎感知到什么，本来正漫不经心地听女生说话的祁岸，毫无预兆地朝前方不远处的宋枝蕙瞥去。

两天未见，祁岸黑发短了一点，看起来更为俊朗利落，望向她的长眸在明亮的日光下像是棕色琥珀，一瞬不瞬，深如池潭。

宋枝蕙呼吸微滞。

女生却在这时扬声拉回祁岸的视线:"反正我不管,今晚你一定要陪我和我妈吃饭,明天再好好逛北川,我可不想大老远白来一趟,下次什么时候能见到你,我都不知道。"

宋枝蒽抿起唇,敛眸从二人身边快步掠过。迈上台阶时,隐约听到身后的祁岸清越的嗓音低低地荡开,调子波澜不惊的,不知说了什么。

女生似乎挺高兴,咯咯笑起来,带着与生俱来的甜劲儿。

终于,宋枝蒽想起来她是谁了。她是从小就跟祁家定了娃娃亲的顾清姚,高二下学期时还和家人来平城看过祁岸一次。

之所以没第一时间认出来,一方面是因为她当初和顾清姚本就没怎么正面接触过,另一方面则是因为那时的顾清姚比现在胖些。有关于这个人的记忆太久远,宋枝蒽在心底产生了些许邈远的讶然。

她上了楼,蔡暄早就等在307门口,见到她第一时间就把钥匙给她。

宋枝蒽问她要不要等她中午一起吃饭,蔡暄说不用,中午要跟陈志昂单独吃。说完,蔡暄又想起什么:"对了,今晚学校操场有露天电影,我跟苏黎曼她们都说好了,打算一起在操场野餐,你到时候一起来啊。"

"我不太确定。"宋枝蒽实话实说,"我有点儿不舒服,想先回去休息。"

蔡暄睁圆眼:"那你没事吧,要不要我跟你一起回去?"

"不用,"宋枝蒽摇头,"小事。"

拿完钥匙,蔡暄又嘱咐她两句,而后才回了教室。

宋枝蒽拎着帆布包和苏黎曼不轻的快递往回走,刚下台阶就撞见了朝上走的祁岸。

临近上课,楼梯这边没什么人,顾清姚更是早已离开。以至于这一刹那,有种这一隅天地只剩他们俩的既视感。

宋枝蒽迈下台阶的脚步微顿,垂下的视线不得已跌入祁岸凝沉的眸底,正犹豫要不要开口,祁岸却先一步迈到她面前,颇有围堵之势。尴尬的是,即便两人站在相差高度为十七厘米的两级台阶间,宋枝蒽也还是比他矮了一小截。

祁岸双手插袋,目不转睛地看着她:"怎么在这儿?"

距离太近,他身上好闻的味道极其强势地钻进她的鼻腔。宋枝蒽退无可退,喉咙发紧地回应:"我来找蔡暄拿宿舍钥匙。"说完,稍稍错开身,朝右手边挪了一小步,属于祁岸的"压强"瞬间减轻几分。

对方却也因此噙起一丝若有似无的笑,偏头玩味地打量她:"刚看到我为什么不打招呼？"祁岸语调意味深长，颇有种暧昧的责难。

宋枝蕙由下至上地抬起眸，对上他的眼，声音干巴巴的："那时候你在和别人聊天。"

明明语速很慢，听着却并不让人觉得烦。

祁岸挑了下眉："是顾清姚。"他压低音调，像在解释什么，"她母亲来这边看中医，所以陪着过来。"

宋枝蕙原本想装作不记得顾清姚的样子，但想想，觉得祁岸可能会借此帮她"回忆"一番，便顺势点了下头。但多余的话也说不出来，感觉说什么都有点儿奇怪，最后，她只能客套地说："那你去上课吧，我也回去了。"

说完，宋枝蕙错开身往下走，祁岸蓦地叫住她。宋枝蕙脚步停住，扭身对上他的视线。

祁岸居高临下地觑着她，情绪像是含在冰块里，不辨浓淡，又有种隐约的期许："就没什么别的话想对我说？"

宋枝蕙仿佛上课走神被老师问住，一下不知道该怎么回答。有一瞬间，她想说——"我该对你说什么？"

上课铃恰巧在这时打响，中断了此刻的尴尬。

宋枝蕙粉唇微动，很真诚地道："打铃了，你……该好好上课了。"

慢吞吞的语气，礼貌到让人无法指摘。

祁岸面无表情地睨着她，声音凉上几分："多谢提醒。"

不知是不是她的错觉，宋枝蕙莫名地从他的语气中听出一丝不爽和讥讽。宋枝蕙下意识地想找补什么，然而祁岸根本不给她机会，丢下这句话，留下了一道桀骜不驯的背影，转身径直上了楼。

眼睁睁地看着祁岸的身影消失在拐角，她第一次有种做错事的惶恐。甚至回到宿舍，她脑中都还在复盘祁岸那一刻的表情。她真的说错话了吗？也还好吧……

不过，其实也不难理解，毕竟祁岸托宋兰时照顾她，他很有可能问的就是她工作上的事，再不然就是单纯逗她，讨个人情什么的。哪承想，她连句谢谢都没有，只会正儿八经地敷衍。就好像对方是洪水猛兽，她巴不得离他远点儿。

这么梳理完，她发现自己那时的表现确实有些不妥，更别说祁岸是那么骄傲的性子。

宋枝蕙越想越懊悔，到后来连补觉的心思都没有了，干脆从被子里爬起来，拿出手机，打算挽回一下局面。

结果想了半天，她都没找到合适的开场白，还不小心碰出一张不知从哪里搞来的看起来很丧很委屈的猫猫表情包发过去。

发完的瞬间，她就后悔了，立马撤回。然而对方早已看到。

祁岸：？

宋枝蕙心一揪，顿时从这个孤零零的问号里，品出几分冷漠无情。

她咬住唇，借此打开话题：抱歉，手抖。

坐在教室后排低眸看着手机的祁岸，冰冷了好半天的眸底，因为她的"手抖"，荡出几分微妙。

宋枝蕙乘胜追击：我刚想了想，确实有句话要对你说。

祁岸长睫低颤，再度发去一个问号。

见他这么冷淡，宋枝蕙几乎可以确定他刚刚确实在不爽，只能硬着头皮开口：兰时姐把我照顾得很好，谢谢你的嘱托。

说完这话，她又发了个可爱的猫的表情包，有种"太尴尬了不知道说什么就发表情包缓和一下"的既视感。

却不知这话惹得祁岸嗤笑一声，旁边的邹子铭瞥了眼："怎么？"

祁岸哼笑，含混地应了声："没怎么。"

随后，他故意不回宋枝蕙，思忖了两三秒，指尖不紧不慢地在键盘上敲字，发了条朋友圈。

那条朋友圈没有文字，只有一连串符号——一个房子、一个禁止符号、一个西瓜，还有一只蜗牛。

等宋枝蕙看到这条朋友圈的时候，宋兰时已经给祁岸点了赞，还在下面真诚地发问：这是什么意思？

不只是宋兰时，宋枝蕙也在思考祁岸到底想表达什么，甚至在想这条朋友圈会不会是在讽刺她。

就这么刷新了几次，她终于看到祁岸的回答：学校禁止吸蜗牛。

这似乎是什么秘密词汇，宋兰时发了一句"为什么？"。

祁岸接着回：因为蜗牛不给吸。

宋兰时恍然大悟，顿时发了一长串的"哈"字。

压力就此给到完全不懂两人暗语的宋枝蕙这边，她躺在床上，眉头蹙起，想了半天都没参透这个梗。不过……反正也不是阴阳她，爱吸谁吸谁吧。

这么想着,宋枝葱生生压下好奇心,很真诚地点了个表达友好的赞。

就是这个瞬间,收到她友好信号的祁岸,嘴角勾起散漫撩人的浅弧,心想原来这小蜗牛也不是完全不会看人脸色。心情也在这会儿好转些许,他给宋枝葱回了信息:嗯,还算有良心。

见他这么说,宋枝葱总算松了口气,又觉得这少爷好像还挺好哄。

不过后来两人也没再说话。宋枝葱实在是困,蒙上被子很快就睡着了。这一觉睡得太过香甜,她本来只想睡一个小时,哪知一口气睡到傍晚,还是蔡暄打电话把她叫醒,让她收拾好出来一起在操场上野餐。

"我们三个都在,还有陈志昂,等会儿邹子铭也来,你也快点儿啊,来晚了电影都开始了。"

宋枝葱靠坐在床上,望着窗外暮色沉沉。或许是这一刻的孤独感涌上心头,她揉了下眼点头说:"嗯,我马上过去。"

蔡暄:"快来,我们就在操场这边。"

宋枝葱随便收拾下就出了门。

傍晚时分,校园的绿茵操场上热闹非凡,看台那边也竖起了巨大的银幕,用来播放电影。

这并不是北川大的第一次露天电影活动,却是宋枝葱第一次参加。她到的时候,男生们都不在,只有她宿舍里的几个人在摆餐布和食物,她过去帮忙摆放食物,顺口问了句蔡暄:"你男朋友呢?"

"他们去买饮料了,说太沉,就不让我们折腾了。"

宋枝葱点了下头,蔡暄却想到什么,眼神兴冲冲的,只是还没来得及开口,身后就响起陈志昂的声音:"咖啡和果茶都卖完了,只剩下奶茶,怕你们觉得腻,就买了很多罐装饮料。"

宋枝葱和蔡暄齐齐回头。

蔡暄第一秒就看到陈志昂,高高兴兴地迎上去。

宋枝葱则是反应了一秒,才慢半拍地注意到陈志昂身后和邹子铭站在一起、肩宽腿长的祁岸。祁岸那戴着乌银手环的手拎着一塑料袋打包好的奶茶,颀长的身姿背着光,仿佛披着一层绯金色晚霞。

祁岸深邃的眸子一瞬不瞬地望着发怔的宋枝葱。

宋枝葱眨着黑白分明的杏眼,软声喃喃:"你今晚不是去陪顾清——"

后面的话还没说出来，就突然反应过来什么，声音戛然而止地抿住嘴。

祁岸却似抓到什么把柄，慢悠悠地走到她跟前，眉峰煞有介事地一挑："行啊，还偷听我说话。"

日落如金乌坠地，微风徐徐，掺杂着清新的草本味道和年轻人的快乐喧嚣。可宋枝蕙的世界里，这一刻却是安静的，她甚至只能闻到祁岸身上的檀木香尾调。

面色被这顶大帽子扣得不自在，她脱口而出："没有，我是无意间听到的。"

祁岸盯着她左脸上还没散去的软乎乎的睡痕，沉默地抬眉，像是并不相信。宋枝蕙太阳穴微跳。

邹子铭在这时插话："听到什么？"说话间，眼神在两人脸上看戏似的睃着。

祁岸仍旧是那副坦然自若的神态，目不转睛地瞧着宋枝蕙。宋枝蕙哪里承受得住被两人一起盯着，晕红着双颊丢了句"什么都没听到"，便走去后方帮忙。

悠悠地觑着那道纤瘦的背影，祁岸闷出一嗓子笑。

在苏黎曼的带领下，宋枝蕙跟着瞎忙活了一会儿。蔡暄没一会儿就回来了，撞了撞宋枝蕙："意外吗？岸哥也来了。"

宋枝蕙从塑料袋里拿出零食放到餐布上："你不知道他今晚来？"

"我当然不知道了。"蔡暄表情很冤，"你难道以为我知道，故意让你来？"

宋枝蕙哽住，眸光不自觉地看向不远处和邹子铭站在一处抽烟的祁岸。男生身高腿长，那副傲然不羁的姿态格外惹眼。

这会儿不只是她，周围来野餐的其他女生们，也都明晃晃地朝祁岸瞥去暧昧又刻意的视线。

祁岸却视若无睹，夹着烟玩世不恭地往那儿一站，有一搭没一搭地和邹子铭说些什么，耀眼得像夜里的星光。

"我也就比你提前知道了几分钟。本来陈志昂说岸哥今晚有事，后来也不知道怎么，又答应过来了。"

蔡暄的声音把宋枝蕙的目光拉回来，她停下整理餐布的手，凑到宋枝蕙耳边小声说："你放心，我什么都不会跟岸哥说。"

她指的是宋枝蕙跟她说过的和祁岸曾经的事。

眼底晃过几分讪然，好半天，宋枝蕙才挤出一句："那你嘴巴严一点啊。"

人多力量大，很快野餐位就布置好了，随后天色变暗，前方的硕大幕布上也开始播放电影。

是当年红极一时的《爱乐之城》。

宋枝蕙很早就知道这部电影，但一直没认真看过，一方面是因为这部电影的形式，她不是很适应，另一方面则是因为关于这部电影，有些不太好的记忆。偏偏那记忆，还与顾清姚有那么一星半点的关系，更微妙的是，祁岸还在身边。

唯一值得庆幸的是，野餐布很大，大家席地而坐也不会拥挤，蔡暄和自己男朋友腻歪，宋枝蕙和苏黎曼、林洋挨在一处，不至于尴尬。

不过事实证明，她想得有点儿多。电影的前半部分，祁岸都没有想和她搭话的意思，就这么屈着长腿，单手搭着膝盖，和邹子铭坐在后面。

两个男生不知在聊什么，宋枝蕙偶尔听见祁岸一声慵懒的低笑，酥酥麻麻，让人难免会注意。

这种情况也没持续太久。电影刚播放不到半个小时，大家就有些疲软，从看电影转成杂七杂八地聊天，再然后暖场小天后蔡暄跳出来，嚷嚷着一起玩牌。

宋枝蕙平时娱乐活动很少，不太懂这些，就没参与，自动给他们让出位置，却不想刚好坐到祁岸刚刚坐过的位置。

一双黑白混搭的运动鞋出现在她的视线内，祁岸居高临下的声线落下来："你……"

宋枝蕙脑壳一震，下意识地仰头望去，就看到几乎贴站在自己身后的祁岸。她一动，薄薄的脊背更是因此抵住他骨骼分明的长腿。

祁岸敛着浓如鸦羽的睫，继续轻声说："坐在我手机上了。"

宋枝蕙心一悸，第一反应就是起身。只是她姿势拘了太久，起身的时候有些狼狈，祁岸伸出手，握住她的手臂，把她从地上毫不费力地拎了起来。

男生掌心干燥温暖，隔着薄薄的针织面料贴上来，有种突破防线的暧昧。两人之间的距离也在这一瞬近得离谱，宋枝蕙几乎贴在祁岸身上，也因此意识到，这几年过去，曾经青涩的大男孩，到底是长成宽肩窄腰，肌肉坚实的男人了。

"抱歉。"宋枝蒽遏制着心跳,仓皇地把手抽回去,"我没注意到你手机在那儿。"

祁岸倒没什么特别的反应,将被她坐过的手机拿起来,左右看了看:"还行,没坐坏。"

宋枝蒽耳朵热得简直要烧起来,磕磕巴巴地出声:"我还不到九十斤,怎么可能坐坏。"

祁岸斜睨她一眼,满眼戏谑,正想说什么,那边蔡暄叫他:"岸哥,一起来打牌啊。"

"不了。"祁岸把手机揣到口袋里,"看会儿电影。"

说着,他冲宋枝蒽抬了下下巴:"前面坐,这儿挤。"

语气半命令不命令的,宋枝蒽抿抿唇,倒也听话地挪着脚步跟了上去,和祁岸在野餐布最前端的位置坐下,后面则是聚堆打牌的几个人。

祁岸仗着身量高大,随手扯来一篮子的零食,抽出几包扔到宋枝蒽怀里。或许是觉得不自在,宋枝蒽倒也没有推拒地打开一包,慢吞吞地吃起来。

比起她,祁岸就显得格外没胃口,胳膊大剌剌地搭在膝盖上,面色疏淡地望着幕布上又唱又跳的电影画面。

直到宋枝蒽偷偷地打了个哈欠。她本以为动作很隐秘,可闭上嘴的一瞬间,还是对上祁岸觑来的视线。

祁岸"嗤"的一声:"这么无聊?"

宋枝蒽舔了下唇:"还行。"

祁岸的视线不自觉地落在她淡粉色的唇上,唇边还挂着一点不易察觉的薯片渣。别开视线,祁岸喉结微动。没一会儿,他起身在野餐布周围绕了一圈,最后找到还没被分完的奶茶袋子提回来,递给宋枝蒽。

宋枝蒽正很努力地让自己投入电影中,看到奶茶袋子时眉梢一跳,有些意外地接过来。

里面有两杯芋圆奶茶,还有一杯果茶。宋枝蒽顺手拿出一杯,随后将袋子递给祁岸,说了句"谢谢"。

祁岸掀眸瞧她,要笑不笑地出声:"用我用得还挺顺手。"

这话说得宋枝蒽愣了一瞬,迟了两三秒,她才反应过来祁岸误会了她的意思。

"不是。"宋枝蒽解释,"我的意思是谢谢你帮我拿奶茶,递给你是让你也拿一杯,不是让你帮忙放回去的意思。"

她那张脸本就老实,这会儿更显得温软可欺。

唇边抑着薄笑,祁岸不动声色地接过塑料袋,随手放在一边:"可我不喜欢喝甜的,你说怎么办。"

不知道是不是错觉,宋枝蕙总觉得他这话说得格外蛊惑,飘在夜风里,有种让人不自觉喉咙发痒的魔力。又好似百思不得其解的问题,突然就被告知了答案。

宋枝蕙有些措手不及,脑子突然就乱了,只能避开祁岸的视线,望向银幕里两个跳舞的外国人:"可我明明记得你高中的时候……"

祁岸低声问:"怎么?"

似是说到关键处,宋枝蕙神色有些不自然:"喝了一个月的奶茶。"

几缕缥缈的尾音融在背景音乐里,听不清,却还是被身侧的人分毫不差地捕捉,祁岸侧头挑眉,视线明目张胆地在她清丽秀气的侧脸上落了一瞬。

就这么静默几秒,祁岸收回视线,用最漫不经心的语气,说出让宋枝蕙几乎彻夜难眠的两句话。

"能为什么?"他拖着散漫慵懒的调子,哼笑了声,"还不是为了哄你开心。"

意气又傲娇的咬字,像上好的玉器敲击在心上发出清脆悦耳的声音。宋枝蕙眸光如烛火般一闪,耳根连着脖颈的那块皮肤,在微凉晚风的衬托下,瞬间烫得厉害。

电影放完没多久,大家就散了伙。没对象的三个女生一起回了宿舍,蔡暄和陈志昂则跑去秘密约会。邹子铭去了校外打夜场的工。至于祁岸,他根本没留到结束,电影看到一半的时候,就被一个电话叫走了。

宿舍少了一个人,大家收拾得都比较快,以至于熄灯之前还有一会儿闲聊的时间。苏黎曼擦着乳液,难得对宋枝蕙八卦:"枝蕙,我怎么觉得祁岸对你有意思。"

宋枝蕙正坐在椅子里回某个介绍兼职的学长的微信,听到这话指尖一顿。

爬上床的林洋也开口:"对,我也感觉到了,他对你好特别。"

"是吧是吧?"苏黎曼的语速都快了,"我就觉得我眼神没问题,那么多人一起玩牌,他偏偏不玩,单单和枝蕙坐在一起。"

"还给枝蕙找零食呢。"林洋补充。

原来她们都注意到了。

完全无视当事人脸上的无措,苏黎曼眉飞色舞地接话:"而且他只有看枝蕙的时候,眼神才会温柔那么一点儿。"

"没有。"宋枝蕙被两人说得心悸,及时打断,"不是你们想的那样。"

苏黎曼和林洋一同朝她看去。

宋枝蕙老实巴交地解释:"我跟他之所以看起来熟悉,是因为我们高中的时候就是同学。"

这话似乎让苏黎曼想起什么,她眨了眨眼:"所以你、何恺、祁岸,你们三个是高中同学?"

"……嗯。"宋枝蕙缓缓点头,没再继续往下聊。

熄灯了,宋枝蕙躺在床上却睡不着,刚巧这个时候,蔡暄又发来消息。

蔡暄:我还是觉得岸哥对你有意思。而且我感觉,他今晚过来就是因为你。

宋枝蕙把手机丢到一旁,转身闭眼准备睡觉,偏偏蔡暄不依不饶。

蔡暄:你就等着吧,我觉得他早晚打直球。

蔡暄:现在不打直球可能是因为你跟何恺刚分手没多久,而且也在观望你的态度。

蔡暄:谁让你看起来那么难追。

宋枝蕙沉了口气,扯了下被子,拿起手机回她。

宋枝蕙:别想了,我跟祁岸不可能。

宋枝蕙:我今天看到他的"娃娃亲"来找他。

宋枝蕙:他今晚提前离开就是去见她,还是他母亲交代的。

宋枝蕙:他打电话的时候,我就在他旁边,听得一清二楚。

蔡暄:???

都说兔子急了还咬人。宋枝蕙难得情绪上头,打字速度都快了一倍。

蔡暄完全没了和对象腻歪的心思,追问:什么娃娃亲?跟他妈有什么关系?这都什么意思,我怎么一点儿也看不懂呢?

宋枝蕙本不想说这些,是见身边人都八卦打趣,她才想要纠正事实。事实就是,祁岸对她和从前并没有什么实质性的差别,起码在她眼里是这样的。

他还是会靠近她，招惹她，同时也对她好，好到让人产生被特别对待的错觉。可这又代表什么？代表他可以和她暧昧一次，就可以和她暧昧第二次？

宋枝蕙接受不了。

更何况，他们之间还横亘着许多更复杂的因素……比如易美茹，还有今天见到的，已然从小胖妹出落成甜妹的顾清姚。

宋枝蕙很清楚地记得，第一次见顾清姚的情形。

那个时候，祁岸每天都要去马场训练，有时候宋枝蕙会跟他一起去，祁岸在马场上和他的爱马球球训练时，她就坐在旁边看书或者刷题。训练完了，两人再一起回去，路上再买杯解暑的冰饮。

大概知道了她和祁岸越走越近，易美茹那段时间看她并不怎么顺眼。即便外婆事先说好，宋枝蕙在家里只是偶尔帮忙，其余时间主要是学习，易美茹也经常叫她帮忙打理家务和花草。

易美茹甚至还让宋枝蕙陪自己出去购物，说是祁岸的青梅竹马过两天要来家里做客，不知道那个小姑娘喜欢什么，就让宋枝蕙帮忙挑选一下见面礼。宋枝蕙寄人篱下，没有说不的权利。

易美茹就是借着选礼物的时机，明里暗里又故作亲昵地跟她说起顾清姚和祁岸的关系，青梅竹马是一方面，另一方面，是两人从小就定了娃娃亲。

就因为易美茹和顾清姚的母亲是从小到大的闺密，也因为祁家和顾家门当户对，易美茹即便已经和祁岸的父亲离婚，也还是会为祁岸谋划未来。

宋枝蕙始终记得易美茹揽着她的肩膀，说出那番万般无奈的话："感情对祁家这种豪门来说，从来都是最廉价的东西。就算山盟海誓又怎样，到最后不还是分手，找个门当户对的过下半辈子。就像我跟你祁伯父，当年完全没有感情，不也还是为了利益凑在一起。虽然现在离了婚，但早年也不是没幸福过。"

十八岁的宋枝蕙对这些话似懂非懂，连木讷地迎合也做不出。

易美茹笑着捏了捏她的脸："还是我们枝蕙好，以后考个好大学，找个好工作，到时前程似锦不说，还能嫁给自己喜欢的人。等你结婚啊，阿姨一定给你包个大红包。"

这过分亲昵的举动和话，让宋枝蕙陷入一种莫名难堪的境地，她却又不得不扯着一抹生硬的笑,来感激易美茹对自己的"关爱"。

然而这只是开始,第二天,顾母带着顾清姚大张旗鼓地来了。

论起来,顾清姚和她的母亲并不是多么难相处的人,顾母更是生得一副和善模样,对宋枝蕙和外婆都是客客气气的。顾清姚虽然和宋枝蕙没什么接触,但也显得非常礼貌讨喜。

她们在祁家住的时间不长,只有三天。这三天里,宋枝蕙在她们面前出现最多的时机,就是餐前餐后。

怕外婆一个人忙不过来,易美茹"麻烦"宋枝蕙帮忙打下手,到了晚上,宋枝蕙还会帮忙送一送夜宵。其余时间,她就窝在自己的小房间里,一遍又一遍地刷题。

青春期的敏感和自卑也在夜晚无限放大,直到很久很久以后,宋枝蕙都还能清晰地记起楼下的欢声笑语,以及祁岸给顾清姚伴奏的钢琴声。

是电影《爱乐之城》里最出名的 *City of Stars*,顾清姚英文发音纯正娴熟,唱功甜美又不失水准,一曲结束,迎来热烈的掌声。

少年坐在黑色钢琴前,垂着冷峻的长眸,漫不经心地弹奏着,前方穿着白色娃娃裙的微胖女生像位养尊处优的公主,在大家赞叹的眼神中,尽情高歌。

所有人的目光都聚集在他们身上,唯独宋枝蕙,站在光线晦暗的楼梯拐角。

那首歌还没唱完,她就回到了阁楼卧室,打开已经有些旧了的教科书,企图用另外一种现实且理智的方式,将她贫瘠又狭小的灵魂拉离苦海。

只是她还没有平复好,外婆就紧跟着上了楼。她把易美茹的话转达给宋枝蕙,说家里今天来了许多年龄相仿的客人,都在楼下一起热闹,让她也下去,今天也让她上桌跟大家一起吃晚饭。

虽然这话是外婆转达的,但宋枝蕙还是从中听到一种极大的恩赐感。

外婆太了解自家孙女这要强的性子,很认真地问她:"你想下去吗?"

年少微薄的自尊心在这一刻占据了主导,攥着圆珠笔的指尖泛着白,她垂眸,安静地摇了摇头。

"行,那就不去。"外婆摸了摸她的后脑勺,"你在这儿好好学习,想吃什么告诉我,我给你送上来。"

留下这话,外婆替她关好门离开。

然而,宋枝蕙的心却像是笼中的雀,早已不知不觉地飞往楼下,手里的习题册也变成了读不懂的天书,她花了好久,都解不开一道数学题。

过了不知道多久,阁楼门再度被敲开。

宋枝蕙以为是外婆,下意识地说了声"进",直到桌上放了一份刚装好的豪华便当——白米饭软糯晶莹,虾球、鱼肉、糖醋小排还冒着诱人的香味。

瘦长漂亮的指节在桌上漫不经心地敲了两下。

反应过来什么,宋枝蕙蓦然抬头,就看到那道瘦高又闲散的身影,恣意地靠坐在她那张小小的单人床上。祁岸吊儿郎当地看着她:"不下来吃饭,还得我亲自送上来。"

昏黄的台灯下,少年说着不大客气的话,眸光却是望着她,眼波也荡漾着若有似无的温情。

宋枝蕙被那一眼灼得眼神闪躲,闷闷地反驳一句"我才没"。

空落许久的心却像被无形的力量牵引归了位,泛起一丝清浅的甜。

后来,她在祁岸的监督下,乖乖地把便当挪到眼前,拿起筷子,小口小口地吃。

那个夜晚,祁岸却再也没下去。他先是找了个监督她吃饭的借口,随后又说自己累了,干脆抱着她的玩偶,躺在她的床上睡了一觉。但宋枝蕙知道,他就是懒得应付那些人,刚好跑来她这个避风港。

只是她就没有那么好过了,她不是担心易美茹上来找人,就是莫名心神不宁,忍不住偷看祁岸,后来又担心中央空调吹得他太冷,拿出小毯子盖在他身上。

不料,这家伙根本就没睡着。毯子刚盖上,男生就掀开长眸,攥住她的手腕。少年温热的体温透过皮肤烫到心间,宋枝蕙微微怔住,手足无措地迎着他的目光。

"怎么?"祁岸眼里蓄着年少的痞坏,对宋枝蕙勾了勾嘴角,"还真想让我在这儿陪你?"

那时的心神动荡,像是流入血液般,随着岁月陪她一起长大,即便过去那么多年,宋枝蕙也还是能够清晰地记起。

只是时过境迁,她再也不是被人施舍一颗糖,就能不自觉心动好久的小女孩。也没有任何人,能成为她接下来的人生理想与渴望。

手机就在这时振了振。

蔡暄：你人呢？

宋枝蒽从细碎的回忆中抽离，像是经历了一场梦境中的水溺，缓缓压下一口气。她指尖在聊天框慢吞吞地敲字。

宋枝蒽："娃娃亲"是他以后会结婚的女生，叫顾清姚，她今天来看祁岸，刚好被我撞见。至于祁岸的母亲——

宋枝蒽没什么情绪地顿了一下：她不喜欢我。

大概是没想到误打误撞能问出这么一堆，蔡暄回了一串省略号。

又似乎从中看出什么，蔡暄"输入"了好半天，都没发出合适的话，生怕起反作用让宋枝蒽不开心。

思忖好一会儿，她只发了句：嗯嗯，了解。晚安。

宋枝蒽：晚安。

第七章
他的温柔

临近期末考试,课业也开始紧张起来,就连林洋都不怎么逃课了。

宋枝葱这两天又接了新单,再加上复习,有点难抽开身,就提前跟宋兰时说了声,怕她突然有上新。

宋兰时倒是随和,告诉她先认真准备考试,即便有上新也不急。

所以,宋枝葱又开始过上枯燥的三点一线的生活——教学楼、宿舍、图书馆。

只是没想到,这么大的校园,这么单调的生活轨迹,她还是能与祁岸无意相遇,甚至遇见的频率有点儿高。

第一次是在女生宿舍楼附近的超市,宋枝葱和蔡暄手挽着手去买日用品,就看到前方不远处买水的祁岸。

蔡暄这个"小太阳"到哪里都吃得开,当即挥手跟他打招呼。

祁岸的目光却在第一时间落到她身旁的宋枝葱身上,幽深的眸光看似轻飘,却蕴着深不可测的意味。只是他还来不及开口,浑身不自在的宋枝葱就顺势跑到了零食区,随便抽了几袋子薯片放到购物车里。

第二次,是在体育课上。

宋枝葱今年选修的体育是排球,附近刚好有个户外的篮球场,只是场地很小,又有阳光暴晒,所以来这边打篮球的人并不多。

可那天却不知怎么回事,不大的篮球场热闹得不像话,宋枝葱被同班女生硬拽过去,才知道之所以这么多人围观,是因为祁岸是这场篮球赛的主力。

除了他，还有他宿舍的邹子铭。两人平均身高在一米八五以上，光是摆在那儿不动就极为惹眼，更别说学校的风云人物祁岸在这儿，那张被上天眷顾的脸但凡是个姑娘看了就迷糊，球技也丝毫不丢份儿。

意气风发的少年，配着热烈的气氛，很快就将这儿变成一个小型的耀眼舞台。

宋枝蒽只被强行拉着看了几分钟，祁岸就进了三个球，有一个还是三分球。同行的女生正拉着她说话，这时，祁岸在人群中发现了宋枝蒽。

男生穿着白色球衣，弓着背坐在位置上，线条结实流畅的双臂搭在双膝上，清爽蓬勃，高眉深目中蕴含着浅淡的少年气，就这么猝不及防地朝她瞥来。

宋枝蒽喉咙吞咽了一下，同时把手从女生手里抽出来，说了句"我宿舍还有事"，便扭头毫不犹豫地走了。

宋枝蒽是真的被这莫名其妙的缘分碰瓷儿到无奈。

却不想，她和祁岸的见面还有第三次。

那是一场暴雨。

确切地说，不只是暴雨，还有蔡暄要和陈志昂分手的消息。

宋枝蒽从校外回来，刚好遇到浓云之后的倾盆大雨，明明是白天，天空却只剩灰调，校门口那边没什么人。宋枝蒽打着雨伞，顶着大雨朝宿舍楼走去，这时接到蔡暄的电话。

电话里，蔡暄哭得不成样子，跟宋枝蒽说，陈志昂和前女友又在一起了，前女友发来两人的合照，让她和陈志昂分手。

这个消息对宋枝蒽来说跟晴天霹雳没什么两样。她一个走神，穿着短裙的腿不小心撞到路前方的铁柱残骸上。铁柱残骸的豁口锋利，将小腿撞出一条四五厘米长的伤口。

宋枝蒽一开始只觉得腿上一疼，几秒后才反应过来，小腿处流了很多很多的血。痛感也像是放大了几十倍，从腿部神经一直蔓延到太阳穴。

电话那头的蔡暄还在哭诉着，宋枝蒽不得已插了句艰难的声音："蔡暄，你先等会儿，我腿受伤了。"

蔡暄止住哭声："啊？什么受伤，你怎么了？"

血越流越多，宋枝蒽很快就意识到伤口不止外伤那么简单，偏偏校医院还在相隔很远的另一栋楼里。她只能尽最大的努力，拖着那条受伤的小腿走到最近的教学楼里躲雨，然后把刚刚的经过，和她现在的状况告诉了蔡暄。

蔡暄像是被人一巴掌抽醒，声音慌得发颤，当即告诉宋枝蕙别动，她现在就过去。

只是女生宿舍离这边太远，还下着不小的雨，蔡暄就算拼尽全力，也不可能那么快赶来。

宋枝蕙料到这点，苍白着一张脸忍着腿上的疼，甚至已经做好等很久的准备。

却没想到，就在电话打完的十几分钟后，一辆精致的黑色SUV穿过苍翠的林荫道，朝宋枝蕙所在的教学楼风驰电掣般开来，就像一艘破开风浪的迅猛的船，在教学楼外稳稳地停下。

下一秒，车窗被降下，那道英俊又凌厉的侧影仿佛浸在雨帘中。宋枝蕙心神一颤。

祁岸凝眸望来，冷然的声音透过冰冷的雨幕，带着不可抗拒的力量，命令般地朝她沉沉荡开："别乱动，等我过来。"

纵然之前被他冒雨接过一次，宋枝蕙还是在这刻发怔。她无论如何都想不到，这样糟糕的天气，这样恶劣的困境下，来到她身边救她于水火的人是祁岸，甚至这刻腿上的疼痛都似被麻痹了。

只是，他是怎么知道自己在这儿的？心中蹦出疑问，宋枝蕙被灌满水汽的冷风吹得半眯起眼，眼睁睁地看着祁岸动作利落地推门下了车。

顾长身姿一身黑衣，撑开一把伞，三步化作两步地穿过积水很深的路来到她面前。收伞的瞬间，宋枝蕙很明显地感受到他身上冒雨而来的清寒凉气。

滂沱雨声中，泛白的唇动了动，她有些恍惚地问："你怎么会来？是蔡暄告诉你的？"

祁岸先是瞥了眼她腿上的伤，而后才撩起浓黑的眼睫她："算是。"语调磁性低沉，听起来是他惯有的波澜不惊，却又有种探不到底的深沉，让人捉摸不透。

说话间，他单手扯开身上的黑色外套……不，是雨衣，披到宋枝蕙身上。

宋枝蕙眼底闪过一丝意外，转眼间裸露在外的手臂就被挡住，如找到避风港，周身凉意也减弱几分。

祁岸帮她系好最上面的纽扣，漆沉的眸定睛望着她："自己穿好。"

宋枝蕙点了点头，乖乖地把两只胳膊伸进袖子，单薄的身姿转瞬就被遮挡在宽大的雨衣下。

祁岸就在这时单屈一条长腿，蹲下身。

宋枝蕙听到他带着几分沉抑的嗓音："伤口有点儿严重。"

男生由下至上地觑着她："我先抱你去车上处理一下。"这话说得理所当然。

宋枝蕙迟了半拍，才明白"抱"的意思。只是反应过来时已经晚了，祁岸已经先一步将她打横抱离地面。

这不是宋枝蕙第一次被人公主抱，却是生平第一次，被祁岸公主抱。

心脏像是坐上蒸汽机猛然悬起，宋枝蕙喉咙不经意溢出一声低呼，两只手臂不得不挂在他的肩膀上，防止自己因为重心不稳掉下去。却也因此，她和祁岸严丝合缝地贴在一起，柔滑香软的长发也垂在了他肌肉坚实的手臂上，摩擦出若有似无的痒意。

甚至有那么一瞬间，宋枝蕙感觉自己马上就要亲到他的侧脸。不过还好，强大的自控能力让她的头稍稍往后退了半分，心神却难免跌宕，原本要说的"不"字也被她生生咽回。

直到这会儿，宋枝蕙才明白，为什么祁岸要把身上的雨衣脱下来给她——是为了遮挡住她腿上的伤口，以免被雨水淋到。

似乎也不太适应这样近的距离，祁岸喉结上下滑动，墨黑色的眸睨了她一眼，眼底有种不容抗拒的强势："别乱动。"

不知怎么，宋枝蕙总觉得他这会儿心情不大好。再加上之前躲了两次，她多少有些心虚，耳根微热地开口："没，我没乱动。"

祁岸压平嘴角，看向外面的雨。宋枝蕙顺着他的目光看了眼，讷讷地道："我帮你打伞吧。"

祁岸回眸看她。宋枝蕙偏圆的杏眼微睁，纯纯澈澈地望着他，像是森林里迷失的小鹿。心口好似被什么击中，他这几天的怪脾气，好像突然就变成扎漏气的皮球，冷漠的神情不经意缓和几分，祁岸敛起眸子里的锋利："不用，就这几步路。"

说完，他顺手将宋枝蕙头顶的雨帽扣上。宋枝蕙却只觉被他的大手拍了下后脑勺，心跳也加速了几拍。

再后来，祁岸抱着她二话不说下了台阶，长腿蹚水走了几步，把宋枝蕙安置到宽敞的车后座上。

车里开着暖气，气味还是和之前一样，是高级的冷檀木香，混着祁岸身上独特又蛊惑的气息，强烈地笼罩着她。

可偏偏，宋枝蕙有种莫名的心安，就连腿上的疼痛，也缓和了几分，她因此发现祁岸今天开的车并不是他常用的那辆超跑。

那辆车好像也不适合给她处理伤口，毕竟那辆车的后座根本没有这么宽大的空间。感觉就好像祁岸为了接她，特意选了这辆车。

宋枝蕙忍着疼痛，不自觉地琢磨着。没一会儿，祁岸就再度打开后车门，在她右手边坐下。

这会儿雨下得远没有之前那么凶，祁岸也并未被淋得多厉害。他打开从副驾驶座拿来的袋子，从中拿出事先准备好的止血绷带、纱布、一瓶药和一瓶水。他用最快速度拧开瓶盖，递到宋枝蕙手上："吃一片。"

宋枝蕙顿了顿，倒也没疑问这是什么药，接过来直接顺着矿泉水吃了下去。

她吃药的时候，祁岸直接握住她受伤的那只小腿，搭在自己的膝盖上。

指腹的温热顺着皮肤传递过来，宋枝蕙微微瑟缩了一下，下意识地想动动脚，怕碰脏他的裤腿。祁岸却毫不在意地握住她细白的脚踝没放，随后娴熟地拿起工具替她包扎。

很快，宋枝蕙的不自在就被止血包扎过程中产生的紧绷感和疼痛感覆盖。

祁岸包扎好，抬眸看向宋枝蕙。发现她原本惨淡的脸色硬生生挤出一丝血色，唇也咬得发红，却愣是一滴眼泪都没掉，甚至还用坚强的眼神看着他，声音又轻又颤地说了句"谢谢"。可明明，眼底都氤氲出了水汽。

看到她此刻的模样，祁岸喉咙发涩，心仿佛被烫了一下，他垂下眸，握着她脚踝的力道慢慢放轻，声音轻柔："没事了。我们现在就去医院。"

经历了伞被大风刮跑，鞋子差点被水冲走，以及陈志昂穷追不舍地打电话，蔡暄终于在半个多小时后打车来到宋枝蕙所在的医院。

这个时候，宋枝蕙已经打好麻药，开始缝合伤口。

祁岸身穿黑T恤和长裤，靠站在缝合室的门口，看到一身狼狈、哭得脸肿成猪头的蔡暄，挑了挑眉。

蔡暄却完全不在意自己的形象，跟他打探宋枝蕙的情况。在得知宋枝蒽那伤口差一点就伤到骨膜的时候，蔡暄差点没晕过去，又开始掉眼泪："都怪我，下那么大雨，我就不该给她打电话，好歹等她回来再说。"

祁岸向来很烦别人哭，但这会儿却难得有耐心："都说了是差点儿，而且事情都发生了，再自责也没用。"

蔡暄气得破涕为笑："岸哥，你这是安慰人吗？"

祁岸呵笑了声："我也没安慰你。主要是怕你吵到屋里那个。"说完这话，他偏过头，仗着身高的绝对优势，透过缝合室的玻璃窗，定睛望着里面正缝合的宋枝蒽。

姑娘蹙着眉，小脸紧绷，像是有点儿害怕，但又很坚强地硬撑着。那模样，倒是比从前坚强了不知多少倍。就好像曾经吃了很多苦，她才长成如今这个顽强坚韧的宋枝蒽。

思及此，祁岸心下泛起说不清的酸涩。

不过还好，宋枝蒽的伤口并不需要缝太多针，没多久就完事了。

见她一瘸一拐地出来，蔡暄第一个迎上去，眼泪又啪嗒啪嗒往下掉，宋枝蒽连忙"哎哟"两声，抬手替蔡暄抹眼泪："都说我没事了，你不要再哭了。"

被她这么一说，蔡暄更委屈了，直接抱着她大哭起来。

后来还是医生嫌她烦，把她赶出去，三个人这才不尴不尬地离开。

等上了车，宋枝蒽才问起她和陈志昂是怎么回事。蔡暄颓丧地靠坐在车后座，眼眶红红的："就是，他前阵子不是回老家了吗，就那几天，和前女友联系上了，他前女友知道他跟我谈了，很生气，然后就去缠着他。

"我也不知道他们俩具体发生了什么，反正就是这女生今天加我微信，说她跟陈志昂还有感情，让我把陈志昂还给他。你知道我在那一刻有多恶心吗？"

话说到这里，蔡暄忽地想起祁岸还在开车，气鼓鼓地把话收了回去。宋枝蒽瞥了眼祁岸肩宽背薄的身影，抿抿唇，安慰着握住蔡暄的手。

蔡暄吸了吸不通气的鼻子，声音哽咽："我就应该像你一样，不让他得逞。"

话到这里，前方的祁岸浓眉微挑，于后视镜中若有似无地瞥了宋枝蒽一眼。宋枝蒽虽然没和他对上视线，余光却也能够感受到他投来的目光，双颊有些发热。

好在蔡暄很快就扯开话题，骂骂咧咧，还说自己真是眼瞎，看上这样的男生。

就在这时，一直安静的祁岸开了口："陈志昂的品性不至于那么坏，你先别急着定性，万一他是被冤枉的，你岂不是让他前女友得逞了？"

他这么一说，宋枝葱才想起来他和陈志昂是室友。她凑上前，白净的手扶着祁岸的靠背，杏眼眨着："那你这几天可不可以帮忙和他谈谈？问一问到底是什么情况。"

或许是刚刚的"解救和包扎"，让她在潜意识中和祁岸熟稔起来，连说话时的语气都有了几分曾经亲近时的影子。

感受到她清甜的气息靠近，祁岸不着痕迹地勾了下唇："可以倒是可以，但你拿什么谢我？"轻佻玩味的语调，却隐约透着做交易的正儿八经。

宋枝葱登时闭上嘴，退了回去。

蔡暄倒是大义凛然地道："岸哥，你帮我搞清楚真相，回头我请你吃饭！"说着，她毫不客气地拽起宋枝葱的手，"我还把我们宿舍的'吉祥物'带去给你倒酒，你看行不行？"

听她这么一说，宋枝葱秀眉微蹙，还没来得及拒绝，就听到祁岸闷出一声低笑，也不顾宋枝葱的感受，半开玩笑似的直接拍板："行啊。"腔调悠悠，"我给你打听出来——"

他眸光再度透过后视镜，瞥了眼面色粉白的宋枝葱，不怀好意地哼笑了声："你就让宋枝葱，亲自陪我喝酒。"

玩世不恭的话让宋枝葱的心火噌的一下冒起来，耳根也难以自抑地发热："谁要陪你喝酒！"

祁岸嘴边噙着恶劣的弧度，但笑不语。

宋枝葱唇瓣翕动，弱弱地回了他一句："你想得美……"

蔡暄情绪还是很低沉，特别是看着两个顶相配的人在自己面前"打情骂俏"，对比起来觉得自己更惨了。

似是注意到这点，宋枝葱接下来都没再主动和祁岸搭话，一路上殷切地围着蔡暄聊天，耐心听她倾诉。

蔡暄心情总算好转许多，一方面又很感动，抱着宋枝葱的肩膀哭唧唧："我的枝葱大宝贝，你真是我的天使，不仅没怪我害你受伤，还这么用心安慰我，我只恨自己不是男的不能娶你。不过没关系，我以后一定帮你寻觅一个好男人。"

说完，蔡暄故意朝祁岸的方向觑了眼。

祁岸专心开车，依旧波澜不惊，唯独长指在方向盘上散漫又悠然地敲了敲。

宋枝蕙没注意到两人间的微妙互动，只是无奈地道："你戏太多了，给我收起来。"

雨停了，回学校的路好走许多，三人很快就到了学校。原本宋枝蕙只打算让祁岸把她们送到校门口，不想学校已经被大雨淹出"楚河汉界"。北川大本就地势偏低，新校区的排水系统又不好，校园的好多条路都成了小河，许多蹚水的学生在那儿叫苦连天。

相比之下，坐在车里的宋枝蕙和蔡暄简直拥有天大的幸福。还未等祁岸说什么，蔡暄就委屈地开口："我不要下去蹚水，我来的时候鞋都差点被冲丢。"

宋枝蕙看了她一眼，发现她的鞋子确实被泡得有些变形，不仅如此，就连下半身的牛仔裤也都湿到小腿肚。

至于宋枝蕙，就更怕水了，她刚缝合的伤口就在小腿中间的位置，只要一下去，肯定被"小河"淹没。之前的严词拒绝好像变成自打脸的笑话，宋枝蕙无声哽了哽。

不过还好，祁岸并没有嘲弄她，而是平视前方，嗓音利落："那就直接开到女生宿舍楼下。"

听他这么一说，蔡暄马上喜笑颜开地恭维了他一句。

宋枝蕙坐在他身后，无法看到他脸上的表情。就这么尴尬地默然几秒，她好不容易鼓起勇气说了句谢谢，还被车轮碾过积水的声响盖了过去。

然而今天的倒霉事似乎不止这一桩。在车开到女生宿舍楼下后，蔡暄再度接到陈志昂的电话，或许是情绪得到平复，她答应和陈志昂在女生宿舍楼下见一面。

这就导致宋枝蕙要自己回宿舍，可问题是，她腿疼得厉害，麻药劲儿到这会儿已经聊胜于无了，偏偏她宿舍在顶楼六楼，且她这栋宿舍又是最早一批建的，根本没有电梯可用。

宋枝蕙也是在蔡暄下车先行离开后，才想到这点。只是已经晚了，蔡暄那家伙"恋爱脑"上头起来，跑得比兔子还快，宋枝蕙只能自己一个人扶着车门下车，受伤的那只腿刚踩到实地就泛疼。她咬着唇，秀眉微蹙，忍了忍，脸上多出几分愁容。

/178/

下一秒，前方响起一道关门声。

雨后放晴的日光下，祁岸来到她跟前，宽大的掌心直接握住她细白的胳膊，稳住她摇摇晃晃的重心。另一只手则推上车门，按下钥匙的锁车键。

宋枝蕙眼巴巴地望着他，有点意外。

祁岸朝宿舍楼偏了下头，调子懒懒的："我送你上去。"

宋枝蕙："可这是女生宿舍。"

祁岸眼神戏谑，半笑不笑地嗤了声："我不过是送个病号。"

话说得清清白白，听起来倒是她"矫情"。宋枝蕙自认说不过他，闭上嘴，同时也想起来，之前确实有个住六楼的女生做完手术，是同班男生把她背上楼的。

再者也考虑到伤口实在难受，她只能硬着头皮答应："那就麻烦你了。"

就这么，祁岸搀着宋枝蕙上了台阶，进了女生宿舍楼。

只是进去的时机不巧。要到上课时间了，很多人正在下楼，也就导致两人略显亲昵的姿态，不仅被宿管阿姨看到，也被很多女生看到。她们无一例外，纷纷在第一时间投来好奇又窥探的目光，仿佛在诧异校草怎么会出现在这儿。

宋枝蕙只能强迫自己无视，上前跟宿管阿姨说明情况。

宿管阿姨对宋枝蕙眼熟，这会儿听说她腿上缝了几针，更免不了多关心几句，随后又把目光挪到一旁的祁岸身上："都伤成这样了，还管什么宿舍规矩，赶紧让你男朋友背你上去。"

此话一出，祁岸挑了下眉。

宋枝蕙蓦地一慌，急忙否认："不是的阿姨，他不是我男朋友。"

阿姨愣了愣，还没来得及说话，就被祁岸幽沉的声音打断："确实不是。"他眼波流转，漫不经心地斜睨着宋枝蕙，"但阿姨放心，我会把她背上去。"

宋枝蕙不可思议地望着他："这不好吧……你扶着我就行了。"

"这怎么行，那么高的楼。"阿姨一副了不得的语气，"你这爬上去，人受得了，腿也受不了，你还是乖乖听话，让帅哥把你背上去。"

语落，"帅哥"意味深长地看了眼宋枝蕙。

偏偏这位阿姨还是个热心肠，她看到两个年轻人你来我往又踟蹰不前,直接上前推了把祁岸:"她害羞你不会主动点儿吗,赶紧,蹲下!"

祁岸高大的身量也被推得微晃。宋枝蕙倒吸了一口气,以为这家伙转眼脾气就要上来。不料,祁岸反倒噙起嘴角,不冷不热地对她扬声道:"听到了吗?不背不行。"

宋枝蕙刚要开口再次反驳,结果根本没有拒绝和反抗的余地,祁岸转眼就钳住她的两只手腕,扣在自己肩上,同时半蹲下身,托起她的腿弯,直接把宋枝蕙从原地背起来。

就像之前在教学楼下抱她上车时一样,动作利落娴熟,仿佛只是随手拎起一袋米。

宋枝蕙随着双脚离地,喉间溢出一声不由自主的"哎",却又不得不烫着双颊,紧搂住祁岸修长白皙的脖颈,像一只无助的考拉,生怕自己一个不小心掉下去。

距离近到她的耳郭都不得已虚贴着祁岸凌厉的侧脸,前胸更是紧贴着他坚实的脊背。倏然间,心跳都好似被放大,怦怦直响。然而比起她的惊慌失措,祁岸却仍能保持身姿昂扬傲然,冲阿姨坦然自若地问:"这样可以吗?"

"可以可以,当然可以。"阿姨笑得心花怒放,叮嘱了句,"记得把她放下来的时候轻点儿就行。"

祁岸应得乖顺:"行。"

随后,两人僵持着如情侣般暧昧的姿势,从一楼上到六楼,期间自然不可避免地遇到了很多眼熟的同学。

有人担心她,会拦住问一问,祁岸也不急,停下来等她把话说完。

就这么偶遇了两三次同学,宋枝蕙实在受不了,干脆把头埋下去,故意不看路。只是因此和祁岸挨得更近了。

感受到她的靠近,祁岸没说什么,唯独嘴角浅浅地往上翘了翘。宋枝蕙自然不知道,她完全一副破罐子破摔的心态。

不过还好,后面都没再遇到什么熟人,两人也终于回到宿舍。

见宿舍门锁着,另外两个姑娘都没在,宋枝蕙的心理负担又少了些。

祁岸把她放在门口,插兜看她慢吞吞地把门打开。

按理说,事情发展到这儿,对方应该要自觉走人了。但莫名地,宋枝蕙觉得祁岸好像完全没有要离开的意思。于是推开门之后,她吞吞吐吐地开口:"你是想要喝杯水吗?"

毕竟他背了她一路，也挺累。

当然，要是他说"不喝"就最好，她就可以大大方方和他说再见……但没想到，祁岸的回答完全不在她的套路中。

似乎早就想好要怎么讨恩情，祁岸微抬眉，冲她煞有介事地动了动腿。宋枝葱这才发现，他膝盖以下的裤脚全湿透了，就连那双看起来就很贵的黑色球鞋，也被雨水淋得不成样子。

下一秒，祁岸低沉的嗓音兜头落下，荡在她耳畔，激起一阵酥麻。

"我不需要喝水，但我需要一双干净的袜子。"

还真是个无懈可击的理由。

宋枝葱想着这会儿宿舍里也没别人，便大大方方地推开门，让他跟着自己进去。

论起来，这确实是祁岸第一次来女生宿舍。与男生宿舍的格局倒没什么不同，就是颜色粉嫩了些，东西多了些，气味也很好闻。

视线不可避免地在一眼望穿的房间扫了扫，祁岸几乎一眼就分辨出宋枝葱的床位。

不管什么时候，她的床铺和桌面永远是最干净的，即便杂物不少，也会被她收拾得井井有条。

但第一次带男生过来，宋枝葱回头看祁岸的时候，还是不自觉脸红："你……先坐，我……找一会儿。"

祁岸还是插着兜，像是什么都没看到地"嗯"了一声："不急，你慢慢来。"

说完，他抬腿，脚勾来宋枝葱的电脑椅，轻飘飘地坐下，那大刺刺又慵懒的姿态，活像个大爷。

宋枝葱也没心思注意他，在衣柜上下层来回翻找。

她找着袜子，祁岸就靠坐在椅子里悠闲地看着她，再冷不丁"啧"了一声："小心撞到腿。"

宋枝葱充耳不闻，努力找她之前买的几双还没来得及穿的新袜子，只是找到后才发现，那几双都是女款。

祁岸扬眉轻嗤："你觉得我能穿？"

宋枝葱攥着袜子的手蜷了蜷，有些泄气："那我没有了。不然你去外边买吧，我给你钱。"话里有点儿赌气的意思，又像在赶人。

偏偏祁岸不遂她的心意，他好整以暇地审视着她，又不开口说话，那神情好像在说——"你就这么对你的恩人？"

宋枝葱被他盯得实在心虚，干脆破罐子破摔："那不然你就只能穿我的旧袜子，我的旧袜子有几双是男女通用款，洗得也很干净。"

她打心眼儿里就不相信，祁岸这样含着金汤匙出生的大少爷，会穿别人的旧袜子，他那么洁癖矫情，那么……后面一大堆贬义词还没想出来，祁岸蓦地开了腔。

"那你找吧。"男生眉宇间染着慵懒，"我勉强穿一穿。"见她表情难得呆滞，祁岸哼笑了声，"怎么，这都舍不得？"

这根本不是舍不舍得的问题好吗？！宋枝葱闭了闭眼，稍稍平复后问他："你确定？"

"确定。"祁岸正经起来，冲她抬抬腿，"我难受死了，你最好快点儿。"

既然他话都说到这份儿上，宋枝葱也只能去找装袜子的盒子，找到那双男女通用款的运动袜，袜子边缘还绣着个可爱的小鸭子。

祁岸接过那双袜子，站起身："借用一下洗手间。"

宋枝葱点了点头。

没一会儿，祁岸就穿着她那双软糯糯的白色运动袜出来，淋湿的裤腿也被他撸上去，露出肌肉削薄有力的小腿，以及运动袜边缘那只可爱的刺绣鸭子。

宋枝葱盯了几秒，莫名觉得有点可爱。最主要的是，祁岸是真的没有一丁点儿嫌弃，垂眸看了眼，随意道："还挺合适。"

宋枝葱没忍住，翘了翘嘴角。

好巧不巧，这抹微表情被祁岸看到，他呵笑了声，颇有怨气："现在知道笑，早两天干吗去了？"

宋枝葱原本还想反驳，听到后半截话，直接敛平嘴角。

祁岸抱臂斜倚在床铺铁栏杆上，长眸半睐："现在也折腾完了，我也该问问你。"说话间，嘴角勾起不客气的痞笑，"躲我几天了？好玩？"

宋枝葱被这话问得呆了呆，怎么都没想到祁岸会拿前两天碰面的事质问自己，最荒唐的是，两人还是在她的宿舍里。

偏他镇定自如，完全没有一个大男人身在女生宿舍的觉悟和拘谨。

宋枝葱粉唇微张，隔了好几秒才吞吞吐吐地道："我躲你了吗？我怎么不知道。"

祁岸目不转睛地盯着她，了然于心地笑了："咱俩这关系，就不用耍花腔了吧。"

心头无端一跳，宋枝蒽强撑着开口："我跟你什么关系，你别乱说。"

祁岸呵笑了声："不承认是吧？"说话间，他站直身子，"那我就只好当你心虚了。"

饶是宋枝蒽平时性子再温顺，这会儿也被他气到无语："我心虚什么，祁岸，你把话说清楚。"

她难得咄咄逼人，却正中祁岸下怀，他嘴角一勾："心虚你确实在躲我，在生我的气。"

原本他只是随口试探，不想话音一落，宋枝蒽表情真就僵了下来。她说："我没有。"可话出口后，调子却越来越低。

这个语气和反应，无疑证实了他的猜想。似有些意料不到，祁岸眸光轻闪，下意识地就开了口："其实那天晚上——"

话刚吐出几个字，宿舍门就被推开。

"食堂那边的水都流成河了，我看今晚叫外卖也困难。"

"咱俩别吃了，正好你陪我减肥。"

话刚说完，苏黎曼就愣住了，望着祁岸的表情满是不可思议："我的妈呀……岸哥，你怎么在这儿？"身后的林洋也跟着傻了眼。

想说的话被生生打断，祁岸喉间一哽，面无表情地看着二人。

生怕她们误会，宋枝蒽马上解释："那个，他是送我回来的，我腿受伤了。"

"啊，你腿受伤了？怎么弄的？"

"是啊，好端端的腿怎么受伤了？"

两个人一唱一和，过来关心宋枝蒽的腿，宋枝蒽分散注意力成功，话却说得尴尬："现在没事了。"说话间又看了眼祁岸，"我先把他送走，回来再跟你们聊。"

说完，宋枝蒽完全不管两人什么反应，直接拽起祁岸，拖着身姿高大的他，一瘸一拐地往外走。

或许是突然被她抓住手腕，祁岸的不爽淡了些许，嘴角也勾起一丝慵懒的笑，任由她拖拽着自己出了宿舍，来到楼梯附近的位置。

手松开，宋枝蒽面色薄红，很真诚地看着他："我室友回来了。"言外之意是，不是我不想回应你，是这会儿真的不方便。

然而祁岸根本没那么好对付，他压平嘴角，面色是惯有的浑不懔，又坦然自若地瞥着她:"那还躲不躲了?"

是疑问句没错,但这调子明显带着一股威胁的意味。

宋枝蕙无奈地闭了闭眼,似认输又似敷衍地喃喃:"不躲了。"就像个被老师训话,老实巴交的小学生。

唇边扯出一抹不甚明显的笑,祁岸懒懒地低哼了声。在宋枝蕙眼里,他这表现明显是阴谋得逞。实际上,祁岸是心情愉悦,愉悦自己终于看到了一点苗头,那就是,宋枝蕙并非完全不在意他,起码她现在依旧会为了顾清姚和易美茹不开心。

几天的心结霎地放下,祁岸淡淡拢眉,语调蓄起温和:"那天晚上我提前离开,是因为俱乐部那边有人比赛受了伤。"

话题陡转,宋枝蕙缓缓抬眸。

祁岸眼尾微微耷拉,居高临下地望着她:"并不是听我妈的话去见顾清姚,只不过那会儿时机赶得巧,我刚挂完她电话,俱乐部后脚就打了过来,你误会也不奇怪。"平心静气的态度,像是专门给她划重点,解释什么。

宋枝蕙微怔,心潮翻涌,又后知后觉地有些窘迫。

不过还好,祁岸没再为难她,而是拿起手机看了眼:"时间也不早了,我还有课要上。"

说话间,他冲她漫不经意地勾了勾唇:"消炎药别忘了吃。"又朝楼梯的位置偏了下头,"我走了。"

蔡暄是在半个小时后回宿舍的,手里还拎着一大堆零食,一进屋就给大家发了一圈。

苏黎曼问她和陈志昂的情况,蔡暄颓废地坐在椅子上,拆开一包薯片,化悲愤为力量:"还能有啥情况,他就跟我解释,跟我道歉呗。"

苏黎曼的眉毛打了一秒的架:"那他跟前女友的事到底是不是真的啊?"

话题太吸引人,以至于刚打开电脑准备打游戏的林洋都忍不住回头望来,整理好的宋枝蕙也从卫生间一瘸一拐地出来,听蔡暄的现场汇报。

蔡暄看到宋枝蕙,立马过去扶:"我说姑奶奶,您都这样了,就别折腾了,快上床躺着。"

刚说完,她就记起宋枝蕙在上铺,想着她上去睡觉肯定特别不方便,就提出这阵子跟宋枝葸换床位:"这样,你什么时候腿好了,什么时候咱俩再换回来。"

旁边的苏黎曼也应声:"我看行。"

宋枝葸本也觉得现在上去很困难,就顺势答应:"那就麻烦你啦。"

"麻烦什么。"蔡暄耷拉着嘴角,"我到现在还觉得对不起你。"

宋枝葸无奈地笑了:"我都说了,是我自己笨。"

苏黎曼受不了地插话:"我可太受不了你们俩这姐妹情深了,蔡暄,你要真觉得内疚就赶快帮枝葸换好床铺让她躺上去。"

被她这么一提醒,蔡暄立马开始行动。苏黎曼也暂停手里的电视剧,起身帮忙。

宋枝葸虽然腿脚不利索,但也见不得别人为自己忙前忙后,即便动作迟缓,也跟着忙了忙。

三人便又继续聊起蔡暄的事。

大概是哭过,也平复过,蔡暄这会儿理智了很多:"他还是死咬着说和我在一起之后,没做过任何对不起我的事,至于和他前女友合照那事——"她撇了撇嘴,"说是和我在一起之前发生的。"

苏黎曼的厌恶都写在脸上了:"他这是含糊其词吗?"

蔡暄长叹一声:"管他呢,随便吧。我现在算是看清了,男人没有一个好东西。"

收拾得差不多了,宋枝葸拖着受伤的腿在床边坐下,听到这话,似是产生共鸣,抿了抿唇。

蔡暄忽然想到什么,问她:"对了,我走后你是自己爬上楼的?"

宋枝葸刚想回答,就被苏黎曼打断:"怎么可能呢,是祁岸送她回来的。"

蔡暄夸张地抬起眉。

苏黎曼凑到蔡暄耳边添油加醋:"我们回来的时候,祁岸就在宿舍,两人凑得很近……然后还……"

蔡暄听得眉飞色舞,十分意外:"他这送得很到位啊!"

苏黎曼咯咯笑起来。

宋枝葸心都累了:"我都这样了你们还拿我取笑。"

"没有啦。"苏黎曼搂了搂她的肩膀,"你好好休息,我继续看我的电视剧去。"说完,火速离开现场。

蔡暄却依旧八卦,对宋枝蒽夸赞今天祁岸表现满分,还说要不是他,她们根本不可能那么顺利地去医院缝合。

"最主要的是,我都不知道他去找你,我要是知道他过去接你,我何必这么着急,鞋都快跑丢了。"

宋枝蒽抓住重点,有些讶然:"你不知道他去找我?"

蔡暄摇头:"不知道啊。"

宋枝蒽一下就想起她那会儿在教学楼见到祁岸,问他是不是蔡暄让他过来的,祁岸回答得挺平淡。具体怎么说的,宋枝蒽记不清了,但她能确定,祁岸没有否认,正因如此,她才会理所当然地认为,是蔡暄拜托他过来接的自己。

蔡暄从她的表情中看出猫腻:"怎么,你不知道他是主动来的?"

宋枝蒽表情略呆地摇头,又有些不解:"他怎么知道我受伤?"

"陈志昂说的呗。"蔡暄毫不意外地说,"我那时候不是跟你打电话哭吗,你说你受伤了我就挂电话准备出去接你,陈志昂的电话就是那会儿打来的。

"他跟我解释道歉,我说我现在没工夫搭理他,你受伤了,我要去校门口那边。他挺惊讶的,刚巧岸哥在宿舍,就知道了吧。"

宋枝蒽终于搞清前因后果。所以,祁岸根本不是被蔡暄拜托过来接她的,而是他得知情况后,第一时间主动过来找她。

胸腔提上一口气,心跳也像混着短促的电流,酥麻得厉害。偏她脑中又回想起祁岸两次抱她的画面……耳根也不知不觉地热起来。

好在蔡暄这会儿没什么心情关心别人的事,她站起身:"不说了,我去洗个澡放松放松。"

这场难得一遇的罕见大雨,让北川大学荣幸地登上同城热搜。不少学生都纷纷发出校园里水流成河的画面,其中就包括热情男生在教学楼下好心背女同学上课的照片。学校表白墙也很热闹,收到的投稿格外多。

大老远被揪来上课的赵远刚好在上课前百无聊赖地刷着手机,结果刷了好半天都没看到有关祁岸的。

"不对啊,岸哥不是去接人了吗?怎么没有岸哥和那个宋什么蒽的照片?"

听他嘀咕,坐在他右边的邹子铭翻着笔记搭话:"你等会儿可以亲口问他。"

"啊？"赵远很惊讶，"岸哥都去追女孩了还来上课？"

"为什么不来。"邹子铭用看傻子的眼神看他，"这节是专业课。"

"可他不是——"

话没说完，一道高大熟悉的身影从后门方向绕过来，裹挟一缕檀木香，在邹子铭预留的位置上从容落座。

祁岸送完人，开车回宿舍换了身衣服。他发梢还未干，清爽利落，显然刚洗完澡，显得格外性感，引得前后左右的女生都忍不住朝他身上看。

赵远咧嘴笑："还真是说曹操曹操到啊，岸哥。"

邹子铭把帮他带的教科书放到他面前。陈志昂听到动静也立马抬头，眼神也焦灼起来，在喧闹的背景音下叫了一声祁岸。

刚巧上课铃打响。祁岸没理会，拿起手机往后靠了靠，在宿舍群里发消息：在这儿说。

陈志昂一收到信息就在群里回应：来了来了。

赵远闲着没事，也跟着打开群，想看看这两人说啥。

然后，他们就看到陈志昂急得上蹿下跳，跟祁岸"汇报"自己跟蔡暄的情况，说蔡暄没原谅他，还在气头上。他知道祁岸送宋枝蒽回去，就想从他口中打探一下口风，顺便让他帮忙做做说客。

祁岸垂着眼，漫不经心地回：所以你和你前女友的合照到底是怎么回事？

没想到他一开口就问了个大的，陈志昂傻眼。

陈志昂骑虎难下，好半天才说：……是和蔡暄在一起之前拍的。

本以为这样就可以蒙混过关，没想到祁岸噙起一抹冷笑，打字：可我怎么记得，你那位前女友，前阵子还给你打过视频电话？

陈志昂瞬间惊了：怎么可能？岸哥你别冤枉我！

最火上浇油的是赵远这个傻子，他脑回路简单，根本没意识到这些话可能会成为"呈堂证供"，也打字道：没有吧，我也记得你跟她打过电话，其中有一次还是我帮你递进洗手间的。

此话一出，群内瞬间安静。单纯无害的赵远成功收到陈志昂一记愤怒的眼刀。

祁岸没再说话。

陈志昂不放弃，单独和祁岸说：岸哥，事情真不是你想的那样，当时我前女友找我是问考研的事，我想着好歹在一起过，不要搞得那么尴尬，就回了。

陈志昂：但我跟你发誓，我跟蔡暄正式在一起后，真没做过任何对不起她的事，要是做了我天打雷劈！

陈志昂：而且我也没想到我那个前女友那么阴险，居然拿之前的照片出来挑拨离间。

祁岸却淡定如常：所以到底是什么时候拍的？

知道自己怎么都躲不开，陈志昂叹了口气，老实回答：就和蔡暄认识的前一周。

祁岸眼尾微耷拉，确实想起陈志昂之前回过一次老家。

陈志昂又解释道：但我那时候真的没有确定自己的心意，而且那次回去，我那个前女友遇到了点事，喝醉了要我过去接她。

陈志昂：确实，我那时候有点渣，也想过和她复合的，但后来和蔡暄见面，心意就定了。

陈志昂：岸哥，不管你怎么想，我真的没骗你，我很喜欢蔡暄，我想和她好好在一起。

陈志昂：现在唯一能帮我说上话的人就只有你了，你不帮兄弟，兄弟真的"死不瞑目"啊！

话说到这里，祁岸也算梳理清楚前因后果。

总的来说，这事的确有些微妙。陈志昂确实有些渣，只是这个渣，明显是对前女友，那位前女友反应过来自己被渣，一时生气过来闹也很正常。

对祁岸来说，陈志昂和蔡暄都是他的熟人，他无法完全从客观角度理出一个公平，左右蔡暄的取舍。

思索片刻，他想到一个折中的办法。祁岸往后靠了靠，跷起二郎腿，打字道：我记得你前几天说，蔡暄要过生日了？

陈志昂见他没有揪着不放，激动得上半身坐直，回道：对对对，就下周，之前我们俩说单独出去玩的，但现在她肯定不会理我。

祁岸若有所思地勾了下唇：不理你，不会想别的办法？

陈志昂觉得自己脑袋不够用了：我还有什么办法……

真是个不开窍的废物。祁岸舌尖抵了下左腮，指尖却耐心敲字，几乎手把手地教：我要是你，就找一堆熟人，给她开个生日会，当众表忠心。

至于蔡暄原不原谅，就看你俩的感情。

看到这番话，陈志昂倏地哽住，望向祁岸的目光也是满满的钦佩。

然而这会儿的祁岸，正靠坐在椅子里，目光从容地望着前方讲台上播放的PPT，好似在认真听讲，嘴角却勾着一抹几不可察的弧度，那张冷惯了的凌厉侧脸也有种心情还不错的感觉。

陈志昂大着胆子乘胜追击：不愧是岸哥，点子就是绝！而且你说得没错，蔡暄就喜欢花里胡哨的，这么一来她肯定会很感动！

陈志昂：至于熟人，咱们宿舍四个，加上她宿舍四个，八个人完全可以。哦，对，还有当初介绍我俩认识的学长学姐也可以来，这样加起来，差不多就有十个。

陈志昂：到时候我弄台单反，专门拍我给她送花告白的照片，想想都觉得她会感动得流眼泪……

他发个没完，祁岸就这么不动声色地淡觑着。

直到陈志昂不放心地说：不过岸哥，你可不能放我鸽子啊，你作为重磅嘉宾到时候一定要出现，蔡暄看在你的面子上也不会太暴躁。

祁岸定睛看了几秒，唇边那抹笑意加深，不紧不慢地回：你要是把她们宿舍四人一个不落地请过去，我当然奉陪。

随着这场久违的暴雨落下帷幕，北川市正式迈入酷暑炎炎的六月。

对日语系学生来说，这是尤为关键的一段时间，因为考试周马上就要到了。

往年这种日子，宋枝蕙都忙着上课复习泡图书馆，但她腿伤成这样，别说泡图书馆了，就连出宿舍都难。

辅导员知道她的情况，主动给她放三天假，还嘱咐班上的学习委员给她发老师划重点的文档。

就这样，宋枝蕙过上了宿舍其他人格外羡慕的生活——不用早起，想在床上赖多久就赖多久，还能做到"饭来张口"。

宋枝蕙却勤劳惯了，在宿舍待了一天就坐不住了。偏偏她又不敢把受伤的事告诉家里，怕外婆担心，就只能留在学校。

唯一的安慰就是蔡暄一直陪在她身边。用蔡暄的话说，刚好她和陈志昂在冷静期，就把时间抽出来陪宋枝蕙。

于是这两天，蔡暄有时候给她带饭，有时候陪她去食堂吃。

等到第三天，宋枝蕙实在闷得受不了，下午自己慢吞吞地去校医那边换药。没想到，她刚出小篮球场没多久，就遇到个让她有些意外的"拦路虎"。

是隔壁班以前追过她的男生，个子不高，但挺白净，嘴巴很甜，并不缺女朋友，大一的时候不知道宋枝蕙有对象，跟她示好了一阵子。何恺当时为这事还来学校找过他一次，再后来，这男生见到她就绕道走了。

宋枝蕙以为事情过去那么久，他对自己早就没想法了，不想这男生看到她一瘸一拐，登时叫住她。

宋枝蕙下意识地停下脚步，然后就看到男生抛下身边打篮球的队友，朝她跑来。男生笑得灿烂，说知道她受了伤，所以看她出现，忍不住过来问问情况。

宋枝蕙虽然已经不大记得对方的名字，但还是教养良好地回复："缝了几针，没什么事，再过一阵子就可以拆线。"

见她没冷落自己，男生大受鼓舞，非常热心地问："那你现在要去干什么，用不用我送你？我看你这腿脚也够不方便的。"

这话如果是对别的女生说，或许不会被拒绝，但宋枝蕙是个"社恐"，别说是半生不熟的男生，就算这会儿祁岸对她说这句话，她也要考虑一下。

不过，祁岸应该不会像他这么热心，他就算关心人，看起来也硬巴巴的。

不对，她为什么要拿祁岸来类比？更何况她跟祁岸已经两三天没联系了。

宋枝蕙微微懊恼。

这时，男生跟她说了好几句，她回过神时，对方已经唐突地握住她的手臂。

天气热，她穿着一件无袖针织上衣加一条短裙，纤细的手臂暴露在空气中，在男生碰到她的一刹那，她感觉异常不适，特别是男生微潮的掌心还贴合着她的皮肤。

宋枝蕙眉头微蹙，几乎凭借本能地把胳膊抽回来，一边用手挡住被握住的那只胳膊，有些生硬地说："不麻烦了，我自己可以走。"

说话间，她往前匆匆挪步，却因为走得急，一下牵扯到伤口。小腿猝不及防地疼了一下，她膝盖打弯，脸色也难看几分。

男生以为她不想麻烦自己，又好心地围上去："没事的，不过是一场球赛，我还是扶你过去吧，不然背你也成。"

哪承想，话音刚落，身侧就停下一道惹眼又熟悉的车影。

烤漆车身每一寸都在晃眼的日光下散发着价值不菲的味道，宋枝蔫余光顿住，还未完全反应过来，明净到反光的车窗就徐徐降下。

宋枝蔫侧过眸，看到两天未见的祁岸，他长手搭着方向盘坐在驾驶位，目光灼然地凝望着她。他那不苟言笑的神色蕴着明显的冷然，又仿若睥睨般，落到男生脸上。

宋枝蔫怔住，这是什么奇妙的心电感应吗？她刚想到他，他就出现？

然而此刻，比她更意外的是身旁的男生。

学校里，没人不认识祁岸，男生也没想到自己"泡妞"时会杀出这位"程咬金"，登时怔住。

就这么四目相对了两秒，祁岸泰然自若地收回目光，声音亦带着几分淡淡的关怀，对宋枝蔫道："要帮忙吗？"

宋枝蔫沉默了一下，掂量着这会儿伤口确实有些疼，她也不想让身旁的男生继续纠缠自己，就鬼使神差地点了点头。

车门"咔"的一声解锁，祁岸语气波澜不惊地说："上车。"

宋枝蔫抿起唇，乖乖走过去，在那个男生的瞩目下上了副驾驶座。等她系好安全带的时候，车已经往前开了好几米，男生的身影也早已消失在她的视线内。

宋枝蔫轻声说了句"谢谢"。祁岸收回透过后视镜定睛望向男生的视线，不冷不热地道："新追求者？"

宋枝蔫偏头看他："什么追求者？"

祁岸侧首对上她清润的目光，挑眉："不是吗？我看他刚刚热情得很。"

不知是不是她的错觉，宋枝蔫总觉得他这话含着意味不明的嘲讽，还有那么一点儿不太明显的不爽，以至于她脱口道："不是新的追求者，他追我的时候是大一，不过没追多久就被何恺叫去谈心了，刚刚他也是见我不大方便……"

说到这里，她明显察觉到祁岸的脸色更不怎么好看，一口气不上不下地哽在那儿，也不知道该不该往下说。

气氛僵持几秒。祁岸淡淡地开腔："那他以前盯你盯得还挺严。"

反应过来他在拿何恺打趣自己，宋枝蔫默默无语，语气有点儿闷："都分手了,能不能别再提这个人。"

祁岸听笑了:"不是你在提?"

宋枝蕙明知自己说不过他,却还是表达怨念地瞪了他一眼:"你什么意思?"

比起两人刚重逢那会儿,她对他现在的态度显然自在嚣张多了,就好像两人的关系在不知不觉中恢复到了从前。意识到这点,祁岸眉宇间的神色反倒舒缓几分,嘴角也浅勾起来:"不敢。"

宋枝蕙心想:你就装。

他挑了挑眉,朗声问:"去哪儿?"

宋枝蕙这才想起今天出来的目的,刚好前方不远处就是校医楼,就赶忙告诉他在那里停车。

祁岸顺势看了眼她的腿,细细白白,线条流畅漂亮,可惜有一只小腿缠了纱布,也不知道以后会不会留疤。

思绪不经意游移了几分,祁岸想着回头让宋兰时帮忙找些去疤药,一面把车停在校医楼门口,跟她一起下来。

宋枝蕙一瘸一拐地走路,偏头看他:"你不用上课吗?"

"今天没课。"温热的掌心贴在皮肤上,带着男生专属薄茧的触感,就像那天一样,祁岸扶住她,"反正还要等你出来,索性送你进去。"

宋枝蕙眼皮一跳。然而短暂的心悸后,她却没有刚才对那个男生那般的厌恶感。她把这种感觉归属为——祁岸本就和她熟悉,且他之前也这样扶过她,甚至还抱过她,所以她不会产生排斥感。

解释通后,宋枝蕙咽了咽嗓子,乖糯地说:"那就麻烦你了。"

她低眸的瞬间,祁岸盯着她被阳光晃得近乎透明的薄白耳垂,几不可察地勾起唇。

校医处人不多。宋枝蕙一进去,就被校医安排在病床上坐下。

祁岸插兜倚在门口等她。即便她一直在和校医沟通,且注意力都在小腿的伤口上,也还是能感受到他投来的笔直又深邃的目光。甚至在宋枝蕙被刺痛的瞬间,祁岸还提了句:"她对痛觉比较敏感,麻烦您轻点儿。"

宋枝蕙手抓床单,默默抿唇,突然就不敢露出任何一点怕疼的表情。不过多亏祁岸提醒,这位校医才"手下留情"许多。

临走时,她听见校医跟另外一个老师笑着调侃:"你看现在的小情侣,那宠劲儿都写脸上了。"

宋枝蕙听闻呼吸一乱，然而就算她想否认也没机会了，这会儿她的前脚已经迈过门槛。

倒是护着她走路的祁岸，听后一点儿都没有要反驳的意思，他还不忘帮她支着门，低声提醒了一下："看着点儿路。"

此刻距离极近，他的嗓音落在她的耳边，像混着电流，让听的人耳畔酥麻，宋枝蕙的脸上浮现出几分不自在，忽然间，她体会到了一种在何恺那儿从未体会过的被精心呵护的安全感。

只是这一瞬的感觉，又莫名地让她有些心烦。

重新回到车上，祁岸瞥向她，泰然自若地开口："现在去哪儿？"

宋枝蕙的目光无意识地躲闪了一下，思考后才说："回宿舍吧，我也没什么别的地方可去。"

"你有。"说话间，祁岸侧目朝后看，白衬衫的领口微敞，露出了一片锁骨。他劲瘦的手臂漫不经心地掉转方向盘，青筋微突，勾勒出男性蓬勃的力量感。他语气很是随意，"你还可以去我那儿……看绣绣。"

这个动作，这个角度，这两句话，像是三发接连不断的子弹，毫无预兆地射击在宋枝蕙的心口。她的喉咙突然就像干涸了一般。她微微睁圆了眼，望向车窗外郁郁葱葱的校园景色，心思却悬浮到有些难以透气。只觉得身旁这个雄性生物，好像无时无刻不在散发着一种强大的荷尔蒙，覆盖着她周围的空气，撩人又危险。偏偏他自己又云淡风轻。

心思百转千回，直到祁岸再度开腔："蔡暄要过生日了，你知道吧？"

宋枝蕙被他拉回神，纳闷地看了他一眼："你怎么知道？"

"陈志昂说的，他打算给蔡暄办个生日会哄她开心。蔡暄没告诉你？"

宋枝蕙愣愣地摇头："没听她说过。"

祁岸平静地说："那她可能还在考虑。"顿了顿，他又说，"不过不急，还有两天。"说话间，他看向宋枝蕙，"到时候你们都一起去。"

宋枝蕙眨眨眼："一起什么？一起陪她过？"

"不然呢？总要有观众。"

听他这么说，宋枝蕙明白了，陈志昂这是想借着这次机会好好讨好蔡暄，和她和好。

或许是作为朋友，对伤害朋友的人本就有层敌意滤镜，宋枝蕙难得说话不中听："这男生花花肠子还挺多，难怪惹到前女友。"

祁岸闻言，意味不明地哼笑了声："也要看花花肠子用到什么地方。"

宋枝蕙看着他。祁岸目视前方："要是用在自己喜欢的女生身上，再多也无妨。"

宋枝蕙望着他凌厉英俊的侧脸，想反驳什么，但又觉得说不过他，只能别开眼，故意气他道："那你以后的女朋友还挺惨，整天被你套路。"

修长的指节在方向盘上看似随心地敲了敲，祁岸缓勾了下唇，玩味般低语："她才不惨。"说完，他侧头，眸光潋滟地望向宋枝蕙，"我会让她成为这个世界上最幸福的人。"

此时此刻，他的神态、语气和眼神，就好像真有那么个人似的。宋枝蕙默不作声。恰逢兜里的手机响了，她忙不迭接起，听到蔡暄问她怎么不在宿舍。

宋枝蕙说自己去换药了，现在马上就回去。蔡暄似乎藏着什么事，支支吾吾地说："那行，等你回来我再告诉你。"

说完，电话被挂断。宋枝蕙再一抬眸，就看见不远处的女生宿舍楼。

祁岸将车稳稳地停下："她估计要和你说生日会的事。"他转头看着她，"趁时间还来得及，你把蔡暄的喜好告诉我，我提前准备个生日礼物。"

"喜好？"宋枝蕙一边解安全带，一边思考，"她喜好挺多的，喜欢彩妆，喜欢摄影，喜欢——"

后面的话没说完，就被祁岸毫不留情地打断："这会儿就别说了，我赶时间。"

言外之意就是赶她下车。倒是没料到自己也会有这种待遇，宋枝蕙闭上嘴，双颊也漫上尴尬之色。

不想刚要推门下去，祁岸倏然开腔，像在解释："我也是刚想起来我还有课。"

推门的动作停住，宋枝蕙无语极了："那你刚才怎么不说？"

祁岸不甚在意地扬眉："可能是看到某些人被人缠住，他就着急了吧！"

宋枝蕙确信自己这会儿的脸已经热透了，嘴角微绷，干巴巴地说："那你快去吧，我走了。"

说完，她推开车门，脚步一轻一重地下了车。

祁岸却说一套做一套，不只没急着离开，还叫了声她的名字。

宋枝蕙脚步顿住，微微躬下身："又怎么了？"

祁岸正儿八经地望着她："蔡暄的喜好，记得微信发我。"

宋枝蕙腿脚不便，回到宿舍已经是十几分钟后的事了。

蔡暄等了很久，一见她进门就迫不及待地冲过去，抱怨说她再不上来自己都要下去接了。

宋枝蕙笑说哪有那么严重，随即问她到底有什么重要的事跟自己说。蔡暄扭捏起来，果然告诉她，陈志昂要给她过生日。

"他说在校外的餐厅给我订了一个大包房，到时候把你们都请过去给我庆生。还说让我列个愿望清单给他，他给我精心准备一份礼物。

"哎，说真的，他这样我都有点招架不住。明明我前两天还说要冷他一段时间的。"

宋枝蕙没她预料中的惊讶，平平静静地说："你们俩的事情，决定权在你自己。"

蔡暄有些意外："我以为你会叫我冷静。"

宋枝蕙无奈一笑："可是你心里有他的话，再冷静也冷静不了多久，还不如敞开心扉把事情说通。"

听她这么说，蔡暄也吞吞吐吐："嗯……其实我想热热闹闹地过生日。"顿了顿，她说，"那就这么定了？后天晚上咱们宿舍和他们宿舍，还有撮合我俩的学姐学长，一起聚餐？"

宋枝蕙应得挺痛快："没问题。"

毕竟以往每年也都是她跟蔡暄一起过生日，这次她也不可能缺席。不过，另一个问题也随之而来，就是生日礼物。于是，她问蔡暄，最近有没有什么想要的东西。

蔡暄十分讲义气地说："什么生日礼物，咱俩这关系你人到了就行。"

后来宋枝蕙又"纠缠"了几次，但蔡暄始终咬紧口风，不许她给自己买礼物。宋枝蕙心中无奈，想着只能按照自己的喜好选礼物，但她这三天假期已经用光，明天就要去上课，偏偏她这两天又都是考前最紧要的课，再加上她的腿伤，就更不可能出去了。

她想来想去，也就只有祁岸能帮上忙，于是在给他发去蔡暄"喜好清单"的同时，问了问他可不可以帮她给蔡暄买份礼物。

本以为繁忙的祁老板会隔好久才回，不料他回得很快：可以。

宋枝蕙斟酌了下：我的意思是，我可能会让你帮忙挑选，我这两天满课，根本出不去，最主要的是腿脚不利索，这样也可以吗？

说完，她就后悔了。因为她忽然想起来，自己身边还有苏黎曼和林洋，她们三个完全可以像上次一样，集体出资给蔡暄买礼物，就是显得没那么有心意。

然而她还没来得及撤回，祁岸就又回了句：可以。

祁岸：反正我买的时候也会问你。

这话一下打消了宋枝蕙心中的唐突感，她稍稍安心，跟着问：那你打算给她买什么？

祁岸：没想法，明天跟谢宗奇一起出去看。

宋枝蕙给了一点建议：如果预算充足的话，可以看看首饰，感觉她最近很喜欢首饰，而且到了夏天，可以露出来。

顿了顿，她又觉得不太好：不过你也不用听我的，买什么要看你和蔡暄的关系。

言外之意，如果是一般朋友，不用送那么贵的东西。

只是她忘了，祁大少爷是出了名的出手阔绰。

对方先是不甚在意地回了句：我跟她关系挺好。

随后，他又说：那就送首饰。

隔了一秒，祁岸问：你想送什么？我明天着重看看。

不知怎么，宋枝蕙总觉得这一幕尤为熟悉，就像两个人高中时，祁岸经常会在学校用手机和她商量晚上吃什么夜宵。

心中荡起徐徐涟漪，宋枝蕙轻抿唇，用敲字错开思绪：我想给她买个手环，价格在一千块以内，复古花哨一点。

祁岸：行。明天到了给你发消息。

宋枝蕙：好。

等到第二天，祁岸说到做到，刚和谢宗奇到商场就给她发了商场定位信息，并让她发来几个主要想看的品牌。

这会儿宋枝蕙正在上课，好半天才看到消息。

怕祁岸等不及，她第一时间搜了商场内的两个首饰品牌发过去。

宋枝蕙：在这两家看看应该就可以。

原本她以为祁岸会拍几张照片给她看，不料中途下课时，祁岸直接打来视频电话。宋枝蕙有点意想不到，但还是接了。

只见视频镜头正对着商场专柜，宋枝蕙听到柜姐和谢宗奇的说话声，随后她才在一片嘈杂中听到祁岸的嗓音："这边是新款，你看看。"

说话间，画面定格在上面。

宋枝蕙截了几张图，又问他有没有别的系列，祁岸便去另一边帮她耐心拍了一番。

或许本身就懂摄影，祁岸拍的角度都非常清晰真切。他不厌其烦地帮她拍了好多款式，而后也一直没挂，就这么"现场直播"和谢宗奇一起去了另一家店。

途中两人说着话，低朗悦耳的嗓音顺着电流酥酥麻麻地传过来，刚好她身边关系还不错的同班女生听到，好热闹地凑过去，问了一句："谁啊？"

偏偏这一刻，祁岸把摄像头转过来，画面里登时出现男生那张棱角分明的俊脸。

然而即便是这个奇葩角度，也只觉得他高眉深目，玉质金相。

女生瞬间低呼："哎，这不是祁岸吗？"

这个名字引得身旁其他同学也下意识地朝宋枝蕙望过来。宋枝蕙尴尬了一瞬，似是而非地点头："他在帮我买东西。"

女生顿时发出一声暧昧的"哦"，像在打趣两人的关系。

说不上心虚还是什么，宋枝蕙有点不自在，直接把视频挂掉。

猝不及防被挂断的祁岸发来一个问号。

宋枝蕙快速打字：要上课了，麻烦你拍照片给我。

祁岸单发了一个句号过来，宋枝蕙以为他不爽，发了个可怜的表情包过去。

很久都没见她用这种语气跟自己说话，手机那头的祁岸先是愣了一瞬，继而神色舒缓，嘴角不经意地一勾。

旁边的谢宗奇刚好捕捉到这一幕，倚着专柜调侃："哟，这是和枝蕙妹妹聊得挺开心。"

眼底那瞬温暖笑意转为疏冷，祁岸瞪了他一眼。

谢宗奇却天不怕地不怕地笑了："我说昨天怎么给我打电话让我出来陪你买东西，原来是帮枝蕙妹妹。我还是第一次见有人能使唤动你。"

祁岸呵笑了声，倒没反驳："不然还有谁？"

谢宗奇撇撇嘴，就这么跟在祁岸身后来到另一家宋枝蕙指定的轻奢首饰店。

柜姐看到两人衣品不凡，立马热情招呼。

祁岸没急着回复宋枝葱，视线在店里来回睃了一番，最终照着宋枝葱之前说的样子，选定了三枚手环，拍了张照片给她发过去。

这次宋枝葱反应比刚刚强烈许多，她截图中间的那个：这个好漂亮！

祁岸双眸漾起淡淡柔意，抬眼问柜姐："这个多少钱？"

柜姐说："这个三千三百八十元，是我们刚上市的新品，销量特别好呢。"

谢宗奇虽然也是个二世祖，但远比祁岸知柴米油盐贵，听到价格大跌眼镜："不是吧？这不是黄金也不是玫瑰金，也值这么多？我出门左拐买个金子也没多少钱。"几句话说得柜姐哑口无言，只能尴尬地笑。

祁岸却不甚在意地拿起来，托在手心，在白炽灯的照射下，手环上镶嵌的彩色宝石散发出璀璨的光芒。

他找准角度给宋枝葱拍了几张照片，问她：确定要这个？

宋枝葱几乎秒回：确定。

宋枝葱：蔡暄一定会很喜欢！

或许是她发信息加了感叹号的原因，祁岸总觉得今天的宋枝葱远比他们重逢时可爱太多。以至于他不知第几次不由自主地勾起唇，泛起想奖励一下她的念头。

指尖在屏幕上敲字，祁岸回：好。

随后，他抬眸对柜姐道："帮我包起来。"

谢宗奇睁大眼："你不是说枝葱妹妹的预算不超过一千吗？"

祁岸波澜不惊地瞥了他一眼："剩下的钱我来填，她喜欢就行。"

谢宗奇也不敢说什么，只能叹了口气，又对柜姐说："你们遇上冤大头了。"

柜姐依旧不尴不尬地笑着。

哪知祁岸这"冤大头"又主动选了一条和这手环一套的项链，让柜姐打包。

祁岸毫不在意："下次你生日，送你无人机。"

谢宗奇眼睛都亮了："那你可得说话算话啊！"

祁岸哼笑了声，又狂又傲："我什么时候说话不算话？"

第八章
假扮情侣

就这么给蔡暄买完生日礼物，两人开车在外面又办了点儿别的事，之后才回去。

祁岸开车进校园后给宋枝葱发了条信息，问用不用把手环给她送到女生宿舍楼下。

宋枝葱不想麻烦他，回：不用了，反正明晚我们也会见面，到时一起送就行。

然而她却不知道，祁岸的车就停在女生宿舍楼门口。

指节在方向盘上轻敲两下，他淡淡地回：行。

宋枝葱又问：多少钱？我转给你。

想着她之前说的预算是一千块，祁岸眉头轻皱，随手发了个：980。

下一秒，宋枝葱就迅速给他转过去一千块。

祁岸：怎么还多20？

宋枝葱答得大方：毕竟麻烦你帮我买东西，就当给你跑腿费，请你喝咖啡。

祁岸轻笑了声，收取转账，发了句语音："还算有良心。"

含着颗粒感的磁性嗓音贴着耳郭落入耳膜，不知道是被他夸了一下，还是挂心的事情得到解决，宋枝葱下意识地弯了弯唇。

就这么一直憋到蔡暄生日的当天晚上，宋枝葱都没告诉蔡暄自己给她精心准备了一份礼物。

更开心的是，宋枝葱的几份兼职的工资也都到账了。

"木木一吱"账号的提现到手有一万多，其中很大一部分还是050912这位"榜一大哥"贡献的。宋兰时也给她算了一次工资，虽然只拍了一次，但宋兰时也不亏待她，直接给她发了一个三千元的红包。剩下的就是她平时接的一些小活儿的工资，加起来也有一千。

随后，她算了下自己接下来两个月的生活开支，凑出整整一万五，打算还给何恺。

只是一想到何恺，宋枝蔰又不免有些心烦。或许是知道宋枝蔰根本不会搭理何恺，这一周多的时间里，给宋枝蔰发信息的一直是何恺的母亲，她没有直接问宋枝蔰跟何恺的事，而是隔三岔五地关心宋枝蔰。碍于对方是长辈，宋枝蔰不得不应付。

至于何恺，听苏黎曼说，他之前来女生宿舍楼这边晃荡过两次，只是运气不太好，每次都没能碰到宋枝蔰，倒是碰到宿舍其他人。苏黎曼问他是不是来找宋枝蔰，他却不大愿意承认，聊了两句就匆匆离开了。

蔡暄知道这事，非常直观地剖析他的心理："他就是好面子，来这儿不找枝蔰还能是为了来看女生宿舍的风景啊？"

"当然，也确实有可能不是为了找她，而是为了监督她有没有交往别的男朋友。"

她们两个聊得头头是道，宋枝蔰却全然当自己是个局外人，一心只忙自己的。但她知道自己一旦给他打钱，就势必不能再像一只鹌鹑躲起来不面对。

她甚至还在犹豫，要不要攒到五万再一起转过去。但要是攒到五万再给他，又要拖延好一阵，宋枝蔰很不想给人一种欠钱不还的感觉。

就这么纠结了好半天，她还是决定将这一小部分钱在当晚转给他。

她本来都已经做好再一次被何恺阴阳怪气指责的准备，不料何恺像是与她脑电波共通，沉寂很久的号码突然给她发来信息。

宋枝蔰被何恺突然弹出来的消息震得心神一颤。

是一个网址，宋枝蔰指尖犹豫了一瞬，不由自主地点开，认出这是北川大的学校论坛。她有种不大好的预感。

缓慢的网页跳转过后，她终于看到论坛热帖——《祁岸与枝蔰原来是真的！嗑到了！》

看到标题，宋枝蔰心口蓦地一滞，手指却不受控制地往下拉，然后就看到祁岸在大雨中抱她上车的照片。

不仅如此，后面还有祁岸在女生宿舍楼扶她手臂的照片，背她爬楼的照片，以及祁岸开车载着宋枝蕙在校园内行驶的照片。

就在目光微颤的瞬间，手机又弹出信息。

何恺：我跟你分手也就十来天，你转眼就和他搞在一起？

何恺：宋枝蕙，你这些年到底拿我当什么？

何恺：是傻子还是替代品？

字里行间的愤懑和憋屈，几乎从屏幕中溢出来。

宋枝蕙无语，甚至还有一丝气结的好笑。

就是这个时候，敷着面膜的苏黎曼突然"呀"了一声，说："这什么情况？枝蕙怎么上了学校论坛？"

在追剧的蔡暄立马从上铺弹起来，很蒙："怎么回事？"

苏黎曼在宿舍微信群里发了帖子链接，就是何恺刚刚发给宋枝蕙的。

蔡暄刚点进去就叫了一声，然而还没来得及感叹她嗑的CP私下居然互动这么多，神色就拧巴起来："这是什么啊？什么叫'枝蕙很早就开始勾搭祁岸'？这哪儿来的知情爆料人？还有这位是什么妖魔鬼怪？什么叫亲眼看到枝蕙上的祁岸的豪车？"

她骂骂咧咧的时候，宋枝蕙也在往下看。

不出意外，说亲眼看到她上祁岸车的那个人，应该就是之前那个对她示好的男生。

而浏览到此，宋枝蕙也大概理清前因后果。无非是这阵子她和祁岸的照片被投稿发到表白墙的频率有些高，因此引起大家的关注，跟着就有闲人总结出来在论坛发帖感叹。

不管这人真实意图到底如何，这个帖子都从最初的"拉郎配"，变成一场恶意揣测。

之前那些不知名的同学骂应雪跟何恺时有多难听，这会儿指摘起宋枝蕙就有多毒。甚至还有不知道从哪里冒出来的"知情者"，说宋枝蕙跟祁岸早就好上了，连上课的时候都不忘聊视频，还说她受伤那天回来，也是祁岸背着她上楼的。

蔡暄看到这里已经开始骂人了，很多人也都站出来帮宋枝蕙说话。

不止蔡暄，苏黎曼也加入战队，就连林洋得知后也跟着参战，三人像是打游戏般配合得天衣无缝，没一会儿帖子的画风就开始转变。

宋枝蕙确实没想到事情会发展成这样。眼见几个人都丢下手头上的事不干,为自己说话,她很过意不去,立马出声阻拦。但这三人疯起来实在控制不住,谁都不愿意停下来。

只是这样的骂战到底没持续多久,宋枝蕙那边却还在犹豫到底要不要出面把事情说清楚,帖子就突然被删除了。

蔡暄一口气憋不上来:"我还没骂爽,怎么就给删了?"

不想话音刚落,手机就响了。蔡暄在气头上,刚开始语气很不友好,后来也不知道对方说了什么,态度突然就一百八十度大转弯。

"她啊?她没事,没受什么影响,刚还劝我们来着。"

宋枝蕙触碰屏幕的指尖一麻。

偏偏蔡暄这会儿还刻意对电话那头道:"不然你打电话亲自问她?"

隔着手机,宋枝蕙很难听到电话那边的男声说了什么,只知道蔡暄没一会儿就笑嘻嘻地挂了电话。

心脏在这一瞬仿佛被氢气球高悬拎起。她还来不及消化掉刚刚的各种情绪,手机来电显示就告诉她,祁岸确实在找她。

不管怎样,两人也都算这一绯闻事件的"主角",宋枝蕙犹豫了一下,接了。

祁岸似乎在外面,背景音混着风声,有些嘈杂。

宋枝蕙开口就问:"你看到帖子了?"

祁岸的语调漫不经心,听不出有没有被这事影响:"想不看到也难吧。"

论起来,帖子里那群疯子里也有骂他的,最难听的一句就是说他惦记兄弟的女朋友。

很奇怪,宋枝蕙看到别人说自己,最多只是气闷无语,可见别人用这种话侮辱祁岸,就真的有些忍受不住,稍斟酌了一下,低声安慰:"你不用在意他们说什么,反正帖子都删掉了。"

祁岸淡淡的语气蕴出一点儿笑意:"宋枝蕙,你这是在关心我吗?"

宋枝蕙:"可以当作是。"

话落,那边静了一瞬。宋枝蕙以为断线了,下意识地叫了声他的名字。

声音清清甜甜的,带着一点儿独有的关切,像是穿梭三四年的时光,重新落到耳畔。祁岸屏息一瞬,不疾不徐地应声:"嗯,我在。"

几个字沉稳有力,像定海神针,让宋枝蕙略紧绷的心情一下就平静下来。

祁岸也没打算瞒她:"帖子是我删的,至于里面说的话……"

宋枝蒽眼底露出惊异之色,一面讶然于他的办事手段,一面又心跳突突的,生怕他说出什么让人尴尬的话。

祁岸停顿了两三秒,调子一转,"啧"了一声:"还真让我挺受伤。你说怎么办?"

宋枝蒽是真没想到他能杀个回马枪,一时哑口无言。但仔细想想,她和祁岸的数次"暧昧现场",确实都是因她而起,几乎每一次,都是祁岸在帮她。

心头涌上丝丝无力感,宋枝蒽再开口时也很无奈:"……那你想怎么办?"顿了顿,她又说,"不会又要我请你吃饭吧?"

祁岸挑了下眉,毫不客气地说:"也不是不行。"

她很果断地拒绝:"不行,我没钱。"

顿了顿,她真诚地补充:"我不是抠门,我是真没钱,我还要还何恺钱……不然我请你吃食堂吧……你看行吗?"

祁岸直接被她逗笑:"宋枝蒽,你有钱给蔡暄送那么贵的礼物,请我吃食堂?"

几句话说得宋枝蒽耳朵直冒火,又怕上铺的蔡暄听到,只能把头埋在被子里,小声解释:"就是因为买了这么贵的礼物,所以才没钱啊。"

话说得有理有据,殊不知听得对面的人心头倏然发软。

锋利的喉结向下微滚,祁岸嗓音压低,多了一丝不自知的柔和:"那你吃饭怎么办?"

宋枝蒽被问得一愣,她沉默了下,没什么底气地说:"够是够的……但请你吃饭有点困难。"

"哦,"祁岸呵笑了声,"反正就是舍不得给我花钱。"

宋枝蒽被他的语气刺得心跳快了一拍,莫名有种祁岸在对她埋怨撒娇的错觉。正想着说点儿什么找补找补,不料祁岸放过她,随口道:"行了,不为难你。"

他云淡风轻地说:"先存着,什么时候你有钱了,什么时候再回报我。反正别胡思乱想,这事我有打算。"

宋枝蒽乖乖应声:"好。"

似是确定她这会儿状态还不错,祁岸低柔朗悦的嗓音在她耳边化开:"那你早点睡,晚安。"

虽然有些意外他会对自己说这两个字，宋枝蒽还是回了句"晚安"。

说完，电话挂断。宋枝蒽听着嘟嘟的忙音，思绪像水波一样缓缓荡开涟漪，甚至不可避免地产生一种……祁岸打来电话并不是为了和她讨人情，而是为了分散她注意力，让她安心的想法。

相比之下，何恺却没那么"想得开"。

他见宋枝蒽不回复，帖子又莫名其妙被删除，心里的郁闷越积越深，叉着腰在客厅里像个无头苍蝇来回打转。就这么犹豫半晌，他最终还是破了功，决定给宋枝蒽打个电话。

本来他都想好了，这次无论如何，语气都要温和一些，即便他现在很不开心，也很不甘心……最主要的是两个人现在分手了，他就算指责，也没有资格。反正不管怎样，先和她说上话要紧……

抱着这样的想法，何恺把电话打了过去，却不想回应他的是一次又一次冰冷的拒绝。隔了好半天，他才反应过来……他这个号码也被宋枝蒽拉黑了。

大半夜的，情绪无处发泄，何恺狠狠地骂了声，只能打给远在平城的母亲。何母都准备睡觉了，听到这话脾气上来把他劈头盖脸一顿骂。

"那论坛说什么就是什么了？你未知全貌就指责她，换我也不想理你，你还好意思生气？"

何恺臊眉耷眼的，声音也懊恼："我这不是着急吗？"他六神无主，"那您说我该怎么办，我总不能真的看她跟祁岸在一起吧！"

"你当初不好好对人家，现在知道着急了。"何母就差顺着电话线抽他，"我之前叫你好好跟人家赔礼道歉，你死活不乐意，现在好了吧。"

"算了，我也懒得骂你。你要么乖乖认错，跟她承认错误，重新追她，要么你就换个对象，彼此都开心。反正我是不能再替你出面了。"

残酷无情的几句话，说得何恺顿时心更堵了，他想了半天也只能说："算了，妈，别生气，这事我自己处理，您也早点休息。"

见他冷静下来，何母气顺了许多，不放心地问上一嘴："你想怎么处理？"

何恺视线空洞地盯着电视机里播放的无聊综艺，蓦地叹了口气："我明天去学校找她。"

翌日，阳光大盛，暑气随着热风阵阵袭来，高温一直持续到下午。

因为是蔡暄的生日，陈志昂带着人早早就去餐厅包间布置，而身为主角的蔡暄，也一大早就和苏黎曼出门购物和做头发。不管跟不跟陈志昂和好，生日当天她都要做个靓丽的女主角。

宋枝蕙就有些可怜了，她最后一天满课，哪儿也去不了，只能乖乖留在学校。

蔡暄原本还担心她在学校会被同学八卦非议，没想到根本没有。毕竟上论坛的就是那一小撮人，她们就算在网上骂得再厉害也不敢真的在当事人面前表现出来。非但不敢当面表达什么，和她关系不错的那个女生还主动跟她道歉，说不应该在看到她跟祁岸视频的时候，发出那么大声的感叹，搞得周围好多人都听到了。

蔡暄听到宋枝蕙的转述，要多无语有多无语："她这就是在撇清关系吧，说是这么说，谁知道背后编派你的有没有她，反正你离她远点儿！"

宋枝蕙不置可否："我现在只想好好复习，没心思想这些事。"

毕竟她还想要奖学金，而且考完试，她也好专心做别的兼职。

只是她拎得清，并不代表别人也一样。就像她完全想不到，曾经那样珍视面子，不愿为她委曲求全的何恺，居然会在当天最后一节课下课后，抱着一束火红的玫瑰，站在人流攒动的教学楼长廊口处等她。

偌大的第二教学楼，上百号学生纷纷往外走，每一道目光都不可避免地在他身上流连，何恺却完全不在意，只顾目光如炬地在人群中搜索宋枝蕙的身影。

多日不见，他比之前明显清瘦疲惫了不少，眼底那份趾高气扬也似被某种洪流湮灭，生出一股少见的忐忑。

宋枝蕙多少被眼前的景象震住，本就慢的步子几乎停下来。

终于，何恺发现了她，嘴角扬起笑，露出灿白的牙齿走上前："枝蕙，我等了你好久。你总算出来了。"

与此同时，综合办公楼三楼，校长办公室。祁岸跷腿靠坐在红木长桌对面的椅子里，单手把玩着银质打火机，在桌上不轻不重地磕着，说话间冷眸轻抬，不紧不慢："反正话我撂这儿，要是九叔不愿意给我一个交代，我不介意花点钱，用法律手段解决。"

被他称作九叔的付校长撂下茶杯，眉心紧蹙："你说你，从小性子就又烈又野，我不过说了句'就是个帖子'，你瞧瞧你，把事情扯到这上头来，九叔说不帮你吗？九叔会让你白白被污蔑？"

祁岸长眸半垂，轻轻一笑，不置可否。

"这样，我今天再让网络部那边好好查查，"付校长语气凝重，"在校园论坛造谣别人的私生活的确应该好好管管，处罚力度我也会增加。

"至于别的事，你就别插手了。总之，九叔绝不会委屈你，也不会姑息。这样你该满意了吧？"

祁岸撩起眼皮："既然九叔这样表态了，做侄子的也没什么好说。"

"这会儿你倒卖上乖。"付校长眼含嗔怪，"你啊，跟你老爹一个样，没点儿本事可降不住你。"说完又温和几分，"晚上跟我回去，你九婶给你炖鱼。"

"您问得还真不巧，晚上刚好有个饭局。"祁岸扯唇，悠然起身，"下次吧，下次我去澜园顺点儿好茶叶过来孝敬您。"

付校长被哄得眉开眼笑，起身把他送到门口。

邹子铭的电话就在这时打来。祁岸随手接通，单手插兜，长腿生风地往下走。

以为邹子铭是催他赶快去包间，祁岸漫不经心地道："你们都齐了？"

"还没，我在学校。"邹子铭站在第二教学楼的楼梯口，透过玻璃门望向前方不远处的两个人，单刀直入，"就是打电话给你递个信儿。"

祁岸浓眉蹙起："什么？"

"快来第二教学楼吧。"邹子铭语调意味深长，告密似的，"不然你就要被'偷家'了。"

话音落下，祁岸脚步一顿，眸底霎时沉如深海。下一秒，他掐断电话，三步并作两步地下了楼。

综合办公楼与第二教学楼相隔不远，祁岸赶到时，不止邹子铭没走，围观的人也越聚越多。

夕阳余晖下，宋枝蒽身形纤瘦，右腿绑着标志性的纱布，身旁是比她高出半个头的何恺。

两人脚下是一大捧摔烂的火红玫瑰花。众目睽睽下，何恺声势浩大："怎么？敢做不敢当？承认自己无缝衔接就那么难？

"别人不知道你心里怎么想，但我再清楚不过，你不要以为随便找几个借口就能掩饰你们俩暗度陈仓的事实，我告诉你，我跟祁岸没完，我——"

他话没说完，身后突然袭来一股破空的力道，猛地揪住他的衣领，直接把他拖得像个沙袋似的转了个面。

未出口的指责随着卷曲的舌头一同被牙齿咬住，何恺还没反应过来，就看到面前居高临下的祁岸，沉着一张带着戾气的俊脸，对他迎面就砸来重重一拳。

男人的骨骼坚硬，精准地打在何恺的鼻梁上，狠厉到把他都往后带了几步。

伴随一声惨叫，何恺极其无助地重重摔在地上。

这一幕发生得太突然。在场所有围观的人均倒抽一口凉气，更有女生发出低呼。

处在旋涡中心的宋枝葸，更是觉得不可思议，直接怔在原地。她先是看了眼痛得在地上呻吟的何恺，又看向身旁可以称得上是雷霆震怒的祁岸。

就是这一瞬，祁岸握住她的手腕，将她拉至身后，用高大的身躯将她挡住。

他眸中蕴着极强的威压，居高临下地望着地上捂着鼻子的何恺，如同破空杀来的盛怒的神。

"第一，宋枝葸早就跟你分手了，她跟别人是什么关系，轮不到你来过问。

"第二，你对我不满，大可冲我来，我祁岸随时奉陪。

"第三——"

他握着宋枝葸手腕的掌心微微收拢，目光从何恺脸上移开，像汹涌浪潮一般向四周围观甚至拍照的人蔓延。

祁岸目光幽深凌厉，仿佛能将人溺毙，吐出的每个字亦坚如磐石，铿锵有力："没有无缝衔接，没有暗度陈仓。

"从头到尾，都是我在追宋枝葸。"

男生的薄茧贴合着宋枝葸手腕瓷软的皮肤，激起一阵神经酥麻。耳边利落果决的话，也如呼啸风声，簌簌袭得人应接不暇。有那么一瞬间，宋枝葸甚至以为这是自己臆想出来的一场荒唐大梦。

直到难堪至极的何恺骂骂咧咧地从地上爬起来，他一面捂着还在流血的鼻子，近乎崩溃地看着宋枝葸："是真的吗？他真的在追你？"

宋枝葸从没想过往日骄纵的何恺，会有现今如此狼狈的一面，一时间五味杂陈。

然而更让她无法忽视的,是此刻毅然决然挡在她身前的祁岸。

似是察觉到她这一刻的犹豫,祁岸侧眸,目光冷厉,如有实质地落在她脸上,像是冰冷的雨水,一下就拍散她无端生出来的心软。

宋枝蕙呼吸停滞一秒,在一片死寂中,她听到自己冷静至极又毅然决然的声音:"是。"

短短的一个音节,将何恺最后一点希望湮灭。也像一个耳光,狠狠抽在在场所有围观的人脸上。

宋枝蕙眼波平静如一潭死水,对眼眶发红愤怒至极的何恺冰冷地开口:"别再纠缠了,何恺,你这样只会让我更讨厌你。"

气氛在这一瞬凝滞到近乎死寂。

祁岸下颌形成一条凌厉的线,侧过头,嗓音沉沉地问道:"可以走了吗?"

宋枝蕙迎上他的目光,点了点头:"好。"

从第二教学楼那边出来,两人直奔停车场。

邹子铭接了祁岸的电话,也过去和他们会合,一起前往聚餐地点。也幸亏他过来,宋枝蕙才不必和祁岸单独待在一起,被迫延续刚刚的那份尴尬。

事实上,她到这刻都没有完全从刚刚的场面中抽离出来,脑子里依旧乱哄哄的,像是有数百只苍蝇在飞。她想过要跟祁岸聊一下他刚刚护着自己的那件事,可犹豫好半天都不知道怎么开口。

这事太尴尬了。

倒是坐在副驾驶座的邹子铭后面聊着聊着提到刚才的事,问她今天是怎么回事。

虽然能看见,但他那会儿离得不近,也听不清他们在说什么,只知道何恺当众缠着宋枝蕙,宋枝蕙冷脸推拒,那束玫瑰也因此掉在地上,再后来就是祁岸穿过人群,冲出来给了何恺一拳。

闻言,宋枝蕙缓缓回神,不经意地对上祁岸透过后视镜朝她望来的视线。那眼神,分明也在问她跟何恺为什么会闹成那个场面。

宋枝蕙顿了下,软糯糯地答:"他昨天看到那个帖子,给我打电话,我当时不想理他,就把他拉黑了,没想到他真的来学校找我。"说到这儿,她眉头蹙起,有点无奈,"还带着那捧奇奇怪怪的玫瑰……可他连我对玫瑰气味过敏都不记得。"

邹子铭听笑了："行啊他，追人还能这么敷衍。"

"是他的风格。"祁岸眼底漫起讥嘲之色，冷笑了声，"然后呢？"

宋枝蕙老实巴交地答："他见我不收花，就提出带我吃饭，还要给我道歉，希望我能敞开心扉把这段时间的事情和他好好沟通一下。但是怎么可能呢，"她垂眸，浅叹了口气，"我哪里有时间和他沟通，就说晚上有约，不能跟他出去吃饭，然后他就急了。"

邹子铭不是很理解："这就急了？没时间不是很正常？"

宋枝蕙神色溢出一丝尴尬，很微妙地没吭声。

倒是祁岸接了话："没什么好奇怪的，因为他觉得宋枝蕙晚上要和我约会。"

闻言，邹子铭眉头若有所悟地一抬。

宋枝蕙脸色讪然两分。

邹子铭旋即又笑："不过他担心得也没错啊，你们两个晚上确实要一起吃饭。"

祁岸侧眸，意味深长地瞥了他一眼。

邹子铭言笑自若，又去跟宋枝蕙搭话："不过你也别有阴影，不是每个男生都像何恺这么神经质，素质好的男生一大把，放弃这棵歪脖子树，还有整片大好森林啊。"

宋枝蕙默默听着，总觉得邹子铭今天话格外多，明明两人不算熟，他却盯着她问，且不回答又显得不礼貌。于是，她也只能像模像样地应着："没有阴影。不过'森林'还是算了，就快毕业了，我没那么多闲情逸致种树。"

三两句话说得平淡，却又似在用言外之意回应邹子铭的意有所指。

邹子铭笑意顿时尴尬三分，眼神一斜，就对上祁岸冷雾般的视线。邹子铭的拳虚拢在嘴边，清了下嗓子，到后来干脆乖乖闭嘴，更没再主动跟宋枝蕙说什么。

好在不多时，三人行驶到目的地，尴尬总算得以缓解。

宋枝蕙跟在邹子铭身后进了打扮得花里胡哨的包间，一眼就看到坐在主位，格外精致漂亮的蔡暄。

蔡暄见到她忙招呼，说给她留了位子。

宋枝蕙从善如流地过去，宿舍另外两个人也挨着坐了下来，四个人一见面就聊了起来。

至于陈志昂那边，除了祁岸也都落了座。

宋枝蕙这才发现，蔡暄根本没有和陈志昂坐在一起的意思，甚至男女间还莫名地划分了"楚河汉界"。而其中作为衔接的一男一女，就是当初介绍陈志昂和蔡暄认识的学生会的师哥师姐。

刚巧他们马上要毕业了，大家就围绕着大四答辩的事情聊了起来。宋枝蕙性子内敛，安静地在旁边听着，服务生开始有条不紊地上菜。

大概陈志昂真的为蔡暄花了不少心思，一开始上的菜都是龙虾、鲍鱼之类的，后面才是一些肉菜、素菜。餐桌上摆着的蛋糕又大又花哨，衬得生日氛围满满。

就是这会儿，停好车的祁岸进了包间。

大概有些人的气场天生就受众人瞩目，他一进来，众人不管之前聊得多么热火朝天，这会儿都朝他看去，陈志昂更是起身嚷嚷，同宿舍的赵远顿时也跟着嬉笑颜开。

蔡暄扑哧一笑，低声和宋枝蕙吐槽："瞧他们的德行，二十岁就装社会人，傻了吧唧的，还是岸哥沉稳有气场。嗯，邹子铭也不错，像个正常人。"

宋枝蕙下意识地弯起唇，再抬眸却不经意地对上祁岸扫来的视线。

男生桀骜不驯，高眉深目灼然有神，仅仅是站在那儿不说话，就像一道肆意强光。宋枝蕙被他深邃的一眼看得心跳加快，只能装作不经意地撇开视线。

祁岸不知跟邹子铭说了什么，随后拎着一个复古绿的袋子径直走来，绕到宋枝蕙身后，放到蔡暄面前。

袋子上系着同色系的蝴蝶结，极为雅致轻奢，袋子中间则印着这个品牌的logo（商标），突显品质。

反应过来的瞬间，宋枝蕙微微僵住。

蔡暄惊得捂嘴，扭过身感激涕零地道："岸哥？你还给我买了生日礼物？"

祁岸就站在宋枝蕙身后，插着口袋随意地道："不单是我，还有宋枝蕙。"

说话间，他垂眸望向宋枝蕙乌黑柔亮的发顶，说的话暧昧低柔："这是我和她送你的礼物。"

话里莫名有种两人一起送礼物给蔡暄的既视感，就好像他们是很亲近的关系。

宋枝蒽被这话说得面色㥊然,马上解释:"是我不方便出校门,才拜托他帮我买的,当时视频聊天,也是在让他帮我选款。"

蔡暄这会儿只顾着礼物,根本来不及回应她,只顾着把袋子打开,然后就看到里面装着两个同样的首饰盒,一个装着祁岸送她的项链,一个装着宋枝蒽送她的手环。

宋枝蒽没想到祁岸会跟着她买了一套,稍有些意外地看了他一眼。

祁岸却云淡风轻地说:"懒得再逛别的专柜。"说完,极其自然地拉开宋枝蒽右手边的椅子坐下。

就是这个瞬间,她注意到祁岸的右手关节处红了一片。

宋枝蒽反应过来这可能是打何恺那一拳造成的,下意识地道:"你的手……"

祁岸斜睨她,挑了下眉:"怎么?"

宋枝蒽刚要开口,声音就被旁边的蔡暄盖过:"你们俩品位太好了,戴上也太好看了!"

被她一打岔,宋枝蒽后半截话也说不出来了。

祁岸悠然地靠坐在椅子里,闻言望了望蔡暄:"是她品位好,与我无关。"

宋枝蒽没吭声,默默帮蔡暄戴上项链。

没一会儿菜上齐,大家开始动筷子,又是分切蛋糕,又是倒酒水饮料,包间一时好不热闹。

刚开始,宋枝蒽还担心祁岸坐在自己旁边吃饭,会很不自在,但渐渐她发现,祁岸压根儿就没有和她说话的意思。他也完全不像在学校护着她那样,连互动都很少。

而且不知道为什么,她总觉得祁岸心情不是很好。一根烟没抽不说,旁边赵远把烟叼起来他也不让,还为此训了赵远一顿。

赵远一脸委屈:"干啥啊岸哥,平时你也没少抽,凭什么不让我抽。"

祁岸半笑不笑地瞧着他,吊儿郎当又强横:"我今晚抽了?"

赵远一脸悻悻地把没抽完的那半根烟扔进喝完的啤酒罐里,又嘟哝了句:"黄世仁!"

宋枝蒽小口吃着菜,几次想找机会问他手的事,偏偏陈志昂隔一会儿就过来在蔡暄面前刷存在感,而祁岸显然是他最好的借口,这就导致宋枝蕙完全找不到合适的机会单独问祁岸。她只能打消念头。

后来这顿饭过半，大四学姐提议玩游戏，宋枝蕙才谎称去厕所，离开包间。

大家玩得开心，根本没什么人注意到她出去了那么久。等宋枝蕙买完药上三楼，包间里传出喧闹的笑声。

她步履缓慢地朝包间走去，直到身后响起一道熟悉的声音，叫住她的名字。

宋枝蕙脚步顿住，回过头就看到倚在走廊尽头靠窗位置抽烟的祁岸。颀长的身姿慵懒地靠在窗台上，骨节发红的那只长手夹着猩红一点。男生微合着眼皮，幽长的视线透过青烟白雾，如潮汐一般朝她淡淡地望来。

宋枝蕙心头产生一种奇异的迟钝，慢吞吞地说：“你怎么在这儿？”

祁岸吐出一口白雾：“出来抽根烟。”说话间，他将那半截烟随手捻在旁边的垃圾桶盖上，被烟熏得有几分发哑的嗓音，对她不紧不慢地命令，"过来。"

宋枝蕙心口微悸，像是被某种魔力驱使，不由自主地朝他走去。她本也是要找他的，只是没想到会在这里碰到。

拎着那一小袋药和冻实的冰袋，宋枝蕙来到他右手边，瞥了眼他的手，声音有种不同往日的怯：“给你。”

祁岸接过，掀眸问她：“这是什么？”

"冰袋和跌打损伤药膏。"宋枝蕙耳畔蕴热，顿了下，"敷一敷吧，这样你手能快点儿消肿。"

到这会儿，祁岸才明白她的用意。怪不得她吃饭的时候，经常偷偷盯着他的手看。

思及此，祁岸闷出一嗓子低笑：“还知道关心人。”

"毕竟你是为我才打的何恺。"宋枝蕙实话实说，"我给你买点儿药也是应该的。"

说完，她松了一口气，像完成任务那般："没事的话我先——"

"有事。"

宋枝蕙不知所措地看向祁岸。

他好整以暇地望着她：“我刚接到辅导员电话，何恺把我打他的事汇报给了学校，我要被记过。除此之外，论坛也有了相关热帖。”

宋枝蕙以为祁岸只是心血来潮地逗弄她，没想到一开口就是“王炸”。

她猝不及防地僵住，粉唇微张，却吐不出半句话来。

相比之下，祁岸泰然自若，甚至还有心情牵起嘴角："最重要的是，现在全校都知道我在追你，你是不是要对我负责？"

悠然语调落下，祁岸深邃的长眸半分不移地锁着她，灼热的视线仿佛一匹孤傲的狼，面对渴求已久的猎物，蓄势待发，盯得宋枝蕙心神发颤。

宋枝蕙忽然就不知道该如何应对，眼神躲闪，磕巴了下："我、我觉得这事还有回旋的余地。"

祁岸轻哂："怎么回旋？告诉大家，你没看上我？我不要面子？

"不管怎样，我因为你被记过，现在又被推上风口浪尖，是事实。"

他说得有理有据。

宋枝蕙深觉自己被赖上，顿时哑口无言，讷讷地道："可那时候又不是我让你说的……"

祁岸挑眉反驳："宋枝蕙，你有没有心？还是你觉得当时那种情况，我有更好的办法帮你打他们的脸？"

他说得没错。那会儿她就算有十张嘴辩驳，都不会有人相信她跟祁岸是清白的，唯一的解法就是祁岸承认单方面喜欢她。

沉默之际，祁岸懒声开口："而且还有一件事我要告诉你，我查到昨天的发帖人是谁了。"

宋枝蕙从他话中品出深意："那人是故意发这帖的？"

祁岸："你没发现那帖子节奏全是她带的？"

宋枝蕙声音低下去："我当时怕太生气，就没敢往后看。"

"你倒是会保护自己。"祁岸呵笑了声，语调揶揄，"却不想着怎么保护我。"

这话的意思就好像她是个只会享受他的好，又十分狼心狗肺的人。

宋枝蕙双颊烫起来："不是，我没不想保护你……"

祁岸煞有介事地点头："那你想怎么保护，说说看。"

宋枝蕙哽住，拒绝进他的圈套："你先把刚刚的事说完。"她转移话题，"那个人是谁，我认识吗？"

祁岸倒也没揪着不放："不认识。是大一的一个女生，不过买通她的人你认识。"

"谁？"

"应雪。"

听到这个名字，宋枝蕙眉心一跳，明亮的目光也染上愕然与迷茫。似是触动某些陈年旧伤，宋枝蕙喉咙泛上一抹涩意，指尖微拢："我不懂。"

不管是曾经还是现在，她自认都没有做过任何伤害应雪的事，可应雪就是和从前一样，怎么都不愿意放过她。似乎让她过得不痛快，就是应雪人生中最大的目标。

"你不用懂。"祁岸的眸光落到她脸上，柔和又绵长，开口却一针见血，"有人天生就是坏。

"至于何恺，我很了解他，他不会就这么灰头土脸地认栽，以后可能会继续想办法针对我，或者对你纠缠不放。如果我是你，就借着这个机会，好好解决他们。"

如果是以前听到这话，宋枝蕙根本不会信。她不觉得何恺有多在乎她，更不会豁出面子和精力缠着她，可事到如今，她觉得事情远不像她想象中那样。

或许是吃饭时被蔡暄逼着喝了两杯啤酒，又或许是这刻的气氛和谈话内容，让她有些转不过弯，总之，宋枝蕙很蒙。她像对待一道解不开的化学题，茫然无措地问："什么机会？"

祁岸朝前走了几步，无形中将她困于逼仄的角落。狭小的一隅，温软体香萦绕。

男生低眸，直白又恣意地看着她，嗓音低磁勾人："想不想玩点儿刺激的？"

莫名危险的气息在周身蔓延开来，宋枝蕙喉咙发紧地回望，不由自主地问："比如？"

祁岸凑到她耳边，气息蛊惑："比如和他的好兄弟，搞在一起。"

声音落下的刹那，宋枝蕙的脚跟和手心一并抵住墙。

很明显，这刻的两人早已突破了朋友间的安全距离，距离近到，她能听到他明晰有力的心跳声。周身气息也被冷感的檀木香和淡淡的烟草味覆盖，将她变成了一头彻头彻尾的"困兽"。

宋枝蕙突然觉得很荒唐，甚至不太能理解，话题怎么突然就拐到这儿了。

僵持着张皇失措的姿态，宋枝蕙不可置信地望着祁岸："你是喝多了吗……说这种话。"

祁岸长眸目不转睛地锁着她，完全没有开玩笑的意思："你觉得呢？"

皮球被踢回来。宋枝蕙感觉血液里的酒精都沸腾升温，耳垂在这会儿也红如滴血。

似从她眼中探究出什么，祁岸直起身，敛起深邃的眸："你不用急着拒绝。"浓黑的眼底情绪不辨，"又不是真要你和我谈恋爱。"

听到这话，宋枝蕙觉得自己好像坐了一趟过山车，刚刚心脏都快到嗓子眼儿了，这会儿却又突然掉回原位。她更不懂了："那你什么意思？"

"意思就是。"祁岸重新靠回去，疏冷的眼平静地睨着她，"我们可以假装在一起。"

宋枝蕙倏然一怔。

祁岸应对自如："我的情况你也知道，我妈在我小的时候就给我和顾清姚定了娃娃亲，这么多年顾氏生意做得如火如荼，无论从什么角度看，她和祁仲卿都觉得，顾清姚是最合适我的联姻人选。这次她从国外回来，也是一种信号。"

宋枝蕙眨了下眼："你们要……"

"还没。"祁岸眼帘微垂，"但也快了，所以我要想办法。"

说到这个程度，宋枝蕙不可能不明白。归根结底，祁岸这个提议并非为了面子抑或是想帮她解决问题，而是他也另有目的。

那就是，假借和她在一起，断了两家联姻的念想。可是，她能行吗？祁仲卿和易美茹不可能同意她和祁岸在一起。宋枝蕙神色迟疑着。

祁岸早把她的担忧看透："我父母那边你不用管，你要做的只是配合我，熬过顾清姚回国的这段时间。刚好可以让何恺死心，让应雪难受。至于我的面子，你也能帮着保住。

"在我们关系存续的期间，我也会尽好'男朋友'的本分，好好护着你。"

平心静气的语调，直接将利害关系分析得头头是道。

可不知为什么，宋枝蕙还是觉得有些不踏实，至于原因，她又说不出来。偏偏她又没办法义正词严地拒绝。

就像祁岸说的，他是出于保护她，才当着那么多人的面说出在追她的话，他那样骄傲的性格，怎么可能接受"追人失败"的非议。但这一切发生得实在突然，祁岸条理清晰，可她还未仔细思量过。

权衡几秒，她也只能四两拨千斤地回答："你让我考虑考虑。"

祁岸挑眉："考虑多久？"

宋枝蕙抬眸看他，有些艰难地说："……三天？"

祁岸长睫淡淡垂下，掩住那一抹若有似无的浅笑，咬字坚定如一锤定音："行。"

这事就这么莫名其妙地敲定下来。

回到包间，宋枝蕙却越发觉得不对劲，她都没有同意祁岸的提议，为什么要答应他"三天"考虑时间？

然而说出口的话就像泼出去的水，她根本没法当着那么多人的面和祁岸掰扯。她脑子也是混乱的。

接下来一行人开始KTV之旅，脑容量不足的宋枝蕙便跟蔡暄找了个腿疼的借口，提出先离开。

蔡暄自然不愿意让她走，但听她说腿疼，也只能放行。于是一伙人中只有宋枝蕙早早回到宿舍。

原本她想趁她们不在，好好复习，可书本打开好半天，愣是一个字都看不进去，睁眼闭眼都是祁岸跟她说的那件事。

宋枝蕙叹了一口悠长的气，想着时间也晚了，干脆洗洗睡，等明天清醒一点，再重新思考这个问题。

只是她睡了，另外那三个还不知道什么时候回来。

她便给蔡暄发信息问了一句。本以为蔡暄这会儿正在兴头上，会很久才回，没想到，她几乎秒回：留门吧宝贝，我们唱到十点多就回。

宋枝蕙躺在床上，稍稍有些意外：你们不通宵吗？

毕竟大学生去KTV玩，一般都是通宵的。蔡暄更是麦霸，每次去一定要唱个痛快。

没想到这次太阳打西边出来，蔡暄回得很干脆：不通宵，明天要准备复习。

顿了顿，她又说：你怎么样，腿还好吗？其他人还问你呢？

宋枝蕙：已经不疼了。

蔡暄：不疼就好，不然我都想回去陪你了。

宋枝蕙：你今天是主角啊，你走了他们怎么办？

蔡暄：主角怎么了，钱又不是我花的，客也不是我请的，再说了岸哥和你都不在，我留在那儿有什么意思？

宋枝蕙莫名从这话中听出了什么，问她：那陈志昂呢？

蔡暄：懒得提他，看他就不顺眼。

宋枝蒽抿了抿唇，不太敢继续往下问，却也因此注意到那句"岸哥和你都不在"。

忍了几秒，她到底没忍住：祁岸走了？

蔡暄：走了啊，你走后没多久他就走了，说家里狗子还没吃晚饭，也不知道真假，这个点了狗子吃的也不是晚饭，是夜宵了好吧！

宋枝蒽有些意外。

蔡暄：不止他，邹子铭也走了，你说我看着顺眼的几个人都不在，我还在这儿玩啥？

蔡暄：算了，我等会儿就回去，你也早点休息，明天咱俩再说。

宋枝蒽回了句：好。

只是这会儿安静下来，她望着漆黑的床板，思绪又开始不听话地乱窜。

她去网上搜索祁岸的行为，看到一条最离谱的答案——

"他可能喜欢你，但因为某些原因，不好直接表白，所以才搞出这种借口，不过是真是假也要看你们双方的条件啦，如果你很有自信，那他就算一开始没这个意思，也会被你拿下的。"

拿下？她？拿下祁岸？脑中蹦出这个乱糟糟的想法，宋枝蒽顿时无奈地闭上眼，把被子蒙到脸上。

不不不，不可能。绝对不可能。

然而无论宋枝蒽再怎么逃避，她也无法改变第二天发生的两件事。

第一件事，祁岸因为在校内打了何恺一拳，被校方记过并警告，不过情节较轻，只发了文件和公示。

消息一经确认，学校里就传得沸沸扬扬。然而对此，当事人却极为云淡风轻。苏黎曼还在学校食堂碰到祁岸和邹子铭，说两个人在食堂悠然自得地吃饭，跟没事人一样。

第二件事，祁岸打何恺时，被围观的人拍了下来，发到了论坛上，为了澄清之前那个帖子对于他和宋枝蒽的不实攻击。但也因此坐实了祁岸在追宋枝蒽，且还为她打了自己的好兄弟。

帖子整体看来正面积极，根本见不到之前说风凉话的那群人。

一时间，宋枝蒽简直成了全校女生羡慕的对象，大家看她的目光也从学霸校花，变成了校草未来的女朋友。

宋枝蒽却只觉得很无奈。

最微妙的是她室友的态度。她们对于何恺是谩骂批判没错，但对祁岸这个"舍身取义"的做法，却丝毫不觉得不对劲，也没有像学校里的其他人那样反应夸张。

那感觉就好像她们早就司空见惯，习以为常，甚至心知肚明。

越是这种态度，宋枝蕙越没法开口解释。且考试周也正式启动，大家显然没工夫在意别人的八卦，都开始认真复习。

不过对宋枝蕙来说，最让她烦心的是她和祁岸的关系。即便第二天清醒着，她也没想好到底要不要答应这个提议。

对她来说，平平静静的生活最重要，如果可以，她不愿与何恺、应雪再有什么瓜葛。但也确实像祁岸说的那样，她想过安生日子，不见得那两位也这么想。要是何恺跟应雪还要搞小动作，她跟祁岸合作无疑是最好的解法。只是她心中有太多迟疑，甚至还有一丝不可言状的惧怕。

思来想去，宋枝蕙也没决定好，只能保持原地踏步的状态，专注复习。祁岸倒也没催她，给足她时间让她思考。

这种情况就这么持续了两天。直到第三天傍晚，宋枝蕙和宿舍其他人一起去校外新开的面馆吃饭，机缘巧合下，她碰到了曾经的高中同学李思甜。

确切地说，是只同班过一个月的高中同学。当初宋枝蕙进A班没多久，李思甜就因为综合成绩不达标，被分到了B班，再往后，宋枝蕙对她的印象就只停留在应雪的小跟班，她在学校大榜上的排名也越来越靠后。等到毕业的时候，李思甜更是几乎消失在大家的视线中。

不承想，经年别过，两人会在北川大校外一个平平无奇的小面馆里相遇，且还是身为服务生的李思甜，先认出的宋枝蕙。

她叫宋枝蕙名字的时候，宋枝蕙几乎愣住。

四目相对，李思甜胖了不少，也十分惊讶："还真是你啊，宋枝蕙，你变漂亮好多，我都快认不出你了。"

或许是她这一刻的表达过于友好，宋枝蕙有一瞬的不适应，但又不好当面对人摆脸色，只能尴尬地扯唇："你也变了好多。"

李思甜憨厚地笑了："这不是被生活锤炼的吗！"说着，她又看了看宋枝蕙身旁的几个人，"都是你同学？"

蔡暄点头："啊，我们是她室友。"

这语气一听就是北川大的，李思甜眼里泛起歆羡："真好，真羡慕你们大学生。"

宋枝蒽微微哽住。

李思甜却热情地对她们说："都是同学，我去帮你们催快点儿，你们想喝什么自己拿啊，算我请。"

说完，她就去招呼另一边的客人。

蔡暄眼睛睁得溜圆："行啊，我的枝蒽大宝贝儿，出来吃个面也能被请客。"

苏黎曼在旁边附和："谁让我们枝蒽性格好呢？"

宋枝蒽欲言又止了好一会儿："我跟她其实不熟，不止不熟，还不大对付。"

蔡暄愣住："什么意思。"

宋枝蒽尽量简单地说："当初班上有个很看不惯我的女生，经常找我麻烦，她算是那个女生的跟班。"为了避免麻烦，宋枝蒽没告诉她们那个女生就是应雪。

顿了顿，她又说："所以我没想到，这么多年后碰到她，她对我态度会这么和善。"

但最让她意外的是，李思甜好像没上大学。

此话一出，蔡暄对李思甜的友好滤镜顿时破碎，嫌弃地说我们不吃了换一家。宋枝蒽阻拦道："没必要的，我看她现在对我没有恶意，而且面也已经做了。"

也是巧，话音刚落，李思甜就端着四碗面过来，又提醒她们酱料在哪里，随后又说了一遍饮料随便拿，不算钱。

蔡暄多看了李思甜几眼："你不说她以前欺负过你，我是真看不出来。"

宋枝蒽默默地给碗里加了点醋，没接话。

没多久，四个人吃完，打算继续回图书馆自习，不想离开之前，宋枝蒽又被李思甜叫住。

李思甜笑容里带着一点讨好："你这会儿忙吗？不忙的话，可以留下来聊一聊吗？"

听到这话，蔡暄张口护崽："什么事啊，非要单独说，就在这儿说不行？"

话里三分敌意，李思甜不傻，当然明白怎么回事，但也还是坚持道："你放心，我就是单纯跟她聊一聊，没别的意思——"

她还想继续解释，宋枝蔻打断她说："可以。"

蔡暄拗不过宋枝蔻，只能跟另外两人先回去。她们走后，宋枝蔻看向李思甜："你想和我聊什么？"

气氛莫名沉了下来，李思甜也没了刚刚灿烂的笑意，甚至目光都有些歉疚："其实我叫你来，只是单纯想和你说声对不起，是我当年太傻，被应雪当枪使，做了许多伤害你的事，现在因果报应到我自己身上，我也理解了你当年的遭遇。"

确实没想过她开口就是忏悔，宋枝蔻晃了晃神。因为印象中，李思甜除了跟着应雪对她冷嘲热讽，两个人没有太多恩怨。

宋枝蔻对她更多的是无感，谈不上多厌恶。她望着李思甜："我不懂你的意思，麻烦你说清楚点。"

李思甜听到这话算是彻底明白了，宋枝蔻直到现在都对那些事一无所知。

她望向宋枝蔻的眼神甚至多了一丝同情，话也说得吞吞吐吐的："你现在，还跟何恺在一起吗？我前阵子看到同学群里说，你跟他分手了。"

宋枝蔻心头积上一口气，语气冷凝："你到底想说什么？"

就是这一瞬，李思甜被宋枝蔻眼底的锐利深深刺了一下。她很难相信，面前这个明眸皓齿、漂亮得格外过分的女生，就是从前那个被她们小团体欺负得黯淡无光的少女。甚至，宋枝蔻早已不再有当年的怯懦和自卑，即便外表还是那样柔软，可内在的灵魂却早已变得坚韧不拔。

心头莫名涌上一股热潮，李思甜再也忍不住，深吸一口气："我就是想告诉你，宋枝蔻，不要再和何恺在一起了，他不是好人。

"当初把你的地址告诉那些讨债人，害你和你外婆无家可归的人，就是他。"

在很小的时候，宋枝蔻就觉得自己的人生充满戏剧色彩。

母亲很早就和父亲离婚，抛下她出国，父亲再婚娶了一个专横跋扈的女人，对她非常不好。没过几年，两人又生下一个骄纵无礼的弟弟。爷爷奶奶重男轻女，本就不在意宋枝蔻，于是她的存在感就更低。

等熬到高中，她可以住校，过相对自在的生活，父亲又因炒股赔钱到家破人亡，继母带着儿子人间蒸发，把债务和难缠的讨债人都丢给她。

那时，宋枝蔻就觉得，日子应该不会再坏了。可事实证明，她的人生低谷远没底线，每当她觉得运气已经好转，现实就一定会迎头给她以痛击。

就好比这个晚上。她被一个多年未见，甚至谈不上熟的人亲口告知，她曾经被最深信不疑的人欺瞒伤害过。

"我知道你可能不信我，但就算你不信，我也要说。

"当初因为祁岸各种护着你，应雪嫉妒得快要发疯，为了让她开心，何恺就只能纵容着她。她说想把你从祁岸家赶出去，何恺就帮她想了这个办法。我当时确实幼稚，不懂事，再加上不敢不听应雪的话，就照做了。再后来，你的事就在全校传开，那些人仗着祁岸不在，才敢明目张胆地针对你。我觉得这群人好可怕，她们为什么可以这么对别人？

"可能也发觉事情有些闹大，何恺就提出不让大家再继续针对你……说是你那会儿状态不对，怕你出意外。应雪又不开心了，让何恺把你追到手，回头再让何恺把你甩掉。

"再后来，你们就在一起了……你不要骂我虚伪，为什么当初不告诉你，我根本不敢，而且我看到何恺对你好像也很好，我就想着这事与我无关，我为什么要捅破呢？我只是一个普通人。

"但是没想到，我的报应很快就来了，最可怕的是，我遭遇了几乎和你相同的境遇，我爸为了做生意贷了很多款，结果赔个精光，连我上大学的钱都凑不到。我妈觉得我成绩反正也不好，就不愿给我多花钱上本科，要我去读大专。后来那些追债的人越来越狠，家里连供我读大专的钱都没了，我爸也生了很重的病，我只能辍学出来打工，一直到现在。

"我也不知道我的人生怎么突然就变成这样了，明明我高二的时候，还在 A 班，但事实就是，我这些年过得好差，差到不能再差，我觉得这就是报应……我活该……

"这几年里，我经常想到你，我突然就理解了你当初的感受，但是我知道，你远比我更难。我也想过联系你，但是你不在班级的任何群里，我怕我明着找你会引起应雪的注意，所以就放弃了。

"宋枝蒽，对不起，真的对不起，我当初不该为虎作伥，和她们一起做那么多伤害你的事，我也知道现在跟你说这些没有用，我也不求你原谅，我只是想让自己心安。

"你不要再相信何恺了，也不要和他在一起，他就是个两面三刀的浑蛋。不，曾经我们这些施暴者都是浑蛋……"

/221/

晚风微凉，徐徐地吹在宋枝蒽脸上，也吹干了她眼底湿雾一般的潮气。在李思甜哭到泣不成声，哭到路人纷纷瞥来诧异的目光时，她依旧保持着良好的体态，沉默地望着眼前痛哭流涕的女生。

李思甜卑微地弓着脊背，做出最虔诚的忏悔。宋枝蒽的身形融在夜色里，看似毫不动容，心头却似被尖刀豁开一道又深又长的口子。

这是她第一次尝到比背叛更恶寒的滋味——是欺瞒，是愚弄，是委屈，甚至是近乎窒息的愤懑。

她从没想过，曾经让她那么感激，那样真心相待的人，也是在背后对她使坏的始作俑者的帮凶。根本没有所谓坠入深渊前拉住她的一只手，那只是她自我感动营造出来的假象。

最可笑的是，她居然和何恺在一起三年。

还有比这更可笑的事吗？好像没有了。

宋枝蒽的眼眶在这一瞬潮湿酸涩得厉害。可她又觉得，即便是哭，也无法改变什么。到最后，她也不知道自己是怎么做到的，在李思甜面前真就一滴眼泪都没流，甚至再开口的声音，都是平直而稳定的。

她说："我不会原谅你的，我不会原谅你们任何人。但我感谢你有勇气站出来。"

或许人类对痛苦的记忆本身就是排斥的，宋枝蒽后来已经记不清那天她离开后具体干了什么，只知道自己手脚发冷，双腿也似灌了铅般走不动路。

夜色随着时间的流逝渐渐深如静海，有风吹过，带起路旁树枝，摩擦出沙沙声响。

宋枝蒽扶着路边的栏杆蹲下来，一面深呼吸，一面听见心里那个声音拼命告诉她——

不要哭，不许哭。你没有错。不要怀疑自己，也不要自怨自艾。

做错事的是他们，不要用这种情绪来惩罚自己。

然而大道理成千上万，有时候再多的努力克制，也抵不过一刻的真实关怀。就在她马上要忍住眼泪平复下来的时候，一通电话摧毁了所有薄弱的意志力。

是祁岸。

宋枝蕙透过模糊的视线，看到他的名字出现在手机屏幕上，如同一张铺天盖地的网，将她从溺水中兜头捞出。泪雾在这个瞬间不受控制地侵袭整个眼眶。空冷许久的胸腔，也像找到唯一可以取暖的地方，一点点从僵化中逃离。

宋枝蕙指尖轻颤，按下接听键，呼吸也不由自主地变得紧促。

下一秒，男生富有温度的嗓音在耳畔不疾不徐地荡开，低念了声她的名字。

"宋枝蕙。"祁岸的声音如同上好的黑胶唱片，"三天了。"

宋枝蕙没吭声，细微的呼吸却顺过电流被对方感知。

以为她故意逃避，祁岸嗤了声："你这考虑有没有完？"

到这会儿，积攒到顶点的情绪再也瞒不住，眼泪像是断了线的珠子噼里啪啦落下来。宋枝蕙却固执地咬住下唇，不发出任何声音，吞咽了好几次，才尽量平稳地说了一句："我在。"

祁岸以为她在图书馆，倒没多想，只是云淡风轻地问："你考虑得怎么样，行不行给个准话，我——"

后面的话还没说出来，就被宋枝蕙猝不及防地打断："想好了。"

祁岸垂下眼帘，握着手机的长指收拢，屏息凝神地等待她下一句。

就这么过了漫长的三秒，祁岸听到宋枝蕙咬字缓慢，带着细微的，经过克制的抽气声。

她说："我答应你。"

心跳在这一瞬空了一拍，似是终于意识到什么，祁岸眉头蹙起："宋枝蕙，你是不是哭了？"

就是这句话，宋枝蕙如同被打开内心某个无形的阀门，委屈的眼泪再度顺着眼尾淌下。她咬着唇没说话，喉咙却溢出明显的呜咽声。

细微又弱小的声音，像是闷痛的电击，不断地击打在祁岸心头。

祁岸眸色冷凝，声音焦灼："你在哪儿？我去接你。"

宋枝蕙到底没能拒绝祁岸，依照他的安排在学校公交车站等他过来。

只是去之前，她先洗了把脸。

宋枝蕙平时妆容很淡，一哭再一洗后更是所剩无几，露出惨淡素白的一张脸，配合微微红肿的眼皮，显得尤为可怜。偏她不想让祁岸看到自己狼狈的一面，于是特意补了一下口红。

等祁岸开车到约定地点的时候，宋枝蕙看起来跟之前没什么不一样，只是强撑的眼神骗不了人。

她刚坐上副驾驶座，祁岸就从她眼底捕捉到那抹黯淡和疲惫。喉结微动，他收回目光，嗓音很沉："安全带系好。"

宋枝蕙乖乖照做，声音含着一点儿懵懂的沙哑："你要带我去哪儿？"

祁岸神色看起来很平静，却又仿佛暗含着某种阴沉的情绪不表现出来："吃饭了吗？"

"吃过了。"宋枝蕙老实回答。

祁岸"嗯"了一声，语气不容置喙："那跟我回家。"

宋枝蕙闻言微怔。

祁岸瞥了她一眼，堵住她未开口的拒绝："不是说答应我了？"

一句话让宋枝蕙瞬间熄了火，她垂着长睫，声音讷讷的："答应你了就得都听你的吗？"

话里有几分无力反抗的埋怨，听起来却有种娇憨的感觉。

祁岸见她还有心思跟自己抬杠，嘴角勾了勾："怕什么？又不是不送你回来。"

暧昧的言辞成功激起宋枝蕙心头无形的电流。

祁岸语气有种缱绻蛊惑的感觉："不过是想让绣绣帮我哄哄。"

至于哄谁，不言而喻。

宋枝蕙被他轻飘随意的语气说得莫名心悸，转念又想到等会儿可以见到绣绣，心情不由自主地放松起来。

前方刚好是红灯。

祁岸停下来问她："所以刚刚为什么哭？"

说话间，男生的目光直直地朝她望来。

宋枝蕙被他看得撒不出谎，也没必要说谎。斟酌了一会儿，她平心静气地把今晚的来龙去脉娓娓道来，不过她不像李思甜说得那么详细，只是简明扼要地告诉祁岸，当初追债人追到平城找她麻烦的罪魁祸首是何恺。而何恺之所以对她好，甚至替她偿还债务，也是因为当初她被欺负得太惨，他心存愧疚，所以才出手保护她。

祁岸听到这里面色骤然沉下，像是压抑着什么，声线凝着冷然："什么叫你'被欺负得太惨'？当初除了追债人，还有别人找你麻烦？"

宋枝蕙微微压了压肩头："有的。是应雪那一伙人，她们一直看我不顺眼。"说话间，宋枝蒽的眼神变得坚锐起来，交拢在一起的双手也紧握到指节泛白，"不过都不重要。"她深吸了一口气，"只要能报复何恺。"

报复他曾经对她做过的、欺瞒的一切，报复她浪费在他身上的这最好的三年。她说这话时，祁岸的目光锁着她，仿佛一汪深不见底的潭。

宋枝蒽有些不自在地看着他："……怎么？"

祁岸微微抬眉："所以你就是为了这个目的，才答应我。"

宋枝蒽没有躲闪他的目光："如果我说是……你会不会不高兴？"

毕竟之前的说法只是让何恺死心，谈不上报复。如果是报复，祁岸势必会跟着她牺牲更多。然而祁岸不一定愿意牺牲那个精力和时间，甚至与何恺撕破最后的脸面。

宋枝蒽也发觉自己无形中好像在占他的"便宜"，便及时补充："你不愿意就算了，我不会强迫你——"

不想话音堪堪落下，祁岸就掷地有声地打断："谁说不愿意的？"

宋枝蒽怔怔。祁岸斜睨着她，眸光轻狂渐起，桀骜不驯地扯起唇："我什么时候反悔过？"

有他这话，宋枝蒽浑身都轻盈起来，忐忑和担心也归于平静，之前的糟糕情绪亦随之渐渐消弭。就好像祁岸身上蕴藏着一个巨大的能量场，只要一靠近，再弱小的她也会跟着强大起来。

只是祁岸的"配合"并没有她想象中那么简单。

红灯转绿，车刚刚启动，他就不咸不淡地接了句："但我有条件。"

宋枝蒽默默无语，又不得不"讨好"地应他："什么条件？"

祁岸目视前方开着车："我们两个的合作，得听我指挥。"

言外之意就是，宋枝蒽要听他的。

宋枝蒽当然不会立马同意："理由呢？"

祁岸不轻不重地瞥她一眼："那你指挥？"

宋枝蒽不理解："又不是打游戏，为什么要指挥？"

祁岸一挑眉："行，我们两个就谁也不听谁的，胡作非为，想怎么来怎么来。"

宋枝蒽噎了噎："我不是这个意思……"

祁岸意味深长地看了她一眼："那是什么意思？还是你觉得，你驾驭得了我？"

他的声音沾染蛊惑，轻佻的眼神更似在暗示和谑弄着什么。

宋枝蕙一秒就熄了火，不管她承不承认，事实都是——

她永远，都不可能，在祁岸这儿占到上风。

想明白这点，宋枝蕙闭了闭眼，像是懒得挣扎般松下肩头："我可以听你的，但总要有规矩和底线。"她看向祁岸，"总不能你说什么是什么。"

"规矩和底线就是我不会做伤害你的事。"祁岸话说得倨傲坦荡，"且在提任何要求前，我都会征询你的意见，如果你接受不了，大可拒绝。也就是说，总体方向你要听我的，不许乱行动，不许自己一个人瞎折腾。"

后面两句话，他刻意加重了咬字，甚至还用眼神对她"画了下重点"。

宋枝蕙莫名有种"被大佬带飞前教育"的错觉。不过仔细品品，她也能理解，无论是几年前还是现在，她在祁岸面前的形象都是弱小可欺，祁岸担心她也是正常。而且就算她不乐意也没办法，因为她想报复何恺，目前最好的办法就是找祁岸合作。剩下的事，他们大可以再探讨。

想明白后，宋枝蕙点点头："那就这样。"

祁岸握着方向盘的手不自觉地收紧，勾勒出凌厉的骨骼线条："放心。"胸腔中闷出不屑的低哳，他的疏淡腔调里渗出一股阴鸷的狠劲儿，"我比你还想让他栽。"

第九章
他的小蝴蝶

祁岸家本就离学校不远，又没堵车，不多时两人就回到了别墅。

大概是确立了"合作伙伴"的关系，宋枝蒽这次来这里自在多了，一进门就朝绣绣兴致勃勃地喊了一声。

绣绣见到两人立马摇着尾巴高高兴兴地过来，围在两人身边转。

祁岸把她上次穿过的拖鞋再度帮她拿出来："先凑合穿，过两天再给你买双合脚的。"

宋枝蒽的脚踩在大大的男款拖鞋上，语气稍顿："不用的，我也来不了几次。"

"来不了几次？"祁岸抱臂倚在玄关居高临下地瞥着她，"你见过女朋友来男朋友家，连一双专属拖鞋都没有？"

"女朋友"这三个字，像是细尖的针，一下扎到她某根后知后觉的神经上。

宋枝蒽眉心一跳，耳根升了温。没错，她现在的身份是祁岸的"女朋友"，来他家里是人之常情。

见她找不到话反驳的样子，祁岸嘴角勾起一抹笑，心情不错地微抬下巴："你陪绣绣，我去给它做饭。"

就这样，两人明确分工。祁岸去了厨房，宋枝蒽带着绣绣在客厅交流感情。

到这会儿，宋枝蒽才承认祁岸带她回来是个正确的选择，因为哪怕什么都不做，就只是和绣绣待在一起，她的身心就很愉悦。

大概是因为她在，祁岸给绣绣做的晚餐格外丰盛，弄好后依旧交给她来喂。

不过这次她没有傻乎乎地蹲在地上，她因为腿脚不方便，就坐在沙发上陪绣绣吃。

祁岸拿了一杯咖啡和一瓶果汁在她身旁坐下。夏夜里，男生独有的体温与荷尔蒙像是强势的侵略者，瞬间侵袭宋枝蕙四周的空气。

印象中，这还是两人重逢后第一次坐得这么近，而且身边还没有明显的遮挡物品。宋枝蕙耳根微微发热，接过果汁的瞬间，稍稍往右挪了一点。

祁岸神色自如地跷着长腿，打开电视，随意找了个综艺节目播放。

偌大的客厅总算有了点儿人气，宋枝蕙呼吸也跟着自如起来。

直到绣绣把晚饭吃完。大概是觉得无聊，绣绣不理他们俩，跑去别的角落玩球。

绣绣一走，宋枝蕙就开始不自在，想了想也只能开口："你今晚叫我过来，该不会只是为了给绣绣喂饭吧？"

祁岸单手撑头，撩起眼皮似笑非笑地看了她一眼："你还挺急。"

这话怎么这么奇怪？

宋枝蕙眸光闪烁，还没反应过来怎么回事，祁岸就探手捞起桌上的手机："说吧，你想怎么报复何恺？"

没想到这就切入话题，宋枝蕙想了想，认真地说："当然是让他不好受，但具体怎么做，还没想好。"

"想让他不好受还不简单？"祁岸悠然地笑了声，直勾勾地盯着她，"手给我。"

宋枝蕙有些没明白他要做什么，但还是听话地把细白的手伸了过去。

下一秒，祁岸直接握住她的手。

肌肤相碰的瞬间，独属他的温热细腻和薄茧的触感顺着神经元瞬间传递到大脑，就是这一刹那，宋枝蕙感受到心脏很强烈地颤动了一下。

"你……"

气氛在无形中渐渐升温。

祁岸垂着漆黑如墨的眸，耐心地将两人双手交握的姿势调整成十指相扣的模样。

宋枝蕙浑身血液仿佛逆流，所有的感觉就只剩下被他大手紧紧牵着的触感。

直到祁岸掀起眼帘,对她再度下达命令:"坐过来点,找个角度拍张照。"

宋枝蕙这才明白他想做什么,鬼使神差地朝他身边坐过去,像个不会动的提线木偶,任由祁岸牵着她,用手机各个角度地拍照。

一直拍到她耳朵绯红,说话也磕巴:"你都拍好半天了……还没拍好吗?"

"秀恩爱当然要找个最好的角度。"祁岸漫不经心地斜她一眼,"你不懂?"

被他的话挑衅,宋枝蕙微微不爽,低声道:"我哪有你经验丰富。"

祁岸呵笑了声:"我经验丰不丰富,你又知道了?"

这番带着挑衅色彩的话,一下就让宋枝蕙卡了壳。

奈何她现在有求于他,又在他的地盘,她只能闭上嘴,低眉顺眼地任由祁岸明目张胆地牵着。

于是,两人就这么公事公办地十指相扣好一会儿,祁岸终于拍出一张还算满意的照片。

刚发过来,宋枝蕙就点开来看——画面中,一大一小的两只手紧紧相扣,大的那只修长舒展,手腕上戴着标志性的运动手表和乌银手环。

小的那只白白软软,手腕凸起处有一颗暗红色的小痣。

就连两人双手交握的虚化背景,也是宋枝蕙的白色碎花裙摆。

那感觉,俨然一对热恋情侣。

宋枝蕙心跳莫名加速,从没想过她有天会和祁岸拍这样的照片。

见她微微出神,祁岸轻笑了声:"怎么,第一次拍?"

宋枝蕙抿唇:"嗯。"

祁岸看起来不是很相信。

宋枝蕙解释道:"何恺以前很少发关于我的东西,只有刚在一起的时候,发过一张我的照片。"

这话像是提醒了祁岸什么,他轻挑了下眉。随后,他垂着眼拨弄手机,好一会儿才开腔:"我也是第一次。"

宋枝蕙正拿着果汁小口小口地喝,听到这话,蓦地一顿,几秒后才反应过来,他接的是之前那句。所以,他也是第一次和别人"秀恩爱"?

宋枝蕙微微讶然,心境有一瞬的微妙。

等收回思绪时,祁岸已经编辑好朋友圈。他将手机随手丢给宋枝蕙,往后自在地一靠:"看看还有没有什么需要修改的。"

宋枝蕙拿起他沉甸甸的手机,像是对待功课那般认真低眸看向屏幕。

只见编辑窗口里,只写了简单的一个字——她。

图片却放了两张。

一张是两个人刚刚拍的牵手照,被祁岸调整过角度剪裁过,又调整了曝光和质感,看起来格外清晰好看。另一张则是宋枝蕙上次来他这里时,被他拍下的和狗狗一起玩的照片。

照片里的宋枝蕙红裙黑发,瘦白清秀,笑容分外美好。

和祁岸那天发给她的照片角度不同,完全不似随手抓拍,更像是精心找准角度,专门拍下她格外开心明朗的笑。

宋枝蕙不可思议地望向祁岸。

祁岸倒是毫不心虚,好整以暇地道:"突然翻到,觉得这张还不错。"

宋枝蕙重新看向照片,觉得没什么好改的。

这条朋友圈,别说别人看到会兴奋,就连她自己,在刚看到的时候,都不由自主地心悸了一下,要不是她知道这是假的……她轻咬了下唇,把手机交还给祁岸,玉色双颊染着抹不自知的淡粉:"可以了,你发吧。"

祁岸眸光在她脸上轻轻扫过,不动声色地浅勾起嘴角,垂眸点击发送。

宋枝蕙本想用自己的手机给他点个赞,不料蔡暄的电话突然打来。她这才后知后觉地反应过来,现在已经将近晚上九点。

蔡暄在电话里担心地问:"你怎么和那女的聊这么久?你再不回来我都要报警了。"

宋枝蕙微微尴尬,还没想好怎么说,身旁的祁岸就霸道地将她的手机抢去,迤然对蔡暄道:"她在我这儿,不用担心。"

蔡暄意想不到:"岸哥?"随后立马反应过来什么,"哦哦哦,她在你那儿我就放心了哈,你们继续,我挂了。"

宋枝蕙不甚满意地看着祁岸:"你怎么还随便替别人接电话?"

祁岸轻扬眉梢:"这叫行使男朋友的权利,你要想,我的电话也可以让你接。"

"不,我没那个兴趣。"宋枝蕙抿唇把手机从祁岸手里拿回来。

祁岸倒也没捉弄她,兴味盎然地靠坐在沙发上,有滋有味地看着她挎上包,又理了理裙摆。

"很晚了，"宋枝蕙对他说，"我得走了。"

"嗯，"祁岸懒懒应声，"我送你。"

如果是以前，宋枝蕙一定会说这么近不用麻烦。但现在情况不同，既然祁岸已经开始行使他"男朋友"的权利，那她也应该使用她"女朋友"的权利才不算吃亏。且她的腿还没复原，所以被他送回去也是应该的。

只是不承想，车开到校门口，宋枝蕙刚要下去，就被祁岸叫住："等会儿，有东西给你。"

宋枝蕙推门的动作停下。

祁岸下车绕到后备厢，随后手上就多出一大捧粉橘色的法式郁金香花束，白色的包装纸配合白色的蕾丝飘带，看起来格外仙气漂亮。

反应过来什么，宋枝蕙眉心突地一跳。果不其然，祁岸把花递给她："拿着。"

宋枝蕙心跳奇快，甚至屏息凝神好几秒，才慢吞吞地接过，像是极其不确定这束花是给自己的，还是祁岸只是单纯让她拿着。

直到祁岸懒散地说："过来接你的路上，刚好路过花店，就顺手买了束。"

浑不凛的嗓音混着微哑的性感，他要笑不笑的："知道你喜欢小雏菊，但老板娘说最近流行这个，说送姑娘，姑娘一定喜欢。"

宋枝蕙默默听着，眼眶也随之发烫。视线在花束上流连好一会儿，她才抬起澄澈的眸，动容地望向祁岸："这是我第一次收到这么漂亮的花，谢谢。"

似乎还挺满意她这个反应，祁岸勾起嘴角，搭在方向盘上的指尖敲了敲，看似不经意却又特别注意着她的微表情："那你喜欢吗？"

宋枝蕙低头又多看了几眼，呆呆地点头："喜欢。"顿了顿，她又说，"要很多钱吧。"

祁岸撩起眼波看她，宋枝蕙只觉周身温度都攀升起来。

就在她想找借口下车的时候，祁岸敛去漫不经心，一双深邃长眸，笔直而郑重地望着她："从今天起，宋枝蕙就是祁岸的女朋友。"

说话间，他抬手，用指节轻而克制地刮了下她果冻般软嫩的脸颊，咬字意气又倨傲："以后有我在，什么都不用怕。"

宣誓般的话像是被刻在记忆里，直到回到宿舍，宋枝蕙脑中都还在回想刚刚那一幕。

耳畔也早已热得像是发了烧,甚至她都忘记自己腿伤还没完全好,步子也走得毫不小心。

然而,她却不知道,更让她措手不及的事还在后头。

就在她推门走进宿舍的一瞬间,原本在各自位置上忙着的三个人同时尖叫起来,跟啦啦队似的一起喊着她的名字,后面还跟着两个字:厉害!

宋枝蕙被吓得立刻醒了神,赶忙把宿舍门关上:"你们疯了,大晚上的喊什么呢!"

见她吓得花容失色,三人顿时笑作一团。

这么一闹,宋枝蕙才知道距离那条朋友圈发出不过十几分钟的时间,几乎她身边所有人,都知道她和祁岸在一起了。

蔡暄说:"他好歹是北川大最受瞩目的校草哎,你以为他比那些明星的影响力低吗?一旦谈恋爱了,消息肯定火速传开啊。"

蔡暄还揶揄她:"不过你更厉害,嘿嘿,这么短时间就把人拿下,简直是宿舍之光!"

苏黎曼也跟着起哄,让宋枝蕙说说两个人是怎么表白的。

宋枝蕙被她们问得有些讪然,只能含糊其词地撒谎说就是蔡暄生日当天,祁岸跟她表白的。

此话一出,几人又开始亢奋。

如果是以前,宋枝蕙一定会受不了,但现在她跟祁岸的事已成定局,没什么好回避的,干脆由着她们去。耳根子却免不了发烧,心率也忽快忽慢,像是找不到落定点,她只能靠整理杂物来转移自己的心绪。

说起来,她很久都没体会过这种滋味了。

上次有这心情,还是几年前那个难忘的除夕夜,祁岸在视频里说要和她考同一所大学。那会儿的她远比现在六神无主,心潮一浪高过一浪,最后只能靠刷题来缓解心情。

而现在……两人只是互相利用。

宋枝蕙默默告诫自己不要胡思乱想,将杂物收拾好后,又将那一大束郁金香放在书桌最醒目的拐角,找角度拍了几张还不错的照片。

她没有骗祁岸,这确实是她第一次收到这么漂亮,又这么讨她欢心的花。

以前何恺虽然也总会在吵架后送她花,但都是那种很敷衍的套餐花,又贵又难看，时常夹杂着几枝玫瑰，宋枝蒽每次收到都要连续打好久的喷嚏。

她怕对方不开心，就一直没说，后来实在忍不了才告诉何恺，何恺却左耳进右耳出，就连前两天去学校找她求和，也捧着火红的玫瑰，讽刺至极。

和他相比，祁岸的细致就好像为她量身定制一样，即便突然牵她的手，也不会让她觉得不舒服。

宋枝蒽说不清心里的具体感受，只觉得自己好像欠祁岸太多，唯一能偿还的办法，就是在和他确立"合作关系"后，尽心尽力地帮他，对他好。

想到这些，宋枝蒽在熄灯后不由自主地拿起手机。

之前她问过祁岸，自己需不需要发公开恋情的朋友圈。祁岸的意思是，既然何恺都不在她微信里，她发不发都行。

宋枝蒽当时有一点怕被人"骚扰"的私心，就暂时没发，但现在她觉得，她不应该把这件事的重心，都压在祁岸身上，她应该和祁岸站在一起。最起码这件事，她要给足他面子，给足他回应。

打定主意，宋枝蒽深吸一口气，按部就班地编辑出那条早在心中酝酿已久的朋友圈，配图也是两张，一张和祁岸同款的牵手照片，另一张则是她拍的郁金香花束的照片。

至于文案，则是对祁岸的隔空回应——"有你在，我什么都不怕。"第一次编辑这么肉麻的话，宋枝蒽眼底荡出一抹难以自抑的羞赧，但也还是咬着牙，一鼓作气地点了发送。

随后逃避现实般，她把手机设为免打扰，被子一蒙，龟缩般地进入梦乡。

事实证明，她判断得没错，这条朋友圈刚发出去没多久就掀起不小的浪潮。宿舍虽然熄了灯，但大学生普遍都是夜猫子，更有一些关系亲近的同学，第一时间给她发来惊讶和恭喜的信息。不多时，这条朋友圈的截图，也开始在学校相关的各个群流窜。

谢宗奇因为最近在和一个北川大的小学妹打得火热，第一时间就看到了这条朋友圈，也不管大晚上的祁岸睡没睡，直接打电话过去。

"你说你俩这大晚上的，让不让人睡觉了？你一波我一波的，这狗粮是要活活把我撑死啊。"

祁岸确实是没睡的。

凌晨一点，喧嚣躁动的酒吧，他在陪俱乐部的一群人彻夜狂欢。

这群玩极限运动的人平时也爱玩，但今晚玩得格外欢，毕竟最近几项极限运动比赛，俱乐部都赢了不菲的奖金，大家有理由高兴。

至于另一方面，自然是因为他们老板脱单了。

祁岸看外在，总给人身边不缺女人的感觉，但其实熟悉他的人都知道，这少爷有钱有颜，可就是宁愿浪费这一身优质资源，也不愿随便找姑娘凑合。这也是为什么大家得知他谈对象会这么振奋，当即嚷嚷着晚上组局，让祁岸过去。

往常这种场合，祁岸基本懒得理，他不喜欢噪声，有这个工夫还不如去澜园喝茶下棋。

只是今晚情况不同。本来他已经洗好澡准备睡觉，谁知突然就刷到宋枝蕙发的那条朋友圈。

女孩子连照片都要另外再加一层滤镜，显得粉嫩又梦幻，最主要的是她的文案——

"有你在，我什么都不怕。"

看到这话，祁岸身形一顿，低敛冷峻的眉眼也在这一瞬浮现出如冰湖融化的浅淡波纹。

她在隔空回应他之前的话。

而对他来说，她愿意回应，远比回应本身更让他心神动荡。他蓦地想起，晚上临别时，宋枝蕙那双清凌凌的眼，以及她近在咫尺的，清甜温热的鼻息。

唇畔扬起一抹清笑，祁岸垂下眼，给这条朋友圈点了个赞。

这段关系暂且是假的，但没关系，他们早晚会变成真的。不管怎样，这晚的觉肯定是睡不好了。反正也无聊，祁岸就答应钱向东，去酒吧替大家买单。

谢宗奇打来电话时，祁岸刚喝完一杯冰啤，单手搭着沙发靠背，长腿交叠靠坐在卡座中央，放浪又肆意。

其他人这会儿正围着桌子闹腾得厉害，祁岸勾唇懒声道："你要不要过来？"

谢宗奇乐了："刚处上对象就出来寻欢作乐，你也不怕枝蕙妹子生气啊？"

祁岸第一次被调笑，浅皱着眉笑骂了声："少没事找事。"虽然骂着，但腔调明显愉悦畅快。

听出来他心情不错，谢宗奇嘿嘿一笑，恭喜之后又念叨了下何恺的情况。

"自打那次你打完他，他就消失了，也不知道干吗去了，反正谁都不联系，估计是觉得丢脸，这会儿也不知道他看没看到消息。

"我觉得就算他看到也会自个儿一个人闷着，那么好面子的人。不过话说回来，他是真活该，从前不好好珍惜，等真被甩了又着急了，早干吗去了？"

祁岸摸出根烟咬在嘴里点燃，吐出一口白雾，低声嗤笑："这才哪儿到哪儿，他以后难受的时间长着呢。"

谢宗奇嘴角一抖，不太敢吭声。他也是这两天才领略到祁岸疯起来有多狠，当着那么多人的面说自己追宋枝蕙就算了，回头还自己告了自己一状，搞得被全校通报，沸沸扬扬。

谢宗奇一开始以为是何恺干的，忍不住说了何恺两句，说大家都认识这么多年了，还是一个圈子的，男人之间有事私下解决，何必跟个小学生似的告老师。

何恺冤枉得要死，鼻子上还蒙了个纱布，滑稽又憋屈："你有病吧，谢宗奇，谁告状了，我鼻子被打成这样止血都来不及，还有时间告状？我不嫌丢人吗！"

谢宗奇觉得挺有道理，但也很纳闷，这才去问了祁岸，结果一问才知道，这事是祁岸自己干的。

原因嘛，不言而喻，宋枝蕙现在肯定对他又内疚又怜爱。

通过这事，谢宗奇是看出来了，祁岸跟何恺杠上是板上钉钉，且何恺这个大傻子，多半是玩不过祁岸的。

女朋友的前男友从来就是眼中钉，肉中刺。祁岸这性子，也断然不可能让何恺好过。

只是谢宗奇这个共同朋友，也没什么立场劝，只能两方都慰问慰问，顺便再给何恺求个平安。

话已至此，谢宗奇也没什么好拉着祁岸聊的，随便说了两句就挂断电话。

祁岸一根烟抽得差不多，捻灭在烟灰缸里，叫了句："钱向东。"

钱向东正跟兄弟们乐呵着,听他叫自己,立马正襟危坐:"我在。"

祁岸倒了杯酒:"明天有空的话,叫上几个兄弟帮我办点儿事。"

钱向东一听,眼睛都瞪圆了:"咋,你要打架?"

祁岸不咸不淡地说:"北川大校外新开了家面馆,他家有个服务员叫李思甜,你们几个明天替我找她聊聊,就说——"

钱向东洗耳恭听。

祁岸轻晃酒杯,眸光深沉又危险:"就说我女朋友以前被她欺负过,现在想找她打听点事。"

翌日清早,风轻云淡,天朗气清。

宋枝葸遵循着生物钟很早就起了床。

大概是早就做好心理准备,在她点开微信,看到数量上百的红色小圆点时,宋枝葸并没多惊讶。

其中要数童乐乐最夸张,连发了好多串感叹号,又疯狂恭喜撒花。

除她之外,还有学校的一些相熟的学姐和班上还不错的同学,发来恋情贺电。

宋枝葸莫名觉得尴尬。

恋情是真的也就算了,偏偏是假的,即便她回复,也难免有些心虚。

思来想去,她干脆统一回复复制粘贴的台词——是的,我和祁岸在一起了。

朋友圈也是一样的客套话——感谢大家的祝福,心意收到了。

做完这两件事,宋枝葸微微舒了一口气,没想到祁岸就在这时给她发来一个问号。

宋枝葸这才发现祁岸也在那些"红点"之列,以至于她复制粘贴的台词,也给他发了一份。

于是,两人的对话就变得超级尴尬。

祁岸:晚安,小蝴蝶。

宋枝葸:是的,我和祁岸在一起了。

怎么看都感觉好敷衍。

宋枝葸赶忙解释:不好意思,回复错人了。

祁岸也确实不是很满意:你这一早上还挺忙。

两秒后,他又讽刺道:没工夫回男朋友微信,却有时间回别人。

隔着屏幕都能感受到他的酸气，再配合"男朋友"三个字，宋枝蕙耳畔一下就热了。

她老实巴交地敲着字：抱歉，昨晚微信太多，我回不过来，就把你看岔了。

祁岸：哦，怪我不够明显。

宋枝蕙无语之际，祁岸发来截图，是他的微信列表，一眼就能看到她的微信在置顶，备注依旧是"小蝴蝶"。

心口微悸，宋枝蕙突然有点儿惭愧，祁岸虽然什么都没说，但又好像什么都说了。

想了想，她也只能乖乖照做，把祁岸的微信设成置顶，再截图给他看。

祁岸却依旧不怎么满意：做戏也要做全套。

祁岸：你见过有人不给自己男朋友备注？

宋枝蕙无语：你也没有昵称啊……

信息发送过去，好半天都没有回应。宋枝蕙等了一会儿等不到回复，就去排队洗漱。

等收拾好出来，手机这才振了下。

往常宋枝蕙是对回微信最不敏感的那类人，以前何恺没少因她回复得慢而生气。

可不知为何，对象换成祁岸，她就难免有些挂心，几乎是第一秒就拿起手机来看。

祁岸：是没有，所以你要给我想一个。

转眼间，他就发来一串令人猝不及防的消息——

祁岸：如果实在想不到，就在"哥哥"和"老公"中选一个。

看到他理所当然地发来"老公"二字，宋枝蕙玉白如瓷的脸唰地红了。从小到大，在她的意识里，男朋友和老公的概念一直分得很清。男朋友是男朋友，老公是老公，二者绝对不可混为一谈，哪怕关系再亲密也不行。哪怕当下很多年轻姑娘早就已经习惯叫自己男朋友老公，她也还是无法接受。而且只要试想一下这么叫祁岸，心中的羞耻感就无法遏制地上涌。

宋枝蕙硬着头皮做出选择：那就"哥哥"。

祁岸应得十分痛快：行。

祁岸：改来我看看。

宋枝蕙：你好过分。

可发完后，她才发现，这话说得怎么跟八点档电视剧似的肉麻？吓得她立马点了撤回，改成"你很过分"。

可惜这条信息已经被祁岸看到。

祁岸揶揄：我好过分？哪里过分？

宋枝蕙简直招架不住：你够了！

顿了顿，她补充：我现在没时间，马上就要出门去食堂，等回头我再截图给你看。

宋枝蕙确实没有敷衍祁岸，就在两人发信息的时候，蔡暄已经不耐烦地催了她好一会儿了。

等到蔡暄说第三遍"我快饿死了"时，宋枝蕙果断把手机熄灭，挽着她的手一起出去。

路上，蔡暄调侃她："现在你总算体会到恋爱的美妙了吧！"

宋枝蕙脸色红一阵白一阵，瓮声说："我又不是第一次恋爱。"

"那可不一样，"蔡暄反驳，"和普通人谈恋爱，跟和吴彦祖谈恋爱感觉能一样吗？你自己感觉不到，我们外人可是看得非常清楚。"

宋枝蕙心虚几分，又不大服气地喃喃："……看清楚什么？"

"还能是什么啊。"蔡暄无情拆穿，"你没发觉你今天早上一直在无意识地翘嘴角？我可从来没见你跟何恺发信息的时候有过这种表现。"

宋枝蕙一愣，她有吗？

蔡暄被她呆呆的模样逗得扑哧一笑："行了，不逗你了，我们快点进去吃饭。"

两人用最快速度进了食堂。

最近是别的系的考试周，食堂格外火爆，宋枝蕙找了半天才找到相对人少的窗口。就在她犹豫买什么时，手机响了。

发现是祁岸的电话，宋枝蕙心头无端一跳。

刚好前面排着三个人，她不急着付钱，便抿起唇接听。

祁岸的声音微微沙哑，混着发闷的鼻音，格外慵懒磁性："在哪儿？"

宋枝蕙摸了下耳垂，轻声说："在食堂，我不是跟你说了？"

语气有点微妙的不满，但咬字轻软，听起来反倒像女朋友在娇嗔。

祁岸薄唇微勾，眉宇间荡起愉色，就这么单手插兜，斜倚在她后方的立柱上，浓长深邃的眼不近不远地望着她，语气痞浑："哦，那有没有给男朋友带一份？"

"男朋友"三个字仿佛一个按钮，只要他一开口提及，宋枝葸就会下意识地乱了方寸，偏偏又反抗不得，只能局促地答："我怎么给你带，你又不在学校。"

注视着她乌发短裙的清瘦背影，祁岸挑眉："你怎么知道我不在？"

宋枝葸眨了眨眼，似乎是意识到什么，蓦地转过头去，然后就在后方人群中捕捉到祁岸的身影。

他太耀眼了，即便只是穿着简单宽松的白衬衫，随意往那儿一站，也能肆意夺去他人的目光。

祁岸这刻却唯独望着宋枝葸，眼底融起薄笑，低哼了声："现在能带了吗？"

宋枝葸心跳紊乱，刚好队伍排到她，她收回目光，问祁岸想吃什么。

祁岸不挑剔："跟你一样就行。"

宋枝葸说："好。"挂断电话前，她嘱咐，"那你先去找个位子等我和蔡暄。"

交代好没多久，两份早餐就买好了。

她端着餐盘刚要寻找祁岸的身影，不料一扭身就撞到一个柔韧的胸膛。

餐盘里的两份蛋花汤被力道带得瞬间摇摇晃晃，宋枝葸低呼一声，下一秒，一只修长的手臂就从她右肩兜过，贴合她的手背牢牢稳住餐盘。

宋枝葸闻着熟悉的檀木香，心神一颤，抬眼就看到不知何时来到她身后的祁岸。

祁岸握住餐盘的另一边，望着她："松开。"

两人此刻的姿势像极了背后拥抱，意识到这一点，宋枝葸双手触电般地一松。

祁岸把餐盘从她头顶稳稳挪走。

注意到两人的亲密姿态，附近的人也纷纷投来目光，其中不乏意外打量和看热闹的。

宋枝葸被看得不自在，偏偏祁岸就在这刻毫不犹豫地牵住她的手。

带着薄茧的温热掌心，和那晚两人为了拍"恩爱照"时的触感一样，却又有着说不清道不明的不同。

呼吸在无形中紧促起来，她声音低低的："你怎么过来了？"

祁岸的视线勾缠几分暧昧，恣意地落在她的脸上："这不是怕你端不动？走吧，蔡暄在等我们。"

宋枝葱到底没挣脱，就这么在众目睽睽下，被祁岸牢牢牵着，面色羞赧地穿过层层人流，来到蔡暄找好的座位上会合。

因为尴尬，宋枝葱全程沉默地吃着早餐，顺便听蔡暄跟祁岸聊陈志昂的事。

看起来那么恋爱脑的蔡暄，一旦决定分手，丝毫没有挽回的余地。

"我知道他不算负了我，但我心里还是过不去这个坎儿。虽然我也不是第一次谈恋爱，但我真的接受不了三个人牵扯不清的感情，我也更懒得为了一个男人跟别的女生去争。

"再说了，他可以在分手之后还跟前女友纠缠不清，那是不是代表他对别的事情也没有那么有原则？他对我这么死心塌地，有一部分原因就是处在热恋期，要是过了热恋期，他还能保证吗？

"两人的关系一旦出现裂痕，就很难再恢复到当初了。我这人没什么耐性，也不想自找麻烦，还不如大家早点散了，省得以后闹得难看。"

蔡暄大大咧咧地边吃边说，没一会儿早餐就吃得差不多了。

祁岸倒是没什么胃口，随便吃了点儿，单手搭在椅背上，边听蔡暄碎叨，边偶尔瞥一眼宋枝葱。

宋枝葱吃饭一如既往地慢，只是这会儿对面坐着祁岸，免不了更拘束些，再加上两只耳垂粉粉的，看起来就像柔软可欺的小兔子当着大灰狼的面吃草，吃得还挺小心翼翼。

想到这个形容，祁岸会心一笑。等蔡暄说完，他才慢慢收回神，似笑非笑地搭腔。

"那你也不用绝情到把生日请客的钱都还给他，怪让人没面子的。"

蔡暄扬眉反驳："怎么叫让他没面子呢？我这不是为了他好？他又不是什么大富大贵的家庭，为了哄我又买礼物又送花，少说花了一两千吧，我又没跟他和好，怎么可能白白占他便宜。"

祁岸没想到这姑娘这么仗义，微微抬眉。

蔡暄以为他不服，用手肘撞了撞宋枝葱："而且也不是我一个人这样，枝葱可比我狠多了，昨晚上一回来，就开始收拾东西，把何恺当时送她的，但凡值点钱的东西都收拾出来，打算今天给他打包寄回去。"

宋枝葱被她说得一呛，咳了两声。

祁岸煞有介事地看向她:"是吗?都打包了什么?"

不知道是不是错觉,宋枝蕙莫名从他的语气中听出一丝醋意。

不是她一个人这么觉得,蔡暄也感觉到尴尬,找借口开溜:"那啥,我吃完了,我先去自习室占座位,不打扰你们小情侣腻歪。"

说完,她嘿嘿一笑,拎起包和书本转身就走,留下宋枝蕙一个人面对祁岸。

宋枝蕙:叛徒。

"电灯泡"一走,祁岸好整以暇地盯着她。

宋枝蕙只好回答:"其实也没有多少,都是一些小玩意,还有早年买的情侣款小首饰,再就是他之前放在我这里的衣服,还有别的东西。"

话说到后面,她音调慢慢低下去,因为祁岸的脸色好像越来越不爽。

果不其然,他低嗤了声:"想不到你俩这恋爱谈得还挺认真。"

这事也没探讨下去的必要,宋枝蕙把汤匙放下,转移话题:"那个……我吃饱了。"她抬眼,小心翼翼地看了眼祁岸,"你呢?"

祁岸面无表情:"我气饱了。"

宋枝蕙不大理解地看着他。

祁岸直接起身,意味深长地瞥她一眼,随后径自朝食堂外悠然走去,像是真的动了气。

可生气的点在哪儿?

宋枝蕙顿时觉得很离谱,她又没跟祁岸说当初两人的恋爱细节,他至于吗?再说了,他们俩又不是真情侣,他有什么立场生气?

不过想是这么想,宋枝蕙发现他真的走了后,反倒有些慌。她也不管三七二十一,把餐盘送回去后快步离开食堂,正想着给他打个电话,不料转身就看到这家伙插着口袋倚在门口。

看到她脸色焦灼,那张俊脸噙起顽劣恣意的痞笑,像是阴谋得逞:"担心了?"

吊着的一颗心缓缓放下,宋枝蕙懊恼地看着他:"好玩吗?"

祁岸仗着身高优势,半垂着眼帘睨她:"好玩。"

不想理他,宋枝蕙转身就走。

哪知,祁岸直接伸手一捞,就把人给捞到怀中:"话还没说完,你上哪儿去?"

瞬间,两人距离极近。

祁岸手扣着她柔软纤细的腰肢，毫不客气地俯身凑来，有种马上就要亲下来的既视感。

宋枝蕙被这个想法扰得心乱如麻，偏偏门口人来人往，她不好挣脱，只能顺从他的钳制，在他耳畔红着脸讷讷地说："当然是去上自习。"

在外人看来，两人俨然是一对处在热恋期腻歪的小情侣，简直把秀恩爱发挥到极致。

祁岸得寸进尺地挑眉："不打算管你的新男友？"

男生浓黑的双眸仿若含情，此刻一瞬不瞬地看着她，几乎将人溺在其中。

宋枝蕙抑着极快的心跳，双颊发烫地吞吐："……你要我怎么管？难不成要我带你上自习去？"

祁岸扯唇："也不是不行。"

宋枝蕙眼睛睁圆。

祁岸却又改口道："但本男友呢，现在很困，打算回去补个觉，所以暂时就两个事。"

见她认栽，祁岸放她一马，松开她，冲她摊开掌心："手机给我。"

虽然有点儿不情愿，宋枝蕙还是乖乖照做。

本以为祁岸会问一下她的手机密码，不料这家伙接过来，直接输入她的生日，一秒解锁。

最可恨的是，解锁完，他还颇为得意地瞥她一眼，仿佛在冲她炫耀什么。

宋枝蕙秀眉一蹙，伸手就要抢手机，哪知祁岸对她的逗弄之心从来旺盛如水火，直接一抬胳膊，手机就和宋枝蕙拉开完全不可触碰的距离。

宋枝蕙早就忘了小腿上的伤口还没痊愈，直接踮起脚尖，却被伤口牵扯得一疼，当即低呼了声，整个人重心不稳地直直朝前倾去。祁岸见状搂住她的腰。只是重心稳住得有些晚，宋枝蕙被痛感支配，不得不拽住祁岸的腰身，直直扑在他怀中，嘴唇也在落定的那一秒，万分不得已地磕碰在他性感的喉结上。

场面瞬间僵滞，浑身血液窘迫到仿佛逆流，她的第一反应就是抵着祁岸的胸膛，往后退开一点，面红耳赤地望着他。然而对方似乎并没有想让她逃脱的意思，甚至在这刻，扶在她腰间的手，名正言顺地变成双臂环抱，牢固得发紧。

祁岸垂眸似笑非笑地睨着她，眼底是化不开的戏谑招惹："怎么，第一天就想接吻？"

宋枝葱被这暧昧至极的话惹到呼吸都憋闷起来，却找不到一点回击的力道。毕竟是她吃了祁岸的"豆腐"，祁岸也是为了护住她，才搂住她。想了想，她只能磕磕绊绊地说："我没有，还不是因为你非要抢我手机。"

说完，她使劲儿往外挣了挣，刚巧身后响起一道浑厚稳健的中年男人的声音："祁岸，干什么呢？"

男人的语气混着一点儿长辈的威严和薄薄的笑意，听起来像在震慑，但仔细分辨，又像在调侃询问。

宋枝葱几乎一秒就辨认出这是付校长的声音。

祁岸也没想到在食堂门口会遇到他，在这一瞬松开宋枝葱，八风不动地挑了挑眉。

倒是宋枝葱，刚刚看起来还是在跟男朋友腻歪的"小姑娘"，这会儿却和祁岸分开差不多一米远，面色更是又羞又臊。

她怎么都没想到，这位付校长大早上的会来食堂，而且好像还和祁岸很熟悉的样子。慌乱之下，她只能说了句"校长好"。

付校长笑容和善地看了她一眼，正要开口，就被祁岸不慌不忙地抢了先："九叔，您怎么也来这儿？"

听到他这么称呼付校长，宋枝葱有些意外。

付校长看向祁岸："当然是看看食堂伙食，还有可爱的学生们。"说话间，他视线再度扫向宋枝葱，"没打扰你们两个吧？"

宋枝葱耳垂红得仿佛石榴籽，把头摇得跟拨浪鼓一样。

祁岸插兜笑得意味深长，反问："您觉得呢？"

付校长剜他一眼："你还好意思说，这是你该胡闹的地方？来来往往这么多人，你让人女孩子的脸往哪儿搁。"说完又温和地笑着看向宋枝葱，"这臭小子就这样，从小野惯了，回头我帮你多骂骂他，不用怕。"

这腔调，俨然对自家"儿媳妇"的口吻，不说还好，一说宋枝葱更尴尬了，又不好意思木着脸，只能挤出一丝比哭还难看的笑。

倒是祁岸，在旁边饶有兴味地瞥了她两眼。

好在付校长并没有拉着他们俩多聊，只是跟祁岸提了句"你的事我这两天就给你办好，不用着急"，随后便与二人道别离开。

他一走，宋枝葱这才感觉到呼吸自如。

/243/

祁岸跟她解释:"他是我九叔,最亲厚的长辈之一,你见到他不用紧张。"

宋枝蕙却不见得有多轻松高兴,语气也不大好,闷闷地道:"手机用完没,还我。"

祁岸这会儿倒是没脾气了,嘴角噙着一抹笑,低头在她手机上漫不经心地修改什么,之后才递给她。

只是在宋枝蕙接过的一瞬,他又躲开:"把你校园卡给我。"

宋枝蕙愣了愣:"干吗?"

祁岸"啧"了一声:"问那么多干什么,又不吃了你。"

宋枝蕙脸色讪讪,鉴于自己手机在他手上,她也只能闷声吃亏地把校园卡递给他。

祁岸倒是没怎么折腾,只拿出自己手机对着拍了张,便和她手机一并还给她。

到自习室没多久,宋枝蕙就收到一条校园卡充值成功的信息。

这么阔绰的手笔,身边也就只有祁岸一个人能干得出来。

宋枝蕙讶然又无语,马上去微信找祁岸,然后就看到这人的杰作,他不仅把自己的微信设成置顶,且备注还改成了极其嚣张惹眼的一行字。

不是他之前要求的"哥哥"或者"老公",而是——"小蝴蝶唯一指定靠山"。

视线在屏幕上定格住,宋枝蕙心口蓦地一空,这家伙……怎么可以这么幼稚。

不过话说回来,这个备注确实比"哥哥"或"老公"好了不知多少倍,最起码她不用每次看到都尴尬一回。

神色随之柔软下来,宋枝蕙无奈勾唇。早上被他捉弄而产生的小脾气也在瞬间烟消云散,等回过神时,她想到的只有祁岸眼底淡淡的乌青,还有他那根本就没动几口的早饭。

于是发信息跟他提校园卡的事情的同时,她又忍不住问了问他早上吃那么少,会不会饿肚子。

然而这家伙似乎是真的睡了,直到中午,宋枝蕙都没收到他的回复。

期间,她犹豫过好多次要不要主动再发信息找他,可每次都在行动之前打消念头。毕竟谁也不能完全做到秒回信息,更何况还是祁岸这样的"大忙人"。

宋枝蒽想着他可能是有事，也可能在上课。再不然就是没看到她的消息，或者看到了，暂时没时间回。

总之这些情况都是合理的，就像她觉得祁岸没资格为何恺的事不爽，她也没有理由去要求他及时回自己的消息。

宋枝蒽无形中轻松了些，也因而想起自己还有件很重要的事没做，那就是何恺的东西她还没来得及处理。

于是午休过后，她第一时间把昨晚打包好的包裹拿去学校的快递超市，寄到何恺在隔壁大学的宿舍。

回来的路上，她又碰巧遇到邹子铭。

男生身形瘦高清爽，手里拿着两本书，看起来温文尔雅。

宋枝蒽问他怎么来这边了，邹子铭便说："陈志昂分手了，每天在宿舍和赵远打游戏，现在连楼都不愿意下，我就只好收费代劳咯。"

宋枝蒽很自然地想到祁岸，还没开口问，邹子铭就非常善解人意地开了口："你要不要也帮祁岸选点儿吃的，我看他一直在睡，就没问他想吃什么。"

宋枝蒽微微怔住："他一直在睡？"

邹子铭点头："从早上回来就上床躺着了，说是昨晚被俱乐部的人拉着玩了一宿，早上又特意从家开车过来。"他说着就笑了，"也不知道回来干吗，明明家里的沙发都比宿舍的硬板床舒服。"

宋枝蒽不由自主地心悸，原来他昨晚一夜没睡，怪不得看起来没什么精神。

见她神色空茫，邹子铭以为她不太开心，便开口道："他们昨天聚会是俱乐部赢了比赛，又刚巧赶上祁岸脱单，就合在一起庆祝。昨天他也叫了我，但我最近太忙了，就没去。"

宋枝蒽听出他在解释，眨了眨眼："没有，我没生气，他有自己的娱乐活动很正常。"

而且她也没有立场去管他做了什么。

只是莫名有些担心，他一夜没睡觉，又不吃东西，肯定会伤胃的。

想着反正今天也不忙，宋枝蒽便提出和邹子铭一起去超市给祁岸买东西，挑选的也都是他几年前常吃的。

邹子铭忍不住调侃："你倒是很了解他的喜好。"

宋枝蒽抿抿唇："他这个人喜好比较单一，所以很好记。"

林林总总地挑选下来,这一袋子东西也不少。

宋枝蒽不好意思让邹子铭拎回宿舍,便一直陪他走到男生宿舍楼下,又在分别之前,拜托邹子铭,让他帮忙向祁岸递话。

于是在下午四点多,祁岸醒来,在卫生间洗澡时,邹子铭就捧着本书,靠在门口优哉游哉地对他说——

"她让我叮嘱你,这些东西只是临时吃的,不能当正餐。

"还有让你别熬夜,少抽烟。

"也别乱给她花钱。

"最重要的是考试周到了,她让你复习专心一点,她最近也会很忙。"

话说到这里戛然而止。几秒后,卫生间的门被拉开,洗完澡的祁岸穿着米色居家服,搭着一条毛巾出来,黑眸透过湿漉漉的刘海凝向邹子铭:"就没了?"

语气显然不是往常那副高高在上、事不关己的样子,而是显而易见的关切和在意。

邹子铭笑:"你还想要多少句?"

祁岸没理他,径直走到桌前拿起手机,果然看到宋枝蒽给他发的信息。

小蝴蝶:你干吗突然给我充卡?我卡里有钱啊。

小蝴蝶:而且五千块也太多了吧,根本用不完。

小蝴蝶:不过你早上为什么吃那么少?是很难吃吗?你吃这么少真的可以吗?

小蝴蝶:人呢,秒睡了?

小蝴蝶:算了……不打扰你,等你醒了再说。

虽然只有短短五条,但比起之前和他见面都要躲避的样子,现在已然进步太多,毕竟都知道关心他了。

祁岸嘴角几不可察地勾了勾,刚要回信息,老秦那个狐朋狗友的群就忽然弹出@他的消息。

说话人正是老秦:何恺,你要真有啥不满,就跟祁岸找机会当面唠唠,大家都是好兄弟,真不至于@Tshore。

看到这条,祁岸眉梢一挑。

他点进群里一看,消失好多天的何恺果然出现了。

说起来,自打两人在学校那次起冲突,何恺就一直没出现在大家的视野中,谁也不知道他干什么去了。而今天突然出现,确实让大伙意外。

当然最意想不到的是，何恺居然今天才知道宋枝葱跟祁岸在一起了。

祁岸好整以暇地往上翻了翻——

何恺：我为什么不知道？这个问题问得好！

何恺：因为我鼻子被姓祁的打伤了！我妈要我回家，她怕我心情不好，把我手机都给收起来了！

何恺：我今天才回的北川！

何恺：你们呢？啊？全跟哑巴似的，除了谢宗奇没有一个问我怎么了，我还是听我室友那边传来的风声才知道他俩在一起了。你们还当我是兄弟吗？

见他这会儿很激动，老秦赶忙安慰：嗨呀，不过是个妞儿，没必要因为这个动怒。

他一开口，其他人也跟着附和，还有人提到应雪，说：你不是还有那位吗？正好你俩有机会在一起了。

结果这话非但没起到任何作用，还跟火上浇油似的。

何恺愤怒地说：你们到底要我澄清多少遍？我跟应雪从头到尾都只是朋友，现在我俩都完全不联系了，说这话有意思吗？

何恺：你越这么说，宋枝葱越不可能相信我！

话到这里。

祁岸悠然出现：她不是不可能相信你，她是受够了你。

此话一出，群内瞬间安静下来，就连何恺一时间都跟着沉默。

几秒后，依旧是老秦出来和稀泥：嗨呀嗨呀，没想到你这大忙人还真被我@出来了。

老秦：来来来，正好大家都在，有什么事大家说开了就好了，都认识这么多年了，何必呢是不是？

只是何恺这边还没想好要怎么开口，祁岸却抢在前头把话说出来：那天当众打你，是我不对。

下一秒，祁岸又发：但你活该。

何恺原本都以为他要道歉了，结果看到这话顿时肺都要气炸，当即发语音开骂："祁岸，你有意思没？这么多年兄弟，你打我一拳，我忍了，但你说这话啥意思？啊？故意挑衅？"

因为语音是公放，在一旁看书的邹子铭也听到了，顿时朝祁岸投来意外的目光。邹子铭以为祁岸肯定要冷着脸毫不客气地骂回去。

/247/

哪知，祁岸这刻却跷着长腿，懒散地靠坐在椅子里，还心情不错地哼笑了一声，对着听筒漫不经心地道："我犯不着挑衅你，我从没看得起你。"

这话一经发送，不止群内再度安静，就连宿舍内打游戏的赵远和陈志昂也跟着静了音。

赵远："啥情况，谁要挑衅我岸哥？"

"谁敢挑衅你岸哥。"邹子铭半笑不笑，意味深长地道，"是有人要被你岸哥收拾才对。"

意识到这点的不止他一个，群里的那些人也在这会儿慌了神，气氛死寂了好半天，大家才陆续出来刷表情。

只是那些表情不是尴尬，就是茫然无措，再不然就是捂着脸哭笑不得。

就连老秦都很无奈地说：咋还越吵越邪乎了……哎呀，都消消气，消消气。

眼看群里出现的人越来越多。

何恺赶忙叫屈：是，您多牛啊，祁氏集团长子，含着金汤匙的大少爷，别说是我，这群里有你瞧得起的吗？

就知道他会装腔作势。

祁岸哼了声冷笑，打字：不好意思，这群里除了你，我还真都瞧得起。

懒得再废话，祁岸言简意赅：至于为什么单瞧不起你，那你就要想想，自己当年对宋枝葸做过什么恶心事。

他话里有话，瞬间勾起大家的好奇心。

因为几乎所有人都知道，当初宋枝葸跟何恺发展到一起，是因为宋枝葸在学校被欺负，是何恺出手帮忙，又帮她还了很多欠债。这事何恺私下没少说。

可现在听这话，怎么感觉另有内情？

最惹人怀疑的，还是何恺在这一瞬不吭声了。

现实中的何恺不止不吭声，脸色也瞬间惨白。偏偏这会儿室友从外面拎着他的包裹回来，叫了他一声："何恺，你有快递！"说完朝他桌上一扔。

何恺眉心一皱，十分不耐烦："我最近没买东西。"

室友摇头："那不知道了，反正是你的，就顺手帮你带上来了。"

何恺哽了哽，面色狐疑地拿起来，随手打开，就看到许许多多眼熟的小物件。

有他曾经送给宋枝蕙的保温杯、钥匙扣、玩偶、钢笔、戒指、耳钉等一堆零零碎碎的东西,剩下的就是他之前放在宋枝蕙那儿的几件昂贵的衣服,还有限量款棒球帽之类的。

看到这堆东西,何恺瞬间傻眼。

他这几件衣服,一直是他的保留砝码。他想着,最起码以后可以借着要衣服的机会,再见一次宋枝蕙。可现在……显然全泡汤了。

宋枝蕙毫不留情地截断了他所有机会。

最讽刺的是,他送给宋枝蕙的那些小玩意,宋枝蕙全都没有用过,即便是最便宜的小玩偶,也带着未拆封的包装盒。就好像,宋枝蕙从一开始,就没在心里真正接纳过他。

何恺脸色难看到近乎没有血色。

然而,他所遭受的打击又何止这一处。就在他心脏钝闷到仿佛窒息的这一刻,手机"嘀"的一声收到一条汇款转账。

转账人是祁岸,转账金额足足有十五万。

于此同时,祁岸在群里当着二十多个熟人的面,又发了消息:@何恺你做过的恶心事涉及我女朋友的私密过往,所以我就不当着大家的面揭穿你。

祁岸:但我祁岸话撂这儿,她欠你的十二万,今天为止彻底还清,多的那三万,算我给你的医药费。

祁岸:以后你要是再敢骚扰她,我见你一次,打你一次。

因为第二天有门还算重要的专业课考试,宋枝蕙那天复习得格外认真,一直没怎么看手机,后来手机没电了也不知道,还是跟蔡暄吃完晚饭回到宿舍,才看到祁岸的回复。

小蝴蝶唯一指定靠山:白天一直在睡觉,才看到消息。

小蝴蝶唯一指定靠山:给你充卡就用,问那么多干什么?

小蝴蝶唯一指定靠山:早饭一般难吃吧,有机会带你尝尝我常去的那家早茶。

小蝴蝶唯一指定靠山:你买的东西收到了,还不错,值得表扬。

看到他臭屁又欠扁的回复,宋枝蕙默默无语,但也还是关心了下:那你现在吃饭没?

祁岸秒回了张照片，是一张饭桌的照片，桌上点了一堆烧烤，边角露出几个男生的身影，显然是和朋友一起吃的。

宋枝蕙觉得自己的关心简直是多余：伙食真好，起来就吃烧烤。

小蝴蝶唯一指定靠山：那你来，我单独陪你吃。

话说得正儿八经，又透着隐约的暧昧，惹得人心脏也跳乱一拍。

宋枝蕙不想理他了：你吃吧，我还要学习，明天考试了。

小蝴蝶唯一指定靠山：明天什么时候？

宋枝蕙：下午。考完试还约了医生去拆线。

这话刚好让祁岸找准机会：行，明天考完试我去接你。

宋枝蕙愣了愣：我不是这个意思。

祁岸回得很"直男"，甚至有点故意"直男"：那是什么意思？

宋枝蕙顿时被堵得哑口无言，心说我的意思是告诉你我很忙，没时间理你。

但不能说，两人目前是"合作"关系，祁岸又给她充了卡，她不好意思这么聊天。

于是，宋枝蕙只好应承下来：行吧。

祁岸这才满意，没一会儿又说：到时候告诉你一件开心的事。

宋枝蕙眉心跳了跳：怎么，是关于何恺吗？

祁岸隔着屏幕都能感受到她的在意。

对前男友就这么在意？

忽然有些不爽，祁岸耷拉着眼尾敲字：不是说要学习？明天当面告诉你。

话里显然有种结束话题的意味，宋枝蕙不知道该回什么。不过明天就明天吧，再聊下去她很可能真没心思学习了。

就这样，当晚两人没再闲聊。

第二天上午，宋枝蕙也一直在专心备考，等下午的那门考完，身心才彻底放松下来。

从考场出来，她打开手机，第一件事就是给祁岸打电话，只是电话还没打出去，何恺母亲的电话就先打了进来。

宋枝蕙根本来不及反应，手指就误碰到接通，不得不听到中年女人难得急切的声音。

她说何恺昨晚喝酒宿醉，从楼上摔下来骨折进了医院，她现在很担心他，但公务在身又不能第一时间过去，就想拜托宋枝葱去医院看看何恺。

宋枝葱听到这个消息，不由得怔住。

何母喋喋不休："枝葱，阿姨知道你们已经分手了，但好歹看在从前他对你好的分儿上，你过去帮阿姨看看他行不行？这样我也放心。

"而且你过去，小恺也能开心点儿。就当阿姨拜托你了，好吗？"

女人苦口婆心的碎碎念像是念经一样传递到宋枝葱耳中，如果是以前，宋枝葱看在她是长辈的分儿上，心中多少会动容。

但今非昔比，现在的宋枝葱对何恺不会再有一丝心软。甚至想到他曾经对自己做过的一切，她巴不得何恺活得更难受一些。

从惊讶中回过神，宋枝葱深吸一口气，声音无情："抱歉阿姨，我今晚还要去医院拆线，没有时间。"

说完，她丝毫不理会对方是什么反应，果断挂了电话。

临近傍晚，天气温度舒适，清风徐徐。

祁岸的电话就在这时打来。

宋枝葱在考完试的人流中快步穿梭前行，克制着心潮翻涌，开口说的第一句话就是："你知道吗，何恺把腿摔断了。"

她的声音听起来跟平时没太大区别，但音调微微上扬，带着隐隐约约的颤。

祁岸没忍住笑了声："瞧把你高兴得。"

宋枝葱听到他的语气，有些纳闷："你怎么不意外？"

祁岸漫不经心地道："谢宗奇都告诉我了。"

早上他刚起来准备去上课，谢宗奇就在微信上告诉他，说何恺昨晚上喝酒买醉，结果喝太多，回去时从二楼摔下去，直接摔成了轻度脑震荡，还骨折了一条腿。

祁岸听完，微妙地挑起眉，那反应和现在的宋枝葱可以称得上是如出一辙。

谢宗奇既无语又无奈，问祁岸："何恺到底对宋枝葱做了什么恶心事？这事我问过他，但他压根儿不理我，觉得我跟你是一伙的。我真是冤枉啊！"

祁岸轻哂一声："怎么，你不是跟我一伙的？"

谢宗奇登时倒戈，急忙说："我不是这个意思！"

趁着距离上课还有段时间，祁岸索性就把何恺当初做了什么，告诉了谢宗奇。

谢宗奇直接听傻了："何恺这种事也干得出来？他还是不是个人！枝蕙妹子是多好的一个女孩儿，怎么就成了他哄应雪的工具人了？

"最恶心的是，他回头还跟枝蕙妹子在一起了，然后还惦记着应雪？太恶心了，宋枝蕙要是我妹妹，我高低得打断何恺的腿。

"亏我之前还听他哭诉说多喜欢宋枝蕙，还安慰他来着，现在一看我简直像是小丑，居然安慰这种人！"

大概是听共同朋友毫不客气地骂何恺，祁岸这一大早的心情相当不错，甚至还在老秦的狐朋狗友群里，发了许多红包。最可笑的是，那些朋友没一个顾忌何恺，全都抢得很高兴。

祁岸也确实想过告诉宋枝蕙，但估摸着她应该在认真备考，就没去打扰她。

不承想，她那边也得知了消息，还是何恺母亲亲口告诉她的。

两人在校门口会合，祁岸开车载着宋枝蕙前往医院拆线，一面问她是怎么回答的。

宋枝蕙老实说："也没怎么回答，就直说我要去拆线，没空。"

祁岸见她很坚决的样子，挑了挑眉："你还挺直接。"

宋枝蕙没接话。她曾经确实很少直接拒绝，在别人眼里，她的标签从来就是脾气好、好说话、好拿捏，可能正是因为这点，何母才会喜欢她，而何恺却从不把她当回事。

想到过去种种，宋枝蕙抿了抿唇，话无意间多起来："其实何恺的母亲一直对我都挺好的，她这个人，温和善良，不拿架子，在我和何恺之间，也都会更向着我，如果不是我知道何恺曾经做过那么多恶心事，我今天可能就去了。"

祁岸嗤笑一声："他母亲再好又有什么用，教出来的儿子还不一样是败类？"

不知道为什么，她总觉得祁岸这语气怪怪的。

不过同样是骂何恺，祁岸确实骂得格外解气。

宋枝蕙不经意地翘了下唇，又想起昨天他说的开心事，便问他到底是什么。

"也没什么。"祁岸云淡风轻地勾起嘴角，侧眸睨她一眼，"不过是当着一群朋友的面,把何恺羞辱了一遍。"

宋枝蕙愣了愣:"你骂他了?"

祁岸低唔:"又不是小孩子打架,骂什么?"他眼底漫上几分愉悦之色,和几分恣意痞坏,"不过是警告他一下,骚扰我女朋友的后果。"

"女朋友"三个字他念得是越来越溜了。

宋枝蕙往下抑了抑嘴角:"原来是这样,我还以为……"

祁岸扬眉看她:"以为什么?"

宋枝蕙白净软糯的小脸有几分悻然:"以为他是被我寄回去的快递刺激到喝醉酒从楼上摔下来,还以为是我的功劳。"

听到这话,祁岸轻笑了一声:"你也可以变成你的功劳。"他调子随意道,"我要是你,就刚好利用这次机会。"

宋枝蕙微微怔住:"怎么说?"

祁岸沉沉的眸光盯在她脸上,声音蛊惑:"如果是我,就带着我的新男友,一起去看看这位摔断腿的前男友。"他一字一顿,"再好好秀个恩爱。"

不得不承认,这家伙有点"煽风点火"的天赋在身上,而且每次出的主意都格外有力,就好比他上次提出假装在一起报复何恺,现在一看,果然起了很大作用。

有了上次的成功案例,宋枝蕙好像更难忽视他的提议了。

就连来医院拆线都在回想他说的话,甚至后悔那会儿那么着急地拒绝何母。她觉得祁岸说得对,既然要报复何恺,那自然要想尽办法让他不开心。

她也确实需要一个机会与何恺当面对峙,她想知道,何恺当初到底是怎么想的。

思及此,宋枝蕙从医院出来后,对祁岸试探着开口:"我现在决定去看何恺,还来得及吗?"

两人这会儿站在车旁,还没上车。

宋枝蕙眨着眼,真诚地对祁岸发出邀请:"你和我一起。"

祁岸拉车门的动作一滞,半笑不笑地看着她,脑中蹦出的第一个想法就是,这姑娘是真的好骗,说什么信什么,怪不得当年何恺都能得逞。这么一想,祁岸舔唇嗤笑,忽然更想搞何恺了。

宋枝蕙自然不知道他心里在想什么,只是从表情上来判断,她觉得祁岸可能有点儿不开心，于是急忙解释："你放心，不会耽误你很长时间的，你就带我进去看看他，如果实在觉得烦，就——"

话没说完，祁岸上前一步，将她逼退，抵在车身上，眸光灼灼地锁着她："陪你去没问题，但好处呢？"他意味深长地挑了下眉，"从在一起到现在，我好像一点好处都没捞到。"

骑虎难下，宋枝蒽再开口时，吞吞吐吐："这不是才开始吗？我也没说不帮你，后面我肯定会好好合作的。"

祁岸并不满意："我不接受空头支票。"说话间，他微微俯身，平视着她，"今日事今日毕。"

属于他身上独有的荷尔蒙的味道侵入她的呼吸，宋枝蒽心神跌宕，有种招架不住的恍惚感，搜肠刮肚也找不到合适的话来搪塞，只能红着脸认栽："那你想要什么好处？我尽量满足。"

见她态度不错，祁岸不紧不慢地道："还没想好。"

说着，他勾起唇，绕过她打开车门："想好我再告诉你。"

下午六点。

城西的某家私立医院。

三楼最里面的VIP病房内，何恺穿着一身病号服，头绑白色纱布，用石膏吊着一条腿，狼狈地躺在病床上，接着何母的电话。

他蹙着眉，神色格外不爽："我不是跟你说了？不要打电话告诉她！你还打！怎么，你嫌你儿子我不够丢人？

"你就算告诉她又有什么用？她又不会过来，她现在被祁岸迷得团团转，怎么可能心里还有我！

"什么叫念着以前的恩情，以前的恩情有个屁用，女人都是现实的，她现在有了更好的大树，巴不得把我甩开。

"行了，行了，你别烦我了。我死不了，你就让我一个人安静会儿行吗？"

话说完，何恺火气不小地挂断电话，将手机往旁边的桌上一扔，躺在枕头上喘粗气。

从小到大，这还是他第一次这么不顺，甚至他也想不明白，自己怎么就混到这个地步？

明明前段时间，他有女朋友，兄弟也一大堆，日子过得有滋有味。

结果现在，不止女朋友没了，一起玩的那些人也没有一个过来关心他的，最可恨的就是那个谢宗奇，被他说了两句，说不来就真不来了，简直不把他当兄弟。

想到这儿，何恺罕见地红了眼眶，嘴里愤愤地骂了几句。

都怪合并校区，要不是这样，祁岸根本不可能重新靠近宋枝葱，他们也不可能闹到这一步。

他现在更担心的是，他未来怎么办，以及祁岸和宋枝葱到底都知道了些什么，有没有更严重的。

祁岸那人太疯了。

何恺甚至在想，如果祁岸知道自己当年做的那些事，会不会疯到去搞何家……祁岸身边的靠山太多了。

何恺心底泛起恐惧，真的不知道该怎么办，早知道自己当年就忍住，不要对宋枝葱动心思……

可是，他当初真的很喜欢宋枝葱。她身上好像有种特别惹人怜爱的特质，他莫名其妙地就被她吸引了。

只是因为他本人的劣根性，在得到后又觉得乏味，不珍惜，等失去才觉得难受。

就连现在，他想到宋枝葱跟祁岸在一起，也心痛得要命。然而现在为时已晚，他很清楚地知道，宋枝葱一旦和祁岸走到一起，就再也不会回头。

何恺不争气地抽了口气，却不想下一秒，病房的门被敲响。

是护士的声音："何同学，睡醒了吗？有人来看你了。"

这话像久旱逢甘霖，何恺惊讶地扭过头，喊了声"进"。

病房门被推开，宋枝葱跟着护士走了进来。

她穿着一身淡粉色衣裙，长发温柔地披在肩头，左手捧着一束白黄相间的花，在傍晚绯色日光的笼罩下，格外仙气。她看向何恺的神情里，也没有想象中的厌恶，而是和以前一样平和。

何恺心跳倏地变快，像是忽然有一束光照进暗无天日的枯井，他第一时间堆起欣喜的笑，费力地坐起身："枝葱？真的是你？你怎么来了？"

第十章
报复

宋枝蕙双眸清凌凌的，不动声色地道："是阿姨叫我来看你的。"说话间，她扭身朝身后望了眼。

于是，还来不及高兴的何恺，转眼就看到潇洒不羁的祁岸步履平稳地进了病房。

就是这一瞬间，俊朗的男生当着他的面，牢牢牵住宋枝蕙的手。一大一小的两只手，瞬间十指相扣。

宋枝蕙专注地望着祁岸的侧脸，面上浮起一抹发自内心的笑。

祁岸则直直地盯着何恺，轻狂又嚣张地勾起嘴角："听阿姨说你摔出了脑震荡，我特意带女朋友来看看。"

"女朋友"三个字像是毫不留情的巴掌，狠狠打在何恺脸上。而十指紧扣的画面更是像一把刀，刺进他的心口。何恺脸色青白，仿佛遭受了巨大的侮辱。

眼前的一对璧人正波澜不惊地望着他。特别是祁岸，那似笑非笑的眼神，很难说没有故意挑衅。

但何恺知道，如果这会儿惹怒祁岸，毫无疑问，无论是对他还是对何家都没有好处。

何恺在短暂的愤怒之后，顶着心头滋生出来的畏惧，慌忙解释："不是我叫我妈给她打电话的，是我妈自己非要打。"

祁岸挑了下眉，没料到他会是这个反应。

宋枝蕙和祁岸对视了一眼，好像在意外：何恺这样心高气傲的人，居然会这么默默地吃亏？

知道"内情"的祁岸但笑不语，给足了何恺"面子"，意味深长地道："我知道不是你，你不用害怕。"

宋枝蕙的眼神在两人脸上来回游移，似乎品出了什么。

何恺却受不住祁岸的威压，道："其实不用来看我……我挺好的，真的……"话里赶客的意思明明白白，他恨不得躲起来。

他越这样，祁岸眼底的兴味越浓："那怎么行？"

说话间，他接过宋枝蕙手里的花，和自己手里的一小篮水果一并放到身旁的小茶几上，悠然道："来都来了，当然要好好慰问一下。"

何恺扫了眼桌上的两样东西，简直要窒息。这哪是来慰问的？一个送菊花，一个送他不能吃的枇杷和荔枝。

知道自己玩不过祁岸，何恺深吸一口气，只好认栽："你的好意我心领了，我真的谢谢你，现在我想休息了。"

说完，他递给护士一个"帮帮忙"的表情。

不料护士还未开口，宋枝蕙就把话堵了回去："阿姨求我来看你，你就这么不领情？"

何恺说不出话。

宋枝蕙看他的眼神不再有任何纵容忍耐的痕迹，只剩下冷漠："还是你觉得别人的时间都不是时间？"

如果说何恺面对祁岸是惧怕，那他面对宋枝蕙就是内疚和被甩后的难受。在两种情感交织下，他十分泄气："……我已经让你看到笑话了。"

宋枝蕙却毫不心软："我不是来看你笑话的。"

祁岸侧眸斜睨着她。

宋枝蕙面无表情地道："何恺，你欠我一个解释。"

她没有让祁岸陪自己留下，而是选择一个人单独和何恺谈。用她的话说，是想亲自为两人之间的所有画上一个句号。

祁岸见她这么坚定，倒也没说什么，只是临出去前，意味不明地看了何恺一眼，既有警告，又暗含威胁。

如果是以前，何恺一定会不服气，但现在……他不敢不服气，甚至连多余的眼神都不敢回应。

因为不管在外人眼里还是在宋枝蕙眼里，他何恺都不再是一个好人，而是一个下作的烂人，还是被祁岸视为眼中钉的烂人。

与其被逼问，还不如就地服软。于是，何恺在宋枝蒽开口前，先一步说了"对不起"。

他表现出懊悔，先是跟宋枝蒽承认错误，说自己当年不应该跟应雪沆瀣一气，也不该为了哄应雪开心，把她的地址暴露出去。

说那个时候是他不懂事，也不计后果，后来，他也觉得这样做很不对，出于偿还的心思，便开始帮助宋枝蒽。

大概是真的意识到自己过去有多么过分，何恺说到后来，眼睛泛起泪雾，声音也哽咽了。

宋枝蒽却自始至终保持着残忍的冷静："你知道吗？我当时真的很感激你。"

她目不斜视地望着垂头难堪的何恺，嘴角挂着一抹讥笑："我甚至把你当成救赎我的一道光，所以我们在一起后，无论你对我有多不好，我都只想包容你。

"因为我觉得你救了我，没有你就没有后来的宋枝蒽。但现在，我才发现，当初的我傻得多么离谱。

"没有救赎，没有光，从来都没有，我从来都是你讨好应雪的'工具人'。"

"不是！"何恺急切地打断她，"别的我都认，但我不承认你是'工具人'，枝蒽，可能你现在听起来觉得很可笑，但我当初是真的喜欢你，被你吸引，不然我也不会——"

说到这里，他卡了下壳，含情脉脉又试探地看着宋枝蒽："不会费那么大心思，对你好，和你在一起三年。"

说完，何恺静静地凝望着她。然而宋枝蒽并没有因为这话有多余的反应。

何恺心中失落，但更多的是一种摸到底的安心。事情好像还没有他想象中那么糟糕……他好像还有退路。

思及此，他嘴上好话不停："你不知道，当初应雪知道我们真的在一起后很生气，大一的时候就让我和你分手。但我没有，我知道我喜欢的是你，所以我不可能和你分手的。而且之前的事，确实都是应雪背着我做的，她后来又联系我好多次，是我不想理她了。"

宋枝蒽实在听不下去："何恺，你不觉得你很可笑吗？这个时候还在装深情？"

何恺神色急切："我没有装，我是真的喜欢——"

"别说了。"宋枝蒽表情冷漠，一字一顿地打断他，"你让我觉得恶心。不论是你，还是应雪，都让我恶心。"

之前任何难听的话，何恺都可以做到左耳进右耳出，但是这几句，像是子弹击穿他的胸口，他整个人仿佛断气般地难受。

宋枝蒽却还没说完。

"我今天来见你，不是为了听你说这些没用的。我只是想告诉你，从今往后，请不要再出现在我的生活中，包括你的母亲。如果她对当年的事情不知情，我很感激她对我的好。

"但不管怎样，我跟你已经彻底结束，请你跟应雪做个正常人，不要再来纠缠我。如果还来纠缠，我宋枝蒽必定十倍奉还。"

何恺从未听过她用这么绝情的语气对他说这么狠的话，他像是被抽走力气，一个字也说不出来。

宋枝蒽默默压下一口气："至于欠你的十几万，我今晚会凑齐还给你。"

听到这话，何恺哽住："祁岸没跟你说吗？"

宋枝蒽看着他："说什么？"

何恺像是觉得丢脸，欲言又止好几秒才道："他昨晚已经帮你把钱还给我了。

"还警告了我。"

这次换作宋枝蒽猝不及防地怔住。何恺莫名被祁岸秀了一脸，呵笑了声："做好事不留名，还真是他的作风。

"之前被记过也是，明明是自己告发自己，非要说是我告的状——"

宋枝蒽越听越不爽："闭嘴。他再怎么样也轮不到你来说。"

两句话凶得何恺顿时睁大双眼，他看起来极为委屈："我说他什么了啊，我明明在夸他。"说完他更委屈了，低声嘟囔，"你和我在一起的时候从来就没这么护过我。"

宋枝蒽嘴角抿起倔强的弧度，颇有种"你再说信不信我抽你一巴掌，反正我也忍你很久了"的既视感。何恺知道自己处在弱势，郁闷地收了声。

想说的话都说完，宋枝蒽也没什么可逗留的，于是丢下一句"既然钱还给你了，那我们就两不相欠"，转身准备离开，却不想何恺忽然叫住她，问了她一个到最后都没能死心的问题。

"虽然我知道这个问题很蠢,但我还是忍不住想要确定……

"枝葸,你当初喜欢过我吗?

"还是和我在一起,就只是单纯觉得感激?"

何恺声音吞吐,像是已经完全丧失自信的样子。可即便是这样,他也要豁出自尊来问一问。

宋枝葸闻言,拉开门把手的动作停住,望向他的眸光微微闪动。有那么一瞬间,眼前的何恺和她记忆中的少年重叠在一起,他真诚善良又爱笑,每次叫她的名字,都会在后面多加一个"啊"。但那已经是太久太久之前的事了,久到宋枝葸已经无法和那时候的自己共情。

唯一难过的一点,大概就是,陪她一起长大的那个少年,从来都只存在于她的想象中,而现在,更是一点值得眷恋的泡影都没有留下。

到这一刻,她才终于体会到,人从生理上长大需要很多年,但心理上长大,有可能只需要一瞬间。

比如,做错事就需要付出代价。再比如,信任这个东西,如果一开始就没有,那么即便再多的时间,也无法培养出来。可惜这些道理,宋枝葸明白了,何恺却还不明白。更或者,他这辈子都不会明白。

宋枝葸不想去当谁的人生导师,也不想开解何恺。因为她很明白,自己费钱费时间来到这里的目的,就只是让自己从对过去愤恨的泥潭中挣脱出来。

所以……宋枝葸从容不迫地对上何恺期许的目光:"都不是。"

没想到她会这么回答,何恺表情呆住。

再然后,他就亲耳听到宋枝葸说出那番无比残忍,让他这辈子都永生难忘的话——

她说:"我喜欢的人一直都是祁岸。

"而你。

"只是靠近他的跳板。"

眼底最后的一丝光泯灭,何恺肩膀颓丧又不可置信地塌下来。宋枝葸却始终面无表情,拉开门丝毫没有留恋地离开。

也就是这一瞬,何恺忽然认清两个事实:第一个事实是,他再也无法挽回宋枝葸了;第二个事实是,他从来就没拥有过宋枝葸,又何谈失去。

随着"砰"的一声关门声,两人的世界彻底泾渭分明。

与何恺这刻的崩溃截然不同,这会儿的宋枝葸,其实远不如表现的那般镇定。论起来，这算是她第一次对"欺负"她的人进行反击。以至于，她刚从病房出来，就靠着墙壁，如释重负地吐了口气。像是完成了多了不得的大事，掌心微微发汗，心跳也快得厉害，积郁这么多天的愤懑和怒意也随着这次见面，发泄得所剩无几。

宋枝蕙有种前所未有的轻松，甚至到这个时候，她才觉得自己获得了真正的自由。

只是，她还没来得及高兴多久，另一件事就挂上了心头。何恺说是祁岸帮她还了债，他什么时候还的，是昨天吗？既然还了又为什么不告诉自己？

当然，这些都没那么重要，重要的是，祁岸以后就是她的新债主了……这怎么听起来比她欠何恺钱还尴尬？

五味杂陈的滋味涌上心头，宋枝蕙眉头越蹙越紧，边走边琢磨，就导致她完全没注意到，斜前方的楼梯拐角处，那道颀长的身影。

就在她马上要走到跟前时，祁岸开了口："想不到，你藏得还挺深。"

两句话像是埋藏在脑中的炸弹轰然炸开，宋枝蕙脚步一顿，骤然回神，然后就看到双手插兜的祁岸随意地倚着墙，眸光恣意地停在她脸上。

他怎么在这儿？而且听他的意思，刚刚的话，他都听到了？反应过来，宋枝蕙的喉咙像是被人生生塞了团棉花，猝然噎住："你——"

祁岸悠然自得地挑眉："怎么，想要赖？"

男生清越的嗓音遽然灌入耳朵，宋枝蕙感觉就像背后议论某个人正欢，然后一转头，突然就被抓了包。她双颊烫起来，脱口辩驳："没有，我没耍赖。刚刚那些话都是用来诓何恺的。"顿了顿，她又逞强道，"你别告诉我你信了。"

她三两句话把自己摘个干净，颇有种"你信你输"的既视感。

祁岸不动声色地听完，眸色渐渐没了之前的盎然："也是。"他意味不明地哼笑了声，"不然他压根儿就没机会。"

话音落下，宋枝蕙有一瞬的愣怔，她竟从他这话里听出一丝隐约的不快。

她还未从对方脸上分辨出这情绪是真是假，以及这话里暗含的逻辑，祁岸便错开她，径自迈下台阶，没有等她的意思，几步就消失在楼梯拐角。

宋枝蕙心中默默无语，也跟着快步下了楼，两人就这么保持着诡异的沉默，来到停车场。

祁岸终于在打开车门的前一秒，瞥了她一眼："不上车？"宋枝蕙像个老实巴交的小学生，有他这句话，才敢坐上副驾驶座。

可即便两人坐在同一个逼仄的空间内，祁岸身上的"冷气"也没降多少。宋枝蕙基本可以确定他不开心了。想着这么尴尬下去总不是办法，她讷讷地开口："我听何恺说，你帮我还了他十二万。真的很谢谢你，不然我还要被迫和他联系。不过你放心，我会尽快凑齐还给你。"

礼貌疏离的话，就好像两人是很不熟悉的关系。祁岸实在忍不了，绷着下颌线睇她一眼："说完了？"

宋枝蕙闭上嘴，可闭了两秒又没忍住："你是嫌我烦了吗？"

祁岸直接被气笑："我哪句说嫌你烦了？"

宋枝蕙嘴角微微耷拉着，轻声嘟哝："你是没说，但你都表现出来了。"不满意的语气几乎溢出来。这么看，反倒像个生气的女朋友。

大概是她这会儿表现得有点可爱，祁岸用余光瞥了她几眼，耐着性子半真半假地道："那你就当我刚刚在吃醋。"

宋枝蕙心跳一快，斜眼窥伺着他："你吃什么醋……"

祁岸轻笑："当然是吃女朋友和前男友单独在一起的醋。"他煞有介事地睨她，"谁知道你们两个单独在里面谈了那么久，会不会复合。"

宋枝蕙眉心一跳："怎么可能？我怎么可能跟他复合。"

见她急了，祁岸了然于心地勾起唇。

宋枝蕙这才反应过来他在逗自己："……又拿我寻开心。"

祁岸不甚在意地道："你不也拿我当'工具人'？"

宋枝蕙无话可说，甚至还有一丝心虚。不过两人说说闹闹，气氛总归比之前好，宋枝蕙见他没再冷着自己，心里也好受许多，随后又真心实意地再度道谢，还说自己今天很开心。

"开心就行。"祁岸意味深长地瞥她一眼，"我希望你开心。"

后面这句他咬字莫名加重，透着一股真挚，就好像……他费尽心思做的这一切，就只是为了让她开心。

宋枝蕙压抑着加速的心跳，别开视线，在心里告诫自己不要多想，刚好前方就是北川大校门口。想着他陪自己忙了一晚上，怎么也要表示一下，宋枝蕙决定请他吃晚饭。

可还未等她把话说出来，祁岸就抢先一步打消她的念头："俱乐部那边有点事，今天就先把你放这儿。"

往常都是她拒绝祁岸，倒是第一次被拒绝，宋枝蕙顿时有些茫然，旋即勉强点头磕巴了下："好。"

似是察觉到她微妙的情绪，祁岸在她下车前又叫住她："明天考完试，等我电话。"

宋枝蕙："怎么？"

祁岸故意卖关子："到时候你就知道了。"

宋枝蕙似懂非懂地点头："好。"

祁岸心念一动，到底没忍住，像对幼儿园小朋友一样，既惩罚又宠爱般地轻捏了把她软嫩的左腮："去吧。"

指腹微微摩挲仿佛带了电流，宋枝蕙顶着漏跳一拍的心跳，匆忙错开视线，逃也似的推开车门，丢下一句"我走了"，便转身消失在茫茫夜色中。

望着她远去的背影，祁岸嘴角噙着一抹不自知的痞笑。直到看到她安全进了小门，他才掉头驱车前往俱乐部。

这个时间，大家忙完训练，要么在一起吃饭闲聊，要么在娱乐室打游戏。只是今晚情况不一样，大家不是聚在一起玩 VR 游戏，而是五六个人凑在一起打《王者荣耀》。

祁岸到的时候，几个人打得正欢，还不断有嬉笑怒骂飙出。

最明显的就是罗贝贝的南方口音："天哪，不愧是专业电竞选手，一带四也太牛了！呜呜呜，野王哥哥你好帅！"

一听这话，祁岸就知道是祁颂到了。祁颂是祁岸的堂弟，但实际上只比祁岸小几个月，两人小时候同一个学校上学，再加上两人本就长得像，经常有人会分不清他们。

不过随着长大，两人性格相差甚远，对比就越来越明显。

祁颂从小到大都跟个猴似的，上蹿下跳，也很皮，平时乐呵呵的也没什么架子，而祁岸就不一样。大概从三年级起，祁岸桀骜不羁的性子就初显端倪，无论在哪个群体里，都担当着主心骨的角色，就连外貌也远胜祁颂，等到五年级的时候，已经有小女生朝他书桌里偷偷塞信了。

不过后来随着易美茹与祁仲卿离婚，祁岸来到平城，两人的生活轨迹就此渐渐错开。等祁岸高三被接回 B 市时，两兄弟除了身高和侧脸轮廓相似，已经没什么别的相似地方。

祁岸虽然看着爱玩，但脑子转得极快，成绩稍微用用心就相当出色。

祁颂就不行了，即便走后门去了当时最好的尖子班，成绩却也总使不上劲。

再后来，祁岸就跟家里闹翻，一个人来到北川上大学，并在相当溺爱他的几位叔叔的扶持下，用自己之前比赛赢得的奖金成立了金煌俱乐部，又跟宋兰时合资开了澜园。本来身边人都以为祁岸在玩票，不料一年下来，两个投资都在盈利。再后来，几个叔叔也添了些股份进去，钱也自然越赚越多。

也正因如此，祁仲卿很看重祁岸，生怕两人之间的父子情真就这么断了，这几年背地里没少在背后默默帮他打点，只是祁岸从来不肯领他的情。

而同样是没有什么自由的祁氏子弟，祁颂就没那么好过。他高考没考上理想的大学，本来被安排出国念书，结果在国外也混得不太开心，惹事不断，索性任性退了学，专注做他最具天赋的事——打游戏。也恰逢那段时间国内电竞行业广纳人才，他轻轻松松就进了国内一线的电竞队当青训生。

只是好景不长，他刚转正没多久，祁家老爷子就不同意他干这个，还特意和他的老总谈了谈。几番胶着后，俱乐部的意见是让祁颂先休息一段时间，和家里商量好后再做决定。

于是这才有了祁颂在家憋得无聊，来北川找祁岸。这家伙像是天生就能把气氛炒热，来了没多久就和祁岸俱乐部的几个人打成一片。

但这热闹气氛只存在于祁岸回来之前。见大老板回来，几个人立马噤声四散开，罗贝贝更是非常有眼力见儿地去给他们买东西喝。

祁颂倒是死皮赖脸，嚼着个口香糖笑，说你们俱乐部这个叫罗贝贝的妹子挺带劲，又辣又懂事。

祁岸冷眼刮他，嗤了声："收起你的色心，别在我这儿招蜂引蝶。"

虽然长得不如祁岸，但祁颂也算是正儿八经的帅哥，刚比赛那会儿还圈了不少女粉。奈何他是个渣男，谈对象从来不超过三个月。

不过渣归渣，在祁岸面前他向来是个乖宝宝。被祁岸一斥责，祁颂立马改口："哪儿能啊，这不就是过过嘴瘾。"

许久未见，祁岸也懒得修理他。

祁颂步入正题："反正我不管，老祁家我是待不下去了，什么三姑六婆都看我不顺眼，非要我从俱乐部退了，我没日没夜训练了多少个通宵才转正的，要我放弃我可不。我们经理也说了，过段日子缓和缓和就让我回去。不过我现在是没啥地方去，你不留我我就只能睡大街。"

祁岸跷着二郎腿靠坐在椅子里，从口袋里摸出烟："收留你的前提是不能在我这儿惹事。"

祁颂一米八几的大个子，立马原地立正："放心，我保证不给组织丢脸！"

祁岸笑骂了一声，知道他没吃什么，抽完一根烟后，便去厨房给他弄了个饭团，又顺带给了他一份别墅那边的钥匙："你来了正好陪陪狗子。"

祁颂咬着饭团含混不清地问："你最近都不在？"

祁岸喝了口水，突出的喉结滚动，"嗯"了声："要考试了，打算最近住校。"

祁颂眯起眼，看起来不怎么相信的样子："这么老实，有猫腻啊。"

祁岸懒得搭理他。祁颂把饭团两三口解决掉，扔进垃圾桶："实话说啊，最近老爷子最头疼的两件事，一个是我非要搞电竞，一个就是你非要自己搞对象。"

祁岸这会儿已经开始煎牛排了。滋滋的肉香味混着煎鸡蛋的香气溢满四周，他哼笑了声："你搞电竞是脑子不正常，我搞对象是正常的需求。"

第一次听祁岸说这种话，祁颂当即飙了脏话："需求都说出来了，这是什么虎狼之词！"

祁岸眼刀子扫了他一眼："你嘴巴是想挨揍还是想吃饭？"

祁颂"嘿嘿"两声："想吃饭。"

祁岸跟喂狗似的，把牛排和煎蛋放到他面前，两人一人一份脸对脸吃。到这会儿祁颂才发现，祁岸现在是越长越有男人味，还浓眉大眼特好看。他叹了口气："也不知道哪家姑娘这么好运气，能摊上你这么个精品中的精品。不过你对象到底长什么样啊，有没有正脸照片让我看看。"

祁岸本来漫不经心的，但一听他问起宋枝蔥，神色就凝滞下来。

祁岸倒也真的拿起手机找了找，结果发现那些照片里，居然没有一张是她的正脸，翻了翻她朋友圈，也才发现她这人完全不发自己的照片。

祁颂在旁念叨："你那张拍得太朦胧了，只能感觉是个美女，但具体长什么样完全看不清楚。老爷子还说了好几次，就想知道到底是个什么样的姑娘把你给迷得团团转。"

听到这话，祁岸手指微顿，倒也没反驳什么，只是淡淡地道："她很好看，性格也好，脑子也聪明。"

"最主要的是，"祁岸像是试图找到精准的形容，缓声道，"她比你们所有人都可爱。"

还是第一次见到他露出这种不自觉的温柔神情，祁颂肩膀顿时抖了抖："你行不行，这么肉麻。"

祁岸掀眸瞪他一眼："觉得肉麻就滚。"

"不肉麻不肉麻。"祁颂马上笑起来，"有嫂子我高兴还来不及，正好给我分担火力。"

祁岸懒得搭理他，只是因此想到他确实连一张宋枝蕙的正脸照片都没有。他想找宋枝蕙要一张，但又估摸着她应该在好好复习，便忍住没找她。

吃都堵不住他的嘴巴，祁颂絮絮叨叨地说家里的事，说爷爷知道祁岸恋爱其实没有那么生气，大体上都觉得祁岸没当真……大学时的恋爱嘛，总归就是玩玩，经不起折腾。最重要的是，这次祁岸突然恋爱，给了大家一种他好像放下初恋的感觉。毕竟当初祁岸为了那姑娘有多疯，全家上下都记忆犹新。祁岸不止划了祁仲卿三辆珍藏的车，还摔坏了祁仲卿一整柜子的藏品。

后来即便是祁仲卿气得用鞭子抽他，祁岸也还是嘴硬："你既然恶意毁掉我所珍视在意的，那我也将同样的招数奉还给你。"

大家想到他曾经做出来的那些事，还是会阵阵发怵。爷爷最终还是放了祁岸自由。

祁颂闲聊似的说着。祁岸却早已在不经意间，双拳从微拢起到指节泛白，哼笑："他们最好记得。"

祁颂顿住，抬眸看他。

祁岸漫不经意地撩起眼波，迎上他的视线："不然我不介意再疯一次给他们看。"

当天晚上，宋枝蕙复习了一整夜，第二天很早就起床准备考试。

他们专业考试安排得十分密集，光是这一天就有三场。宋枝蕙几乎没怎么休息，午休时间都还在抓紧看书。等到下午那场考试考完，她才彻底地松懈。

剩下的四门考试，对她来说都驾轻就熟，她不用担心因为祁岸来找她而来不及复习。

昨晚,她回来得不算晚,但不知道为什么,人坐在书本面前,每隔一段时间就忍不住走神。不是回想起她跟祁岸相处的画面,就是想到两人的对话……还有祁岸碰她脸的那一下。

不知道是不是错觉,宋枝蕙总觉得祁岸对她,并不完全就是她想的那样。他对她太好了,好到已然超过虚假关系的界定,甚至她自己有时候都觉得两个人是真的在谈。

可事实到底是怎样,宋枝蕙无法确定,也不敢去想,只是心情有点莫名地复杂和憋闷。

特别是在她考完试后,祁岸并没有按照事先说的那样打电话给她。

宋枝蕙有点儿强迫症,他这么不声不响的,她心里反倒像是悬着个事,隔一会儿就看一次手机。她也想问问他,今天还找不找自己,但总觉得这样好奇怪,就好像她很期盼见他一样。思来想去,宋枝蕙就只能先回宿舍。

这会儿蔡暄和苏黎曼都在,问她要不要一起出去吃晚饭。宋枝蕙本来都想答应了,结果这家伙像是算准了时间,突然打来电话。

"考完了吗?"祁岸嗓音清越,瞬间就从叽叽喳喳的宿舍环境中,划出一道安静天地,来容纳他们俩。

之前莫名低迷的情绪一点点升温,宋枝蕙抿抿唇:"考完了。"

"行,"祁岸的语气听起来莫名正经,"那你现在来一趟校长办公室。"

宋枝蕙有些诧异:"为什么要去那儿?"

祁岸笑了:"来了你就知道。"

宋枝蕙到底没抵住吸引力,拒绝了当晚的聚餐,一个人前往综合办公楼三楼。大概是这地方听起来就很严肃,宋枝蕙有一点忐忑,想着要是祁岸不在,她转头就走。不料,她走到三楼时才发现,这会儿来校长办公室的远远不止她一人。

那些人大多数都是男生,只有一个女生。大家面色沉重,似有羞愧,在门口面面相觑,谁也不愿意第一个进去。这感觉,颇有种犯了事要被训话的感觉。

宋枝蕙心想她最近惹事了吗……也没有吧。就在她疑惑之际,身后蓦地响起一道熟悉的嗓音:"傻站在这儿干吗?"

宋枝蕙一回头就看到了祁岸,他一身清爽便服,双手插兜,似笑非笑的面色中带有几分道不清的促狭。

看到他的一瞬，宋枝蕙心安下来，但也还是有些懵懂地望了望办公室门口："那些人……是要干吗？"

祁岸调子懒洋洋的："不干吗。"说话间，他意味深长地盯着她，嘴角倨傲一勾，"就是单纯过来给我女朋友道个歉。"

宋枝蕙没反应过来，以为与自己无关，便暗自松了口气。然而再转念一想，又觉得好像哪里不对。

等等，祁岸的女朋友，不就是她？

如果不是祁岸，宋枝蕙这辈子都不敢想，自己未来会经历这么兴师动众又尴尬的局面——数十个见都没见过的男生站成一排，当着校长和祁岸的面，臊眉耷眼地挨个给她道歉，原因正是数天前引起风波的帖子。

宋枝蕙也是现在才明白为什么当时祁岸看起来那么云淡风轻，原来他背地里早就做好打算，打算之一就是酝酿好久的今天。在他的百般施压下，校方找出了帖子中骂得最凶的一批人。

碍于网络造谣方面的事情，学校也是第一次处理，轻重不好拿捏，祁岸也不想给九叔找麻烦，所以给出了两种解决办法。

一种是曝光账号持有者的真实姓名和班级，进行通报批评并记过。另一种则是只通报批评这些人的账号，并予以封号处理，条件是这些人必须当面来给宋枝蕙道歉。

当时校方把这两个选择通知给这些人后，他们都毫无疑问地选择了第二种。于是才有了今天。

只是校方更意外的是，在那种无聊的八卦帖子里骂人带节奏的，居然大部分都是男生。而这些退而求其次选择"保命"的男生们，也完全没想到，当面接受道歉的不止宋枝蕙一个，还有祁岸。

相比一脸茫然的宋枝蕙，祁岸则插兜靠站在红实木办公桌旁，看似平静无波，实则面色肃然，盯着他们的眼神明显渗着几分意味不明的威慑。

几个人瑟瑟发抖，心想这还不如选择记过呢，最起码那样不用直接暴露身份给祁岸，谁知道这家伙会不会搞事后报复啊。就算不报复，男生在男生面前道歉也更丢脸更郁闷。

十来个男生脸上愁云惨淡，欲哭无泪。

这画面太奇葩，宋枝蕙几乎很难想象到，这些人就是当初在帖子里喷她的那群人。更讽刺的是,他们这会儿垂头丧气,俨然没了之前喷人时的口才,道歉也道得有气无力,说的内容也像是约好般千篇一律。

态度敷衍得明显,连本打算在旁边看热闹的付校长都忍不住打断。风度翩翩的中年男人把保温杯一搁,嗓音中气十足铿锵有力:"你们怎么回事,啊?没吃饭吗?我看你们在帖子里骂人的时候可是很来劲,怎么到现在就张不开嘴了?你们爸妈供你们过来念书,是为了让你们在网络上骂人的,还是为了好好学习?你们这么做对得起父母,对得起自己吗?"

"还有更气人的,"付校长冷笑一声,"我特意让你们辅导员查了查你们的成绩,结果呢,无一例外,全部稀碎!"

到最后,付校长一个不落地把他们训完,才问祁岸:"现在觉得满意了吗?"

他看着祁岸,祁岸却第一时间看向宋枝蒽:"满意吗?"

俨然处在食物链顶端的宋枝蒽顿时遭受到在场几乎所有人的目光,她局促一瞬,赶忙点头:"满意。"

听她这么说,那些男生显然松了口气。不料,祁岸却敛起眉峰:"她说满意,不代表我祁岸就会完全当这件事过去。"他阴鸷的目光不疾不徐地扫在他们每一张脸上,"要是你们以后还敢乱说话,可就不是现在这种后果。"

至于是哪种后果,他没说,也根本不必说。毕竟谁心里都清楚,这次能是这么个"待遇",全靠付校长从中调和说情。不然祁岸亲自下手,远要比这糟心一百倍。他们一个个当即把头摇得跟拨浪鼓似的。随着付校长的赦免,更是脚底抹油似的飞速离开。

再然后,就只剩一个女生还没"处理"。女孩儿看起来弱弱小小的,之前一直躲在门口处,毫无存在感。在看完刚刚的场面后,她早已吓得哭肿了脸。

到底是女孩,付校长于心不忍,无奈下给她递了包纸:"先擦擦。"

女孩接过纸巾胡乱擦了把脸,着急认错。比起那几个男生,她态度好得不止一星半点,先是坦诚地跟宋枝蒽道歉,又说自己带来的坏影响和后果,最后又由衷承认错误,说自己不应该为了黑心钱,而被人收买干坏事。

在校长的询问下,她更是把应雪找上她的来龙去脉说了个清楚,甚

/ 269 /

至还把当初两人的聊天记录发给了祁岸。

"她一开始也只表示想给自己澄清一下,说是之前她被人骂小三骂得太惨,又不是本学校的IP,所以登不上校园论坛,无奈之下才找我帮忙。

"至于文案内容和照片,都是她提供给我的,再让我帮忙润色下。

"我那时也是蠢,没想太多,毕竟她发给我的那些话,并没有很直白的造谣污蔑,我当时手头又实在缺钱,就一时起了贪心,干了坏事……

"不过我跟她的往来就这些了,她把钱给我后,我们就没再联系过。

"估计她也没想到事情会闹到这个地步,很快就把我删掉了。"

说完这些,女生再度郑重地跟宋枝蕙说了对不起。大概是曾经也是贫困生的缘故,宋枝蕙在这一刻很难真正对她产生恨意。其实从头到尾,宋枝蕙恨的就只是应雪与何恺。

所以,这次没等祁岸或者校长开口,宋枝蕙主动说道:"不用再往下说了,这件事到这里就算结束,我不会再追究你什么。希望你以后专心在学业上,至于赚钱,不是一定要做这种事才可以。"

没想到宋枝蕙会这么大度,付校长些许讶然,女生更是惊呆一般,傻傻地看着宋枝蕙。

祁岸的视线也在这刻瞥向她。夕阳余晖下,戴着银边眼镜的宋枝蕙容貌清丽,气质脱俗婉约,可镜片后的眼神,却是截然相反的坚韧。祁岸忽然就想到了一个形容——"温柔且富有力量"。

即便当初受了那么重的伤,流了那么多的血,也一滴眼泪都没掉;纵然知道自己被愚弄那么多年,付出的感情和时间都是浪费,也忍住所有委屈,不在他面前多展露一分。

几年过去,她真的长大了。只是这种长大,归根结底也只是种种伤害和痛苦之后的产物。如果当初留在她身边的人是他,宋枝蕙绝对不会变成现在这番模样。想到这点,祁岸下颌线绷直,眸色也不经意间暗了几分。

刚好宋枝蕙扭头看他,几乎一秒就跌入到他深邃的目光中。她本想让他开口放行的,毕竟今天这事是他主导的,可没想到,祁岸的脸色似乎不大好看。

宋枝蕙几乎脱口而出:"你怎么了?是不舒服吗?"

她眨着乌黑的眸子,眼神满是关切。就好像这一瞬间,在她眼中最重要的是他。祁岸喉结微滚,神色也恢复如常:"那就这样吧。"他抬眸望向那个女生，语气比之前稍微平和几分，"这是看在我女朋友的面子上。还是那句话，要有下次，我绝不会处理得像这次这么简单。"

"不会的，不会的，"女生带着哭腔，感激地说，"我哪敢有下次呢，再也不敢了。"

事情到此画上句号。女生离开后，付校长办公室就只剩下三人。

付校长先是安抚宋枝葱几句，之后又跟祁岸说了几句话，话里意有所指，让他戾气别太大，不论什么事情都温和一点儿处理。

等两人从办公室出来，宋枝葱才从祁岸那儿明白过来付校长的意思。

祁岸插着兜语气随意："他知道我不会放过应雪，刚刚是在点我。"

宋枝葱愣了愣："你还要去找应雪？"

祁岸斜睨她："你觉得我像是随便放人一马的性格？更别说她还一直欺负你。"

"可是。"宋枝葱跟在他后头下台阶，"这总归是我跟她之间的恩怨，如果你顺手帮我解决也没什么，但你要是专门去对付她……我总觉得……"

祁岸在台阶上停下来："总觉得怎么？"

宋枝葱镜片底下的眼睛清凌凌的："总觉得我会欠你的越来越多。"

话音落下，两人就这么不动声色地对视着。但没几秒，宋枝葱就从祁岸漆黑又不可摸触的目光中败下阵来，白皙的耳垂也慢慢变成肉粉色。

祁岸却始终都没移开目光，像是另一种方式的质问："那你就让我眼睁睁看着她欺负你不还手吗？"

宋枝葱抬起头，微微仰视着他。

喉结微微涌动，祁岸一瞬不瞬地望着她："我做不到。那比她欺负我还难受。"

因为这两句话，宋枝葱不止耳朵红了，双颊也热起来，她把这种现象归咎为这一处的阳光太盛，且刚好晒到她脸上。仓皇间，她错开身往下走，顺势转移话题："那你打算怎么做？"

祁岸在后头跟着，挑眉悠然道："这你就不用管了。"

宋枝葱抿抿唇，有些嗔怪："我可以不管，但是，我提醒你一句，你最近也要考试了。"

祁岸笑了一声："你怎么知道我什么时候考试？"

两人一前一后走到一楼大厅，宋枝葱脱口道："当然是找人问的。"

说完，她就后悔了，因为祁岸这家伙的目光几乎一秒就暧昧起来，那眼神翻译过来好像在说——看不出来，你还挺关心我。

于是，宋枝葱立马改口道："我的意思是，担心你因为我的事情分心太多，考不好试。"

不想话音刚落，祁岸就坦荡接话："你有没有想过，你的存在就是一种分心？"

这话虽然听起来是疑问句，可他的语气却是肯定的，宋枝葱忽然就失语了，甚至有种自己是累赘被人嫌弃的感觉。她蹙起眉，刚要开口反驳，兜里的电话却忽然响了，宋枝葱拿出来一看，是外婆。

想着自己好多天都没回家，外婆应该是催自己回去，宋枝葱便第一时间接起。果不其然，得知她今天刚考完三门，外婆立马问她今晚有没有时间回去吃晚饭，还说今天舅舅舅妈也会早点回来，说是李桃桃回来了，大家好好给她接风洗尘。

听到堂姐的名字，宋枝葱露出笑容："桃桃姐回来了？那可太好了。"

想着自己反正也没什么事，宋枝葱痛快地答应。结果答应得太快，她完全忘记自己眼前还有个人。

祁岸似笑非笑地望着她，语气讥讽："你倒是找到机会开溜。"

宋枝葱心头漫上一丝心虚，动了动唇："没有，真的是我家里有事。"

祁岸呵笑了声："有事就可以赖账？昨天是谁答应给我好处没给的。"

他总能用一两句话就拿捏到宋枝葱的七寸。镜片下的眸色荡开几分不知所措，宋枝葱思忖几秒："不然你跟我一起回去？"

这话说着没什么底气，却让听的人眉头稍扬。原本祁岸只是说着玩玩，哪承想宋枝葱真的给他个大"回馈"。

似是觉得他不太乐意去，宋枝葱真诚地道："我外婆手艺很好，你知道的，我舅舅还有独家秘制烤鱼，不管怎样，都不会比在外面吃的差。而且你之前不是还说，想去看外婆，外婆也确实很久没见你了。最主要的是，你每天不好好吃饭，胃也会吃不消，你今天不跟我过去，搞不好又要跟兄弟出去吃烧烤……"

说到这里，她带着几分埋怨的声音渐收。不是因为她没话啰唆，而是祁岸这家伙突然不怀好意地勾起唇，像是忽然被喂了一口糖，眼角眉梢都随之舒展盎然，潋滟着刚刚不曾有的波光。

下一秒，祁岸凑近，视线几乎与她持平："既然你这么急着带我见家长。"他音质清润,像是上好的钢琴弹奏出来的乐声,身上好闻的檀木香也随之蛊惑地笼罩下来,"那我就恭敬不如从命。"

简单两句话,宋枝葱的心率骤然失衡。

如果是以前,她一定会去解释,比如我没有想带你见家长的意思,再比如,我只是想还你一个人情。可不知为什么,这天,这一刻,这当下的几分几秒,她的潜意识没有让她把那些"摘干净"的话说出口。反倒胸腔里像是揣了只激动的兔子,整个人不可控地脸红耳热。

她声如蚊呐地解释:"我只是不想你吃那些乱七八糟的东西……"

祁岸唇畔的酒窝渐深,像是透过她张皇的神色,探究到更深的什么。

宋枝葱不敢再继续说下去了,错开目光:"既然要跟我去,那就快点儿,回去还能给外婆打个下手。"说完也不管身后的祁岸是什么反应,丢下他就走。

当天傍晚,祁岸开车带着宋枝葱回了家。等车开到小区附近,祁岸又找了家水果超市买了外婆爱吃的水果当见面礼。

宋枝葱见这位大少爷买起东西毫不手软,赶忙制止:"不过就回家吃个饭,不用这么兴师动众。"

她看着大几百一个的榴梿:"这东西我外婆也不爱吃,买来也是浪费。"

而且,她本来不大紧张的,被祁岸这么一弄,反倒有些慌,就好像两人真要正儿八经地见家长。然而,她家人连她换对象了都不知道

祁岸倒没想那么多:"不是还有舅舅、舅妈和你表姐吗?他们总会爱吃。"

宋枝葱欲言又止。

祁岸却似想到什么:"何恺以前来都带些什么?"

忽然听到前男友的名字,宋枝葱愣了愣:"他?"

祁岸意味深长地说:"他以前总喜欢在群里跟大家炫耀,说你外婆又做了什么好吃的给他。"

虽然他表情很平淡,但宋枝葱莫名从他的话里读到一抹隐约的不爽和攀比。

宋枝葱蓦地支吾了下:"其实他也没有总来,一年最多才来两次。"

这话不说还好,一说祁岸的表情更耐人寻味:"一年两次,三年不就是六次。"

宋枝蕙被堵得严严实实，祁岸也没有听她话的意思，随手又拿了两大盒当下顶贵的车厘子，让老板结账。

老板乐得跟开了花似的。宋枝蕙全程一个字都不敢多说，只能乖乖带着祁岸和两大袋子的水果进小区。

小区是年代久远的楼盘，没有电梯，想到祁岸从小养尊处优，大概没来过这种地方，宋枝蕙在快到单元楼的时候，有些尴尬地道："我家在顶楼，不然你分给我一袋吧，太沉了。"

"顶楼是多少楼？"

"七楼。"顿了顿，宋枝蕙又说，"别说是拎这么沉的东西了，就是走上去都很累的。"

祁岸挑眉朝楼上瞥了一眼："以前何恺常喊累？"

宋枝蕙怀疑他会读心术，不然怎么知道她这话里暗暗讽刺的人就是何恺。

似从她表情里读出什么，祁岸来了兴致："以前他都怎么喊的？"

说到这个，宋枝蕙有些无语："也不是喊吧，就是抱怨，特别是拎东西的时候，走到三楼就开始嚷嚷为什么没电梯。而且几乎每次来都嚷嚷，听着都烦。"

说完这些，她回过头看祁岸。这会儿两人已经走到单元楼门口，祁岸宽肩长腿，手里自如地拎着两袋东西，丝毫没有为"七楼"而退却的神态，望着她的双眸也微微上挑，看起来心情不错的样子。两条胳膊也因此拉伸出流畅结实的手臂线条，是属于少年人意气蓬勃的性感。与当年何恺来她家时那副弱鸡模样截然相反。

一时间倒显得她的关心在自作多情，宋枝蕙甚至开始产生就让他这么体验一下生活也不错的想法。

祁岸却忽然将左手那袋沉甸甸的水果挂到右手上，同时依旧保持懒散的神态，朝她伸出左手："我不止可以拎着东西上去，还能空出一只手牵你。"他意味深长地勾起唇，"宋枝蕙，要不要试试。"

忽然被他叫住大名，宋枝蕙一阵心悸，偏偏视线又不受控制地落到他那只修长白皙又有力的手上，夕阳余晖下，他掌纹清晰，骨骼像是美术生的素描一样利落好看，只是看着，就能感觉到被他握住的温暖力道。

祁岸目不转睛地盯着她，被光线晃成琥珀色的双眸，也透出让人难以拒绝的期许。

宋枝蕙下意识地咽了咽口水,有那么一瞬间,她真的有种想要伸出手握住的冲动。

只是非常不巧,下一秒,楼道内忽然响起一道熟悉的嗓音,声音带着岁月的痕迹,又满是慈爱:"枝蕙哪,回来啦。"

听到声音,祁岸和宋枝蕙一同回过头,看到站在身后拎着菜的外婆。

外婆在短暂的惊讶过后,脸上瞬间洋溢着巨大的惊喜:"天哪,这不是小岸吗?"

往常这个时间,家里正是安静的时候,唯独这个傍晚格外热闹。舅舅和舅妈早早关店去机场接了李桃桃回来,宋枝蕙他们上楼的时候,家里已经开始飘着饭菜的香气。电视也开着,播放着虽然无聊但非常能带动气氛的综艺。

随着祁岸的到来,这个热闹如同过年的家庭聚会,更是掀起另一番浪潮。

最先认出祁岸的是舅妈,她跟外婆一样惊讶,之后又去叫正在炒菜的舅舅。舅舅意外又惊喜,也热情地招呼祁岸。

祁岸像是见到熟悉的长辈那般温顺地打着招呼,宋枝蕙站在人群后默默无语,莫名有种早已被敌人打入内部的错觉。

最后过来的是李桃桃。她刚刚在宋枝蕙的卧室打电话忙工作,电话一挂断她就出来了,第一眼看到的就是穿着白衬衫、浅色布裙,文静又温柔的宋枝蕙。

三年未见,小姑娘俨然长成了大姑娘,李桃桃当即激动地喊了声宋枝蕙的名字,上前和她拥抱。

一家人聚集在玄关处,李桃桃又注意到格外惹眼的祁岸,一头利落有型的黑色短发,身姿挺拔舒展,气质不凡,就连身上的衣服也仿佛和宋枝蕙是情侣衫,都是白驼配色。

李桃桃几乎一眼就认出他是谁:"呀,这就是枝蕙的男朋友吧。"

此言一出,几个长辈的笑容均凝滞下来。李桃桃却浑然未觉,那张金牌销售的嘴远比任何人都要快,当即冲祁岸伸出手:"你好何恺,我听枝蕙提到你很多次了。我是枝蕙的表姐李桃桃,很高兴认识你。"

话音落下,不大的空间里顿时鸦雀无声。所有人均一脸尴尬,只有祁岸还保持着波澜不惊的风度,甚至还在下一瞬勾起嘴角,伸出手:"你好，我——"

就在他马上要和李桃桃握手时，宋枝蕙下意识地挡在前头，抢先一步攥住祁岸的手。细软的手掌无意识地贴合他的手背，祁岸视线一顿，落在身侧的宋枝蕙身上。

只见宋枝蕙眨着清凌凌的杏眼，神色艰难地解释："表姐，他不是何恺。"

李桃桃没反应过来，"啊"了一声："什么意思？"

宋枝蕙几乎无处可逃，只能硬着头皮道："他是祁岸。"

李桃桃睁大眼。

祁岸索性顺势牵住宋枝蕙的手，又在众目睽睽下，转换成十指相扣的模样。在宋枝蕙还在犹豫要怎么解释的时候，他含着笑，神态自如地开口："表姐你好，我叫祁岸，是宋枝蕙的新男友。"

短暂的尴尬就像一道不怎么好吃的开胃菜，即便再难以下咽，大家也还是会放到一边，转而去吃更美味的菜肴。

只是宋枝蕙就没那么好过了，在祁岸去厨房给舅舅打下手的时候，她要经受三个女人的拷问。

最开始是李桃桃把她拉进卧室，随后舅妈跟进来，外婆一看情况不对，也跟着进去，听她解释跟祁岸是怎么回事，怎么才一段时间不见，谈了三年的对象就换成了新人。

宋枝蕙自然不能说和祁岸在一起是假的，只能硬着头皮说两人是在合并校区后才重逢的，至于在一起，是在与何恺分手后。

李桃桃又追问她为什么跟何恺分手，宋枝蕙倒是没什么好隐瞒的，就把在别墅发生的一系列事说了出来。至于别的，她不想让家人担心，便没多透露。

只是没想到，三个女人的态度都有些微妙的不同。

舅妈是早就觉得宋枝蕙与祁岸不对劲，这下得知两个人正式在一起，有种自己猜对的自豪感。李桃桃则支持宋枝蕙换新男友，用她的话说，年轻人就是要抓紧时间谈恋爱，不然怎么知道自己到底适合什么样的人。再说何恺那样的渣男，早就应该踹了，更别说现男友还是这么一个大帅哥。

舅妈当即又教训起李桃桃："你可闭嘴吧，管好你自己的事，少来带坏你妹。"说完，她非常有眼力见儿地借着这个机会带李桃桃出去，把空间留给外婆和宋枝蕙。

比起另外两人的支持,外婆显然没那么放心,她看起来有些犹豫:"外婆不是不支持你和何恺分手,只是外婆没想到你会跟小岸在一起。既然在一起了,也不能硬让你们分开。但不管怎么说,枝蕙,外婆不希望你再像以前一样受伤。小岸是好,但他太好了,外婆总归是担心你……"

后面的话,宋枝蕙垂着眸自己补充:"担心我无法掌舵。"像年少时一样,放任自己的心,结果却迷失在海上,眼睁睁地看着一切偏航。

外婆没想到她认知会这么清醒,一时语塞。

宋枝蕙抬起头冲她笑了笑:"放心吧外婆,不会的。"

她不会再像以前一样受伤,也不会再像以前一样失望。因为他们自始至终都是假的,而且这段假的关系,也会在未来的不久中断。只是这个事实,她不能告诉任何人,只能尽量用微笑和平和的话语来让外婆安心。

或许是见她远比多年前成熟睿智,外婆没说太多,便再度出去跟着忙活。宋枝蕙这才喘了一口气。

没多久,一顿丰盛的晚餐准备完毕,舅妈叫大家过来吃饭。

六个人围在圆桌旁其乐融融。因为今天的主角是李桃桃,大家就都围着她的事情聊,偶尔再和祁岸聊几句话。祁岸应对得礼貌得体,和长辈们也都能说笑到一处。

特别是外婆,一个劲儿地给他夹菜,生怕他吃不饱。期间,外婆又问起易美茹的事情,祁岸回答得耐心:"她大部分生意还在平城那边,逢年过节会来看看我,身体各方面都很好。"

外婆颇为感慨:"都很好我就放心了。"说完,她对舅舅他们说,"当初就是小岸的妈妈,高薪雇佣我,一雇佣就是好多年,小岸初中和高中都是我带的,所以看到他就跟看到亲孙子一样。"

听到这话,舅舅对祁岸更热情了,俨然把他当作一家人,还让他陪自己喝酒。作为晚辈,祁岸盛情难却。

只是除了应对长辈,他大部分的注意力都在宋枝蕙这边。宋枝蕙却浑然不知,只是默默吃着饭,直到一小碗剥好的小龙虾肉放到她面前。

宋枝蕙这人口味有点奇怪,极其不喜欢吃带壳的东西,即便是小龙虾这种靠嗍才有意思的东西也不行。要么不吃,要么就吃剥好的。

早年祁岸知道她这毛病,没少挖苦她,但每次都会在吃的时候,耐着性子帮她剥一些。

后来，她与何恺在一起，何恺仅为她剥过一次，讽刺的是，他在之后的很多次吵架里，都喜欢说出来彰显，就好像他对她有多么好。从那以后，宋枝葱就不再想吃这个东西了。

她从没想过，未来的某一天，当初那个愿意为她耐心剥虾肉的人，会重新回到她身边。且这个人依旧愿意牺牲那性子里并不多的耐心，只为给她这一点点的欢喜。

宋枝葱的心口像是沁着酸涩甜暖的梅子汁，眼底莫名有些泛潮。她抬起眸，定定地看向祁岸。

餐桌上，喧嚣得听不太清她的声音，于是祁岸便自然而然地凑近。距离近到宋枝葱可以清晰地闻到他身上混着酒味的檀木香，近到两个人的头也轻轻碰在一起。

祁岸眼尾缀着酒精上头的淡红色，像是难得有这么放松的时刻，声音也慵懒低哑地问："怎么感觉不开心？"

宋枝葱没想到这也能看出来，微微有些讶然。不过想想也是，整个桌上，就她一言不发。偏偏宋枝葱又不是太直接的性格，但凡她说自己不开心，祁岸就一定会追问。她不想让他追问，甚至她自己也不知道这刻为什么会不开心。

宋枝葱轻轻摇头："没什么，就是有点累。"

祁岸没吭声，就这么默不作声地盯着她看，眼睛像是一片浩瀚星海，稍不经意就能沦陷进去。

宋枝葱的视线与他短暂交汇两秒，按捺着心跳低声问他："你喝了多少？怎么感觉现在已经醉了。"

祁岸闻言，垂下眸拿起空了的听装酒，修长如玉骨般的手指捏了下："两个。"

两个就这样了？宋枝葱没想到他酒量这么浅，有些意外："你平时不是挺能喝的吗？"

两人声音在无意间放大，对面的舅舅听到，搭腔道："哪里两个啊，是啤的两罐，还陪我喝了两杯白的呢。"

祁岸低笑，莫名像小朋友撒谎被抓包。宋枝葱彻底无语了。她嗔怪地看着祁岸："要知道你过来会喝酒我就不带你来了，这不更伤身吗，而且你开车来的。"

舅舅立马帮祁岸说话："哎呀，才多大，伤什么身，这么高兴的日子，不喝酒不是完全没气氛。"

"可不是吗！"舅妈也说，"喝多了就在家里住呗，这么大地方，住哪儿都行，都是大人了，又不是未成年。"

李桃桃冲宋枝蕙挤眉弄眼："你俩才在一起，别急着变身小管家婆啊，小心吓跑人家。"

一说"管家婆"，舅妈像是捡到乐子："这点确实啊，我们枝蕙哪，从小就爱管人，长大了更是，有时候生病了不吃药都要被她念好半天。"

调侃到自家孩子，饭桌上的气氛再度热络起来。就连外婆都笑着插话："这也要看管谁，管什么，要是喜欢被她管着啊，心里还觉得暖呢。"

被大家伙一起说笑，宋枝蕙顿时讪然。偏偏祁岸借着酒意，在不经意间没骨头似的凑过来，一只手明目张胆地揽过她的左肩。

宋枝蕙刚刚感受到他掌心落下来的力道，祁岸就已经把她带到自己怀中来。那一秒，骨骼轻轻相碰，同为白色的衬衫衣料也摩擦出细微的声响。感受到这一刻属于他身上的体温传递过来，宋枝蕙脊背一僵。

祁岸却垂下浓黑的眼睫，幽深而恣意地望着她，带着震颤般的磁性嗓音，徐徐从他胸腔里闷出来般："确实，我就喜欢让她管着。"

那顿饭宋枝蕙滴酒未沾，面色却像是喝了两大杯白酒那般火速烧得绯红。

祁岸似乎真的酒劲儿上头，在被家人们调笑揶揄后，非但没有收敛，还在桌下肆无忌惮地握了会儿宋枝蕙的手。就好像两人真的处在难舍难分的热恋中，即便在家长面前也无所谓收敛。

然而曾经的宋枝蕙，不论哪次带何恺回来，都没干过当着长辈们的面秀恩爱这种事，和祁岸的"恋爱"比起来，两人曾经的恋情就好像在过家家。

对比之下，宋枝蕙心头泛起微妙的电流，一时间也忘记反抗。后来还是翻译兼职那边的某位学姐急着找她，宋枝蕙才匆忙抽回掌心微潮的手去接电话。

学姐说她前阵子兼职翻译的合同文稿因为又要加额外的条款，需要她现在再修改一下。宋枝蕙对待工作向来认真，又是合作那么久的学姐，自然痛快答应。

只是电话挂断，她正想回去跟大家说工作的事，不想刚好听到李桃桃和祁岸聊天。

李桃桃对两人之间的事似乎很感兴趣，便打趣祁岸："哎，你是什么时候看上我们家枝蕙的啊，我听我妈说你以前总来烧烤店吃饭，不会那个时候你就有企图了吧？"

听到这话，站在厨房门口的宋枝蕙脚步下意识地一顿。

这个问题似乎吊起大家的胃口，舅舅和舅妈也跟着参与进来。一桌人言笑晏晏，似乎都在等祁岸的回答。

祁岸却笑得漫不经心，丝毫没有否认意味地"嗯"了一声，随后又从容不迫地道："四年前就喜欢了。"

话被他说得坦荡，没有一点儿扯谎的痕迹。宋枝蕙握着手机的指尖不由得一紧。

他在说什么？四年前？他是喝多了开始说胡话吗？还是为了维护两人的关系故意说假话？宋枝蕙想不明白。

李桃桃却紧接着感叹："原来你们那时候就认识啊！"

话到这里，外婆也开口，说当初枝蕙最难的那段时间，跟着她一起住在祁岸家，正因此两个人才认识。

李桃桃听完眼睛都冒粉红泡泡："哎哟，这不是典型的韩剧设定吗？不止青梅竹马，还是有钱公子哥配上——"

后面的话还没说，舅妈就在桌底踹了她一脚，李桃桃"啊"了一声。

外婆笑着起身："菜都凉了，我去给你们热一热。"

话题到这里不知不觉地转移。宋枝蕙也在这会儿回到桌前，说自己要去卧室工作一会儿，让大家先吃不用管她。鉴于她这种情况常有，舅舅和舅妈都没怎么意外。

倒是她转身离开的时候，祁岸一把攥住她的手腕。宋枝蕙回过头，祁岸微醺的眸中下至上地望着她："什么工作？非在吃饭的时候。"

手腕处的皮肤仿佛被发烫的掌心灼烧，宋枝蕙呼吸一紧。她纤长的眼睫低低垂下来，视线与他相对："翻译稿那边需要我多加一些文字。"

喝过酒的祁岸似乎比平时多了份执拗，盯着她不松手："那你就不管我了？"

宋枝蕙没办法地放低语气："就一会儿，行吗？"

咬字温温软软，夹在电视机和旁人说话的背景音里，格外像在哄人，感受到她话里的"诚意"，祁岸略抬了下眉，倒也没多为难地松了手。

宋枝蕙为他的霸道默默无语，但想着手头工作重要，赶忙撤回卧室。

还好她家里有台还算凑合的台式机，可以让她用最短时间投入到工作中。只是这帮忙帮得和想象中的不大一样，她本以为最多十几分钟就完事了，不料这学姐一次又一次地找她，不是这段不行，就是那段重新修改一下用词，偏偏态度还极其良好，让人有不满也不好说，就这么翻来覆去地折腾。

大概也是觉得过意不去，差不多晚上九点时，学姐终于放过她。然而这期间饭菜早已热了一遍又一遍，外婆三人也早就下桌各忙各的，唯独舅舅拉着祁岸一直喝。

或许是平常很少这么开心，舅舅对着祁岸天南海北地聊，比如过去日子多么艰辛，创业时多么不易。

等宋枝蕙从卧室出来时，舅舅已经聊到了小时候老家养的那头牛。祁岸也没好到哪里去，被灌了五六罐啤的不说，又跟着喝了好几杯白的，人也早已没了之前的清明。

舅舅还非拉着他聊天，作为小辈他不得不应付，又不知道该说些什么，只能在旁装作很感兴趣地听着，实则眼皮已经有些发沉。

舅妈收拾完厨房回来，见状忙过去打岔："你们怎么还在喝啊！"宋枝蕙也很无奈，赶忙过去把桌上的酒收起来。

舅舅喝多了，被舅妈拽着的时候还不乐意，舅妈哪里会惯着他，臭骂了他一顿，又嘱咐枝蕙："小岸看起来有点儿难受，你快把他带去你屋里躺会儿。"

宋枝蕙也是这么想的，只是她比舅妈温柔许多，即便拽着祁岸的胳膊想把他拉起来，也控制着力道，生怕拉疼他。

直到这会儿，祁岸似乎才恢复一点认知，确定眼前的人是宋枝蕙后，倒也没怎么反抗，被她扶回了卧室。

只是她的卧室太小了，祁岸一进去就感觉空间所剩无几，宋枝蕙只能耐心哄着他先在床上躺下。

祁岸听话归听话，却死攥着她的手不松开。那双往日里锐利的眼，这会儿也迷离地盯着她看，眸色却不似以往那般桀骜不驯，而是翻涌着晦涩不明。

宋枝蕙担心地看着他："很难受吗？"

祁岸闭了闭眼，嗓音低哑："嗯。你陪着我，我就不难受。"声音里混着一点点沙哑,莫名像在对她撒娇。

宋枝蕙登时心软,倒也没真的抽回手,只是她从来没照顾过喝醉酒的人,有点不知所措,只能任由祁岸十指相扣地牵着,另一只手在手机上搜索有什么分解酒精的药物。

搜来搜去,好像也只有维生素C对她来说最方便。宋枝蕙趁祁岸困意正浓,慢慢把手抽回来。随后,她又跟个小麻雀似的跑去客厅的药箱里找到维生素C,倒了杯水,回来哄着祁岸喝下去。

不一会儿,外婆轻手轻脚地推门进来:"小岸怎么样?"

宋枝蕙看了眼侧身睡着的祁岸,小声道:"应该还好,我看他已经睡着了。"

"那就好。"外婆明显放心许多,"还是第一次看到他喝这么多酒。"顿了顿,外婆又说,"对了,你今晚打算怎么睡?原本打算让你舅舅睡沙发的,但现在他喝多了,怕他不舒服——"

"我睡客厅吧,没事的。"宋枝蕙十分懂事,"桃桃姐今天坐飞机回来一定很累,你们赶紧睡。"

外婆松了口气:"那行,你先将就一晚,我去给你拿被子先帮你铺好,这边你也照顾好小岸。"

宋枝蕙点头。毕竟祁岸这个状态,别说把他放在大马路上,就是找代驾把他拉回家,宋枝蕙都怕他丢。最妥善的办法自然是放在眼皮子底下。

只是她的床太小了,祁岸手长脚长地躺在上面,总感觉不那么能放得开。

宋枝蕙有些担忧,但转念一想,谁让他非要喝那么多,活该。不过不满归不满,出去洗漱之前,她还是帮他好好盖了下被子,又把椅子挪到床边,防止他一个翻身摔下去。一切安排妥当后,宋枝蕙才轻手轻脚地离开卧室,关灯关门。

时间虽然刚刚九点半,但大家都已经回到卧室按部就班地准备睡觉,客厅里一片漆黑。

宋枝蕙也有些困,明天还要准备剩下的四门考试,她得赶紧洗漱休息。然而,她刚躺到沙发上,茶几处就亮起一道光,是祁岸的手机。

小情寞

[下册]

竹枳/著

江苏凤凰文艺出版社
JIANGSU PHOENIX LITERATURE AND ART PUBLISHING

有爱的青春陪伴者

第十一章
轻轻的吻

宋枝蕙起身拿过祁岸的手机,本意是想调整成勿扰模式,再顺便帮他充个电,结果视线一个不经意便看到屏幕上有三条微信……还都是同一个人发的。

你的颂颂:你什么时候回来呀,我肚子好饿呀!

你的颂颂:你去哪里了?不管我了吗?

你的颂颂:呜呜呜,我生气了,再不回来我要吃光你家所有零食!

宋枝蕙发誓,她真没有想要窥探祁岸的隐私,她真就是说不上为什么,鬼使神差地就把这三条信息读完了,又鬼使神差地提上一口气。

脑中也随之冒出许多疑问,比如——

这个颂颂是哪里冒出来的?

对方和祁岸是什么关系?

为什么在祁岸家?

她怎么都没听祁岸说过?

得到答案的方法也很简单,她只需要解锁祁岸的手机,再用女朋友的身份跟对方说几句话。但这种冲动只持续了相当短的一瞬间,宋枝蕙就冷静下来。

她跟祁岸又不是真的,她为什么要管这个什么颂颂跟他是什么关系。而且万一……万一这就是祁岸的暧昧对象,她贸然行动,万一搅和了两个人之间的小情趣……

思及此，宋枝葱抿起唇，忽然也不想给他充电了，直接把手机扔到茶几上，闷闷地躺回沙发。本以为转眼自己就能睡着，结果翻来覆去好半天，她也没酝酿出睡意，还越想越心堵，甚至莫名其妙地琢磨明天要怎么跟祁岸说这件事。

虽然两个人是假的，但是在关系存续期间，和别人搞暧昧是不是不太好？万一被外人发现造成误会呢？最主要的是，当初他也没说自己还有别的发展对象。

宋枝葱越想越觉得离谱，各种情绪也在黑夜里无声发酵。

直到卧室里忽然传来"咣"的一声，思绪瞬间被拉回。

宋枝葱刚坐起身就看到卧室门打开，身形高大的祁岸步态虚浮地朝卫生间的方向走去。

心中再度燃起担忧，宋枝葱也顾不上那些乱七八糟的情绪，起身跟过去，低声问祁岸："你是要吐吗？"

祁岸看起来比之前清醒几分，还知道开洗手间的灯："没，洗个澡。"

都这样了还洗澡？宋枝葱无语归无语，但也还是戴上眼镜跟进去："不然就别洗了，你先睡觉？"

祁岸却完全不听她的，直接把外面的衬衫脱掉，随手扔到洗衣机上，旋即又开始解腰带。意识到他要做什么，宋枝葱太阳穴一突，第一反应就是转过身去，非礼勿视。然而还未等她离开，身后的祁岸却蓦地发出一声低喘，似在自喃："解不开。"

宋枝葱扭过头，神色艰难地看着他，这才意识到这家伙好像并没太清醒。别说解腰带了，重心都不怎么稳，光是站在那儿都有些晃，要是等会儿真的开始洗，说不定就摔倒了。

宋枝葱红着双颊，无奈地制止："别洗了，容易摔，明天早上再洗不行吗？"

"不行。"祁岸垂着发红的眼皮，不放弃地解腰带。

还真是无论什么时候都那么固执。宋枝葱想过不劝他，但又真怕他大晚上出事，犹豫几秒，只能上前拉住他的手腕，磕巴道："那个，你把衣服撩上面点，我帮你解开……"

说这话的时候，宋枝葱脑子都嗡嗡乱响，可除此之外，她好像也找不到别的办法，毕竟她打不过祁岸，也不可能把他拖出去不让他洗。想来想去，似乎也就只有这个办法最简单。而且只是解个腰带，又没什么。

宋枝蕙在心中这样安慰自己，行动却早已不受控制，她贴到他身前。

眼见她靠近，祁岸撩了撩困顿的眼皮，倒也听话地把白T恤掀起来，咬在唇边。转眼间，线条流畅的腹肌就展露在她面前。

不仅如此，眼前的祁岸稍显迟钝，咬着衣摆望着她的神情，也有种难以言说的性感。

宋枝蕙咽了咽口水，心跳越来越快，耳根也烫得厉害。然而开弓没有回头箭，她只能硬着头皮去帮祁岸解开那原本并不算复杂的腰带。

实话说，这是宋枝蕙从小到大第一次帮人解腰带，手指不可抑制地轻颤，看起来倒也没有比刚刚的祁岸好上几分。不过还好，她最终还是解开了，没有碰到他多余的一寸。

要说唯一没料到的，大概就是在卡扣解开的瞬间，祁岸松开嘴里的衣摆，大手覆上她的脊背。

宋枝蕙上身一僵，转瞬间，他的另一只手臂就兜过来，以不容反抗的力道，直接把她揽入怀中，又扭身将她抵到冰凉的墙面上。

整个动作快到不过一秒钟，两人之间的距离却在瞬间推拉到极致。

宋枝蕙发出一声下意识的低呼，旋即仰头惊慌地望着眼前看起来醉了又好像没醉的男人："祁岸，你——"

"宋枝蕙。"他眸光深沉如海，声音低哑发涩地打断她，"我哪里不如何恺？"

完全没想到他会说这句话，宋枝蕙的心狂跳不止，眼神里满是惶惑。

他只是静静地，深沉地望着她，如同受了极大的委屈与不甘，用充满破碎感的眼神质问她："为什么要和他在一起？"

宋枝蕙喉咙涩得厉害："祁岸，我已经跟他分手了。"她很努力地解释，"你没有不如他。

"他根本不配和你相提并论。

"我只是——"

话在这里卡了壳，祁岸凑得更近，深眸绮靡且危险，加深禁锢她的力道："只是怎么？嗯？"

宋枝蕙眼眶一下就红了，像是积攒在内心的委屈，终于找到合适的时机发泄，她眸中泛着晶莹，一字一句地反驳他："是你不喜欢我的，祁岸。"

她眼底闪烁着迟来三年的指责，"明明是你先抛下我的。"

话音落下，她哽住呼吸，空气也在这一瞬凝滞。

就是这个瞬间，祁岸抬起手，将她鼻梁上的银边眼镜摘下来。

原本清晰的视线突然变得模糊，宋枝蕙眨了下眼，还未来得及反应，祁岸就俯下身，没有任何预兆地吻下来。

沾染酒气的柔软双唇顿时封住她的，另一只手也在这一瞬牢扣住她的后脑勺，进攻的下一秒，含糊而缱绻的话随着微醺酒气荡开——

"没有，没有抛下你。"

"想要你还来不及。"

混沌的夜，祁岸的拥抱和不容抗拒的吻，如同油画中突如其来的一笔，嵌入宋枝蕙原本平淡无波的人生中。

她从没想过，自己有天会真的和祁岸拥吻……还是在自己家中，在这样狭窄而逼仄的空间。

即便喝了很多酒，他唇齿间的味道也格外好闻，像是混着一点涩感的清甜，融合着他身上惯有的檀木香，让人在这一刻格外上头。上头到原本是抗拒惊慌的，可不知不觉就变成了他的服从者，遵循他的霸道"规则"，心甘情愿地迎合他的步调。

可心绪又是混乱的、忐忑的、委屈的、甜蜜的、酸涩的。像是掺杂各种味道的鸡尾酒，一并倒入口中，甜到发腻又不知满足。

宋枝蕙被他钳制着后脑勺和下巴，心思软烂成一摊泥。她觉得自己快要无法呼吸，也无法思考了，甚至肢体也轻飘起来。

祁岸却始终没有停的意思。似乎夜晚真的能滋生出有别于白天的胆大妄为，他往日的桀骜沉稳全然不见，像个笨拙少年，甚至无法控制这个吻的力道，青涩而蛮横地勾缠索取着，仿佛要把他们错过的这三年时光，一并弥补回来。

直到宋枝蕙觉得再不结束，就要滋生出某些不可控，便提前退离，结束这个吻。细白纤瘦的胳膊仿佛一折就断，却负隅顽抗地抵着祁岸的胸膛。宋枝蕙缓缓喘着气，对祁岸小声道："就到这里好不好？"

祁岸呼吸要更重一点，眼神也像是黏在她脸上："好。"

他声音低低的，像是一只既听话又柔软的大型动物。随后，他又俯下身，紧紧抱住她，唇瓣在她香软的脖颈间蹭了蹭。

宋枝蕙单薄的身形陷在他宽大又柔软的怀抱中，心跳也加速到呼吸都觉得热。

到最后，祁岸这个澡也没洗成。宋枝蕙也不知道自己是怎么硬下心，推开祁岸紧搂在自己腰间的手，哄着他洗脸洗漱，再赶他去睡觉。

好在祁岸也没太折腾，像是小朋友吃到了惦念已久的糖果，躺到床上安安心心地睡了。

倒是宋枝蕙，总觉得这一晚上兵荒马乱，她重新躺回枕头上的刹那，也还能听到自己跳动极快的心跳声，以及回想起两人刚刚在浴室里接吻的场面……

也不是没有过恋爱经验，可她就是无法真正平静下来。羞耻心涌上心头，宋枝蕙用被子懊恼地蒙上脸。

疯了，真是疯了。

翌日清晨，蝉鸣鸟叫混着簌簌风声涌进窗户，成为这个早上的第一道铃声。

舅舅和舅妈向来起得早，家里又多了三个孩子，自然要早起买菜做饭。外婆始终惦记着在沙发上睡的宋枝蕙，于是也起来腾出位置，让她进去和李桃桃睡。

祁岸倒是醒得比所有人想象中的早。喝了太多酒，他喉咙发干不大舒服，脑中的记忆也像是断了片，完全不知道自己为什么一睁眼就在这个窄小的卧室里，身上的衣服也没有换下来。

祁岸扛着头痛，撑着床坐起身，揉了揉紧绷的太阳穴，好一会儿才回想起来昨天他都干了什么。

他先是带宋枝蕙去九叔的办公室，随后又跟她来到家里吃饭，再后来就是被舅舅拉着喝了好多酒，都是很普通的酒，但啤酒和白酒一混，即便他平时酒量还行，也不大能经得住，导致的后果就是当晚的后半段记忆都是模糊的。

他根本不记得自己是怎么回的卧室，只觉得周身黏腻得厉害，应该是昨晚没来得及洗澡。

他随即又想到宋枝蕙，扫了眼狭小的卧室，屋内的主色调是米白和浅粉,虽小但五脏俱全,空气里还飘着和她身上一样的淡淡馨香。也不知道她昨晚上在哪儿睡的,这个时间有没有起床。

祁岸忍着没洗澡的不舒服,重新把搭在椅子上的衬衫外套套在身上,随后才发现自己腰带没系好。想着可能是昨晚喝多时自己解开的,他便没太在意地重新扣上。

等从卧室出来时,屋内已经飘起皮蛋瘦肉粥的香味,客厅里却不见宋枝蕙的身影。

祁岸的视线四下里扫了扫,在茶几上找到自己的手机。

外婆过来招呼:"小岸醒啦。"还是跟几年前一样的热络温柔,说完又朝他指了指洗手间,"你要想收拾就快进去,刚好那两个丫头还没起来,她俩要是起来得磨叽半天。"

这话让祁岸少了些许不自在,他点点头,回了声"好"。在进洗手间之前,又朝另外一间关着门的房间看了看。想到宋枝蕙还在里面睡着,他嘴角朝上浅浅一勾。

原本是想和宋枝蕙还有她家人一起吃完早餐再回去,只是不承想,祁岸刚用外婆给他准备的一次性用品洗漱完毕,就接到邹子铭的电话。

邹子铭知道他昨天一直和宋枝蕙"混"在一起,担心他情意正浓,忘记考试这事,便早两个小时打电话提醒他。

祁岸眉头一挑,语气却不见半分着急:"你不说我还真忘了。"

邹子铭虽然没那么八卦,但也不免揶揄:"您可急着点儿吧,别最后成绩远不如女朋友,说出去也不好看不是。"

女朋友这称呼似乎让他很受用,祁岸心情不错地笑了声:"这你就不用担心了,我比你稳。"

电话挂断后,祁岸利用剩下的那点儿手机电量回了几条信息,又给宋枝蕙点了几样他常吃的早点外卖,而后才跟外婆说回学校的事。

外婆开始还要强留他,但听他说要考试,立马松开眉头:"考试确实重要,可别耽误了正事。"

"不会的,"祁岸嘴角浅浅勾起,"麻烦您帮我跟枝蕙说一声,我要准备两门考试,会很忙,让她别担心。"

就这样,外婆送祁岸先一步离开。

等宋枝蕙和李桃桃醒来的时候,几个长辈都已经吃完了早餐。不过还好，祁岸给宋枝蒽点的好几份昂贵早茶还在。外婆一口都没舍得动，给两人热了热重新端到桌上。

虽然这种广式早茶的外卖并不少见，但味道却是一顶一的正宗。李桃桃都说好吃，对祁岸更是赞不绝口。

宋枝蒽却不见得有多开心，她心不在焉地咬着流沙包，脑中却还在惦记祁岸走之前让外婆转述给她的话。还说什么别担心，不就是告诉她今天他很忙没时间回消息吗？

不对……谁要给他发消息了。宋枝蒽越想越无语，早点也没心思吃。

外婆从阳台那儿收回衣服，一眼就瞥见她耷拉着嘴角，一副没胃口的样子。外婆笑了："小岸特意给你点的好吃的，你瞧瞧你吃的，有气无力的。"

宋枝蒽闻言抬头，到底没忍住问："他今早真没跟你说别的？"

外婆叠着衣服："什么别的？"

宋枝蒽不说话了。因为她意识到，即便祁岸想跟她说什么私密的，有关昨晚那件事的话，也不可能让外婆帮忙转达。

思及此，她又垂眸看了眼手机，然而祁岸依旧什么都没给她发，而且现在也已经到了他该进考场的时间，他就更不可能跟她说什么了。

所以，这家伙到底什么意思。昨晚趁着醉酒胡作非为后翻脸不认人？宋枝蒽莫名烦躁起来。

正混乱地想着，外婆却忽然想到什么："呀，枝蒽，后天是不是你生日了？"

正玩着手机的李桃桃也眉头一抬："对哦，你快过生日了，不过好可惜，后天我就要走了。"

宋枝蒽全然忘记了自己生日这件事，被她们一提才恍然大悟："是吗，这么快。"

外婆嗔她一眼："瞧你，自己生日都不记得。"

宋枝蒽笑了笑，眼里却没什么温度。因为她又想起了另外一件事——她给母亲发的那条信息，母亲到现在都没有回她。就好像她是一个无关紧要的人，信息看或不看，对母亲来说都不重要。她的生日，也自然不值一提。

当然，这种情况也不是第一次了。去年过年的时候，宋枝蒽已经发现母亲对自己很敷衍了。

那会儿是大年夜，宋枝蕙很想她，也很惦念她一个人在日本，便主动给她打视频，可无论宋枝蕙怎么打，母亲都没有接，而是在两三个小时后才回复宋枝蕙，说她刚刚在忙，今晚不方便。

从那以后，这种情况更是常有。多数都是宋枝蕙主动找母亲，母亲却拒接。她不明白母亲是真的那么忙，还是早已不再惦念她这个女儿。她不敢去想。就像她此刻也不敢去问祁岸，到底记不记得昨晚发生的一切。

宋枝蕙回到学校后，心情也很一般。上午，她跟着蔡暄在宿舍复习了会儿，下午才去的图书馆，一直把手机设成免打扰，复习到晚上八点多才回宿舍。

这时，她才看到祁岸发了好几条消息给她。

小蝴蝶唯一指定靠山：考完了。

小蝴蝶唯一指定靠山：你回学校了没？

小蝴蝶唯一指定靠山：要不要一起吃晚饭？

小蝴蝶唯一指定靠山：人呢？

宋枝蕙读着消息，心不经意地绷着，第一反应就是，这男人可真平静。字字句句看似都是关心，却字字句句都无意义。

刚好这会儿进了宿舍，她便没急着回他，把重重的背包和书本卸下来，不料正在背单词的蔡暄叫了她一声。

"你桌上有两份丰盛的外卖，还热着呢，是岸哥给你点的。

"他说你不回信息，担心你没吃晚饭。

"我听他语气有点儿不太好，就安慰他说你经常在复习的时候开免打扰。

"不过你这毛病也真是的，你说别人要是找你找不到得多担心。"

宋枝蕙闻言，一时心情五味杂陈，就是因为不想知道别人找没找自己，所以才开的免打扰。

不过，她也确实没想过祁岸会给她点东西吃，心情稍微好受了点儿，她施舍般地回了祁岸一句话：在宿舍了。

或许是察觉到她心情好像不好，祁岸在那边"正在输入"了好一阵，也只回了四个字：那趁热吃。

宋枝蕙觉得自己这会儿心情更差了，甚至有种打电话过去质问的冲动。然而还没等她把冲动变为行动，祁岸又发来一张照片。

是一张在外面的照片,桌上摆着好几杯咖啡,还有一堆书本,看起来是在用功复习的样子。宋枝葱那股火一下就憋回去了。

小蝴蝶唯一指定靠山:在复习,明天还有考试。

宋枝葱撇了下嘴:你居然也会复习。

小蝴蝶唯一指定靠山:我怎么就不会复习?

宋枝葱拆开他给自己点的奶茶,在心里"呵呵"两声。

不想下一秒,祁岸又说:这不是有你在这儿作对比?

宋枝葱插上吸管喝了口,敲字:我对比什么?

小蝴蝶唯一指定靠山:当然是成绩。

小蝴蝶唯一指定靠山:成绩赢不过女朋友没什么丢脸,但要是差太远,多少怕有点儿配不上。

"配不上"这三个字就很微妙,好像无形中就把两人的关系定了性,但要去细究,又没什么明确的标准来证明。

如果是以前的宋枝葱,一定会说"你正经点",再不然也完全不会当真。可经历昨晚那件事后,她很难不去深想。

然而想再多,都比不过真正开口去问。

宋枝葱深吸一口气,脑袋发热地敲字,为了加重语气,还打了他的大名:祁岸,你是不是忘了什么?

此话一出,宋枝葱的心跳都跟着不由自主地加快。她从来不是什么主动的性格,无论是跟何恺还是跟祁岸都是,只要有一点儿受伤的迹象,她都会像蜗牛一样缩回去。但是……这次她真的憋不下去了,她也真的很难不让自己胡思乱想。

祁岸昨晚到底是清醒的,还是喝醉了?如果是清醒的,为什么今天会是这个态度,如果是喝醉了,为什么在吻她,和她说那些话的时候,又是那么认真。还是他只是在故意装傻,不想让两人的关系变得难堪。

宋枝葱的思绪好像陷入到泥潭里,在这一刻拼命想要一个答案。

然而祁岸却未必事事有回应。在她问出这句话后,那边安静了好一会儿。

他安静的时候,宋枝葱就死盯着屏幕,情绪也忐忑得像是在等高考成绩。终于,差不多五分钟后,祁岸那边显示正在输入。宋枝葱的心跳都跟着沉了几分。却不想,祁岸的回答没有一丝一毫落到她的预判范围。

小蝴蝶唯一指定靠山：没忘，你后天生日。

宋枝蕙：……

小蝴蝶唯一指定靠山：是不是很贴心？

在成年人的世界里，有时候顾左右而言他也是一种答案。而对于宋枝蕙来说，太清醒地明白这个道理更是一种痛的领悟。不过短短一分钟，她就体会到了无语、气闷、荒唐，甚至有那么一丝的好笑。

但这种好笑只存在了短短一瞬，再往下就是冷漠，她不想跟他说话了，甚至连他送来的东西也不想吃。

刚好蔡暄没事过来找她闲扯，宋枝蕙就把那份很不错的日式鳗鱼便当推给她。

蔡暄晚上吃得不怎么样，倒也应承下来。

宋枝蕙心不在焉地看着书，过了一会儿没忍住，想借着这个机会问问蔡暄。

蔡暄看她欲言又止的，问道："怎么，跟岸哥感情遇到问题了啊？"

宋枝蕙哑然一瞬，瞪着清凌凌的杏眼扯谎："我跟他能遇到什么感情问题，我是帮一个学姐问的。"

蔡暄咬着天妇罗，含混地"哦"了一声："那你问。"

宋枝蕙斟酌了一下，尽量简明地把她昨晚的遭遇替代成某位关系不错的学姐说出来，不想她还没问这个"男的"到底是怎么想的，蔡暄就开口打断："你这学姐不行啊！脑子感觉不大聪明。"

宋枝蕙眼神闪烁："你怎么还人身攻击？"

"没有啦，就是客观评价，"蔡暄抽出纸巾擦手，"毕竟你看哪个正常姑娘会答应一个男的做假情侣，这摆明了是她对这男的有幻想，甘愿被这男的耍着玩嘛。"

没想到蔡暄会这么说，宋枝蕙一口气提不上来，脸色也青白交加："她没对这男的有幻想，她就是觉得彼此可以互利互助。"

"那就是没意思呗。"

"……嗯。"

"那她还在意什么，亲就亲呗，谁也不吃亏。不是你说的，那男的条件不错，还挺帅。"

三言两语说下来，宋枝蕙无话可说。

蔡暄瞧着她表情不对，又来了个峰回路转："不过也没我说的这么绝对哈，万一是那个男的对你学姐有意思呢，故意借着喝醉拉近感情，反正都有可能嘛。

"最主要的是亲都亲了，憋着也不是个事，不如早点说清楚，省得浪费感情。"

宋枝蕙沉默了下："她问了。"

蔡暄挑眉："那男的咋说？"

宋枝蕙抿抿唇："用别的话题岔开了。"

此话一出，蔡暄无语，拨浪鼓似的摇头："你赶紧告诉你这学姐放弃吧！这男的摆明就是想玩玩不负责。再这么下去小心被占大便宜。"

听到这话，宋枝蕙递到嘴边的吸管停住。顿了没几秒，她连奶茶也不想喝了，眼神愤愤，蹙着眉心直接丢到旁边的垃圾桶。

当晚，宋枝蕙没再回祁岸信息。祁岸等了好久都没等到她的回复，整个晚上都沉着不大痛快的脸色，眸色冷淡得像是藏了锋，周身气场也格外生人勿近。甚至每隔一段时间，他还有意无意地瞥一眼手机。明明在此之前，他收到信息也懒得回。

次数多了，对面的邹子铭也从笔记中抬起头，悠悠地打趣他："早跟你说了，惦记人家就叫过来一起，省得像现在这样，说句话还要费心惦记。"

祁岸低眸看着书本上密密麻麻的文字，显然没有要搭理他的意思。

倒是从厕所回来的赵远纳闷道："宋枝蕙要过来一起复习？"

祁岸面无表情地瞥他："你觉得可能吗？"

赵远跟个傻白甜似的："怎么不可能，男女搭配干活不累嘛！"

没等祁岸开腔，陈志昂摇头叹气："说你傻你是真傻。要是她过来，你觉得这地儿还有我们的份儿？岸哥早就带人家找地方单独摸小手了好吧。"

话音落下，邹子铭也跟着笑起来。

祁岸喉间滚过一道痒意，调子放纵不羁地笑骂了一声，却也没心思再往下复习，隔会儿就从桌上捞起手机和烟出了咖啡厅。

邹子铭和赵远的视线一直追着他到门口。赵远蓦地叹了口气："得，又栽一个。"

夜风里裹挟着花草香气，温度还算舒适。祁岸站在户外，对着川流不息的繁华街景,单手插兜抽完一根烟,给宋枝蕙打了个电话。

只是时间太晚,她可能早就睡了,一直没接通。怕再打反而吵醒她,祁岸只好作罢,只是心中仍蕴着说不清的不快,于是又不甘心地给她发了条信息:我说的不对?为什么不回信息?

结果刚发出去,他就觉得这语气有点儿冲,于是撤回,重新敲了一句:我惹你不开心了?

发完之后又觉得不太够意思,祁岸再度撤回,压下一口气,怀抱着也不知哪里来的巨大耐心,字斟句酌地给宋枝蕙发了条信息。

确定这次没什么问题,他才打电话给谢宗奇。

接通没几秒后,祁岸垂着长睫,声音是一贯的疏淡:"明天有时间没?下午陪我去选个礼物。"

大概是心情不佳,宋枝蕙确实没复习多久就准备睡了。只是在上床前,宋兰时打电话过来,问她最近忙完没,说又新上了两套首饰需要拍照,还说她上次拍的写真在客户那边反响很好。

工作上的事情宋枝蕙不敢含糊,便告知宋兰时她明天有空,可以去拍照。再后来,她就把手机设成免打扰,早早睡了,也就因此错过了祁岸打来的电话和消息。

准确来说,是三条,但这家伙不知道在想什么,撤回了两条。

宋枝蕙能看到的就只有最后一条:明天下午有时间吗?我去找你。

找她干吗?找她当面解释?还是说别的事?宋枝蕙不敢想,还有一丝微妙的抗拒。她到现在仍旧能回想起昨晚蔡暄告诫她的话。"不想负责""只是玩玩""占便宜"——就像俄罗斯方块一样在她脑中无限刷新。

宋枝蕙一整晚都没睡好,甚至想起许多过去的事。她想到祁岸莫名其妙地离开平城,一声招呼也不和她打,一走就是好久,说不和她联系就不联系。

想到何恺亲口告诉她,祁岸只把她当妹妹,想起她鼓起勇气给祁岸打电话,却听到祁岸父亲让她不要缠着祁岸的话。

还有那个大雪隆冬的夜晚,她一个人从火车站坐公交车找到祁岸所在的学校,可看到的却是他和别的女生亲密,手上却戴着那只和送给她的一模一样的手环。

曾经她以为，随着时间流逝，她早已忘记那种呼吸都滞闷的钝痛感。可现在她才发现，她从来没有忘记过，她只是暂时将它们封存起来。是祁岸亲手将装着那段记忆的罐子打开，再告诉她，她曾经为了一个人很清晰地痛过。

痛到现在，她依旧畏首畏尾，惧怕重蹈覆辙，更惧怕成为像过去那样自作多情的笑话，自寻烦恼的傻子。所以，她索性什么都不去想，什么都不去做，反而会轻松快乐许多。

于是在这个阳光明媚的清晨，宋枝蕙任性地把祁岸晾在一边，随后赶忙收拾好前往澜园。

宋兰时知道她要忙着复习后面的考试科目，特意让化妆师和小助理也早点开工。

有了上次的经验，这次效率高出许多，再加上这次只需要拍两套，大概到十一点，宋枝蕙就结束了工作。

宋兰时依旧像上次一样，想开车送她回去，但被宋枝蕙婉拒了："兰时姐，你真的不用这么客气，我坐地铁很快就到了，你要是送我的话，也耽误你的时间。"

化过妆的宋枝蕙看起来比以往明艳娇美许多，此刻站在东院的阳光下，更有种剔透玲珑的美。宋兰时越看宋枝蕙越喜欢，抬手摸了摸她黑亮的长发，柔声道："那行，我不送你，但你先别走，我让小赵给你带了糕点和咖啡，是你喜欢的口味，她等会儿就过来。"

宋枝蕙动唇想要说什么，宋兰时却打断她："别跟我客气啊，都是祁岸的女朋友了，我要是怠慢你那家伙指不定多不乐意。"

提到祁岸，宋枝蕙眼神先微妙地闪了下，继而又黯淡下去。沉默了一下，宋枝蕙乖顺地点头。

糕点在西院，小赵一来一回要好一会儿，再加上咖啡都是现做的，宋兰时就让宋枝蕙坐在一楼等，顺便再多熟悉一下这边的珠宝样式。

只是没想到，她先等来的不是助理小赵，而是宋兰时手下的另外一个负责接待的员工，带着一位新客人过来了。

宋兰时接到电话，赶忙出去迎接。

这位客人宋兰时也跟她提过，说是某位富商的新婚妻子，因为要办婚礼，想选一些能撑场面的首饰，经熟人介绍，知道澜园在北川名气很大，

/295/

就想着今天过来看看。

反正也是无聊,宋兰时那会儿还跟她多八卦了几句,说这位新太太岁数不小,之前离过婚,之所以能"上位",不仅仗着美貌,还有肚子里刚怀上的孩子。

宋枝蕙随便一听,根本没挂心,也完全没想过,她与这位富商的新太太,那么有缘分。有缘分到,宋枝蕙见到她的第一眼,就认出她是谁。

而同样,那位富商太太也没想过会在这里见到宋枝蕙,原本正和宋兰时说笑着的美丽面庞,也在看到她的一瞬全然凝滞。

此时此刻,宋枝蕙就坐在白色布艺沙发上,手里拿着一本珠宝玉器的册子。

李望秋则和宋兰时亲昵地并排站在一起。明明是四十几岁的女人,身材却依旧保持很好,衣着打扮也优雅大方不失贵气,那张打从娘胎里就美丽的脸更是没有留下岁月的任何痕迹。一瞬间,就与宋枝蕙十岁出头记忆中的母亲重合在一起。

只不过那时的母亲,是和父亲离婚后,远赴日本工作的母亲。她会记挂着宋枝蕙,会赚钱给她买礼物,会逢年过节回国弥补她成长中缺失的陪伴。而现在的母亲,看起来更像是一个面熟的陌生人。

宋枝蕙好像一下就明白了,为什么母亲会一次又一次地无视她,忽略她,不是因为她不再重要,而是母亲已经有了新的家庭、新的人生,以及……新的孩子。

然而可笑的是,明天就是她的生日,宋枝蕙眼眶控制不住地发酸发胀,盯着母亲的目光却没有移开一瞬。像是在炙烤,也在责问。

李望秋也确实不是无动于衷的,她看宋枝蕙的目光从不可置信,到惶然,再到羞愧歉疚,甚至到最后,躲开了宋枝蕙的目光。

宋兰时发现了不对劲,带着笑询问:"怎么枝蕙,跟季太太认识?"

"不认识。"在母亲开口之前,宋枝蕙面无表情地开口,语气清冷,如同带着一刀两断的生分。

似乎没想到她会这么说,李望秋眼波闪动,看起来十分挣扎,最后却没多补充一句话。

刚巧小赵在这时拎着一大盒糕点和咖啡回来,宋枝蕙便借着这个机会和宋兰时说了再见,拎着糕点离开。

走的时候,她从母亲身边走过,然而母亲身上的香味和从前再不相同。就好像从今天开始,母亲再也不是宋枝蕙的母亲。

从澜园回学校要转两次地铁,再走十分钟,一共一个小时的路程,宋枝蕙却仿佛走过了漫长的山海。

回到宿舍的时候已经是中午,宋枝蕙进了趟卫生间,发现自己的生理期果然到了。她平时很爱吃冰,导致每次经期都格外难受,这会儿更是一点儿胃口也没有,像是被抽走了精气神,把糕点和咖啡随手分掉后便收拾好躺到了床上。

蔡暄一开始还以为她只是工作忙累了,等到午休时间过去,才发现宋枝蕙脸色白得有点儿厉害,她担心地问了问。宋枝蕙蜷在被子里摇头:"没事,就是生理期了,有点儿难受。"

蔡暄:"我给你找点儿布洛芬吃。"等把药给她吃完,蔡暄又叮嘱了几句,只是因为她们下午都有考试,不能在宿舍陪着她。

宋枝蕙笑着说没事。蔡暄却神色担忧:"你以前来的时候也没这次这么吓人啊。"

宋枝蕙枕在枕头上没说话。蔡暄叹了口气:"这样吧,我考完试就回来陪你,你想吃什么跟我说。"

宋枝蕙点点头。

三人走后,宿舍再度静得如一潭死水。昨晚本来就没睡好,这会儿又难受疲惫,宋枝蕙很快就迷迷糊糊地睡了过去。她再醒来的时候,是被手机不停歇的振动声吵醒的。

宋枝蕙以为是蔡暄找她,摸起手机闭着眼接听,不料那边传来的第一道嗓音,是祁岸的声音。

短短一天未见,男生的嗓音里染着明显的愠怒,一字一句带着强横的张力,叫了一声她的名字。

像是被人一巴掌拍醒,宋枝蕙睁了睁眼,开口时嗓音哑得厉害:"祁岸?"

似乎已经忍耐了很久,祁岸呼吸微微屏住,再开腔时的语调也明显经过克制:"再不接电话,我就冲上去。"

他的嗓音低沉,可话里的担忧和疼溺,却显而易见,一瞬间就把宋枝蔥的心口焐热。

宋枝蔥感觉自己像做了一场空寂荒凉的梦。即便醒来，眼前也是漆黑空旷的宿舍，所有的一切看起来似乎都没有温度，似乎只有祁岸，只有祁岸是温暖的。

眼眶不知不觉潮湿起来，宋枝蔥哽着嗓子，咬字带着轻颤："我刚刚在睡觉，现在才醒——"

"你现在就下来。"祁岸耐心告罄，声音即便经过压抑也还是凶巴巴的，"我再重复一遍，你不下来，我就上去。

"宋枝蔥，我急了什么事都干得出来。"

他说这话时，宋枝蔥已经掀开被子下了床。好像听到他的声音后，之前所有奇怪的脾气都没有了，到这会儿，她只想，也只能听他的。

"你等一下。"她声音泛着湿意，"我穿一下外套。"

说话间，她找到一件长款针织外套套在身上，而后才想起来问他："你现在在哪儿？"

祁岸"哧"了声："我就在你宿舍楼下。考完试就过来了，一直在你宿舍楼下等你醒。"

宋枝蔥闻言，脸色变得更难看了。即便再没时间概念，她也能看得出现在沉入夜色的光景起码是晚上七点了。

"对、对不起，真的……"宋枝蔥慌张地说，随便套了双鞋，丢了句马上下来，便挂断电话下了楼。

事实证明，祁岸果然没有骗她。将近晚上八点的女生宿舍楼下人来人往，她却还是能够一眼就找到等在榕树下，双手插兜，一身冷然的祁岸。他下颌线绷得很直，平时那副散漫而桀骜的模样，也在这刻荡然无存，目光漠然到完全无视其他，只顾直勾勾地盯着宋枝蔥。

宋枝蔥背后莫名升起一道凉风，她像个做错事的小学生，一步步挪到他跟前。明明以前也经常和他站在一起，可这刻宋枝蔥才会到他一米八九的身高压迫感有多强。强到明明是她占理，到这刻也哽着喉咙完全出不了声。

时隔快两天，终于见到她本人，祁岸再开口时气总算顺了不少，眼神也渐渐冷静下来，嗓音低沉地问："睡醒了？"

眼前的姑娘素白着一张脸，双手下意识地扣着，懵懵懂懂地点头。祁岸那股气莫名就消失了半截，微不可察地勾了下嘴角："行。"

说话间，他上前一步。宋枝蕙还未反应过来他想做什么，脚就忽地腾了空。

熟悉的感觉袭来，身体似乎提前意识到祁岸要做什么，立马伸出双臂搂住他的脖颈。只是眨眼间，宋枝蕙就被祁岸原地打横抱起来。

"你干什么？这可是在学校！"宋枝蕙顿时低呼出声。

祁岸却话不多说抱着她转身就朝另一个方向走去，任凭宋枝蕙怎么挣扎，路人眼神怎么好奇打量，祁岸都无动于衷，话说得嚣张邪气："我在这儿等了你三个小时，现在所有人都知道我祁岸是北川大的望妻石，你宋枝蕙又怕什么？"

三句话说出一副共沉沦的味道，却让听的人心神骤颤，双颊耳畔红成一片。宋枝蕙心脏扑通扑通狂跳，也知道再挣扎没什么好果子吃，她只能认命地躲到祁岸怀里，在他的专属荷尔蒙笼罩下，任凭他把她塞进附近停车位上的SUV副驾驶座上，再由他把安全带系好，车门"啪"一声关上。

不算大的车内空间安静下来，仿佛这个世界都只属于他们俩。

宋枝蕙眼眶发红，耳朵发红，鼻尖也发红。就在她给人感觉马上要哭了的时候，祁岸长手轻捏着她的下巴，把她的脸转过来，强制面向自己。

昏黄的灯光下，男生利落年轻的轮廓英挺俊美，然而那双深黑如墨的星眸里，却只盛着她。

祁岸喉结滚了滚，目光盯着她，尽量温柔的声音带着微微沙哑："宋枝蕙，谈谈吧。"

其实在见面之前，祁岸远没觉得两人间的小摩擦会闹到要"谈谈"的地步。甚至一开始，他只觉得自己哪里做得不对，让她不开心了，宋枝蕙闹小脾气才不想回信息。

毕竟这种情况也不是没发生过。从前，两人一起看完《不能说的秘密》，宋枝蕙在小卧室里眼泪流得稀里哗啦，身为男生的祁岸却没那么细腻的感情，反倒觉得看到她哭比较有趣。白糯糯的脸一哭就红，鼻尖也秀秀气气的，让人想咬一口。

祁岸那会儿哪知道什么话能让女孩儿开心，纯粹觉得好玩，想逗她，就随口调侃了句，大意说电影都是假的，有什么好哭的。

然而再软的性格，脾气也有雷区。当天，宋枝蕙就生了祁岸的气，足足一下午都没理他。

后来还是祁岸主动在她身边绕,跟她说话,他又花了三天时间学了那首《路小雨》在校庆舞台表演,才把宋枝蕙哄好。但也因为临时换掉表演曲目,他被老师痛批了一顿。

往事历历在目。祁岸也不再是之前那个莽撞又不懂风月的少年,自然也不会纠结她为什么突然就不理自己,而是想着怎么买让她喜欢的礼物。

至于两人的"矛盾",见一面展开说说估计也就好了。只是不想,他刚考完一门,还没等到宋枝蕙的回复,反倒接到另外两个人的电话。

第一个打来的是宋兰时,她说宋枝蕙今天来工作室拍照了,但是不知道为什么,总感觉她状态不大对劲,特别是离开的时候,脸色很差,叮嘱祁岸去关心一下。

第二通电话是蔡暄,同样也是告诉他宋枝蕙状态不大好,说她生理期很难受,一个人在宿舍躺着。本来蔡暄是打算回去照顾她的,但考试时间临时变动,宿舍另外两人又叫她出去给宋枝蕙准备生日礼物,蔡暄想着自己照顾肯定不如男朋友在身边,便把这件事跟他说了。

所以,祁岸才在考完试的第一时间放了谢宗奇鸽子,来找宋枝蕙,结果她的电话怎么打都不接。他让蔡暄打,也是不接。猜她应该在睡觉,祁岸没太担心,又不想离她太远,便在附近找了个喝咖啡的地方先等着,再时不时地打下电话看她有没有醒。

可过了一个小时,她的电话依旧打不通。祁岸从来不是什么耐得住性子的脾气,再加上之前宋枝蕙就不理人,这会儿免不了窝着火气,更多的是着急。

祁岸觉得自己很可笑,明明不被搭理的人是他,可他担心的还是宋枝蕙难不难受,是不是还在生他的气所以故意不理人。甚至他觉得,他现在的待遇,远比当年要好上许多,最起码现在守在宋枝蕙身边的人是他,而不是每一次他都只能远远地看着,看何恺牵她的手,看她对何恺体贴温柔。

再后来,谢宗奇就闲着打电话过来问他怎么回事,为什么突然不买礼物了,是不是和宋枝蕙闹矛盾了。

祁岸一开始没想说,但忽然想到谢宗奇以前跟何恺走得近,便问他知不知道以前何恺跟宋枝蕙吵架是什么情况。

谢宗奇一听就来劲了:"你说他俩甜蜜时候啥样我不知道,但你说他俩吵架啥样我可太清楚了。"

　　也不知怎么，祁岸居然真的洗耳恭听。谢宗奇也没说太多，毕竟是旁观者，只说何恺曾经和宋枝蒽在一起的这三年吵架居多，这吵架的矛盾一般还都来自何恺自己。

　　"你也知道，他一天事多得很，说不上什么时候就不爽了，我都替宋枝蒽无语，她性子也太软了，有时候何恺过分得我都看不下去，她还是能不发火。但何恺却不满足啊，就觉得她性子像闷葫芦，三棒子都敲不出一个响来。

　　"他俩闹矛盾也不像别的情侣轰轰烈烈，感觉就是特平静，宋枝蒽不找他，他也不找宋枝蒽，等他玩够了，想她了，他再给她打个电话，找她哄两声，两人也就顺势和好了。

　　"反正我一个外人看来，都觉得宋枝蒽倒了八辈子血霉跟这种人谈恋爱。要搁我摊上个这么漂亮，这么温柔的女朋友，我都得乐醒。"

　　祁岸那边安静得近乎死寂。谢宗奇忙解释："岸哥你别误会，我对你家枝蒽妹子绝对没别的心思，我就是随口感叹一下——"

　　不想祁岸冷声打断："那你觉得，什么情况下，宋枝蒽才会真生气？不回信息，不理人。"

　　正经执拗的话问出口，显然不符合祁岸随性不羁的作风。谢宗奇直接听笑了："不是，岸哥，你现在都这个待遇了？你俩之前不是处得贼甜蜜吗？何恺打电话跟我哭还说你俩在他面前秀恩爱。"

　　祁岸不耐烦地"啧"了一声："到底能不能说。"

　　"你别不高兴嘛。"谢宗奇把话扯回来，"我就是觉得她对你生气挺好的，最起码她不像对何恺那么无动于衷，你以为无动于衷一味包容就是好事啊，女生对你有要求有期待才会生气，这才是她喜欢你的表现。"

　　祁岸神色稍稍缓和。

　　谢宗奇又问："你真想不起来这阵子做了什么让她不开心的事？没不及时回她消息？没敷衍她？没背地里鬼混？和别的妹子搞暧昧？"

　　"我前两天一直和她在一起，去哪里鬼混。"祁岸的声音毫无感情，"而且，我和她都没进展——"

　　话还没说完，他忽然地停住，脑中像是忽然闪过一道模糊的记忆碎片——他把宋枝蒽抵在墙面上，不能自控地吻着她的唇。宋枝蒽被他钳制得死死的，只能被迫仰着头，柔弱可欺地接纳他。

再结合昨天宋枝葱问他的话——"你是不是忘了什么？"

原来那不是他的一场荒唐梦，而是真的。

谢宗奇纳闷道："怎么不说话？"

祁岸垂下长睫，嗓音从喉咙里滚出来："没事了。"

接着，谢宗奇便被他莫名其妙地挂断电话，甚至没搞懂他怎么就突然"没事了"。

祁岸却心下了然，完全无法再多等待一分钟，直接去女生宿舍楼下给宋枝葱打电话。再后来，就是他又等了好久，直到天黑，宋枝葱才接听。

她只知道祁岸那一刻的火气异常大，却不知道他在这短短几个小时内，走过了怎样失而复得的心路历程。甚至在这一刻，她都很意外，祁岸这么兴师动众地把她"绑"到车上，居然只是想找她谈一谈。

睡太久导致脑子转得有点儿慢，她眼神忽闪了下，声音有种接近渴求的颤："谈什么？"

到这个时候，一切已经不再需要迂回，没有意义。下定决心后，祁岸眸色沉沉，不留任何余地地审视着她："谈你今天状态为什么这么差。

"谈你为什么不回我信息。

"谈你是不是在生我的气。

"谈我是不是……"

祁岸微微停顿，似在斟酌措辞："对你做了不好的事。"

男生的语调低柔，气息微沉，像是刻意压着骨子里的倨傲骄矜，只为了换得一个和她平等交流的机会。

话到这里，宋枝葱脑子终于清明几分，但也因当下的局面而产生一种不真切又自责的惶然。明明十几个小时前，她都在悲观地想，这次是不是又要重蹈覆辙，是不是她注定要在祁岸这里栽个重重的跟头才肯罢休，甚至也产生了想要摆脱这段虚假关系的想法。

毕竟关系是假的，但人有血有肉。祁岸就像潜伏在她体内的流感病毒，只要她免疫力下降，他带来的伤心和痛就有可能再度卷土重来。宋枝葱可以重新构建一次城池，却不愿再遭受第二次。所以……与其说她不想回复祁岸，不如说她在逃避。

不承想，祁岸却找上门来，就好像在用行动告诉她，他从来没逃避过两人之间的问题。

可她自己呢？除了问他一句"你是不是忘了什么"，又做了什么？什么都没做。

她似乎从与祁岸重逢开始，就一直站在原地，看着祁岸一步步朝自己走来。明明心里是期待的，却还要防备祁岸是不是余念未了，想再度"愚弄"她一次。

没有比自己再拧巴的人了。心中生出对自己无比的嫌弃，宋枝蕙忽然不想再藏了。双颊漫上不明显的红晕，她咽了咽口水："是。"

说话间，她扭头略显愤懑地看着祁岸，像讨债一般："你是对我做了很不好的事。"

这瞬间，两人四目相对。车内一时安静得落针可闻，就更显得宋枝蕙心脏怦怦跳，毫无章法又慌乱。

然而与她相反，这刻的祁岸突然就收起之前的肃冷和威压，蓦地勾起唇。那笑里混着几分如释重负的玩味，看得宋枝蕙一愣。本以为这家伙又要像之前一样逗弄她，不想祁岸挑眉，开口时磊磊落落："所以我那天真的在喝多后亲你了。

"除此之外，我还做了别的什么吗？说出来我一起负责。"

宋枝蕙听得双颊像是被火烤过，噌地热起来。大脑也像是锈住般，运转得极其缓慢地品味"负责"这个暧昧的字眼。

宋枝蕙动了动唇，有些艰难地道："你，负责？"

祁岸"嗯"了一声，星眸凝视着她，如同缠绕着丝丝缕缕的情愫，开口叫了声她的名字："宋枝蕙。"

不是第一次听到他叫自己，却没有任何一刻，能让她有种身心被拎起来，落到云端，再失重的感觉。

祁岸微微敛眸，低沉喑哑的声线淬着不曾对任何人有过的温驯缱绻，猝不及防地落在她耳边——"我喜欢你，我想和你来真的。"

语意深沉的两句话，像一道咒语措手不及地束缚住宋枝蕙。她不可置信地望着祁岸，大脑也一时宕机般空白。

不是没被人告白过，只是在这方面的预设里，她从来就没有过祁岸这个选项。她知道他有多么遥不可及，不论是过去还是现在，她从不会觉得两人在同一屋檐下共度过一段难忘的时光，就因此觉得她有资格成为祁岸人生中的谁。就连成为假情侣,她心中考量的也都是在目的达成,还掉他人情后,然后圆满地从彼此人生中退离。

只是没想到,那天晚上会发生那个醉酒后的吻。祁岸又在今晚,和她告白了。

宋枝蕙莫名有种梦没醒的既视感,声音都有些虚浮:"……这就是你说的负责?"

祁岸微微挑眉:"你觉得这样不够?"

"不是。"宋枝蕙卡了下壳,"我只是很意外。"意外祁岸这么倨傲的性格,会和她告白。明明在几年前,是他说的只把她当妹妹。

"不用意外。"祁岸盯着她红如石榴籽的耳垂,声音敛住往日里的轻佻玩味,"我一开始就没把这段关系当成假的,只不过一直没有跟你说。"

听到这话,宋枝蕙心口一突,呼吸倒是隐约顺畅了些,不再像之前那般滞涩。又好像之前一直耿耿于怀的事,得到比想象中好上许多倍的解决,五脏六腑都跟着轻盈起来。

祁岸直来直去地凝视着她:"你怎么想?"

宋枝蕙这刻脑子前所未有的乱。如果是曾经那个不知天地广袤,不知云泥之别的小姑娘,或许会轻而易举地点头答应,可现在,她不是了。

她经历过何恺,她知道被欺骗与被背叛的滋味有多难挨。更何况这次她面对的人是祁岸,她曾付出过最懵懂深刻的真心,却什么都没换回过的祁岸。

她跟祁岸之间横亘着的问题,也远不止他是否真心,还有彼此双方的家庭,以及未来一切的不确定性。

掌心在渗出细密的汗,宋枝蕙攥着袖子,老实巴交地说:"我现在,没怎么想好,你给我点时间。"

她和祁岸重逢到现在也才一个多月,最起码也要好好相处一阵子,才知道要不要……

只是她不知道,在她犹犹豫豫说出这句话的时候,祁岸微不可察地压下一口气,看起来很平静,却觉得呼吸都有些透不过来。在这二十来年的人生中,这还是他第一次这么紧张。

不过还好,她没有拒绝。

敛下眼底的锋芒,祁岸不紧不慢地"嗯"了一声:"没关系,我不急,你慢慢想。"

没想到这家伙这么淡定，宋枝葱没来由地一哽。祁岸却弯起唇，修长的指节在方向盘上点了点："反正时间多得是，我不信我追不到。"

追？宋枝葱心跳漏了一拍，心底渗出一丝不明的滋味。往下抿了下嘴角，她声音平直地拆台："你还挺自信。"

"那是自然。"祁岸仿佛又恢复之前的桀骜不驯，盯着她意味深长地道，"不自信怎么追求自己想要的。"

宋枝葱不由自主地看向祁岸，甚至以为自己听岔了。

祁岸却神色昭昭地应着她，丝毫没有躲避，就好像在用眼神回应她——就是你想的那样。

巧的是，蔡暄在这时打来电话。宋枝葱怕她担心赶忙接起，蔡暄开口就是："你终于醒了！我还以为你出事了！"

宋枝葱抿了抿唇："我能出什么事……不过是睡得比较死。"

"你啊你，"蔡暄长叹一口气，"你都不知道把岸哥急成啥样了，一个劲儿地让我给你打电话，你再不醒他都能直接冲上去找你。"

祁岸听到这话，眸色深深地瞥了她一眼，似有嗔意。

宋枝葱无话可说，只能认栽地接受批评，又告诉蔡暄不用担心，她现在已经见到祁岸了。

蔡暄"啊"了一声，赶忙收起话题不当电灯泡："那你俩好好交流感情，我跟她俩还要在外面吃个饭再回去。"

被她这么一说，宋枝葱后知后觉地感到肚子空空，于是在挂断电话后，本能地眼巴巴地看了祁岸一眼，像是无意识地对最信任的人撒娇。

感受到她的微妙变化，祁岸心头泛起愉悦，玩味般地挑眉："饿了？"

宋枝葱点头。

时间不早了，宋枝葱身体也不舒服，祁岸就没带她出去吃，而是选了学校附近的一家小馆子。

小馆子地方不大，人却不少。所过之处都是同龄人的嬉笑声，还有香味四溢的饭菜香。满满的人间烟火，倒是让宋枝葱心情很好。

最终，两人选了个靠里的位置，祁岸接过菜单随手勾选了一堆宋枝葱爱吃的。宋枝葱眨了下眼："就我们两个人，不至于吃这么多吧。而且……"

祁岸抬眼看她："怎么？"

宋枝蕙用下巴示意了一下："还都是我爱吃的，你不——"

听到这话，旁边的服务员阿姨笑着开了口："这还不好吗，说明你男朋友眼里只有你，做什么事都愿意围着你来。"

像是说到心坎儿，祁岸并不吝啬地扬起唇，瞧了宋枝蕙一眼："阿姨是过来人。"

"我可不是什么过来人。"阿姨笑得喜庆，"我年轻的时候可没有对我这么好又这么好看的小男生。"

话落，"小男生"兴致不错地轻笑一声，宋枝蕙听得耳根发热，她本就不是话多的性子，当下更是抿着唇不说话，微微红润的面色看着像是在害羞。

不过还好，阿姨说他们家的菜量都小，不用担心。

等阿姨走后，祁岸开了口："吃不完也没关系，我带回去，反正家里还有个人。"

闻言，宋枝蕙想到之前那个"你的颂颂"，探寻的话不经意就脱了口："谁啊？"

"我弟，祁颂。"祁岸漫不经心地道，"前阵子他在家里过得不开心，就来我这里蹭住，有机会介绍你们认识。"

听到这个名字，宋枝蕙彻底傻眼了。原来那个"你的颂颂"，居然是祁岸的弟弟？亏她琢磨了那么久……又错怪了祁岸。

祁岸瞧了她一眼，问："怎么了？"

宋枝蕙摇头："没有，没事。"说完赶紧拿起旁边的水杯装模作样地喝起来，掩饰自己的心虚。

没多久，服务员就开始上菜，确实像阿姨说的那样，每样菜式都很精致，也不贵，两个人吃个新鲜确实不错。

只是宋枝蕙心中还是难免泛起涟漪，因为从来没有人，会对她好到这种程度。

或许是看穿了她的心事，两人吃了好一阵后，祁岸往后一靠，眸光定定地落在她的脸上："现在吃了东西，可以进行下一个话题了吗？"

宋枝蕙鼓着一边腮帮子，像个小仓鼠："什么下一个话题？"

"我之前问的，你还没回答完。"祁岸眼神关切地看着她，"兰时姐说你今天回去的时候状态很不好，她很关心你。"

宋枝蕙顿了一下:"好像是有这么个事。"

祁岸平心静气地望着她:"那就展开说说,方便我了解一下我的未来女友。"

明明是逗弄的话,却被他说得一本正经。宋枝蕙心口微微发热。以前只觉得他这人放浪形骸,所以说什么话她都不当真,可现在不一样,他明确地把目标锁定在自己身上,他说的每个字每句话,都像是朝她心口精准狙击的箭。

她躲不开,就要做好被击中的准备。再这样下去,说不定她真的坚持不了太久。

想了想,宋枝蕙只能用转移话题来平复内心:"其实也没怎么,就是在澜园……遇见了我妈。"

祁岸意想不到地抬眸:"你母亲不是在日本?"

"以前是的。"宋枝蕙垂着眸,"但不知道什么时候回来了,还找了新的丈夫,怀了孕。"

祁岸眉头微蹙:"你说的不会是季郑平的新老婆吧?"

宋枝蕙看着他:"好像是的,兰时姐叫她季太太。"

季郑平是北川当地地位还不错的企业家,和祁岸的二叔关系不错,二叔又是澜园的股东之一,所以季郑平让自己老婆来澜园选首饰再正常不过。

只是谁也没想到,这种关系会让李望秋和自己的亲女儿见了面。

空气静默两秒,祁岸眸色低黯,沉声问:"然后呢?"

"没什么然后。"宋枝蕙扯了下唇,"她全程都没跟我说过一句话,我看她不想认我,我也就装作不认识她。

"我还好,没那么意外。

"上次我给她发信息,问她可不可以回来陪我过生日,她没有回我,一句都没有。

"也不是第一次了。我想过她可能有更重要的牵绊,所以没时间在意我。但我没想到,她一直就在离我最近的地方。以一个陌生人的身份,和我呼吸着同一个城市的空气。

"而她不回应我,完全就只是……不想再要我了。"

像是早已将这些情绪消化,宋枝蕙说这些的时候,没有太多情绪波动,仿佛在说别人的事。

祁岸却始终一瞬不瞬地凝望着她，他明白她那时的滋味有多难受。一心一意惦念的母亲，如果只是不回应自己，她还可以给自己幻想的空间。可真正站在自己面前，她就再也没有欺骗自己的理由。

想到这些，祁岸下颌线紧绷，手指微微收拢："那她后来找你了吗？"

宋枝蕙摇头："我把她的电话号码和微信都拉黑了，这样我心里总归痛快点。"说话间，她抬眸望向祁岸，"是不是很幼稚？"

本以为祁岸会借机戏谑她两句，不料祁岸声音平淡："幼稚不至于，但多少有点儿我当年的风范。"

宋枝蕙眉梢微抬："你当年什么风范？"

祁岸很浅地勾了下唇，语气吊儿郎当的："当初和家里闹矛盾，我划坏我爸三台爱车，又砸了他一柜子藏品，他气得差点儿进了医院。"

完全没想到他当年能这么野，宋枝蕙微微睁圆眼。

祁岸倒是不怎么在意："所以你这在我眼里什么都不算。"

宋枝蕙确实服气："你也是个人才。"

祁岸眼梢一挑，听起来不大乐意："你也好意思说这话？"

宋枝蕙哽住："我怎么就不好意思——"

话刚说完，祁岸手机响了。

似乎是个很烦的人，祁岸皱着眉心，声音懒怠，不耐烦地接听："有病就吃药，给我打什么电话，没有你不会点外卖？你离了我不能活是吧，祁颂。"

宋枝蕙故作不在意地偷听，结果一听这个名字，脊背都忍不住直起来。她眼神乱飘到祁岸脸上，哪知对方像是一下就感应到，忽然掀起眸，似笑非笑地望着她。

他那意味悠悠的话却是对电话那头的人说的："还能忙什么？当然是忙着哄你嫂子。"

这顿饭没吃多久，两人食量又都不大，打包回去不少东西。

付完账，祁岸带着宋枝蕙上了车，先把她送回学校。宋枝蕙多少有些过意不去："你带回去我们吃剩的东西给他，是不是不太好？而且他还生病了。"

祁岸目视前方，听到这话蓦地一笑，侧眸调笑她："你这嫂子当得还挺称职。"

宋枝蒽噎住,大概是心情这会儿彻底由阴转晴,说话也变得有力气:"你少油腔滑调,我还没答应你呢。"说完头一转,望向车窗外。

祁岸瞥了眼她的侧影,眸光流转间,嘴角噙着一抹笑,不知怎,信心更是增加了不少,后面倒也没继续招惹她。只是在把她送到女生宿舍楼附近的时候,他又叫住她。

宋枝蒽见他跟着自己下来,愣了愣:"你怎么……"

祁岸扬了扬下巴:"送你到楼下。"

宋枝蒽这会儿心跳奇快,总觉得祁岸的目的并不单纯。果不其然,两个人刚并排走了没多久,祁岸就顺势牵起她的手腕,又像寻找宝藏似的,把她的手从袖口里拽出来,再明目张胆地握住。瘦瘦小小的一只,微微发凉,可握在掌心,又软到仿佛要融化。

似乎觉得只握着不够,祁岸又调整姿势,牵得更紧了些。

明明只是肌肤相碰,却感觉周身泛起一股奇异的电流。宋枝蒽本没什么波澜的双眸,也泛起赧然的涟漪,就这么任由祁岸把自己送到女生宿舍楼下。

这会儿时间不早不晚,正是那些小情侣难舍难分的时候。甚至有两对大胆的情侣,在旁若无人地接吻。

宋枝蒽耳朵烧得厉害,正想抽出手跟祁岸飞快道别,不料就在她抽出手的那一刻,祁岸突然发力把她拽了回来。宋枝蒽跟跄一小步,回到他眼前。

祁岸垂下眼,目不转睛地望着她:"就这么走了?"

磁性的声音似被晚风裹挟,如蛊似惑地灌入耳膜。宋枝蒽磕巴了下:"那,不然呢……"

"不然——"祁岸语调拉长,说话间将宋枝蒽的手朝自己精瘦的腰间一扣,另一只手顺势把她揽入怀中,"让我抱一下。"

这话说得太突然,宋枝蒽还没反应过来,祁岸便已探下身,猝不及防地紧搂住她。

这一刻,两人的肢体以一对热恋情人的姿态,严丝合缝地贴在一起,距离近到心跳仿佛都达成了共振。

下一秒,祁岸埋在她清甜柔软的颈窝,深吸了一口气:"宋枝蒽,"他声息滚热低哑,像是压抑在心中很久的话,终于可以无拘无束地说出来,

"怎么办？我好像比想象中的还要喜欢你。"

这不是宋枝蒽第一次被异性拥抱，却是她人生中唯一一次，被一个人那么迫切地拥抱，力道大到仿佛要把她嵌到身体里，就好像生怕一个走神她就会突然消失掉。而那短暂的一分钟里，两个人身上的气味也奇妙地融合在一起，亲密到分不清彼此。

但最让宋枝蒽心神动荡的，还是祁岸的那句话——"好像比想象中还要喜欢你"。

所以，想象中的程度，是什么样的？他又是从什么时候开始喜欢自己的？宋枝蒽不太敢往下想，心里像揣了一只七上八下的兔子，更像是做了一场不可思议的梦，就这么脚步轻飘地上了楼。

直到回到宿舍，看到吵吵嚷嚷的几个室友，宋枝蒽离家出走的神思才归位。蔡暄原本在跟苏黎曼一起看手机，见宋枝蒽回来，立马叫她过去，说让她挑选明天吃饭的地方。宋枝蒽这才想起蔡暄之前跟自己提过的，要给她张罗明天生日聚餐的事。

说来说去也不过是统计一下大家的时间，选择一个好的地点吃饭。在宋枝蒽回来之前，蔡暄已经看好了几家。

"这几家店我看着都还行，离学校也都不远，我们来回也不会浪费很多时间，就看你想吃什么。不过你不用担心人均消费，钱我们三个人AA了，你放开了选。"

蔡暄搭着她的肩膀说得很阔气，宋枝蒽却不同意。毕竟她们以前过生日也没AA，这次要帮她AA，总感觉怪怪的。

"哎呀，又没几个钱。"

"我们大不了给你在礼物上克扣一点。"

林洋和苏黎曼搭着话。

宋枝蒽看了蔡暄一眼，心里明白，应该是蔡暄把她缺钱的事说了。

不过倒也没什么，宋枝蒽不那么在乎面子，她更在乎里子："还是别了，我真的不差这点钱，而且我最近也不急着还钱。"

蔡暄"哟呵"一声："你发了？"

"那倒没有。"宋枝蒽拉开椅子坐下，"就是借款人变了，所以不太急着还。"

说完，她又想起祁岸今晚的两次表白，以及今晚的拉手和拥抱……

不想刚巧就被苏黎曼捕捉到她面颊那抹稍显赧然的蜜色。苏黎曼看出端倪，故意打趣："哦，所以借款人是换成祁岸了？"

她这么一说，蔡暄也反应过来："是哦，能帮着还钱的当然就是男朋友了。"

宋枝蒽嘴角微动，没否认："反正这顿饭我来请，想吃什么你们三个选。而且到时候，可能也会多来两个人。"

祁岸她肯定是要叫的，但如果只有他一个男生，他会不自在，她就想着再叫上邹子铭。

有她这话，苏黎曼也不再客气："那我再找找看。"

蔡暄却神色艰难："你不会叫上祁岸宿舍的人吧？"

"放心，我还不至于傻到叫上陈志昂，我和他又不熟。"

"不熟最好了。"蔡暄拍着胸脯，"不然我都不知道怎么面对。"不过话说回来，蔡暄神色暧昧，"看来你今晚和岸哥相处得还挺好？"

宋枝蒽正捧着杯子小口喝水，听到这话动作一顿："……有那么明显吗？"

"当然明显了！你都不知道，你白天那会儿看着跟病入膏肓似的，我还以为你怎么了，结果晚上回来就见你容光焕发。原本我以为你们两个今天要吵架的。"说着，蔡暄回到自己座位坐下。

在她看不到的瞬间，宋枝蒽垂眸不经意地勾了下唇："没吵架。"

不知道是不是错觉，宋枝蒽总觉得，她跟祁岸，不管是现在还是以后，好像都没那么容易真正吵起来。

第十二章
祁岸的告白

没多久，以苏黎曼为首的三人选好一家餐厅，宋枝蒽也觉得可以，于是明晚的聚餐就这么定下。但还得告诉一下祁岸，要是他没空，或者时间不协调，刚好提前说一声。

只是没想到，宋枝蒽还没编辑好信息，祁岸就先发了消息过来。

小蝴蝶唯一指定靠山：到医院了，现在陪他打个针。

似乎为了证明他这刻真的在医院，他发了一张男生歪在椅子里苦哈哈打吊针的照片。

应该是祁颂。宋枝蒽忍不住放大照片，只可惜这个侧脸抓拍得太随意，根本看不出正脸长什么样。但能确定的是，没有祁岸帅。

小蝴蝶唯一指定靠山：你呢，回宿舍躺下了没？

宋枝蒽：没呢，还打算看会儿书，明天还有考试。

顿了顿，她又问：你明天是不是也有考试？

小蝴蝶唯一指定靠山：嗯，有两门。

想到这儿，宋枝蒽有些犹豫，哪知祁岸道：考完就去接你们。

宋枝蒽愣了愣：你知道？

小蝴蝶唯一指定靠山：蔡暄下午打电话给我的时候就说了。

原来是早就通过气了，宋枝蒽默默把心放回肚子里，又道：那你记得叫上邹子铭，不然你一个男生也怪尴尬的。

小蝴蝶唯一指定靠山：行，我问问他。

话题到此似乎结束，宋枝蕙莫名有种他好像还挺冷静的感觉，明明之前抱着她不撒手的时候那么深情，又那么黏人。

心底生出一丝微妙的感觉，宋枝蕙撇了下嘴角。但也没说什么，她把手机放到一边，就这么强迫自己专心，一直挑灯夜读到熄灯。

等到洗漱结束，她爬上床，才拿起手机看了眼，然后就看到祁岸给她发来的一排信息。

小蝴蝶唯一指定靠山：刚刚他说渴了，给他买了点喝的东西。

小蝴蝶唯一指定靠山：手机没电了，找地方充会儿。

小蝴蝶唯一指定靠山：你睡觉了吗？

小蝴蝶唯一指定靠山：回去了。

小蝴蝶唯一指定靠山：到家了。

小蝴蝶唯一指定靠山：？

大概是笑点低，宋枝蕙一下就被那个茫然无措的问号逗笑，心里也泛开一抹感慨。虽然听起来她是跟何恺谈了三年恋爱，但这种时时刻刻被人放在心上的安全感，她确实是第一次体会。

最重要的是，这种安全感，还是祁岸给的。平时那话少又那样倨傲散漫的一个人，居然事无巨细地跟她报备行程。

眼底浮上不自知的蜜色，宋枝蕙抿唇回复：晚上去复习了，才看到，不过我现在要睡了，明天第一门考试很早。

以为祁岸会隔好久才回复，对方却秒回：好，我也早点睡。

顿了顿，他又说：今天是第一天？

宋枝蕙本想放下手机的，看到这话当即哽住：什么第一天？

宋枝蕙：你别顺杆爬。

宋枝蕙：我还没答应你。

自我防备简直从字里行间溢出来，祁岸无语得发了个省略号。

小蝴蝶唯一指定靠山：你好像误会了我的意思。

宋枝蕙眉心一跳。

小蝴蝶唯一指定靠山：我是问你，是不是生理期第一天。

看到这条消息，宋枝蕙彻底沉默了，很丢脸，双颊在无形中升了温。

宋枝蕙：你问这个做什么？

小蝴蝶唯一指定靠山：记住女朋友的生理期，是一个合格男友的必要条件。

读完信息，宋枝蕙真的觉得有必要结束话题了，不然她真的可能一晚上都没法好好睡。

思及此，她随手敷衍地回：不告诉你，我要睡了。

说完，她翻了个身，把手机连在充电宝上。屏幕就在这时又亮了亮。

小蝴蝶唯一指定靠山：行。

小蝴蝶唯一指定靠山：我以后自己发现。

发现你个大头鬼！宋枝蕙燥热着一张脸把手机扔到一边，到底没再理他，翻过身闭上眼。大概是这一天都很动荡不安，宋枝蕙当晚很快就睡着了。

第二天惠风和畅，是个不可多得的好天气。只是全宿舍的人都起晚了，大家手忙脚乱地收拾一通，宋枝蕙连手机都来不及看，匆忙跑向考场考试。

为了避免分心，宋枝蕙后来也没怎么摆弄手机。直到下午最后一门考完，宋枝蕙才和大家联系上。

蔡暄老早就建了个群，不止把祁岸拉进去，还拉了邹子铭。大家都差不多时间考完，就在群里约定在哪里见面。

想着祁岸的车拉不了那么多人，邹子铭便在群里非常善解人意地提出自己过去。至于其他人，则约定好一起在校门口见。

宋枝蕙却被蔡暄硬拉着，在校内新开的一家冰激凌店排队。冰激凌是那种非常花里胡哨适合拍照的网红款，上面还嵌着可食用的金箔纸，新开业打半价，导致每天都有好多人排队。

蔡暄之前就想来，但一直没机会，好不容易赶上考完试，在和宋枝蕙会合后就拉着她过来了。宋枝蕙拗不过她，只能陪着一起，又在群里说明了一下情况。

宋枝蕙：我们在排队买冰激凌，你们可以先过去，我跟蔡暄稍后再来。

苏黎曼和林洋一直绑定在一块儿，得知情况说了声：好。

祁岸却发信息给她：买冰激凌？生理期不管了？

他一开口，宋枝蕙就想到昨晚的话题，她稍稍有些不自在：吃几口没事的。

顿了顿，她又补充：别因为我影响大家，你先开车带她们过去吧。

祁岸却答非所问：在哪儿买？

宋枝蕙发了个定位给他，祁岸回了一个"嗯"字，便没再说话。

宋枝蕙以为他去和其他人会合了,便心无旁骛地和蔡暄边聊天边排队。没多久终于排到二人,蔡暄为了犒劳宋枝蕙陪自己,给她买了个顶豪华的海盐奶油口味。蓝白混色的冰激凌配着黑色脆皮筒,上面贴了漂亮的金箔纸又洒了花里胡哨的糖豆,看起来确实很诱人。

蔡暄还要给自己买甜筒,再给其他人买一些碗装冰激凌。她怕宋枝蕙在屋里待着闷,就让宋枝蕙出去等。

宋枝蕙开始确实不大想吃,但这会儿天气热,想着这一个冰激凌打完折还要十五块钱,她犹豫了一会儿,就没忍住咬了一口。然后,她就一发不可收拾,明明想着吃两口就不吃了,结果不知不觉上面的冰激凌都快被她吃完了。

蔡暄那边却一直没出来。宋枝蕙就像个等家长的小孩儿,频频回头,一边呆萌地吃着冰激凌。想着要不要回去看看她时,身后忽然响起一道男声,语调悠长,带着几分不满的余韵。

"生理期还吃冰,是嫌不够难受?"

两句轻飘飘的话落下,宋枝蕙堪堪一哽,回过头就看到一手拎着一小袋东西,另一边肩膀挎着一个松垮书包的祁岸。男生这刻似笑非笑,本就俊朗的眉目在日光下粲然清澈。短发俨然特意打理过,比平时要精致有型,身上的宽松长 T 恤和牛仔裤也把他衬得格外少年气。

宋枝蕙心跳一快,眼睁睁看着他走到自己面前:"你怎么在这儿?"

祁岸不紧不慢地瞧着她,嘴角微微勾起:"想早点儿见到你,所以就来了。"

虽然昨天已经体会过这人好几次的"甜言蜜语"攻势,宋枝蕙当下还是有些难以招架。她目光闪烁了下,扯开话题:"我还以为你会先送他们过去。"

祁岸随意应了声:"车给邹子铭开了,他负责带她们过去。"话音落下,他似乎找到精准目标,从她的脸,盯向她手里被啃得几乎只剩脆皮筒的冰激凌,"冰激凌好吃吗?"

听到这个问题,宋枝蕙眉心一跳,抬眸看他。一对上他深邃如潭的目光,她脑子就有些理不清,下意识地开口:"好吃啊……"

听她这么肯定,祁岸挑了下眉:"好吃不知道请我吃?"

倒是没想到对话会这么峰回路转,宋枝蕙哽了哽:"那你等着,我让蔡暄再帮忙——"

说完,她扭身要走,不料祁岸忽然攥住她握着冰激凌的那只手腕。

宋枝蒽动作顿住。祁岸眸光低低探下来:"不麻烦了,这只就行。"腔调里带着几分摸不透的玩味,还没等宋枝蒽反应过来,他就微微俯身,就着她的手,在她那只黑乎乎的冰激凌上咬了一口。

宋枝蒽心跳飙升,就这么傻乎乎地看着祁岸的喉结微微滚动,再毫不嫌弃地吞咽下去,唇瓣也染上一点奶渍水光,他嗓音低哑,直勾勾地望着她:"确实不错。"

话音落下,他像大人抢夺小孩糖果那般无理取闹地把她手里的冰激凌拿过来,又将另一只手上提着的还温热的芋圆麻薯奶茶挂在宋枝蒽细软白皙的手腕上。

直到这会儿,祁岸才算真的笑了,顽劣又温柔,像是明亮的星星那样闪了一下宋枝蒽的眼。

他说:"我用奶茶跟你换。"

说是换,其实就是变着法儿不想让她吃冰。只是宋枝蒽没想到,这家伙居然会细致入微到这个地步。不仅在没告知她的前提下,突然过来接她,还专程买了她爱喝的奶茶,绕着弯子把她手里的冰激凌舍弃掉。热乎又甜腻的液体流进胃里,虽然没那么解渴,却比之前舒服许多。

宋枝蒽不爱在别人面前秀恩爱,等三人出校门坐上出租车,蔡暄开始跟家人打电话,她才低声对祁岸道:"你买的这个奶茶还不错。"

很少坐这种狭窄的出租车,祁岸稍稍调整过姿势,才偏头看她:"照着你的口味买的,能不好喝吗?"

祁岸知道这种细枝末节的小事,宋枝蒽难免有些意外:"你怎么知道的?"

祁岸迎着她探寻的目光,抬了下眉:"以前无意间听说的。"

宋枝蒽:"听谁?"

祁岸往后靠了靠:"何恺。"

听到这个名字,宋枝蒽更不知所措了。祁岸倒是神态自如:"有次聚会,他给大家买奶茶,随口提了句。"

宋枝蒽干巴巴地道:"他怎么提的?"

"也没怎么提。"祁岸调子降下来，云淡风轻地瞥向车窗外，"就说你很喜欢这个口味。"

之所以记得这么清楚，是因为何恺说这句话的时候，就是他在何恺小区家门口，遇见宋枝葱的那天。

男生们调侃何恺爱喝的奶茶甜腻腻黏糊糊，还不如咖啡有意思。

何恺似炫耀又抱怨地道："还不是因为宋枝葱，每次点奶茶就点这个口味，时间长了我也觉得这个好喝。"

当时的祁岸和谢宗奇坐在沙发上联机玩着游戏，听到这话，祁岸操控人物的那双手一顿，目光紧跟着望向茶几上并排摆着的两杯奶茶。

怕点单麻烦，何恺当天给大家买的奶茶大多都是这个口味。马卡龙色的小芋圆和麻薯堆积在一起，黏黏糊糊的像粥。看起来确实不是祁岸的口味，可不知为什么，祁岸在那一刻，居然很好奇这杯奶茶的滋味。

宋枝葱轻软的声音把他拉回神："以后不会了。"

祁岸神色微顿，侧眸看她："不会什么？"

宋枝葱抿了抿唇，似在一语双关："以后都不喝这个口味了。"

听她这么说，祁岸深邃的眸底茫雾散去，看了她两秒："那以后喝什么？"

被他直勾勾的目光盯得心旌摇曳，宋枝葱错开目光："就……"

"嗯？"

"你买什么我喝什么。"

祁岸眼角眉梢蕴着的寒意像雾气一样渐渐散开，他蓦地一笑："行，以后你想喝什么，我都给你买。"

聚餐的地点距离学校不是很远。蔡暄的电话还没打完，三人就到了吃饭的餐厅。

这是一家网红的川菜馆，装潢和菜式都比较新颖，所以年轻人来打卡的特别多。唯一的缺点就是没有包间，又恰巧是在饭点，所以有点儿吵闹。

宋枝葱倒不在意那么多，只要菜好吃就行。不过具体点了什么，她也不清楚，因为在这之前，蔡暄她们都已经决定好了。

"放心吧，保证让你满意。"蔡暄小声在她耳边嘟哝，还专门把她左手边的位置留给祁岸。

蔡暄越这样，宋枝葱越好奇，刚好旁边桌上开始上菜，宋枝葱听到服务生报菜名，顿时无语，也终于明白为什么她们藏着掖着点菜。

不是这些菜有多贵，而是这些菜的菜名，全都不正经，稍微把原来的菜改得花里胡哨了点，就变成了情侣特供。

水煮鱼叫"飞鸟与鱼"，香辣掌中宝叫"你是我唯一的宝"，好端端的一大盆毛血旺叫"坠入爱河"，青椒鸡心叫"月亮代表我的心"。

蔡暄还摆着筷子乐呵呵地道："都是我替岸哥帮你点的，嘿嘿，有意思吧！"

宋枝葱偏头瞥向祁岸，那眼神仿佛在说：你怎么也跟着瞎胡闹。

祁岸却八风不动地烫着餐具："我觉得挺好。"

宋枝葱顿时在心里翻了个白眼。

等菜期间，大家把早已准备好的礼物拿出来送给她。林洋和苏黎曼一起送了宋枝葱一套不便宜的香水和沐浴乳，邹子铭则送了一支很秀气的钢笔。

宋枝葱只是让他过来陪祁岸，并没想让他送礼物，当下便有些不好意思，想拒绝。

邹子铭却笑道："我一个大男人，总不好随便吃别人的饭，而且你现在的身份可是兄弟的女朋友。"

祁岸挑挑眉，赞赏地瞥了他一眼："回头给你报销。"

宋枝葱说不出话了。蔡暄却被这对兄弟你来我往逗得一笑，调侃邹子铭："想不到啊你，嘴皮子耍起来还挺利索，一下就让我们枝葱没话说。"

邹子铭拿起水杯云淡风轻地笑了："你呢，礼物是什么？拿出来看看。"

另外两人也跟着附和，还说蔡暄偷偷摸摸准备了好久，都不让别人看。

"其实也没什么啦。"蔡暄带着几分炫耀地拿出礼盒，"只是犹豫好久，所以看起来比较神秘。"

说话间，她把准备好的礼盒递给宋枝葱，宋枝葱拆开后发现，居然是一只斜挎背包，很气质的轻奢款，米白色。这个牌子宋枝葱也认识，一只这样的包，少说也要两千。

苏黎曼还"哇"了一声。宋枝葱满是惊讶："你怎么给我买这么贵的东西？"

"不贵啊，打完折才两千多。"蔡暄蛮不在意，"和你送我的比起来也差不多,而且咱们不是马上就要大四了,你要是去实习的话,好歹身上要有几样镇场面的东西。"

"两千多?"宋枝蕙哽住,"可我送你的也就一千。"

"一千?怎么可能。"蔡暄眨着眼,"那牌子就没有一千的首饰。"

"这个我可以证明啊。"苏黎曼也插话,"那个牌子我很熟悉,手镯是新款,最少两千多不打折的。"

虽然在大家面前公然谈论礼物的价格不太好,但宋枝蕙还是扭头看向祁岸:"你帮我买的时候不是说只要一千?你到底在哪儿买的?"

众人的目光顺势落到祁岸脸上,祁岸跷着腿,云淡风轻地"啊"了一声:"我忘了。"

"忘了?"

看出她真着急,祁岸不紧不慢又吊儿郎当地补充:"不过你放心,不是假货。"

宋枝蕙表情更迷茫了,邹子铭出来指点迷津:"这还不明白吗?当然是某些人亲自掏腰包帮你补的差价。"

此话一出,几个姑娘当即恍然大悟地"哇"了一声,发出暧昧的起哄声。

宋枝蕙再度看向祁岸:"真的吗?"

祁岸的目光就没从她脸上离开过,这会儿眸底更是荡出撩拨的笑,像是故意逗她,轻佻道:"你觉得呢?"

我觉得你是个大骗子!

宋枝蕙不想理他,绷着嘴角用侧脸对着他。

蔡暄却不放过任何揶揄的机会:"我现在算是明白了,岸哥老早就对我们枝蕙有意思,搞不好都惦记很久了。"

随着这话,充当氛围组的苏黎曼和林洋又跟着起哄。邹子铭也了然于心地笑了。

宋枝蕙脸红得像个水蜜桃。本以为祁岸这要面子的大少爷也会和她一样不接话,不料下一秒,祁岸就斜眼觑着宋枝蕙,拖着腔调慢悠悠地道:"这不是明摆着?你们居然才知道。"

话音落下,小小的一方天地顿时安静了好几秒。

再然后就是几个姑娘又开始起哄,桌上的气氛是真的热起来。后来还是邹子铭想起来,趁着服务生上菜的工夫问了一句:"祁岸,你的礼物呢？"

宋枝蕙闻言朝他看去，倒不是期待多收到一份礼物，而是因为对方是祁岸，所以潜意识里有了更多期待。

"礼物还在路上。"祁岸答得坦荡，偏头接住宋枝蕙的目光，微微勾唇，"晚上单独给。"

宋枝蕙呼吸微滞，朝他眨了眨眼。祁岸又说："还有生日蛋糕。"

他声音低低的，在喧嚣的氛围中，只有宋枝蕙能听得到。在大家的欢声笑语中，宋枝蕙很轻地朝上翘了下嘴角。

马上就要放暑假了，难得有这么一次相聚的机会，当天这顿饭大家吃得很开心。吃完后，蔡暄又有些依依不舍，于是又组织了第二场。反正宿舍四个女生都没事，只是难为了明天有考试的邹子铭和祁岸。

作为寿星的男朋友，祁岸自然是不能走的，邹子铭想着反正回宿舍也是听那两个人打游戏，于是就这么答应了。

宋枝蕙自然是开心的，但又想到他们明天的考试，便在林洋他们开唱后问了问祁岸："真的不会影响吗？不会今晚过去你第二天什么都不记得了吧。"

祁岸眼皮一跳，嗤笑了声："你什么时候对我这么没信心。"

宋枝蕙面无表情地"哦"了一声："从你出现在这个学校开始。"

祁岸高中时的成绩远比她好上一个档次，国内可选择的名牌大学也绝对不止北川大，就算当初两人约定要一起来这所学校，宋枝蕙也知道他的上限绝不止于此。

她本以为这家伙背叛约定是有更好的选择，不想他到头来还是来了这所学校……

再加上祁岸这几年浪子的名声在外，又和那群富家子混在一起，就导致她本能地认为祁岸这几年不学无术，早已荒废了学业。

当然，这话她是不敢直说的，但不代表祁岸没从她脸色中看出来。

发觉她居然真的小瞧自己，祁岸呵笑了声："这学校怎么？当初不是你非得来这个学校？"

他语气透着隐约的怨念，颇有种"我来这里还不是因为你"的感觉。

宋枝蕙眼底闪过几分不解，刚想反驳，手机就在这时响起来，是外婆打来的。

宋枝蕙也顾不上和祁岸说什么，第一时间接起来，只是KTV太吵了，她什么都听不清，只能去外面的走廊接。然后，她就听到外婆慈爱的声音，问她今晚生日过得怎么样，晚上还回不回来吃她做的长寿面。

原本想到李桃桃今天离开北川，舅舅和舅妈、外婆都要去机场送机，宋枝蕙就没打算回家，没想到外婆没有跟着去，还惦念着她晚上要不要回来吃个面。

宋枝蕙张了张嘴，有点儿没想到："吃过了，吃了好多。"

是祁岸专门给她点的面条，带着个巨大的荷包蛋，她吃了几口就吃不下了，不仅如此，他们那一大桌子的菜也没吃完。

宋枝蕙从小到大都不是铺张浪费的性格，付钱的时候还有点儿肉疼，哪知她刚要扫码，祁岸就不知道什么时候从后面过来，修长干净的手直接挡住她手机的摄像头，二话不说付了款。

后来宋枝蕙一问才知道，这顿花了五百多，再加上他之前给自己补的那一千块差价……她又多欠了他一千五。

思绪不经意间飘远，直到外婆提到"你妈"两个字，宋枝蕙才回过神。外婆的语气透着几分小心："是这样的，你妈妈说联系不上你，就让我把红包转交给你，还说之前工作太忙，没有看到你的消息，是她不好，让你别生气。

"今年的红包她包得也不小，她说你马上要毕业了，趁着步入社会之前，多买几样拿得出手的东西。

"你呀，也别跟你妈妈怄气，她那人就是这样的，别说你了，就是我，一年跟她都联系不上几次，等她以后有时间了，自然会回来多陪陪你。"

外婆声音敦厚，显然不知道宋枝蕙和母亲见面的事。宋枝蕙却如同喉咙里卡了根鱼刺。母亲确实来找她了，但这并没有让她好受。

抛弃就是抛弃，再用一些借口粉饰，反而会变得更可笑。宋枝蕙不想再想这个人，便有些敷衍地应了几声，挂断电话。

再后来，她就收到外婆给她的转账，一共三次，每次都是两万块钱。宋枝蕙垂眸犹豫了许久，到底没收。

等再回到包间的时候，唱歌的人已经换成了蔡暄和邹子铭。这两人平时互侃像兄弟，但一唱起情歌来莫名有种CP感，最主要的是两人唱得还都很好听。

于是在抒情歌的氛围下，宋枝蒽重新回到祁岸身边，刚坐下，一碗剥好的荔枝就放到她面前。

宋枝蒽微微一怔，抬眸看他。她不知道，自己这会儿眼睛湿漉漉的，像森林中迷失的小鹿，一眼就望到祁岸心里。

祁岸喉结微动，他并不是擅长安慰人的性格，也无法说出冠冕堂皇的话来安慰她，只能在这喧嚣的一刻，默默握住她的手。整晚都没再松。

聚会一直持续到将近晚上十点。本来蔡暄一行人想再多玩一会儿，但宋枝蒽想着祁岸他们要考试，便提前结束。

祁岸和邹子铭一晚上都滴酒未沾，倒是四个女生，不同程度地喝了点酒。喝得最多的就是林洋，说是最近谈的网恋失恋了，很不开心，苏黎曼陪着她，也喝了不少。

邹子铭顺势展示了绅士风度，让祁岸送她们回学校，自己则打车回去。两个男生之间没什么好推辞的，于是邹子铭成了第一个离开的。

蔡暄和宋枝蒽扶着林洋和苏黎曼上车的时候，蔡暄还有些讷讷地道："他这么早就走了啊？"

"不早，再过一会儿宿舍都熄灯了。"宋枝蒽说，"而且明天他要考试。"

蔡暄语气说不上怎么，有点儿不是滋味："也是……他是个学霸，自然考试重要。"

说话间，蔡暄上了车，把副驾驶座留给宋枝蒽。

车刚上路，蔡暄就想起什么："对了，还没问你呢，你学姐和那个暧昧男怎么样了？"

宋枝蒽酒精上头，本来就有些迷糊，结果听到这话肩膀蓦地一僵。

开着车的祁岸倒是随意搭着话："什么学姐和暧昧男？"

蔡暄像个永远不知道累的永动机，扒着两人的靠背凑上前来说："枝蒽的一个学姐，她被一个男生骗了，那男生不止要她跟自己假扮男女朋友，还亲了她不负责！"

话音落下，车内气氛瞬间僵滞。宋枝蒽喉咙像是被塞了两团棉花一般哽住。祁岸却似明白了什么，长眸半睐，朝她意味深长地瞥来。

蔡暄却一点儿都没察觉到气氛不对:"岸哥你说,这男的找女的扮假情侣,亲完还不负责,是不是就是想占便宜?

"我跟枝蕙说,枝蕙还不信!关键是她学姐也不死心。"

听到这里,宋枝蕙深吸一口气,"社死"地闭上眼:"蔡暄——"

这话刚出口,声音就被祁岸的话盖过去,他腔调慵懒散漫,又饱含意味:"巧了,你说的这个学姐,我也认识。"

"你也认识?"蔡暄想问他是谁,但感觉这样不大好,就换了个问法,"那这学姐和那个渣男现在到底啥情况?那学姐有没有幡然醒悟?"

"醒没醒悟不知道。"祁岸语气听着漫不经心,却富有深意,"但据我所知,这男生跟这学姐告白了。"

蔡暄不可置信地睁大眼,像是很难接受自己判断失误:"告白?"

"嗯,不止告白。"祁岸正儿八经地道,"还爱她爱得死去活来。"

如果这话从别人嘴里说出来,多少会让人觉得有点肉麻夸张,但从祁岸嘴里说出来……那就只剩纯纯扯淡。宋枝蕙自然不会当真,只是没好气地瞥他一眼。

蔡暄却好奇得很,一个劲儿地追问,比如这男生为什么要找学姐假扮情侣,为什么这男生既然喜欢,却在亲了学姐后没有第一时间表态。

祁岸散漫地勾起唇:"大概是因为胆怯吧。"

"胆怯?"蔡暄不可思议,"不是说是个大帅哥吗?还条件很好的那种,这种男生也会胆怯?"

宋枝蕙眼底也露出意外。祁岸却越说越真:"谁说条件好就不会胆怯?而且,仅从物质层面判断一个人的价值,本身就是一种狭隘。"

蔡暄脸色一蒙,宋枝蕙也讪然:"不是蔡暄说那个男生条件好的……是我说的。"

"是你就更不该。"祁岸侧过头凝视她,话像是留了半句,故意不说出来,却让人去体会那暗含的意思。

就这么静默两秒,他又说道:"我倒觉得那学姐条件更好。学习好,性格好,人也温柔漂亮。

"想跟她谈恋爱的男生大概能从日语系排到金融系。"

宋枝蕙突然就说不出话了,心想倒也不用这么夸。

不懂两人之间暗流涌动的蔡暄以为自己说错了话,导致这两人之间气氛诡异，顿时往后退回到座位闭上嘴，后面也没再追问。

好在这尴尬的时刻持续时间不长，没多久祁岸就把她们送回了学校。

宋枝蕙本想跟着下去，却被祁岸攥住胳膊："'学姐'上哪儿去？"

宋枝蕙额角青筋一跳，抬眸就对上祁岸带着几分促狭的眼。也亏得这会儿大家都下了车，蔡暄听不到这一声"学姐"。

宋枝蕙脸色一尬，弱弱地道："你差不多得了……"

见她满脸不自在，祁岸轻佻地吊着眼梢，捉弄似的觑着她："不闹也行，你今晚跟我回去。"

大概是酒精在体内发挥作用导致理智缺失，宋枝蕙就这么鬼使神差地答应了祁岸，甚至跟他"回家"的路上，晕晕乎乎的脑袋还有点儿雀跃。

一方面是等会儿又可以看到绣绣，另一方面也是因为，她知道祁岸是想送她生日礼物。

很早以前，祁岸送过她一次，就是那只和他同款的乌银手环，只是宋枝蕙从 B 市回来后，就再也没戴过。如今三四年过去，她是真的好奇，祁岸到底准备了什么，这么神秘。

车子行驶进别墅区，三层别墅灯火通明。宋枝蕙下车后还有些意外，而后才想起来，祁岸的弟弟最近也在。于是那点儿酒劲也散了，她跟着祁岸进去，生怕给祁岸的家人留下"这女孩怎么看起来不大聪明"的第一印象。

然而进了家门，她被祁岸扶着一只胳膊换上粉嫩的拖鞋，才得知祁颂早就出去鬼混了。家里除了绣绣，就只有他们俩，之所以开着灯，是祁岸怕绣绣一只狗在家害怕。

宋枝蕙忍着吐槽的欲望，很中肯地说了句："当你的宠物真幸福。"

祁岸瞥了她一眼："做我女朋友更幸福。"

或许是这两天习惯了他的直球攻势，宋枝蕙不仅没觉得不好意思，还微微勾了下嘴角。

当然，祁岸没看到。在绣绣迎接宋枝蕙的时候，他已经去了厨房那边。只不过这次不是给绣绣喂饭，而是在冰箱里翻找，再然后，整个家的灯忽然熄灭。

这下有点儿突然，坐在沙发上撸狗的宋枝蕙手顿住，下一秒就听到厨房那边传来打火机"咔嗒"一声。之后就看到昏黄浮动的光影中，祁岸捧着一个点着蜡烛的八寸蛋糕，徐徐朝她走来，再将蛋糕放在茶几上。

微弱的烛火下，男生轮廓英朗深邃，望着她的目光更是恣意勾人。宋枝蕙捏紧裙角，心跳如同漏掉一拍。

祁岸浅勾着唇，在宋枝蕙身旁坐下，又插上几根蜡烛，依次点燃："本想弄得花哨一点，但祁颂那家伙太不靠谱，说去花店太晚，只剩下菊花。"

宋枝蕙没忍住笑了，祁岸侧眸瞧她，眼梢也染上一抹愉色："不过还好，起码还有蛋糕。"

其实之前，蔡暄就跟祁岸商量过，要给宋枝蕙买个生日蛋糕，但是祁岸想要陪她单独许愿，才让这一环节留到后面。

宋枝蕙看着他给自己准备的生日蛋糕，眼中蓄起涟漪："蛋糕很漂亮，我很喜欢。"

这是一款白色系的蛋糕，上面点缀了水果和彩色小花，正是当下最流行的风格。

祁岸轻点下巴："快许愿。"

宋枝蕙点点头，刚要闭眼，祁岸又说："姿势摆好看一点，我要拍照。"

宋枝蕙心里不免有些好笑，但还是乖乖听话，控制好面部表情。于是就在祁岸拍照的时候，她在心底像模像样地许了个愿。其实也没什么特别想达成的，无非就是希望外婆身体好一点，别再生病，她每年的愿望都是这个。许好后，宋枝蕙睁开眼，看向祁岸。

祁岸："吹蜡烛。"

宋枝蕙肺活量小，吹了好几次才吹灭。祁岸一面用遥控器把客厅的灯点亮，一面又把乱拱的绣绣拨弄到一边，而后才从身后拿出来一个浅粉色的礼盒。礼盒不算小，上面系着一个同色系的缎面蝴蝶结，很精致漂亮。

祁岸递到她面前，挑了下眉："你要自己打开，还是我给你打开？"

宋枝蕙嘴角微微上翘："有什么区别吗？"

"区别就是，"祁岸扯了下嘴角，"我帮你打开，会免费提供一个服务。"

宋枝蕙被他的煞有介事唬到："什么服务？"

"你选了不就知道了？"

到底没抵御住他的诱惑，宋枝蕙点了点头："那你来。"

祁岸勾着嘴角，垂眸不紧不慢地帮她把礼物拆开。

他拆的时候，宋枝蕙就抿着唇在旁边眼巴巴地看，像个翘首以盼的小朋友，直到礼盒彻底拆开，露出那个抢眼的 Logo（商标）。

宋枝蕙虽然对奢侈品不太了解，但这个牌子，她还是知道的。苏黎曼之前攒钱就想买一套这个品牌的首饰，宋枝蕙默默搜了一下价格，只看一眼就退出来了。在她的概念里，一万块钱是她两个学期的生活费，她永远不可能把这么一笔钱挂在脖子上。

不承想，有天祁岸会送她这么贵重的礼物。白色的珍珠母贝，配上闪耀的钻石和 18K 金，在灯光下漂亮得无法形容。

感受到祁岸的这份用心和蝴蝶的寓意，宋枝蕙不由得呆住。

祁岸却语调平常："专柜没货，今天傍晚才到的，只能让祁颂帮忙。"说话间，他把项链取出来，看向宋枝蕙，"坐过来一点，我帮你戴上。"

宋枝蕙慢慢收回神，眨了眨眼："你说的服务，就是这个？"

祁岸敛眸，拖着调子，揶揄谑弄："不然你还想要什么服务？说出来，我看看能不能满足。"

宋枝蕙是真遭不住他这个眼神，脸色一窘："我不是那个意思。"说话间，她赶忙错开目光，把长发撩开，朝他身边坐了坐，"戴上吧。"

这一刻，姑娘雪白的脖颈在灯光下如同倒出来的牛奶，祁岸的指尖亦如跳跃的火苗，在她肌肤上留下灼热的触感。宋枝蕙默默红了耳根。

好在这个过程只持续了半分钟，祁岸就给她戴好了。宋枝蕙心头像是落了一只欢愉的蝴蝶，带着几分羞赧和雀跃看向祁岸。

祁岸像是欣赏一件珍藏的艺术品，视线从她的脖颈落到她的双眸里，嗓音有点哑："喜欢吗？"

宋枝蕙点头："就是太贵了。"就算是以前，何恺送给她最贵的首饰，价格都和这个比不了。更别说宋枝蕙一次没戴，分手后就还了回去。

本以为祁岸会说没关系，不料他手臂搭在宋枝蕙身后的靠背上，往后一靠："觉得贵就一直戴着。"

宋枝蕙抬眼。祁岸挑了下眉："就是要你一直戴才买这么贵的。"

话里好像在暗指什么，一下就让宋枝蕙想到那只被她收起来的乌银手环。宋枝蕙抿了抿唇，想说什么，恰巧这会儿祁岸的手机响了。

电话刚一接听，宋枝蕙就从语气听出对面是祁颂。

大概是请他帮了忙，祁岸这次的语气总归没有上次恶劣，只是依旧敷衍："你今晚要回来就早点儿，别吵得别人睡不了。

"嗯，她在。"

听到这话，宋枝葱切蛋糕的动作微顿，看了眼祁岸，巧的是祁岸这会儿也在看她，语气又痞又浑，还在笑："别胡扯，我不需要那玩意儿。"

宋枝葱被这暧昧不明的话说得心尖一颤，忙收回目光专注切蛋糕。等祁岸电话挂断，宋枝葱已经为了缓解尴尬小口地吃了起来。

祁岸却无视桌上他的那块，挑眉道："这就开吃了？都不知道等我。"

宋枝葱眼巴巴地看着他："不是给你切了？"

祁岸却不怎么满意地拿起那块蛋糕，左右看了眼："我不想吃这块。"

大少爷的毛病又犯了。偏偏宋枝葱又忍不住惯着他，于是又拿起塑料刀具，在蛋糕上比画了下："那你想吃哪块，这块，还是——"

"我想吃你的那块。"祁岸打断。

宋枝葱愣了愣："不都一样的吗？"

"不一样。"祁岸声音自如，混着一点颗粒质感的磁性，突然抬起手钳住她的下巴，指腹在她唇畔温柔一碾，"你的看起来更好吃。"

宋枝葱激灵了下，这才反应过来自己嘴角沾了奶油。祁岸的目光却蕴着暧昧的情动，像是摇曳的火苗，在她心田原野引燃春风野草。

迎着他长驱直入的目光，宋枝葱喉咙紧了下，低低地道："不行。我的特别好吃，不能给你。"

话音落下，客厅安静一瞬。宋枝葱实在受不了被祁岸这么逗弄下去，直接站起身："那个，厕所在哪儿？"

祁岸似笑非笑，朝左手边的楼梯随意地指了指。宋枝葱几乎落荒而逃地起身直直地上了楼。

等她的身影消失在楼梯拐角，祁岸才收回玩味的目光，转而盯向桌上那块被她乱咬了几口的奶油蛋糕。

就这么看了两秒，祁岸蓦地一笑。

晚上，宋枝葱没有回学校，而是被迫留在祁岸家。倒不是祁岸不想让她离开，而是她从洗手间出来时，已经过了学校的熄灯时间。这个时间回家更是不可能，那么晚，回家会打扰到外婆休息。

/ 327 /

如此一来，宋枝蕙只能顺了祁岸的意，留了下来。

祁岸让她睡自己的房间，自己则去睡客房，甚至还拿出自己的T恤给她当睡衣。宋枝蕙拿在身上比了比，发现刚刚遮过臀部没多少。

最尴尬的是，这衣服虽然是干净的，但上面还是残留着一点祁岸身上的气味。好闻的檀木香，混着隐约的荷尔蒙气味，穿在身上的时候，感觉就像贴在祁岸身上。更别说她洗好澡后躺在祁岸的大床上，那感觉简直就像是整个人陷在他温暖的怀抱里，虽然她只被他那样紧紧拥抱了一两次。

想到这儿，宋枝蕙用被子蒙在自己脸上，试图盖住自己的胡思乱想。然而一闭上眼，脑海里还是今天发生的一切，甚至祁岸认真看她的每一眼，她都能在脑中回忆起来。

但最影响她睡觉的还是嗡嗡振个不停的手机。

蔡暄给她发来信息：呜呜呜这恩爱秀得太可以了！

蔡暄：看得我都想谈恋爱了！

蔡暄：回头你问问岸哥那边有没有什么单身好青年介绍给我。

蔡暄：我可以！我能谈！

宋枝蕙被她半夜抽风扰得平静下来，回道：我秀什么恩爱？

蔡暄：你没看朋友圈？岸哥刚发的。

蔡暄：你这女主角当得也太不专业了！

宋枝蕙一哽，赶忙去看朋友圈，果然看到祁岸新发了一条。正是她许愿时，祁岸给她拍的照片。穿着浅色桔梗裙的宋枝蕙面容柔美，双手合十，对着插着蜡烛的蛋糕虔诚许愿，可能是光线不足，让这张照片看起来格外有氛围。

但最主要的是，祁岸配的文案：生日快乐，谢谢你，让我今年陪在你身边。

话里沉甸甸的珍重，让宋枝蕙呼吸一滞，那一瞬，她竟真的觉得，祁岸是发自内心地喜欢她，而不再是把她当成妹妹。

或许是有了这个答案，宋枝蕙当晚像是当初第一次发觉自己喜欢上祁岸那样，内心无法平静。可无论她怎么想，都无法忘记当初亲眼看到祁岸和别的女生亲密的那一幕。

事到如今，她不得不承认，自己在回想起那一幕的时候，仍有委屈的醋意，甚至越来越浓。

抱着这种心情,宋枝蒽熬到后半夜才睡过去,甚至在沉沉睡去后,梦中都在盘算第二天无论如何也要找祁岸问清楚。

却不想,她在意的那份答案,在第二天早上,直接送到她面前。

早上九点,宋枝蒽迷迷糊糊地起床去洗手间,不想拉开浴室门的那一刻,她看到了一个既陌生又"熟悉"的男生站在莲蓬头下。

在看到她的那一秒,男生顿时遮住腰部以下,并发出一声尖锐的脏话。

宋枝蒽则像被打了一巴掌,骤然清醒。就在她下意识低呼出声的瞬间,一只手从身后捂住她的眼睛,又将她掉转方向,正面紧紧抱在怀中。

下一秒,祁岸愠怒的声音落在头顶:"祁颂,你是不是有病?自己房间没浴室?非要来我房间?

"而且你进门前不知道敲门?看不出床上躺着人?"

祁颂:"我哪知道床上躺着的不是你啊!蒙着被子我又看不出!

"而且我这两天经常这样啊,客房的浴室水温不稳,我都是早上到你房间洗澡,谁知道你床上躺着的不是你!

"我要知道是你女朋友在,你让我进来我都不进。"

祁岸:"呵,你还挺委屈?我请你来的?"

祁颂:"那我不是没地方去吗,这话说的,好像我不是你亲弟弟。"

大清早,别墅内回荡着两人你来我往的争执声。宋枝蒽燥热着双颊,用最快速度换上自己的衣服。

等她收拾好下楼的时候,祁颂已经从不服变成委屈可怜:"而且被看的人是我,又不是你女朋友,你有什么可发火的……"

话音刚落,一个厚重的沙发靠垫直接飞到祁颂脸上。

祁颂被砸得眼冒金星,下一秒就听到楼梯那边传来一道干巴巴的声音:"不是的,我什么都没看清……"

闻言,神情冷峻的祁岸抬眸,看到宋枝蒽局促地站在楼梯扶手处。她指了指眼睛:"我近视三百度,没太睡醒也没戴隐形。"

祁颂揉着脑袋,龇牙咧嘴的:"你看吧,这下更不用发火了,你对象连我什么样都没看——"

话没说完,祁岸就又扫过去一记眼刀。祁颂撇了撇嘴,彻底不敢说话了,一个人跑到厨房那边去找吃的。

宋枝蒽眼神却追逐着祁颂,惊魂未定地下了楼。

祁岸敛起方才的冷戾怒意，迎上前，朝祁颂偏了偏下巴："他就是我弟，祁颂。昨晚在外面玩得太晚，后半夜才回来，刚刚吵架你也听到了，他不是故意的，你——"

宋枝蕙抬眸，以为他会说"别往心里去"，不料祁岸顿了下："真没看到？"

宋枝蕙突然有点想笑，抖了下嘴角："你希望我看到？"

难得被宋枝蕙反将一军，祁岸眼底闪过一丝后知后觉的讪色，随即手插兜别开视线："当然不希望。我只是……"

宋枝蕙"嗯？"了一声，像是看穿他的醋意，却又不拆穿。

祁岸却已恢复原来的神情，好整以暇地看着她："怕他辣你眼睛。"

啃着面包片的祁颂就在这时走过来："我怎么就辣眼睛了？祁岸，你把话说清楚。我确实是没你身材好，这点我承认，但我也是我们基地一等一的美男好吧。多少姑娘想看我身体都看不到呢！"

第一次听两个大男人毫不避讳地说这种话题，宋枝蕙多少有些不自在，但很快这种不自在就被意外的感觉所取代。

祁颂站在她面前，她看清楚他的正脸后，才发现祁颂居然跟祁岸长得很像。这种像不是气质神似，而是基因造成的眉宇骨相，五官上的像。

只是可惜，中了基因头等彩的只有祁岸。祁颂即便像他八分，但比起祁岸那种精准无瑕的英朗俊美，也还是逊色几分。

注意到宋枝蕙的表情，祁岸微微勾唇："是不是感到意外？"

宋枝蕙侧头看看他，又看看祁颂："你们俩……"

"我俩是堂兄弟。"祁颂舒舒服服地陷坐在柔软的沙发里，跷着二郎腿道，"所以长得像。"

祁岸在她身后补充道："他是我二叔的儿子，小时候我们两个长得更像。"

祁颂也附和："那时候不少人都以为我俩是双胞胎呢。最可恶的是我爹，当着我的面跟我大伯说要换儿子，简直是寒了我的心。"

"凡事多从自己身上找原因。"祁岸无情嗤笑他一声，随即偏头问宋枝蕙，"要不要陪我去厨房给绣绣准备早饭？"

想着跟祁颂待在一起也是尴尬，宋枝蕙立马点头。

祁岸带着宋枝蕙在厨房这边，那边祁颂却叼着个香蕉开始看电视。

"我等会儿要回学校考试，"祁岸把食材取出来，放到大理石台面上，"来不及给你准备早餐，就点了外卖，等会儿就能送到，祁颂会去取。

"你要是觉得待在这儿舒服，就多待会儿。要是觉得无聊，就吃完了再离开。"

清早的祁岸一身暖色调家居服，无论是声音还是俊朗的脸都透着一股难得的柔和，让人很难不去遐想，他往日里在家的模样……是不是也像这样随意又柔软。

大概是才从早上的荒唐中回过神，宋枝蕙默默稳住乱跳的心脏，顿了几秒才说"好"。

随即又想起昨晚上还没吃完的蛋糕，她又补充："其实不用麻烦，我随便吃口蛋糕就好了。"

祁岸忽然瞥过来："你想吃蛋糕？"

"不是。"宋枝蕙愣了一下，"我只是觉得这样很方便，蛋糕浪费了也不好。"

祁岸闻言蹙眉："可蛋糕隔夜了，还很凉。"

"可以配一杯热牛奶。"宋枝蕙像在和他谈两个维度的话题，"在家的时候，别说是蛋糕，就算剩菜剩饭，当成早餐来吃也很正常。"

不过话说完，她又觉得没什么意义。毕竟祁岸和她从小生活在两种环境下，他不能理解这种节俭的家常习惯也正常。这么一聊，反倒给自己平添了一道不自在。

话题一时沉默下来。

祁岸给绣绣准备得差不多了，叫绣绣过来吃饭，随后又问宋枝蕙："你从小就这样吗？"

宋枝蕙把目光从绣绣身上挪到祁岸脸上："什么？"

祁岸稍稍斟酌，像是在措辞："就……这么节俭。"

当年宋枝蕙的家庭背景他很清楚，宋枝蕙那个时候的节俭，他能理解。可上了大学后，一切都已经好转，而且她还跟何恺在一起，却依旧保持着这种委屈自己的生活态度，祁岸就很不能理解。

他很认真地问宋枝蕙："你家人对你不好吗？"

宋枝蕙被问得一愣："没有啊，他们对我很好。"

"我是说小时候。"祁岸补充。

这种节俭的生活态度绝对不是一朝一夕可以养成的，或许因为她从小就生活在这种环境之下，所以觉得太过昂贵的东西，她受之有愧；对于自己的花销，无论何时也不敢铺张浪费。

似被问到心坎里，宋枝蕙表情变了变，脱口道："是不大好。"

祁岸专注地看着她："怎么不好？"

宋枝蕙敛眸，出神地望着吃得正香的绣绣，静默了好几秒才说："我十岁出头的时候，我妈就和我爸离婚了，离婚后我妈去了日本，我爸半年后娶了我后妈，我后妈没多久就生了个弟弟，从那以后，我爸就对我不上心了。"

或许是在祁岸面前，她总能格外放松，宋枝蕙不知不觉话多起来："那时候他事业不大顺，厂子那边总出问题，家里经济有限，但凡有什么好的，都要先可着弟弟和后妈，我平时除了伙食费，基本没有零用钱。

"后来我爸厂子倒闭，家里情况变差，我后妈就提出让我退学。我爷爷奶奶也觉得女孩子读那么多书没用，还不如去上个职业学校，毕业了早点工作。

"是我妈生气地和他们大吵了一架，给我交了学费，让我继续念下去。但即使这样，我的日子也没有好过太多。

"我妈给我的零用钱，总会被我爸找各种理由搜刮去，只有在家里人过生日的时候，我才能稍稍攒下一点钱。

"我们那边，小县城，物价不像城市里这么贵，家里只要有人过生日，就会点个很大的蛋糕。就那种很廉价的，植物奶油。

"蛋糕一家人通常是吃不完的，我就放在冰箱里，保存好，可以当第二天的午饭，甚至晚餐。这样的话，就可以省下一两餐的饭钱，去买自己喜欢的文具。"

说到这里，宋枝蕙尴尬地笑了一下："不过你今天一问我，我才觉得，我这个习惯确实有点奇怪……"

说到这里，掌心袭上一道温热。宋枝蕙微微怔住，发现是祁岸攥住她的手。

祁岸眸光深沉地凝视着她，嗓音低低的，有些哑："不奇怪。我们枝蕙吃什么都不奇怪。

"我只是觉得，蛋糕会凉肚子，想让你吃些正经的早餐。

"如果你想吃,晚上回来我们一起接着吃。如果坏掉,我们就再买一个。只要你想吃,我们什么时候都可以吃。"

没想到祁岸会一口气对自己说这么多,宋枝蕙顿时感觉到一股酸涩感。她以为他会善意地嘲笑,甚至用调侃来化解这刻的尴尬,毕竟他也没经历过那种日子,体会不到那种心酸。

可他就是能说出让她心口熨帖的话,就好像在明明白白地告诉她,你这样做不丢脸,一点也不。而他这样说,也只是心疼她,想她活得更舒服。甚至,只要她愿意,他怎样都可以陪着。

思及此,宋枝蕙不经意地别开视线,不想让祁岸看到自己这一刻毫无防备的心慌动容,还有发红的眼眶。

偏巧,祁颂就在这时拎着两大袋子外卖上了台阶,非常"扫兴"地搅乱了独属于两人的领地:"早餐到了,别顾着谈恋爱了,快来吃饭。"

一堆被餐盒包装的食物放在桌上,塑料袋外面都透着热气。

被人打扰,宋枝蕙像是惊弓之鸟般把手抽回去。祁岸则侧眸看向祁颂,眼神锋利得像刀。

祁颂这个傻白甜眼里可没那么多事,嚷嚷道:"你瞪我干啥,再不吃饭你考试也别去了!"

听到他这么说,宋枝蕙立马看了眼手机:"好像确实要迟到了……"

祁岸皱了皱眉心,估算一下车程后起身:"你们吃,我换身衣服就走。"

他这人行事作风向来凌厉。宋枝蕙也不敢多阻拦,只能在他再度下楼的时候,给他递了瓶热牛奶以及芝士玉米饭团。甚至在他在门口换鞋的时候,她也老实巴交地跟着站在门口,又问了问他今天几门考试和考试时间。

祁岸挑挑眉:"怎么,想约我吃饭?"

宋枝蕙眸光闪烁了下:"今天不行,我外婆要我回去给柜子量尺寸,再一起选家具。"

祁岸呵笑了一声,像是并不意外:"那就等你有空,别放我鸽子就行。"

宋枝蕙点点头。祁岸在推门出去之前,又顺手揉了揉她的发顶,而后才离开。

那一下,温厚有力,回到餐桌边后,头上都仿佛还残存着他的力道体温,宋枝蕙的表情有一丝微妙。

祁颂倒是尽可能地扮演好一个"小叔子"的角色,任劳任怨地把祁岸点的早餐逐个拆开,摆满了一桌。摆完,他自己都惊讶道:"这不就满汉全席?我哥也真是的,对自己人就敷衍,对你就这么事无巨细。"

宋枝蕙在他对面坐下,莫名地有些不好意思。祁颂见她有些腼腆,便替她打开面前的几个餐盒:"吃吧,别客气,反正都是你男朋友花钱。"

宋枝蕙露出一点笑,突然觉得祁岸的弟弟还挺有亲和力。

就这么,两个完全不熟的人,一边聊天一边开始吃早餐。祁颂完全不像祁岸那么高冷,聊了两句,"话篓子"属性就尽数展现,还跟宋枝蕙说起两人高中时候的事。说那会儿祁岸被接回B市准备高考,完全是迫于祁岸父母的压力。虽然祁仲卿和易美茹离婚了,但两人三观和对祁岸未来的预判那是不谋而合,都希望祁岸继承祁家家业。而回B市那会儿,祁岸也确实不大开心,话也特别少,整天都是祁颂在旁边陪着他。

说到这个,祁颂还不乐意:"就我这长相,当年在附中不是校草也是班草,结果祁岸一来,我啥都没了。"

宋枝蕙没忍住一乐:"是这样的,他当年在我们学校也很惹眼,每隔一段时间就有女生给他送信。"

甚至有一次,宋枝蕙也不可避免地帮人送了一次。想到这些,她微微有些感慨,那时候的她大概想破头也想不到,未来的某天,她会坐在祁岸的家里和他弟弟吃饭。

祁颂的声音把她拉回神:"正常,在我们学校也这样。最好笑的是,我跟祁岸不是长得像吗,那会儿有人就总把我认成他。

"刚巧慕名来认识祁岸的一个隔壁学校的女生,是我早前就有一点儿眼缘的,不过那会儿吧,我没好意思主动出击。"

宋枝蕙小口喝着粥,抬眸问:"然后呢?"

说到这个,祁颂筷子一顿,压低声音:"我跟你说了,你可别告诉我哥啊。"

宋枝蕙表情有点茫然,但她又好奇,于是点了下头。

像是终于可以倾诉这个"秘密",祁颂舔了舔唇,不大好意思地说:"当初我一直跟那女生说我就是祁岸。"

宋枝蕙浅浅地"啊"了一声:"什么意思?"

反正说起头了,祁颂就索性多说一点:"就是那段时间,祁岸在家里养身体,一直都没来学校,我就借着他的身份,经常穿着他放在学校宿舍里的衣服,大晚上翻墙去和那女生一起玩。"

他摊手:"反正她也不知道祁岸长什么样,我跟祁岸又长得那么像,我就替我哥代劳一下咯。"说完他又笑,"不过别说啊,我装成我哥的样子,别说外校人了,那会儿就连隔壁班的学生有时候都认不出来。"

话音落下,宋枝蕙的笑容滞在嘴边,脑中像是过了一遍电流,瞬间激活过去某段如鲠在喉的记忆。

同时,祁颂的声音在耳边喋喋不休:"我俩那会儿连身高都一样,侧脸最像,要说区别就是我比他正脸圆润点,而且我还话痨。但当时只要我注意点,穿着他的衣服大晚上的一出去,谁都以为是祁岸。"

"不过现在不行了,我现在再怎么装,看着也不像他,身上的气场太不一样。"说完,祁颂吊儿郎当地往嘴里扔花生豆。

宋枝蕙眸色震颤,不可置信地开口:"你那时候,戴过他的手环吗?"

祁颂手一顿:"什么手环?"

宋枝蕙哽住,心头希望的火苗像是摇曳的烛火,就在要熄灭的一瞬间,祁颂突然想起什么,"啊"了一声:"你说那个乌银手环啊?"

祁颂摸了摸下巴,"啧"了一声:"你不说我都忘了。我那阵子偷偷戴他那破手环想要提升考试运,他回来后发现,也不顾什么兄弟情义,直接给了我一拳。"

当时那一拳打得既突然又钝痛,导致从小到大都没挨过揍的祁颂,额角直接肿了好几天。

那几天里,他每天都跟身边人抱怨,说祁岸太小气,自己不过是戴了一阵他的破手环,他至于那么生气吗!

身边不知情的人有的安慰,有的嘲笑他太弱。但家人这边,除了祁仲卿,基本都是帮祁岸说话的。就连平时比较疼他的外婆都说他活该,好好的碰人家东西干吗。

刚巧那阵子祁岸刚"疯完",脱离掌控,祁家孙子辈的其他几个兄弟姐妹也都语重心长地拍着他的肩,说他惹谁不好,非要惹祁岸那个疯子。正因如此,祁颂才得知那阵子消失的祁岸都在家干了什么。

后来还是和祁岸关系不错的老幺——祁沫告诉的祁颂,说祁岸那手环,是和他十分在意的那个女生有关的。而祁岸在家"发疯",也跟这个女生有关。

/335/

总之,他的手欠恰好赶上了一个最不合时宜的时候。祁颂一听这才傻了眼,倒也不敢再四处喊冤。

再后来,两兄弟冷战了一阵子,祁颂就主动求和了。只是从那以后,他再也没见祁岸戴过那个手环。

而今听宋枝蕙提起,他才想起来这次见祁岸,祁岸手上又重新戴了那个手环。想到这儿,祁颂嘴角抖了抖。不是吧这人……都有新对象了,还惦记那白月光?

这边他在心里吐槽着,宋枝蕙那边喃喃出声,尾音带着不敢相信的轻颤:"所以那年冬天,在学校巷子口那边和女生在一起的是你……"不是祁岸。

是她误会了祁岸。那个冬天,祁岸并没有和别的女生在一起。

可惜她声音太小,祁颂没听清:"你说什么?"

宋枝蕙神色微滞,顿了顿:"没说什么。"

祁颂莫名其妙地看着她,转念又想到什么:"不过你是怎么想起问手环的事,这事我都快忘了。"

被他一问,宋枝蕙慌了下神:"没有,我随便问的。"

不太想把当年那件傻事告诉其他人,宋枝蕙干巴巴地胡扯:"我就是,看到祁岸总戴着那个手环,感觉那东西好像挺重要。"

"是重要啊。"祁颂颇为感叹,"毕竟那东西可是……"

"嗯?"

想到这是祁岸刻骨铭心的往事,说出来难免会让现女友不开心,祁颂搔了下鼻尖,改口道:"那东西可是寺庙求来的,对考试灵着呢。"

宋枝蕙点头:"也是。"

就这么,两人各自把心事揣回肚子里,又随便聊了聊其他的,不知不觉就吃完了这顿丰盛的早餐。

祁颂是在家闲不住的性格,吃完饭就去了俱乐部那边。宋枝蕙则心事重重地回了家,陪外婆给阳台量尺寸打柜子。

木匠早早就到了,又是熟人,跟外婆边聊边探讨,好几次问宋枝蕙的意见,她都心不在焉的:"你们定就好了。"

"我们定怎么行,到时候都是你在用,要是上镜不好看,那岂不是白做了。"外婆嗔怪她。

宋枝蕙这才意识到,这个位置是她未来暑假里直播的地方,于是在脑中过了遍颜色搭配,又拿起手机:"那我在软件上搜一搜。"

最终,宋枝蕙选了当下流行的米白色,简约款。木匠说是一周内就能打造好。

木匠走后,外婆又拉着她量卧室的尺寸,说她的床太小了,睡着不舒服,这下把书桌挪走了,能宽敞不少,还能买个大点儿的床,和一些小家具。

宋枝蕙靠在门口笑:"您这么一折腾,那点养老钱都花我身上了。"

外婆一时高兴,嘴上没把门的:"哪有,都是用你妈的钱——"

顿时,宋枝蕙笑容微僵。外婆讪讪地道:"枝蕙,你也别怪外婆自作主张,我知道那钱你不会收,就替你存起来了。

"这部分钱是你妈打给我的,我想着反正我也没什么需要用钱的地方,不如都花在你身上。

"你这些年将就惯了,就这床都用了好久,我早就想给你换了。

"你妈也说,你这些年过得苦,有钱了肯定要给你改善生活条件,这不,最近赚了点钱。"

宋枝蕙眼里没什么温度:"她倒是会借花献佛。"也不知道她的现任知道她给前夫的女儿花钱会是什么心情。

不过那人那么有钱,应该也不会在乎。说到底,为这点钱产生情绪波动的就只有她自己,对母亲来说,这只是微不足道的,用来打发她的九牛一毛。

外婆稍微量了一下尺寸,问她:"什么借花献佛?"

宋枝蕙敛眸,到底没把母亲的事说出来。她是自己的母亲,可也是外婆的女儿,她们母女之间的事,宋枝蕙不想参与,也没资格参与。

想明白这点,宋枝蕙神色平淡地勾起唇:"我是说您会借花献佛,一点儿都不知道为自己着想。"

外婆嗔她一眼:"小孩子家家的都会揶揄我了。"

宋枝蕙狡黠地笑了。

第十三章
甜蜜犯规

折腾了大半天，都过了饭点。宋枝蕙难得回来，外婆就给她做了几道丰盛的菜，还有外婆最拿手的糯米糕、卤鸡爪。等两人坐下吃饭，已经是下午了。

外婆怕她饿，一个劲儿地给她夹菜，还问起祁岸今天怎么没跟着一起来。

提到祁岸，宋枝蕙眼角眉梢舒展许多，声音也带着一丝轻盈："他今天有考试，还都是很重要的科目，我不想打扰他。"

"再重要也得吃东西啊。"外婆很有远见，"锅里还有糯米糕、卤鸡爪，回头啊，你记得给他送过去当夜宵，他小时候最爱吃这个了。"

提到祁岸小时候，宋枝蕙莫名来了兴致，眼巴巴地问外婆："他除了这两样，还爱吃什么啊？"

外婆对这方面记性好着呢，随便就说出来五六样："你也不用特别记，想吃就带他回来。"

宋枝蕙点头。

外婆又想起昨晚她过生日，就问她生日过得怎么样。

"很开心。"宋枝蕙翘起嘴角，"他们都送了我很喜欢的礼物。"

最主要的是，祁岸一直陪着她。甚至在今天早上，她还得知了当年那件事的真相。想到这儿，宋枝蕙忍不住问外婆："外婆，你说一个人对另一个人的感情，会随着时间产生变化吗？"

/ 338 /

本以为外婆会问她为什么问这个问题,哪知外婆抬眉,理所当然地看着她:"当然了。"

宋枝蕙筷子一顿。

外婆说:"感情本就是流动的,你今天喜欢的,说不定明天就腻了,不然怎么会有那么多夫妻会离婚?"

宋枝蕙一时无言,可又觉得没问到点子上,想了会儿才又开口:"我的意思是,如果一个人以前很明确不喜欢另外一个人,那么几年后,那个人有没有可能——"

"当然可能了。"外婆年轻的时候也是个心直口快的,她十分不解地看着宋枝蕙,"你外公那会儿就是过了好几年才喜欢上我的。"

宋枝蕙眼底晃过一道不可思议:"外公早年不喜欢你吗?"

"不喜欢。"外婆叹了口气,又笑,"我跟他算是包办婚姻,早早就被家里定了亲,但是他呢,那会儿有喜欢的对象,也不想留在小县城,就拒绝得很明白。我也是个心气高的,那他都拒绝我了,我还往上凑什么,一生气,就跟家里说不嫁给他了。

"当时家里的态度模棱两可,后来我就进了粮库当工人,你外公呢,在城里混得也不是很好,没多久就回来,也被安排到粮库。"

宋枝蕙笑了声:"那你们俩还算久别重逢呢。"

外婆眼角笑得堆起皱纹:"他当时还跟我说,没想到才两年没见,我就变了个样。"

"变什么样?"

"当然是变好看了,我年轻的时候还不会打扮,到那会儿才长开,他啊,就发现了我的美呗。"

说到这里,宋枝蕙若有所悟,因为她跟祁岸,也是相似的状况。可如果真的是因为她变好看,祁岸才动心……那这群男人可太肤浅了。

不知不觉间,她把后面那句话嘀咕出来。外婆笑出声:"这哪能是肤浅啊,人都这样,不分男女,不然现在哪有那么多追星的小姑娘?只要这个人,喜欢你以后是真心的,真心实意地对你好,那你还在乎过去什么样干吗?你要是接受不了他这个态度,大不了就不理他。但你要是也喜欢他,总计较着过去,那就是自寻烦恼了。"

这话听着浅显,道理却一分不打折扣。句句没提祁岸,又好像字字都在说他。宋枝葱指尖微拢,心里泛开层层涟漪,好像一直想不通的什么,就这么被外婆点透。

外婆短叹一声,把话说到明面上:"其实一开始,我也不赞同你和祁岸在一起,毕竟以前你因为他难过了那么久,他的家境也不是咱们能高攀得起的,外婆再喜欢他,还是更疼自己亲孙女。

"但自打上次他来家里,我看到你俩的相处,他对你那劲儿……我就觉得吧,你们俩这次,倒是你把他拿捏得死死的。"

宋枝葱眨了下眼:"真的吗?"

"我还能骗你不成?"外婆煞有介事地道,"我这老姜还不比你眼光毒辣?"

宋枝葱顿时失笑。外婆也跟着笑起来:"反正现在我是放心多了。这孩子不管过去对你是真是假,起码他现在对你是真的。最主要的是,你跟以前比起来,明显开心许多。"

宋枝葱被外婆说得神色露出几分腼腆,用筷子拨弄着碗里的回锅肉,弱弱道:"有吗……"

外婆白她一眼:"你什么样我还看不出来?"

宋枝葱闭嘴了。外婆扬了扬下巴:"你今天也别在家闷着了,找个机会把糯米糕和卤鸡爪给那孩子送去,顺便再把学校里的行李收拾回来,咱们正式过暑假。"

复杂的心情就这么被外婆轻松治愈。宋枝葱往下抑着嘴角,乖乖说了声"好"。

吃过饭,宋枝葱帮外婆收拾好家务,才带着那两盒东西出门。不过她并没有第一时间去找祁岸,而是把东西保存在宿舍楼附近小超市的冷藏柜里,先回了趟宿舍。

大家都考完试,正忙着收拾东西回家。苏黎曼和林洋是外地的,最兴师动众。蔡暄家就在城市郊区,相对好很多,只需要带一点平常用的东西回去就行。

宋枝葱觉得大家都在收拾卫生,她也不好闲着,就过去跟大家一起收拾,等收拾得差不多的时候,祁岸那边也刚好出了考场。

看着时间,她本想主动给祁岸发条信息,问他考得怎么样。祁岸却心有灵犀地先一步给她发来消息:考完了。你呢,在哪儿?

宋枝蕙原本在洗着抹布，看到消息立马擦干手敲字：在宿舍呢，她们今晚要走，我回来一起收拾卫生。

小蝴蝶唯一指定靠山：嗯，我们还剩五门考试。

宋枝蕙：这么多？

小蝴蝶唯一指定靠山：本来科目就多，比你们考得还晚。

顿了顿，他又问：早饭吃得怎么样，祁颂有没有跟你胡说八道？

宋枝蕙心想胡说八道倒是没有，只不过确实有些"意外收获"。但她答应要帮祁颂保密的，就装作什么都不知道的样子：他没说什么。

祁岸倒没再问，而是告诉她自己接下来几天会很忙，科目多，考试又密集，他也需要时间复习。

宋枝蕙晚上也要和室友吃这个学期的"散伙饭"，于是问他什么时候方便她把东西给他。

祁岸倒好，抓住机会又逗她：早上才刚见过，现在就想我了？

宋枝蕙微不可察地翘了下嘴角，又板住表情：你想多了。是外婆让我把今天新做的糯米糕和卤鸡爪给你带过去。

祁岸似乎有点儿失望：外婆？

宋枝蕙：不满意？

小蝴蝶唯一指定靠山：不敢。

宋枝蕙没再让他贫下去，问祁岸什么时候能把东西给他送过去。结果祁岸告诉她，他们宿舍也要一起出去吃晚饭，吃完之后大家还要一起去咖啡厅抓紧时间复习。因为只有这样，学霸邹子铭才会带着那两个学渣，祁岸也可以多参考一下邹子铭的笔记。

宋枝蕙忍不住调侃：想不到啊，你也有今天！

谁能想到几年前，祁岸次次考试排名都远远把宋枝蕙甩在后面。

祁岸倒是不甚在意：你想不到的还有很多，以后慢慢给你展现。

顿了顿，他又说：争取不给你丢脸。

他都说这话了，宋枝蕙也不好意思让他来找自己，而且平时但凡有一点事，也都是祁岸不顾一切过来找自己。或许是被外婆的话开解，宋枝蕙这一次很想当主动的那一方，也很想对祁岸好一点，再好一点。

宋枝蕙：我去找你吧。

小蝴蝶唯一指定靠山：？

宋枝蕙：这样比较不耽误你们时间，刚好我们宿舍的几个女生比较磨蹭，一来一回我也能赶上吃饭。

本以为这话会让祁岸感动，不想这人蹬鼻子上脸：那你让她们多磨蹭会儿，我好多看你几眼。

宋枝蕙懒得再理他，收拾好东西，和室友们打过招呼就出门了。只是不承想，来到约定的餐厅门口，第一个见到的熟人，不是祁岸宿舍的任何一个，而是何恺的室友，一个叫林栋的男生。

在宋枝蕙的印象里，这男生跟何恺关系最好，对她却总是不大友好，阴阳怪气的。是宋枝蕙懒得计较，从没跟何恺提过，但这不代表她在跟何恺分手后，对这男的还能笑脸相迎。

于是，在两人对视的一刹那，宋枝蕙完全没有以前对他礼貌友好的模样，就像见到一个完全不认识，甚至不屑一顾的人，面无表情地别开目光。倒是林栋，本想跟她打招呼，结果没想到会吃个"闭门羹"，脸色顿时有些不好看。

宋枝蕙倒没在意，只是给祁岸发了条信息，问他们到哪儿了。还没等到回复，身旁就响起林栋的声音："挺巧啊宋枝蕙。"

这语气听着就不怎么友好，宋枝蕙也没惯着他，看他时眉头蹙起，一脸陌生："你谁？"

林栋气笑了："您真是贵人多忘事，前脚跟何恺分手，后脚就不认识我了。"

如果是以前的宋枝蕙，即便被他这么阴阳怪气地撑，也会平和地解释。但现在，宋枝蕙面无表情："你很尊贵吗？我一定要认识你？"

这话比起他的阴阳怪气，就像毫不客气的一巴掌，直接打到林栋脸上。自古物以类聚人以群分，林栋跟何恺一样爱装，被宋枝蕙这么不给面子，格外下不来台。

林栋脸色青了又白，却又不放弃找碴，讽刺地笑道："真是几日不见刮目相看，找到新靠山，确实更有底气。"

宋枝蕙知道他不想罢休，于是也笑着迎战："确实比跟渣男在一起要好。"

大概没想到往日温软嘴拙的宋枝蕙能这么牙尖嘴利，林栋一时哽住，想了想也装作为朋友打抱不平："何恺不是都跟你解释了，他跟那个女生没什么，你这么说他渣男是不是不太好，你凭良心说，他以前对你什么样你不知道？"

"他以前对我什么样你又知道了？"宋枝蕙笑，"你是他肚子里的蛔虫？哦不，你不是蛔虫，你是平时没少占他便宜的寄生虫。"

林栋脸色涨红："宋枝蕙，你说这话可就没意思了，我只不过是随口——"

宋枝蕙眨了眨眼："我也不过是开个玩笑，你不至于真生气吧？"

这句话，以前林栋可没少对她说，每次宋枝蕙都强忍着脾气，又看在何恺的面子上，才不反击。但现在，她什么都不需要顾忌，正所谓"以魔法打败魔法"。

林栋自知理亏，顿时哑巴了。可他又是睚眦必报的性格，于是没忍住攻击宋枝蕙："你不要以为跟祁岸在一起就能万事大吉，呵，你以为我没见过祁岸吗？他和何恺比起来也就是五十步笑百步，你觉得何恺是渣男，那祁岸就更渣了。

"何恺还能跟你谈三年，我看祁岸也就跟你谈三周，撑死三个月，到时候你被甩了，说不定哭得更难看。

"而且祁岸也绝对没有何恺这么讲情义，跟你分手后还念着你的好为你哭哭啼啼，他那种人，他一定——"

后面的话没说完，林栋脚后跟顿时抵住什么。与此同时，两条胳膊一左一右地挂在他脖子上，把他不到一米七五的身高压得死死的。

就是这个瞬间，身姿颀长的祁岸双手插兜站在他身后，低沉又压迫的嗓音，凝着玩味的冷戾，不紧不慢地笼罩下来："我一定怎么？"

话音落下，林栋脊背一僵。他往左看，是冲他坏笑的赵远，往右看，是对他冷哼的陈志昂。

这时，祁岸直接手扣着他的脑袋，毫不留情地往后一旋，高眉深目的俊脸，阴鸷又居高临下地睨着他，又低又冷地呵笑了一声："这位同学，你是想让我在这儿揍你呢，还是去外边？"

其实一开始，宋枝蕙就瞧见祁岸他们过来了。四个男生浩浩荡荡，大摇大摆。走在中间的祁岸，个子高，气质出众又桀骜不羁。

宋枝蕙本来也不用一直听林栋说话的，她只要喊一声祁岸的名字，这家伙就一定会停下来。但不知道为什么，宋枝蕙在那一刻，或者说，她的潜意识里，就不想阻拦林栋说话，甚至巴不得他声音越大越好，大到祁岸能听到。

然而祁岸真听见了，还说出"揍人"这种话，宋枝蕙又免不了有点儿慌。不管是不是何恺告状，祁岸已经为她打过一次架且记过了，如果再来，宋枝蕙真的承担不了这样的罪责。

于是在林栋整个人傻掉并保持着被祁岸扣着脑袋后仰，磕磕巴巴解释刚刚那些话的时候，宋枝蕙第一时间走到祁岸身边："祁岸，别——"

祁岸没松手，掀起冷戾的眸看向宋枝蕙。宋枝蕙神色紧张："别打架。"顿了顿，她拽住祁岸的手臂，像是不知道如何劝阻，却无论如何都不能放任他不管一般。

闻言，林栋也跟着附和："我刚刚的话就是纯粹在放屁……你不用当真，我道歉，道歉还不行吗？"

本以为求饶也无济于事，没想到话音刚落，祁岸真就手一甩，把他给松开了。

不过还没等他站稳，祁岸紧接着就朝前狠狠踹了林栋一脚，这一脚不轻，直接把林栋踹在地上，摔得他一声惨叫。

祁岸眸色瘆人，语气阴沉："下次还嘴欠，就不是这个下场。"

林栋臊红着一张脸，像是憋了一腔脏话在心里，却一个字儿也不敢说出来，最终也只能灰溜溜地站起来仓皇走掉。

这会儿周围没什么人，即便有人看着，也一脸茫然不知道是怎么回事。宋枝蕙生怕像上次那样，有人拍下视频或者照片发到论坛上去，赶忙挡住祁岸，又跟在后面看热闹的邹子铭说了句："你们先进去，我跟他说几句话。"

邹子铭老神在在地笑了："去吧，不着急。"

就这么，宋枝蕙把祁岸带到前方不远处的安全通道。祁岸还是那副漫不经心的态度，就好像刚刚发那么大火的人根本不是他，甚至还饶有兴味地等她"发话"。

按照宋枝蕙刚刚那面红耳赤的表现，他估摸着她一定会劈头盖脸地训他一顿。然而宋枝蕙眼底的责备连一秒都没坚持住，开口的声音也仅带着轻柔的嗔意："手伸出来。"

祁岸意想不到地挑了下眉，倒也没反抗，乖乖伸出一只手。

宋枝蕙用绵软的掌心拍了他一下，触感就像软软的猫爪："要另一只。"

祁岸"啧"了一声："怎么，打手心也要挑手？"

"谁要打你手心了。"宋枝蕙莫名其妙地看他一眼，"我又不是幼儿园老师。"

说话间，她从帆布包里拿出湿纸巾，抽出一张，一面握住祁岸的左手手腕，垂眸帮他细致入微地擦了一遍掌心。

她擦的时候，祁岸就垂着长睫，微勾嘴角，耐心且温驯地盯着她看。等宋枝蕙擦完，把湿纸巾丢到旁边的垃圾桶里，他才悠悠开口："哦，原来是嫌我脏。"

"不是嫌你脏。"宋枝蕙脸热了一下，回到他跟前解释，"是觉得你被他脏了手。"

祁岸像是找到足够的理由，明目张胆地牵起她的手："那现在，可以牵了？"

宋枝蕙心口微微突了下，目光落在两人严丝合缝握在一起的手上，到底没舍得抽出来。不知是不是错觉，她总觉得祁岸这一刻的声音格外温柔。

他说："现在还生气吗？"

宋枝蕙抬眸看他："生什么气？"

祁岸煞有介事："不生气吗？林栋那么说。"

提到这个，宋枝蕙故意"哦"了一声："那你会在三周之内甩了我？如果是那样的话，我这边刚好可以提前结束——"

祁岸牵着她的手强行往身前一带，眸底那抹云淡风轻俨然变成沉甸甸的不悦："你在说什么梦话？"

宋枝蕙白皙的手被他攥得发红，她蹙了下眉，把另一只手上拎着的糯米糕和带着汤汁的卤鸡爪举到他面前："你再弄疼我，我就不给你吃了。"

宋枝蕙抿着嘴角，模样有点儿唬人。

祁岸稍稍松开力道，但也还是牵着她："这下还疼吗？"

没想到他会蹦出这么一句当真的话，宋枝蕙心旌微妙地摇曳，忽然发现，他好像总能在细枝末节处，让她突然心动。

她稍稍偏开目光，做了个总结性发言："反正你以后别随便动手了，那些人不值得，你要是受伤了，我还……"

祁岸眼神促狭："还怎么？"

大概是想通了一些事，又放下了一些心结，总之，她从这一刻开始，不想再像以前一样掩饰自己的真实想法，于是痛快道："还要心疼你。"

祁岸被这话说得怔然一瞬，随后露出一个少见的、灿然的笑："行，都知道关心我了。"

"你别得了便宜还卖乖。"宋枝蕙把话题拉回来，"跟你说正经的呢。"

"知道。"祁岸拖长音调，眼神却宠溺地看着她，像在哄小孩儿，"都听枝枝的。"

头一次听他叫自己"枝枝"，宋枝蕙仿佛感受到一道微弱的电流，在耳畔乱窜。

祁岸的攻势却没停，他凑近，视线低低探进她眸里："还有什么要交代的，一起说了。"

感受着来自他炙烫的气息，宋枝蕙听到自己不能自控的声音："还有一个问题想问你。"

"你说。"祁岸毫不避讳，"只要你问，我都告诉你。"

见他这么直接，宋枝蕙反倒心有戚戚："其实也没什么。"她深吸一口气，"就是想问问你，在我之前，你有过几个女朋友。"

虽然她已经猜到自己很大程度上误会了祁岸，但在这刻，她还是想亲耳听到一个确切的答案。也想知道，祁岸在这些年里，有没有喜欢过别的女孩子。如果有的话，其实也没关系⋯⋯他都那么大人了，不可能完全清心寡欲——

她心里的潜台词还没说完，就被祁岸的声音打断："没有。"

宋枝蕙表情一僵，以为自己听岔了，徐徐抬起头。

祁岸那双稍稍认真就看起来很深情的眼睛，目不转睛地看着她，嗓音有点儿哑："除了你，我没喜欢过别人。"

晚上的行程是邹子铭定的，他这人是出了名的清心寡欲，自然没选大鱼大肉，而是在商场里挑了一家气氛还不错的简餐，吃完后还可以喝喝咖啡，吹吹舒服的冷气，就算复习得晚一些也没关系。

当然，这个钱走的都是祁岸的账户，赵远和陈志昂纯纯属于来占便宜。所以邹子铭点餐的时候，压根儿就没考虑这两人想吃啥，最便宜的套餐各来一套，到祁岸那儿，才给他拍了张菜单照片发过去。

结果刚发过去不到一分钟，祁岸就回来了。

邹子铭意外地看了他一眼："我以为你多少得待个半小时。"

"我倒是想。"祁岸声音染着愉快，把糯米糕和卤鸡爪放到桌上，在邹子铭旁边随意地坐下。

赵远这"傻白甜"起哄道："咱岸哥也有被嫌弃的一天啊！"

祁岸抬眸看他一眼："你觉得可能吗？"

"那当然不可能了。"陈志昂接话，"就宋枝葱看岸哥那眼神，俨然在热恋期啊。"

祁岸但笑不语，随手点了份套餐。

陈志昂跃跃欲试地问："岸哥，你帮我问了没？"

之前他就拜托祁岸，让祁岸从宋枝葱那边打听一下蔡暄的近况，比如有没有旧情复燃的迹象，或者提起他之类的。当时，祁岸敷衍着应下，结果没两天就给忘到脑后。

陈志昂也不傻，一下就从他那略茫然的表情里得到答案，像个泄了气的皮球似的肩膀一塌："不是吧岸哥，你俩单独聊了这么半天你一个字儿都没帮我问。"

"帮你问什么？"祁岸翻开书本，"我自己时间都不够。"

这话不是在糊弄陈志昂，而是祁岸真的觉得，刚刚宋枝葱落在他耳边那一吻，潦草得有点过于蜻蜓点水了。

事实上，祁岸也没想过，宋枝葱会给他这个奖励。就在他坦白自己从头到尾只喜欢过她一个人后，宋枝葱明显感到意外，甚至好几秒都不知道该说什么。

祁岸倒是坦然轻笑："怎么，这么难以相信？"

宋枝葱："你看起来一点都不像。"虽然这么说，但她并没有怀疑祁岸的意思，只是双颊也肉眼可见地红起来。

大概是心里的疑惑得到了答案，她很快就提出要离开，还让祁岸好好回去学习，是祁岸不罢休，拉住她抵在偶有人过往的通道里，逼着她给自己一个奖励。

不过这也只是他一时兴起的玩笑话，只是希望她能多在自己眼前逗留会儿。没想到，她犹豫了几秒钟，居然真的踮起脚尖，在他耳畔亲了一下。

软乎乎的唇瓣，像是Q弹的果汁软糖，可惜他刚刚感受到一丝甜意，宋枝蕊就宣布品尝期结束，像只羞怯的兔子退回去了，巴掌大的一张鹅蛋脸，粉面桃腮，仰着头小声对他说："你好好考试，考好了有更大的奖励。"

话说完，她诚恳地望着他，腼腆的神色里，带着一点撩人而不自知的媚。

到底是血气方刚的年纪，祁岸扛不住她这样近距离地看着自己，喉结滚了滚，俯下身强势又直接地去吻她。像是完全不想克制，也克制不住。

结果自然是没有得逞。刚巧身后路过一对年轻的小姑娘，宋枝蕊顿时用掌心抵住他进攻过来的唇，双颊也臊得厉害。柔嫩又温热的掌心，带着她独特的好闻的香甜。

"你别发疯，这里好多人。"她声音糯糯，既张皇又一本正经。

祁岸在那一刻什么都感受不到，只觉心跳加速，所有感知，就只源于她一个人。

到最后，那个吻也没有得偿所愿，祁岸遏抑着心中的念想，喉结微滚，握住她的手腕，在她手背印下轻轻一吻。

到现在，他都能回忆起宋枝蕊亲在她耳边那一下的触感。不经意回忆起，祁岸抬手轻碰了下耳根，眼角眉梢也浮现出浅浅愉色。

邹子铭突然想起什么，对祁岸道："说到那个林栋，我其实还算认识。"

祁岸看向他："怎么？"

邹子铭闲聊一般："以前一起在奶茶店做过兼职，加过微信，我也突然想起来他之前发的一条朋友圈，说最近在收费照顾何恺。"

听到这个名字，祁岸眉心微跳。

"而且我刚刚看到他去了斜对面的一家餐厅，然后没多久，就拎着一堆点好的菜走了。"邹子铭猜测，"应该是带给何恺的吧，也不知道这家伙会怎么跟何恺说。我估摸着他也不敢作妖。"

这话像是提醒了祁岸什么，半响过去，他敛起眸，给列表里的赵三哥发了条微信：应雪那边处理得怎么样？有消息记得告诉我一声。

发完，他退出对话框，想到陈志昂求自己的那事，又想给宋枝蕊发条信息。

不想还没敲字，赵三哥就及时给了回复。

赵三胖子：前阵子太忙，忘记跟你说了，你放心吧，应雪想进组是不可能的，导演那边我也打过招呼，这角色不可能给她了。经纪公司那边你也放心，既然你都开口了，易总肯定不会签她。之前她还给易总打电话哭，被易总老婆臭骂了一顿。

祁岸眸色微顿，敲出的字都透着一股桀骜的狠劲儿：她就是有三头六臂，我也照样给她怼回去。

傍晚六点，理工大学男宿舍楼217室，宿舍里只有何恺和林栋两个人。

出院没多久的何恺打着石膏，靠坐在下铺床上，和林栋一起在小桌上吃饭。

林栋一边吃，一边不爽地骂祁岸。

"说白了他还是靠家里有钱，谁不知道他爸是学校投资方之一，还有咱们学校校长，我听人说还是他亲戚呢。

"我就看他能嚣张多久，有钱怎么了，说不定他老爸哪天就破产了，我看他吃什么喝什么。"

何恺蹙了下眉，脸色有点难看："你别胡说，校长不是他亲戚，只是他爸年轻时关系不错的朋友。

"他现在有钱也不是靠家里，他和家里关系不好。但他有门路是真的，手里有几个项目能给他赚钱，还都是不好惹的硬茬，这人不能轻易得罪。"

林栋本以为跟何恺吐槽会听到他跟自己一起骂，没想到他居然会帮祁岸说话，而且还完全不安慰自己。林栋有些受不了："你怎么回事啊，我是因为帮你说话才挨打的，你居然就这个态度，还是不是哥们儿了？"

"我不是不帮你说话。"何恺看起来很疲惫，"我是在告诉你，别随便去惹他，惹毛了没好果子吃。"

林栋一口气憋在心里不上不下，顿时也没了胃口："算了，跟你说也白说，我去复习。"他回到自己座位，脸色不大好看地拿出书。

这么一闹，何恺也没胃口吃饭，但他不能像往常一样任性，晚饭花了不少钱，总不能说不吃就不吃。最主要的是，下次一定要告诉林栋，他现在经济情况不如以前，不能再吃这些餐厅的外卖，又贵还吃不完。

想到这儿，何恺的心情可以称得上雪上加霜。毕竟他到现在，都没太从家里出事的状况中回过神。何家出状况已经很久了，这次因为他腿伤，何母没办法过来看他，他才知道。

大概早在两个月前，何家公司的运转就出了状况。一方面是经营不善，本身效益就在走下坡路，另一方面则是因为他那个作死的表哥，投资失败不说，又为了追网红，私下挪用公款，直接导致家族企业资金周转困难而造成巨大损失。

何母向来溺爱儿子，就一直没告诉何恺，自己忙着在平城处理各方面的事务。

直到何恺这次脚踝骨折，又遭遇失恋的双重暴击，他一定要何母来看他。无奈之下，何母才把家里的事告诉他，何恺也因此知道父亲因为公司的事情住了院，母亲一直在医院照顾。

不仅如此，何母还决定缩减他的后续开支，说是现在工厂那边情况很不好，实在不行的话，他在北川的那套房子也要卖掉。

何恺一开始闹着不同意，何母耐性全无，冲他发火："你都二十多岁了，到底什么时候能长大？枝蒽为什么跟你分手，你心里没数吗？我跟你说了多少次，恋爱要好好谈，不要和外面的花花草草瞎沾边，你哪次听我话了？

"算了，我也懒得管你，既然枝蒽能赚钱把自己养得好好的，我也没必要管你。"

何母做事雷厉风行，直接挂了他的电话，后续停了他的信用卡。何恺本打算在医院逃避人生，但这个情况，他哪里还能住院，只能灰溜溜地回宿舍，起码有人照顾他。好在手里还有祁岸还给他的十几万，让他暂时不用过得那么难受。

何恺也因此认清现实，那就是，他已经不是曾经那个养尊处优事事顺意的小少爷了。自打宋枝蒽跟他分手后，他的日子过得一天比一天倒霉。而且他也不知道，如果祁岸知道当初他做的那些事儿，会怎样报复他，会不会让何家的处境更难。原本他想着大不了就躲到国外留学，但现在这个状况，就是想走也没那个资本。

偏偏在这种处境下，应雪还总来找他麻烦。怎么说都是曾经的白月光，即便两人已经闹僵，何恺也还是无法对应雪完全无视。

只是应雪对他就没那么客气了。这次回国，她是准备进军娱乐圈的，哪知诸事不顺，不仅原定的女二号角色突然被换掉，谈好的签约也黄了。应家根基不深，来来回回也就这点人脉，这里的人情世故，有一些还是何恺找人牵线的。突然一崩，应雪自然来找他，起码让他从中调和一下，知道哪里出了问题。

何恺又怎么可能知道，他只是吹得厉害，实际上靠的都是秦永和。只是现在,他跟祁岸闹掰,曾经那些狐朋狗友也渐渐跟他疏远,就连谢宗奇也不搭理他。

那天,何恺实在心焦,在电话里吼了应雪。应雪被他吼得脾气上头,直接和他吵了起来。

两人的不良情绪各自堆积了很久,彻底决裂。

何恺默默吃完,本想让林栋帮自己收拾,但林栋戴着耳机看书,显然不想搭理他。何恺就只能自己拄着拐杖,把垃圾扔出去。

回来的时候,手机刚好亮了。何恺拿起来一看,居然是应雪发来的消息。他蹙眉,本不想理的,但想了想,还是点开了她的长篇大论。

说了那么多,应雪无非是想告诉他一件事——她找人问清楚了,她之所以进圈失败,是因为得罪了祁岸。

应雪看起来很气愤:我就不能理解了,他看你不爽凭什么要冲我来,因为你我才被牵连了这么深!

何恺看得邪火蹿上来,噼里啪啦地敲字:你什么意思?纠缠不休是吧,他针对你你找他去啊,你跟我说这些干什么?合着那些坏事都是我让你干的?

应雪:你是没让我干,就像你跟宋枝蕙在一起的时候,宋枝蕙也没让你隔三岔五地来关心我。

何恺气得手指都开始哆嗦:你说这话就没意思了吧,我当初关心你还关心错了?

应雪:我就是告诉你,你要么想法子让祁岸高抬贵手,要么给我找新的资源,要么就等着共沉沦吧!

看到这里,何恺面色僵冷:什么叫共沉沦?

应雪:既然你解决不了,大家就一起被祁岸报复,毕竟和我这点破事比起来,你当初干的缺德事更可恨。

晚上,宋枝蕙和宿舍里的几个人一起吃完饭后,又陪她们几个在校园里逛了会儿。直到最后离开的蔡暄也上了出租车,她才拎着自己的行李回家。

只是回去得晚,手机年头久又不耐用,在路上就关了机。她到家重新充上电，才发现这期间好多人找她。特别是祁岸，他发了好几条消息给她，还打了几次电话，只是都没打通。

宋枝蔻看到后忙回复：抱歉，手机很早就没电了，一直没找到地方充。

小蝴蝶唯一指定靠山：再不回我都打算去你家找你了。

或许是安全通道里她大胆主动的那一吻，给了双方心理暗示，宋枝蔻觉得，祁岸的行事作风越来越"准男友"。

她也越来越忍不住想要管他：不行，你要好好复习。复习不好没有奖励。

小蝴蝶唯一指定靠山：也就是你这话吊住了我，不然我现在已经出现在你面前了。

宋枝蔻双耳有些发热，她努力往下抑着嘴角：别不正经，赶紧看书。

小蝴蝶唯一指定靠山：嗯。你往上看看我的消息，我先背会儿答案。

被他一说，宋枝蔻才想起看他上面的话。原来祁岸在问她关于蔡暄的情况，说是陈志昂很关心，始终有挽回的想法，问她有没有戏。

宋枝蔻想着先不打扰祁岸，就去洗了个澡，回来后才给祁岸发消息。

宋枝蔻：这个好像不太可能了，你让陈志昂想开点吧。暄暄是那种特别能拿得起放得下的人。

祁岸回复得很快：行，知道了。

手机安静下来。宋枝蔻本来也想看会儿书，但坐在那儿好一阵，都忍不住关注手机。偏偏祁岸十分听话，让复习就真的复习，好一会儿都没动静。到后来，还是她没忍住，主动告诉祁岸自己过两天要回平城的事。

她也是在晚上接到以前班长的电话，说是高中时对她很好的语文老师林丽萍得了肿瘤，这两天刚做完手术。刚巧赶上大学生放暑假，班上同学知道后，就想组团去看她，再顺便聚聚。

说实话，班上的同学，宋枝蔻也就跟这个班长关系还不错，如果只是单纯聚会，她一定不会参加，可去看林丽萍老师就不一样了。当初那段最晦暗的日子，正是因为有这个老师的关爱和鼓励，她才能撑下去。

如果这个时候她都不回去，实在是有些说不过去。

小蝴蝶唯一指定靠山：什么时候去，去多久，什么时候回来？

宋枝蔻：大后天，时间可能一两天，他们还要聚个会什么的。

小蝴蝶唯一指定靠山：为什么没人通知我？

宋枝蕙有些好笑：你那个时候人在B市，林老师是高三以后才开始教我们的，你跟她又不认识。

祁岸似乎不太乐意：行吧，早去早回。

小蝴蝶唯一指定靠山：别让我太想你，这样不利于考试。

宋枝蕙忍不住翘起嘴角，以前怎么没发现这人这么不要脸？

实在有些累，宋枝蕙很早就睡了，后面两天祁岸忙着考试，两人一直用手机联系。不过大多数时候都是祁岸找她，即便是忙的时候，他也会给她汇报自己在干吗。这让宋枝蕙莫名有种踏实感，完全不像以前和何恺在一起时，那种虚无缥缈的空落。

这种情况一直持续到第三天，她即将出发前往平城的早上。原本她以为起码要在回来后，才会和祁岸见上一面，不想那天早上她刚睡醒，就隐约听到祁岸的说话声。

低低沉沉的嗓音，像是上好的黑胶唱片播放出的大提琴乐声，时不时伴着外婆的欢声笑语。

宋枝蕙以为自己在做梦，没放在心上。直到她被清早的饭菜香馋醒，睡眼惺忪地爬起来去洗手间洗漱，结果刚路过客厅，她就看到赤着上半身、肌肉劲瘦紧致的祁岸站在洗手台前，低头洗着什么。

男生宽肩窄腰，引人垂涎的腹肌线条清晰明显，交错着隐入腰线。就连四周，也因他的存在，浮动起荷尔蒙的气息。

宋枝蕙登时停住脚步，表情也呆呆的。倒是祁岸，不遮掩不心虚，甚至还故意转过身面对她，神色也自然得不能再自然，冲她挑眉一笑："醒了？"

高眉深目，俊朗又立体的面容，还有年轻蓬勃的肉体……如此清晰。

宋枝蕙哽住之后，脱口而出："……没醒。"

说完，她非礼勿视地闭上眼，也不管这会儿祁岸用什么眼神看自己，臊红着双颊，转身灰溜溜地逃回卧室。

"砰"的一声巨响，门被她狠狠关上。

就是这会儿，外婆从舅妈的卧室出来，说："小岸哪，你将就一下，先穿上你舅的衣服。虽然不洋气，但总比穿湿衣服好。"

祁岸收回目光，接过来笑了下："挺好的。"

宋枝蕙听到动静，偷偷打开一道门缝，然后就看到祁岸将黑色T恤套在身上，又将袖子挽到肩头，露出清爽又有力量感的手臂肌肉，胸膛也微微起伏隐约可见柔韧线条。

宋枝蒽嘴角却不经意地翘了翘，那点困意是彻底散了。想着外面那位如此秀色可餐，宋枝蒽也不好意思蓬头垢面地出去，便找出一条奶蓝色裙子套上，重新绑好头发，才在外婆的叫声中出了卧室。

早饭早就做好，摆了一桌，都是外婆的拿手菜。

祁岸也没闲着，帮忙拿了碗筷，还顺便抬头意味深长地瞥她一眼，眼神似笑非笑，像在戏谑她刚刚那愚蠢的逃跑。

宋枝蒽摸了下温热的耳根，埋头找地方坐下，一面听外婆说祁岸今天一早就来了，给她带了很多补品、海鲜、水果，还帮宋枝蒽倒腾柜子，清理杂乱的阳台。就这么，好好的衣服却沾了一身灰。

倒是没想过这家伙一大早来义务劳动，宋枝蒽垂眼讷讷地道："还挺能干……"

声音不大，只有祁岸能听到，他忍俊不禁地扯了下嘴角，也用只有她能听到的音量傲娇满满地道："能干的可不止这些。"

不知道是不是错觉，她总觉得这话不太正经。偏偏外婆坐在对面，她拿祁岸的放浪不羁一点儿办法都没有，只能尴尬地问："你今天不是有考试吗？怎么突然过来了。"

外婆给祁岸盛汤："不是你叫他来的？"

宋枝蒽斜眼看他，那眼神好像在说——"你是这么说的？"

祁岸接过汤，不置可否："考试在下午，想着你今天要走，就过来了。"说话间，他煞有介事，又很克制地望了她一眼，"不然下次见面都不知道是几天后。"话里蕴着不咸不淡的埋怨。

宋枝蒽抿着嘴角喝汤，心下却体会到几分熨帖的好笑。这家伙，怎么跟大狗狗似的，还挺黏人。不过，黏得还挺让人开心的。

大概是清早起来心情就很好，宋枝蒽这顿早饭吃得很开心。只是机票订得有些早，十点半就要起飞。祁岸对此不是很满意："你订票之前应该和我说一声。"开车前往机场的路上，他轻描淡写地说，"起码还能带你吃个午饭。"

宋枝蒽本在看沿路的风景，听到这醋味十足的话，侧头眨巴着眼看他。男生轮廓俊挺利落，既有少年感的清爽，又有成年男人的勾人不羁。

只是看起来不是很开心，让人格外想哄一下。结果她还没想好怎么开口，这家伙突然转头迎上她的视线，哼笑了声："不过你倒是挺高兴。"

宋枝蕙动动唇："因为放暑假了，还能出门。"随后她又瞄祁岸一眼，慢吞吞道，"最主要的是，某人愿意为我起大早义务劳动。"

闻言，祁岸看向她。宋枝蕙却故意不看他，抑着嘴边笑痕，正儿八经地道："还开车送我去机场。"

浮动日光下，她一头乌发像是撒了层金粉，变成富有光泽感的棕色，皮肤也白皙得玲珑别透，看起来如同橱窗里甜糯的雪媚娘。以至于明明是很平常的话，从她嘴里说出来，却分外让人心动。

祁岸勾起嘴角，眉宇间的那点不爽也渐渐松弛到没有。静默几秒，他腔调染着薄薄的笑意："宋枝蕙，别太好哄。"

宋枝蕙蹙起眉："什么意思？"是想给她打预防针，她太好哄以后会被他欺负吗？还是他也会像何恺那样？越来越不珍惜？

虽然过去那段糟糕的恋情，她已经不放在心上，但神经确实被锤炼得有些敏感，脑中不自觉纠结这个毫无意义的问题。

祁岸却似从她的表情中读懂了什么，"啧"了一声："瞎琢磨什么呢？"

宋枝蕙清了下嗓子，望向车窗外："没什么。"

什么叫此地无银三百两，她简直诠释得一清二楚。

趁着前方红灯，祁岸直接牵起她软若无骨的白皙小手。

温热的摩挲感紧紧贴在手背的皮肤上，宋枝蕙神思和心脏一同飘忽了下。她侧过眸，发现祁岸正目不转睛地凝视着她。他看起来既无奈又耐心："我说那句话不是在给你打预防针，而是告诉你，在我这儿，你不需要多懂事，也不需要多乖。无论你怎样，我都一样喜欢你。"

这两句话无异于突然袭来的甜蜜炸弹，轰得宋枝蕙猝不及防地怔住。没想过这人居然情话十级。宋枝蕙感觉胸腔里烧起一把噼里啪啦的火，温度透过薄薄的面皮，直接显露出来："你今天……"

祁岸散漫地挑眉："怎么？"

宋枝蕙不自在地偏过头："你今天撩得有点儿犯规。"她声音越来越轻，还有点儿懊恼，"搞得我都不相信你到底是不是真的没谈过。"

话音落下，红灯转为绿灯。

祁岸却牵着她的手不放，单手操控着方向盘，调子恣意又轻狂："你要不信，回头可以找个地方验货。"

宋枝葱耳根又热起来。

她小声咕哝："谁要验货了，吃亏的不还是我。"

祁岸嘴角噙着微笑，眼角眉梢舒展，看起来心情大好："你知道就好。所以没事别总勾我。"

两人也没腻歪多久，临近起飞时间，宋枝葱一进机场就忙着值机，再然后就要过安检。

祁岸自然是不能陪着进去的，只能把她送到安检口。直到这会儿，宋枝葱才有些依依不舍，没忍住多唠叨他两句。

祁岸好整以暇地听着，等她说完才不紧不慢道："那你这两天也别太疯，时刻记住，你现在可是——"

宋枝葱微微抬眉。祁岸扯起嘴角，促狭轻笑："有人眼巴巴地惦记着。"

这话像是一大勺蜜糖被喂进嘴里，不夸张地说，宋枝葱在这一秒，心旌摇曳到牙根都有些酥软。

祁岸却没发挥尽兴，又道："也别太散发魅力，不然我怕你被别的男人——"

"骗走"两个字还没说出来，衬衫领口就被宋枝葱抬手拽住，又往下扯了扯。

祁岸当下并没有反应过来她要做什么，只遵从着潜意识，顺着她的力道俯下身。下一秒，宋枝葱踮起脚尖，将按捺了一路的吻，精准无误地封在他微凉又柔软的唇上。不再像上次那样一触即离，而是真真正正，唇瓣软肉贴合，动情又绵柔的亲吻。

两秒过后，宋枝葱脚跟落地。祁岸喉结滚了滚，视线缠着她。

宋枝葱双颊绯红地回望他，像是怀揣心照不宣的秘密，欲语还休："傻子，不许胡思乱想。"

话音刚落，祁岸就反过来捏住她的下巴，眼尾染着淡色桃花般，在她唇上重重吮了下。退离的瞬间，他气息不稳，咬字发哑："那你早点儿回家。"

中午十二点半，从北川飞往平城的飞机稳稳降落。

宋枝蕙一下飞机就感受到平城热得仿若流火的空气，但也因此感觉到一种久违的熟悉气息。

作为这次活动的组织者，班长陈小蕾早早就来机场迎接宋枝蕙。几年未见，这姑娘出落得大方得体，见面的第一反应就是给宋枝蕙一个大大的拥抱。性格温暾的宋枝蕙也在她的影响下，展露出几分灿烂的笑。

虽然毕业后，宋枝蕙没和任何老同学聚过，但和陈小蕾的联系一直没断过。有时候她难得发一次朋友圈，陈小蕾还会出来评论。这次聚会，陈小蕾第一个邀请的也是宋枝蕙。

毕竟她们俩当初是林老师最得意的两个学生，颇有惺惺相惜之感。

只是提到林老师，陈小蕾就没那么开心了，说林老师的肠道肿瘤是恶性的，昨天刚做完手术。宋枝蕙之前不知道这么严重，蹙起眉："那手术做得怎么样？"

"手术做得还不错啦，"陈小蕾说，"就是不知道这次之后，还会不会复发。"说着她叹了口气，"不过林老师很乐观，就是现在刚做完手术没多久，身体有点累，她家属说，今天不大方便，让我们明天再去看。刚好还有几个同学也才从外地回来，大家休息休息，明天再一起去。"

倒是没想到突然改变计划，宋枝蕙稍稍意外，但也还是点头。

陈小蕾挽着她上了地铁，把话题拉回到她身上："哎，说真的，你刚从机场出来那会儿，我都没认出你来。"

宋枝蕙笑笑："怎么？"

"跟高中的时候太不一样了呗。"陈小蕾感叹，"不是说漂亮，你去掉胎记的时候我就知道你漂亮，我指的是气质，大学可真是改变一个女生的好地方，感觉你现在好独立，好自信，体态也好，妥妥女神范儿。"

宋枝蕙被夸得有点不好意思："也还好，主要是现在过得比较开心。"

陈小蕾八卦之魂燃起："你不说我还忘了问，听说你跟何恺分手了？还找了新对象？"

知道她会问，宋枝蕙也没藏着掖着："是的。"

陈小蕾倒没说什么，毕竟对两人之间的事情也不了解，只是看宋枝蕙状态这么好，笑说她现在的男朋友一定对她很好。

陈小蕾一说，宋枝蕙就又想起她和祁岸在机场的那个临别吻，不经意地弯了弯唇。

或许是心有灵犀，宋枝蒽刚和陈小蕾在商场找到吃饭的地方，祁岸就给她发来信息，问她到了没，吃饭了吗。

宋枝蒽把情况如实汇报。祁岸听说她要请吃饭，给她转了五千块钱。

祁岸又告诉她，自己一小时后要进考场，随后又说晚上朋友生日，他必须去，可能会喝酒，如果不及时回复，让她不要担心。

宋枝蒽管归管，但在这种事情上，从不乱插嘴，于是让他开开心心放松。她晚上也要和陈小蕾看电影。

就这样，两人各自记挂着彼此，又各自投入彼此独立的社交中。

宋枝蒽和陈小蕾吃完饭后，先是跟她回家休息了一阵，到了晚上才一起出来觅食看电影。

至于祁岸这边，他考完试就被谢宗奇接走去参加共同朋友的生日聚会，依旧是老三样，吃饭、喝酒、蹦迪。

祁岸看起来像个玩咖，实际上却是这些人中最沉稳老成的那个，特别是蹦迪，听着鼓点他都觉得烦。再加上明天上午还有一门考试，他还想多看会儿书。

没想到祁岸也有今天，那群哥们儿笑得一个比一个贼，都说祁岸彻底被自己的小女朋友吃定了。

祁岸笑骂他们，可那语气又是明显的舒坦。惹得大家都说，是不是家里早就金屋藏娇，等着他回去腻歪。

祁岸在一片喧闹中拍了拍寿星的肩膀，又和谢宗奇打了声招呼后提前离开。

出了餐厅，他正想给祁颂打电话问祁颂在哪里，哪知电话还没打出去，祁颂就先一步打来。

祁岸因喝了酒有点热，刚上车就随手扯开领口，嗓音磁厚："正好我要找你。"

祁颂打断他："你先别找我了，你先回来，处理一下你这个烂桃花。"

祁岸眉头一皱："什么烂桃花。"

祁颂："就一个女的，长得可高了，像个模特，说是你高中同学，来家门口要找你谈事。关键是她还不走，站外面死活要等你回来。怪吓人的。

"哦，对了，她说她叫应雪。"

祁岸想过应雪会来找他，但没想到她会这么快，还是本人主动过来。毕竟按照她以往的行事作风，肯定要先找中间人讲一讲情面，比如在高中时跟祁岸关系还不错的几个朋友。他们倒不至于跟何恺一样多护着应雪，但起码也会在中间当个和事佬。然而这一次，大家却集体沉默了，应雪找了也没用。

应雪也是在昨天才知道何家公司财政状况出了很大问题，何恺表哥还去接受调查了。正因如此，何恺才那副态度，不是因为不想帮她解决，而是他也泥菩萨过江自身难保。

得知这事，应雪头皮都麻了，还是身边还能帮她出出主意的圈内人，给她支了个招，说解铃还需系铃人。

不然以祁、易两家金主在圈中的地位，封杀大明星都随随便便，抵制一个她更是绰绰有余，除非她压根儿就不想混娱乐圈了。

于是，她只能亲自过来找祁岸。好在运气不错，祁岸家里有人，她就正好装可怜，在门口一直等祁岸回来。

双腿站得发麻，应雪愤恨地跺了几下高跟鞋，在心中翻来覆去地给自己打气。

直到前方倏然亮起一束车灯，在昏暗夜色下极为醒目，是祁岸的车。应雪登时抬头，不自觉地挂上一脸讨好的笑，踩着高跟鞋迎上去，在车进院子前，敲了敲车窗。

副驾驶座的车窗缓缓落下，祁岸单手搭在车窗上，靠坐在车里，一双狭长冷眸慵懒倦怠地睨着她，看得应雪心里发慌。

刚巧代驾下车，应雪便等代驾离开后，忐忑地开口："我是上车……还是进去？"

这话给祁岸听笑了："上车？上谁的车？"

应雪尴尬又讨好的笑僵在嘴角。祁岸看都懒得看她："有什么事在这儿说吧。"

应雪一股怒火登时从心里涌出来，但迫于压力，她还是扯起嘴角："行，在这儿说也行。"

祁岸没应声，摸出一根烟衔在嘴里，敛眸点燃，随着白雾轻吐，优越的颈线拉长，喉结清晰突显。

应雪咽了咽口水，紧张地开口。

和祁岸想的一样，应雪不知被谁"指点"了一下，得知在背后阻碍她星途的人是他，便大老远过来道歉。不过她好像并没搞清楚自己到底哪儿做错了，到现在还一个劲儿地解释，她当初并不是真的想利用何恺让宋枝蕙难堪，也不是针对宋枝蕙。

等她说完，祁岸反应冷淡地弹断一截烟灰。

应雪注意着他的反应，又说："你们俩不也是因为我出来搅局，才有机会再在一起的吗？"

祁岸眉宇似沾染冷霜，嗤笑一声："那我还要谢谢你？"

"当然不是，"应雪慌张道，"你就当我走投无路，过来求你，都是老同学，你就放我一条生路吧。你知道的，我从小就想当明星……"

"当明星？"祁岸呵笑了声，眼神剐着她，"你也配？"

到底是大小姐脾气，应雪抖了抖眉梢，语气有些装不下去："我怎么就不配了……道歉归道歉，你怎么还人身攻击？"

祁岸要笑不笑："你对别人的人身攻击就少了？少在我这儿装。"

应雪压着火，再度低眉顺眼："我以后都会改的，我发誓，我再也不会招惹宋枝蕙，这还不行吗？"顿了顿，她又道，"如果你还觉得不够，我回头当面和她低头认错也是行的。"

祁岸眉宇间戾气翻涌，一双浓眸威压森然："你以为谁都愿意被你恶心？"

前面的讽刺应雪还可以忍，但到这里，她就完全忍不了了："祁岸，你什么意思，非要落井下石是吧！还是你真的觉得你能只手遮天，随便毁人前程？"

祁岸不为所动地扯着唇，笑里毫无温度："我能不能，你不是最清楚？"

应雪哑口无言，也知道祁岸是铁了心跟她过不去。毕竟这人从小性子乖戾难驯，但凡认准的事，很难被人撼动。

或许是之前就料到会是这个结果，应雪没太方寸大乱，因为她早就准备了PlanB，只是这个PlanB，确实有点昧良心。

不过她本也是被何恺牵连，是他活该。不管这招生效不生效，她都要拿出来给自己挡灾。

下定决心，应雪深吸一口气："行，你厉害，我认输。但我不服，论伤害宋枝蕙,何恺明明是最该被报复的那个。不提当初他故意把你们俩搅黄的事,就说当年宋枝蕙被传是老赖的女儿,被全校非议欺负,他何恺就脱不了干系!"

应雪一副义愤填膺的模样,故意把话卡在这里。果不其然,祁岸在听到后,肃冷无波的眸终于蓄起涟漪,他蹙起冷厉的眉盯着应雪:"你这话是什么意思?"

应雪翘了下嘴角:"你果然不知道。当初就是何恺,私自调查出宋枝蕙的背景,又把她爸的事——"

"没问你这句。"祁岸神色不耐烦地打断,声音低冷,"我说的是前面那句。"

"前面那句?"应雪意想不到地眨眼,"我没说什么啊,我就说,是何恺故意把你们两个搅黄。"

说到这里,应雪静默下来。祁岸咬紧牙关,面色格外沉冷凌厉,一字一句:"什么叫故意把我们俩搅黄。"他的声音冷峻到极致,"给我把话说清楚。"

应雪被他这一刻的眼神看得打了个冷战,但也恍然大悟自己好像抓错了重点。

原本她以为,何恺能帮她分担的火力,大概就只有百分之五十,但现在,她发现,何恺好像能帮她分担百分之百的火力。这个事实让她大喘了一口气:"不是吧,祁岸,你到现在都没搞清楚你们俩当初为什么没在一起?"

因为当天两人选的是最后场次的电影,宋枝蕙和陈小蕾回家的时候已经很晚了,手机也早早没了电。以前蔡暄还劝她换手机,说电量不经用很糟心,早晚会惹麻烦。

宋枝蕙却左耳进右耳出。她大多数时间都在图书馆泡着,没电了可以充,但最主要的原因是,没有谁会一直找她,她也没有一直想找的对象,即便那会儿她与何恺在一起。

可现在情况不一样了,她有了记挂的人,那个人也会同样记挂她。以至于回程的路上,宋枝蕙发现手机开不了机,得不到祁岸的消息,她有点心不在焉,没一会儿干脆问陈小蕾最近的手机价格。

陈小蕾得知她的手机还是她高中毕业后用兼职工资买的,不到一千八,而且一用就是三年，啧啧称奇："你也太省了枝蕙，用着不卡吗？"

"卡倒是还好。"宋枝蕙说，"就是电池不行了，所以现在想换。"

陈小蕾给她介绍了好几款性价比高的手机。

大概是她起了换手机的心思，地铁到站没多久，糟心事就发生了。

就在出站的时候，宋枝蕙主动帮陈小蕾拎东西，结果一个不小心，手机就从包里摔出去。也是奇怪，往常那么耐用，可就这一下，手机屏幕就全碎了，碎得完全失灵，即便回到家充上电也用不了。

宋枝蕙顿感无奈，本想在网上下单买手机，但最快也要明晚到，还不如明天下午去买。毕竟她上午要和大家一起去看老师，中午还要聚餐，就算想去买也要让陈小蕾陪同，这样太耽误集体的时间。

她心里多少有些不是滋味，本想和祁岸说几句话再睡的，结果现在……偏偏她又不记得祁岸的号码，即便借陈小蕾的手机也没办法打过去，只能算了。

就这样，当晚宋枝蕙一收拾好就睡了。她玩得又累，一觉直接睡到第二天上午九点。

陈小蕾还是被一起聚会的同学打电话吵醒的，问她大家是不是要在老师住院的医院集合，她一看时间，才发现还有半个小时就到约定见面的时间，吓得她匆忙把宋枝蕙叫起来。

好在两人速度快，没错过时间，还去花店取了花，又去水果店买了果篮。

等两个人到的时候，其他同学也差不多到齐了。

单人病房里，一群人聚在一起，居然也没有多吵闹。几年没见，大家比起曾经的莽撞，沉淀出成熟的气场，对老师的关怀也非常得体。

没想到会有这么多人来看自己，林老师自然很高兴，但她最意外的是宋枝蕙也来了。

其实不只是她，其他人见到宋枝蕙也很意外。

一方面是因为宋枝蕙在高三下学期时很低调，除了何恺，不怎么跟其他人往来，安静到几乎没有存在感。这三年多大大小小的同学聚会，宋枝蕙也从不参加，也没有加入任何班级群，好像一毕业，就自觉跳出众人视野之外。

另一方面，也是因为她离开大家视线太久，以至于大家看到她的变化，免不了感叹——时间对某些人是杀猪刀，但对宋枝蕙来说，却是雕琢璞玉的神之宝刀。即便大家在谢师宴上已经领略了宋枝蕙初显端倪的美貌，却还是没想到，那只是她美丽的开端。

几年过去，宋枝蕙又长高了些，脸上的婴儿肥也褪去了，露出了骨相极好的鹅蛋脸、挺翘精致的鼻子以及清晰的下颌线，五官越发舒展优越。即便只穿简单的衬衫和牛仔裤，没怎么化妆，也极其漂亮，阳光同样落在她身上，却感觉只为她镀上了一层金边。

反之此刻站在病房里的那几个男生，随着年月越长越残，特别是那个叫郑威的，既没有了高中时的清爽，也没能沉淀出好气质，看起来格外平凡，甚至有那么一点儿畏畏缩缩。

宋枝蕙却出落成了毋庸置疑的女神。郑威好几次都忍不住盯着宋枝蕙的侧脸出神。宋枝蕙却只对着林老师说笑。

林老师也是在见到她后笑得最开心，还一个劲儿地夸她，又问她在北川大学这几年怎么样。

虽然班上的同学都是尖子生，但宋枝蕙当年考得确实很好。而今在场的其他同学，所在的大学也远在宋枝蕙的大学排名之后，专业成绩更是不怎么样。

林老师一问起，大家说得都马马虎虎。只有宋枝蕙，林老师问她成绩方面的事，她都对答如流。

陈小蕾还在旁边帮着说话："枝蕙可厉害了，这些年一直拿奖学金，大二就过了N1（日语一级）。"

林老师女儿也是学语言的，听到宋枝蕙过了这个，很赞叹："才大二就过了，未来可期啊，毕业后可以去日本留学了。"

宋枝蕙谦虚地摇头："没那么厉害的，我身边好多同学都过了。留学的话，我还没想好。"

听到她这么厉害，有几个同学也加入话题，探讨彼此的专业成绩和未来展望。全程就只有宋晴和郑威不讲话。

被她比下去的宋晴到底忍不住翻了个白眼："未来怎样还是要看进入社会的，我认识的好几个名牌大学毕业生都高不成低不就呢。"

闻言，大家安静下来，面色都有点尴尬。

宋枝蕙这才看了宋晴一眼，想了好一会儿，才记起这女生以前貌似和应雪关系很好。

宋枝蒽本就不想在大家面前炫耀什么，又想着多一事不如少一事，就淡淡地道："确实，要看以后怎样。"

　　本以为这个话题会到此为止，宋晴却不罢休，装作关心的模样，故意问宋枝蒽："那你要是出了国，跟何恺不就异地了？"

　　话音落下，病房里鸦雀无声，还是她身旁的女生弱弱地道："枝蒽跟何恺不是分手了吗……"

　　宋晴故作惊讶地眨了下眼："分手了？我居然不知道。"

　　不止她不知道，林老师也不知道，但林老师是真的关心："你们不是谈了好几年了吗？什么时候分手的？"

　　被一屋子人再度"围观"，宋枝蒽只能说就在前一阵。林老师见她不太愿意提的样子，也没往下问。

　　宋晴再度开口："那你们俩为什么分手啊，又是谁提的？"

　　虽然大家都很无语她的口无遮拦，但对八卦，只要是人类就会有天然的兴趣。宋晴之所以这么问，也是因为她很清楚，跟何恺在一起的宋枝蒽始终处于低位，所以她认为一定是何恺甩了她。

　　不料，宋枝蒽还没来得及开口，门口就响起另外一位当事人的声音："是她甩的我。"

　　此话一出，病房内陷入一片震惊的死寂。十来个人齐齐回头望向门口，然后就看到拄着拐杖的何恺站在那儿。

　　往日里的张扬与傲气消失不见，何恺像是换了个人，很不是滋味地望着宋枝蒽："是我对她不好，所以她才对我失望。"

　　病房里的所有人，无一例外，都没想到何恺会来参加这次聚会，因为之前的几次他也从未参加过。而且在这个班级，何恺的成绩一直吊车尾，对语文也无感，怎么想他都不会花时间过来看老师。但最让大家惊讶的，还是他一开口就护着宋枝蒽。

　　这顿时让刚刚挑事的宋晴脸色不大好看。大家的注意力也从宋枝蒽为什么分手，转移到"何恺你怎么来了"以及"何恺你腿怎么弄成这样"的话题上。

　　何恺看着有些萎靡，回答大家的问题也有些敷衍，无非是看到群里的消息，也想过来看看老师。至于怎么摔伤的，他倒是没说。

　　这期间，宋枝蒽一直没搭话，也没露出一点要跟何恺交流的意思。何恺倒是一个劲儿地看宋枝葱。

陈小蕾看出气氛微妙,把话题扯回来围绕着林老师聊,后来没多久,护士就过来通知大家探望时间结束,让病人休息。

就这样,大家留下礼物和林老师依依不舍地道了别。

林丽萍最后拉着宋枝葱的手,像以前一样鼓励她:"你依旧是我心里最优秀的孩子,好日子都在后头,一定要加油。"

宋枝葱眼眶微热,乖巧点头:"那您也照顾好身体,明年我再来看您。"

看完林老师,差不多到了中午。按照计划,大家要一起吃中饭,再回学校集体拍照纪念一下。

只是何恺和郑威的到来,显然扰乱了陈小蕾的美好计划,她怕宋枝葱误会,一个劲儿跟宋枝葱解释。宋枝葱当然知道她不会主动邀请这两个人,笑着说没事。

就这样,大家分批打车来到早就定好包间的饭店。

宋晴正郁闷着,手机突然来了一条微信,打开一看,吓了一跳……居然是祁岸。

祁岸啊,当年的校园男神,有时候无意间和他对上一眼都能让她美滋滋好半天。不过自打她加上祁岸的微信,祁岸就从未回过她的信息,怎么今天突然找她?还只发了一句话:聚餐地点在哪儿?

难道是发错了?宋晴虽然纳闷,但还是发了定位给他,又有些雀跃地问:你也要来参加聚会?

祁岸自然是没答,但这并不妨碍宋晴滋生出美好的幻想。毕竟那么多同学呢,就算要参加,为什么不问别人偏偏问她?看大家的样子,好像并不知道祁岸要来。

特别是身旁的宋枝葱。宋晴用余光斜瞥了她一眼,她柔柔静静的,看起来人畜无害。

宋晴都忍不住同情宋枝葱了。何恺来就算了,当年她求而不得的祁岸也要来,等会儿指不定多难堪。

宋晴心情终于好转一些,又没忍住,跟大家说祁岸等会儿可能要来。果不其然,全桌人都愣了,特别是宋枝葱和斜对面的何恺。

宋枝葱不可思议地看向宋晴。宋晴满脸得意:"他刚刚发微信问我咱们聚餐地点在哪儿,来不来倒是没说。"

话音刚落，就有男生调笑："不愧是你啊宋晴，都能约上祁岸了！"

此话一出，男生们也都露出调侃的笑。毕竟大家都知道，当年一个应雪一个宋晴，妥妥一对少男杀手。宋晴笑得暧昧，完全没有要否认的意思。

宋枝蒽在这刻却十分茫然，祁岸什么时候和宋晴有联系的？她倒不是生气，也不怀疑祁岸，而是想不通祁岸怎么会来，他不是还要考试吗？而且就算要来也会第一时间告诉……

不对，她手机坏了，祁岸根本找不到她。

宋枝蒽突然很后悔为什么不早点听蔡暄的话，换掉那个旧手机。偏偏祁岸又不在班级群，她也不好意思让陈小蕾把电话卡拔出来把手机借给她用。思来想去，好像老老实实坐在这里等祁岸最省事。

如果他来，她就在这儿和他见面。如果他不来，不论如何她也要去买新手机。

只是多少有些无语，特别是听到那些人打趣宋晴和祁岸有瓜葛。本以为大家打趣两句也就算了，结果又有个男生对宋晴道："哎，我才想起来，之前听说祁岸官宣恋爱了，那人原来就是你啊。"

听到这话，一桌人都来了兴致。那些男生红光满面，不知自己滑稽丑陋，却在那儿兴奋地揣度别人的私生活。

更可笑的是，这桌人除了何恺，和祁岸加上微信的也就只有宋晴。也就是说，他们没有一个了解祁岸的真实情况。所以宋晴说什么，大家就信什么。

宋晴又哪知道右边的宋枝蒽跟祁岸是什么关系，只想抓住话题满足虚荣心。她眨着眼不置可否："啊，怎么你们都知道了？这事传得这么快吗？"

含糊其词的话术，就是不直接说那个人不是她。

直到这会儿，宋枝蒽是真忍不了了，冷声开腔："祁岸的对象不是宋晴。"

话音一落，整桌人的目光都落到她身上。

第十四章
往日的真相

再度被打脸,宋晴有些不爽地侧过头:"祁岸的对象是谁你又知道了?"

宋枝蕙面无表情地看着她,目光却是十足地冷。宋晴从没见过她有过这种眼神,哽了下,红着耳朵狡辩:"我又没说祁岸的女朋友是我。"

这话瞬间让其他人咂舌。

大概是尴尬够了,宋晴索性破罐子破摔:"不是女朋友就不能是别的关系吗?非要我把话说这么明白?"

话说得如此大胆,男生们瞬间心领神会,调侃起来越来越大胆,听得其他女生面色都跟着尴尬,陈小蕾没忍住开撑:"你们行了啊,聚餐说这个干吗。"

宋枝蕙也在这时冷声开口:"别用这种含糊其词的话来污蔑一个不在场的人的名声。这样只会让人觉得你很下作。"

宋晴听到这话,脸都绿了:"宋枝蕙你说谁呢。"

宋枝蕙看着她,清清冷冷的:"谁愤怒我就说谁。"

没想到场面会闹成这样,其他人也不起哄了,纷纷出来当和事佬。宋晴却阴阳怪气地道:"某些人也不用不爽,你给祁岸说话他也听不到,而且别忘了当年是谁抛弃的你。"

当年祁岸刚走那会儿,好多人都在嘲笑宋枝蕙。

如果是当年,宋枝蕙很可能会默不作声,但她已经不再是那个软弱的小姑娘了。此刻的她，看着宋晴只觉得很可笑："就算我说我是祁岸的女朋友，你也会捂着耳朵不相信。"

似是没想到宋枝蕙会说出这种"假设"，在场所有人脸色都变了，除了何恺。何恺所想的，自始至终都是怎么单独跟她谈。就是这个时候，他的机会来了。

宋枝蕙说完这话，没顾任何人的吃瓜表情，对陈小蕾说了句"这个聚会我就参加到这里"便起身离开。何恺怕她一转身就不见踪影，马上拄起拐杖叫着她的名字追了出去。

画面要多滑稽有多滑稽，可包间里却没有一个人笑。

大家面面相觑，没一会儿，有人喃喃道："我怎么感觉她说的是真的……"

"我也是。"

"我才想起来，祁岸和宋枝蕙是一个大学的。"

"如果是真的，那我们说的坏话岂不是都会传到祁岸耳朵里。"

听到这话，宋晴的表情已经不能看了，可自尊不允许她落下风，于是硬撑着辩驳："我说你们，怎么一个个那么好骗，她要真是祁岸的女朋友，至于刚才才说？还不得早早亮出身份？"

陈小蕾发话，不许再讨论这种不和谐的话题，要不就别吃了。班长一命令，其他人下意识地也就听了。

只是陈小蕾多少有些不放心宋枝蕙，担心她没有手机，还要被何恺纠缠，就跟大家说了一声，出去看看。

不想刚嘱咐完，包间的门就被人推开，动静不小，惹得屋里所有人都停下筷子，朝这边看来。然后，他们就看到刚刚还被热情讨论过的祁岸，身姿高大挺拔，气场极强地站在那儿，身后还跟着两个人。

短短几年未见，意气风发的少年早已蜕变成凌厉又桀骜的男人，疏冷眉眼间，也满是让人不容抗拒的强势。

没想到说着说着当事人真来了，全场人都傻眼了。特别是宋晴，她刚刚还巧言令色，这会儿愣是一个字都不敢说。毕竟谁都看得出来，祁岸压根儿就不是来找她的。

祁岸的视线在屋里扫视一圈，开口的第一句话就是："宋枝蕙呢？"

在所有人茫然的时候，陈小蕾讷讷地搭话："她刚走，何恺追了出去，应该没走远。"

像是不愿相信这个事实，宋晴到底没忍住，弱弱地接话："你问我地址，就是来找她的？"

闻言，祁岸眸色深沉，凛凛地盯着她："她是我女朋友，我不找她难道找你？"

宋枝蒽是在到达一楼后，才被何恺叫住的。

一楼大厅是用来开席的场地，这会儿刚送走两拨办酒席的，没什么人，显得有些萧条。宋枝蒽站在大厅中央，看着何恺一瘸一拐地下楼，走到她跟前。

她本不想等他，是何恺一直喊她，说有一件和祁岸有关的事情要找她坦白。听到祁岸的名字，宋枝蒽才停下来。

何恺走到她面前，额头渗出一层薄汗。宋枝蒽却神色淡漠："到底什么事？"

知道她能给自己的耐心也就只有这么一点儿，何恺也顾不上组织语言，忍着疼痛，把家里的近况言简意赅地告诉了她，又说了自己现在生活的惨状："你说得对枝蒽，我确实应该长大了。"

宋枝蒽却没什么波澜："你说这些，跟祁岸有什么关系。"

何恺忙道："有关系啊。"顿了顿，他恳求地望着她，"我是想告诉你，我家已经很惨了，你能不能拜托祁岸，手下留情？

"我母亲对你很好，枝蒽，你可以恨我，但我母亲从来都是向着你说话的，我想求你，让祁岸对我家网开一面，何家现在已经经不起任何风吹雨打了。"

宋枝蒽听出他话里有话，却依旧有几分薄怒："什么叫让祁岸对你家网开一面。"她面色冷凝，"他从没对你家做过什么。"

"是没做过。"何恺语气急切，"但他以后可能会做，他那个脾气，唉，我说不清……你可能不知道，他已经开始报复应雪了，我怕他、怕他以后也报复我。

"不怕你笑话，我已经担惊受怕很多天了。我实在是没办法，才过来找你。"

闻言，宋枝蒽愠色更为明显："你真是以小人之心度君子之腹。自打上次从医院回来,你这件事在我这里就已经翻篇,祁岸也不可能浪费那个时间去针对你。

"除非你还做了什么——"

说到这里,宋枝蕙心神一晃。

在她眼神的质问下,何恺垂下头,羞愧难当:"我确实……做了不少坏事。"

想着反正事情已经不能再坏了,不如放手一搏,何恺深吸一口气,幽幽地道:"当初,是我骗了祁岸,也骗了你。"他抬头看向宋枝蕙,满脸愧疚,"是我用了手段,你们两个才没在一起——"

说到这儿,他突然停住。在宋枝蕙蹙眉定定地看向他时,何恺脸色突然变了,他望着宋枝蕙身后一身杀气腾腾走过来的男人,往后无助地退了两步。

宋枝蕙反应过来什么,在这一瞬回过头。下一秒,她就看到两天未见的祁岸,眼底翻涌着磅礴怒意,掠过她,像一阵飓风走到何恺面前。只是眨眼间,祁岸就单手揪住了何恺的领子。

桌上的玻璃制品稀里哗啦碎了一地,随之而来的,有何恺痛苦的叫声,以及身后跟过来的那些同学此起彼伏的惊呼声。

只有宋枝蕙,头脑发木,思绪一片空白。

而在这一瞬间,愤然到极致的祁岸目光森然似刃,他把何恺从桌上拎起来,嗓音像寒铁滚过热砂,喑哑阴鸷:"我祁岸的人,你也敢抢!"

祁岸像是把这些年的隐忍不甘和痛,一并发泄了出来:"你也敢碰!"

那天的那场聚会,到底朝着最离谱的方向发展。

然而最不知所措的,不是何恺,不是身后那些被吓到的同学,更不是这家饭店的负责人,而是宋枝蕙。她意外的,也不是祁岸在这刻突然出现,而是何恺前面那句话。

什么叫"用手段才没让你们两个在一起"?他到底又做了什么?

只是眼下的情况显然没给她思考的时间,祁岸远比她想象中愤怒,把何恺压制得死死的,何恺还不敢反抗,只顾用胳膊挡脸狼狈求饶。

没有一个人过去帮忙。

宋枝蕙不可能放纵祁岸这么闹下去。何恺有哮喘病,万一他哮喘犯了,事情很容易闹大,对祁岸也没有好处。

宋枝蕙不想看着祁岸因为这种人留下污点，于是第一时间过去拉他。可祁岸疯起来实在野性难驯，宋枝蕙虽然把他拉住，可架不住祁岸长腿狠狠踹了何恺一脚。

何恺的叫声顿时更惨："我知道错了，我错了还不行吗！"

就是这会儿，几个服务生跟着罗贝贝从另一边过来，罗贝贝骂了声："钱向东你拦着啊，再不拦等着出事吗！"

这么一喊，众人才清醒几分，却没一个人敢上前。还是钱向东冲过去，宋枝蕙刚好抓紧时机挡在何恺身前，正面抱住祁岸。

单薄的身板紧紧贴合男生坚实的胸膛，几乎拼尽全力抵挡住他的力道，却也无比清晰地感受到祁岸身体里沸腾的怒意。

宋枝蕙眼眶盈热，声音又涩又哑："别打了，祁岸！"声音里带着不由自主的颤，"你再打下去连我一块儿打算了！"

这本来是她的气话，没想到真的起了作用。祁岸听到她的话周身一震，因盛怒而混沌的思绪也在这一瞬冷静下来。

怀里是温暖柔软又真实的宋枝蕙，是他自己都舍不得碰疼一下的姑娘，也是看她多掉一滴眼泪，都会疼惜的心上人。

像是找回神智，祁岸起伏的呼吸缓和下来，敛着深暗的眸看她。宋枝蕙微微仰头，双眸湿亮，鼻尖发红。她在这刻什么都没说，又好像什么都说了。

心里的愤怒情绪，也如同被摧枯拉朽的力量撼动，祁岸揽住宋枝蕙的腰，肩头卸掉一身戾气，疲惫至极地俯下身，在众目睽睽下，将她紧紧搂在怀中。

那样雷厉风行的一个人，这会儿却像一头受伤的困兽，在她脖颈处贪婪地呼吸着她身上的清甜。祁岸嗓音低哑，蕴着温柔情意："是不是吓到你了？"

"没有。"宋枝蕙眼眶酸涩，下巴垫在他肩膀上，倔强道，"我才不怕。"

没想到这一架会轻而易举地被宋枝蕙解决，众人离开饭店的时候还心有戚戚。

郑威不傻，他不想像何恺那样挨揍，想要打退堂鼓，偏偏副班长故意揽住他的肩膀，非让他一起陪着。

就这么，陈小蕾和副班长、郑威，还有祁岸、宋枝蕙他们一伙人，带着何恺去了医院。

别人都云淡风轻的，只有郑威，全程处于紧绷惶恐的状态中。

宋枝蕙也是上车后才知道，他们之所以能走得这么痛快，是因为罗贝贝跟饭店老板承诺了，损坏的物件一律双倍赔付。

祁岸来之前看起来太吓人了，也不说怎么回事，直接让罗贝贝订票，在飞机上也一直冷着脸沉默。

后来还是祁颂说，有人告诉祁岸，当初是何恺从中搅和，他和宋枝蕙才互相误会这么多年没在一起。

罗贝贝和钱向东蒙了，心想祁岸不是有个白月光吗？怎么这人又变成宋枝蕙了？不过其中的原因他们也没弄明白，他们想的就只是看着点儿祁岸。

何恺还在接受检查，祁岸的脸色仍不太好。宋枝蕙走上前，眼神关切地望着祁岸："还疼吗？"

祁岸肃冷的脸色收敛几分，把那只包成粽子的手递到她面前，正儿八经地吐出一个字："疼。"

宋枝蕙眉心跳了跳："这么严重吗？医生怎么说？"

祁岸煞有介事地道："让我回去好好养着，多冷敷。"说话间，他另一只手不安分地牵住宋枝蕙，"还说……"

"说什么？"

祁岸扯了下嘴角："说让女朋友多哄哄，好得能快点儿。"

宋枝蕙没好气地瞪他："你还有心思卖乖，你发疯揍人这事我都没跟你算账。"

明明祁岸之前火气来的时候，怎么都控制不住，可只要看到宋枝蕙，即便她对自己凶，他的心情也能奇异地平静舒坦。就好像她是治疗他情绪的特效药，稍稍品尝一点，神经就能舒缓。

意识到这点，祁岸深眸含笑，目光低低地探到她脸上，含蓄却蛊惑地道："你算吧，你想怎么算我都认。"

宋枝蕙被那目光灼红了脸，微微别开视线："你以后，再不许打架了。"

"好。"

"做什么决定前,也要问问我。"

"好。"

"也别总让我提心吊胆。"

"没问题。"

见他这么顺从,宋枝蕙往下抑了抑嘴角,却挡不住眼角眉梢的笑意。

倒是没想过她对自己就这点要求,祁岸微微挑眉:"没了?"

宋枝蕙思考一下:"暂时……没了。不过也要看看等会儿何恺怎么说,我倒是想知道你当年是怎么被他骗的。"

祁岸笑了声:"哦,原来是等着和我算总账。"

宋枝蕙神色有几分傲娇:"事情没搞清楚之前,没那么容易便宜你。"

就这么目不转睛地盯着她看了几秒,祁岸嘴角噙起轻佻的弧度:"照你这么说,我可得抓紧点儿。"

宋枝蕙抬眸:"抓紧什么?"

话音刚落,祁岸就牵着她的手朝怀里带了带。

熟悉的动作、熟悉的气息、熟悉的怦然心动的感觉。

"上次在机场没亲够。"祁岸开腔时声音有种动情的哑。

宋枝蕙心神一颤。

祁岸盯着她果冻般的粉唇,眸色晦暗,受伤的那只手扣住她的后脑勺,说话的同时,温热气息和软唇循循落下来,封住她的唇:"再温习一遍。"

无论是他的话,还是这个吻,都让宋枝蕙猝不及防,身体的本能反应却是相反的,即便知道这是公共场合,她也还是在被他搂进怀中的一刹那,手抵着他的胸膛没舍得推开。

祁岸却没有蜻蜓点水的意思,好不容易品尝到日思夜想的糖,恨不能贪婪地再品尝一阵,揽着她腰身的手臂逐渐收得更紧,呼吸也染上贪婪。

于是这个本该浅尝辄止的吻,硬生生被拖慢脚步,化作缠柔的和风细雨,互相滋润汲取。

直到斜后方忽然传来一道开门时摩擦地面的轻响,伴着医护人员的交谈声,如同触碰到警觉开关,宋枝蕙红着耳郭节节败退,祁岸却揽着她的腰,依依不舍再度缠来。温热的呼吸和浅吻落在耳畔,像是起了电。

偏偏这时身后又响起低跟鞋踩在大理石地面的声响,明显朝这边传来。宋枝蕙心头一紧,忙捂住他滚热的唇,又羞报地把头埋在祁岸的肩颈处,以躲避这一刻的羞耻。

这个奇怪的姿势大概维持了两三秒,那阵脚步声终于消失。

被她用手捂着的男人发出低低的笑,肩膀也跟着微微颤动。掌心被灼得发烫,宋枝蕙面颊酡红,立即收回手。她双唇泛着水光,眼含嗔怪地看着他,那眼神仿佛在说"你还好意思笑"。

祁岸垂着眼皮,指腹轻轻蹭了蹭她的嘴角:"你刚刚那样,医生反倒多看了我们一眼。"

明明只是单纯的阐述,却被他玩味的语气衬托得格外狎昵,宋枝蕙后知后觉地窘迫,又像是掉入天罗地网的甜蜜陷阱,心都跳乱了:"都怪你。"

不想这家伙立正挨打,吊儿郎当地道:"嗯,都怪我,怪我没忍住。"

宋枝蕙居然找不到任何话来缓解此刻的氛围,祁岸用似笑非笑的眸光看着她:"第三次了。"

宋枝蕙抿唇:"什么第三次?"

祁岸正儿八经地道:"当然是接吻。"祁岸认真地看着她,想从她脸上找到答案一般,"有没有比前两次吻得好些?"

宋枝蕙彻底无语:"你你这人——"话卡在喉咙里,因找不到合适的词汇而终止,热气却袭满双颊,让她看起来更像熟透而甜美的桃子。

祁岸饶有兴味地觑着她。

宋枝蕙也只是懊恼地说:"真是太不要脸了……"

接下来的一小会儿里,祁岸把他的"不要脸"发挥到极致,一直紧紧牵着宋枝蕙的手,和她去楼下买了些吃的。

宋枝蕙也因此知道,这家伙自打昨天联系不到自己,从今早开始就没怎么吃东西。还是考完试,他才有时间坐飞机过来找自己。而这一切原因,都是应雪导致的,是应雪告诉祁岸这个真相,想要以此来缓和祁岸对她的针对性打击。

两人坐在一楼便利店的橱窗前,全然不知这一切的宋枝蕙觉得很不可思议:"你报复应雪?你怎么报复的?"

祁岸吃完沙拉喝了口水,侧头看她:"她想进娱乐圈当明星,刚好我手里有点儿人脉。"

宋枝蕙眨着眼,觉得很神奇:"娱乐圈你也有人脉?"

祁岸既得意又欠扁地勾起唇:"是不是觉得你男朋友很厉害。"

宋枝蕙忍着白他一眼的冲动，无情地吐槽："是，是很厉害，冲过来二话不说就揍人，还把自己的手都揍肿了。"

说完，她故意不看他，低眸吃着祁岸给她买的冰激凌。

祁岸"啧"了一声："你这是心疼呢，还是心疼呢？"

宋枝蕙小口抿着冰激凌，没忍住笑："得了便宜还卖乖。"笑了会儿她又侧眸瞥他，"然后呢？"

祁岸不紧不慢地拿出手机，打开语音备忘录，放在桌上点击播放。然后宋枝蕙就听到，应雪的说话声从里面传出来——

"我以后都会改的，我发誓，我再也不会招惹宋枝蕙，这还不行吗？

"如果你还觉得不够，我回头当面和她低头认错也是行的。"

向来趾高气扬的女生，语气低到尘埃里，只是听着就极其讽刺。除了这两句，还有其余的对话，也都清清楚楚地录下来。

宋枝蕙没想到祁岸也会用这招，意外地眨了下眼。祁岸手指点了点桌面："往下听。"

往下就是最关键的，应雪告诉祁岸，是何恺从中搅和，他们两人才没在一起。

应雪声音非常惊讶："不是吧，祁岸，你到现在都没搞清楚你们俩当初为什么没在一起？

"你难道没和宋枝蕙对过口风？

"还是你真的觉得宋枝蕙会放着你不选，去选何恺？

"太好笑了，真的。你这么聪明的人，也会被何恺那样的人愚弄。天哪！"

她接二连三地感叹着，祁岸却早已忍无可忍，让她说清楚到底是怎么回事。

应雪长了八百个心眼儿，又怎么会轻易告诉他，提出和祁岸化干戈为玉帛，只要祁岸肯放过她，她就什么都告诉他。

可她还是低估了祁岸的性子，他怎么会任她牵着鼻子走。

当晚，祁岸找不到宋枝蕙，就去理工大学找何恺，没碰上何恺，倒碰上了之前的林栋，也是林栋告诉的他，何恺回了平城参加同学会。

就这么，祁岸才在第二天考完试后第一时间飞来平城找她。

一方面是担心她，另一方面也是找何恺弄清楚当年的真相。

他之所以找宋晴要地址，也是因为参加聚会的人中，只有宋晴是他的微信好友。怕宋枝蕙误会，祁岸一五一十地跟她坦白："当初宋晴加我微信，是因为高中时那群男生拉着我一起打游戏，我随手通过的。从那之后，我就没跟她联系过。

"这些年除了你，我也从没和别的异性有过什么接触。"

迎着他真挚的目光，宋枝蕙有些许动容，同时也明白过来什么。当年她跟祁岸，两人之间所有的沟通都是通过何恺，而何恺这样的人，又怎么可能老老实实地把真实信息告诉她？

宋枝蕙眸光轻颤，一瞬不瞬地望着祁岸："所以，你当初，没有不在意我？也没有把我当妹妹，更没有不想和我上同一所大学？"

本以为她说的这些话，会让祁岸很惊讶，不想他目光异常平静，像是提前得知了这些，眼底情绪深且浓地看着她。

"没有，没有不在意你，也从来没有把你当妹妹。"

宋枝蕙呼吸变得滞闷，眼眶也酸得厉害："你怎么一点也不——"

"我昨晚问过蔡暄。"祁岸抬手，声线温柔到仿佛能将她融化，"蔡暄什么都告诉我了。"

蔡暄告诉他，宋枝蕙在高中的时候，就很在意他，还告诉他，当初宋枝蕙不死心，曾经亲自去B市找过他，却看到他和别人在一起的画面。这也是为什么，宋枝蕙一开始会那么抗拒他的靠近，是她打从心眼里，就不觉得祁岸对她是认真的。

"对不起，枝蕙。"祁岸喉结滚了滚，语调沉哑，"是我不好，如果我再坚持一下，我们就不会浪费这么多时间。"

宋枝蕙周身僵住，像是完全不敢相信："怎么会这样……"

她觉得自己傻得彻头彻尾，居然把那样一个卑劣下作的人，视为心中的光亮，蹉跎三年，却因为胆小怯懦而退缩，错过了自己真正在意的少年。

然而这从头到尾，就只是何恺满足自己目的的一个手段，最可笑的是，她和祁岸都当了真。

看到她此刻崩溃的神色，祁岸的心脏也像被刀狠狠扎了一下，喉咙也起了火，紧涩得厉害，他只能把她拉到怀里安抚。

不想宋枝蕙根本不顺从，她直接把他的手挥开，委屈的情绪也被勾了出来，瞬间达到顶峰："可你既然在意我，为什么那么久都不和我联系，也不找我！

"我还去B市找你，你却没有找过我，一次都没找。

"你知道联系不到你的时候，我一直都在担心你吗？

"你知道我那个时候是怎么熬过来的吗？你明明可以的……你明明只要过来看我一眼，跟我说句话……我就会原谅你了……"

"就算、就算在谢师宴上，你只要跟我说一句……宋枝蕙，你跟我走吗？你跟我说一句……我就跟你走了……"眼泪簌簌往下落，像是雨落在心上，宋枝蕙轻轻摇头，"可你没有，你什么都没有。你甚至都没多看我几眼。"

后面的话含混吞咽在祁岸疾风骤雨般的吻中，眼泪在两人唇齿间化开，混着一点点涩，但更多的是甜，越来越浓，越来越深。

宋枝蕙很快就不能呼吸了，她往外推祁岸，却反倒被祁岸紧紧搂在怀中，继续加深这个吻。像是在把所有对她的亏欠，融在其中，告诉她，他对她的喜欢。

直到唇间蔓开淡淡的血腥味，祁岸感到疼痛，闷哼了声。宋枝蕙一开始只是想发泄一下，没想真把他咬疼了，以至于听到这一声，她立马松开口推开他。

混沌的意识也瞬间清醒，在意识到自己对他做了多过分的事后，宋枝蕙顿时哽住："很疼吗？"

此刻她表情傻傻的，明明挂着泪痕，眼神却充满关切，祁岸蓦地轻笑一声，即便唇瓣被她啃咬得出了血，却一点脾气都生不出来，只想再多纵着她一点儿。

他微微蹙眉，抬手随意一蹭，"啧"了一声："还挺使劲儿。"

宋枝蕙的泪意是彻底散了，甚至双颊还挂了一对可爱的酡红。

唇齿间还残留着属于他刚刚蛮横的痕迹，宋枝蕙抿了下唇，神色也恢复从前的平和温柔："……对不起，我失态了。"

祁岸反倒更喜欢她刚刚的模样，直白又娇憨，完全没有往日里的懂事和粉饰，把最真实的自己展露在他面前。

说到底，她也不过是个二十出头的姑娘，有烦恼，有伤怀，也有潮湿的潺潺心事。只是祁岸并没想到，原来她的这些心事，全与自己有关，而非何恺。

心底滋生出难以形容的荣幸感，祁岸笑了下，重新牵住她的手，额头抵住她的："不疼。"他深吸一口气，"一点儿都不。"

两句话像是疗效十足的特效药，宋枝蒽的情绪随着呼吸一起平稳下来。

祁岸摩挲着她的手背，又轻声道："现在发泄完了？可以让我抱一抱吗？"

宋枝蒽一点点抬起湿漉漉的眸。有那么一瞬间，她想说不让，可当她对上祁岸那双深沉又迷人的双眸时，反抗的话就一点儿都说不出了。

她突然发现，自己好喜欢他。不管是过去，还是现在，都是。喜欢到心软成一摊烂泥，可以任由他揉圆搓扁，为所欲为。

宋枝蒽眼眶又酸了，她眨着泛着雾气的眼，忍着泪意，乖乖点头："那你抱吧……抱紧点儿。"说完这句，眼泪又不争气地涌出来。

祁岸把她搂回怀中，浅啄掉她委屈的眼泪，语气隐忍低哑："傻子，怎么可能没去看你。

"只是你不知道而已。"

就在高三下学期的那个春夏之交。

祁岸和家里闹掰的事不仅在京圈传开，在平城这边也闹得动静不小。祁仲卿觉得脸上无光，在电话里和易美茹吵了一架，易美茹得知这事，也气得不行，以至于祁岸即便回到平城，也根本没联系易美茹。

这些年都是这样。两个人各有各的生活，平常对祁岸的关心寥寥可数，可一旦在他人生大事的抉择上，就争前恐后地插手，不管是对于祁岸的择校，还是对他未来的规划。

十七八岁正是血气方刚的年纪，不仅祁岸桀骜乖戾，他的那群朋友也都格外讲义气。知道祁岸家里的事，他们二话不说邀请祁岸去自己那儿，也确实没什么地方可以去，祁岸便在朋友家待了几天。

那几天里，曾经倨傲又意气风发的少年格外沉默，无论旁人怎样旁敲侧击，祁岸都不曾吐露一个字。

大家只知道他马术比赛失利，又不肯按照祁仲卿的安排出国读书，所以才和家里大吵一架。至于祁岸以后的安排，谁也不清楚，谁也不敢问。

就在那几天，祁岸去看了宋枝蒽一次。

当时的平城一中算是这个二线城市最好的高中，为了抓成绩，对于高三生，基本上能住宿的，都要求住宿。

宋枝蕙因为那群讨债人，也选择了住校，再加上她本就沉浸式学习，几乎不会离开学校。而祁岸作为外校学生又无法进去，于是那天，他只能在围栏外远远地看上一眼。

那是一节难得的体育课，小操场上活动着几个班级的学生。

宋枝蕙所在的重点班学生成绩都不差，平时除了学习，脑子基本不想别的，即便出来活动也没精打采的。做了一会儿拉伸运动，老师就让大家各自休息。

女生们大多回了班级，男生们则聚集在一起玩球。只有宋枝蕙，和当时的陈小蕾一起坐在树荫下的花坛边看书。

短短几月未见，宋枝蕙看起来没太大变化，依旧是简单的低马尾，银边眼镜，细白瘦弱的小小身躯，穿着宽松的校服，看起来秀气又乖巧文静。不知道是不是心情好的缘故，那天她笑容格外多。

同一时间，祁岸就插着兜站在校外的围栏处，摇曳的树影下，少年目光颓然落寞，却明目张胆地看着她。

也不是没想过在这个时候当面叫她过来，可在他还没下定决心的时候，何恺出现了。

何恺因为成绩差，被分到B班，但B班和A班是兄弟班，他有很多机会黏着宋枝蕙。就像那会儿，两个班的体育课都是一起上的，他刚好在打完篮球后过来找宋枝蕙。

于是在祁岸的注视下，宋枝蕙把身旁的一瓶崭新的矿泉水极其自然地递给何恺，何恺喝完干脆不走了，就坐在她们身边，和宋枝蕙嬉皮笑脸地说笑。

那一幕，就像曾经的祁岸和宋枝蕙。不一样的是，祁岸每次打完篮球，都会有很多女生围上来给他递水，但他只会去找宋枝蕙要。

宋枝蕙不似那些女生一样热烈大胆，她大多数时候都站在角落，等着祁岸自己过去。有时候是一瓶冰水，有时候是一瓶可乐，或是维生素饮料，抑或是几块巧克力。祁岸过去接过来，两个人就边聊天边走回教室。

明明满腹心事都关于她，走路的距离却始终隔着一点点傲娇的距离。

可就在那一刻，祁岸忽然意识到，不管是现在还是以后，那个站在她身边的人，好像都不再是他。更甚至，他根本就不该出现在这里。

年少的自尊就像吹进气球里的空气，所有的有形，都只因容纳在一个小小的塑胶套里，被无限膨胀，再无限放大。祁岸看着看着，忽然就笑了，笑得既讽刺，又自嘲。

原来宋枝蕙的那句"你的前程我耽误不起"，并非无迹可寻。她心中，早就有了更好的选择。

一身傲骨被猝不及防地压弯，在那个阳光明媚的天气里，少年意气到底没允许祁岸去见宋枝蕙。

他也从没想过，未来的某一天，自己会无比后悔当初没有再勇敢一点。

宋枝蕙也没想过，当年她耿耿于怀的单向暗恋，从头到尾只是她一个人的片面感知。

在那段难熬的时光里，祁岸并没有比她好过。他也曾和她一样，躲在角落，努力又绝望地克制着自己的喜欢。

祁岸没有亏欠过她。他们彼此，谁都没有亏欠过谁。

宋枝蕙顿时有种如坠梦中的不真实感，即便她此刻就被祁岸紧紧搂在怀中，听着祁岸低声跟她亲口复述以前的一切。

宋枝蕙隔了几秒才回过神："所以，那时候我看到的……真的是你。"

祁岸低眸，唇畔在她发丝上轻轻擦过："你看到我了？"

宋枝蕙哽了哽："看到一个和你很像的身影，很高，穿着黑T恤，就站在围栏外，一直看向我这边。但是距离太远，我看不清。我也从没想过那个人会是你。"

说到这里，她从祁岸怀里微微挣直身子："我那个时候，没有喜欢何恺，我跟他也不是你想的那样，他那会儿买了水没地方放，就放在我这边。"

祁岸眉眼戏谑："你这是在跟男朋友解释？"

宋枝蕙看着他："你不想听吗？"

"当然想。"祁岸抬手撩起她的发丝，别在她耳后，"但我更在意，我现在是你什么人？"

宋枝蕙微微张唇，有些无奈："你怎么还纠结这个事？"

祁岸挑了下眉："不应该吗？"他一瞬不瞬地盯着她，"宋枝蕙，我也会怕。"怕像当初那样，她轻易就从身边溜走，也怕两个人没有说清就再度错过。

也正因为这样那样的害怕，所以在她和何恺分手的这段时间里，没有勇敢地告诉她，他祁岸到底想要什么，只敢一点点试探，小心翼翼地靠近她。

时间太长，过程太慢，慢到他已经没了耐心。祁岸突然感觉自己回到了十八岁的时候，紧绷又忐忑。他沉下一口气："宋枝蕊——"

不想话刚出口，宋枝蕊就轻轻吻在他唇边，这次换她说："你怎么这么傻？"

祁岸喉结微滚，眸色晦暗。宋枝蕊眨着眼看他："我早就是你女朋友了，不是吗？"说话间，她细软的臂弯搂住他的腰身，轻且温柔地贴上去，"还是你要耍赖，亲完我这么多次不认账？"

呼吸到这一刻近到相融，祁岸如获至宝般看着她，眸底漾着潮汐般的引力："当然不会赖账。

"但你要想好，我祁岸认准的人，是要死咬一辈子的。"

宋枝蕊莫名地，在这话里品出一点属于祁岸的心酸。像他这样的天之骄子，什么都拥有，被人众星捧月，却因为她而心生胆怯，患得患失，甚至愿意为了重新靠近她，想出那样笨拙的方法。

从前她不懂，可现在，她知道他对自己的情意后，才发现之前的一切都是那样的拙劣。什么互相利用，假扮情侣，都是假的，他从头到尾就只想要她。

心下泛开无限温柔，宋枝蕊眼神清亮而动情地望着他："那说好了，这次谁也不许放手。"

祁岸低沉的嗓音落下来，化作她耳畔克制的一吻，带着轻微的震颤："听到了，我的女朋友。"

下午，宋枝蕊陪祁岸吃完东西没多久，就接到祁颂的电话，说有一件好事和一件坏事。

好事是何恺的伤都检查完也都处理好了，没什么大毛病，何恺也没叽叽歪歪，坏事是何恺他妈来了。

得知自家儿子挨揍，何母气得不行，正在病房里闹呢，几个年轻人哪里招架得住一个能说会道的中年女人，当即让他俩快点上去。

宋枝蕊一时心情有些复杂，毕竟当初，何母对她很不错。

祁岸看出她的顾虑，将她的手握得更紧了些："这事与你无关，别担心。"

然而怎么可能与她无关,要不是因为她,祁岸也不会气到坐飞机过来打人,且之前就打了一次。

不过何恺母亲她也算熟,不至于完全不讲理。想了想,她捏了下祁岸的手,跟他一起迈上扶梯:"反正等会儿要是有什么不对劲,你就少说话,我来保护你。"

祁岸懒懒应了声,没忍住坏笑:"我女朋友可真体贴。"

宋枝蕙白他一眼:"少贫。"

两人刚走到病房门口,就碰到何恺的母亲。

虽然何家现在情况不大好,但并不影响何母的气质。只是这次,何母看她的眼神不再温和,甚至看到她和祁岸紧握在一起的手时,眉头也露出明显的不悦,就好像自家准儿媳出轨了一样。

就这一眼,祁岸锋利的眉宇一皱,直接把宋枝蕙挡在身后。

男生身材高大挺拔,宽肩腿长,气势难掩锋芒,站在身材清瘦的宋枝蕙身前,俨然一棵蔚然大树,把何母的目光阻隔得严严实实。

何母压着不悦看着他,还没开口,就见祁岸轻抬下巴,坦荡道:"你儿子是我揍的。"

语气有着与这个年纪不符的压迫感,和骨子里的桀骜不驯,偏偏他还有几分嚣张地扯了下唇:"有什么问题,阿姨大可冲我来。"

话虽是笑着说的,但话里头的攻击意味一丝不少。何母脸色一下就变了:"祁岸,你这是对长辈说话的态度吗?"

祁岸和何恺从小就认识。易美茹和何母也是在平城圈子里还算熟络的"台面姐妹"。即便祁家的势力远远大于何家,可在贵妇聚会喝下午茶的时候,祁岸也免不了要被易美茹拉着喊何母一声阿姨。

宋枝蕙没经历过这种场面,下意识地捏了下祁岸的手,示意他少说几句。结果这家伙野惯了,是真不把何母放在眼里,眼角眉梢都写着泰然自若:"阿姨误会了。我也是想把话说明白些,省得大家浪费时间。"

何母也不是吃素的:"浪费时间的不是你吗?大老远地跑过来,就为了揍何恺一顿。"说话间,她看了眼宋枝蕙,"也不知道何恺到底怎么得罪的你,不是分干净了吗?"

此话一出,祁岸还没说什么,在长椅上坐着的何恺没忍住开口:"妈,不是你想的那样——"

何母呵斥他一声："你给我闭嘴。"

何恺被吼得卡了壳。何母又看向祁岸："既然不想浪费时间，那就聊聊这事怎么解决。"她气得不轻，"我们何家也是要脸面的，你这么揍我儿子，传出去他不好听，你们更不好听。"

到底是在生意场上混久的人，话都拿捏着别人的软肋说。毕竟她对祁家情况太了解，也知道易美茹绝对不会允许祁岸和宋枝蕙这样的普通女生谈恋爱，更不会允许祁岸为了一个女生大打出手。所以言外之意，是想让祁岸给她何家一个合理的台阶。

然而祁岸根本就不是任人拿捏的性格，他扬唇嗤笑："赔偿是自然，三倍的医药费我已经转账给何恺。"

"至于我为什么打他。"祁岸看向何恺，目光渗着森然寒意，"不如阿姨先问问，他当年做了什么缺德事。"

两句话说得掷地有声，何母一哽，也看向何恺。之前她和祁颂几人争执的时候，何恺一直没敢开口，以至于到现在她都不知道何恺有多"出息"。

被几人同时盯着，何恺面色银然。何母原以为两人的矛盾只出于为同一个女生争风吃醋，没想到还有别的缘由。虽然有些下不来台，但何母并不是不讲道理的泼妇，当即厉声让何恺解释清楚。

知道没有退路，何恺也只能硬着头皮当着在场所有人的面——包括还没走的陈小蕾他们，一五一十说出当初做过的荒唐事。

是他把宋枝蕙家里的事在学校宣扬开，导致宋枝蕙被追债人再度缠上，又遭身边同学的排挤欺负。又是他和应雪那群人为伍，在背后针对宋枝蕙。

说到这里，他看向郑威，像是找到可以推卸责任的机会，说当年欺负宋枝蕙最狠的就是郑威。

此话一出，郑威面露惧色，忙说这事不是早就已经解决了吗，怎么到现在还提。

何母怒了，劈头盖脸地骂何恺："现在问的人是你，你别给我转移话题！"

这么一吼，何恺也不敢作妖，只能灰头土脸地说出后面的事。就在宋枝蕙状态非常不好的那段时间，他怕真闹出大事，所以保护了宋枝蕙，不只为她阻隔大家的孤立排挤，还出钱帮她解决了一部分债务。

这也是为什么宋枝蕙会那么相信他。也是那段时间，两个人开始走近。再后来，他就喜欢上了宋枝蕙。

何恺说这话时，一眼都不敢看祁岸。

祁岸眉眼锋冷，下颌线绷成一道凌厉的线，如果不是两个人牵着手，宋枝蕙真的很怕他会再冲上去揍何恺一拳。

何恺不傻，很快就把话题过渡到宋枝蕙丢手机的事上。

何恺说："当时你和宋枝蕙莫名其妙断了联系，后来没多久，她手机就丢了，她怕联系不到你，就偶尔会借用我的手机，我就是那个时候……做了手脚。"

说话间，他愧疚地看向宋枝蕙："其实祁岸没有不找你，你丢手机没多久，他就在微信上把来龙去脉跟你说了，是我装成你……告诉他不想跟他考同一所大学了。"

何母听闻一口气堵在胸口，看何恺像看个陌生人。其他人也一脸惊讶与嫌恶。

祁岸和宋枝蕙却平静很多。在祁岸侧眸看向她的时候，宋枝蕙也抬起头看他。祁岸温声道："就是那个时候，我马术比赛摔伤，在医院疗养，我爸就派人看着我，还拿走我的手机，让我没法联系你。"

虽然早预料过是这样，但听他亲口说，宋枝蕙心头还是涌上巨大的酸涩心疼。握着祁岸的手紧了紧，她轻声问："当时很疼吗？"

祁岸面色微微舒展，低笑了下："不疼。"

"怎么可能不疼？"祁颂就在这时接话，"你别听他骗你，那时都骨折了，在床上躺了好久，现在都不敢——"

祁岸眉峰一凛，"啧"了一声："闭嘴。"

祁颂撇撇嘴，只能换个话题："所以是祁沫给你手机后，你才联系的她？"

祁岸点头："但即便登上微信，我也收不到之前的消息，所以我完全不知道她跟我说了什么。"

也正因如此，两个人的信息才出现错漏。只是那时的他并没有意识到这一点，何恺才因此有了可乘之机。再后来，就是宋枝蕙去 B 市找祁岸，她尝试过给他打电话，却无论如何都打不通，最终只能只身前往那所高中，看到的却是祁颂和别人在一起，让她误以为是祁岸。

现在回想起来，宋枝蒽觉得就好像老天故意对他们开了一个玩笑，无论他们努力走哪条路，都走不通，最后只能硬生生地错过这么久。

"其实我当时做完这事也很后怕，也想过在枝蒽去B市后和她说实话的。没想到你回来，你们两个反倒断了，再后来，我就鼓起勇气追你。"说到这里，何恺肩膀微微耸动，"我发誓，我做的错事就只有这些。这三年里，我虽然没什么男朋友的样子，但我对枝蒽确实是真心的，我没想过再伤害她。

"这次来聚会，也是想跟她坦白这些。因为应雪要挟我，说我不帮她摆平进圈的事，就把这些抖落出来。我家里现在的情况我也清楚，我不敢——"

后面的话还没说出来，何母的耳光就落到何恺的脸上，精准阻绝他那番未开口的话。

响亮的耳光声顿时响彻走廊。所有人都被她突如其来的一下打得发愣。

何恺捂着迅速红肿起来的左脸，看向何母，眼泪也在眼眶里委屈地打转："妈……"

何母气到理智全无："还嫌不够丢脸吗？"

此话一出，其他诊室出来的人也纷纷朝这边看。也亏得这走廊本就人来人往很喧嚣，不然这场闹剧会更引人注目。

事已至此，谁对谁错自有分晓。祁岸看向何母，挑眉笑道："来龙去脉也都说清楚了，现在阿姨还觉得我应该给个交代吗？"

这话像刀挂在脖子上，即便何母想拂开，也心有余而力不足。就像何恺说的那样，一切都因为祁家势力太大，祁岸手段路数太多。何家现在这个状况，别说经不起风吹雨打，搞不好以后还要求到易美茹头上。就算易美茹不待见宋枝蒽这个未来儿媳，但也不代表易美茹不会向着自家儿子。

何母不至于这么傻，明明理亏在先还硬求个脸面，她的脸面早就在寻求资金周转的路上丢尽，此刻也没必要再为这么一个不争气的儿子硬撑。她深吸一口气："我没什么可说的。这是你们年轻人的恩怨，你们自己解决。"丢下这句，她看也不看何恺，提起包抬脚就走。

何恺瞬间慌了，拄起拐杖就追上去。这滑稽的一幕一直持续到何恺的身影消失在楼梯拐角。

说不上为什么，宋枝蒽的心情突然就很复杂。就好像亲眼见证人生中最艰难多舛的一页翻过去,有人从此从高处跌落,有人未来却是一片光明。而曾经为祁岸伤过心的十八岁少女,也从未想过,在她人生未来的篇章里,她与何恺会是这样的结局。更没想过,老天没有亏待她,还是把她最想要、最渴求的,送回到她身边。

祁岸的声音把宋枝蕙叫回神:"解气了吗?"他声线温柔,像是潺潺流水,温润地注入心田。

宋枝蕙扭头迎上祁岸深邃的视线,老实巴交地道:"我早就不气了。"

祁岸轻扬眉梢:"怎么说?"

宋枝蕙轻轻抿唇,上前搂住他的腰身:"你都回到我身边了,我还有什么可气的,高兴都来不及。"

祁岸回搂住她,俯身亲她。

只是还没亲到,身后就响起一道没什么底气的男声:"那个……打扰一下。"

宋枝蕙双颊顿时爬上一抹红晕,好在祁岸搂着她的姿势能挡住她一半的羞怯,从她的角度,只稍稍觑着,就能看到郑威那张慌乱的脸。

宋枝蕙脸色淡下来,颇有些敌意地看着他。祁岸更是眸色沉如寒夜,面无表情地盯着他。

郑威被这两人看得心慌,干巴巴地道:"我、我就是想道个歉……当年是我不懂事,对宋枝蕙做了很多不好的事,也不知道尊重别人,现在我知道错了,也后悔了,希望你们大人不记小人过,别再和我计较了。"说到这里,他无奈又祈求地看向祁岸,"而且当时咱不都说好了吗……"

宋枝蕙眉心一蹙,抬眸看向祁岸。祁岸悠然挑眉:"说好什么?"

郑威眉毛皱得都快打结了,表情更是冤:"你怎么还耍赖呢,就你上次找人揍我时候那群人跟我说的啊,他们说这次揍狠点儿,这恩怨就算过去了。都是老同学,你可不能说话不算话啊!"

郑威那几句,无疑成了当晚大家吃饭的笑料谈资。原本陈小蕾以为帮宋枝蕙取出行李后,这群人也就散了,不想钱向东热情,硬拉着这姑娘出来一起吃,说是祁岸的意思。宋枝蕙也觉得这两天受了她的照顾,想邀请她一起出来。

那会儿宋枝蕙和祁岸两人都不在,去买手机了,陈小蕾犹豫了一下,也图个新鲜,就跟着一起出来吃晚饭。选的是个顶金贵的特色中餐厅,菜上齐后,大家难得松快地谈笑风生,免不了聊到今天这事。

宋枝葸酒足饭饱,支着头安静地听着,然后就听到钱向东说祁岸安排人去找李思甜这事。因为知道宋枝葸不会跟自己说出到底是谁欺负了她,祁岸就用这种办法,找出当年欺负宋枝葸的那几个人。算账的第一个就是郑威。

宋枝葸困意消散几分,微微坐直身子,看了眼身边空着的座位——祁岸出去接电话还没回来。

钱向东正说着,身后包间门被推开,祁岸回到宋枝葸身边,把手机扔到桌上,哼笑了声:"我可没让你揍人。"

一听到他的声音,宋枝葸从迷糊中醒过神来,扭头还没对上祁岸的视线,椅子就被他拉到身边。祁岸把她揽进怀里,在她耳畔低声问:"困了?"

宋枝葸点点头:"还行。"

祁岸从她唇边闻到若有若无的酒气,混着她身上的清甜,他扫了眼桌上的杯子,里面不知道谁给倒的那杯白葡萄酒见了底。

祁岸刚想找祁颂算账,祁颂就挤对起来:"刚说清误会就腻歪升级,我的哥,您能不能在意一下我们这群单身狗。"

这话顿时惹笑众人。宋枝葸思维虽然有点混沌,但本能上还是矜持的,一听这话便轻轻推开祁岸,老实巴交地坐直身子,像个电量欠佳的机器人。

祁岸无奈,扶着她的腰对祁颂笑骂了声:"挨收拾没够是吧。"

祁颂撇着嘴哼了声,不过想起今早那顿劈头盖脸的臭骂还是心有戚戚。他怎么都没想到,这两人之间的误会能把他当初干的那点儿缺德事给扯出来。

祁岸知道祁颂趁自己不在学校,偷偷假扮他去和别的女生玩,还正好让宋枝葸碰上,当时祁岸那股狠劲儿差点把祁颂胳膊给卸了。

好在结果是好的,何恺这事处理得圆满,宋枝葸跟祁岸当初的误会也彻底解开。祁颂这中间"一环"也算没摊上大事。不过祁岸对祁颂没什么好脸色,直到一行人去酒店的路上,祁岸都懒得搭理祁颂。

宋枝葸也没想到那杯甜滋滋的白葡萄酒后劲儿能那么大,没忍住多喝了两杯,等回去的时候,行为和意识都已经迟缓了,上了车就不自觉地睡了过去。祁岸和她一起坐在后排,怕她不舒服,就揽着她让她枕在自己肩膀上。

罗贝贝坐在副驾驶座打着电话，努力跟酒店协调能不能再多订一套房间。然而订酒店的时间太晚，要求又不低，到最后也没争取到。

挂断电话，罗贝贝非常头疼。祁岸看她欲言又止，问了一句："怎么？"

罗贝贝支支吾吾地说："房间没订好，就剩下两间普通的了。"

说话间，她扭头看向祁岸："其中一间是大床房，另外一间是双床房，酒店设施倒是不错，就是这个床位……有点难分配。"

毕竟他们五个人，还有两个女生。那个双床房还是并排的，总不能让她一个女生跟两个男生一起睡吧。

或许是两人聊的话题有点点"敏感"，宋枝蕙这会儿非常准时地醒来。明明睡眼还惺忪着，人也懵懵懂懂的，她却忙坐起身说："我、我跟你睡大床房。"

这话明显是对罗贝贝说的，罗贝贝也意想不到地睁大眼。

祁岸煞有介事地觑着宋枝蕙，似笑非笑，眼神透着一丝暗戳戳的促狭："你确定？"

宋枝蕙对上他眸色晦暗的目光，喉咙哽了下。

罗贝贝抢先一步打岔："哈哈哈，我那个、那个也不是不可以和他们将就的。"

"不用将就的……"宋枝蕙弱弱地接话，眼神却毫不避讳地迎着祁岸的目光，"男女混住在一起肯定不行。"

她话说得很笃定，像是生怕把她跟祁岸安排到一起住似的。宋枝蕙比较老实，她又不是小孩儿，自然知道两人凑在一起，免不了会发生什么，所以一着急就把话说了。

只是这话当着其他人的面说出来，确实不太给祁岸面子。罗贝贝一个头两个大，也不知道该说什么，只能丢下一句："你们决定哈，我都行，大不了打地铺"。说完，她立马回头装作玩手机的样子。

这边，祁岸眼梢慵懒地和宋枝蕙安静地对视着。此时无声胜有声。就这么被他赤裸裸地看了几秒，宋枝蕙浸着车窗外昏黄的夜景霓虹，抿唇默默红了脸。

祁岸没忍住一乐，浑劲儿犯了，也不管车上有没有司机："原来没醉彻底，还知道防着我。"

宋枝蕙那点酒意彻底没了，心脏也后知后觉地怦怦跳。好像突然就意识到，从这个晚上开始，两个人的关系将彻底不同于从前。

宋枝蕙感觉周身升腾起一股热气，又有种说不清的忐忑紧张。这是她从前跟何恺在一起时完全没过的感觉。宋枝蕙有点儿局促，下意识地摸了摸自己的左颊，温温热热的。

祁岸握住她的手，腔调里带着薄薄的笑意："怎么，生气了？"

宋枝蕙心跳一紧，面色是遏制不住的赧然。她摇头："没有。"说话时，她不自觉地回握住祁岸的手，却不敢看祁岸。

祁岸揽着她的肩膀，重新把她搂到怀中。这次宋枝蕙没躲，乖乖靠着他柔韧硬挺的胸膛，清晰感受着他的呼吸心跳，气味和体温。

刚巧途经一段灯光稀薄的路段，光线减弱，车内陷入短暂的黑暗。就在这一刹那，祁岸略略俯首，宋枝蕙亦感知到他温热的呼吸，情不自禁地扬起下颌，只是一瞬间，柔软的唇就被擒获，再霸道地吮吻。

世界一片昏暗，唯独她与祁岸的空间，电光石火，璀璨怦然。

前方道路畅通无阻，有清凉的夜风吹过，卷带着馥郁的花草香气。一切都井然有序。她和他却在无人注目的角落，尽情贪恋着彼此。

晚上，罗贝贝到底还是被安排和宋枝蕙睡大床房，祁岸则和祁颂、钱向东挤在一间双人标间里。

宋枝蕙洗漱完乖乖躺到床上后，就一直倒腾着手机，也不知道在干吗，一直玩到手机快没电了才睡。

早上，罗贝贝醒来的时候，越看越满意这个小老板娘，以至于起来收拾的时候，蹑手蹑脚，完全不敢打扰她，又在出门的时候，很贴心地帮她给手机充上电。

宋枝蕙一觉睡到中午。酒店的遮光窗帘效果极好，隔音效果也好。

宋枝蕙在柔软的床被里舒服得像只猫，直到被"嘀嘀"的信息音吵醒。

蔡暄：什么叫你这次是真的恋爱了，你跟谁恋爱？

蔡暄：还是你劈腿了？？？

蔡暄：宝，你人呢？？说话啊，别吓我！

蔡暄：难道是我把你的事告诉祁岸，让你们俩吵架了？？？

宋枝蕙回了几秒神才摸到手机，本来神志还有些不清醒，结果看到蔡暄发的这一堆问号，揉着眼直接笑出声。

也确实怪她，大概是昨晚在出租车里的那个吻让她鬼迷心窍，导致她回到酒店，刚把电话卡换到新手机里，就忍不住跟蔡暄汇报：这次我是真的恋爱了。

那时已经快到深夜十二点，蔡暄早就睡觉了。宋枝蕙没有得到回应，也就没再说下去。

她本来是打算睡的，哪知后来祁岸又给她发微信，问她睡没睡。

宋枝蕙之前在车上睡过，这会儿也没什么困意，就说没有，于是这才知道祁颂和钱向东睡相太差，两人一个打呼噜，一个磨牙，跟交响乐似的，他完全睡不着。

说完这句，他又发信息逗她：早知道要你跟我睡了。

宋枝蕙本就心猿意马的，被他这么一撩拨，更是小鹿乱撞。

可能谈恋爱后就是和从前不一样吧，她也不知道自己是怎么想的，脑子一热就说了句：我现在也可以陪你。

祁岸得寸进尺地闹她：怎么陪，抱着被子过来？

宋枝蕙当然不可能同意，只说陪他聊聊天。祁岸就让她下载游戏，陪他打会儿游戏。

这游戏宋枝蕙以前陪何恺玩过一段时间，段位也不高，经常被何恺嫌弃太弱，后来她就只偶尔跟蔡暄她们一起玩。但大多都在假期的时候，只有在假期，她才有时间。

不过祁岸也玩这种游戏吗？总感觉这种老少皆宜的大火手游，好像跟他风格不那么匹配。

祁岸答得很坦诚：对我来说确实有点幼稚，好多年不玩了。

两人登上游戏，顺利匹配上，宋枝蕙在选英雄的时候问他：那你为什么突然想起来玩了？

祁岸选了个刺客英雄后才回答：刷亲密度，绑情侣。

这是什么幼稚发言？

旁边的三个路人也都看沉默了，有的发省略号，有的发了三个字：臭情侣！

就这么，看似玩闹的一局匹配开始了。两个人段位都只是钻石，所以匹配的敌方也不厉害，祁岸轻轻松松就带着身为辅助的宋枝蕙杀穿，感觉比她和蔡暄她们玩的时候爽太多。

就这么玩了几局，又刷了好些亲密度的鲜花，两人终于可以绑定情侣。

然而宋枝蒽这才发现，她跟何恺的还没解除绑定。立马解除后，要等七天才能重新绑定。

得知这个事后，祁岸心情十分复杂，宋枝蒽简直无奈，又怕他生气，只能在睡觉前哄他：乖啊，七天后我们再绑。

这话直接哄到祁岸心坎里，他靠坐在沙发里，扯起唇，莫名有种招架不住的感觉。

他又忍不住想，她好像和之前不太一样，不像以前对他防备又怯懦，倒是主动了许多。

或许这就是真正的恋爱？祁岸突然觉得自己这大半夜的更睡不着了。

祁岸和她道过晚安后，又拆了包酒店里的软糖，独自打了会儿射击类游戏。大概实在无聊，他就发信息到室友群。

照片是凌乱的酒店茶几，和一包拆开的小熊软糖。

邹子铭：哟，终于戒烟了啊！

祁岸嘴边噙起笑，明明敲字，欠扁的语气却隔着屏幕都能感觉到：没办法，有女朋友。

他成功秀了恩爱，引起了室友的嫉妒。

然而这对祁岸来说还不够，他又在俱乐部的大群里发了个老板的贴心关怀：夜深了，大家都早点睡，别像我一样，大晚上还拉着女朋友打游戏，对身体不好。

这话跟深水炸弹一样，直接把那些夜猫子炸了出来，纷纷说他没人性，深夜"屠狗"。

不过这些宋枝蒽自然是不知道的，她在醒来后想的都是，这事要怎么跟蔡暄解释。然而还没想好，门口突然响起敲门声。

同时，手机也"嘀嘀"一声，是祁岸的消息：开门。

宋枝蒽眼睛不自觉亮了亮，没想那么多，直接掀开被子下床，光着脚去给祁岸开门。

清新空气顺着打开的门漫进来，门口处，祁岸拎着两盒早餐，单手插兜站在门口。衣服是新换过的，清爽的短发也是明显打理过的。高眉深目的一张俊脸也完全没有昨晚熬夜的痕迹，看起来神采奕奕的，格外勾人。

他噙着浅淡笑意，望着宋枝蒽软糯白皙的脸说："终于舍得醒了？"

宋枝蕙心脏不听话地乱跳，抿着唇往后退了退，让他进来："还不是都怪你，大晚上非拉着我打游戏。"

祁岸把东西放到沙发旁的矮桌上，哼笑了声。他转过身刚要跟她说话，视线却突然一顿。

眼前的姑娘长发柔软地披在肩头，一身清凉的吊带睡裙，纤瘦的手臂和小腿暴露在空气中，沐浴在中午温暖又明媚的日光里，皮肤白得像牛奶。

祁岸喉结微滚，不自在地别开眼。

宋枝蕙愣了愣："怎么？"

祁岸清了下嗓子，视线偏向别处，命令道："你先去穿好衣服，我们再说话。"

宋枝蕙反应过来什么，场面瞬间尴尬到无以复加，转身冲进浴室。

祁岸坐在沙发上，从口袋里拿出一颗薄荷糖吊儿郎当地含在嘴里，就这么听着浴室里的哗哗水声，一面玩手机平复心情。

过了差不多二十分钟，宋枝蕙终于洗漱好，穿着一件浅色连衣裙规规整整地出来。

只是气氛依旧有些尴尬。她默默地蹲在行李箱旁边整理衣物，好半天都没看祁岸一眼。

还是祁岸走过去，站在她身后，轻"啧"了一声："先别忙活了，吃点东西，不然白给你买了。"

宋枝蕙闻言顿了顿。

祁岸懒懒地扯着嘴角，拎着她的胳膊一把把人从地上薅起来。宋枝蕙没站稳，一个趔趄，后背抵到他温热坚实的胸膛。

祁岸顺势揽着她的腿弯和细腰，直接把她打横抱了起来，语调玩味地说了三个字："欠收拾。"

宋枝蕙还别扭着呢，没想到这家伙居然一开始就放大招，心跳也被撩拨得乱了一拍。偏偏肢体又十分坦诚，伴着一声低呼，她不由自主地搂住祁岸的肩膀，宽阔又坚实，搂着格外有安全感。属于他的气息和身上的沐浴香气顷刻间混在一起，让人心驰神往。

宋枝蕙耳根烧热，眼睁睁被祁岸抱坐在沙发上，何其亲近狎昵。环着他肩颈的胳膊没舍得松开，两人就这么一高一低对视了几秒，祁岸笑了声："还抹不开面儿呢？"

宋枝蕙抿着唇不说话。知道她脸皮薄，祁岸过来摸了摸她微烫的耳垂，在她耳边轻喃低语："我负责还不行吗？"

宋枝蕙羞赧得浑身都如同沸腾的开水。她不想继续这个话题了，于是别开头，拿起茶几上还热乎着的三明治，拆开包装纸，咬在嘴里。

她小口吃着。祁岸也没闲着，把她之前受伤的那只腿架到膝盖上。

宋枝蕙穿着小白袜的脚蜷了下："干吗？"

"别动。"祁岸微微蹙眉，"看看你之前的伤口。"

虽然距离拆线已经过了好一段时间，但伤口处的疤痕还是有点儿新，不过还好，不严重，就是对祁岸来说，有些碍眼。自己喜欢的姑娘，身上多受一点儿伤都不爽，更别说那么好看的腿，还留下疤痕。

祁岸扭头看她："还疼吗？"

宋枝蕙从他的语气里听出浓浓的疼惜，心田也随之化开蜜。她轻咬了下唇："不疼。"

祁岸的掌心覆在那道印痕上，轻轻揉搓："宋兰时那儿有特别好的祛疤膏，我回头让她弄一瓶过来，每天给你涂一遍。"

说话间，他动作没停，就好像他这么多揉几下，就真能把这疤痕给消去似的。

宋枝蕙从小到大就没被人这么疼过，所以她从没肖想过这种滋味。可如今，她不敢奢求的，祁岸毫不吝惜，全都给了她。

分外温存的感觉在这一刻蒸腾到空气中。宋枝蕙到底没忍住，用沾着面包屑的嘴，凑到他脸颊上浅浅亲了口。

祁岸自然也没惯着她，在罗贝贝他们进门叫人的前两分钟，翻身把人压在沙发上亲得直喘不过气。

明明面对外人的时候能那么高冷淡漠，可面对她的时候，他浑身就仿佛有着使不完的热情，恨不得把她融化到身体里才肯罢休。还是后来去机场的路上，宋枝蕙才发现脖子上被他咬的那下，变成了很明显的"草莓"。

宋枝蕙没抗住自己的羞耻心，不得不在飞机上用气垫粉给遮了遮。

祁岸却不乐意了。她遮一下，他就抬手给蹭掉。宋枝蕙遮了几次都不成功，只能无奈地瞪着他，用气音吐出两个字："幼稚。"

这会儿飞机上静悄悄的，其他乘客不是在看手机就是在睡觉。祁岸也没开口说话，就这么玩着她的手，一面吊儿郎当地觑她。那眼神好像在说——你还遮，我就在这儿给你再种一个。

宋枝蕙算是领略了这家伙的本事，自然不敢招惹他，于是后面的路途，她也没再管那个"小草莓"，靠在祁岸怀里昏昏沉沉地睡过去。

再醒来的时候，飞机已经落了地。

重新回到北川，空气都变得熟悉可亲。

祁岸俨然一副二十四孝好男友的模样，一只手牵着她，一只手帮她拖着行李箱。

本来一行人要回俱乐部，再集体吃个饭的，但宋枝蕙突然接了个电话，说家里来客人了，外婆问她今晚能不能回家。

宋枝蕙对外婆无论如何都是那副乖劲儿。不乖的人是祁岸，他舍不得自个儿的女朋友过去，就索性在行动上磨人。

祁岸在车上扯着宋枝蕙裙子上的绳子玩，玩着玩着掌心就贴到她腿上的软肉，玩火似的，捏了下。宋枝蕙憋着一声浅哼，气鼓鼓地瞪他。他就把手收回来，改成拉着她的手。

到最后，这个电话总算是正儿八经地打完了。碍于车上还有司机，宋枝蕙只能用眼神无声地谴责他。

祁岸倒是脸皮厚，不仅无动于衷，还凑上来在她唇上讨好地亲了亲。亲着亲着，宋枝蕙就没忍住，闭上眼张开唇。

她就没想过祁岸谈起恋爱来会是这样。还好车上的司机一直插着耳机在和别人讲电话，完全不知道后面的乘客都干了啥。

再这么亲下去影响不好，两人很默契地停下来。

刚好赶上一个红绿灯，祁岸搂着宋枝蕙，下巴在她发顶蹭了蹭，声音有点儿哑："外婆叫你回去干什么？"

宋枝蕙像小猫似的，玩着他修长漂亮的大手："家里来了亲戚，要我早点回去陪吃饭。"

是外婆亲妹妹家的孙女，住在北川周边的县城，小孩儿刚中考完没多久，九月份就要到北川上高中。想着外婆他们在北川，姨姥姥就带着孙女提前过来玩。

那个小妹妹宋枝蕙在她很小的时候见过一面，可可爱爱的。只是那个姨姥姥，她不大喜欢。当初宋枝蕙被追债人缠上，外婆和她从易美茹那边离开没地方去，姨姥姥也没伸手帮过忙。

似乎察觉到她神色里的重重心事，祁岸低眸道："不想回去就别回去，没人能强迫你做什么。"话里妥妥的护犊子意味。

　　宋枝蒽没忍住笑了，仰头看他："然后被你拐走吗？"

　　祁岸扯唇："被我拐走不好吗？"

　　宋枝蒽轻哼了声，以此表达自己的不屑。

第十五章
奇妙心事

祁岸知道她胆子小，顾虑多，也不想这么快就吓到她。他让司机师傅掉了个头，先把宋枝蕙送回家。

本来宋枝蕙要提着行李自己走的，结果祁岸直接跟着下了车，宋枝蕙眨眨眼："不是说俱乐部那边都等着你回去吃饭吗？"

祁岸把她的行李捞过来，一面牵起她的手，不甚在意地勾唇："又不急于这一会儿，他们哪有我女朋友重要。"

宋枝蕙从来没觉得自己这么好哄过，嘴角上勾，想往下压都压不下来。

也不怪祁岸从车上下来送她，她家这老小区，楼层又高又没电梯，祁岸根本舍不得她一个人拎着行李箱上去，哪怕这行李箱很小。

等到把人送到家门口，今天见面的进度条算是彻底拉到底。也知道在这地方放浪不好，祁岸没乱碰她，而是抬手规规矩矩地捏了捏她的脸："进去吧。"

这样一来，宋枝蕙反倒舍不得了。明明从昨天开始，两个人就一直待在一起，却又好像始终没有什么单独相处的机会，好好说说心里话。

比如祁岸当年马术受伤的事，再比如他为什么最后还是选择了北川大。

宋枝蕙从不认为自己是个会撒娇的人，可在这一刻却像无师自通一般，拽着祁岸的衬衫衣角，眼眶发红，又眼巴巴地看着他。

祁岸被她依依不舍的样子给逗乐了，到底没舍得立马走，退回来把她搂住，摸着她的后脑勺，说："怎么跟小孩儿似的？"

"我以前不这样的。"宋枝蕙埋在他的怀里，老实地说，"你把我惯坏了。"

这几句话听得祁岸恨不得现在就把人带回家。祁岸扯唇荡开低低的笑，声音充满了宠溺："这才哪儿到哪儿，以后宠着你的地方还多着呢，不是都告诉你了，别太好哄。"

宋枝蕙讷讷地说了声"好"。

怕再这么腻歪下去真舍不得走了，祁岸先一步松开宋枝蕙，眼睁睁看着她打开门才彻底朝楼下走去。

那种被惦记的感觉，直到宋枝蕙进了门，心口都还熨帖着。不过这种如在云端的甜蜜感，很快就被外婆和姨姥姥两个老太太的声音打散。

宋枝蕙还没换好鞋，姨姥姥就乐呵呵地喊："哎呀，是我们的高才生回来了呀！"姨姥姥一喊，她的小孙女许蓝月也跟着喊枝蕙姐姐好。

传统美德就是这样的，即便心里并不喜欢这个姨姥姥，宋枝蕙也要挤出微笑，表达很欢迎她们的样子。

比起她的不情不愿，已经在世上没什么亲人的外婆是真的高兴，不止叫宋枝蕙回来，还让舅舅和舅妈今天早点关店回家。厨房里也早备好了大鱼大肉，看起来简直像在过年。

宋枝蕙不好一个人躲在屋子里把她们晾着，就只能放置好行李后出来陪着聊天。

还好许蓝月很讨人喜欢，宋枝蕙和她多聊了聊学习方面的事。哪知姨姥姥顺杆往上爬，笑道："那正好啦，以后月月有什么不懂的地方，就来找姐姐。"

宋枝蕙扯着嘴角笑了下，倒是没接话。

没多久，舅舅和舅妈也回来了，家里更热闹起来。

宋枝蕙帮着外婆忙前忙后，等到开始吃饭才看手机。这个时候，天色渐晚，万家灯火也都亮了起来。

宋枝蕙倒是不急着拿筷子，坐到桌前的第一件事就是拿起手机看看祁岸有没有给自己发信息。本来好心情地翘着嘴角，却没想到现实狠狠打了她的脸——祁岸居然一条消息都没给她发。

倒是蔡暄，因为她中午没回消息，后面又追着问了几句她干吗去了。至于其他杂七杂八的，根本就不足以引起宋枝蕙的注意。

宋枝蕙默默腹诽，不满的神色也不自觉地浮现出来，还是外婆问她："怎么了，饭菜不合胃口吗？"

宋枝蕙被问得一愣，回过神赶忙否认："没有。"说完把手机放到一边，拿起碗筷赶忙吃饭。

大概是白天吃得不少，再加上路途劳顿，宋枝蕙早早吃完便下了桌。回到卧室本想躺着休息一会儿，蔡暄却发来了信息。

宋枝蕙这才记起来，自己忽视她好久了，于是赶忙道歉，用语音解释这两天发生的事，又告诉她，自己之前和祁岸是假扮的情侣。

蔡暄直接打电话过来："你吓死我了，我以为你被人拐卖了呢。"

宋枝蕙听到好姐妹的声音，神经放松了好多："哪有，祁岸一直陪着我，我想丢都难。"

听出这话里浓浓的恋爱酸臭味，蔡暄连啧了好几声，不过她很快就把话题扯回到假扮情侣的事上："我说呢，之前就总感觉你俩好像有点儿奇怪，但又说不出哪里怪，搞了半天都是岸哥的套路啊。

"不过他也很能忍就是了，要是我，早就迫不及待地跟你打直球告白了。"

被她这么一说，宋枝蕙突然就有点儿心疼祁岸。想到这家伙之前一直在她面前努力演戏，还找各种借口，甚至有些想笑。连带着对他不给自己发信息的事都看淡了几分，心头也再度漾上蜜意。

宋枝蕙不自觉地说："我也是在解开误会后，才明白他有多珍贵。"

本来是挺感人的话，没想到蔡暄顿时贼贼地笑："你俩昨晚上，嗯？干柴烈火的，没干点儿啥？"

宋枝蕙捂着耳朵让她别胡说，还说两个人才正式在一起一两天，不可能干这出格的事。

本以为这个话题就此结束。不料，蔡暄突然提到了一个她从未想到的点："既然如此，那就赶紧做准备啊，宋枝蕙。"

宋枝蕙哽了下："什么准备？"

蔡暄恨铁不成钢："你那儿童内衣是不是得换了！"说完没两分钟就给她发来了成套内衣的链接。

宋枝蕙没抗住"诱惑"，点开详情页，是一套浅蓝色的少女款，非常漂亮可爱，像是小公主会穿的那种，又有点小性感。

她看的时候,蔡暄又发来好几个链接。她被蔡暄带跑偏,不知不觉就认真地挑选起来。她正要给蔡暄发过去让对方参谋呢,卧室门就被敲开了。

许蓝月探着个小脑袋:"姐姐,你有卫生巾吗?"

她卧室本就小,床头又挨着门,从许蓝月的角度,几乎一推门就能看到她手机界面显示着什么。

宋枝蕊瞬间就有种上课看言情小说被老师抓包的窘迫,飞快地把链接发出去后,她看也不看便把手机丢到一边,带着许蓝月去卫生间。

折腾了一会儿,她又帮舅妈收拾了一下饭桌残局,才回到卧室。

不过十来分钟的时间,手机屏幕却堆满信息,其中一部分是蔡暄发来的,另外一部分……来自失踪人口祁岸。

宋枝蕊嘴角微微扬起,刚点开微信,未完全展露的笑意就僵滞在嘴角。

只见两人的聊天界面里,她率先发了一个网购链接给祁岸——正是一套少女内衣。

小蝴蝶唯一指定靠山:?

见她没有反应,祁岸甚至还点开链接,几分钟后非常贴心地问她:喜欢这样的?

后知后觉的宋枝蕊就这么对着手机僵了好几秒,压下燥热的羞耻心,硬着头皮回:发错了,本想发给蔡暄的。

解释完,宋枝蕊的体温才降下来,但另一种不满的情绪也随之升上来,心想他消失那么久就算了,回信息也冷冷淡淡的。

宋枝蕊莫名就体会到当初何恺好久都找不到她人的懊恼感,所以这叫出来混的迟早要还吗?

思绪乱七八糟地翻涌着,手机就在这时响起来。

"男朋友"三个大字明晃晃地挂在屏幕上。当时刚买完手机,祁岸拿过她的手机硬要给自己备注,那会儿宋枝蕊只觉得他幼稚,可当下却觉得这三个字格外让她有期待感。

宋枝蕊抿了下唇,接通电话,下一秒就听到祁岸跟她汇报:"刚跟他们吃完饭,之前手机没电了,回到家才充上电。"他在解释,为什么消失几个小时没找她。

他语调里压着一股浓浓的疲倦,几乎一瞬间就让宋枝蕊卸下脾气,她忽然觉得自己好像变成了之前她最鄙视的女生——爱胡思乱想又黏人。

宋枝蒽的声音都没了底气："怎么吃个饭吃得这么累，喝酒了？"

"喝了点。"祁岸的声音不自觉带着笑，"昨晚没怎么睡好，现在有点儿困。"顿了下，他又说，"你呢，想我没？"

宋枝蒽听到自己别扭又傲娇的声音："没想。"可话说完，嘴角却止不住往上翘。

祁岸"噢"了声，意兴阑珊地说："白惦记了，弄了半天都不带想我的。"

宋枝蒽哪里耐得住他这么招惹，到最后也只能无奈又腼腆地说"想你了"，祁岸才算高兴。

祁岸回到家也不急着洗澡，而是跟她纠缠那内衣是怎么回事。

她趴在床上，把头埋在被子里，瓮声瓮气地说："这是女孩子的事，你怎么什么都好奇。"

祁岸又哪里是好对付的主儿，笑道："未来要当我老婆的，我不好奇谁好奇？"

宋枝蒽顿时没话了，双颊也红得像水蜜桃。她把头又埋低了些，声音糯糯的："不要脸。"

怕再逗下去她会生气，祁岸正儿八经地道："不过你选的那套确实很好看，我已经给你买了。"

宋枝蒽哽了下："啊？"

祁岸说："还顺便在那家店里选了几套别的。"

宋枝蒽弱弱地道："你知道这东西需要尺码的吗？"

祁岸舌尖抵了下左腮："你觉得我傻吗？"

宋枝蒽已经无地自容到说话都带颤音："我现在不想跟你说话了。"说完，她果断掐断电话。

话虽这么说，祁岸却不是那么好甩掉的。当晚挂断电话后，祁岸在微信上一直锲而不舍地"骚扰"她。

宋枝蒽哪里能抵挡住他不要脸的攻势，只能又和他难舍难分地聊了好一会儿。

祁岸也确实帮她买了好几套内衣，大概三天后就能到。

宋枝蒽一开始的确害羞，因为没有人送过她这么私密的东西。本以为祁岸会借机逗她两句不正经的，结果一说才知道，祁岸给她买的时候根本就没想那么多，单纯觉得她需要，所以愿意给她付钱。

似乎怕她误会自己，临睡前祁岸还解释：你别乱想，今天你发的要是别的东西，我也一样会购买。

事做得正正经经，话也说得坦坦荡荡，就好像一点都不介意让她知道，自己有多在意她。这种炽热又豁达的爱，是宋枝蕊从来不曾体会过的，她突然感受到一种无可比拟的幸福感，但又不知道怎么回馈他。她也想对他好的。

然而碍于姨姥姥她们在，宋枝蕊的个人时间明显被压榨，第二天更是陪着她们在市区逛了一天。等到第三天，姨姥姥还要拉着她们去给许蓝月买衣服。

宋枝蕊早就陪累了，全程心不在焉，注意力都在手机上。这两天，祁岸他们专业的所有考试都结束了，学生们都开始收拾行李准备回家。

祁岸以往很少住宿舍，也是从这个学期开始，在宿舍的时间多了起来，以至于放在学校的东西也变多，所以这回他还真得跟着大家一起收拾。

宋枝蕊得知这事后，提出下午去找他，顺便给他帮忙。祁岸倒是会顺杆爬，直接发来一句语音，语气轻佻："想我了？"

那会儿宋枝蕊正陪着许蓝月和两个老太太逛商场，手机音量没控制好，轻飘又暧昧的字眼直接当众播放出来。

姨姥姥和许蓝月顿时朝她看来。宋枝蕊心跳飞快，忙把手机塞进包里。

外婆笑着给她解围："小岸吗？"

宋枝蕊装作看衣服的模样，点点头："嗯。"

姨姥姥果然插话："小岸？不是叫什么恺的吗？"

她这姨姥姥别的不行，但对这些八卦嚼舌根的事可没少参与。之前宋枝蕊跟何恺在一起的时候，她就没少攀比，总爱说自家大孙女嫁的老公有多么帅气多金，最主要的是比何恺会疼人照顾人。如今知道宋枝蕊换了对象，更来劲了，赶忙问外婆是怎么一回事。外婆不好拒绝，只能乐呵呵地敷衍。

大概是跟祁岸混久了，宋枝蕊也没有以前的好耐性，直接冷冷淡淡地打断她们："三十五岁离婚带俩娃。"

此话一出，售货员都跟着愣住。姨姥姥更是不可思议地看着她："你说的……是你对象？"

宋枝蒽皮笑肉不笑地说："对。"

姨姥姥在一系列夸张又欲言又止的表情后，到底没再问什么。宋枝蒽也懒得继续陪下去，等她们要看电影的时候，就直接告诉外婆自己要去找祁岸，走的时候一眼都没看姨姥姥。

她下了地铁后，觉得空气都无比清新，一方面是终于摆脱了姨姥姥，另一方面也是因为要和祁岸见面了。

祁岸知道她要过来，一早就跟她说到了告诉他，他去接。宋枝蒽没急着告诉他，在地铁站的卫生间补了个妆后才跟他说自己快到了。

祁岸答得痛快：那我过去迎你。

宋枝蒽嘴角翘了翘。只是这种雀跃感在从地铁站出来后，因为没有第一时间看到祁岸而消减了一大半。

按理来说……男朋友接女朋友，不应该一出来就能看到吗？

宋枝蒽默默无语，四处扫了几眼没看到祁岸后，只能一边给他发信息，一边朝校门口走去。好在校门口距离地铁口并不远，走个三四分钟就到了。

祁岸还没回她，宋枝蒽便停下脚步，想给他打个电话，不料余光一瞥，突然就看到前方校门口处，站着一男一女。

女生身材不错，穿着大波浪连衣裙，颜值也不错。至于男生，宋枝蒽可就太熟悉了。

一天没见，祁岸似乎又更惹眼了点儿，一身白衬衫、白T恤配休闲长裤，看起来俊朗又惹眼，这会儿正插着兜，和女生说着什么，那神色似笑非笑的。

距离不近，宋枝蒽也看不清他是不是真的开心，不过看样子，聊得倒是挺开心。特别是那女生，眉飞色舞的，她还拿出手机，提出跟他加微信。最意外的是，祁岸居然同意了。

宋枝蒽没想到自己大老远专门过来能亲眼见证这一幕，登时有点儿心堵。偏偏她又不是胆大利落的性子，做不到冲上去在女生面前宣示主权，只能眼巴巴地多看了两眼。

正犹豫要不要转身走掉时，祁岸就看到她了。这家伙倒是无论何时都坦然自若，跟女生又说了什么，两个人互相点了点头，就此告别。

再然后，祁岸就在宋枝蒽转身朝地铁口方向走的时候，快步追上来，一把拽住她的胳膊。宋枝蒽细胳膊细腿的，哪里抵抗得过他，直接被他拽进怀里搂着。

熟悉的怀抱和气味像是无孔不入的细菌钻进身体里，宋枝蕙心跳不可遏制地加速，神色上却是不满意地嗔视着他。

祁岸半垂着眼睑觑着她笑："都看见了？"

宋枝蕙抿着唇别开视线不说话。

祁岸从没见过她为自己吃醋的模样，难免觉得新鲜，但更多的是舒坦。顺着她的目光偏了偏头，祁岸促狭地盯着她明知故问："吃醋呢？"

宋枝蕙也不想跟他绕弯子，直勾勾地盯着他："那女的是谁？"顿了顿，她又道，"我看到你加她微信了。"

祁岸嘴角酒窝渐深："她啊。"说话间，他不紧不慢地掏出手机，点开微信里那个女生的朋友圈，递给宋枝蕙。

宋枝蕙瞥他一眼，接过来低眸一看，转瞬就看到这女生的朋友圈封面，是和她对象的合照。

宋枝蕙微微哽住。祁岸把手机拿回来，又漫不经心地点开语音备忘录，单手叉着腰，吊儿郎当地播放给她听。

因为他全程话都很少，以至于宋枝蕙只注意到女生说了什么。

"马术队有学校扶持，设施都很齐全，现在就差你这样的马术选手加入了。

"你也别急着拒绝我，有时间可以去场地看看。

"也可以为学校争光不是。

"而且下半年也要准备大学生马术比赛了，我们真的很希望你可以来参加。

"你再考虑一下吧，行吗？

"好，那我们回头再联系。"

十几秒的语音结束，两人的互动以及为什么加微信，算是明明白白地展现给宋枝蕙。

宋枝蕙也没想到祁岸会做到这种程度，欲言又止："你怎么还提前录音了。"

祁岸好整以暇地看着她，那眼神像是能把她灼透："这不是怕某人突然过来，误会我背着她撩妹。"

宋枝蕙动动唇，想说什么，却又发现自己没什么可辩驳的，羞耻感顿时爬上双颊,弱弱地说了句:"对不起,是我太狭隘了。"

说话间,她有些不好意思地别开视线,却不知道自己当下的模样,勾得祁岸心里痒得厉害。祁岸舔了下唇,把宋枝蕙重新扯回怀里,声音低低地落在她耳边:"可我就喜欢你这么狭隘。"

宋枝蕙耳根蕴热,抬眸眼巴巴地看着他。祁岸深眸泛起涟漪:"我女朋友能为我吃醋——"他笑得又痞又撩,"我爽得要死。"

在两人重逢的时候,宋枝蕙曾觉得祁岸变化很大,但当真正在一起后,她才发觉一个人不论经历了什么,骨子里的东西永远不会变。

就像祁岸,桀骜不驯又倨傲,依旧能像阳光一样灼她的眼,让她感受到从他身上传递而来的鲜活炽热。

而如今,他更是比从前成熟稳重,像是吃够了早年的亏,不愿宋枝蕙对他再有一丝一毫的误解。

然而刚刚,自己竟然怀疑他,宋枝蕙突然就很羞愧,想了想也只能问:"那你是怎么考虑的?要不要参加?"

太阳有点儿大,祁岸揽着她往前走,一面用玉白修长的手给她遮住日光。这个角度,宋枝蕙不太能看得清他的真实反应,只听他嗓音淡淡地说:"看看吧。"

看看什么,他没说。宋枝蕙思索两秒,忍住往下问的冲动。

祁岸看着她笑了笑:"主要是这个暑假,我想多陪陪我女朋友。"

两句话又回到那副吊儿郎当的模样。宋枝蕙被他哄得心里泛开蜜意,又出于本能想对他好,于是在当天宿舍的义务劳动中,帮他忙活了半天,比如帮祁岸整理桌面,整理衣物。

祁岸是有洁癖的男生,宿舍里数他和邹子铭的地盘最整洁干净。但多余的活儿,祁岸不让她碰,男生宿舍不比女生宿舍,即便再"干净"也相对差点儿意思。

另一方面是他舍不得。就宋枝蕙那性格,没一会儿,她能给整个宿舍都打扫一遍,更何况赵远和陈志昂这对厚颜无耻的兄弟衣服乱丢,万一再蹦出什么乱七八糟的东西吓到她。

于是把东西收拾得差不多后,祁岸就带宋枝蕙去超市给大家买水。

回来时,宿舍多了几个人。一个是刚做完兼职的邹子铭,他这几天很忙,现在才腾出时间收拾行李。另一个是陈志昂的新追求者,是他们隔壁班的一个女生，身材中等，优点是脸长得肉乎乎的，很有亲和力，之所以过来，也是为了帮陈志昂收拾行李。

只是陈志昂对她就没那么好的脸色了，即便那姑娘都贴心到帮他收拾袜子了，他也还是有些不耐烦。宋枝蒽突然就觉得蔡暄选择放弃这段感情还是明智的。

反正也没什么事，她喝完一半奶茶，就跟着祁岸帮邹子铭收拾东西。

邹子铭虽然爱干净，但他常年不怎么回老家，东西确实不少。今年情况特殊，他需要回去照顾长辈，所以才大张旗鼓地收拾。

祁岸帮着清了两拨书，见宋枝蒽要过来帮忙，抬着东西的手没工夫拦她，只能用身体挡了她的路，"啧"了一声："一边儿待着去，男人干活你一个小姑娘掺和什么。"

她不是很服管的性子，祁岸越管着她，她越要凑上去"掺和"。于是在帮邹子铭擦完桌面后，祁岸和她挤在窄小的洗手间里，亲自用香皂给她洗手。

肥皂泡泡在两双手间香滑化开，祁岸低眸认真地给她揉搓着手指，没什么好气地道："不让你弄，偏不听话。"

宋枝蒽抿着唇乐。祁岸偏头睨她，一脸拿她没办法的样子，只能俯下身在她唇上亲了亲，以解心头不爽。

宋枝蒽也配合，微微仰着头，涂过粉色唇膏的软唇香香甜甜。

祁岸亲了一口，没亲够，又按着她的后脑勺。

刚巧邹子铭进来找拖把，无心撞到两人这一幕，当即别开眼："你们俩怎么不关门！"

宋枝蒽脸色登时一慌，立刻转身懊恼地擦手。

祁岸却直接把宋枝蒽揽到怀里，挡住她燥热的耳根，对邹子铭调笑："没关门就代表没事，有事还用得着你提醒？"

此话一出，外面的赵远也跟着搭腔："你们就虐我和邹子铭这两个单身狗吧。"

邹子铭听闻也笑着叹气："谁说不是呢。"

宋枝蒽却有些纳闷，她冲祁岸眨眨眼，小声道："陈志昂和那个女生？"

祁岸还没说话，邹子铭就抢先说："昨天在一起的。"

祁岸说："你消息倒是灵通。"

邹子铭还挺骄傲："那当然，那女生没少托我给陈志昂送东西。"说到这儿，他似乎想到什么，对宋枝蕙道，"放心，是在他和蔡暄分手之后。"

宋枝蕙也是真松了口气，不然别说是蔡暄，就算是她，也替蔡暄生气。但她也因此想到什么："你也是黎城的？"

邹子铭"嗯"了一声："怎么？"

宋枝蕙说："蔡暄也是黎城的。"

"是吗？"邹子铭笑，"那我回去正好可以找她玩。"

他话说得随意，宋枝蕙也没当真，只是在晚上大伙聚餐的时候，把这事闲聊似的跟蔡暄说了。

没想到蔡暄完全不关心陈志昂跟谁在一起了，倒是对邹子铭也是黎城人意外十足。

蔡暄：真的啊，他怎么不早说？

宋枝蕙：他可能没想过这个假期回去吧。

蔡暄看起来很高兴：那我问问他，正好我这几天闲得要死。

宋枝蕙到底没忍住，问她：你是真无动于衷，还是……

蔡暄：还是什么？还是我装的？

蔡暄：我的宝啊，我跟陈志昂都是上辈子的事了，他爱跟谁在一起就在一起呗。

直到这刻，宋枝蕙才真的相信蔡暄没将这件事放在心上，只是也免不了感叹，身边人对于感情，似乎都比她看得淡许多。

宋枝蕙记得当初得知祁岸"并不喜欢"自己时，好久都没从那种泥泞的心情中走出来。那时候的她不是没有怨怼，却没想到，祁岸远比她要长情。

思索间，宋枝蕙又忍不住看向身旁属于她的大男孩。祁岸眉目俊朗，肩颈线条比例极其优越，即便是拿着水壶给她倒水的腕骨，看起来也劲瘦有力。气质虽然桀骜不驯，可举手投足间，又有种贵公子般的慵懒随性。

祁岸侧头睨着她笑："又胡思乱想什么呢？"

偷窥被发觉，宋枝蕙有点挂不住面子，于是装成一副很渴的样子，忙接过他递来的水。她抿了一小口，眨眨眼："我在想你今天穿得还挺好看。"

祁岸指尖敲了敲桌面，不要脸得十分自然："那是当然，不然怎么见女朋友。"

他声音不轻不重，裹挟在喧嚣的饭馆里，只有宋枝蕙能听到。宋枝蕙垂着眸，浅浅勾了下唇。祁岸和几个男生说着话，一边在桌下紧紧地握住她的手。

这家餐馆人不多，所以大家闲聊了没一会儿，菜就上齐了。由于赵远是晚上的火车，所以大家没选太远的地方吃饭，就随便来了大学城附近一家烤鱼店，想着店里还能烤串，大家喝喝酒吃吃串，也不错。

只是这味道比宋枝葱舅舅烤的差远了，赵远吃了几口就扼腕痛惜："早知道去老亮烧烤店了。"

宋枝葱拿着扦子的手一顿。

邹子铭也点头："确实差点儿意思。"

陈志昂的女朋友就在这时插话："老亮烧烤店？就大学城附近那个，很好吃吗？"

"当然好吃啊。"赵远说，"但那家人太多了，我也就吃过一次，还是跟岸哥，还有他们俱乐部的人一起。"他边说边形容，"当时岸哥点了一大堆东西，好几箱酒，他俱乐部那群人还贼能喝。"

这会儿祁岸出去接电话，应该是他家里人打来的，宋枝葱听着他的语气不是很好，也就没敢多问。

陈志昂也搭话："你这么一说，我确实觉得这味道和那家比不了。"

宋枝葱像是想到什么："你们去的那次，是什么时候？"

"五月份吧。"赵远想了下，"不记得了，反正就是岸哥很高兴，当时身边关系好的人都叫过来了，我们吃了一千多，对了，他好像和那老板认识，还给那老板家的人特意买了感冒药和煎饺。"

邹子铭笑："你这记性，煎饺都记得。"

赵远一副了不得的样子："我别的记不住，对吃的可不一样，当时那煎饺，金灿灿的，包装可豪华了，可惜岸哥一点儿都不够意思，我说就吃一个，他都不给。那感冒药都是我出去跑腿给他买的呢。"

听到这里，宋枝葱似乎明白了什么，渐渐安静下来。直到祁岸重新回到座位，面色看起来有点儿冷，却在看向宋枝葱的时候，一秒变得温和起来。

"没胃口？"祁岸抬手碰了下她软糯糯的脸，"怎么吃这么少？"

宋枝葱摇头，眼巴巴地看着他，模样很乖，问："刚刚是阿姨来的电话吗？"

虽然知道这么问他可能不大好，但宋枝葱还是想关心他。只是祁岸似乎不想让她知道一些不开心的事,笑得不甚在意:"嗯,打电话关心一下我最近的生活。"说着,他给自己倒了杯水。

刚巧陈志昂跟祁岸说话,就顺势把这茬绕了过去。

宋枝蕙本来没什么胃口,这么一来,她是真的没胃口了。这顿饭一直吃到最后,她都没怎么说话。即便祁岸隔一会儿就会关注她一下,宋枝蕙也还是不想和他说话。

可祁岸并不是那种你冷着我,我就一样冷着你的性格。在这顿饭吃完,宋枝蕙提出想自己先回家的时候,祁岸第一个把她拎上车。那架势比下午刚见面的时候多了点儿粗暴,显然也压着点儿火。在这种氛围下,宋枝蕙也没吭声,眼睁睁地看他给自己系上安全带。

陈志昂和他的新女友要出去过二人世界,早早和大家道别,只有邹子铭和赵远上了祁岸的车。也得亏有他们两个在,一路上气氛才不至于沉默。

不过这种短暂的平和也只维持了很短的一段时间,在赵远和邹子铭下车后,车内就变成了静默的二人世界。

宋枝蕙从来就没这么别扭过,以前她跟何恺吵过很多次架,却没有一次会让她有这种忐忑又无助的感觉。明明可以发火,也可以冷着脸下车,但因为太在意对方,所以哪种都没选,只是傻傻地坐在车里望着车窗外的街景。

祁岸则比她更差一点,从小到大他都是压人一头的性子,没对谁服过软,宋枝蕙是第一个。

他不介意跟宋枝蕙服软,可问题就是,他完全不知道宋枝蕙因为什么生气。

于是,两人就这么各怀心思地沉默了几分钟,在双方都以为彼此要"冷处理"的时候,宋枝蕙和祁岸同时开了口。

宋枝蕙说的是:"我们回去——"

祁岸开口说的却是:"我错了。"

未吐出的字眼卡在喉咙中,宋枝蕙微微睁大眼,不可思议地看向眼前定定望着她的祁岸。

男生眸光深邃,蕴着深浓的情绪,却又极为真诚地看着她。迎着她几分诧异的视线,祁岸喉结微滚,又说了一次:"枝枝,我错了。"

那样骄傲的一个人,就这么不管缘由,什么都不管的,在第一时间向她认了错。宋枝蕙目光闪烁，在他又说出"别生气好吗"的瞬间，不假思索地凑上去，吻了吻他的唇。

祁岸心头塌陷了一块。

宋枝蕙声音很轻很柔，泛着一点湿漉漉的潮涩："没生你气。我只是，不喜欢你什么事都不告诉我。"

她说这话的同时，祁岸拽过她的手臂，把她紧紧搂在怀中。他深吸一口气，气息滚热："没不想告诉你。"

属于他的沉冷檀木香丝丝缕缕地沁入鼻息，巨大的安全感随着他低沉的嗓音一起落在心间："只是觉得有些事，我自己可以处理得很好，就没必要让你知道。"

怕她知道会想太多，怕她知道会知难而退。他只单纯地想让她每天开心，每天感受着被爱。

宋枝蕙却不愿意，她稍稍挣脱开祁岸，话说得颇为郑重："可你这样会让我觉得，我们好像并不是一起的。"

她神色带着几分不满的执拗，双手还下意识地揪着祁岸的衣领，颇有种要收拾他的既视感。

他勾唇一笑，确认事情没有那么严重后，蓦地松了一口气，语气也恢复吊儿郎当："行吧，你问什么，我答就是。"

既然他这话都撂下了，宋枝蕙也没客气，第一个问的就是他之前接电话的事。

事实也确实如宋枝蕙所想，打来电话的人是祁岸的母亲，她从何母那边知道两个人在一起的事情，很生气，所以专门打电话来质问祁岸。就那会儿，祁岸和易美茹吵了一架。

吵的什么，宋枝蕙不得而知，只知道祁岸很坚定。他摩挲着宋枝蕙细腻柔软的手，不在乎地笑了："别说什么易家、祁家，就是天王老子来了，我也绝不松开你一下。"

宋枝蕙当然知道他的态度，但亲耳听到他说出这么坚定的话，神色还是止不住地荡开几分蜜意。

见她终于开心了，祁岸扯着嘴角："这下满意了？"

宋枝蕙白他一眼："我还没问完，第二个问题。"

祁岸挑眉，一副洗耳恭听的模样。

宋枝蕙在纠结他马术的事情："你当初摔伤很严重吗？我看你这几年都没碰马术，是当初伤得太严重有后遗症吗？"

她说这话的时候，表情是切切实实的关心。祁岸身边从不缺关心他的人，可这还是他第一次体会到被人纯粹惦念着的幸福感，以至于说话的声音都放柔了："没有后遗症，也没有伤得很严重。只是有些心理阴影，不适合再上场了。"

随着他的话，宋枝蕙眉头微微蹙起的褶皱也渐渐消失，只是还是有些心疼。曾经那个意气风发，在马术赛场上驰骋的少年，就这么熄灭了自己的梦想。他当初一定很难过。

宋枝蕙眼眶微微泛酸，可她还没来得及说些让他熨帖的话，祁岸就不怀好意地扯起嘴角："这下你可以对我们未来的幸福放心了？"

反应过来这话里的意思，宋枝蕙面色一窘，没好气地拢拳捶了下他的长腿。

祁岸顺势握住她的手，笑道："第三个问题，还有吗？没有我可就要亲你了。"

宋枝蕙又想笑，又要板着脸，最后也只让他亲了一下耳垂，便重新揪住了他的衣领。

这一刻，祁岸觉得自己这辈子是真要被这姑娘吃死了。以前的他，别说被人揪衣领了，就是谁不小心踩到他的球鞋，他都要摆上一张臭脸。

可面对宋枝蕙，就是任她怎么蹂躏也都只有开心，祁岸心情很好地笑着："快说，再不说我没耐性了。"

宋枝蕙往下抑了抑嘴角，正经道："我今晚听赵远他们说，说你五月份的时候，请好多人去我舅舅那里吃烧烤了。

"赵远说，是你让他买的感冒药，还特意点的煎饺外卖，给我舅舅。还说你那天特别高兴，喝了好多酒。"

宋枝蕙也不清楚自己到底想问什么，因为她心里已经有很清楚的答案。那就是祁岸那会儿就已经默默地肖想着她。

包括那天大雨，他从别墅出来，冲进雨里，拦住路边狼狈的她。

问题淹没在宋枝蕙泛起薄薄水雾的双眸里，在两人四目相对的绵长目光中，祁岸眸光深邃："没错，五月十八日，你跟何恺终于分手的日子。"他笑了下，笑得坦荡不羁，又暗含几分醋意和心酸，"那天晚上，我高兴得整夜没睡。"

在外人眼里，祁岸这二十多年顺风顺水的人生里唯一遭遇过的坎坷，大概就是十八岁那年从马背上摔下来，与冠军失之交臂。

然而只有他自己知道，他人生中的不甘，远不止那一件。

在得知宋枝蕙选择了何恺后，祁岸在很长一段时间里，都陷入起伏不定的自我怀疑。他从没觉得何恺有多优秀，可宋枝蕙就是义无反顾地放弃了他，选择了何恺。

那个时候的祁岸也自然不知道两人中间有误会，想到的唯一答案就是，起码在宋枝蕙心里，何恺比他要更合适。可能是何恺阳光热情，足够平易近人，让宋枝蕙觉得舒服，也可能是何恺在那段充满荆棘的岁月，用陪伴打动了宋枝蕙。

然而这些条件，祁岸并不具备。更或许，宋枝蕙不喜欢他骨子里的离经叛道和倨傲，她只想谈一段有安全感的恋爱。

这样那样的猜想，在数个放纵的午夜梦回中衍生出许多个版本。祁岸在那个夏天，近乎自我囚禁般地自我反省，然而到最后，心中都没有一个明确的答案。

只能姑且认为，爱情这个东西，似乎与外在条件无关，它只选择在对的时间降临。

或许是心中的不甘和执念太深，祁岸最终还是选择被保送北川大。这一玩笑般的举动，闹得祁家鸡飞狗跳了一段时间，就连易美茹都跟着发了一次火。

可祁岸就是这样油盐不进的性格，只要他认定的，别人说再多都没用。

那会儿他想的是，既然避不开，就直面现实，总比囫囵吞枣地过日子要好，最起码北川大的金融专业是他一直想去的。

只是没想到，有些人有些事，忘不掉还是忘不掉。祁岸也没料到，新老校区要合并，再后来，宋枝蕙就提了分手。

"那天把你送回去后，我先回家待了会儿，后面洗完澡后发现根本睡不着，就叫上一堆朋友出来喝酒。"祁岸垂眸牵着她秀气的手玩，嘴角挂着漫不经心的弧度，"刚好想到你舅舅的烧烤店，就过去了。

"捧场是一方面，另一方面我确实是担心你，想给你送点吃的和药。

但你刚分手,我觉得你应该想自己待会儿,就用了这个法子。"

说到这儿,祁岸扯了下唇,似乎觉得挺有意思。

宋枝蒽却从他叙述的口吻中,听出几分当时的落寞,和不该属于他的卑微,心头情绪也软烂成一团酸涩的泥,突然有种强烈的受宠若惊之感,甚至觉得这一刻都不太真实。

他不该是这样的,他这样含着金汤匙出生的天之骄子,本该站在高处,过着恣意又耀眼的人生,却因为一个平凡的她,陷入短暂的泥泞,和深刻的自我怀疑。

她突然就明白,为什么那天祁岸喝醉酒后,会问她,他哪里不如何恺。

他哪里都没有不如他,他远比何恺好上千倍万倍。是那时的宋枝蒽被蒙蔽了双眼,以为他不喜欢她。

双眸氤氲微潮的雾气,宋枝蒽低眸,牢牢牵住祁岸的大手,掌心的温度也与他融合在一起:"煎饺很好吃,我都吃掉了,一个没剩。感冒药也吃了,剩下的药还放在我的药箱里。"

说到这里似乎卡了壳,宋枝蒽像在极力忍耐什么,好一会儿才往下说:"你很好,非常好,能喜欢你,和被你喜欢,对我来说,都是人生中最幸运的一件事。

"你不要因为我们曾经的错过,产生不自信的想法。

"以后,我会对你很好,会好好照顾你,好好陪着你,好好当一个女朋友。

"我——"

后面的话没说完,祁岸一把将她扯过来,用吻封住她的唇。

虽然在一起这短暂的几天,祁岸吻过她很多次,但宋枝蒽明显能感觉到他这一刻格外动情。随着他加深索吻,温度在她唇齿间点沸。

呼吸,心跳,各种各样的心情,糅杂在一起,糅杂出一点咸咸的,却又甘甜的眼泪。祁岸顺着她的眼尾一点点舔舐干净,一路亲到鼻尖,又在她粉润水光的唇上流连忘返。

缱绻靡念随着浅吻消弭,直到两个人的呼吸平稳下来。祁岸珍惜地抱紧她,在她额角处亲了亲。

他的呼吸也伴着宋枝蒽不规律的心跳声落在耳畔:"我也要做一个很好的男朋友。"

"毕竟你受的委屈，远比我多得多。"

宋枝蕙抬眸，望着他立体俊朗的面容，抿了抿唇："确实有点儿委屈。"她实话实说，"特别是在看到你和别的女生在一起的时候。"如果不是当时太冷，她几乎当场就哭出来了。

这事祁岸早想问她，只是一直没机会。这会儿听她亲口提起，他不免笑了声："你当时就应该冲上去给一巴掌。大老远的过去，就这么算了，亏不亏？"

宋枝蕙幻想一下自己抽祁颂的画面，有些想笑。她喃喃道："要是真那么勇敢，就不会跟你错过了。"

祁岸垂眸，将玩手指改捏她的耳垂，对她怎么都喜欢不够似的，吊儿郎当地笑："那以后就勇敢点儿，有什么不满直接发泄出来，我给你兜着。"顿了顿，他又说，"后来呢，怎么回去的？"

"兜里没什么钱，就去挤地铁，坐了一晚上的动车回去的。"宋枝蕙很平常地叙述着，还笑了下，"上车后，一点多余的钱都没了，肚子饿得要命，闻着旁边的大爷吃泡面都馋得够呛。"

祁岸下颌线微微绷紧，嗤笑了声："我就该狠点儿揍祁颂。"

宋枝蕙抬手在他的喉结上碰了下："你揍他也没用，我当年最伤心的事不是这个。"

祁岸挑眉："还有更伤心的？"

宋枝蕙双眸清凌凌地看着他："我当初最伤心的，是你一声不响地离开，后来决定留在B市，又接走绣绣。

"你记得接走绣绣，却不记得告诉我一声。"

说这话时，宋枝蕙的目光变得温软含怯，泛着盈盈水光。

华灯初上的街道熠熠流光闪过，伴着来往车辆的蜂鸣引擎声，落在祁岸冷峻高挺的面容上。他静静地看了她几秒，喉结滚动："以后不会了。"

话音落下，祁岸在她眼睛上轻轻一吻，承诺却如千钧重，嗓音发哑："以后不论什么情况，我都不会抛下你。"

两人在车内谈完心后，又在车里温存了好一会儿。祁岸看时间还早，本想带宋枝蕙去看个电影，结果票还没选好，外婆就打电话问宋枝蕙什么时候回去。

外婆管她管得严，当时跟何恺在一起的时候就不让在外过夜。现在换了祁岸，外婆比当时好像还谨慎了点儿。

宋枝葱知道她想的是什么，祁岸也知道，于是在把她送回家的路上，祁岸带她去了趟本地最大的超市。他不只给外婆买了好多东西，还给宋枝葱买了成堆爱吃的零食，活脱脱把她当成小猪来养。

祁岸听到这个比喻，揉了揉她的头："谁让某些人把坐火车那段形容得那么惨。现在我心疼得要死，所以要拼命喂。"

这么一说，宋枝葱也只好心安理得了些。

不过外婆那边，祁岸确实要多下一些功夫。宋枝葱也没瞒着他，告诉他比起何恺，外婆更不看好他。因为外婆太了解祁家，太了解易美茹了。祁家那么大的势力，那么顶尖的豪门，宋枝葱一个普普通通的小姑娘，外婆怕她受伤。

祁岸一副心知肚明的样子："我明白。"顿了顿他又说，"我会好好表现，让她放心的。"

宋枝葱默默勾了下嘴角。

怕她拎两大袋子东西爬楼很累，祁岸把她送上顶楼。把东西放到地上，祁岸抱了抱她。本以为就此挥别，宋枝葱却突然道："你跟我一起进门吧。"

祁岸微微扬眉，宋枝葱扯着他衬衫的一角："也让外婆看看你对我多好。"她神色有点儿腼腆，又补充道，"看一眼就走啊，家里没地方留你住。"

祁岸抬手捏了捏她的脸蛋，无奈地笑："行吧，祖宗。"

宋枝葱抿起唇，眼角眉梢都是蜜色。只是进门时不太巧，她刚打开防盗门，带祁岸进去，就听见客厅里两个老太太的说话声。

聒噪一点的是姨姥姥："我跟你说啊，女孩子谈恋爱，一定要把控好，像我家大孙女，当时谈的第一个对象，又老又没钱，我特别不愿意，死活不同意，你看现在，找的对象多好，又有房又有车，还是上海的公务员哪。

"你家枝葱你也别马虎，她谈的那个对象不行，你就赶紧给搅和开。

"我一听头都大，什么三十五岁离婚带俩娃，这哪里是正常女孩子找的对象啊。

"小小年纪就给人当后妈，以后肯定要吃苦的。"

说到这里，外婆赶忙打断："哎呀，你别听她乱说，不是那么回事的——"说完看向门口这边,她以为是她儿子他们提前回来了,不料一抬眼就看到站在一起的祁岸和宋枝蒽。

外婆顿时哽住:"小岸,你怎么来了?"

祁岸还没来得及接话,姨姥姥就在这时扭过身来,看到身材颀长高大,长相极为俊朗的祁岸时,瞬间愣住,特别是目光落到宋枝蒽和祁岸两人紧紧握住的手的时候。

姨姥姥像被震碎三观,喃喃出声:"枝蒽,这、这是你男朋友?你男朋友不是三十五岁吗?"

在祁岸玩味的眼神质问下,宋枝蒽眼皮都不眨一下:"哦,三十五岁离婚带俩娃那个被我踹了。"说话间,她偏头看祁岸,嘴角抿着一点儿坏笑,"这个对象是我新找的。"

饶是姨姥姥脑子再不够转,这会儿也反应过来宋枝蒽这是在唬她,什么三十五岁离婚带俩娃,这丫头一开始找的对象就是这个。

姨姥姥想到自己刚刚虚荣心作祟说的那一大堆,既懊恼,又有些抹不开面儿。碍于眼前的祁岸气场太强,她嘴唇蠕动了下,没好意思开口埋怨。

倒是祁岸,平日里对陌生人倨傲又疏淡,对两个老太太却礼貌得体得挑不出毛病,特别是看向姨姥姥的时候,还特意笑着开口。

生人勿近的一张俊脸,笑起来有种鲜活的少年气,只是语气有种绵里藏针的意思:"姨婆您好,我是枝蒽的男朋友祁岸,今年二十二岁,和她念同一所大学。"说着,他扫了眼宋枝蒽,眼里蕴着几分宠溺,"别听她胡说八道,我跟她在一起有段时间了。"

宋枝蒽微微抿唇,没吭声,一副坦然自若的模样。

祁岸越来越觉得这姑娘"蔫坏",但又坏得很有意思。

察觉到气氛微妙,外婆赶忙招呼祁岸进来坐,又埋怨他,怎么每次来都要带这么多东西。

祁岸就笑说不好空手来。他这么一说,姨姥姥没忍住扫了眼门口那成堆的东西,好一个不空手来,你把超市搬过来得了。

姨姥姥表情酸不溜丢的,又插不上话,只能坐在外婆旁边,听两人聊天。

宋枝蒽折腾一天有点儿累,就提出先去洗个澡。她完全不担心祁岸和外婆相处,外婆看祁岸就跟看自家孩子一样,即便现在不大放心两人在一起,但对他确实没的说,那股热情劲儿也从不藏着掖着。

莲蓬头下水声哗哗，宋枝蕙隐约听了听两人的聊天内容。其实跟上次没太大区别，无非是问问家里和学业，但因为多出个姨姥姥，以至于这一晚的祁岸把自己的情况说得尤为清楚。

比如家里虽然有钱，但是那是他家里的，和他无关，他自己能赚。再比如，他虽然年纪不大，但对未来规划很清晰。手里已经有两个可以赚钱的生意，以后可能还会考虑其他投资。

一番话说出来，姨姥姥彻底闭嘴了。毕竟她家那个上海公务员孙女婿，听着虽然好听，但比起眼前这个，差了不知多少。

后来话题从他未来的人生规划，说到祁岸与外婆的渊源。姨姥姥惊讶得不成样子，怎么都没想到宋枝蕙找的男朋友是这种家庭的。别说她们这种普通家庭了，就是家产上千万的有钱人家也是配不上的。

姨姥姥看祁岸的眼神顿时不一样了，说话也没个把门的："那你家里人能同意吗，别到时候白谈好几年——"

外婆忍了姨姥姥好一阵，这会儿怕宋枝蕙听了不开心，更是皱着眉打断她："人家两个孩子的事，你总跟着瞎担忧什么。"

姨姥姥撇了撇嘴："那我不是担心自家孩子吗？"

宋枝蕙早就关了莲蓬头，这两句话听得格外清楚。

原以为这话题会再度被外婆岔开，不料祁岸开了口："那是别人。"他敛起笑容，话里有种平静的执拗，"家里的话我从来不听，以后也犯不着听。"他桀骜不驯地笑了下，"我家要是真能管得住我，我也不会在这儿坐着。"

姨姥姥不了解情况，外婆却一清二楚。

这话没错，如果祁岸会听家里的话，他也不会大老远地跑来北川上大学，估摸着早就出了国。虽然姨姥姥的话确实不中听，但在另一方面，也替外婆套到一些让她心里踏实的话。

外婆微微叹了口气："反正你们还年轻，以后的事不急。"

祁岸笑："也不是不急。"他还挺急的。

时间不早，祁岸没逗留多久就准备离开。

走之前，他跟着宋枝蕙去她的小卧室看了眼。还是上次的模样，只不过书桌前多了个小姑娘，坐在那儿看书。看到祁岸过来，小女孩还喊了声"哥哥好"。

宋枝蕙给两人介绍了下，才拿上一件外衣，送祁岸下楼。

两人牵着手，在老旧楼道里慢慢往下走，祁岸果然不太乐意："你这个姨姥姥打算带孙女在你们这儿常住？"

"大概是吧。"宋枝蕙无奈，但也不太在意，"说要给小姑娘报个学习班。"

其实一开始他们过来目的就不纯，外婆知道也没法儿说。

祁岸没见过这种奇葩亲戚，"呵"了一声："然后就挤得我女朋友没地方住。"他想了想，"不然你搬我那儿去，我那儿有好几间卧室。"

话说得随意，像在开玩笑。宋枝蕙却在昏暗的楼道里眨巴着眼看他。

祁岸被她给看笑了，在她脸上揉了一把："想什么乱七八糟的呢，我只是心疼你。"

宋枝蕙抿抿唇："我可不敢信。"

这家伙只是嘴上说得好听。

看出她不去的想法，祁岸也没往下说，又聊到明后几天要出远门的事："B市那边最近有场挺大的摩托车锦标赛，我得去跟一跟。"

宋枝蕙很少听他说这方面的事，一时有些新奇，多问了几句。

本来祁岸是不会跟着去的，但俱乐部也是第一次参加摩托车比赛，属于慢慢摸索阶段，所以他务必跟着去。

"你要是感兴趣，等我回来带你去俱乐部逛逛，也让大家知道谁是老板娘。"

宋枝蕙"哦"了声，故意装作不感兴趣的样子。

两人走到单元楼门口。祁岸嘱咐她几句："你这几天乖乖的，我回来第一时间找你。"

宋枝蕙点头说"好"。

祁岸指了指自己的侧颊，宋枝蕙心领神会地勾唇，踮脚在他脸上亲了亲。

回到家时，姨姥姥和外婆已经进了卧室，许蓝月也早早躺到床上准备睡觉。宋枝蕙却一点困意都没有，即便躺在床上也是干瞪眼。一睁眼一闭眼就想起姨姥姥的那句话。

从前她只担心外婆会不同意他们的事，而今才反应过来，门不当户不对，才是她跟祁岸之间真正的问题。这会儿，她突然就明白，为什么祁岸不想告诉她易美茹给他打电话的事。

他怕她知难而退。他也好像一直都不清楚，自己对他的感情有多认真。认真到，她愿意为了他，再努力一点，把自己变得在外人眼里，更配得上他。

纷纷扰扰的情绪在脑中徘徊不断，以至于宋枝蕙第二天很晚才起来。这会儿祁岸已经带着车队的人上了飞机，临起飞之前还给她发了好几条消息。宋枝蕙逐一回复，后面就没太关注。因为她关注的点落在另外两件事上：一个是考研，一个是实习问题。

原本，她是想出国留学的。但现在，她不想了。她因为母亲的事，对出国完全没了念想，另一方面她也不想离开祁岸。

宋枝蕙从来没有这么想和一个人长长久久待在一起过，也完全不敢想象，如果她生活中没了祁岸，会是怎样难挨。

宋枝蕙做事雷厉风行，当天花了几个小时，在这两件事上做功课，最终她决定，先找一份工作。她想看看自己的上限，也要为自己赚下个学期的生活费。

就这样，宋枝蕙用最快的速度做了一份简历，投入求职市场。因为她资质优秀，做兼职又积攒了一些门路，以至于短短几天，她就收到了几家还不错的邀约函。有教学机构，也有当地声誉不错的日贸公司。

在祁岸带队比赛的那段时间，宋枝蕙奔走在各个公司之间，一方面她是真的想要尽快挑选到一家合适自己的公司，另一方面也是因为姨姥姥在家里烦得她难受。

只是最近太忙了，她有时候会忽略祁岸，而且因为她和许蓝月共用一个卧室，就连晚上视频的时候，两个人也不方便。

祁岸每次一说骚话宋枝蕙就直接把视频挂断，然后再臊红着脸去洗手间给他拨过去。

不过值得欣慰的是，宋枝蕙终于能在游戏里和他绑定情侣。祁岸当晚就拉了几个朋友玩游戏，就为了让别人看他们的情侣标。

宋枝蕙觉得他幼稚死了，却又忍不住配合他，甚至还找到那只乌银手环重新戴上，顺便拍了个照给祁岸。

那会儿祁岸他们比完最后一场，和主办方一起吃饭。一群大男人在包间里喝酒嬉笑，祁岸却专注地回她的信息。

小蝴蝶唯一指定靠山：这手环现在看起来确实不太好看。

小蝴蝶唯一指定靠山：回去带你重新买一对。

宋枝蕙高兴起来：你要回来了吗？

祁岸没藏着掖着：就今晚。

本来机票是明天早上的，主办方为了庆祝，订了晚上的夜场酒吧，让大家一起去玩。祁岸对这事压根儿就没兴趣，直接给拒了。

主办方的一个老总还调侃他，说他年轻人没有年轻人的样儿。

祁岸笑得慵懒恣意："没有就没有吧，谁让我惦记女朋友。"

此话一出，那群中年男人也没个正经，调笑他说现在是新鲜，等结婚了就知道烦了。

祁岸也不回答，就这么把玩着打火机，勾着唇。心里想的是，要是有一天能和宋枝蕙结婚，那他可求之不得了，哪里还顾得上烦。

宋枝蕙自然不知道他原来的安排，只是有些懊恼，他回来得晚，这个时间两人不那么好见面。最主要的是，不能相处多久。她确实想这家伙了。

祁岸那边却早就做好打算：你今晚跟我回去。

宋枝蕙看到信息愣了愣。

祁岸又发来一条语音。虽然许蓝月坐在她旁边的沙发上看电视，但这会儿宋枝蕙也没想那么多，直接点开语音信息。

结果下一秒。

她就在一片嘈杂的背景音中，听到祁岸促狭又磁性的嗓音，吊儿郎当地说着"少儿不宜"的话——

"你的内衣到我这儿了。

"正好试试合不合身。"

这声音不大不小，刚好引起身旁许蓝月的注意。在小姑娘瞥过来的瞬间，宋枝蕙赶忙把手机屏幕熄灭，装作若无其事的模样，心跳却快得出奇，也分不清是被祁岸逗弄的，还是怕被许蓝月听见而不好意思。

好在许蓝月并没有听清祁岸说了什么，只瞥了一眼就转过头，继续看电视。

宋枝蕙缓了好一会儿，才慢吞吞地回信息：不去。

简短的两个字，莫名带着赌气的意味。

小蝴蝶唯一指定靠山：真不去？

宋枝蕙不想理他了，因为她觉得祁岸的每个字都像在勾引她，她也不傻,当然知道这一晚有去无回。可是要是真不去,心里又难免悻悻。

于是,宋枝蕙又问:你几点回北川?

小蝴蝶唯一指定靠山:差不多晚上十一点。

这个时间的话,外婆他们应该已经睡了,倒是可以偷偷出去。

宋枝蕙循规蹈矩这么多年,从来没干过出格的事,这一刻愣是让祁岸勾得心痒痒。思来想去,她也只好答应:不过我只和你见一面就回来。

祁岸调笑她:这一面见得还挺恩赐。

宋枝蕙:那算了,反正明天也有时间。

祁岸又怎么可能在这事上顺着她,于是说:你能忍我不行,我都四天没抱你了。

小蝴蝶唯一指定靠山:你不下来我大不了就一直在楼下等你。

宋枝蕙忍不住笑了,也只能依着他,和他约好在楼下先见一面。

不过这话说得容易,实现起来却有些难。

许蓝月这小孩也不知道怎么回事,往常十点已经睡着了,这一晚都十点半了,还躺在床上拉着宋枝蕙聊天。宋枝蕙当惯了温柔大姐姐,也不好不理她,只能多陪她聊了几分钟,而后才装作很困的样子,说要睡觉。

就这么干躺了差不多半小时,许蓝月进入梦乡后,祁岸的电话也打了过来。宋枝蕙根本来不及收拾,摸黑抓了件长袖针织衫,穿着清凉的睡衣睡裤就这么偷偷摸摸下了楼。

于是,两人相隔四天未见的第一场约会,就变成宋枝蕙穿着搭配奇怪的家居服,绑着松散的丸子头,拎着个手机出现在祁岸面前。

祁岸开始坐在车里,还是那辆漆黑的SUV,空间比超跑大。他单手搭在驾驶座上,腕骨清晰,手指修长,指缝还夹着半根烟,有种孤冷的性感。烟也不抽,就这么燃着。那双迥然深邃的眸子伴着老小区内昏黄的光影,直勾勾地看着她朝自己走过来。

好像他眼里压根儿就没别的事,就只有她一个。

这一幕突然就让宋枝蕙想到很久之前,两人重逢那天,在校外火锅店,她顺着蔡暄的目光看向祁岸的一瞬。

她始终记得自己在那一刻翻涌的心情,明明已经该平静下来,却还是在看到他的那一刻,产生无法遏制的窥探欲和好奇。好奇他现在变成什么样,又好奇他和什么样的女生在一起。

然而那时的她永远不会想到，祁岸想要的女生是她。

心头蓦地兜上无限感慨和酸涩甜蜜，宋枝蕙不自觉地加快脚步。就在距离那辆车不到五米的时候，祁岸下了车，迎面朝她走来，随即顾长的胳膊一捞，直接把她带到怀里，禁锢住她柔软的腰身。

淡淡的烟草味笼罩下来，混着好闻的檀木香，可落下来的吻却是纯纯粹粹的甜，像是刚吃过葡萄味的糖果。

直到这个吻慢慢缓下来，宋枝蕙双眸蒙上一层薄薄的水雾，在路灯下清凌凌的。她轻声说："你没抽烟。"

祁岸低笑了声："嗯，为了亲你。"所以即便点了烟也一口没碰。

宋枝蕙努力稳住呼吸和心跳，在这绵长又真实的亲吻拥抱后，被祁岸牵着上了副驾驶座。

或许是几天未见又再度带来的新鲜感，宋枝蕙总觉得今晚的祁岸格外蛊人，那张祸害人的脸也更能扰人心扉。有那么一瞬间，她还真后悔了，后悔拒绝祁岸的提议。毕竟比起楼上那张狭窄的床，去他那里，似乎也不是什么坏选择。

只是说出去的话，泼出去的水，以宋枝蕙的脸面，她是绝不可能再说出口的。本以为祁岸会提一提，结果这家伙今天居然还很贴心，二话不说拿出提前准备好的礼物给她。一束漂亮的郁金香，还有一个很大的袋子。

"回来得太匆忙，只有一家花店还开门。"祁岸勾了下唇，"这花也不怎么新鲜，但看着还成。"

宋枝蕙意想不到地眨眨眼，虽然她对花什么的并不敏感，但谁会不喜欢这样的惊喜呢？还是祁岸亲自给她的。

宋枝蕙心中动容，抬眸看向祁岸。祁岸不怀好意地笑着，又抬手捏住她精巧的下巴，指腹在她唇瓣上揉了下。

宋枝蕙没好气地白他一眼，拍开他的手。

祁岸挑挑眉，心情不错的样子："打开袋子看看。"

宋枝蕙听话照做，然后就看到硕大的购物袋里，装了四套女士内衣——正是祁岸给她买的那几套。

不仅如此，还有一个二十几厘米高的，穿着赛车服手拿头盔的小熊玩偶，以及一个十几厘米大的摩托车模型奖杯。奖杯应该是铜的，沉甸甸的，很有分量感。

宋枝蕙只顾新奇地看着这两样东西，正想问祁岸是怎么回事。

祁岸主动说："车队还算争气，第一次参加这种比赛就得了第三名。主办方还送了吉祥物，我看着可爱，就拿回来给你。"

如果是以前，这种东西祁岸连拿都懒得拿，可现在，他看到这种可爱玩意儿的第一反应，就是拿来给宋枝蕙。

宋枝蕙确实很喜欢，她嘴角下意识地翘着，看起来格外娇憨可爱。

见她高兴，祁岸心里就舒坦，也不枉他大老远的带上飞机，再一路带过来。

"可是，这个奖杯？"宋枝蕙眨眨眼，"你们不留着吗？"

祁岸微抬下巴："这样的奖杯俱乐部有很多，摩托车车队刚组，不差这一个。"

宋枝蕙动动唇，还想说什么，祁岸却示意她："看看奖杯上的刻字。"

被他提醒，宋枝蕙这才垂眸认真看去。然后，她就看见底座那儿刻了三排不算特别明显的字——

第五届亚洲公路摩托车锦标赛铜奖得主金煌俱乐部车队 butterfly。

看到这儿，宋枝蕙先是愣了两秒，而后才反应过来什么。她抬起头，怔怔地看向祁岸："蝴蝶？"

祁岸懒懒勾唇："用你的小名取的，所以得到的第一个奖杯，当然要给你。"

宋枝蕙怎么都没想到是这个原因，甚至讶然到一瞬间眼眶都涌上一股热意。这是祁岸的事业，是他车队那么多人换来的第一个荣誉。而这个荣誉却刻有她的名字，荣誉本身也沉甸甸地落在她手里。就好像祁岸在用这场比赛，甚至他的事业，给宋枝蕙一个浪漫到极致的告白。

宋枝蕙一脸悸动又不知所措地看着祁岸。昏黄的车内，她眼眶泛着浅浅的红，看起来马上就要哭的样子。

祁岸却无奈地笑了，干净的指尖轻碰了下她的眼尾："别告诉我你要哭鼻子。这就哭的话，以后结婚可怎么办？"

宋枝蕙本来情绪都要溢出来了，被他这么一说，敛了敛眸，嗔怪："谁要嫁你了。"

祁岸不在意地哼了声："不嫁我也甭想嫁别人。"

宋枝蕙抬手要捶他，祁岸笑着牵住她的手，吊儿郎当地说："而且除了蝴蝶，以后还有蜗牛。"

蜗牛两个字像是勾起什么回忆，宋枝蒽蓦地想起祁岸曾经发过的一条朋友圈。是一对表情符号，宋兰时还在下面问什么意思。

祁岸的回答是——学校禁止吸蜗牛，因为蜗牛不给吸。

宋枝蒽当时还猜了半天，结果到最后都不明白祁岸的意思。不承想，谜底会在今天揭开。

某种猜想在脑中荡开涟漪，她懵懵懂懂地看着祁岸，又指了指她自己："所以，我，也是，蜗牛？"

祁岸轻描淡写地挑眉，又点了下头，他笑："不然呢？"

所以她那天的感觉没错，祁岸确实是想和她亲近一点，或者和她多说两句话，却被她不解风情地拒绝了……她好蠢。

宋枝蒽不解地望着他："可我为什么也是蜗牛？"她平时的动作看起来很慢吗？

祁岸支着头，带着几分闲散好笑地看着她："你不是蜗牛吗？我一碰你，你就缩回去，让我头疼。"

几句话说得有理有据，宋枝蒽瞬间闭嘴了。但也因为这个奇妙的解释，心头泛上一抹奇异的感觉。无论是蝴蝶还是蜗牛，都是祁岸对她的一种爱称，而这种爱称，一直在她不知道的时间里，默默存在于祁岸心中，成为最特殊的标记。

宋枝蒽尽量让自己看起来不那么感动，只能紧跟着拿起那几套内衣看了看。四套，同一个牌子，包装盒少女又清新，全都没有拆封。明显是祁岸从机场特意回了趟家，再给她带过来的。

宋枝蒽这次的眼神又换成内疚了。祁岸好像无论她用什么样的眼神看自己，他都能读懂一般："既然你不想跟我走，我就只能给你带过来，就不用它们做鱼饵了。"

宋枝蒽依旧眼巴巴地望着他。祁岸轻笑了声："怎么，还要哭？"他揉了揉她的脸，"这么感动吗？"

宋枝蒽摇头："那倒也不至于。"顿了顿，她喃喃道，"就是有点儿尴尬。"

祁岸眼睫轻扇，眸光宠溺："尴尬什么？"

宋枝蒽咬了下唇，这次没看他："我下楼的时候，发现我忘记带钥匙了。"

话音落下，车内安静两秒。祁岸还没给出反应的时候，宋枝蕙已经燥热着双颊抬手推车门了："不过既然你没有留我的意思，那我就勉为其难地——"后面的"敲敲门"三个字还没说出来，车门就"咔嗒"一声落了锁。

宋枝蕙侧首望他。祁岸眸光晦暗地觑着她，嘴角轻佻地勾着，不怀好意地"啧"了一声："耍我呢？"

宋枝蕙怎么可能耍他，她那么老实的性子，但凡有点儿什么心思都能写在脸上。那钥匙也确实是她一时着急忘了带，等想起来的时候人已经在祁岸车上坐着了。她本可以不告诉他，装作没事人的样子，上楼再给许蓝月打个电话。

可当她拿到祁岸给她的礼物，听到他的解释后，那颗坚定的心一下就动摇了。她突然就想跟祁岸回家。

宋枝蕙觉得自己真是疯了，但疯得心甘情愿。

祁岸哪里知道她这些小九九，看她红着脸不说话，只当她被自己说中心事，扯唇饱含意味地笑了。

第十六章
带她回家

到家的时候已经将近深夜十二点。小别墅依旧像上次来时一样,一楼亮着灯,专门给绣绣开着。

祁颂今晚跟钱向东他们留在外地没回来,正和那群老总在夜场蹦迪,宋枝葸一问才知道,他们之中只有祁岸一个人买了机票回来。而且为了赶飞机,他那顿饭吃到一半就走了,压根儿就没吃饱。

"你先陪绣绣玩会儿,我去弄个夜宵。"说话间,祁岸走到厨房那边。

他平时其实很少囤吃的,最近是因为祁颂来了,家里才杂七杂八买了许多水果蔬菜,还有速食产品。

打开冰箱正琢磨着简单做点儿什么,哪知宋枝葸跟过来,她难得贴心地道:"我给你做吧。"

祁岸侧头看着她笑:"你弄?"那眼神好像在说——你会弄什么?

得承认,宋枝葸厨艺确实不怎么样,完全没有遗传到外婆的天赋点,不然当年两人的夜宵也不会是祁岸负责。

不过再怎么说,弄个速食面还是可以的。宋枝葸也不管他同不同意,细白的手指从冰箱内拿出一盒意面,又拿了两颗蛋和芝士片,在祁岸眼前晃了晃:"这个行吗?"

祁岸舌尖抵了下左腮,腔调卷着笑:"行。"

宋枝葸拿着三样东西绕过他转身。祁岸背着手在她后面吊儿郎当地盯着，仗着身高优势，帮她打开油烟机。

他知道宋枝葱要给他做煎蛋，她以前最拿手的就是煎蛋。

祁岸怕她找不到番茄酱在哪儿，正想帮她打开柜子，哪知宋枝葱转过身推了推他。

祁岸眉梢一挑，顺势攥住她的手："干吗？"

宋枝葱无语道："我都说给你弄了，你就去洗澡休息啊。还是说我做饭就那么不让你放心？"

祁岸听出她的意思，哼笑了声："原来这是在心疼我呢。"心疼他大老远跑回来，就为了见她。

宋枝葱被说中心事，面色微讪，但又不想让他得了便宜使劲儿卖乖，便不理他，转身拆开意大利面的包装盒。

祁岸也不跟她较真儿，走之前凑过去不要脸地在她嘴角亲了下："那我就等着品尝一下我女朋友的厨艺。"

说完，这家伙迈着步子上了楼。宋枝葱嘴角无声地翘了翘。

就这么过了十几分钟，祁岸冲完凉，换了身衣服下楼。

宋枝葱的煎蛋和番茄芝士肉酱意面也做好了。祁岸家里的厨具卫生什么的，会有钟点工来定时整理清扫，所以她找什么都很方便，为了好看，还专门摆了盘。

没想过她弄得这么用心，祁岸"啧"了声，又看她："你的呢？"

宋枝葱摇头："我不饿。这么晚吃东西会胖的。"

祁岸不以为意地拉开椅子坐下，双眸浮着笑："那么瘦，胖一点又没关系。"

以前宋枝葱的确觉得胖一点没关系，因为那时她心思也不在美上。但现在……她总想在祁岸面前形象更好一点儿。

宋枝葱满心期待地在他对面坐下，双手托腮看祁岸挑起一大口送进嘴里，他吃相有种洒脱不羁的好看，却又莫名有种贵公子的端矜。祁岸咽下第一口，冲她挑挑眉，一点儿也不吝啬地夸奖："不错啊。"

说话间，他挑起零星几根，递到宋枝葱嘴边。宋枝葱顺着他投喂的动作吃了两口。

一份面不多不少，祁岸很快就吃完。宋枝葱却在这期间打了不知道儿个哈欠，于是碗筷也懒得收拾了，就这么放在一边，祁岸牵着宋枝葱上楼休息。宋枝蕙顺便带上茶几上装着四套内衣的袋子,也因此想起来,今晚她来得急,明天连换洗的衣物都没有。

祁岸早就想到了,所以把安排告诉她:"你明天先穿我的衣服跟我出去,到商场直接给你买新的。"

说话间,两人走到宋枝蕙上次来住的那间卧房门口,正是祁岸的卧室。

宋枝蕙随着他开门的动作,抬眼看他:"你怎么二话不说把我的明天也给预定了?"

祁岸乐了:"怎么,你明天有约?"

宋枝蕙故作神秘地抿了下唇,先一步进了房间:"不告诉你。"

女朋友都说不告诉了,祁岸也不往下问,最重要的是,心思都被她牢牢拴着,压根儿就没空想别的。

在宋枝蕙刚把东西放到沙发上还没来得及开灯的瞬间,祁岸就捞着她的腰,把人抵在门上。

屋内漆黑一片,透着一种前所未有的静谧浓稠,怀中人的体温也格外灼人。祁岸从她的耳郭一路吻下去,落到赛雪般的肩膀,留下齿痕的印记。

他听见宋枝蕙一直憋着的呼吸渐渐不稳,到底还是及时止住了心思,紧紧抱着她安抚了会儿。宋枝蕙小巧的一张脸贴着他,很热。

在一起和没在一起到底是不一样的。从前的祁岸面对宋枝蕙,放浪形骸都藏到骨子里,乍一接近,只能感觉到他绅士的沉冷和淡漠。可慢慢地,这种淡漠变成对她暗流涌动的关注,以及后来的明目张胆。

宋枝蕙却比从前更喜欢他了。确切地说,无论他什么样,宋枝蕙都喜欢,越来越喜欢。

两人躺在床上,祁岸勾着嘴角抬手关灯,在她耳边说了句低低的晚安。

不算小的卧室彻底安静下来,可被子里的两只手却默契地十指相扣在一起。

宋枝蕙在他怀里拱了拱,用很轻的气音道:"晚安。"

宋枝蕙就这么一直被祁岸抱在怀里,睡得香且甜。

祁岸在睡觉的时候,把她搂得太紧,以至于第二天早上起来,宋枝蕙腰间都还残留着被他抱过的力道。

清晨的阳光透过遮光窗帘的缝隙漫进来。祁岸早就起床给她弄早餐了。

宋枝蕙在床上思绪放空了一会儿，起床去卫生间收拾，回头就看到祁岸已经给她烘干了的两套内衣。

一新一旧，旧的也被一起洗了。

宋枝蕙顿时不自在起来，不过既然都洗了，她也没法说什么，只能重新穿好他准备的衣服，一件足以当裙子的宽松T恤，里面藏着她的睡裤，随后睡眼惺忪地下了楼。

两人面对面坐下吃热腾腾的早餐。祁岸想到她昨天说的"不告诉自己"，便问她今天到底有没有计划。

宋枝蕙捧着热牛奶小口地喝："今天没有，不过我前几天投简历了。"

祁岸听闻，略有些意外地挑了下眉："我以为你会准备考研。"

"考研可以再等等。"宋枝蕙老实巴交地道，"我想先赚钱。"

祁岸撂下餐勺，定定望着她的目光看起来想说什么。

宋枝蕙立刻阻止他："你别又说什么你养我你给我花钱之类的，我不要。之前欠你那十几万——"

话没说完，祁岸浓眉微蹙："你敢还我试试。"话里威胁意味十足。

宋枝蕙嘴角忍着笑："我又没说还你钱，瞧把你急的。"

祁岸面色这才平复下来，扯了下嘴角。

"我的意思是我欠你的已经很多了，不想再让你为我做什么。"宋枝蕙往嘴里送了块煎得嫩黄的面包，"不过也不完全是因为钱，我主要是想试试。考研的话，我大二的时候老师就有意向，但我拒绝了，现在我也没决定考什么专业。"

祁岸微微扬眉："日语不是学得挺好的？"

宋枝蕙摇头："不想学了，如果要考的话，想换专业。"

祁岸若有所悟地点了下头："因为阿姨？"

宋枝蕙没想到他能一眼看穿自己，顿了顿，承认道："一开始学日语的确是因为她，我想以后出国和她团聚。现在好了，刚好换个选择。"

宋枝蕙说得轻松，祁岸却正经地看她："那也不打算出国了？"

"你怎么知道……"宋枝蕙愣了愣，"也是蔡暄跟你说的？"

祁岸垂下浓黑的眼睫，慢条斯理地切了块熏肉："之前听何恺说的。"说话间，他煞有介事地瞥了她一眼，"他当时还说，毕业以后要跟你去日本。"

不知道是不是错觉，宋枝葱竟从这话里听出不咸不淡的醋意。

宋枝葱无奈，往下抑了抑嘴角："八百年前的事了，你能不能不要这么酸。"

祁岸轻描淡写地"噢"了声，语调有几分气人。

宋枝葱提上一口气，想说什么，但想了想，又没说，只垂下眼嘟哝："昨天都奖励你了……还计较这点儿陈芝麻烂谷子的事。"

这话像是提醒祁岸什么，他眉头微微舒展："也是，我才是正牌男友。"

宋枝葱随他一起漾起笑，从餐盘里扎起一颗圆圆的葡萄送到祁岸面前。

祁岸板着一张俊脸，却乖乖张嘴。宋枝葱难得皮一下："酸死你算了。"

然而这点安慰根本不足以化解祁岸的醋意，他的醋意是日积月累的，是度过了一个又一个难熬的三百六十五天，尤其是听到看到何恺炫耀他和宋枝葱在一起。

祁岸想过不去在意，但那些话，那些画面，却总能在不经意间，侵占他的思维。仿佛一个在沙漠中踽踽前行很久都见不到水源的人，好不容易等来了自己梦寐以求的绿洲，他多一步都不愿意离开。

于是这顿早饭吃完，祁岸按照之前的约定，带宋枝葱出去买衣服，再带她正儿八经地约一次约会。说起来，两人认识这么久，还是第一次身心放松地一起出去。

祁岸吊儿郎当地笑："以前拉着你的时候，就是想带你多兜兜风，干点什么。"他瞥了宋枝葱一眼，"但你肯定不让，说不定还会离我远点儿，可太难伺候了。"

难得听他这个腔调说话，宋枝葱抿唇笑，牵着他的那只手轻轻挠了挠他的掌心，哄着他："现在你想带我去哪儿都行。"

祁岸说："那就先去商场买衣服，饿了就吃个饭，剩下的活动慢慢安排。"

他没跟女生约会过，自然也不太懂流程，生怕安排得不好，让曾经的何恺给比下去，于是便选了一家很贵的商场，想给宋枝葱更好的。

不料，宋枝葱发现他走的路线距离自己想去的地方越来越远，出声制止："那儿卖的东西好贵，你带我去我肯定买不起……"她声音越来越低。

祁岸笑了一声："我能让你花钱？"

"一定要我花的。"宋枝蕙牵着他的手紧了紧,"因为我要以我自己的名义送给你礼物。"

说话间,绿灯转红灯,祁岸在车流如织的马路上停下,浓黑的双眸朝她意想不到地瞥来。他似乎很感兴趣她这句"自己的名义",勾唇笑了下:"你什么名义?"

按照他对宋枝蕙的理解,他觉得这姑娘会说女朋友,然而宋枝蕙却赋予这个标准的回答更鲜活的意义。她说:"以祁岸唯一的女朋友,因为祁岸是她唯一喜欢的男朋友。"

唯一喜欢,代表从前的所有都不作数,她的心只归属于他,他不必因为任何人而感到不安。

祁岸额角一跳,没想过她会这么说,也没想过自己能仅和她对视一眼,就理解其中的意思。

车内就这样安静了两秒。两秒后,祁岸的眼神变得浓郁,他低垂下眼帘,视线落到宋枝蕙的唇上。

他们在涌动的街流和晴空烈日下,接了一个漫长又热烈的吻,像在弥补少时所有求而不得的缺憾。

那天两人把车掉了一个头,到底去了附近一家快消品商场。

商场里人来人往到处都是年轻人,约会气息格外浓重。

祁岸平时除了吃饭,基本不来这地方,更别说陪着个姑娘进女装店,换作从前,完全是不可能的事。

当然宋枝蕙也没想过,两人真谈了对象后,祁岸这狗脾气会耐心到这地步。不仅任劳任怨地帮她拎包,还非常耐心地帮她参谋要选的衣服,一点儿恼火的迹象都没。

宋枝蕙对穿衣服方面从来没有多高要求,条件在那儿,用蔡暄的话来说,就宋枝蕙这脸这身材,披麻袋都好看。

按照以前的习惯,宋枝蕙打算随便挑两件,她怕祁岸跟着烦。

买完衣服,宋枝蕙又提出去给祁岸买手环。两人千挑万选买了对带着小锁头的情侣手环。不算贵的材质,祁岸戴的那个有一个装饰的小锁头,上面刻着一句英文,戴着不显女气。宋枝蕙那款的装饰则是一个小钥匙,可爱得很,怎么看怎么喜欢。

祁岸在看到小票后,眉头紧锁了好一阵。宋枝蕙知道他心疼自己,赶忙把小票扯过来扔掉："反正马上就要上班了，不差这点钱。"

她说得大大方方。祁岸直接牵着她的手，把她扯到身前，看起来不大满意："要上班了？我怎么不知道。"

宋枝蕙老实巴交地眨眼："这不是告诉你了？"

祁岸气笑："到现在才跟我说，也叫告诉我了。"

宋枝蕙嘴角微微翘起，趁着周围没什么人，揽住他精瘦的腰，亲昵地告诉他面试早就通过了，后天上班，由于两人昨天晚上太腻歪，没来得及跟他说。

祁岸听不出情绪地"嗯"了声："什么职位？"

宋枝蕙说："日贸公司的翻译部。"

这家公司是她投了简历的公司中条件最好的一个，面试给的工资也不低，一般都要有出国经历的，她倒是没想过自己会顺利通过，所以宋枝蕙很珍惜这次机会。

祁岸倒没说什么，只是问她公司在哪儿，通勤方不方便。当然最重要的是，她那个部门男生多不多。

宋枝蕙知道他是故意在揶揄自己，于是反过来将他一军："等正式上班我再告诉你。"

祁岸挑眉。宋枝蕙慧黠一笑，拉着他去餐厅吃饭。

餐厅是祁岸事先选好的，属于整个广场最豪华的地方，能看到外面的江畔，点的套餐也是招摇的情侣款。

吃完饭后，两个人又去看了场电影，又在附近的夜市逛了逛。祁岸像哄小孩似的，给宋枝蕙买了那种亮亮的气球，还有戴在头上的玩偶发卡，宋枝蕙戴了会儿嫌头疼，就让祁岸戴。

本以为祁岸会拒绝，没想到这家伙真的听她的话，把她那一堆花里胡哨的小熊戴在头上，却也在人群中更招摇。

这次约会格外难得，宋枝蕙还拍了两个人的合照。合照里，祁岸配合她略弯着身子，露齿而笑。

宋枝蕙选了两张，一张是两个人同时面向镜头的，另外一张是祁岸在她按快门的瞬间，突如其来地吻她侧脸的。宋枝蕙神色明显惊了一下，却止不住笑意里的幸福和甜蜜。两人身后的背景，是一派繁华热闹的市井烟火，他们在烟火中尽情恣意地相爱。

当天晚上，这两张照片成为祁岸朋友圈里最引人注目的内容。几乎所有人都来给他点赞，大家都在说祁岸这次是认真了。

谢宗奇还私下给祁岸发信息，说他发这个的时候，何恺跟他在一个饭局上吃饭，别人看到这两张照片聊得贼欢，就只有何恺一声不吭，沉默地喝着酒。后来有几个不识好歹的，还当着他的面夸宋枝蕙好看，甚至说宋枝蕙跟祁岸很配。何恺连酒都喝不下去了，直接起身出去透气。

谢宗奇还说，那天晚上何恺喝多了一直哭，也不知道在哭什么。

然而他悔恨什么都没用了，祁岸不会给他一丝一毫的机会。已经错过了一次，他不可能再让宋枝蕙从自己身边离开。

除了这群朋友，祁岸的家里人也很惊讶。特别是祁沫，听祁颂说了祁岸和宋枝蕙的光辉事迹，还找祁岸要过宋枝蕙的正脸照片。她一直很好奇什么样的妙人能把她哥给制伏，结果看了正脸后，果然没有失望。

她发给祁岸的第一句话就是：哥，这个嫂子好仙好美！

祁岸显然不那么满意，第二天一大早喝着牛奶回她信息：什么叫这个嫂子？别说让人误会的话。

祁沫无语：所以你是真不惦记那个白月光了？我还以为你多深情。

本打算再挖苦几句，没想到祁岸比她还无语：让你自诩聪明的脑袋转转，有没有一种可能，她就是那个白月光？

几秒后。

祁沫：是我蠢了！

祁岸扯唇一笑，又想到什么，多问了一句：家里那边现在怎么样？

祁沫蕙质兰心，当然知道他关心的是什么：爷爷这边没什么反应，可能是觉得你处着玩不当真吧。

过了一会儿，她又发：三叔这边也没什么动静，我听说他最近身体不大好。

她三叔就是祁仲卿。易美茹前阵子也确实提过一句，说他身体不好。祁岸想到他就丧失聊天的欲望，随便"嗯"了声，没再往下聊。

接下来的几天，俱乐部的事务变得繁忙起来，为了招新和组建车队，罗贝贝和钱向东忙得不可开交，祁岸也不得不亲自处理一些事。宋枝蕙这边也开始上班。

两人一个朝九晚五，一个早出晚归不定时，每天见面的时间都浓缩在祁岸早起送宋枝蒽上班的十几分钟里。有时候晚上有空，祁岸也会过来接她，两个人再一起吃个饭。

宋枝蒽想过不让他来接送自己，但祁岸不同意。不管什么天气，祁岸都会按时出现。早上还会给她带早餐，顺便在车上和她亲昵一会儿。

没几天，宋枝蒽公司就传开，说翻译部新来的学霸美女，有个既帅又有钱的男朋友。再加上她并非海归留学生，而且才大三就能顺利进入翻译部，多少引起一些流言蜚语。

所幸部门内的几个姑娘对宋枝蒽都很好，也告诉她，部门之外的有些男生就是嘴碎人品还差，让她别在意。

宋枝蒽也确实没在意，她来到这个公司，只想好好积攒经验，至于别的事她一概不想搭理。

得知她顺利上班实习，蔡暄也莫名紧迫起来，也在考虑要不要早点回北川实习，还向她寻求建议，毕竟邹子铭要回去了。

宋枝蒽这时候才察觉到他们俩现在关系好像还挺近，正想多问她点儿什么，钉钉群组发来消息，通知大家今晚早点下班，参加公司的二十周年酒会。

部门里的姑娘们瞬间热闹起来，不是聊今晚的酒会，就是聊关于总公司那边的八卦，说这次庆典的排场很大，一方面是因为二十周年，另一方面也是因为老总的新老婆要公开和大家见面。

有个姑娘和总部那边交流比较多，知道的也多一些。她一边补妆一边道："他那新老婆说是从国外回来的，四十多岁风韵犹存，还怀孕了。"

"要不是怀孕啊，估计也够呛能领证。"

"谁让咱们老总到现在都没儿子。"

听到这里，宋枝蒽握着鼠标的手微顿。再然后，她就听到了那个熟悉的名字。

"听说姓李，叫李望秋。我上次去总部见到真人了，可漂亮了！都看不出那么大岁数！"

宋枝蒽已经很久没听到这个名字了。自打上次见了那一面，母亲就像从她脑中被擦除了一样，不管是不是刻意，宋枝蒽都不会再想起她。

她知道其中一部分原因是祁岸。祁岸不止弥补了她过去的缺憾，也储备了未来的能量。从此宋枝蒽并不需要从母亲那儿试图得到什么爱。

她只是无法理解，为什么可以开诚布公好好谈谈的事情，母亲一定要这样瞒着她。这让宋枝蕙觉得自己是被抛弃的，被自己的亲生母亲，再一次抛弃。

最可笑的是现在，两个不该见面的人又要见面了，宋枝蕙忽然很好奇母亲在酒会上见到她会是什么表情。

然而，宋枝蕙压根儿没想到，她的出现对于母亲来说，没有激起任何波澜。

宋枝蕙作为新入职的员工，在这种社交场所，一整晚都维持着社交距离，偶尔被部门主管介绍给其他同事。因为长得漂亮，年纪小，她很快就被很多人认识。

其中也包括今晚的主角，季郑平和他的新婚妻子，李望秋。宋枝蕙也终于见到这个被大家恭敬地称为"季总"的人。他虽然五十多岁，但极其自律，身材和样貌都保持得很好，看着气度不凡也很和善。在宋枝蕙和部门里其他小姑娘在冷餐区闲聊吃东西的时候，他正和李望秋挽着手同一些高层聊天喝酒。

李望秋穿着白色晚礼服，看起来优雅又矜贵，微微隆起的小腹更是引人注目。在众人的寒暄中，她的目光只是短暂地在宋枝蕙身上停留了一秒。

宋枝蕙忽然就想起，十二岁那年，母亲在小巷子口，蹲下身，帮她重新系头花的那一幕。温柔朴素且美丽，满眼都是对她的不舍。

十年过去，她的容貌并没有太大改变，可一切都变了，宋枝蕙觉得自己完全不认识她。甚至在这一刻，呼吸都过于滞闷。

身边的一个姐姐看出宋枝蕙脸色不好，好心问了问她。宋枝蕙摇头，只说是有点不舒服，不知道可不可以提前离开。部门主管就在这时插话："提前走倒是可以，但是外面现在下雨了哎，你带伞了吗？"

宋枝蕙愣了下："没有。"

北川这个季节多雨，一下起来就没完，偏偏举办酒会的地点很偏，公交车和地铁都没有，约车也不容易。来的时候都是公司大巴车集体带过来的，回去就比较麻烦了。也不知谁提议了一声，让她叫男朋友过来接自己，说完还一个劲儿冲宋枝蕙使眼色，说正好让大家伙看看她男朋友有多帅。

人在面临一些让自己不舒服，且没什么安全感的环境时，最先想起的一定是自己最依赖的人。即便知道祁岸这会儿可能跟着俱乐部忙上忙下，但宋枝葱还是没忍住，去洗手间给他打了个电话。

在晚宴开始之前，两人联系过一次，祁岸告诉她俱乐部那边有点事，想让祁颂去接她，但被宋枝葱拒绝了，说搭公司的车回去就行。

然而她远远高估了自己，不到一个小时，她就待不下去了。

在这一刻，她很想祁岸，想被他抱着，想听他用低沉的嗓音跟自己说话，只有在他身边，她才会有安全感。只是时候不巧，在电话接通后，那边传来的居然是祁颂的声音。

宋枝葱有些许意外。祁颂则告诉她，易美茹今晚来俱乐部找祁岸麻烦，两个人正在会议室吵得很凶。

祁颂的声音透着点儿担心："唉，他妈妈那人很难缠的，每次她找我哥我哥都不开心。这次更是让他回 B 市那边照顾他爸爸的身体，我哥很不乐意。

"说白了不还是怕输给我三叔那个小媳妇吗，怕小媳妇生的儿子抢了我哥的东西。

"最恶心的是，她老逼着祁岸跟那个顾清——"

说到这里，祁颂终于意识到自己说得有点儿多，"呃"了一声，问宋枝葱："你还在吗？"

宋枝葱有些失神地望着镜子中的自己，讷讷出声："在。"

祁颂一听她这个语气，就有些慌。正想跟宋枝葱解释解释，让她别担心，哪知宋枝葱却说："既然他在忙的话，我就不打扰他了。"说完，她掐断电话。

祁颂对着手机有些愣神，就是这会儿，把易美茹气走的祁岸从会议室阔步来到休息室，发现他的手机居然在祁颂手里。

祁岸本就一张脸跟冰冻似的，直接把手机从他手里抽回来，没什么好气地说："碰我手机干什么？"

祁颂哑巴了下，还没开口，祁岸就看到手机上显示宋枝葱刚刚来电。祁岸皱了下眉，抬眸冷剐一眼祁颂。祁颂马上装作没事人的样子，插着口袋，吹着口哨，转身出去了。

以祁岸对他的了解，就知道这家伙肯定又嘴碎了，于是祁岸第一时间给宋枝葱回拨过去。

然而却没人接。

不是她故意不接,而是她刚从洗手间出来,就遇到正在门口等着她的母亲。

会场大堂周围空无一人,这一刻就只有她们俩。从母亲这一刻略有些迫切又期许的表情来看,宋枝蒽知道,她是专门出来找自己的。下一秒,母亲就开了口:"枝枝,跟妈妈聊聊好吗?"

宋枝蒽想过两人面对面的场景,却没想到会是当下这种情景。

灯火通明的大楼之外下着经久未歇的雨。一楼的某家简餐店内,母女二人坐在落地窗前,吹着冷气点单。

本来母亲点的是冰咖啡,宋枝蒽却突然打断:"给她换杯热牛奶吧,她怀孕了。"

怀孕这两个字像是一根刺,刺到李望秋心坎儿上。她没能撑得住那个优雅的笑,嘴角抖了下:"那就热牛奶吧。"说话间,她看向菜单,指着一份看起来还不错的意面,"再来一份这个。"

宋枝蒽知道那是她给自己点的。因为母亲知道她爱吃的食物实在有限,这么多年,母亲也就能记住一道芝士培根意面。

"我刚才看你没怎么吃东西,想着可能是太凉了,就给你点了热的。"母亲声音细心温柔,俨然一副慈母模样。

宋枝蒽却只觉得讽刺:"你点了也是浪费。"她没什么表情地看着母亲,"我现在不爱吃了。"

不得不承认,几年未见的宋枝蒽出落得越来越像年轻时候的李望秋,一样的清冷秀致又眼含坚毅。

李望秋知道宋枝蒽已经记恨上了,可还是想说些什么。还好宋枝蒽并没有要马上离开的意思,宋枝蒽在给母亲一个解释的机会,比如,她能来到这家公司,到底是谁的意思。

其实在刚听到母亲名字那会儿,宋枝蒽心里就有数了,只是多少有些不相信。曾经连续几年都不怎么关心自己的母亲,曾经即便是见了面也要装作陌生人的母亲,居然会主动把她招揽到眼皮子底下。

"我是在人事经理那边看到你的简历的。"母亲漂亮白皙的手握着温牛奶,"她们当时比较纠结,觉得你还没毕业,没有出国留学的经历,进入翻译部不够格,但又觉得你条件很好,如果选别人会觉得很可惜。"

"所以我就做了主,告诉她们,你是我——"母亲顿了下,"说你是我亲戚家的孩子,所以他们就破格录取了。"

宋枝葾垂着眸,看起来无波无澜,却冷漠到极致。如果是以前,她可能会质问母亲,承认我是你的女儿就这么难吗?但现在,她连一丝多余的情绪都觉得浪费。

可正是她这无所谓的反应,让李望秋觉得惴惴不安,李望秋很快又解释:"枝枝,我知道你怪妈妈,但妈妈没有要抛弃你的意思,我很早就为你办了一张卡,里面存了很多钱,打算等你毕业后当作你事业的起步金,你想出国留学也好,你想考研深造也好,都随你。

"这件事你外婆一直知道的,不信你可以问她。我一直没有告诉你,这两年不敢联系你,是因为我现在的家庭状况。"

"季家没有那么安生,我怀了孕,身体大不如前,老季他愿意和我结婚,就是因为……"母亲很艰难地说,"我说我没有别的孩子。"

豪门不好混,这句话不是玩笑,即便季郑平对李望秋感情深厚,也无法忽视家族利益。他们那样的人家,不会允许外人来争抢家族的利益,更别说是别人的孩子。

最重要的是,这次意外怀孕,对李望秋来说是一场不小的劫难,以她的年龄,不论是生下来还是打掉,都不是一件好事。二者之间,她宁可选择生下来。

宋枝葾又怎么会不懂,她只是想知道,母亲是从什么时候开始骗自己的。

李望秋深吸一口气:"在你上大学的时候,我就回国了,只不过我那时候不在北川。"

宋枝葾麻木地看着她:"你即便在北川也不会来看我的,因为你的未来里,根本就没有我。"

李望秋想说什么,却被宋枝葾打断:"你已经有了新的人生和家庭,未来还有新的孩子,宋枝葾对你来说,无足轻重,甚至是一个污点。"

从没见过这样说话的宋枝葾,李望秋瞬间慌了:"不是的枝枝,你别这么说。"

宋枝葾扬唇一笑,眸光里有水光闪烁:"我想不到别的解释。一个母亲,为了自己的美好生活,毅然决然与过去割裂,不仅是女儿,就连自己的母亲也要划清界限,我只能说,你的未来真的很诱人。

"不过确实，如果我是你，我也不想让别人知道，我曾经和一个老赖结过婚，还被家暴出轨。

"同为女人的层面讲，我理解你，也很佩服你，但我无法谅解你。"

无法谅解母亲当初的离开，也无法谅解她明明有能力，却依旧选择不要自己。积攒许久的情绪像是终于找到一个发泄口，宋枝蕙喘匀一口气，想要提包离开。

李望秋见状急忙开口："我没奢求你能谅解我，是妈妈做得不对，我现在只想弥补你。这些年我欠你太多，我也知道你受了很多很多苦，这些我都知道。

"现在我有能力了，想对你好，弥补你，好好疼你，难道这也不行吗？你真的一点儿机会都不给我吗？"

比起半个小时前的知性优雅，此刻的李望秋终于意识到问题的严重性，满脸悔色地望着她。

宋枝蕙却毫无波动。直到一道高大的身影突如其来地从李望秋身后掠过，径直绕到她身边，拉开椅子大刺刺地坐下，伴着一句沾染嘲意又讥讽懒散的"阿姨这样可就没意思了"。

熟悉好闻的檀木香浸入鼻息，宋枝蕙心神恍惚一瞬，目光下一秒就跌入祁岸望来的深邃长眸中。

完全不似之前在俱乐部时那样的疏冷难以接近，面对宋枝蕙的祁岸，眼底永远荡漾着慵懒笑意，身上的气息却明显带着穿越风雨的凉意，就连短发的发丝也是微湿的。

想到祁颂的那通电话，宋枝蕙眼眶一下就红了。

祁岸在桌下牵起宋枝蕙因恨意而冰凉的手，暖暖的体温传来，他转头看向面色讶然的李望秋，完全不把她放在眼里："枝枝现在有我疼，不劳烦您费心。"

这两句话有多狂妄，李望秋此刻的表情就有多彷徨失措。

她没想到这场难得的谈心，会杀出个"程咬金"，更没想到这人会是祁岸。季郑平和澜园的另一位股东，也就是祁岸的四叔关系不错，偶尔有些商业上的往来，私下也会一起吃个饭。李望秋没和祁岸正面接触过，但去澜园选珠宝的那几次，曾远远看到过一眼。

二十岁出头的年纪，气质沉稳通达，外形也极为优越，打眼一看就是含着金汤匙出生的人中龙凤,据说澜园一半的股份都是他的。最重要的是,他是京圈祁氏老三祁仲卿的大儿子。

在李望秋眼里,他与宋枝蒽显然不是同一个圈子的人。可现在,他却冒着风雨出现,只为护着宋枝蒽。

在李望秋出神的瞬间,祁岸转念就和宋枝蒽旁若无人地说起话。宋枝蒽声音软糯又惊讶:"你不是在俱乐部吗?怎么突然过来了?"

祁岸捏了捏她的手,故意在她这儿取暖似的:"还不是给你打电话打不通,担心你。"说话间,他瞥了李望秋一眼,似笑非笑,"还挺巧,让我赶上了。"

祁岸气场强不是玩笑话,饶是李望秋这样有身份有地位的女人,一时也不知如何应对,只能故作平静地开口:"你好,我是宋枝蒽的母亲,你是祁岸吧,我知道你。"语气透着隐约的"家长式"压迫,像仗着身份拿腔拿调。

祁岸头偏了偏,还没说什么,宋枝蒽敛神开口:"您这么说,季总听了恐怕不高兴。"

"既然选择了另一种身份,就请李女士好好尊重自己的角色。"

李望秋被堵得哑口无言,面色像是沉了一层霜。在宋枝蒽的成长轨迹中,她也曾算是一个严厉的母亲,会管教宋枝蒽,让她做个有礼貌懂是非的好孩子。可到这一刻,她才发现,她在宋枝蒽人生中消失太久,以至于即便被讽刺,她也没有资格说出指责的话。甚至在宋枝蒽眼里,自己连个陌生人都不是。

想到这儿,李望秋鼻腔蓦地一酸。望着起身要离开的二人,脱口道:"你真不打算认我这个妈了?"

祁岸一手拎着宋枝蒽的包,另一只手牵着宋枝蒽。原本宋枝蒽都打算不理她直接离开,却不想祁岸停下脚步嗤笑出声:"不认她的人不是您吗?"

祁岸脾气野性难驯,撑起人来从来不似宋枝蒽那样迂回,这会儿勾着嘴角冷笑,敌意就差写在脸上。

李望秋秀眉倒蹙。

不料祁岸的话像针,轻飘飘地落下,句句扎在她心坎:"您也别不爽,枝枝认的长辈,我一定恭恭敬敬。她不认的,我也只当碍眼的陌生人。"

男生带着玩味的笑腔,把丑话都说尽,完全一副陪宋枝蕙离经叛道的模样。就好像无论宋枝蕙是对是错,无论宋枝蕙想做什么,他都毫无保留地站在她这边。

宋枝蕙突然就觉得,够了。哪怕她人生中缺失了很多,诸如父母宠爱、平坦顺遂的青春,都不及祁岸半分珍贵。他是老天留给她最厚重的礼物,她没有理由不去释怀。

只是这种释怀,对李望秋来说难以接受。

宋枝蕙平静地望着她,很轻很轻地叫了一声"妈"。

话音落下的瞬间,李望秋眼眶湿润,抬头又惊又喜,然而下一秒,就被宋枝蕙的话打入谷底。

"以后我们各自过好各自的人生。"宋枝蕙神色坚决,"我不打扰你,你也不要打扰我。"

雨势越来越大,宋枝蕙被祁岸用外套遮住搂上车。好笑的是,宋枝蕙刚坐上副驾驶座,就在车里的中央扶手箱里找到一把浅黄色的雨伞,雨伞的边缘还印着可爱的小黄鸭,就是之前祁岸去找她要玉佛和身份证时,帮她遮雨的那把。

宋枝蕙有些意外:"这不是有伞吗?为什么下车的时候不带着。"

祁岸淋湿了大半,好在车上有件干净的T恤,他旁若无人地把身上那件脱掉,露出劲瘦结实的上半身,配着微湿的短发,莫名性感。

他对着宋枝蕙漫不经心地把衣服套上:"噢,忘了。"

宋枝蕙被他的好身材晃了下眼睛,别开视线。

祁岸被她这副模样逗笑:"害羞什么,又不是没看过。"说话间,他抽出纸巾,一面把宋枝蕙的脸扳向自己,帮她耐心地擦去脸颊和发丝上的零星水珠。

宋枝蕙被他伺候得脸上微微泛痒,嘴角却情不自禁地翘着。

祁岸低垂着眸,眼角眉梢浮动着愉色:"怎么这么高兴?"

宋枝蕙理所当然地答:"你来接我我当然高兴。"

祁岸"啧"了声:"所以之前不高兴?"

宋枝蕙不置可否。祁岸把纸团扔进垃圾桶,冲她微微扬眉,终于问出一直想问的话:"祁颂是不是又跟你说了什么没用的?"

宋枝蕙垂下眸:"也没说什么,就是说你在会议室和阿姨吵架。"

祁岸目不转睛地看着她。宋枝蕙微微瞥他一眼，声音低下去："还说你父亲生病了，要你回去。"

至于顾清姚，她想了想，没说。因为说了也没意义，她知道祁岸不可能喜欢别人的。

祁岸好整以暇地望着她，蓦地笑了："就因为这两件事不高兴？"

宋枝蕙目光闪烁："我没有啊，我——"后面说不出来了。

因为她和祁岸都心知肚明，她那会儿看到祁岸进来找她，红了眼眶，跟母亲无关。她其实一点儿也不在意今晚母亲会跟她说什么。她在意的是祁岸。

触及到敏感点，宋枝蕙情绪低落下来。车窗外淅淅沥沥的雨水也像砸在心上，无端滋生出烦乱。她突然就明白患得患失是什么感觉。

祁岸又怎么看不出她在想什么，直接把她扯在怀里紧紧抱住。瘦削的下巴抵着她的发顶，男生的大手揉了揉她的后颈，磁性的嗓音带着慵懒笑意落在耳畔："小傻子，我跟她吵架与我们无关。就是没有你，我跟她关系也没融洽过。"

"至于我爸。"祁岸冷嗤了声，格外不在意，"他有钱有势，想照顾他的人一大堆。"

宋枝蕙把脸埋在他颈弯，使劲儿呼吸着他身上好闻的气味，声音也有点埋怨："可我还是很怕。"细白的指尖把祁岸身上大几千块钱的T恤揪出褶皱，她难得任性一次，"祁岸，你哄哄我吧。"

祁岸听笑了，可笑完又觉得心疼。她是多没安全感，才能说出这种话。思来想去，祁岸俯首在她额头上亲了一口："那今晚别回家了，好不好？"

宋枝蕙由下至上地看着他。祁岸黑黢黢的眸底温柔流转："你想吃什么我给你做，再好好哄哄你。"

他说这话时极其认真，任谁也想不到那个平时又跩又野的公子哥，如今会对女朋友如此做小伏低。

宋枝蕙咬了下唇，有点儿控制不住地想要上钩。

祁岸见她犹豫，跟个男妖精似的凑过来在她耳畔啄了口，蛊惑道："枝枝不想我吗？"

低低的嗓音带着微沙的颗粒感，随着他微热的吐息一并撩拨着心扉。随后，他的唇又移到她唇畔，像是品尝着极为甘甜的珍馐，一下又一下，

/441/

若即若离地亲着她。

宋枝蕙觉得自己的骨头都酥软烂掉了,面颊也渐渐升温,到最后只能任他宰割地点头。

静默两秒,她讷讷地道:"但你得找个理由,给我外婆打电话。"

祁岸闷了一嗓子笑:"都多大了,这也要报备。"

宋枝蕙眼神嗔怪:"还不是因为你太危险了,我外婆怕我……"

说到这儿,宋枝蕙卡了壳。

祁岸来了兴致:"怕你怎样?"

宋枝蕙脑中顿时回想起外婆的那番话……什么女孩子要爱惜自己云云。当初李望秋就是没结婚就怀了她,所以不得不挺着个大肚子跟她爸结婚。老人家一辈子守旧惯了,对这事更是把控得紧。

祁岸听后舔了下唇,悻悻地来了句"行吧"。

宋枝蕙以为他要打退堂鼓,没想到两人互相松开彼此的下一秒,祁岸就冲她摊开掌心:"手机给我。"

宋枝蕙忍住笑,乖乖把手机交给他。

祁岸一面牵着宋枝蕙的手,一面正儿八经地给外婆打了个电话。他故意把声音放哑几分,装作一副生病的模样,告诉外婆自己发烧又得了肠胃炎,很严重,需要宋枝蕙照顾,所以宋枝蕙这两天就先不回去了。

大概是他装得太像,宋枝蕙登时就听到外婆关切的声音:"这么严重啊,打吊针了没?要不要我去给你做点儿营养品。"

宋枝蕙和祁岸对视一眼,从小就不会撒谎的宋枝蕙神色顿时紧绷。

祁岸冲她比了个嘘的手势,淡定道:"不用的外婆,有枝蕙照顾我就行了,她在我身边我心情能好。"

说完,他又装模作样地咳嗽两声,偏偏表情又是八风不动的镇定。

别说外婆,宋枝蕙都快相信他了。

外婆不至于听不出什么意思,只能顺着台阶下,嘱咐几句后挂断电话。于是宋枝蕙获得几天自由身。

祁岸撩着眼皮瞧她,勾着嘴角坏笑,笑里还有那么点儿得意。宋枝蕙往下抑着嘴角,装作严肃地说:"你这演技还挺好。"

祁岸当然知道她在讽刺自己,但架不住脸皮厚,于是他随意"啧"了声:"这不生活所迫吗。"说话间,他凑过来在宋枝蕙唇上亲了下,"演技不好怎么把你追到手。"

说起演技，宋枝蒽可有一肚子的话想说。当时很多细节，她处在情境中看不清，可现在置身事外，却能感受到当初祁岸的诸多用心。

比如和他关系最好的明明是邹子铭，他却愿意花一晚上的时间来给陈志昂捧场，哪怕他们已经吃完饭了。

又比如，回去的路上，祁岸让她披着自己的外套走，偏偏那外套里还装着很重要的身份证和玉佛。他说得重要，实际上，宋枝蒽一次都没见他戴过。

还有就是，那把小黄伞。宋枝蒽以为那是他车里有的，但很早之前，去学校附近一家超市的时候，她刚好看到那家超市在卖这把伞，祁岸连这把伞放在车上都不记得。

这不得不让宋枝蒽怀疑自己的猜想是真的——那个雨天，祁岸是故意买了这把伞后折返回去接她的。

这个猜想像装在玻璃罐子里的糖果，让宋枝蒽越发想要取出来一探究竟。

可祁岸的嘴却没有那么容易被撬开。宋枝蒽问了一路，祁岸都不置可否，直到两人回到家，祁岸一进门就托着她的臀，把她抱坐在门口的矮柜上亲。

这段时间两人都忙，已经好久没有这么认真专注地在一起，以至于这个吻像是点燃干柴的火苗，瞬间就变得热烈。

祁岸索性把她抱到沙发上压着，换了个更方便的姿势接吻。宋枝蒽被他宽大的怀抱包裹着，心跳急骤，呼吸也急促。

别墅外，雨水淅沥不停，敲打在明净的落地窗上。

绵长的一吻结束。祁岸稍稍退离，姿势却保持不动，把宋枝蒽禁锢在沙发上，用指腹帮她擦着水润的嘴角。

宋枝蒽目光摩挲，瞥到他手腕上那只挂着小锁头的手镯，在白炽灯下闪烁着熠熠的光亮。他确实是一直戴着的，没背着她偷偷摘下来过。

宋枝蒽像只小猫，拨弄着他那小锁头玩，却不知道这副神态反倒惹得祁岸心痒。于是，他又俯身，在她唇上一下下地亲着，嗓音含混："玉佛和身份证不是故意的。

"除了这件事，其余都是。"

他答得漫不经意，慵懒的语调只是听着就十分勾人。宋枝蕙思绪都被他亲乱了，好一会儿才反应过来，撑着他的胸膛坐起身。

祁岸顺势把她揽入怀中抱住，颈肩处都是她温热香甜的呼吸。

宋枝蕙抬眸看他，莫名觉得他这会儿的神色像是喝醉了一般，眼尾红得挺明显。她没忍住，抬手轻轻碰了下。

祁岸浓长的眼睫垂下来，就这么眸光深挚地望着她，蕴着沉甸甸的宠溺。

"伞是专门买来接我的？"

"嗯。"

"陈志昂和蔡暄约见面的那天晚上，也是因为我才出现的？"

"是。"

"520那天的选修课呢？"

祁岸这会儿心情不错，他眉宇舒展，答得坦坦荡荡："陈志昂那儿有蔡暄的课表，我看到了，就想着赌一把。"他扯唇一笑，"没想到还真让我给碰上了。"

宋枝蕙愣了愣，反应过来后抿了抿唇，难得自信地说了句："祁岸，你好喜欢我啊。"

祁岸正儿八经地点头，语调傲娇又嗔怪地笑了声："你知道就好。"

宋枝蕙顿时觉得被他亲手喂了一大把糖，身心舒畅得没忍住凑上去在他下巴上亲了亲。

即便刮得干净，男生的下巴上也还是有胡茬毛刺般的触感。宋枝蕙还是第一次体会到，一时觉得有些新鲜，便流连忘返地往下挪了挪，不想祁岸"啧"了声，提溜着她白皙的后颈把人拎开。在她不解的眼神中，他喉结滚了滚："起来了。"

宋枝蕙乍一听，没理解什么意思，以为他要自己别压着他。可等祁岸起身，又意味深长地瞥她一眼，宋枝蕙才从他身上瞧出端倪，粉白的双颊唰的一下红了。

宋枝蕙抱着双膝缩在沙发的拐角里，眼巴巴地瞅着祁岸。

祁岸被她这反应逗笑，大手在她头顶上揉了揉："我去洗个澡，回来给你做东西吃。"

宋枝蕙羞涩地摸了摸自己发烫的双颊，刚好蔡暄又发信息找她，问她去哪儿了，怎么不回自己。宋枝蕙这才反应过来，自己之前跟她聊着聊着，又把她给忘了，于是赶忙道歉，解释自己今晚公司有酒会，她去参加所以才忘记回话。

蔡暄：吓死我了，我以为你出什么事了呢！

宋枝蕙想到蔡暄之前跟自己碎碎念的那些，又翻上去重新看了一遍。看完后，她也很意外：邹子铭家里条件很差吗？比我还差？

蔡暄：其实也不是差，是他妈妈生病一直要用钱，妹妹也在念书，家里现在都靠他。

蔡暄：我算是明白了，为什么他打起工来比你还狠。

蔡暄：和他一比，我觉得我就像个大混子，整天除了吃饭睡觉就是玩。

宋枝蕙安静两秒，把心里话说出来：我怎么感觉，你对邹子铭有点儿不一样？

明明这些话蔡暄经常对她说，可这会儿身份对调，蔡暄就跟炸了毛一样。

蔡暄：咋可能，你可不要胡说啊！我跟邹子铭那可是好兄弟，而且还是同乡。

蔡暄：再说了，兔子还不吃窝边草呢，他跟陈志昂是室友，我疯了我？

蔡暄：当然最主要的是，这人对恋爱一窍不通，他脑子里就只有两个字——赚钱！

话里话外都透着拒绝的意味，宋枝蕙默默叹了口气，也不指望她这个嘴硬的死鸭子能说出什么真心话，索性就不往下问了。

蔡暄也怕她往下问，于是赶忙把话题扯到祁岸身上：对了，你俩咋样了，上次你说他妈妈总找他碴，这事他怎么跟你说的？

宋枝蕙言简意赅：也没怎么说，就叫我别担心。

蔡暄：我觉得岸哥的性子很稳当，你也确实没什么好担心的，他一定能处理好。

宋枝蕙倒是不担心祁岸怎么处理，只是在想他父亲的事。即便父子二人关系再不好，可生病了，也不好真的一眼都不去看。可一想到祁岸要走，她心里就难免有些低落和焦灼。

早年的那通电话，让宋枝蕙一直畏惧着祁仲卿。宋枝蕙既不知道祁岸这一回去要多久，也不知道他回去之后，会不会被安排和顾清姚见面。

如果没有顾清姚，也会有别的女生等着他。或许是热恋期的女生会更敏感，宋枝葱也不是那么自信的性格，便把这些事告诉了蔡暄。

本以为蔡暄会正儿八经地开导她，结果这家伙表示：这还不简单！你捆住他不就完了！

蔡暄：先跟他撒个娇，再跟他一起回去。

宋枝葱正端着杯子小口喝水，看到她发的几句话，差点儿把自己呛到。

洗好澡的祁岸刚好下楼，第一眼就看到他的小女朋友缩成小小一团，抱着水杯在沙发上狼狈地咳嗽。祁岸无奈地"啧"了声："喝个水也能把你呛到。"

话虽嫌弃，可人却走到她身边坐下，宠溺地帮她拍后背。宋枝葱顿时把手机收起来。

注意到她的小动作，祁岸挑了挑眉，正想说点儿什么，下一秒就被宋枝葱打断。白嫩的手指扯着他的衣服，小姑娘眼巴巴地瞅着他，声音软得像在撒娇："祁岸，我饿了，给我做好吃的。"

祁岸在她的软腮上亲了下："遵命。"

祁岸给宋枝葱烤了个披萨，做了小龙虾、鸡翅，又点了外卖甜点。宋枝葱一个人吃不了这么多，就逐个吃了几口，其余的喂给祁岸。

饭后，祁岸接了通工作电话。时候不早，宋枝葱上楼洗澡。

趁祁岸不在，她赶忙给蔡暄发信息。

宋枝葱：抱歉啊暄暄，刚刚我们在吃饭。

蔡暄：呵呵，就知道。

蔡暄：反正你考虑一下吧，我这个提议是最优选啦。

不知道是被她这话说得，还是被浴缸里的水蒸气蒸得，宋枝葱面上闪过一丝羞赧。

然而，晚上的祁岸一副清心寡欲的模样，躺在床上拍了拍他旁边的位置，要她过去陪他打会儿游戏。

宋枝葱乖乖在他旁边躺下了，却拒绝他一起打游戏的邀请："我困了，明天还要去公司一趟。"说完便翻了个身。

祁岸微微挑眉，过来搂她："不是说打算辞职了？"

吃饭那会儿两人聊到这事，宋枝葱就把这个决定告诉他了。因为她不想在母亲眼皮子底下工作。既然互不打扰，就要断得干干净净。

"是辞职啊。"宋枝葱扭过来,平躺在枕头上瞧着垂眸看她的祁岸,"但也得早点去,要交接。"

既然她话都这么说了,祁岸也只能敛眸,把床头灯关掉:"那你明天辞完职我去接你。"

男生带着蛊惑般的气息化作一个柔软至极的吻,落在她的额头上,宋枝葱心脏狠狠跳了下,肩颈都跟着紧绷起来。

再然后,祁岸就顺着她的额头,一路往下亲,亲到她的嘴唇。

宋枝葱情不自禁地配合着,祁岸嗓音含混微哑地在她耳畔荡开:"别以为睡觉我就会放过你。"

他攥住宋枝葱的小细胳膊,把她带入怀中,试图把这个吻落实得更深切一点。

不想宋枝葱抱住他腰身的一瞬,突然说了句他意想不到的话。

她圆黑的双眸在黑夜里亮晶晶的,声音酥得像是浸过罂粟:"祁岸,让我帮你吧。"

那晚的雨下得格外卖力。疾雨如注,电闪雷鸣在黑夜里交织,如暧昧缱绻的情人低语,就只有可怜的绣绣被困在楼梯间,无论如何都挤不开主卧的房门。

第二天清晨,鸟叫伴着清新的雨后空气在窗外肆意啼叫,小院内不知名的粉色花树谢了一地的花瓣,初升的太阳也散发出勃勃生机和温暖。

或许是祁岸的怀抱太过温暖,以至于宋枝葱这一晚睡得格外香沉,再醒来还是被手机接连不断的提示音吵醒的。

宋枝葱像条灵活的鱼在薄毯里翻了个身,而后才伸出细白的胳膊,摸到枕边的手机。

外婆担心他们俩,一大早就打来电话询问,但没打通。还有公司同事的信息和来电,问她都九点了为什么还不来上班。最后就是蔡暄絮絮叨叨的信息。

蔡暄问她昨晚的好事进行得怎么样,让她醒来一定跟自己展开说说。宋枝葱哪有心思跟她展开说,刚醒状态本就惺忪,又被前面的几通未接来电弄得猝不及防。

她深吸一口气,裹着毯子光脚下了床。

昨天睡觉前还整洁的房间此刻凌乱得紧,地上横七竖八地躺着几件衣物，根本没法儿穿。

宋枝蕙双颊后知后觉地升温，莫名有种恍然的羞赧感，捂了捂脸，强迫自己缓和几秒后，才从这种状态下抽离出来，转瞬就看到自己的衣服早被整整齐齐地放在沙发的另一边。

宋枝蕙穿好衣服后的第一件事，就是给公司那边回了个电话。部门经理倒是没刁难她，问她什么时候回来。

宋枝蕙随便扯了个昨晚照顾生病男友的谎，而后才说自己马上回去。部门领导也很通情达理，知道她没什么事，说算她请假，告诉她不要急。

宋枝蕙突然就觉得挺对不起这位领导的，虽然可能是因为她母亲的关系才对她照顾有加，但不论怎样，对方对她好是真的。但是，她也确实不想在这家公司待下去了。

宋枝蕙从小看着软软糯糯没什么脾气，但一旦下定决心，十头牛都拉不回来。

挂断这通电话，宋枝蕙平静了会儿，才给外婆回电话。

原以为外婆会质问她几句，哪知祁岸早就给外婆打了电话。

外婆说："我听小岸声音可比昨晚有力气多了，不然他再病下去，我还真得过去看看他。"

宋枝蕙抖了下嘴角，乖乖说祁岸没事，外婆以为她已经上班了，便没拉着她说太多，只嘱咐今天两人回去吃个晚饭，她给祁岸做他爱吃的。

话里话外，外婆都把祁岸当作自家人的样子，却又和从前不同。那感觉就像已经把祁岸当成未来孙女婿。宋枝蕙还是挺开心的。

两通电话解决掉，她用最快速度去洗漱，或许是察觉到她的动静，手机忽然亮起来。

小蝴蝶唯一指定靠山：太阳都能晒屁股了，懒虫还不起？

宋枝蕙吐掉嘴里的牙膏沫，嘴角不由自主地翘了翘：醒了。

小蝴蝶唯一指定靠山：醒了就快下楼，做了早餐给你吃。

宋枝蕙回了个"好"字，用最快速度收拾好下楼。刚迈下台阶，她就闻到一楼飘来的香糯粥味，不仅如此，还有美男亲自下厨的养眼画面。

祁岸穿着米白色T恤、咖色长裤，身上正儿八经地围了个围裙，动作闲散自如地做着寿司。

宋枝蕙走到他身后。绣绣馋坏了，这会儿正吐着舌头扒拉祁岸，试图

/448/

从他那儿弄点什么东西吃。祁岸却"啧"了声，用筷子夹起其中一枚，转身递到宋枝蒽嘴边。

"尝尝。"他声音耐心温柔。

宋枝蒽眼底浮着蜜色，乖乖咬上一口，紧跟着就把注意力落在他修长干净的大手上。

或许是她表情太明显，祁岸意味深长地盯着她，又仗着自己那张脸足够好看，凑过来极为欠扁地道："你这什么表情，我又不是没洗手。"

宋枝蒽提上一口气，往外推了他一下，结果祁岸像根皮筋似的贴得更近了，那只不安分的手还顺势把她揽入怀中。他略低下眉眼，目光锁着宋枝蒽："怎么这么害羞？"

"我才没。"宋枝蒽磕磕绊绊地道，说完又往外推他，"绣绣看着呢。"

祁岸语调慢悠悠的："十几岁的老狗了，应该接受它主人有对象。"

宋枝蒽到底没忍住笑："你能要点儿脸吗？"

祁岸攥住她的手捏了捏，点漆般的浓眸漾着顽劣的笑："我总担心你事后就赖账。"

话是越说越肆无忌惮，饶是宋枝蒽再装，也掩盖不住两个红润的小耳垂。

祁岸盯着她这副娇羞的模样看了两秒，俯下身来吮住她的唇。

就这么缠吻了会儿，宋枝蒽稍稍退离，浅浅呼吸，目光闪烁着，有几分告白的架势："不赖账，会对你负责的。"

说话间，她抬手，顺了顺祁岸的头发。

祁岸似乎对她的话很满意，凝视着她笑了下。刚要说话，那边煮粥的锅就溢出一点煳了的味道。

宋枝蒽眉头一蹙，祁岸转身直接把火关了，打开盖子一看，发现粥也不能吃了。

祁岸看起来有点儿懊恼："好好的蟹黄粥，想给你补补身体的。"

宋枝蒽眨了眨眼："一点儿也不能吃吗？"

"当然不能。"祁岸瞥她一眼，"怎么可能让你吃这种东西。"他任劳任怨地把那锅粥倒掉，无奈地说了句，"只能吃面了。"

吃完饭，祁岸送宋枝蒽去公司。快到公司楼下时，祁岸家里那边又来了电话。这次不是易美茹，是祁岸的奶奶打来的。

祁岸虽然和祁仲卿关系差，但对老人从来都是恭恭敬敬的，再加上祁奶奶大多数时候都是向着他说话，祁岸没理由冷着脸对人家。只是涉及祁仲卿的事，他想装得耐心，也装不了几分钟，像是刻在DNA里的厌恶。祁岸应了几句话，俊朗的眉宇就不自在地蹙起来。

车内空间就那么大，宋枝蕙即便是想避开，也能听到电话那头祁奶奶的说话声，很温柔慈祥的语调，却在劝祁岸回家看一看祁仲卿，说祁仲卿的肿瘤是恶性的，准备做手术了，手术的成功率是很大的，但有一定概率会复发。

人一旦面临生死，很多观念也就变了，祁奶奶说曾经祁仲卿对祁岸有多生气失望，现在就有多不舍，到底是自己的亲骨肉。

祁奶奶就这么细声细语地劝着。祁岸眼底深浓的情绪一直都没散，直到宋枝蕙突然握住他的右手。软软小小的一只，像小猫爪子，在他手心挠了下。眉宇不自觉地舒展开，祁岸在奶奶絮叨的声音中，瞥向宋枝蕙，唇畔也勾着浅淡的弧度。

祁岸后面听得更心不在焉了，可眼下却不忘捏着宋枝蕙的手玩。

祁奶奶终于说够了，祁岸的态度也不似之前那样坚如磐石，而是像那么回事地"嗯"了声。

电话挂断，祁岸没什么表情地出了两秒神。宋枝蕙的声音把他拉回现实："不然就回去吧。"

祁岸笑了："我回去你怎么办？"他抬手把宋枝蕙的碎发掖到耳后，"我都不知道我要回去多久。"

不知道祁仲卿会不会像之前那次一样，把他留在B市，收走他的自由。即便他现在是个顶天立地的男人，他也不想经历曾经的一切。

他现在生活得很好，更不想离开宋枝蕙。但这些话，他不能对宋枝蕙说，他怕她没安全感，也怕她动摇。

想了想，他只能改口，半开玩笑道："你要想我回去，就跟我一起——"

后面的"我也能安心"还没说出来，就见宋枝蕙眨着一双赤诚无瑕的清澈双眸，想都不想地回答他："行啊。"

祁岸怔住，深邃的眸光中流露出意想不到的讶然。两秒后，他蓦地一笑，调子慵懒："这么痛快？"

宋枝蕙被他直勾勾的目光盯得浑身不自在，别开目光，咕哝道："谁知道你回去会不会追别的姑娘。"

祁岸饶有兴味地眯起眸。宋枝蕙垂眸讷讷地说:"不是你要我对你负责的吗?我要盯紧你。"

祁岸懒散的眸子亮得像锆石,目光调侃似的落在她脸上。宋枝蕙唇瓣动了动,说话慢吞吞的:"干吗……这么看我。"

祁岸嘴角朝上勾着,语调散漫不羁,跟炫耀似的:"想不到我女朋友还有这种担忧。"他发自肺腑地感叹,"可真是太在意我了。"

宋枝蕙绷着嘴角瞥他:"能不能别这么臭屁?"

祁岸扯着唇,在变灯后重新握上方向盘,笔直修长的指节敲了敲,道:"那就这么说定了,我等会儿就订机票,咱们今晚就走。"

宋枝蕙嘴角勾了勾,心情不知为何突然雀跃起来,但她眼下最紧要的事情还是辞职。

鉴于辞职的事很突然,估计走程序也要好一会儿,宋枝蕙让他先回去收拾行李。

回到公司后,宋枝蕙第一件事就是编辑辞职信,在内部办公系统上提交给她的上级。部门领导看到后十分惊讶,第一时间把她叫到小会议室单独谈,跟她再三确认她的离职意向,并告诉她,如果要立马走,工资可能无法结算。

因为正常的离职都要提交申请后一个月,才可以正式走程序,但宋枝蕙今天就准备收拾东西离开了。

事前她也盘算过了,手里的活都已经干完了,组里最近也不忙,不缺人手。多少有些过意不去,宋枝蕙温声软语:"反正我也没上多久的班,没关系的,我今天来只是想和同事做好交接,这段时间也谢谢赵姐的关心和帮助,我学到了很多。"

再怎么说都是客套话。赵姐干巴巴地笑,想到李望秋那层关系,试探着问:"是在公司遇到什么困难了吗?还是跟同事相处上——"

宋枝蕙摇头:"没有,一切都很好,只是我接下来有些安排,所以没法继续上班了。"

"那是因为?"

"要陪我男朋友去B市。"宋枝蕙脱口而出,说完嘴角不由自主地朝上翘了翘,眼角眉梢都是甜甜的笑意。就连她自己,也后知后觉地意识到,这句话的含义对她来说多么重要。

她真的成了祁岸人生中重要的一部分，祁岸也同样成为她人生中重要的一部分。所以他的事对自己来说，远比她留在这里上班更重要。

赵姐眉梢一跳，没想到是这个缘由，转念又想着探病也用不了多长时间，远不至于辞职，就又挽留一番，毕竟宋枝蕙的条件和能力确实优秀，稍加培养未来肯定是公司的一把好手。

没想宋枝蕙还是拒绝了："赵姐你就不用劝我了，我知道以我的履历是无法在公司上班的，我还年轻，以后的路还很长，我希望通过我自己的能力来获得心仪的工作，而不是因为裙带关系。"

此话一出，赵姐表情顿时由困惑变为豁然，这才意识到什么。话都说到这份儿上了，宋枝蕙没什么需要再解释的，这位赵姐也没什么可说，只能祝福宋枝蕙未来一片光明。

最后的最后，宋枝蕙托赵姐给李望秋带句话。

"她不欠我什么。"宋枝蕙神色释然，"希望她未来生活美满幸福。"

赵姐有些没搞清楚状况，但想了想还是点头，答应宋枝蕙这两句话她一定带到。从会议室出来后，赵姐就把这件事告诉了其他同事，但理由没有说得那么清楚。部门人虽然不多，但半个多月来，大家相处一直很好，还是很舍不得宋枝蕙离开。

宋枝蕙便笑着说等她从 B 市回来，大家可以一起约饭。

就这样，众人有说有笑地送宋枝蕙上了电梯。好在她东西不多，只需要一个纸盒就能搬动。

到了楼下，本来晴朗的天气突然乌云密布，不知何时下起雨来。

宋枝蕙站在大厦一楼门口，想叫个出租车，不想余光忽然瞥见一辆熟悉的车，掉了个头在自己面前停下。

宋枝蕙愣了两秒，看到身姿高大的祁岸推开车门，撑开那把小黄伞过来接她。

"你怎么还在这儿？"宋枝蕙的声音夹杂着惊喜。

祁岸把伞递给她，又示意她把怀里抱着的纸盒给他，眸光温柔："看到下雨，就又开车过来接你了。"

宋枝蕙撑着那把小黄伞，朝祁岸那边多挪了点儿，祁岸却用一只手拖着箱子，另一只胳膊把她兜进怀里，怀抱温暖有力。

祁岸低眸看她："傻不傻，淋到你怎么办。"

宋枝蕙仰着眸："我这不是怕你也淋到？"

祁岸笑，把她搂紧几分："我是娇小姐吗？"说话间，他微微俯首，用鼻尖蹭了蹭她。

宋枝蕙抿唇，心底溢出满满被宠爱的滋味。

祁岸揉了揉她的头："走吧，上车。"

两人快步回到车上，雨不算大，所以两个人都没怎么淋到。

已经是午休时间，祁岸怕宋枝蕙饿肚子，在附近的简餐店买了汉堡沙拉之类的东西给她。为了方便宋枝蕙吃东西，祁岸把车开得很稳，宋枝蕙声音含混地问两人接下来怎么安排。

"外婆那边我帮你说好了，说你去B市出差，我不放心所以陪着你去。现在我们就回去收拾行李，收拾完，出去吃个饭，就可以出发了。"

宋枝蕙没想到他安排得这么明白，也随之意识到他这次好像真的很急，不然也不会决定今晚就回去。

只是当时两人拍板得太快，她有很多事都忘了问。比如，她去他家用不用带什么礼物，再比如，祁仲卿看到她会不会很不开心，还比如，他家里到底知不知道她会跟着去。

还有……宋枝蕙瞥了眼自己身上的行头，普通得不能再普通。如果去见男方家人，免不了要被挑剔。

然而就算她换身衣服也好不到哪儿去，她夏天的衣服就没有超过三百块的，目前最贵的就是祁岸上次陪着她买的那几套。但那几套还是偏日常通勤，去见家长的话少了些心思。

就算祁岸再不在意家里人，那也还是祁岸的亲人。她不想在祁岸的亲人面前丢脸。

宋枝蕙苦恼得有些明显，祁岸瞥她两眼就知道她在想什么，笑了声："至于吗，这就开始慌张。"

宋枝蕙被说中心事，哽了哽："见家长的人又不是你，你当然不紧张。"

祁岸斜睨她，顺势牵住她刚刚还抓了薯条的一只手："我怎么不紧张？我怕那群人哪句话说得不对，惹我的枝枝不高兴，转头就不要我了。"

"所以，"他捏了捏宋枝蕙的手，像在安抚，"在你答应后，我就告诉他们今晚我要带你回去。"

宋枝蕙微微睁大眼："那他们怎么说？你说啊。"

祁岸眉宇间藏着春风般的笑意，"噢"了声："还都挺欢迎的。"

宋枝蕙张了张唇，顿了两秒："……你不会骗我吧？"

就知道她不相信，祁岸耸肩，把手机里的聊天记录调出来给她看。

宋枝蕙接过来，发现他果然没有骗自己，他家族群里，都对宋枝蕙的到来表达好奇和欢迎，特别是一个叫祁沫的，一个劲儿地要祁岸多发几张宋枝蕙的照片。

祁岸还真发了，不过发的都是私下偷拍的照片，有她专心吃饭的，有她在飞机上歪着头睡觉的。

长辈都称赞宋枝蕙长得干净漂亮，看起来好乖，其他的兄弟姐妹则指责祁岸在家族群里秀恩爱。宋枝蕙哭笑不得，真不懂她素面朝天的，连个正脸都没有，哪里漂亮了。

最重要的是，这家伙也太喜欢偷拍了。宋枝蕙无语地看着他，努力做出威慑的样子："你能不能别没事就抓拍我。"最起码拍之前告诉她一声。

祁岸吊儿郎当地"嗯"了声："有点儿难，我喜欢拍我喜欢的。"

这话听着没正形，但宋枝蕙知道他没胡扯，早年的时候，祁岸就经常挂着个单反，给他喜欢的事物拍照，有时候是新到手的赛车模型，有时候是绣绣，有时候是他的马球球，有时候是新买的球鞋。好像拍下来，就能铭记什么一样。

而现在……宋枝蕙脑中蹦出莫名好奇，没忍住点开祁岸的相册，发现他相册里果不其然，几乎全都是她的照片。

侧脸，正脸，背影，没表情的，笑着的，睡觉的，应有尽有。

几乎每次在一起，祁岸都会给她拍照。有的照片是宋枝蕙的摆拍，有的是趁她不注意的抓拍。平心而论，都很好看，甚至隔着镜头都能感受到拍摄者的爱意。

从没想过自己有天也会被人这么珍视，宋枝蕙咬起唇，双颊蕴热起来。

第十七章
他的梦想成真

明明宋枝蒽之前还是紧张的,这一路和他说说笑笑,心情却放松了好多。当然对外婆还是要装一装的,如果外婆知道她去见祁岸的家人,肯定会担心,所以祁岸的借口没错。

外婆也没怎么担心,只是在她收拾行李的时候,多嘟哝了几句。

祁岸本想帮忙,却被两个女人一同嫌弃,让他在旁边等着就好。他闲得实在无聊,只能去琢磨宋枝蒽桌上的小物件儿。后来两人吃完饭,去机场候机后,宋枝蒽才知道这家伙从自己那儿顺走了两只小鸭子。

一只公鸭一只母鸭。两只毛茸茸的鸭子被他按着头亲了个嘴,祁岸靠坐在候机室的沙发椅里,煞有介事地道:"回头放我那儿摆着,也算半个定情信物。"

宋枝蒽没忍住笑,说他幼稚又无聊。

见她有点儿累,他就牵着她的手让她靠在自己肩膀上躺会儿。宋枝蒽并不是爱在人前秀恩爱的性格,但这会儿周遭确实没什么人,且她折腾了一天也着实有些累。于是想了想,她点点头,搂着祁岸的腰身,安心贴着他温暖的脖颈闭上眼。

祁岸磁性的低嗓带着震颤落在头顶:"好好休息会儿,登机我再叫你。"

有他这话,宋枝蒽困意立马来了。本打算正儿八经睡个十几分钟,不想她还没睡着,就被一个惊喜的女声惊扰。

女生的声音满是不可思议,直接喊了声祁岸的名字。

祁岸也确实没想到在VIP候机室能碰到认识他的人，而且还是个女生，顿时肩膀一僵，抬眸顺着声音望去。

然后，他就看到一个穿着精致时髦但又成熟的女生眉开眼笑地朝他和宋枝蕙的方向走过来："真的是你啊，我还以为看错了。"

女生说这话的时候，宋枝蕙也坐直身子朝她看去。就在目光对视的瞬间，女生更惊讶了："天哪，宋枝蕙？"

说话间，她在宋枝蕙右边的单人沙发上坐下："不是吧，你们两个真在一起啦！"

比起女生的自来熟，祁岸眉头微蹙，既觉得这个女生很面熟，却又有点儿想不起这个人是谁。

正想开口问她是谁时，身旁的宋枝蕙有些意外地开了口："阮洁？"

一听这个名字，祁岸终于有了点印象。

阮洁疯狂点头，拉住宋枝蕙的手："对啊，是我。"

说话间，阮洁看向祁岸，有些唏嘘："哎，都怪我当年没眼力见儿，早知道我就不找你帮我送信了。"

听她这样说，祁岸像打开记忆的阀门，突然记起曾经一件让他很不开心的事。

高二时，午后空旷的走廊，一个叫阮洁的女生把他拦住，兴冲冲地问他收到自己那封信后到底是怎么想的。

祁岸插着口袋，凝着俊冷似霜的面色，不解地看着眼前的女生："我什么时候收你信了。"

后来下午第一节课的下课铃声打响，祁岸第一时间把那封信当着全班同学的面，摔在宋枝蕙桌上。

那是少年第一次对宋枝蕙摆脸色。在宋枝蕙迷茫又无辜的眼神里，祁岸压抑着怒气冷嗤："帮人送信很有意思？"

那刻的画面，像是彩色录影，一直深植于宋枝蕙的脑海中。

随着祁岸的那句话，原本喧闹的教室里，所有人都把视线落在他们身上，有人诧异，有人看热闹，有人不怀好意。

她第一次面对这种风口浪尖的指责，茫然又无措。似乎也意识到自己的失态，下一秒，祁岸敛起情绪，抬头朝四面八方看来的人沉着嗓子斥了一句："都看什么看？"

短暂的一瞬沉默后，那些人立马装模作样地四散开，很快教室就恢复了之前的喧嚣。

然而那刻的祁岸，却没停驻下来，听一听宋枝蕙的解释。再后来，就是当天晚上，宋枝蕙专门去祁岸房间门口，找他解释。

或许是不美好的记忆，总会被本能地抹除掉，宋枝蕙很难再记清当时她是怎么跟祁岸说的，只知道自己大致跟他表达了歉意——她不应该擅自帮别人把信放到他的桌子里。

祁岸没有像之前任何一次那样大事化小，而是冷眼望着她，讽刺一笑："你根本就不明白我为什么生气。"

再后来，两人莫名冷战几天，祁岸就一声不响地回了B市。

细碎的记忆像一场微凉的雨，即便已经过去很久，宋枝蕙也还能感受到当时落在心上的凉意，以至于她突然就有些不知所措。

倒是一向对外人疏冷的祁岸突然开口，哼笑了声："你倒挺有自知之明。"

阮洁的笑容僵在嘴角。

宋枝蕙面色尴尬，捏了捏祁岸的手，不想这家伙把她搂得更紧了些，冷笑："当初要不是你，我们俩早就在一起了。"

话讲得丝毫不顾情面，完全就是故意拆台，甚至还有一丝嫌恶。

宋枝蕙没太懂他的意思，懵懵懂懂地看向祁岸。祁岸却眼神嘲弄地看着阮洁。

阮洁当年被祁岸拒绝得很彻底，这会儿过来也只想揶揄一下宋枝蕙，没想到祁岸完全不给她机会，还让她下不来台。阮洁面色青白交加，只能干笑着圆场，说当初宋枝蕙也没跟自己提。

说完注意到祁岸眸色阴鸷，她赶忙说自己要打个电话，便找了个靠窗的位置坐下。

她一走，周遭再度安静下来。宋枝蕙瞪了祁岸一眼，祁岸满不在意地挑眉："不睡了？"

当事人就在附近，宋枝蕙不好问他什么，便用下巴指了指他身旁的零食袋子："我饿了。"

祁岸"嗯"了声，全然一副伺候祖宗的模样，侧身拿出一根能量棒，修长的指骨慢条斯理地给她剥开。

/457/

十来分钟过去，飞机到了起飞时间。知道阮洁没和自己一个航班，宋枝蕙松了口气。

两人订的位置在舷窗附近，落座没一会儿，祁岸就问起宋枝蕙和那个阮洁到底怎么回事。

宋枝蕙叠着外套："我还想问你呢。"

祁岸："嗯？"

宋枝蕙眼巴巴地看着他："什么叫'要不是你，我们两个早就在一起了'？这话什么意思？"

祁岸平心静气地望着她："你觉得呢？"

宋枝蕙微微蹙眉，有些懊恼："你别跟我打哑谜。"

祁岸是真无奈了。他以为宋枝蕙几年前就能明白，哪知这姑娘到现在都不懂。

祁岸往后靠了靠，懒懒地闭上眼："你自己想吧，我累了，先睡会儿。"

宋枝蕙一口气卡到嗓子眼，有点小脾气，却发不出。

毕竟当年，是她帮阮洁送信惹祁岸生气的，而且这事到后来，两人也没正面提及，这么冷不丁一聊，还真有些不知如何开口。

宋枝蕙心情有些复杂，低眸看着腿上的外套怔怔出神。却不知祁岸这会儿已经睁开眼，饶有兴味地盯着她笑。他蓦地开了腔："笨。"

宋枝蕙抬眸瞅他，却并不怎么生气："你不是要睡觉？"

"骗你你还真信啊。"祁岸痞里痞气地扯着唇，把她揽入怀中，"你在这儿，我睡什么觉。"

宋枝蕙靠在他怀里，听着他的心跳，好像突然有些明白，但又不确定："所以你当初生气是因为——"

"因为我喜欢的人，居然帮别人给我送信。"祁岸抢先把答案说出来，温煦的嗓音拖着埋怨的尾调，"没有这些误会，我也不可能去B市。"

宋枝蕙心头无端一跳，坐直身子："你当初回B市，不是因为家里？"

"是因为家里。"祁岸眉梢微抬，"但我可以拒绝。"

说到这儿，一切答案已经清晰明了。祁岸当初一声不响地突然离开，并不是对宋枝蕙厌烦或赌气，而是……他觉得宋枝蕙不喜欢自己。

宋枝蕙也终于后知后觉，为什么当初在她主动道歉后，祁岸看起来好像更生气了。宋枝蕙忽然陷入很深的自责，好像终于明白了问题出在哪里，既手足无措，又懊悔。

祁岸抬手捏了捏她的下巴："这事不怪你。"他眸光深挚，"如果我当初能勇敢一点，不那么倨傲自大，也就不会错过你。"

宋枝葸眸底泛起微湿的水雾："可我还是让你伤心了。"

她说得没错，当初那个意气风发的少年确实难过了好长一段时间。因为他亲眼看到宋枝葸，偷偷在体育课时，把那封信塞到他的桌子里。

小姑娘白皙的双颊红扑扑的，像是粉糯的桃子，眼尾那块胎记在日光下也更像蝴蝶振翅欲飞的翅膀。

祁岸当时怕身边人看到，第一时间拉着朋友走开。后来，他体育课也没上完，佯装有事，一个人回到教室，只为看那封信。

或许是他当初对他和宋枝葸之间太过自信，以至于他根本没想过那封信不是宋枝葸写的，再加上阮洁的那封信，是用网络上的卡通字体打印出来的，所以祁岸根本分辨不出那不是宋枝葸的。

信从头到尾看完，唯独漏了署名。

祁岸嘴角翘了一整节课，一面在心里嗤笑宋枝葸用词老土幼稚，一面已经开始盘算晚上怎么教训她要先以学业为主。

然而根本没熬到晚上，他就被阮洁堵住，得知事情的真相——那封信根本不是宋枝葸的。

从小到大，祁岸从没丢过脸，这是第一次。

虽然挺对不起他的，但宋枝葸听完，还是忍不住笑了："所以你那个时候才那么恼羞成怒。"

祁岸"啧"了声："你还好意思笑。"

宋枝葸凑上去抱他，声音闷闷的："对不起。"

祁岸的下巴抵着她的发顶，耐心十足地低语："你那时候怎么想的？嗯？真对我没那方面的意思？"

难得听他说这种不自信的话，宋枝葸心思软烂成泥："怎么可能呢，你那么招人喜欢。"

"说得好听，"祁岸心里舒坦，嘴上却吊儿郎当，依旧要撒个娇似的，"那你还帮别人。"

宋枝葸懊恼地抬眸："是她太缠人了。"

祁岸吊着眼梢，显然不信的样子。宋枝葸就只能一五一十地把她和阮洁之间的交集说清楚。

两个人也不是多熟悉的关系，那会儿阮洁在 B 班，宋枝蔻偶然一次坐公交车回家，忘记带零钱，是阮洁主动帮忙，后来阮洁就经常来 A 班找宋枝蔻。

宋枝蔻没什么朋友，不想让人感觉不好接触，就顺势和阮洁亲近了一段时间。结果没多久，阮洁就拜托宋枝蔻给祁岸送信。

这些细碎的小女生心思，宋枝蔻不至于傻到看不出来，第一时间就拒绝了，可架不住阮洁死缠烂打，宋枝蔻耳根子软，次数一多，就只好答应。

不过她那时想的是，祁岸应该会拒绝，因为祁岸连校花都拒绝过，又怎么会答应阮洁。但她没想到，阮洁居然把宋枝蔻帮她放信的事情告诉了祁岸。更没想到，祁岸为此生那么大的气。

年少时的心事总是酸涩且暗不见光。宋枝蔻没有那个自信祁岸会真的喜欢自己，所以也就从未想过，祁岸是因为生她的气而离开 B 市。只当她在祁岸心里并不重要，所以祁岸走前一个字也没跟她说。

直到几年后的今天，两个人才终于有机会把话说清楚。

祁岸垂下眸，温热的唇瓣在她额头上怜爱地亲了亲，嗓音低哑："没法不在意你，在意得要死，去 B 市了也整天想着你。但又生你气，想联系你又觉得没面子。"

宋枝蔻由下至上地看着他："那你现在还生气吗？"

祁岸被她逗笑："你说呢？"

宋枝蔻弯起嘴角。祁岸也问她："那你怪我吗？"怪他耍少爷脾气，当初什么都不说清楚就离开。怪他不够坚定，轻而易举地就放弃了这段感情。更怪他，在她最需要的时候，没有守护在她身旁，以至于他们错过了最好的三年。

祁岸以为宋枝蔻会这样埋怨他，然而他心爱的姑娘并没这样想，而是乖顺地摇头："从来就没怪过。"

没想到她会这么说，祁岸心头蓦地塌软了一块。

祁岸的目光落在她脸上，咬字沉甸甸的："哪怕你那时候以为我把你当妹妹，又和别的女生在一起，也没怪过？"

宋枝蔻依旧摇头："没有。"

祁岸喉结微滚："为什么？"他的眼里，似有不解，也有疼惜。

宋枝蕙迎着他的目光，用从未如此恳切坦白的态度说："因为你是这个世界上，除了外婆，对我最好、最好的人。你应该光芒万丈且幸福。"

"只要你幸福开心，我就幸福开心。"

在祁岸不算长的二十几年人生里，从没有人对他说过类似的话，哪怕是他最血浓于水的父亲和母亲。他们彼此的人生并不契合，但对于他的教育方式却出奇地一致。什么幸福，开心，快乐，这种简单直白的词汇似乎就不应该属于他。他的未来应该光芒万丈，但要局限于家族利益之下，好像除此之外，一切都没有意义。

只有宋枝蕙，只有她，会因为他幸福而幸福，因为他开心而开心。她的爱无所求，美好旷达。也是她赋予了这些词汇真正鲜活而真实的意义。

祁岸哑然失笑，突然更后悔了。后悔当初为什么不能多勇敢那么一点，哪怕只是鼓起勇气问她一句。

宋枝蕙被他出神地瞧着，讷讷出声："你怎么了？是我说的话太肉麻了吗？"

她确实没对任何人说过这样的话，说完她也有些后悔。本以为祁岸会借机调侃她一句，不想他眸光轻动，像在极力忍耐着什么，神色沉敛着把她紧紧搂在怀中。

宋枝蕙微微怔住。他这刻的力道有些紧，紧到她有些透不过气，像是极为珍视那般，生怕她突然消失一样，宋枝蕙没舍得挣脱开。

两人的心跳声渐渐融合成同一频率，直到祁岸在她耳畔蹭了蹭，如释重负般低语："宋枝蕙，我好喜欢你。"

心口被这突如其来的情话激起一道电流，宋枝蕙垂着眸，嘴角翘起，也在他耳畔发自内心地轻声说："我也好喜欢你。"

从北川到 B 市的行程有两个多小时。

宋枝蕙实在是困，被祁岸搂着很快就睡着了，祁岸精力还不错，一直用飞机上的无线网和家里人断断续续联系。

知道他要带女朋友回来，一大家子人莫名亢奋，特别是家里和祁岸同辈的几个兄弟姐妹，都早早来到爷爷奶奶的住处，想着和宋枝蕙见一面。用祁沫的话来说，家里人一开始想明天招待的，但一听说这是祁岸当初的那个"白月光"，所有人都按捺不住了。

在祁家孙子辈中，祁岸虽然优秀得不够循规蹈矩，却是最被老两口疼爱的孙子，他们最后悔的事就是当初没有护着祁岸，以至于他跟家里的关系闹得那么疏远。

如果只是谈个普通对象，稍微招待一下就可以了，但这位是当年那个"白月光"。爷爷奶奶虽然嘴上没说，但那个兴师动众劲儿，显然很看重这次的见面。毕竟当初祁岸因为这姑娘伤筋动骨了一次，任谁都不想重蹈覆辙。

恋爱又不是结婚，以后怎么样以后再说，当下肯定要他开心。

至于其他几位哥哥姐姐，都是出于好奇。这几位从小到大都是遵从豪门里的规则长大，婚姻更是，从根本上来讲，他们都很佩服祁岸，也更好奇到底是什么样的姑娘，能把这肆意轻狂的大少爷拿捏得这么死。于是，祁沫在家族群里一张罗，大家就都盛装打扮好过来了。

宋枝蒽知道这事是在下飞机后，她刚睡醒没多久，就被祁岸牵着朝机场外走，听到这话直接吓傻："你、你家多少口人？"

难得见她这么慌张，祁岸勾唇促狭地看着她："不多，也就十来口吧。"

宋枝蒽的腿一下就软了。祁岸看她小脸泛白，好笑地"啧"了声，修长的胳膊兜住她的腰："骗你呢，没那么多，也就七八个。"

宋枝蒽闭上嘴不说话了。祁岸嘴角笑意更深，安抚似的揉了揉她的头："反正你后悔也没用，大不了就把你扛过去。"

即便宋枝蒽性格已经开朗很多，但仍旧改不掉骨子里的"社恐"，更别说要面对的是祁岸的家里人。虽然这些人里暂时没有祁仲卿，但也还是让她有些紧张。想了想，她也只能给自己补补妆，整理一下外貌来缓解。

比起她，祁岸倒是淡定得很，还在她涂唇膏的时候，凑上来不要脸地在她唇上啄了下，美其名曰他也蹭一下唇膏，惹得来接他们的年轻小司机都没忍住笑。

后来也是小司机告诉宋枝蒽，说祁家人都很好，也很期待她的到来。

当然也不能忽视祁岸背后的努力付出。他再一次把群里的聊天记录翻出来给宋枝蒽看，群聊里，他半点没有玩笑的意味，告诉家里人，一定要好好对待宋枝蒽。

祁岸：我这女朋友追回来得可不容易，你们都别拆我台。

除了祁颂和祁沫，他算是家里辈分最小的，可偏偏他说的每个字大家都不敢忽略。一句话发出去，群里顿时像滚开的热水一般，翻涌出一系列让他大可放心的话。

至于爷爷奶奶，两人岁数大了，跟不上年轻人的新潮，只能发语音。语音是奶奶的声音，慈祥中带着笑："哪儿能呀，欢迎还来不及，我连客房都准备好了。"

宋枝蒽听闻，抿唇笑："奶奶人好好。"

祁岸扬起眉："你今天也挺可爱，都会说叠字了。"

宋枝蒽吐槽他："你的梗好无聊。"

不过被祁岸活跃了会儿气氛，她也总算放松许多，没多久，终于抵达祁家祖宅，一套临故宫的中式独栋别墅。

路上，宋枝蒽听祁岸介绍过家里的情况，所以对祁家有一个大致印象，可当她真的来到祁家老宅时，发现她的"印象"还是太过狭隘。

原本她以为早年易美茹在平城的别墅就已经够顶级，可这会儿，她来到祁家，才明白什么叫作真正的豪宅。就是沿途园林里的屏山静水，重岩叠嶂，翠玉石雕，都足够她眼花缭乱，更别说在夜色中恢宏大气的中式主楼。

宋枝蒽终于明白祁仲卿和易美茹为什么不同意她跟祁岸在一起。

似乎看出她的局促，祁岸在进门前凑到她耳畔低语："这纸醉金迷跟我可无关，你犯不着紧张，就当住酒店了。"

这话逗得宋枝蒽一笑。

两个人跟在小司机身后，小司机提着他们的行李和管家走在前面。

宋枝蒽牵着祁岸的手紧了紧，在灯火通明的夜色下，想了想，又有些艰难地吐字："早知道你家这样，我就不来了……"

祁岸挑眉："你想走也来不及了。"

确实是来不及的，他刚说完这句话，主楼的大门就打开，不知谁喊了声"小岸带着女朋友回来了"，没一会儿，一屋子人就突如其来地会集在一起。

那一幕实在有些震撼，以至于很久以后，宋枝蒽都忘不了当晚祁岸的爷爷奶奶、两个哥哥、一个姐姐、一个妹妹、两个侄子，还有两个嫂子，集体迎接她的画面。

他们打扮都十分矜贵讲究，气质也出众不凡，明明都是平时该高高在上的那类人，这会儿面对她的表情却格外和蔼可亲。祁岸的奶奶甚至还让两个小朋友喊了她一声"阿姨好"。

他们算起来不多不少，刚好十个人。还好祁岸一直贴心地牵着她，在她不知所措的时候，主动承接住话题，宋枝蕙才不至于显得太木讷。再然后，就是一家人围着难得来一次的两个人，在一楼的客厅里闲聊，家里的阿姨带着几个厨师在准备晚饭。

刚开始确实是不适应的，宋枝蕙甚至觉得自己好像在做梦，因为她从没想过，祁岸家里人真的会对她这么亲和。特别是祁岸的爷爷奶奶。

祁奶奶不用说了，早年名媛出身，即便过了花甲之年也优雅从容，爷爷话虽不多，又略显严肃，但总归很周到，甚至还主动问了一些宋枝蕙家里的事，又对她的学业颇为赞赏。

有意思的是，大家在和祁岸聊时，声音会杂七杂八的有些乱，但只要一说到宋枝蕙，大家就不约而同地安静下来，一副认真倾听的模样，什么时候她说完了，大家才会插话问别的。

对于祁岸，大家询问的更多的则是他的生意状况，这方面都是祁岸那两个事业有成的哥哥问得比较多，还说以后要帮他投资，把生意再做大。

聊完这些，祁奶奶就开始心疼祁岸，还埋怨他这几年一次都不回来。

"我这不是回来了吗。"祁岸旁若无人地牵起宋枝蕙的手，"还给你带了个孙媳妇。"

宋枝蕙双颊一热，家人们却已然笑开。

祁奶奶嗔他："也就人家姑娘说话好使，我们谁劝你都不顶人家一句话。"说完，祁奶奶冲宋枝蕙和颜悦色地笑，"管得好，他就是匹野马，不管要撒野的。"

几句话暖到宋枝蕙心窝里，她笑得既腼腆又清甜："没有，他自己本来也听话。"

祁岸侧眸一瞬不瞬地盯着她，桀骜不驯的目光仿佛要把她灼化："我也就听你的话。"

此话一出，其他人再度笑得开怀。别墅里气氛一时间好得无以复加。

宋枝蕙双颊红得要命，好在没多久，晚饭就开始了。

经过短暂的聊天，祁沫更喜欢她这个准嫂子，于是在饭桌上也黏着她。祁沫才十九岁，长得水灵灵的，一看就聪明，挽着她的胳膊一口一个"枝蕙姐姐"，甜得很，还主动帮她夹菜，照顾她。

几次下来，引起祁岸的注意，他有些吃醋道："你没事干吗？老缠着我女朋友。"

祁沫翻了个白眼,看起来很嫌弃:"你这恋爱脑要不要这么黏人,太黏人小心被甩掉。"说完又给宋枝蒽夹了个螃蟹。

祁岸二话不说把宋枝蒽碗里的螃蟹夹走,替换上一块东坡肉,觑着她:"上次吃海鲜吃多了胃疼,忘了?"

宋枝蒽抿了抿唇。

祁沫顿时感到恶心:"祁岸,你肉麻死我了!"好在三个人声音不大,其他人没注意过来,宋枝蒽赶忙把螃蟹夹回来,白了祁岸一眼。

祁岸哼笑了声,没接话,桌下的手却覆下来,温热柔韧地扣住她的手。

宋枝蒽也没躲,就这么任由他一直牵着,直到这顿饭吃得差不多,她才发现自己的手已经被他焐得暖暖的,嘴角也翘得有些酸。

她吃完不代表祁岸也吃完了。几年不见,两个哥哥和姐姐都有很多话要和祁岸聊,他们之间的话题,宋枝蒽即便待在旁边也插不进嘴,只能傻愣愣地听着。

知道她今天很累,祁岸就让祁沫先带宋枝蒽在家里转转。祁沫乐意至极,带宋枝蒽去楼上的房间把行李放好。她一边带路一边跟宋枝蒽说,她今晚住的房间,是祁岸十二三岁时经常住的。

宋枝蒽若有所悟,甚至看待那个房间的心情都不一样。

"别看家里这么多孩子,但我爷爷奶奶最喜欢的就是祁岸了,他从小就聪明,什么都能做好,长得也好,但他性子太野,不好管束,所以爷爷这些年对他很头疼。

"毕竟想培养他当接班人嘛,我三叔,哦,也就是他爸,是家族里最有能力的人,爷爷自然希望我哥能继承家业。结果没想到,我哥对这方面一点儿兴趣都没有。

"再后来,就因为我三叔娶小老婆的事,他跑去平城生活了。"

祁沫一边说着,一边带着宋枝蒽在偌大的房间里逛,然而宋枝蒽的注意力全在祁岸身上。

宋枝蒽到底没忍住,问道:"祁岸跟他父亲关系这么差,也是因为这件事吗?"

祁沫吃饱喝足朝沙发上一瘫,说:"当然不是啦。我三叔那个人那么专制,是个人都受不了他,更别说我哥这性格了。

"两人关系一直都不怎么样,但闹到现在这个地步,还是高中那会儿——"

说到这儿,祁沫坐直身子:"哎,你不知道吗?"

宋枝蕙愣了愣:"知道什么?"

见她表情茫然,祁沫更茫然了:"就因为当初我哥在家里怄气发疯,我哥和我三叔两人关系才彻底闹崩的。"

听到这话,宋枝蕙表情更困惑了,她艰难吐字:"……发疯?他发什么疯。"

祁沫急得在沙发上弹了下:"当然是因为你发疯啊。"

在宋枝蕙不可置信的注视下,祁沫语速跟连珠炮似的:"当初他为了能和你考同一所大学,不受家里控制,执意参加马术比赛,结果从马上摔下来,在医院躺了好久,就那会儿,我三叔气得把他困在家里好多天。

"我哥又哪是服软的性子,又知道是我三叔让你不要联系他,气得把我三叔的一柜子古董全打烂了,还划坏他三台车!

"我三叔气得,硬是拿鞭子抽他!谁拦都没拦下!"

如果不是那晚祁沫主动把事情和盘托出,宋枝蕙想,她可能永远也不会知道,在她那段自认为无比荆棘难熬的时光里,祁岸经历着怎样的生活。不是在家里做他悠然闲散的大少爷,过他肆意又蓬勃的人生,也不是尽情享受恋爱,准备毕业后就出国。反之,他和她一样,揣着沉甸甸的,近乎毁灭的破碎理想,一个人沉湎在晦暗中,颓废度日。

那破碎的理想里,有一半是他的马术生涯和未来,还有一半,是宋枝蕙。

祁沫说,她从小到大就没见过那样的祁岸,没了往日里的轻狂桀骜,像是被人打碎一身傲骨,消沉又麻木,特别是在他联系不到宋枝蕙的那段时间。即便联系上了,得到的消息也只是让他更失望。

再后来,祁岸身体痊愈回到家,也依旧没得到自由,祁仲卿却在这个时候为他筹划出国,还有意让他和顾清姚一起。祁仲卿再度明确地告诉祁岸,别再想着在平城的那些人和马术。

说到这里,祁沫也很无奈:"其实我也不明白,为什么我三叔就那么强横,从小对我哥的管教就很窒息,一点儿都没有父爱。

"最可恶的还是我三叔那个小老婆,比我三叔小了快二十岁,当时还是小三上位,整天在我哥面前耀武扬威。

"大概我哥被逼急了吧，就痛痛快快发泄了一场。

"你知道的，我们这种人家，看着养尊处优，其实是最不敢和家里叫板的，这要是换作其他几个堂哥，基本上都不敢吭声，因为知道和家里闹掰了没好处，别说没自由，第一件事就是停掉卡。

"唯独我哥，一点儿都不怕，要不是家里保姆拦着，地下室里的藏品都得让他砸个稀巴烂，当天给那小老婆吓得，直接去了医院。我三叔肯定生气啊，气得冠心病都要犯了，从医院回来就狠狠抽他一顿鞭子。

"我哥也是硬气，一点儿都没躲，就这么跪在他面前让他抽，眉头都不皱一下，后来还是我爷爷奶奶听说这事，赶忙过来拉架。

"大概真的是横的怕不要命的，我哥身体本就没痊愈，被这顿鞭子打得发了好几天烧。我奶奶心疼他，把他接到这儿来，等我哥缓过来后，爷爷奶奶就都不让我三叔管他了。

"当时我三叔放话，说我哥要是不回家认他这个爸，就不用再认了，以后他也不会管我哥——这话就是吓吓我哥，那会儿我哥小嘛，他觉得我哥肯定没法自己生活，无非也就是仰仗老爷子，说来说去还是脱离不开祁家，没想到我哥第二天就走人了，他谁都没说，就那么走了。

"当时全家都慌了，终于意识到他这性子有多犟，老爷子也难得发飙，把我三叔臭骂了一顿，还让他在书房跪着，我叔叔姑姑也很生气，纷纷责怪我三叔。

"但是说再多都没用，我哥没跟我们之中的任何一个人联系过，就这么凭空消失了一个多月。

"等再联系上，还是通过我哥附中的班主任，班主任告诉家里，我哥要保送北川大，希望家里人能劝劝我哥。也不是说北川大不好，而是他明明是清华、北大的苗子，没必要去北川大。"

一口气说到这里，祁沫给自己倒了口水，本想再说什么，却忽然想起宋枝蕙就是北川大的。她从前不懂，但现在却好像全明白了。

祁沫仿佛发现新大陆，眨着眼："姐姐，所以我哥当初就是为了你去的这所大学？"

宋枝蕙一时哑住，突然就发现，她好像从来没有认真思考过这个问题，也从来没问过，祁岸为什么会选择这所大学。

甚至潜意识里，她觉得是当年祁岸高考失利才没有去更好的学校，而北川大的金融系又是不错的选择。

可如今看来，根本不是。祁岸还是那个站在山顶傲视群雄的天之骄子，只是为了她，才改变自己人生的方向。

似乎察觉到她这刻的表情不太对，祁沫马上收回话题："姐姐，是不是我说得太多了？"

宋枝蒽回过神，摇头："没有。"

祁沫却不怎么相信，也意识到自己话有点儿多，就看了眼手机。时间不早了，已经快到晚上十点了。

想着让宋枝蒽早点儿休息，祁沫安排家里的阿姨帮宋枝蒽做泡澡准备，又送上熏香，而后才离开。

偌大的房间一下空旷起来，宋枝蒽脑海里却依旧回荡着祁沫的话，字字句句都足以撼动她的心神。

直到阿姨叫了她一声："姑娘，可以洗澡了。"

宋枝蒽闻声抬头，乖巧地应了声，余光却在这一瞬瞥到墙上挂着的那张偌大的照片。

进来的时候，祁沫聊得太起劲，宋枝蒽没注意到。直到这会儿，她才发现，这张照片上是祁岸。

准确地说，是十几岁的祁岸，穿着一身英姿飒爽的马术服，在阳光下意气风发地笑着，右手牵着一匹棕红色的骏马，怀抱奖杯。

宋枝蒽心弦蓦地一紧，目光一下就锁在上面。

只见照片里的马匹身上，印着一行眼熟的字符——592。

字符上下两层，"59"一层，"2"一层。

即便不完全吻合，宋枝蒽的思绪还是一下就碰撞到曾经某串眼熟的字符。视线在上面定格两秒，宋枝蒽神色不可思议地怔住。或许是之前祁沫的话造成的影响，宋枝蒽鬼使神差地点开直播软件，在私信界面，找到050912的账号。

之前她没注意过这个账号的头像。也就在这一刻，她才发现，这个账号的头像，正是这张照片里，随便剪裁出来的一角。蓝天白云绿茵场，就连树叶的形状都一样。

一楼的客厅里。酒过三巡的一家人面色都沾染着微醺，欢声笑语接连不断。祁岸也不例外，甚至喝得还多了些。毕竟他几年没回来，大家都很高兴，特别是爷爷奶奶。

只是时间也确实不早了，两个小孩子也早早困顿，这顿晚饭就差不多结束了，祁沫常年在这里泡着，自然留了下来。

平日里话不多的爷爷在奶奶把其他人都送走后，把祁岸叫到身边，单独说了会儿话。

和预想中一样，爷爷问起他和宋枝蕙的事，是之前没谈到的话题，比如谈了多久，未来有什么打算。

祁岸知道有这一遭，回答得也认真了许多："正式在一起没多久，但未来肯定要结婚。"

祁奶奶见祖孙二人难得坐在一处，端着切好的水果，和祁沫一起过来旁听。

本以为爷爷要提出质疑，哪知他沉思了一会儿，忽然道："我听说她以前脸上有块胎记。"

这话自然是祁沫说的。祁岸慵懒地靠坐在沙发里，眸色深沉地瞥了这小丫头一眼。

祁沫躲闪了下。祁岸敛起眸，不甚在意地道："以前有，后来做激光去掉了。"顿了顿，他又说，"除了激光手术她哪儿都没动过，天生就这么漂亮。"

话里话外满满的护犊子和骄傲，祁沫又偷偷恶心了下。

爷爷倒是点了点头："你去北川大就是为了她。"

祁岸呵笑了声："您都知道了还问。"

奶奶笑着插话："你爷爷这不是今天高兴，想多了解了解吗。"

大概是真的喝高兴了，往日不苟言笑的爷爷，神色居然有几分讪讪，而后才说："这姑娘看着老实，嗯，还可以，就是胆子小。"

爷爷嘴里，还可以就等于很不错的意思，奶奶没忍住笑。

祁岸勾了勾嘴角："她在我这儿满分。而且胆子小又不是什么毛病，老管家跟您这么多年，现在看您不也害怕。"

爷爷没好气地白了他一眼："说你胖你还喘上了。"

祁岸漫不经心地把玩着手机，视线却盯着手环上的小锁头，勾唇懒懒地笑着。

爷爷又把话头转到祁仲卿那边："不管怎么样，你明天还是要去看看你爸，他情况不太好。"

祁岸笑意转淡，语气轻讽："您就不怕我去了，他情况更差？"

爷爷嗓音沉了沉："怎么说话呢？"

奶奶打圆场："小岸肯定是要去的，不去何必回来呢，你以为专门看你这个老头子。"

爷爷看起来不大服气，但也没反驳。祁岸哼笑了声，不置可否。

到后来还是爷爷劝他："生是父子，到死也是父子，没有隔夜的仇，既然决定看，就好好沟通。"说着，他叹了口气，"他这些年也知道自己当年太偏激，他性子随我，看起来强硬，但背地里还是很惦记你的。

"不要觉得你是个天才，干什么都能随便赚钱。生意没那么好做，你那几个叔叔帮你也不只是疼你。"

话说三分留七分，因为说太多也没什么意义。

祁岸眸光顿了下，即便只是短短一瞬。

爷爷也懒得再劝什么，只是在让奶奶扶着起身前，又叮嘱了一句，让他这两天带宋枝蒽多逛逛B市。奶奶赶忙帮爷爷解释他话里的意思："他这是希望你们多留两天。"

爷爷欲言又止，最终点了下头。

爷爷奶奶走后，客厅里就只剩下祁沫和祁岸。祁岸面色沉沉，带着一点浑不惮的痞劲儿，看起来莫名生冷。

每次提到他父亲，他就这样。搞得祁沫忍不住说点儿什么转移一下他的注意力。不想她话还没说出口，她哥的手机就忽然振了一下。

飘远的思绪被手机打断，以为是微信，祁岸低眸扫了眼屏幕，哪知下一秒就看到宋枝蒽那个直播软件传来消息。

木木一吱：上楼。

祁岸混沌的酒劲儿在这刻清醒了半分。

眼看着他的表情从慵懒，演变成一点惊讶中透着一丝不淡定，祁沫咬着苹果干眨巴眼问他："怎么了哥？"

祁岸没吭声，眉头有些烦躁地蹙了好几秒，他舔了下唇："你嫂子可能要收拾我。"

从没想到自己那无拘无束的哥哥，嘴里能蹦出这么一句，祁沫有些呆滞:"什么叫收拾你?我怎么感觉你又在跟我秀恩爱?"

祁岸嗤笑一声:"我犯得着跟你秀?"他姿态慵懒地握着手机落落起身,眸里不乏得意和炫耀,"这叫情侣之间的趣味,跟你个小屁孩说了也不懂。"

祁沫差点儿没从沙发上气得蹦起来。

祁岸上了楼,满脑子想的都是怎么跟宋枝蕙交代,主要是怕她真生气。

但回头想想,也确实挺好笑。只不过他当时除了那么做,也真没别的办法接近宋枝蕙,更没想到有天会被她发现。

祁岸犯难的心情写在脸上,刚推开卧室的门,就看到坐在沙发上的宋枝蕙。

此刻,宋枝蕙双臂环抱,正目不斜视地盯着他看,眼神里的质问如有实质地落在他脸上,还挺有威慑力。

祁岸阔步走到她身边坐下,神色有那么点儿装腔作势,两人目不转睛地对视着,宋枝蕙不说话,也不笑。

她不笑的时候,清清冷冷的,有种别样的美。祁岸知道,她这会儿估摸着在心里琢磨怎么盘问他。

宋枝蕙见他非但没有要解释的意思,还饶有兴味地勾着唇,神色有些绷不住:"你还好意思笑,你就没什么要跟我解释的吗?050912?"

她念出那串数字的时候,祁岸眸底闪过一丝极其罕见的赧色,但只是极短的一瞬,就再度恢复往常那副唇畔吊儿郎当又顽劣的模样,甚至还挺理直气壮。

宋枝蕙又气又想笑。祁岸不要脸地过来搂她,因为喝了酒,他身上沉醇的檀木调里混着些许酒精的气味,揽她的力道也比平日里霸道。

宋枝蕙被他抱在怀里的瞬间,心跳加快几分,迎上祁岸漆黑又浓稠的眸,想挣脱开的手也忍住力道,化作不痛不痒的捶击,落在他坚实的宽肩上。

宋枝蕙以为这家伙会亲她,不想祁岸只是偏着头,略显迷醉地觑着她:"怎么发现的?"

宋枝蕙是真的乖,被他这么一瞧、又这么一问,顿时姿态全无,感觉被质问的人反倒像她。细白的指尖指了指对面墙上的那幅巨大的照片,她说:"你的马身上,有一串字符。"

祁岸顺势朝对面望去,蓦地挑了下眉:"这照片是好多年以前的了,

/471/

你不说我都不知道被奶奶挂出来了。"说完他想到什么,看向宋枝蕙,"你说的是592?"

宋枝蕙点头。祁岸极为宠溺地笑:"我媳妇就是聪明。"

这还是两人在一起后,祁岸第一次这么叫自己,宋枝蕙一时有些害羞,压着嘴角轻嗔道:"注意你的用词。"

祁岸但笑不语。宋枝蕙想了想又问:"592代表什么意思?又跟050912有什么关系?"

祁岸稍稍调整一下抱她的姿势,耐心地解释:"这是马匹专门的烙号,59代表这匹马在繁育场的编号,后面的2,代表出生年份的尾数。球球是2012年生的,所以尾数是2。当时起ID想到这个数字,又随手填了两个0进去。"说话间,他斜睨宋枝蕙,"要不是为了看你,我连账号都懒得申请。"

宋枝蕙有些不可思议:"你是怎么知道我直播的?这件事连何恺都不知道。"

祁岸略显无奈:"你忘了吗,高中的时候你就用我的iPad登录过这个网站,要知道你的账号一点儿也不难吧。"

高中那会儿,宋枝蕙就一直用这个号登录网站找学习资料,祁岸的电子设备多,就随手借她一个用。

那个时候,宋枝蕙的ID就叫"木木一吱",而那个时候的祁岸,一直顶着这串看起来很没存在感的字符账号和空无一物的主页,藏在她的粉丝列表里。

宋枝蕙神色恍然:"所以,自打我开始做视频直播那天起,你就知道了?"

祁岸挑眉:"算是吧。"

宋枝蕙面色唰地热起来。祁岸见她这副模样,有些好笑:"倒也不必这么尴尬,你什么样儿我不知道?"

宋枝蕙微微懊恼:"不是那么回事。"

她心想,就连当初的何恺都不知道她直播的事,更别说他了。顿了顿,她又问:"所以你一直都有看?"

祁岸随意地答:"要看能不能赶上,大多数都是看看你的视频,最主要的是……"他笑了下,"那会儿你跟何恺处得有滋有味,我也不好总盯

/472/

着别人的女朋友瞧。"

这话虽然是笑着说的,但语气却是酸溜溜的。

宋枝蒽哽了哽,低声道:"我才不是……"

祁岸眸底荡起蜜色,在她唇上浅浅一啄:"嗯,你是我的。"

宋枝蒽被他哄得心旌摇曳,搂住他的脖颈:"那你后来又为什么开始给我当'榜一大哥'了?"

"榜一大哥"祁岸低眸,目光循循落到她眼底:"因为又见面了。"他桀骜不驯地笑,"因为老天又让我遇到你。"

对于曾经的祁岸来说,宋枝蒽就像罂粟,他努力戒了很久,以为终于可以若无其事地平静度日,不料校区合并,他又与宋枝蒽在何恺公寓门口突如其来地重逢。

所有的波澜不惊都是掩饰,所有的淡漠疏离之下,都藏着他万分难捱的渴望与遐想。

祁岸坦荡荡地把当时内心有悖道德的想法告诉她:"既然老天让我再遇到你,就说明我还有机会,既然有机会,我就不可能坐以待毙。"

宋枝蒽被这番说辞搅得内心悸动。

"不过我觉得。"祁岸笑得还挺无辜,"我还挺守本分的,没做什么出格的事。"

事实上,在祁岸上楼之前,宋枝蒽就已经产生了这种猜想,而这刻,更是被祁岸的回答和神色证实。

宋枝蒽没忍住笑,眼底却渐渐泛潮:"你这几年,一直都没忘记过我,对不对?"

祁岸嗓音沉哑:"嗯,没忘记过。"

宋枝蒽又说:"来这所大学也是因为我,去参加马术比赛也是因为我,和家里闹掰……也因为我。"

祁岸就知道她会这样,于是在她额头安抚般地亲了亲:"这些是我的选择,决定权在我,你不要把责任揽到自己身上,这些年我过得很好,也很快乐。"

宋枝蒽努力遏制着鼻腔里的酸意:"你是怕我自责,所以一直都不说。"

祁岸笑:"说也没什么用,对我来说,我跟你,我们在一起,就是最好的。"

刚在一起那会儿，宋枝蕙常常觉得祁岸很幼稚，他的占有欲，他在恋爱里的小情绪，和清奇的脑回路，然而直到这一刻，她才清楚，两人之间，幼稚的、被保护的人从来都是她自己。

祁岸只想让她感觉到被爱。

宋枝蕙觉得自己马上就要被淹没了，被祁岸浩瀚又深沉的爱意淹没。她抵在祁岸的颈窝间，用力呼吸着他身上的气味，试图平复这一刻地动山摇的情绪，可眼泪依旧不听话地濡湿了祁岸的衣襟："我觉得亏欠你好多。"

祁岸从来不乐意把她惹哭，但这一刻，也只能用吻来堵住她无处发泄的眼泪："既然觉得亏欠，那就好好爱我。"

未出口的话被堵在喉咙中，宋枝蕙在他的钳制下，迎上他的唇。

这是两人间第一个咸涩的吻，可其中滋味却要比以前的任何一次都要甘甜炙烈。因为没有任何一刻，能够比当下更坦诚。

再然后，她就被打横抱起，短暂的天旋地转，双眼再睁开时，目之所及是白色的天花板和亮白的羽毛吊灯。

长发披散如上好的绸缎，如墨般泼洒在柔软的布面上，祁岸亦像降临下来的一场绵密的雨，落在世界的每一处，没有秘密可言。

思绪如同被摄神取念，宋枝蕙神情生涩又纯稚，满心满眼都是笨拙的心动。

宋枝蕙像只小鸟蜷缩在祁岸怀里，依偎着他。祁岸亲吻着她，嗓音低沉："今晚，可以吗？"

他的声音带着小心翼翼的试探。

宋枝蕙耳垂像是石榴籽，这一刻，也说不清怎么想的，甚至声音小到自己也快听不清地应了一声。

翌日清晨，第一道阳光顺着窗帘缝隙透进来，伴着生机盎然的鸟叫。宋枝蕙在祁岸怀中，像度过了一场酣甜的美梦。等她彻底醒来时，祁岸已经先一步起床。

应该是阿姨上来叫他们吃早饭，阿姨的南方口音有点吵，祁岸开了门，叮嘱她小点儿声。

阿姨好像没想到开门的是祁岸，有些惊讶，随后又不太好意思地说了句："那没打扰你们吧？"

宋枝蕙在隐约的说话声中慵懒地翻身，一身熬夜的疲惫似乎还没放松够,没一会儿就再度睡了过去。

等宋枝蕙再醒来时,已近中午。

虽然不会再有工作上的电话,宋枝蕙却还是被手机铃声吵醒。是外婆打来的,问她出差怎么样。毕竟是第一次出远门,还因为工作,老人家免不了要关心。

宋枝蕙本来还挺迷糊,一听到这话直接醒了神,明明声音都还带着困倦的含混,却要强装出一副若无其事的样子:"挺、挺好的啊,都挺顺利的。"

外婆知道顺利就行,又问了问她回来的时间,说白了就是惦记她。宋枝蕙自然知道,但她也不确定,只说回去的时候提前告诉她。外婆这才放心。

挂断电话后,宋枝蕙如释重负地喘了一口气,而后裹着毯子下床在行李箱中快速地找到自己换洗的衣物。

这会儿她才发现,屋内一片狼藉。

脑中也忍不住浮现那些乱七八糟的画面,比如昨夜祁岸的情话像咒语在她耳边循循施展:"不许再离开我,听到没,宋枝蕙。你是我的。"

宋枝蕙抿着唇推开浴室门,泡澡水早就准备好,还专门洒了泡沫和花瓣。宋枝蕙不管三七二十一,直接躺到浴缸里,温水没过脖子的瞬间,她抬手捂住被热气蒸腾的脸。

洗完澡,宋枝蕙第一时间吹干头发,又搭配好衣服,开始化妆。

昨天晚上抵达B市太晚,她没怎么精心打扮自己,于是立志在今天一定要多花心思,然而底妆刚刚化好,祁岸就端着午餐上了楼。

宋枝蕙以为是阿姨来送早餐,还礼貌地说了声放在桌上就行。

因为是祁岸的卧室,没有化妆台,她只能在洗手台前倒腾,殊不知来人没走,这会儿还勾着唇饶有兴味地靠站在她身后的门口。

蓦地在镜中看到祁岸,宋枝蕙补唇膏的手停下,扭头看他:"怎么上来的是你?"

祁岸双手插袋,吊儿郎当地说:"媳妇一个人在楼上,你觉得我能不闻不问?"

宋枝蕙抿唇,唇畔荡开一点甜笑。他上前,牵住宋枝蕙的手,把她拉进怀中,浓眸低敛,含着情般盯着她:"想着让你多睡会儿,不然早

/475/

上来了。"

宋枝蕙揽住他精瘦的腰身，仰着上了妆的漂亮脸蛋，神色腼腆："我第一次来你家，就起来这么晚，是不是不大好？"

祁岸挑眉："起都起晚了还这么问，是不是没什么必要？"

宋枝蕙抖了抖嘴角："哦，那确实是不大好的。"

祁岸被她这副模样逗笑："怎么，你还要下楼去赔礼道歉？说昨晚上跟祁岸——"

宋枝蕙被他的口无遮拦说得立刻变了脸色，想都不想就堵住他的嘴："别得了便宜还卖乖。跟你说正经的呢。"

知道再逗下去，她准生气，祁岸勾着唇，牵住她堵在自己唇上的手，服软似的说："行，正经。正经来说就是爷爷和奶奶都不在，他们今天去寺庙了，而且今天本来也没打算带你四处逛。

"老两口也没那么古板，知道我昨晚好好的客房不睡，非跟你挤在一起，自然明白怎么回事。"

宋枝蕙被他说得双颊羞红，只能岔开话题："那今天我们要干什么？"

"去看我爸。"祁岸捏了捏她的手，冲她一笑，"怕吗？"

宋枝蕙点了下头，又摇头："以前肯定是有点儿害怕的，但是，这次来的目的也是为了见他，所以，就不怎么害怕了。"

最重要的是，她知道，没有人会把她和祁岸分开。无论是易美茹，还是祁仲卿，在祁岸眼里都微不足道。

就像他昨晚呢喃低语的情话——这世上任何事，都抵不过他对她一往情深的爱意。

虽说昨晚已经经历过紧张忐忑的一路，但这次还是不大一样，这次毕竟是见祁岸的父亲，也就是他血缘上最亲的人。

知道她内心忐忑，祁岸一直牵着她的手，语调轻松地安抚："别担心，又不需要你做什么。"

宋枝蕙看他："真不需要？"

祁岸慵懒地靠坐在座位上，勾着嘴角痞里痞气地说："不然呢？带你去看他已经很给他面子了。更何况，"他好整以暇道，"我带你过去又不是孝敬他，而是告诉他，我祁岸从今往后有主了。"

宋枝蕙沉默一秒，朝上翘了下嘴角。这话倒不是什么哄她开心的甜言蜜语,而是实话。

祁岸从根本上就没指望祁家接受宋枝葱。甚至一开始他就盘算好,如果祁家有任何人让宋枝葱不开心,他就直接带宋枝葱离开。

不过事实证明,他的担心是多余的,最起码以现在祁家两位老人的态度来看,他们没有不接纳宋枝葱的意思。祁仲卿就算态度再怎么强硬,也始终硬不过两位老人。

有他这番话,宋枝葱心情渐渐放松了下来,脸上的笑容也变成发自真心。祁岸捏了捏她的手:"笑什么呢?"

宋枝葱偏头看他:"就是觉得,咱俩还挺配。"

祁岸煞有介事地扬起眉:"哪里配,展开说说。"

宋枝葱轻抿唇:"就……咱们俩跟父母的关系都不太好。"

宋枝葱年少迟钝,如今想到自己的父亲,更多都是后知后觉的恨意,恨他为什么要对自己那么不好,也恨他为什么即便走,都走不干净,反倒让她这个不疼不爱的女儿替他受苦。

而对于母亲,宋枝葱更多的是无话可说。即便母亲在她辞职后,一直试图联系她,可宋枝葱一次都没有搭理过。也正因为这样,她才觉得自己并不"孝顺"。

宋枝葱失笑道:"如果你的家庭关系好,我可能还会担心,你会不会觉得我不孝顺——"

话没说完,宋枝葱就被祁岸拉着搂进怀中。祁岸下巴抵着她柔顺的发顶,嗓音沉磁温柔:"别整天胡思乱想,就算我家庭关系好,我也不会觉得你不孝顺。"祁岸语气难得郑重,"我喜欢你,跟你漂不漂亮,孝不孝顺,全都无关,我喜欢你,就只因为你是你,明白吗?"

宋枝葱怎么会不明白,她比谁都明白。嘴角浮起清甜的笑,宋枝葱微微仰头,眨巴着眼看他:"我也是。不管别人怎么看你,我都一样喜欢你。"

路上,两人有一搭没一搭地聊着,没多久就到了祁仲卿养病的私立医院。

得知祁岸和宋枝葱今天过来,祁仲卿的助理早早出来迎接。前往病房的路上,他还大致把情况告诉了两人,跟奶奶电话里说的一样,祁仲卿是恶性肿瘤,已经做完了手术,但是以后还有复发的可能,具体能撑多少年,谁也说不清楚。

也正因如此，今天爷爷和奶奶才亲自去庙里给他祈福。

助理说的时候，宋枝蒽一直看着祁岸的脸色，她原以为祁岸会毫无动容，但祁岸锋冷的眉眼还是出卖了他的内心。没有人会真的不在意自己的血亲，祁岸只是看似疏冷淡漠。

或许是因为心疼他，宋枝蒽在这刻莫名鼓足勇气，在病房门打开的时候，没有任何迟疑地跟随祁岸一同进去。

祁仲卿虽然在养病，却依旧难以摆脱繁忙的公务，三个人进去的时候，祁仲卿还在跟秘书处理合同。直到听到助理的说话声，他才抬起头朝祁岸的方向望来。

这是宋枝蒽第一次见祁仲卿。很神奇的是，这个年过五十的中年男人，居然真的和她想象中差不多。和祁岸一样冷厉俊朗的眉目，但看起来远比祁岸正经威严，又有种饱经沧桑的干练，只是因病，他看起来比同龄人要苍老一些。即便如此，也能让人从中看出他年轻时的风姿。

在宋枝蒽默默打量他的时候，祁仲卿也在打量宋枝蒽，或许没想到当年那张合照里，资质平平脸上还有胎记的小姑娘，能出落到现在这副模样，他稍稍有些惊讶，但这一瞬的惊讶，很快就转变成对祁岸的关注："怎么就只有你们过来？"

毕竟是生分了好几年的父子，祁仲卿已经尽力宽厚，但说出来的话还是不怎么中听。

偏偏祁岸也和他对着来，冷冷一笑："你以为谁都有时间来看你吗？"宋枝蒽捏了捏祁岸的手，示意他注意语气。

哪承想，向来脾气火爆的祁仲卿非但没生气，还让助理带两人坐下，又问道："吃饭了吗？"

即便坐下，祁岸也牵着宋枝蒽的手没松开，没接话茬，而是问他："病房怎么就只有你自己，你那小老婆和儿子呢。"话里带着明显的轻蔑。

宋枝蒽也是在昨晚事后，两人抱在一起促膝长谈的时候，才知道祁岸还有个弟弟，这个小孩儿现在差不多四岁，他连面都没见过。他父亲的这个小老婆，当初更是跟祁仲卿偷偷好了好多年才扶正的。

祁仲卿在商界有头有脸，是出名的企业家，也是有名的慈善家，他的人生履历无疑是成功的，但这并不意味他的私生活有多么清正。祁岸接受不了这样的父亲，对祁岸来说，他并没有一个好父亲的模样。

可祁仲卿却热衷于扮演一个好父亲的角色，为祁岸筹划这筹划那，甚至为了让他听自己的摆布，不惜搅乱他的人生。

曾经的祁仲卿永远都意识不到，他是怎么将祁岸亲手推开的，直到病来如山倒。他才恍然发现，自己这辈子最失败的是什么。他最爱的那个儿子，成了最恨他的人。而这种感觉，在祁岸坐在他面前的这一刻，感受得更为深刻。

祁仲卿知道他在讽刺自己，但还是语调平和："我嫌他们吵，就不让他们来了，自己一个人待着也很清静。"

宋枝葸莫名从这话中听出一种迟暮老人的意味。祁岸喉结微滚，也显然有同样的感受。

祁仲卿难得笑笑："就是赶得时候不巧，你们要是晚来几天，我还能出去招待一下你们。"

即便知道这会儿自己不应该说话，但宋枝葸还是鼓起勇气，擅自接了祁仲卿的话："我们已吃过了，谢谢叔叔关心，当下的情况，还是叔叔您的病要紧。"

她说这话的瞬间，祁岸跟祁仲卿一同朝她看来。祁仲卿是意外，祁岸则是意外中带着些许另眼相看。再然后，祁仲卿看到祁岸宠溺地笑了下。

与他看自己时不同，这刻的祁岸，眼里是有光的。祁仲卿从没见过这样的他。

也许是被这一瞬深深撼动，祁仲卿在那天，和宋枝葸说了不少话。而原本应该担当主角的祁岸，却始终在旁边沉默着。

祁仲卿问了宋枝葸许多，比如关于她的家庭、学业，和现在的生活，语气并没有掺杂任何情绪，而是平铺直述地了解。

宋枝葸也回答得不卑不亢，完全不再是几年前，那个在电话里茫然无措的小姑娘模样。

对话就这么进行了没多久，宋枝葸的手机响了，是个不认识的号码。

宋枝葸表情略有些为难，是祁仲卿开口："没事，你出去接，我也正好和祁岸单独聊聊。"

宋枝葸也不傻，乖乖笑了下，起身要离开。祁岸倒也没拦着，只是在她出门后多看了眼。

还是祁仲卿把他拉回神："这姑娘，比我想象中优秀很多。"

父子俩似乎就只有谈到宋枝蕙，才能好好地说上话，祁岸没有刚进来时的敌意，沉声一笑："她一直都很优秀，只是你一直用有色眼光看待她。"

一个穷人家的小姑娘，原本姿色平平，企图通过祁岸攀龙附凤，光是听着就让人生厌。

然而当他亲眼见到宋枝蕙的时候，他才明白，那些描述都与她无关，也明白，为什么祁岸非她不可。她有一种知世故而不世故的聪慧伶俐，又有一种美而不自知的纯粹和谦卑。

她跟祁岸，一个张扬一个内敛。没有谁能更像她一样，治愈和温暖祁岸。什么家世，什么门当户对，遇到了对的人，其他一切都变得无足轻重。

大概是人走到生离死别这步，总会放下诸多执念，祁仲卿点点头："挺好。"

祁岸没想到这种话会从他父亲的嘴里说出来，神思一瞬凝滞，祁仲卿又说："这三年，我应该早点过去见你一面。"

宋枝蕙从病房离开后，并没有去太远的地方。电话一遍遍打得急，她只能就近选个安静的地方接通。其实一开始，她想过不接的，因为这几天，母亲一直有找她，可当时那种情况，她也只能给祁岸父子留下空间。

只是没想到，宋枝蕙硬着头皮一接通，听到的却不是母亲的声音，而是一个陌生的年轻女声。

女生声音礼貌又欣然："您好，请问是宋枝蕙吗？"

宋枝蕙愣了愣："是，请问您是？"

女生听到是她，立马自报家门，说自己是北川大马术队的副主席，之所以联系她，是希望她能帮忙劝劝祁岸，参加九月份的马术比赛。

宋枝蕙听着她的说话方式莫名耳熟，想起什么，问她："你是在学校门口和祁岸加过微信的女生吗？"

女生很惊讶："你怎么知道的？"

宋枝蕙心下了然："那次我就在附近，无意间听到你们说话。"

女生没什么心机，心里想的都是怎么劝祁岸入队，顺着话茬就把来龙去脉交代清楚，说找宋枝蕙也是逼不得已，因为祁岸在通过她微信申请后没多久，就把她删了。理由是，怕女朋友不高兴。

于是该女生就觉得是不是宋枝蕙误会了什么，也借着联系不到祁岸的机会，想通过她这边来说服祁岸。

宋枝蕙倒没想过她那会儿随口的质问，还真让祁岸有所行动，一时有些哭笑不得。

两人沟通了下，宋枝蕙做了个大胆的决定："我试试看吧，至于他答不答应，我也不好跟你保证。"

女生大为惊喜："真的啊，那太谢谢你了！"

挂断电话，宋枝蕙心情稍稍平复，又莫名有些雀跃。

这种雀跃，一方面是因为祁仲卿这块重担，好像已经在无形中被她和祁岸化解，另一方面也是因为，她真的很希望祁岸可以放下心结，重新回到赛场。

宋枝蕙莫名觉得，祁岸也许会听她的话。

当天，祁岸从病房出来后，这场见面就结束了，祁岸状态看起来比来时要轻松一些，却又有些无法言说的沉重。

回去的路上，宋枝蕙牵着他，等着他对自己敞开心扉。似是在想着怎么跟她说，祁岸好一会儿才开口："他跟我道歉了。"

宋枝蕙默默地看着他："然后呢？"

"然后，"祁岸垂下长睫，蓦地一笑，"我发现我早就不恨他了，我只是埋怨他，为什么从来都不能站在我的角度思考问题。"

宋枝蕙与他十指相扣："可能，他只想给你最好的，只是找错了方向。"

祁岸勾勾唇："我以后一定不要做这样的父亲，我只要我的孩子健康快乐。"他玩味地看着宋枝蕙，"你觉得可以吗？"

宋枝蕙没有让他的调戏得逞，而是正儿八经地道："你想孩子之前，是不是先想一想自己的事。"

祁岸挑眉，把她扯过来抱着。宋枝蕙香香软软，抱起来手感格外好，祁岸埋在她颈间深吸了一口气，仿佛被治愈。

宋枝蕙却拿出说正经事的态度："那个马术队的副主席，给我打电话了。"

祁岸微微抬眸，有些好笑："她倒是会找门路。"

宋枝蕙像那么回事地"嗯"了声："因为她听说祁岸是金融系出了名的妻管严。"似乎也觉得肉麻，宋枝蕙往下抑着嘴角，别开视线。

祁岸听乐了，问她："那你怎么说的？"

宋枝蕙没吭声。祁岸捏起宋枝蕙的下巴，让她扭头看向自己："你老公问你话呢。"

虽然这个称呼，昨晚被他逼到嗓子都喊哑了，可在车上被他这么一嚷，宋枝蕙还是有些尴尬，赶忙瞪他一眼。

祁岸笑得痞坏，毫不在意地把她搂得更近了些："你怎么说的？"

宋枝蕙也算是服了，只能投降，干巴巴地道："就说……你确实挺听我话的。"

祁岸凑到她耳畔若有似无地亲着："还有呢？"

宋枝蕙心猿意马，小声咕哝："还，特别黏人……"

因为这句，祁岸当晚又给宋枝蕙展现了一遍他的"黏人"功力，不过她也确实说服了祁岸，祁岸答应加入马术队。

倒也不完全是因为愿意听宋枝蕙的话，而是宋枝蕙跟他说，那本来就是你的赛道，你的世界，你的未来，你的骄傲。

他也不用再怕什么，因为这一次她会坚定不移地站在他身边。

马术队副主席得知这个消息高兴得简直要疯了。另外，祁岸是妻管严这事，彻底实锤了。

第二天坐飞机回去的路上，祁岸还让宋枝蕙对他负责。他本想带她回家的，但这两天不大方便，祁颂这家伙跟罗贝贝吵架了，在家里赖着，祁岸不得不有所收敛。

再后来，就到了去马术队报到的日子。宋枝蕙也鼓起勇气，回家跟外婆说明辞职的真实情况，而后又坦白，自己去B市的那几天，是去见祁岸的家人了。

外婆一开始确实是有点儿生气，觉得宋枝蕙骗了自己，不像以前那样乖巧。可转念被宋枝蕙哄了两句，又心软了。

一方面是因为李望秋的事，她理解宋枝蕙的心情，另一方面也觉得，她跟祁岸解决了这方面的问题，是一件好事。最起码两人以后可以堂堂正正地在一起，也不用管易美茹怎么想。

不过最后宋枝蕙也保证了，老老实实在家里住。

只是有李望秋的先例，她再怎么保证，外婆也要把她看好了。大概她也觉得老姐妹带着孙女在这儿住下去太厚脸皮，没多久就把两人赶回去了。那会儿宋枝蕙正在学校的马术基地，陪祁岸训练，听到外婆的电话，她还挺意外。

据说姨姥姥走的时候灰头土脸的,因为舅妈那会儿刚好回来拿东西,看到姨姥姥理直气壮地欺负外婆一个人,就把这段时间积累的所有不满都说了出来。

舅妈看着是老实本分的一个妇女,真着急起来,脾气比谁都大,直接把祖孙两人的行李扔了出去,让他们滚,还说外婆当年遭遇到事的时候,也没见她帮过忙。

许蓝月哭着拽着姨姥姥走,后来闹得街坊邻居都出来围观,这事才就此罢休。

宋枝蒽本来挺担心外婆的身体,结果反倒是外婆担心舅妈,说她气性大,怕她气坏身子。但总归来说,这两人都挺解气。

姨姥姥走后,家里终于恢复往日的平静,宋枝蒽也开始恢复直播。

晚上见不了她的人,祁岸也只能蹲着看她的直播解相思,只是依旧顶着那个050912的账号,动不动就刷礼物。

他刷的时候,宋枝蒽就抿着嘴角做题,眼角眉梢都是甜滋滋的意味。

几次三番下来,祁岸到底绷不住醋意,理解了为什么何恺总不想宋枝蒽出去打工兼职——她太招人喜欢了,放在外面,总担心被人拐跑。

本来只是撒娇似的跟她提了一嘴,没想到宋枝蒽真的就决定短时间内不再直播,而是改成和祁岸单独视频,她在这边学习,祁岸在那边看书。

只是祁岸看书是假,大部分时间都在看她。有时候实在想她了,他就大半夜开车跑到她家楼下,带她出去吃夜宵兜风。

有了祁岸的陪伴,宋枝蒽第一次觉得,暑假也可以过得如此开心快乐。不需要没日没夜地兼职,不需要去想以后的人生怎么办,就只是停下来,单纯地享受和他在一起的时光。

只是对祁岸来说,压力却与日俱增。他从来不是玩票的性格,既然决定重回赛场,就要好好对待。宋枝蒽知道他的野心,所以在他即将比赛的那段时间,一直耐心陪着他训练。

短暂的半个月过去,比赛日期终于在紧张的氛围中来临。

那是祁岸时隔三年,再一次重回赛场,这次比赛的规模也比想象中要大。

比赛那天,金煌俱乐部几乎所有人都过来支持祁岸,宋兰时也带着几个员工过来给祁岸加油打气。

祁岸选择的依旧是他最拿手的个人障碍赛。

宋枝蕙从前陪他在马场的时候,没少见过他英姿飒爽的样子,可临上场前,还是不由自主地为他感到紧张。

似乎也察觉到她的情绪,一身骑士服的祁岸俯身抱了抱她。

"等我。"他说。

再后来,宋枝蕙在看台上,目送祁岸上了赛场。

不似极限运动与赛车那般刺激,马术比赛更像一项绅士的表演,而祁岸就是其中最耀眼夺目的一位。他骑着那匹棕红色的马,在裁判的哨子声中潇洒地进入场地。

随着比赛开始,周遭渐渐沉浸到安静的氛围里。宋枝蕙的心脏也像被一根无形的线牵着,随着他的每一次跳跃障碍物起伏不定,直到另一声哨子声响起,随之而来的,是全场赞叹的欢呼和掌声。

祁岸跳过了所有的障碍,零扣分。他的名字出现在了看台硕大的屏幕上。屏幕上,他的排行变成第一名。

场地上的摄像头正在追逐着他,解说员也在激情地称赞他的表演,另一个屏幕里,他骑着马,俊朗又意气风发,像极了宋枝蕙当年第一次见到他时的模样。

身边不断爆发出阵阵尖叫。钱向东和罗贝贝、祁颂扯着嗓子叫嚷,宋兰时激动得对着大屏幕疯狂拍照。

只有宋枝蕙,她看似镇定地鼓着掌,却红着眼眶,目光一瞬不瞬地追逐着赛场里那骑着马的身影,嘴角却是止不住地笑。

这一刻,宋枝蕙知道,祁岸与过去的一切,挥手告别了。

他做到了。

她就知道他可以做到。

就是这时,马术队的副会长过来找宋枝蕙庆祝,一片尖叫声中,女生拉着她的胳膊兴奋地呐喊:"我就知道岸哥可以!"

宋枝蕙破涕为笑,点头间,手机响了一下。

她随便抹了把脸,想都不想就转身下了看台。

那天的天气不是很好,她跑起来带起不小的风,长发随风飘动,眼泪也沾湿一脸。

/484/

可宋枝蕙却一丁点儿也不在乎，刚下了看台，她就看到站在体育场拱形门入口处，一身深蓝色骑士服、身材高大颀长的祁岸。

宛如童话中出来迎接公主的骑士，祁岸就这么静静地，笑着看她朝自己跑来。

宋枝蕙以为自己会直接奔入他的怀里，可不知为何，她在这一刻竟像是心思单纯的少女，第一次和自己喜欢的男孩子约会那般，她一步步朝祁岸挪过去。

直到祁岸也走到她跟前。

裁判的哨声再度响起，有风吹过，赛场内尘土飞扬，拱形门下，是嗡嗡的共鸣。

就在这样嘈杂的环境中，祁岸牵起她的手，深眸凝视着她，像聚集着万千星辰。他笑着，带着专属于她的温柔："宋枝蕙，接吻吗？"

话音落下，宋枝蕙迎上前，在一派喧嚣吵闹的人声中，踮起了脚尖。

祁岸在二十二岁这年，实现了他十八岁时的两个梦想。

一个梦想是马术。

另一个，是宋枝蕙。

番外一

"只要是人才,无论站在哪里都会发光。"——这大概是宋枝蕙在大三那年暑假,感悟最深的一件事了。

因为那场省级的青年冠军杯马术比赛,祁岸在这个暑假的尾巴,凭借路人女生拍摄的视频,在网络上火了一把。

视频一共分为两段,前半段是祁岸跨越最高栏杆时的慢动作视频,后半段是祁岸比完赛后,被场地的摄像头追逐并投射在大屏幕上的画面。

画面里,样貌俊朗凌厉的祁岸英姿飒爽,明明是冷硬的一张脸,路过观众席时却不经意地一笑,露出洁白整齐的牙齿,格外灿烂夺目。

这个反差感,配合当下短视频里流行的甜蜜的BGM(背景音乐),很快就让那条短视频的点赞量超过二十万。

宋枝蕙对这方面比较迟钝,之所以知道这个消息,还是蔡暄告诉她的。

临近九月,除了宋枝蕙,蔡暄是宿舍里"唯二"回学校的。林洋和苏黎曼都在各自的老家找了实习单位,下学期才会回来。

按照原来的计划,蔡暄也打算让家里人随便给她找个实习单位,结果不承想,她说回来就回来了。

将近两个月不见,蔡暄都想死宋枝蕙了,刚巧宿舍那边也都收拾妥当,宋枝蕙手头上也没别的事,就主动去机场接蔡暄。

蔡暄一下飞机就把祁岸的那条短视频给宋枝蕙转发过去。两人上了机场大巴,蔡暄忍不住吐槽宋枝蕙,说她太迟钝了,自己对象在网上都被人

/486/

喊"老公"了，她这边还看书做题什么都不知道呢。

宋枝蕙也挺手足无措的。以前她休闲娱乐的时间就不多，自打跟祁岸谈恋爱后，更没什么独处空间，不学习的时候，要么在陪祁岸，要么就是被祁岸陪着。

也就是这阵子，祁岸陪着车队去另一个城市比赛，她才有时间多忙忙自己的事。再加上她也不爱刷什么短视频，所以不知道很正常。

不过话说回来，宋枝蕙反复看着视频里祁岸的模样，感觉还挺帅。

蔡暄见状送了个大白眼给她："不是吧，你居然都不吃醋的吗？"

宋枝蕙确实有点儿迟钝："吃什么醋？"

蔡暄说："你就不好奇他当时对谁笑得那么灿烂吗？

"而且你看那评论，好多女生在'花痴'，还有人找到祁岸相关的账号了。我要是你，我现在就找个地方宣誓主权。"

宋枝蕙见她紧张的样子，莫名想笑，但又觉得笑了，蔡暄可能会更生气。想了想，宋枝蕙也只能叹口气："那我也没地方宣誓啊，我总不能也发个短视频一个人傻乎乎地宣誓吧。"

"那就叫岸哥跟你一起拍个视频发到软件上呗。"蔡暄拿过手机，理直气壮地点了点，又拿到宋枝蕙面前，"你看，这就是他们扒出来的，岸哥的账号。"

宋枝蕙接过来一看，是一个英文名的男生账号，粉丝现在已经有了两三万。但里面的视频却只有两条，都是有关祁岸的。

第一条是祁岸在酒吧昏暗的光线下慵懒矜贵地吞云吐雾，随后又被身边的人递了杯酒。修长的两指夹着烟，又接住那杯掺着冰块的酒杯，脖颈微仰一饮而尽，又痞又野又性感。

第二条是在机场吃饭的视频，拍摄者就坐在祁岸的对面，祁岸身穿清爽的衬衫，低头拨弄手机的同时，随口吃着面。

看祁岸当时的发型和穿衣打扮，怎么看都不像近期拍的。果不其然，宋枝蕙点开一看，发现时间都是去年。而去年那个时候，宋枝蕙跟祁岸还是毫无交集的状态。

不过这并不是蔡暄想要让她在意的点，蔡暄替她点开下面的评论，好几百条，都是在夸哥哥好帅，哥哥快更新一下别的视频。

反正就是没有人出来说"这哥们儿有对象了，且对象还是个校花"。

这样一看，宋枝蕙好像确实觉得……自己应该吃一点醋。

"我要是你，我现在就把这视频、这账号发给他，让他回应。男人这种生物，就是不自觉，就是要看紧点儿！"

大概是曾经淋过雨，所以格外想给宋枝蕙遮伞，蔡暄一副过来人的口吻，几句话说得义愤填膺。

但宋枝蕙觉得理由不充分："这账号可能不是他的。而且红了这件事，也不是他想的，他应该和我一样不知情。"

既然宋枝蕙都这么说了，蔡暄也没什么好说的，她往后懒懒一靠："随你吧，反正我话可都说到位了。"

宋枝蕙抿了下唇，转移话题："别总说我了，说说你吧，你和邹子铭怎么样了？"她声音温温软软，引人倾诉。

蔡暄皱了皱眉，到底还是开了口："不怎么样。"她扭头气呼呼地望向车窗外，"他就是块木头，长得好看的臭木头！"

宋枝蕙话题转移失败。因为这两句话，宋枝蕙一路都没再敢问蔡暄，后来还是蔡暄憋不住，跟宋枝蕙吐槽邹子铭。

说两人在老家的时候就一直有联系，但都是蔡暄主动联系邹子铭，邹子铭平时除了打工就是照顾家人，蔡暄觉得自己反正闲着也没事，就主动去帮忙。结果这样过了半个多月，邹子铭说回学校就回学校，都没告诉她。

正因如此，蔡暄才决定要回来。但最可气的是，邹子铭完全不知道哪里惹蔡暄不开心，那种感觉就像一拳打在棉花上。

宋枝蕙从来不是爱乱插手帮忙的人，但因为对方是蔡暄，她有些于心不忍，于是提议："不然我让祁岸帮忙问问？"

本以为蔡暄会拒绝，不想她眼睛都亮起来："真的啊，真的可以吗？"

宋枝蕙笑着说："当然是真的了。"

蔡暄当即高兴起来，不过回头吃饭的时候，又嘱咐了一遍宋枝蕙，让她吩咐祁岸旁敲侧击，不然自己岂不是很丢脸。

"我也不是非他不可。"蔡暄吃着串串，神色傲娇又扭捏，"我只是有点不服气，我就不信我这一身魅力，他会真的无动于衷。"

这话确实，蔡暄虽然不算那种一眼抓人的大美女，但皮肤白皙，身材高挑，面容清秀，稍微打扮一下就很亮眼，更别说她还很会打扮，又有气质，要是这次真栽在邹子铭身上，也的确有些丢脸。

宋枝蕙作为她最好的朋友，当然会尽可能地帮忙。只是吃完饭回到宿舍，她想给祁岸编辑信息的时候，不免又想起蔡暄之前在大巴车上跟她说的那些。

说来也奇怪。

宋枝蕙那会儿看的时候，不觉得怎么吃醋，可当下回头想想，心头就漫上一抹不爽，便把蔡暄转发给她的视频发给祁岸看。

这个时间，祁岸那边应该还在忙，宋枝蕙没等他回复，就去洗了个澡。还没洗多久，蔡暄就敲门把她的手机递进来，说祁岸找她。

宋枝蕙被热水熏得面颊发热，心跳加快，直接把祁岸的视频通话转成语音。

浴室里水声哗哗，祁岸似笑非笑又蛊惑的嗓音顺着听筒在狭小的室内荡漾开："干什么呢？打这么多遍才接。"

宋枝蕙嘴角不由自主地朝上勾，却刻意压着语调："在洗澡啊。"

"才几点你就洗澡。"祁岸没好气地"啧"了声，"还不敢接我视频，怎么，你身边有人？"

宋枝蕙被他气笑："刚吃完串串香，浑身都是火锅底料的味道。"

祁岸笑了下，声音正经几分："你给我发那一堆什么玩意儿？"

宋枝蕙快速把这个澡洗完，回应他："你没仔细看吗？你火了。"

说到这儿，那股心堵的感觉又爬上来。这次宋枝蕙在意的居然是祁岸那条在酒吧抽烟喝酒的视频，虽然那时候两人还是"陌生人"，但想到他那不老实的模样，宋枝蕙就莫名不爽。

大概听出她语气不对劲，祁岸也稍作收敛："你等一会儿，我去好好看看。"

此话一出，语音通话挂断。宋枝蕙也懒得管他，快速收拾好出来。

也就是在她擦身体乳的时候，祁岸给她发来信息，是几张截图。

第一张截图是他在他火了的那条视频里的笑容，他的解释是：台下有个认识的胖子，喊得特别卖力，把我逗笑了，不是在看哪个女生。那会儿我是在四处找你。

没想到这家伙能这么认真地解释，宋枝蕙先是愣了愣，继而嘴角泛起一抹笑。

还未等她回复，祁岸又发来几条信息。依次是他在酒吧里吞云吐雾的视频截图，还有机场吃饭的。

祁岸：酒吧是去年在 B 市，祁颂朋友过生日，非拉着我一起去。

祁岸：机场吃饭也是和他一起。

祁岸：这是祁颂的账号，不是我的。不信的话，回头你可以给祁颂打个电话。

话说到这份儿上，宋枝蒽其实已经都清楚了。但她就是有那么点不舒服，那种感觉就好像，祁岸有一些零星片段不为她所知，因而产生了醋意和占有欲。

偏偏这种感觉，她又无法说出口。

祁岸的电话就在这时打了过来，宋枝蒽一秒接通。竖起耳朵聆听他声音的瞬间，祁岸掺着笑意的低语，顺着千里之外的信号，既撩拨又宠溺地传递到她心间——

"宋枝蒽，我只要你，你不是都知道？这会儿又瞎吃什么醋？"

宋枝蒽抿起嘴角笑，话里却故作勉强："那行吧，我先信你。"

祁岸听到这话自然不满意，但这电话是他忙里偷闲打的，不能耽搁太久，只能在电话挂断前信誓旦旦："少臭美，等我忙完再好好和你掰扯清楚。"

和他混久了，宋枝蒽既学会撒娇又学会耍赖皮，她哼了声，不服气地挂断电话。

心里正甜滋滋地回味着，那边蔡暄却眼神期待地盯了她好久。蔡暄突然开口："你俩说啥了？有没有帮我也说一下？"

宋枝蒽回过神，嘴角弯曲的笑意平直下来："抱歉，我忘了。"她忙补充，"我现在再去给你问问。"

就这么，宋枝蒽又编辑了几条信息发给祁岸，跟她说了蔡暄和邹子铭的事，只是祁岸那天确实很忙，回复得也稍显敷衍。

后来还是晚上宋枝蒽准备睡觉之前，祁岸打来电话找她。

这个时间，车队比完赛，正是大家集体庆祝的时候，应该是在酒吧之类的地方，反正背景音很嘈杂。

虽然和他在一起的时间不算长，但宋枝蒽对他的工作性质也都有所了解，所以并没对此表示不满，只是叮嘱他不要喝太多。

祁岸笑里掺着酒意，反过来问她："下午那会儿不还吃醋我在酒吧喝酒吗，怎么这会儿又不介意了？"

宋枝蒽怕蔡暄听了受刺激，把被子蒙在头上，声音小小的："你这不是为了工作？而且你也跟我保证了。"

闻言，祁岸悠然地笑："嗯，还算有点儿自知之明。"

没等宋枝蒽吐槽他，祁岸转念又提起邹子铭的事："邹子铭确实回学校了，他准备考研，接下来的一段时间应该都挺忙，也不会离开学校，毕竟这边不需要房租。"

"至于你问的，邹子铭恋爱方面的事，"祁岸想了想，"还真没听他说过。"

宋枝蒽瞥了眼下铺的蔡暄，确定她这会儿插着耳机专心打游戏，便稍稍放松："那你回头帮我好好打听一下，我好让蔡暄心里有个准备。"

祁岸打趣地笑："怎么，她盯上邹子铭了？不怕被陈志昂知道？"

宋枝蒽替姐妹维护面子，支支吾吾地道："你就别问那么多了，照我说的做就是。"

照她说的做，不过是去邹子铭那边套几句他感情方面的话，但不能表露是谁想知道。这事对于祁岸来说，简直易如反掌。

宋枝蒽觉得这对他来说就是顺便的事，哪知祁岸却借此来邀功："我帮你问可以，但好处呢？"

隔着信号都能感受到他那傲娇欠扁的模样。宋枝蒽顿时哽住，语气闷闷的："咱俩都这个关系了，你怎么还要好处。"

祁岸："就因为咱俩这个关系，我才要抓紧机会趁火打劫。"

宋枝蒽咬唇沉默下来。祁岸气息裹挟着几分狎昵，在一片喧嚣中压低嗓音："明天我就回去了，到时候去学校接你，顺便带上邹子铭和蔡暄一起吃饭。"

宋枝蒽当晚安然入睡，第二天一大早就把这个消息告诉了蔡暄。

蔡暄激动得差点把洗面奶当牙膏挤到牙刷上，还是宋枝蒽制止，她才傻乎乎地把洗面奶冲洗掉。

之后两个人同时站在洗手台前，一起对着镜子刷牙。

蔡暄口中含着泡沫美滋滋的："别说，岸哥还挺靠谱的，直接给攒局了。"

宋枝蒽也笑："这下你们又可以见面了。"

蔡暄却立刻紧张起来："那我是不是要好好打扮一下啊，我跟他都好久没见了,前两天在微信上聊天我还跟他生气来着。"

宋枝蕙看她:"你跟他生气?为什么?"

蔡暄瓮声瓮气地道:"当然是生气他突然回去不告诉我,但最生气的是,他居然不理解我为什么生气,甚至说压根儿就不觉得我会回学校,所以才没叫我一起订票。"她磨了磨后槽牙,"我那是为了订票吗?"说着她气呼呼地看向宋枝蕙,"你说同样是长得好看,怎么岸哥就八百个心眼子,邹子铭就一个没长呢?"

宋枝蕙一笑:"可能他把心眼都用在打工兼职上了吧。"

蔡暄垮着个脸不说话。宋枝蕙安慰她:"但你要想,他这么不解风情,肯定比一般男生老实。"

蔡暄像是找到新的着力点,扭头认真地看着她:"你也这么觉得?"

宋枝蕙点头:"当然了。"说话间,她似乎想到什么,敛眸淡笑,"不瞒你说,我一直觉得邹子铭和我很像,但他比我聪明,比我能力强。"

蔡暄瞬间露出恍然的神色:"你这么一说,我才发现,你们确实有共同点哎。"同样的成绩优异,人缘又好,性格也好,甚至家境都有些相似,对待感情也都有些木讷。

蔡暄当初就没少吐槽宋枝蕙,说当初祁岸满心满眼都是她,身边人都能看出来,就她一个人傻乎乎的,不肯相信。

当时蔡暄她们几个私下还都同情祁岸呢,说他好好的一个北川大校草,都被宋枝蕙吃死了。可谁承想,后来宋枝蕙能被祁岸一直悟着,悟着悟着就开窍了。

两人在一起后有多甜,宋枝蕙有多喜欢祁岸,所有人都看在眼里。身边人也都没想到,一向内敛文静的宋枝蕙,谈起恋爱来,也能像个普通的小女生。

蔡暄忍不住推及邹子铭,心想说不定这家伙谈起恋爱来,也能开窍呢?

刚巧宋枝蕙心有灵犀地拍了拍她的肩膀:"别担心,攻略我们这种人你只要有耐心,让他知道你的心思,应该就没问题。"

蔡暄撇了撇嘴,看起来很烦恼:"这还是我第一次主动撩别人,没想到一撩就碰到个硬茬。"

宋枝蕙笑了笑,怎么会不理解她现在的心情呢?蔡暄不似她,从小娇生惯养,生活优渥,不管是外貌还是性格,都是同龄人中比较优越的那批,所以从小到大一直不乏人追。从大一到大三没少谈恋爱，最久的一次空窗期也是在陈志昂之前。

她也因为谈的次数多，所以很能拿得起放得下。宿舍里一有谁为爱困扰，蔡暄肯定是最能拿主意的一个。可就这样一个洒脱的人，居然也有栽的一天，还是栽给了完全和她两个世界的邹子铭。

蔡暄现在的心情，既忐忑又期许，既期许又傲娇，既傲娇又懊恼。就这么来回纠结了好几番，到底保持了一副素面朝天的样子，只穿上一件简单的T恤和牛仔裤，搞得宋枝葱都有些不好意思打扮。

毕竟好几天没见，她想打扮得漂亮一些见祁岸，和他开开心心约会。但蔡暄不打扮，她也不好打扮得太花哨，怕让蔡暄不开心。

得知她的敏感想法，蔡暄都气笑了，直接把她"骂醒"："你喜欢的又不是邹子铭，你考虑我的感受干什么？"

宋枝葱动动唇："我不是那个意思……"

"我当然知道啦。"蔡暄弯下身从背后抱抱宋枝葱，"我家枝葱宝宝最好了，我的意思是你不用照顾我的情绪，本来今晚也是岸哥攒的局，你打扮出花来都没毛病，更何况就算我打扮了邹子铭也不一定多放在心上，还不如素面朝天自然一点。"

话都说到这份儿上，宋枝葱再顾虑就真的没必要了。于是在化完妆后，宋枝葱小心翼翼地把祁岸送她的那套首饰戴上。除了她生日那天试戴过一次，这套首饰算是她第一次正式佩戴。

白色的蝴蝶点缀在两只耳朵上，让她看起来格外温婉，肩颈那只稍大一点的蝴蝶吊坠，也把她的皮肤衬托得更白皙无暇。再加上蔡暄为她精心梳的公主头和新买的裙子，这晚的宋枝葱确实漂亮得有些过分。

祁岸飞机落地后给她打来电话，说吃饭的地方选好了，就在学校附近的商场里，邹子铭因为顺路，所以先过去订位子了。

蔡暄得知后，补了补唇膏："他就这样，特别热心。"

宋枝葱对着电话笑，祁岸也听到了蔡暄的嘀咕，随口道："你问问蔡暄，是等我过来接你们一起过去，还是她先过去，帮邹子铭一起占位子点菜。"

宋枝葱心领神会，乖乖把祁岸的话转述给蔡暄。

哪知蔡暄反将一军，眼神调笑地冲宋枝葱抛了个媚眼："我肯定是要先走的啊，不然多耽误你们两个亲密。"

宋枝蕙闻言，面色有些不好意思。倒是祁岸，饶有兴味地隔空对蔡暄道："你知道就好。"

就这样，蔡暄一个人快快乐乐地出门与邹子铭会合，宋枝蕙则乖乖在宿舍等祁岸。

刚巧是下班时间，北川路况很拥堵，宋枝蕙心不在焉地看书做题，时不时地看手机，终于在二十多分钟后，接到了祁岸的电话。

祁岸告诉她自己这会儿就在她宿舍楼下。宋枝蕙嘴上平平静静地应声，可刚一挂断电话，嘴角就浮现出情不自禁的笑意。

宋枝蕙怀揣着愉悦的心情，又在手腕处喷洒了一点香水后，挎着包快速下楼。

虽然是大四，但日语系这边留在学校准备考研找工作的学生还是不少，宋枝蕙下楼的一路就碰到好几个熟人。

等到宿舍楼下时，周遭已是人来人往。其中大部分都是年轻面孔，新来的学生在家长的带领下，拎着一堆生活用品，喜气洋洋地进入宿舍楼。

而即便在这样的场景下，站在不远处路灯下的那道颀长的身影，也还是一眼就被宋枝蕙捕捉到。

同样，祁岸也一眼就看到了精心打扮过的宋枝蕙。

她皮肤本就白，妆容和发型也显然精心打扮过，向来温柔的长直发被烫成了蓬松的鬈发，半马尾处还戴了一个大大的蝴蝶结发饰，让她看起来格外俏皮。

祁岸也确实没见过宋枝蕙这一面，靠在那儿眯了眯眼，眼底泛起的兴味隔着几米远都能让人捕捉到。

宋枝蕙被他瞧着，不由得放慢脚步。祁岸就这么一动不动，双手插兜靠站在那儿，等着她自己过来。

直到宋枝蕙走到他面前不到一米远，祁岸才勾着唇起身迎上。动作也不遮不掩的，他直接牵着她的手，把她拉到自己怀里，那双黑黢黢的眸子盯着她微扬的漂亮脸蛋，目不转睛地看。

祁岸的目光只顾盯着她，问："化妆了？"

宋枝蕙轻轻环抱住他的腰身，很真诚地问他："好看吗？"

祁岸低眸看着她笑："好看。"

宋枝蕙眼巴巴地看着他："你好像瘦了。"

祁岸勾唇痞笑，和她十指相扣："还不是想某人想的。"

虽然知道这是他"油嘴滑舌"的情话，宋枝葱还是为之真情实感地悸动。

她没忍住，踮起脚尖。祁岸嘴角翘着，配合她俯下身。

柔软的触感蜻蜓点水般在他面颊上一碰，宋枝葱轻声道："那我在了，你要胖一点给我看。"

"嗯，今晚就胖给你看。"

宋枝葱羞赧地抿起唇。

碍于这里人多，接下来还要去餐厅吃饭，两个人没再腻歪，就这么牵着手去了附近的停车场。

上了车，宋枝葱拿出手机，想给蔡暄打个电话，问问她那边怎么样了。不想蔡暄心有灵犀地将电话打了过来。

宋枝葱唇畔挂着笑接通电话，然而还没等她说话，手机里就响起蔡暄暴躁的嗓门："祁岸在你身边吗？"

宋枝葱微微愣住，看了祁岸一眼："怎么了？"

祁岸的目光瞥来，显然一副不知情的样子。

蔡暄呵呵一笑："怎么了？"她喘了两口气，像是气得不行，"我让他撮合我和邹子铭，他倒好，买一送二，把陈志昂也给叫来了！我还没化妆！尴尬得要死！"

对女生来说，在未来男友面前丢脸，绝对比不过在前男友面前丢脸来得伤害大。且当下的景况，邹子铭也远不及蔡暄未来男友的程度，陈志昂却是实打实的前男友。

如果两人和平分手也就算了，偏偏当初是蔡暄甩的陈志昂，用陈志昂的话来说，蔡暄分手那会儿趾高气扬，他心灰意冷，这才答应了那个一直追求他的女生。

因为不关心，祁岸和宋枝葱他们对陈志昂和那女生的后续发展一概不知，蔡暄就更不在意，暑假里只想着怎么和邹子铭套近乎。

蔡暄想着两人已经很熟了，如果她今晚打扮得花枝招展，肯定会让邹子铭多想，所以她才反其道而行之，甚至做好臭脸准备，让这家伙意识到自己的错误。哪承想，她这素面朝天的样子，不仅被邹子铭看到，还被她前男友陈志昂看到。

陈志昂没想过这顿饭蔡暄会来，当即惊讶得不行。邹子铭是不知道她会来，所以在看到她来的时候，表情难免有些意外和为难。

祁岸压根儿就没提。

而祁岸为什么没提呢？因为他下飞机的时候惦记着和他的亲亲女朋友发微信，以至于在群里发消息也极为敷衍。

宋枝蒽也确实没想到这事能发展成这样，只能在电话里尽可能地安慰蔡暄："你稍等会儿，我跟祁岸马上就过去了。"说完又想到什么，赶忙补充，"我包里带了一些补妆的东西，到时候给你用。"

蔡暄躲在厕所里欲哭无泪："还用什么啊，都已经被陈志昂看见了，现在他估计已经偷偷得意呢。"

车内空间窄小，祁岸听到蔡暄的哭诉，一时也有些无奈。

这事算是他挑起的。

祁岸之前没遇到过这种情况，无可奈何地舔了下唇。最终，两人交换了一下眼神，祁岸尽可能加快车速，找了条最近的路线去"解救"蔡暄，再给邹子铭打个电话。

邹子铭接得很快。他这人脑子转得极快，接的时候没当着陈志昂的面，是在餐厅门口接的。

祁岸有些不耐烦："你怎么把陈志昂给招来了，找事呢？"

邹子铭虽然在笑，但能听出他有点儿头疼："我哪知道蔡暄会来，那会儿陈志昂说一个人吃饭没意思，非要黏着我，我想着反正都是熟人，就让他来了，结果一下就碰到蔡暄了。"

那会儿蔡暄进来后的第一眼就看到了邹子铭，本来挺高兴的，结果下一秒就看到陈志昂，脸一下就垮下来了。邹子铭现在想起来还心有余悸。

祁岸是公放，这会儿也略显没辙地看向宋枝蒽。

宋枝蒽先是白他一眼，而后默默叹气，问邹子铭："那陈志昂现在什么情况，就没有想走的意思？"

邹子铭笑："他走什么啊，他开心着呢。"

祁岸扬眉："这话什么意思。"

邹子铭插着兜，摇头轻笑："还能什么意思，旧情难忘，想'涛声依旧'呗。刚刚他还跟我说，看蔡暄过得好像不太好很心疼，想把她追回来，反正他现在也跟那女生分手了。"

邹子铭说这话时，语调一如既往地平静，听不出任何情绪。

祁岸还没什么反应，宋枝蔹的心却咯噔一下。不知道为什么，她莫名有种不好的预感。但这种感觉，她又不好确定。

电话挂断后，车内空气骤然安静下来。宋枝蔹望着车窗外的街景，神色茫然。

祁岸单手开着车，过去牵她的手，笑容中带着几分愧疚："生气了？"

本以为她会不搭理他，不想宋枝蔹摇摇头，说："没生气，就是有点儿担心。"

祁岸声音温柔："担心谁，蔡暄？"

宋枝蔹扭头迎上他的视线，老实巴交地点头。

祁岸笑，抬手碰了碰她软糯的脸颊："有什么好担心的，刚刚邹子铭不是说了，陈志昂没有取笑她的意思。虽然他在感情上有那么点渣，但他人品没问题。"

宋枝蔹摇头："我担心的不是这个。"

祁岸微微挑眉："那是什么？"

宋枝蔹不知道是自己太敏感还是什么，于是在说出想法前，先问祁岸："如果面对这事的人是你，你会怎么办？"

刚巧前方路况拥堵，祁岸停下车，偏头认真倾听她说话。

他总是这样，能在不经意的细节里，透露出对她的在乎和尊重，从来也不曾忽略她一丝半点的感受。或许是这种感觉太暖心，于是对比之下，她越发担心蔡暄。

宋枝蔹稍稍思索，做了个详细的阐述："我打个比方，你朋友的前女友，在和你朋友分手后喜欢上你，你会碍于你和你朋友的关系，拒绝这个女生吗？"

这个问题她问得很认真，也在期待祁岸的回答。不想祁岸蓦地笑了下。

宋枝蔹还没反应过来，祁岸就开了口："这听着，怎么有点儿像咱俩之前的情况？"

宋枝蔹顿了顿，后知后觉地眨眼："你这么一说，好像确实有点儿。"

祁岸像那么回事地抽丝剥茧："但大体是不同的，我跟你前男友关系并不怎么样，之所以和他在一个圈子里玩，都是逢场作戏。"

"最重要的是，"他盯着宋枝蔹，意味深长地笑，"咱俩之间是我主动的，我可没机会拒绝。"

这话听着怎么有点儿酸？

宋枝蕙下意识地把话题扯回来："那如果，当初是我喜欢你呢，你对我没什么感觉，你——"

"我不可能对你没感觉。"祁岸觑着她，理直气壮。

宋枝蕙蒙了一秒："不是，我的意思是说，假如你对我没感觉——"

祁岸像是认死理似的："叫'贾如'的人可能对你没感觉，但祁岸不会对你没感觉。"

宋枝蕙反应了会儿，一下就被他气笑："你能不能正经点，我在好好跟你探讨问题，你在跟我玩什么破谐音梗。"

祁岸吊儿郎当地点头："行，你问。"

宋枝蕙一下就被这家伙气到，闭上嘴顿时不想理他了。祁岸逗她逗够了，又不嫌烦地低声哄她："咱俩再探讨探讨，这回我保准认真。"

宋枝蕙才不理他，扭头倔强地看着车窗外。

祁岸叹了口气："你在担心邹子铭不会喜欢蔡暄，我说得没错吧。"

宋枝蕙静默两秒，终于舍得转头看他："以他的性格，你觉得呢？"

祁岸眸色慵懒勾人地斜睨着她："如果是你，你会吗？"

宋枝蕙摇头："我可能不会接受，不管我在不在意这个朋友，我都不想把局面搞得很难看。"

祁岸像是悟了什么："所以你那会儿逃避我，就是这个心态？"

宋枝蕙愣了愣："什么？"

祁岸审视着她："你跟何恺分手后，那时候，为什么逃避我？"

宋枝蕙不满地说："不是探讨邹子铭和蔡暄的事吗，你怎么总扯到我们身上来？"

祁岸："又在这儿打太极。"说话间，他抬手捏了捏宋枝蕙的下巴尖，"你不说咱今晚也不用去了。"

这人，真是太霸道了。

宋枝蕙面颊上爬上一抹淡淡的红晕，只能认栽地说实话："那时候想的是，我没觉得你喜欢我。"

祁岸轻扬眉梢，显然不相信："我都表现成那样了，你还不觉得？"

宋枝蕙："我当初在火锅店里看到你的时候，罗贝贝还坐在你副驾驶座给你喂咖啡呢。"

"而且'近朱者赤，近墨者黑'你不知道吗？我都找过一个何恺那么糟心的对象了，我怎么可能还找那个圈子的。

"再说那会儿，我也不知道咱俩之前的误会,就觉得你想找我搞暧昧。"

话音刚落，祁岸就把她扯进怀里，语气不爽："罗贝贝什么时候给我喂咖啡了，你能不能别诬赖人。"

难得见他用这种表情对自己，宋枝蒽忍着笑："不是吗？我看到她把咖啡吸管都递到你嘴边。"

祁岸气笑："那是递过来，距离近，所以像喂。"

聊完邹子铭和蔡暄的话题后，祁岸忽然道："既然你这么担心，晚上就再组个局，撮合一下他们俩。"

宋枝蒽闻言愣了愣："什么局？"

祁岸像能看透她所有心思，深眸蓄起笑意："不是很介意我以前去酒吧吗？这次哥哥带你去。"

宋枝蒽从小到大都没去过酒吧。最野的一次，还是被蔡暄和苏黎曼拉着去清吧听音乐，喝的酒也都是掺了奶的百利甜。

可笑的是，就那一次，何恺还跟她吵了一架，因为清吧里有个男生看上宋枝蒽，找宋枝蒽要微信，何恺去接她的时候，刚好碰到。两人当晚闹得不欢而散，连蔡暄都跟着生气，说何恺双标，明明自己去酒吧蹦迪，宋枝蒽这边和小姐妹聚个会都不行。

当时的宋枝蒽仍是一副好脾气的样子，那会儿大家都以为她太惯着何恺，甚至曾经的她也是那样认为，但现在看来，完全不是那么回事。

她压根儿就不够在乎何恺，所以很多时候，她根本不愿意浪费时间和情绪，去和他怄气。

类似的事，换到祁岸身上，宋枝蒽就是截然不同的心情。当她看到祁岸在酒吧里吞云吐雾、放浪形骸的一瞬间，心中的占有欲就已经出来作祟，又鬼使神差地吃起奇怪的醋。

不承想，那点儿小心思早就被祁岸看穿。祁岸不止对她耐心解释，还提出带她一起见世面。

宋枝蒽嘴上没说什么，嘴角却无声勾起，心里也好奇极了——她倒真想看看，祁岸曾经玩乐的场合到底是什么样。

十分钟后，宋枝蕙和祁岸终于来到商场那家餐厅。这会儿餐桌上已经开始上菜。

足以容纳六人的小隔间，本应该是蔡暄和邹子铭的甜蜜独处，不想陈志昂的出现让气氛很僵。

宋枝蕙打眼就看到蔡暄一个人坐着，低眸不开心地摆弄手机。她对面坐着神色尴尬的陈志昂，和看起来闲云野鹤般的邹子铭，就好像他是个置身事外的第三人，事实上，陈志昂才是多余的那个。

也不怪蔡暄会这么无语。宋枝蕙心想，说邹子铭是木头都算夸他了。

有了这个基调，这顿饭的气氛基本上全靠宋枝蕙和祁岸。

宋枝蕙贴心地和蔡暄坐在一起，两个姑娘聊天声音不大，融合在背景音里，听不清在说什么。不过蔡暄的脸色看起来总算好了许多。

祁岸瞧了会儿，蓦地勾唇一笑，心想她还挺会哄人。随便吃了几口菜填填肚子，祁岸半笑不笑地问陈志昂，他怎么会跟着过来。

陈志昂本就被蔡暄的白眼弄得憋屈，被祁岸这么摆明嫌弃地一问更是委屈："什么意思啊岸哥，咱俩这关系，我过来吃你口饭都不行了？"

祁岸挑挑眉："吃饭可以，但也要看情况。"

说完，祁岸煞有介事地瞥了邹子铭一眼。

邹子铭倒好，一副万事与我无关的模样，端着茶杯喝茶。

刚好对面的宋枝蕙和蔡暄听到两人的对话，蔡暄皱着眉，没好气地看了眼邹子铭。

邹子铭本来事不关己的，这刻却注意到蔡暄的目光，蓦地一笑："你瞪我干什么，我又不知道你今天来。"

蔡暄一扭头，不看他了。邹子铭肩膀一僵，突然有点儿无奈。

陈志昂也不傻，这么一听，就知道蔡暄并不欢迎他，于是接下来的这顿饭都没怎么说话。

眼见蔡暄也没有搭理他的意思，陈志昂面子上挂不住，刚吃完就跟祁岸说了声有事，先走人。祁岸也没拦他，单手搂着宋枝蕙，随意地倚在收银台前，吊儿郎当地点了点头。

宋枝蕙看着他离开的背影，莫名叹了口气："感觉他心里也不是很好受。"说完，她蹙眉觑向祁岸，揪着他连帽卫衣上的抽绳，"都怪你，话也不说清楚，发个消息还能发到宿舍群。"

祁岸垂着眼皮看着她，眼底笑意有那么点儿享受："还不是因为我顾着和某人发信息。"

结完账，祁岸牵着宋枝葱的手从餐厅里出来。蔡暄和邹子铭两人正靠在栏杆处，各自摆弄着手机，看起来不太和谐，却又有种诡异地相配。

祁岸垂眸给宋枝葱递了个眼神，随即两人上前，问蔡暄和邹子铭晚上有没有别的事，没有的话，一起去酒吧待一会儿。

蔡暄本来没什么心情，听到这话眼睛顿时一亮："去啊，反正我也没事，枝葱走了宿舍就我一个人肯定无聊，我去。"

祁岸了然地点头，又看向邹子铭："你呢？"

按照宋枝葱的推断，她觉得邹子铭会拒绝，没想到这家伙只是稍稍思索了下就说："行啊，反正晚上也没事。"

这话说完后，蔡暄垮了一顿饭的脸色，终于有了那么一丝缓和。

只是时间还早，酒吧还没到开门时间，四个人便在商场里逛了逛。

邹子铭和蔡暄知趣地走在前面，有一搭没一搭地说着话，宋枝葱和祁岸手拉着手走在两人身后。

不知怎，宋枝葱突然就想起之前她和祁岸一起看电影的那次。那天，陈志昂和蔡暄第一次见面，看完电影后两人像情侣一般走在前面，宋枝葱则和祁岸不尴不尬地走在后面，就像两个有什么恩怨的人意外碰面似的。此刻回忆起来，莫名觉得有些好笑。

祁岸注意到她眼底浮现的笑意，也跟着扯起嘴角："想什么呢，这么开心？"

说话间，他单手把她扣在怀里搂住。宋枝葱微仰头看他，眸子清凌凌的："就是突然想到之前那次，我和你跟在陈志昂和蔡暄身后走着，尴尬得要死。"

祁岸也回忆起来，若有所悟地点了下头："你这么一说，确实跟现在的情况有些像。

"不过。"他意味深长地道，"我当时可没觉得尴尬。"

宋枝葱稍稍抬眉。祁岸轻笑，语气鄙夷："就单纯觉得，何恺是个垃圾，养个女朋友养了三年，一丁点儿肉都没长。"

宋枝葱倒是没想到这家伙的角度这么清奇，一时间有些没反应过来："我没让他养过我。"顿了顿，她有些不服，"我也不需要他养。"

/501/

知道她误解自己的意思，祁岸笑道："谁说你要他养了，我的意思是你和他在一起，他却一点儿没把你照顾好。"

宋枝蒽思忖两秒，这才明白祁岸真正的意思。祁岸所说的养，并不是给她钱花，而是作为一个男朋友，对女朋友应有的照顾。

何恺显然没做到。祁岸在这方面却做得极好，短短一个暑假，万年不长肉的宋枝蒽就长了五斤。

这么一说，宋枝蒽这段时间可不就被祁岸捧在心尖儿上似的"养着"，衣食住行，都有他照顾的痕迹。

宋枝蒽扪心自问，她从来不会有压力，也不会有偿还心态，而是放轻松地接纳他对自己的好。她心底漾出一抹甜，表情却板板正正地别开脸，像有些不好意思。

"行吧。"她勉为其难地说。

祁岸哼笑了声，抬手捏了捏她的耳垂："那你给我养不？"

宋枝蒽闻言，有些想笑，又尽力憋住，一双明眸似有星光，定定地望着他："你不是一直在养吗？"

祁岸嘴角勾起："养得好吗？"

宋枝蒽抿唇一笑，眼波盈盈地踮脚在他唇上亲了下："养得好极了。"

后来到酒吧，宋枝蒽才知道，祁岸刚回来那会儿，心情其实不大好，因为车队没取得理想的成绩。都是正值青春的热血年轻人，怎么可能不在意输赢，祁岸作为老板，回来之前还把大家臭骂了一顿。

宋枝蒽听完倒觉得很有趣。从前她把祁岸视为天之骄子，觉得他好像面对什么事情都游刃有余信手拈来，如今看到他的多面性，这种越来越了解他的感觉，让宋枝蒽觉得很开心。

不过蔡暄和邹子铭那边却磕磕绊绊。

大概是他们四个人在酒吧里看起来太冷清，又选了位置很好且很贵的卡座，刚坐下没多久，就总有过来搭讪想要拼桌的。

祁岸和宋枝蒽两人打眼一看就是情侣，那些人就是再眼馋，被祁岸一个冷冰冰的眼神一瞪就知道怎么回事了。

邹子铭和蔡暄却不同。两人看起来貌不合神还离，一看就不是情侣，再加上这两人外形都不错，没多大会儿，就有两三个男女来搭讪。

邹子铭属于清心寡欲派，不接招。于是搭讪成功的就只有过来找蔡暄加微信的男生。

蔡暄本来不想加的,但看到邹子铭无动于衷地跟祁岸说着话,一气之下加了两个。

这边,宋枝蒽被祁岸小口喂了几口酒,嫌弃得直皱眉毛,下一秒就看到蔡暄被一个陌生男生邀请去前方舞池跳舞。

蔡暄把丸子头一松,露出一头大波浪,笑得明媚动人。邹子铭呢,却只是淡淡地朝她的方向扫了一眼。

祁岸顺着宋枝蒽的目光注意到当下的境况,抬脚踢了下邹子铭,在喧嚣中低语:"不跟着去?"

邹子铭靠坐在沙发里笑:"我去干什么?当新一轮电灯泡?"

祁岸闻言"啧"了声,还没说什么,宋枝蒽就挣脱开他的臂弯,在他耳畔大声道:"蔡暄一个人在那儿我不放心,我去找她!"

祁岸握着酒杯扬眉:"你不看着我吗?"

宋枝蒽却压根儿没听清他说什么,说完就拿起手机朝蔡暄的方向去了。

邹子铭笑道:"高估了自己不是?"

祁岸侧眸面无表情地盯着他,一张俊脸能冻死人。也就是这个时候,前方偌大的舞台上重新响起主持人的说话声,这个酒吧里最受欢迎的节目也因此开场。

不是什么辣妹热舞,而是夜场里最出名的猛男撕衣舞。

之所以选择这个酒吧,就是因为这个夜场里的节目没有那些辣妹,祁岸怕宋枝蒽看了不高兴。不想辣妹是没了,倒来了一些让他不爽的雄性生物。

祁岸眉心一蹙,突然有些心烦,酒也没心思喝了,将酒杯朝桌上随便一搁,起身就朝舞池那边走去。

身后是邹子铭的声音:"你干吗去啊?"他的声音混在喧闹又欢腾的音乐里,隔着厚厚的人群,根本传不到宋枝蒽和蔡暄那边。

毕竟是第一次来这种类型的酒吧,蔡暄和宋枝蒽脸上挂着同样的新奇,全然不知道这会儿台下的女生在激动尖叫什么。直到音乐声响起,台上那位长得还不错的肌肉男开始跳男团舞,跳着跳着,就把T恤下摆掀起来。

宋枝蒽下意识地提上一口气,还没跟着蔡暄一起出声喊叫,那双好奇宝宝似的眼睛,就被一只大手捂得严严实实。

熟悉的气息和好闻的味道钻进鼻息，清瘦的脊背也抵在宽阔又柔韧的胸膛上。下一秒，祁岸把她紧紧抱在怀中。

四周的喧闹像在顷刻间消了音，她的世界只剩祁岸磁浑性感的低语，命令般，在耳畔醋意横生地荡开：" 宋枝蕙，你敢看一眼试试。"

突如其来的拥抱和掌心的温度，像一道屏障，把宋枝蕙和周围的喧闹隔离开来。

台上依旧热烈地舞动着，已经撕开衣服的帅哥在卖力演出。台下的观众们亢奋到极点，随着音乐的节奏挥舞手臂和尖叫。

宋枝蕙揣着乱蹦的心跳，被祁岸牢牢禁锢在怀中。此时此刻，所有人的注意力都在台上，自然没人注意到层层叠叠的人群中，紧紧相拥的他们。

宋枝蕙起初是意外的，她没想到他会吃醋到这种地步。明明是他提出带她来酒吧的，可酒吧里的演出却一眼都不让她看，甚至这会儿连酒也不喝了，专门过来捂她眼睛。

宋枝蕙嘴角浮起一丝笑，在祁岸松开手后，仰着头，双眸亮晶晶地看着他这张俊俏的脸，像在故意端详他这刻有多不爽。

祁岸也确实没让她失望，没什么好气地蹙着眉，俯身凑到她耳边，提高音量与周遭震耳欲聋的音乐声对抗："不许看，听到没？"说话间，他把她往怀里带得更深几分。

宋枝蕙之前还不理解，祁岸为什么会看她吃醋的模样那么爽，而今她也算领略一二。这种感觉确实是不错的，特别是看到祁岸那副醋坛子打翻的模样，他对她的吸引力显然超过台上那群热舞的帅哥。

就算此刻那群帅哥光着上身，在和台下尖叫的女生们互动，宋枝蕙也不愿意分出一丝一毫的精力去注意。她只想看着祁岸，甚至一时生起叛逆心思，踮起脚尖故意凑到他耳畔大声道："可是花了这么多钱，如果不看，岂不是很可惜？"

祁岸眉眼被霓虹光映得贵气，一下就被她气笑了。他一笑，宋枝蕙也跟着扬起嘴角，笑得像只狡猾的小猫。

祁岸低眸锁着她，一抬下巴，痞里痞气的："行啊，那你看，看好了再带回家一个，我跟你屁股后头给你付钱，你看行不行？"

宋枝蕙也不招惹他了，主动环住他劲瘦的腰身，踮脚在他下巴尖亲了下："不看。"

顿了顿，她很认真地说："他们加起来都没你一个好看。"

宋枝蒽只要眨巴着大眼睛，认认真真地对他说话，就算她说太阳打西边出来，月亮比太阳大，祁岸都愿意相信，只是心里那口气多少有些憋得慌。

祁岸朝台上瞥了眼，不忘用大手捂住宋枝蒽巴掌大的一张脸。

这两人在这儿腻歪，人群中的蔡暄和邹子铭却全然是另外一番模样。

祁岸走后，邹子铭没有真的一动不动地留在卡座里。他有些无奈，喝了两口酒后，鬼使神差地跟着进了人群。倒不是真的想看看台上表演的男生们到底什么样，而是多少有些担心蔡暄。

毕竟她这一晚上看着心情都不好，叫她走的那个男生也是个陌生人，即便宋枝蒽跟过去，她也不一定能看得住，更别说旁边还有个祁岸分散宋枝蒽的精力。

邹子铭虽然懒得操心，但作为朋友，还是去找了蔡暄。结果刚找到蔡暄，他就看到她身旁那男生对她动手动脚。

蔡暄这傻姑娘喝了点酒，又亢奋上头，显然没在意。邹子铭那会儿也说不上什么心情，清秀的眉头一蹙，直接把那男生揽在她腰间且试图往下游移的手给攥住。

邹子铭这人看着高高瘦瘦，可真发起力来，那劲儿也不小。

那男生显然没料到会有这一出，当即吃痛得"哎哟"一声，转头表情扭曲地看向邹子铭："你谁啊，有病吧！"

这一嗓子对整个喧闹的夜场来说无足轻重，但旁边的蔡暄却听得一清二楚。

蔡暄转过头来，手里的荧光棒也不挥舞了，在看到邹子铭的一瞬间，眼神里也有了光。她傻乎乎地笑："哎？你怎么过来了？"

或许是酒精的缘故，这晚的蔡暄看起来格外能激起人的保护欲。饶是一向懒得管别人的邹子铭也忍不住皱起眉，他松开男生手腕的同时，把蔡暄拉到身后。

那男生"哎"了声。

邹子铭神色厌弃地看着他，又回头问蔡暄："这地方空气不好，我想换个地方，你跟不跟？"

蔡暄以为邹子铭能过来就挺不容易了，没想到这家伙还有带自己走的意思。

邹子铭见她眨巴着眼，兴冲冲地看着自己不说话，有些好笑："你到底跟不跟？"

她不由自主地像被蛊惑般地点点头，说："我跟。"

这一刻的她，完全不似往日里那自信飞扬的模样，反倒有种笨笨的可爱，邹子铭的心神莫名闪了下。

蔡暄一整晚都理直气壮地黏在邹子铭身边看节目。邹子铭也确实带她去了舞台的另一边，虽然位置不如蔡暄之前待的地方近，但那边确实空间更大一点。

舞台上的节目换了几批，但蔡暄的注意力却都在邹子铭身上。那瞬间，仿佛又回到当初她对他心动的那一刻——穿着衬衫长裤的干净少年，在阳光下笑容温和地给客人介绍菜单上的英文菜。

即便他没有出国留学，一口英文却纯正流利；即便没有出生在富贵人家，可他身上的那份淡然和从容，一点都不输富家子弟，清隽通达又睿智。

在蔡暄谈过的男朋友里，从没有一个是这种类型，她也完全没想过，自己未来会喜欢上这样的类型。

蔡暄情不自禁地喝了好些酒。因为好像只有这样，她才可以毫不心虚地和邹子铭坦然相处，比如距离很近地坐着，借着周遭声音大，凑到他耳边说话。

邹子铭倒也没躲，甚至还稍微配合地凑近去听。再后来，见她喝多了，邹子铭就干脆不让她喝了。

这种滋味，让蔡暄心神轻飘飘的，后来被祁岸和宋枝葱拉回家的路上，还在车后座闭着眼傻乎乎地抿着嘴角乐。

祁岸和宋枝葱没喝多少，但也叫了代驾。

宋枝葱拖着蔡暄上了楼，绣绣伸着舌头，跟在女主人身后。宋枝葱不放心蔡暄，就先把她带到客房休息，结果蔡暄刚一躺下，就想吐。

宋枝葱一个头两个大，只能扶着她去卫生间折腾。

本来祁岸想上来帮忙收拾的，但蔡暄吐到了衣服上，宋枝葱忙着给蔡暄换衣服，就没让他进来。后来忙活了好一阵，蔡暄才消停，回到床上躺着。

好在家里有一些宋枝葱的衣物，宋枝葱找到后，便帮蔡暄换上。之后，宋枝葱又回到祁岸的卧室，去找维生素C——有次祁岸喝多了，她买来给他吃的，后来就随手放在他卧室里了。

这会儿祁岸在洗澡，她就没问，打算在屋里找找药箱。结果找着找着，她不仅找到了维生素C，还在某个透明柜子中，看到了祁岸新放进去的一些奖杯。

据说这次比赛，车队依旧只拿了铜奖。这柜子里新多出来的奖杯，应该就是这次比赛拿到的，同样的，柜子里还放着许许多多别的奖杯，还有一些合照。

其中有张用相框装起来的照片最为显眼。显眼的原因倒不是因为照片的内容，而是相框里还卡着一张小照片。

相框放的位置有点儿高，宋枝葱仰头也不太能看清，却莫名觉得这张照片很眼熟。

在好奇心的驱使下，宋枝葱踮起脚，试图把那个相框拿下来。谁知相框还没拿到，下一秒，身后就贴上温热的身躯。

身后的人稍稍倾身，修长的手臂毫不费力地把最顶层的相框拿下来。

宋枝葱愣了愣，转过身，然后就看到短发微湿，穿着V领浴袍，散发着沐浴后香气的祁岸。

祁岸拿着相框，似笑非笑地说："说你像猫，还真跟猫似的。也不怕这东西掉下来砸到你。"

说话间，他抬手揉了揉宋枝葱的头，又把她拉到怀里搂着。

宋枝葱抿起唇，冲他手里的照片抬抬下巴。祁岸轻扬眉梢，勾着嘴角把照片交给她。

宋枝葱接过来，抽走卡在相框里那张又薄又陈旧的照片。照片里，是高中时代，穿着校服站在树下的宋枝葱和祁岸。

那是宋枝葱和祁岸的第一次合照，也是两人在一起之前唯一的一张。这张照片是当时祁岸的朋友拍的，那人刚买了单反，图新鲜给大家拍照，刚好看见上完体育课的宋枝葱和祁岸朝教学楼走，就顺势叫住二人。

宋枝葱还记得，那会儿自己很害羞，是祁岸吊儿郎当地笑道："拍呗。"说完，他觑了眼宋枝葱，示意她跟自己一起站到树下。

宋枝葱没搭腔，却听话地跟了过去。

那个男生找了好几次角度，每次都跟他们俩说："哎，你们站得近一点儿。"

宋枝葱面色发窘，不自然地推了推鼻梁上的银边眼镜，没等她挪步，祁岸双手插兜，恣意地贴着她站在一起。

那一刻，宋枝蕙感受到了祁岸手臂传来的体温。

再后来，男生喊了一声看镜头，宋枝蕙被扯回神，茫然抬头，还没等嘴角挤出笑，照片就已经定格。

或许是当初不自信，也或许是她觉得那张照片拍出来一定很傻，宋枝蕙就没在意过。她也想不到，这张照片，会被打印出来。更想不到，在多年后的这一刻，出现在祁岸珍藏奖杯的柜子里。

最意想不到的是，照片背面，还写了两行字。

宋枝蕙无意间一翻，就看到两行被时间模糊了痕迹的字：

宋枝蕙
　我的

心跳如同踩空一拍，思绪短暂空白后，宋枝蕙抬眸看向祁岸。

祁岸叹气："满意了？"

宋枝蕙眸子清凌凌的，像泛着波光："什么时候要的这张照片？"

祁岸低眸看了两眼："刚拍完就问他要了。"后来一直保留着，保留到现在。

即便曾经那三年，宋枝蕙已经成了何恺的女朋友，他还是想保留这仅属于他的一星半点回忆。

祁岸看着后面那两行字，蓦地觉得好笑："当年好像确实挺中二。"

说完，他像是有那么点儿尴尬，把照片重新插回相框里，又放到原来的位置。

刚放好，宋枝蕙就紧紧抱住他，小巧的一张脸，紧紧贴在他的胸膛上，像有千言万语想说，却又什么都说不出来。

就这么拥抱了一会儿，祁岸听到她羞愧地说："亏我曾经还以为，我们是各取所需，甚至……"

"狼狈为奸"那四个字被她生生咽了回去。

她还没找到合适的词汇，祁岸就垂下眼，在她耳畔温柔低喃："是蓄谋已久。"

宋枝蕙眼底泛起雾，仰头看他。祁岸笑道："我对你，是蓄谋已久的喜欢。"

宋枝蕙抬眸看他，温柔出声："你为什么喜欢我？"她眼神真切，"我想知道。"

这个问题困扰她太久，以至于当她直白地感受到祁岸对她的喜欢时，总有种受宠若惊的不真实感。

宋枝蕙从来没觉得自己有多漂亮和优秀，原生家庭和成长环境，让她比起同龄人更为内敛和拘束。

祁岸鲜活肆意，像是一道耀眼的强光，有他在的地方，总会变得明朗。她不明白，祁岸为什么会看上自己。

祁岸倒没想过宋枝蕙会在意这个，有几分好笑地挑眉："你是非得把我那点儿事挖得底朝天才开心。"

宋枝蕙不说话，就看着他，仿佛他今晚不说，她就不睡似的。

祁岸是真拿她没办法，轻哼一声，顿了两秒，有些不自在又无奈地道："你对我挺有吸引力的。"

宋枝蕙闻言，微微睁大眼，像是不相信。

祁岸扯唇懒懒一笑："那会儿女生们大多叽叽喳喳的，整天在我身边装模作样地晃悠，就只有你，见到我跟耗子见到猫似的，眼神除了慌张就是想逃。"

宋枝蕙那双黑亮亮的大眼睛天生含怯，看得人心生保护欲。没多久，祁岸就开始觉得这姑娘还挺有意思的。

他修长的手指卷着她的长发玩："所以那会儿怕我什么呢？嗯？"

球被踢回来，宋枝蕙眨了下眼，睫毛忽闪忽闪，像蝴蝶翅膀。她诚实地回答："怕你讨厌我吧。"顿了顿，她又说，"你要是讨厌我了，我可能就要没地方住了，我外婆也不会好过。"

寄人篱下的滋味，十几岁的宋枝蕙体会得不能再真切，她也知道那时的生活，都是恩赐于易美茹的施舍，所以她必须在祁岸面前本本分分的。最好乖一点，再乖一点，却不知道这样的表现，反倒让祁岸注意到了她。

少年祁岸的心性离经叛道，与众不同，宋枝蕙这种，看着想躲着他，其实背地里又忍不住默默关注他的，反倒引起他的注意。

一开始，他以为宋枝蕙跟那些在意他的女生一样，只不过懂一些欲擒故纵的手段，没想到越相处越发现，这姑娘心思单纯得很，脑子里除了学习就是学习，完全没别的心思。

那时的祁岸只觉得宋枝葸像只流浪回来的小猫，总忍不住让他怜惜，再逗弄一番。可宋枝葸就跟个蜗牛似的，他一靠近，她就缩回壳子里去。

如此一来，祁岸那段时间还挺不爽，也不打算理她，直到他有次在户外淋雨打篮球后，得了重感冒，发了一场很严重的高烧。

那天，易美茹去外地做生意，外婆又刚巧回了老家，家里只剩两个高中生。大晚上的，外面还下着大暴雨，他们住的地方又离市区很远，导致祁岸根本没办法出去看医生。

宋枝葸本来不知道他得了感冒，直到刷题累了，下楼找水喝，才发现祁岸一直躺在沙发上，一动不动，面色看起来很难看。

宋枝葸没忍住多看了两眼，而后才发觉祁岸好像真的不太对劲。

她试图叫了他几声，祁岸也都没有应。也说不清那刻是怎么想的，宋枝葸鬼使神差地上前，壮着胆子，用手背轻轻碰了碰祁岸的额头。

如果是平时，宋枝葸绝对不会这样做。但那会儿，祁岸的脸色实在太差了，她实在是担心。

事实证明，她担心得没错，他的额头果然烫得不行，明显发了高烧。

祁岸也因为她手上那丝冰凉凉的温度，睁开了眼，然后就看到宋枝葸凑得极近，那双清凌凌的眼关切地看着他，还叫了两声他的名字。

祁岸在高烧之下，没了往日的倨傲，像个听话的提线木偶，就这么被宋枝葸扶着坐起来，又量了体温。一量才知道，他这会儿已经烧到四十一摄氏度。

宋枝葸发过高烧，知道这个温度下，祁岸神志恐怕都有些不清了，好在她还清楚家里常用药在哪里，于是忙给祁岸找到退烧药，喂他吃下去，瘦弱的她扶着比她高大很多的祁岸上楼休息。

也多亏宋枝葸，祁岸在当晚便退了烧。后来他饿了，想吃东西，宋枝葸就下楼去煮粥给他喝。

那时候已经是半夜，宋枝葸端上一碗精心煮好的蔬菜粥给他送上来，细心喂给他吃。

祁岸头上贴着她冒雨出去买回来的退热贴，垂着浓长的眼睫，一口一口地喝着。

宋枝葸不知道的是，祁岸那会儿已经没有那么严重了。

/510/

在她给祁岸喂粥的间隙，祁岸的目光一直落在她身上。那是他第一次这么近距离地看一个女孩子。

那时的宋枝蒽难得没有戴银边眼镜，少了遮挡，她的五官看起来格外清秀精致，那双眼睛也漂亮有神，像是森林里的小鹿，黑溜溜，雾蒙蒙，就只是看着，就能让人得到治愈一般。

皮肤也白皙细腻，完全没有脂粉气，太干净了。干净得就像一块被包藏的玉石，看似不起眼，实则玲珑剔透，不含杂质。

祁岸说不清当时的感受，只是莫名贪心起来，希望宋枝蒽当晚多陪他一会儿。于是在宋枝蒽要下楼送碗筷的时候，祁岸按住她的手腕，他什么都没说，可在两人视线相交的瞬间，又好像什么都说了。

那深邃的一眼，让宋枝蒽的心脏猛烈地跳动起来。等把碗筷送下楼后，她到底不放心，拿着没做完的习题册，回到祁岸的卧室。

而在这之前，祁岸早就搬了一张椅子在床边，像是用行动告诉她此刻应该坐在哪里。而祁岸自己却早早裹着被子，侧身躺在床上闭着眼休息。

宋枝蒽抿了抿唇，乖乖坐在祁岸床边。那时候的祁岸也没想到，这小姑娘能这么实在，让她陪着自己，她就真的寸步不离地陪了一整夜，还在椅子上睡着了。等第二天祁岸起来的时候，都气笑了。

只是那时候的祁岸远不知要怎么用行动对一个人好，反倒是在两人收拾好去上学的路上，奚落她傻。明明他卧室空间那么大，还有那么舒服的沙发，就不知道找个舒服的地方躺下。

要是一般人，被这么吐槽早就生气了。宋枝蒽却一声不吭，像只小病猫似的靠坐在车后座，浑身上下酸疼得哪儿哪儿都难受。

祁岸说完就后悔了，当时心里蹦出的第一个想法就是——脾气是好，以后也不知道会被谁欺负。

没想到这念头还真在未来一语成谶，宋枝蒽就这么被渣男欺负了三年。

如果当初，他跟宋枝蒽把送信那件事说清楚了，如果当初他早点跟她坦白自己的心事，那么后面的一切都不可能发生。

想到这个假设，祁岸问她，如果当初的走向是这样的，她会怎样。

"可能。"宋枝蒽眼波轻荡，荡出一点甜意，"会直接和你在一起吧。"

祁岸浅弯眉梢，打趣她："还挺直接。"

宋枝蒽说："怎么，你不要和我在一起吗？"

祁岸悠哉道:"是要定下来,不过要先把你成绩提升起来,一起考上好大学,再正式在一起。"

宋枝蒽抿唇轻笑:"你安排得倒挺明白,可惜。"后面刺激他的话,宋枝蒽故意没说出来,像只顽皮小猫,就这么躺在他怀里,耀武扬威地看着他。

祁岸吓她:"你还有精力得意,看来是教育得不够。"

宋枝蒽却不着他的道,用魔法打败魔法,凑上去在他有点扎人的下巴处亲了亲:"祁岸,谢谢你,这么有耐心等我,我觉得很荣幸。"

祁岸眼底玩味的神色褪去,眸光变得深挚,他握住她的手,垂眸亲了亲:"我也是,很荣幸。"

荣幸于和你在一起,更荣幸于,兜兜转转,两人都还能回到当初,彼此情窦初开的那个人身边。

临近十月,北川已经迈入秋天。从图书馆六楼朝外望去,校内甬道一片金黄,秋雨簌簌落下,有种别样的浪漫风情。

宋枝蒽也是在这时,才意识到,此刻的情景,跟五个月前很像,就连坐的位置都是同一处。

只不过那时的她,跟何恺吵了一架,两人处在冷战期,是蔡暄得知后,主动从宿舍过来接她出去吃饭。

五个月后,同样的位置,同样的时间,外面也下着雨,心境却与那时完全不同。宋枝蒽胸口散发着温热,想到等会儿来接她的祁岸,嘴角浮起一抹发自内心的笑。

就这么又刷了十几分钟的真题,祁岸的电话打了过来,说他就快到学校,让宋枝蒽准备收拾一下。

宋枝蒽回了句"好",随后把桌面上的书本收拾到帆布包里。

她走到六楼的电梯口时,才发现,今天和五个月之前,确实有些像得过分。

她刚迈入电梯,就看到了一张隐约熟悉的脸。应该正是她五月份下楼去找蔡暄的时候,碰到的和男朋友打电话的女生。

只不过这次女生没有像五个月前那样被爱情滋润,刚下电梯,她就开始在电话里跟闺密抱怨:"他不想来就告诉我呗,动不动不回消息是什么意思？算了算了，不行就分手！"

说完这句话，女生依旧像上次一样，从宋枝蒽身旁擦身而过。只是这一次，宋枝蒽没再感受到她身上洋溢的甜蜜，而是满满的暴躁。

她忽然就想到自己上次和这个女生碰面时的心情，那时候她想的是什么呢？

宋枝蒽放慢脚步，走到一楼平台处，望着外面淅淅沥沥的雨。

她记起来了，那时候想的大概是，她未来是不是也可以被人放到手心里宠爱？而不是动不动就遭受冷暴力，被忽视，不被理解和尊重。

显然，她那时候的愿望实现了，甚至，实现得远比她想象中要圆满。

思及此，宋枝蒽不由自主地翘起嘴角。不想这一幕，被身旁等雨停的男生看到。

宋枝蒽不知道这个男生已经注意她很久了，也完全没想到，这个男生居然能鼓起勇气，过来找她要电话号码。

"你好，能认识一下吗？"男生走到她面前，笑容青涩，"我注意你很久了，你好漂亮。"

宋枝蒽骤然回神，面色有一瞬的不知所措。

男生摸着耳朵笑着自我介绍："我大一，经管的，你呢？"说话间，他拿出手机，一副要加她微信的样子。

宋枝蒽微微挑眉，鬼使神差地应了句："哦，我大四的。"

她说这话的意思是想告诉这个男生，自己比他大，没可能，也不想认识。

不想一听到她大四，男生反而更激动了："你大四？学姐啊，学姐你什么专业的啊，叫什么名字？"

宋枝蒽被他连珠炮似的一下问蒙了。还没想好怎么拒绝他，台阶之下就响起一道低沉磁性的嗓音，带着浓浓的嘲弄和不爽："你学姐叫宋枝蒽。"

宋枝蒽立马朝下望去，只见祁岸身形高大俊朗，左手拿着一把小黄伞，另外一只手勾着一杯热乎乎的红豆奶茶。那双浓眸充满敌意又危险地锁着宋枝蒽身边的小男生，漫不经心地拾级而上。

他薄唇轻启，说得桀骜不驯："她有对象。"

祁岸一开口，周遭本就发冷的空气又凝滞几分。他气场太强，吓得小学弟当即脸色突变。

在看清祁岸的正脸后，小学弟先震惊了下，而后又浮现出尴尬的神色。

小学弟一眼就认出了祁岸，就在学校网站的招生页面，第一张图就是一身骑士装、骑着棕红色骏马在赛场上为北川大争取荣誉的祁岸。

小学弟没想到会在这种情境下见到他，又在他面前招惹他女朋友，顿时手足无措："对、对不起啊，我、我不知道你们是一对……"

祁岸眯着眼睛瞅他。宋枝蕙弯了弯嘴角："你别吓人家。"

祁岸的视线落到她身上，看起来有那么点儿不乐意，还没说什么，这小学弟就一溜烟儿跑了。

祁岸盯着那道背影瞧了两眼，然后收回目光看向宋枝蕙："今天第几个了？"话里质问的意味很明显。

宋枝蕙走到他面前，接过他手里的红豆奶茶，温温热热的，显然刚买没多久。她垂着眸插上吸管，咬在嘴里喝了两口，甜甜糯糯的，是她最近新喜欢的口味。

她心情不错地往下走着，也不管外面淅淅沥沥的小雨。祁岸单手撑开那把小黄伞，遮在她头顶，自己身上却没留半块空间，就这么跟着她下去。

宋枝蕙放慢脚步，在伞下等他："算上你，差不多十个吧。"

祁岸哼笑了声："原来还有我呢。"

宋枝蕙微扬下巴："你是我最看好的那个。"

祁岸牵住她的手，眼中带了促狭："那你的意思是，我还得表现得再好点儿呗？"

宋枝蕙轻"嗯"了声，眼波里是甜津津的蜜色："表现不好，明年就换男朋友。"

如果是以前，这话祁岸也就听着。但眼下，他到底是领教了宋枝蕙一身招人的本事，就算心里明白除了自己她也不可能再选别人，也多少有些介意。

今天能有小学弟找她要号码，明天就能有别的男生。

于是接下来的一段时间里，即便工作再忙，祁岸也每天和宋枝蕙见上一面，偶尔空闲时候多，他就陪宋枝蕙一起上自习，有时候是图书馆，有时候是自习室。

宋枝蕙一开始还以为他是瞎胡闹，没想到几次下来，祁岸居然真的在为下学期的论文答辩做准备。

就这么坚持了一段时间，整个学校都知道祁岸整天围着他女朋友转了，也间接打了那些背后不看好他们的人的脸，从那之后，再也没有人说过祁岸跟宋枝葱就只是玩玩。

宋枝葱接下来的一段时间复习得格外用心和安心。

车队那边，祁岸也一直用心经营，名气和利润也都水涨船高。澜园那边的生意也很不错，当然，宋枝葱没再过去兼职，因为她知道，当初是祁岸故意把她弄进去的，事实上，澜园根本不缺模特。

宋枝葱为此还生了好半天的气。搞了半天，她赚的那点钱，全都来自祁岸的帮助。

祁岸知道他女朋友的性子，哄了半天没哄好，只能大半夜专门跑到她家楼下给她打电话。

北川的十月，气温低得有些过分。也忘了是哪个狐朋狗友给出的招，祁岸穿得极少，也不坐在车里，专门站在宋枝葱卧室能看到的地方，倚着车身给她打电话。

宋枝葱一开始确实是不想理他，只在电话里盘问他当初的事，不想祁岸说着说着，就开始装模作样地咳嗽。

知道他这身子容易感冒，宋枝葱只能懊恼地从床上爬起来，披着衣服下楼去找他。结果就是兔子进了狼窝，有去无回。

祁岸抱住她就不撒手，哪里还有半点感冒的样子。

宋枝葱被他气笑了，指责他："那你当初还跟我装，说我自恋。"

祁岸浑不懔地笑："我那时候说什么你记到现在，你是真记仇。"说完，他垂着眼皮，懒懒地看她，眸底浓厚的情绪作祟，"我那会儿不这么说，你又跑了怎么办。你都不知道你那时候躲我躲得有多明显。"

这点，宋枝葱还挺理亏的，那时候她就差绕着祁岸走了。

想到这些，宋枝葱面颊粉白粉白的，眨着莹润的眼睛，不动声色地望着他。

祁岸抬手帮她把落下来的碎发捋到耳后："你现在也是，一生气，说不理人就不理人。"

宋枝葱不服气地反驳："我哪里不理你了，我一下午都在跟你说话。"

"就那么几句，"祁岸说，"糊弄傻小子呢？"

宋枝葱顿时噎住了，盯了他两秒，没忍住扑哧一笑。

祁岸瞧她片刻，总觉得这姑娘心里像有事似的，于是把她搂得更紧些："是不是有什么话没跟我说？"

宋枝蕙把头埋在他的肩膀里，不吭声。祁岸索性搂着她，感受这片刻的心安。

就这么过了片刻，宋枝蕙终于出声了，瓮声瓮气的，像有几分憋闷："今天我们系主任找我聊了聊。"

祁岸低声回应："聊什么？"

宋枝蕙斟酌两秒，把实际情况告诉了他，总结来说就是，宋枝蕙想要考研的那个专业，北川大并不是最好的选择，她最好的选择在另外一个城市。但如果这样的话，宋枝蕙就要面临和祁岸异地。而临近报考时间，她已经没有几天可以犹豫了。

在这之前，宋枝蕙没有考虑那么多，可现在，这些事她不得不考虑。

祁岸搞清楚来龙去脉，并没急着说什么，而是问她："你想去的学校在哪个城市？"

宋枝蕙想了想："北浔吧，北浔外国语大学，日语口译专业很出名，我们导师建议我考到那里去。"

她不是很想换城市，毕竟所有对她来说重要的人，都在北川。

还有祁岸，她现在，很不想和他分开。

祁岸大概了解了情况，勾了勾唇："所以你是放心不下外婆？"

宋枝蕙抿了下唇："外婆倒还好，她跟舅舅舅妈在一起，他们会把她照顾得很好。"

说着，她抬头看他。清冷的月光下，她眉眼生动，透着不舍的情愫，欲语还休的。

祁岸笑了声："哦，原来是舍不得我。"

宋枝蕙垂下眼帘："怎么感觉你还……挺不在乎的。"

祁岸笑了一声，捏了捏她的手："我话还没说完呢，就这么急着给我下结论。"

宋枝蕙抬眸，纳闷儿地看着他："那你什么意思？"

"我的意思是，"祁岸拖着腔调，像那么回事似的，"一切遵从我媳妇的意愿。"

她嘴角不由自主地牵了牵。祁岸看着她笑，剑眉星目鲜活又恣意，像不被任何世俗的条条框框拘束："而且我之前不就跟你说过，你负责好好念书学习，我负责赚钱养你。"

宋枝蕙开口："我不用你——"

"我知道。"祁岸打断她，"你不用我养，但我总要养自己，总要有钱有时间去你的城市陪你。"说着，他笑了下，"不过是从一个城市换到另一个城市，又不是出国，干吗搞得生离死别一样。"

听到这话，宋枝蕙微微睁大眼。她确实没想过，祁岸会这么豁达，按照他往日那副既霸道又爱吃醋的样子，宋枝蕙以为他不会这么痛快地同意。结果事实证明，是她小看了祁岸。

似乎是从她的表情里看出什么，祁岸不甚满意地呵笑了声："所以一下午就在琢磨这个呢。"

宋枝蕙支支吾吾地道："也不全是。但你陪我的话，俱乐部和澜园怎么办？"

祁岸眉头微蹙，像正经思索了下："澜园有宋兰时，我本来就不经常在那儿，俱乐部的话，让老钱和罗贝贝多盯着点，我来回多往返几趟就是了。"

宋枝蕙蓦地一笑："怎么听你说的，我好像一定能考上那所大学似的。"

祁岸"啧"了声："能不能对自己有点儿信心？"

宋枝蕙咬咬唇，点头。

祁岸扯唇，揉了揉她的后脑勺，既温暖又贴心的话，被他用吊儿郎当的语气说出来："反正你在哪儿，我就在哪儿。"

心中堵着的那口气，彻底被这话顺下去。

宋枝蕙如释重负地轻舒一口气。

不想祁岸突然来了句："就这一件事？"

宋枝蕙骤然卡壳，祁岸眯着眼瞧她。

到底什么都瞒不过他。宋枝蕙抿抿唇，也只能说实话："我这个月……已经超过三天没来月经了。"

话音一落，祁岸眼皮痉挛似的一蹦。

宋枝蕙雪白的鹅蛋脸皱巴巴的："我现在有点怕。"

但这事不比其他，就算外婆和舅妈都在她身边，她也不敢问，更别说蔡暄了。再加上导师找她聊天的事，宋枝蕙这两天心神不宁，于是对"罪魁祸首"祁岸也连带有些敷衍。

本以为这家伙不会在意,不承想,他还找上门来,还是在最近俱乐部最忙的情况下。

祁岸也确实没料到宋枝蕙藏着的是这件事,一时手足无措。他眉头轻锁着,像在思考什么。

宋枝蕙说不上为什么,忽然有些紧张。

然而下一秒,祁岸就浓眉微蹙,把她的手牢牢牵住,一边打开车门,说:"上车。"

宋枝蕙看着自己脚上的兔子拖鞋,愣了愣:"上车?干吗去?"

说话间,她已经被祁岸塞上副驾驶座。祁岸俯身帮她把安全带系好,往日里的闲散全然不见,眼角眉梢都写着严肃:"当然是带你去买验孕棒。"

祁岸冷笑一声:"这么大的事也不跟我说,就一个人在那儿瞎琢磨,挺有意思是吧?"

宋枝蕙被他一训,突然就没声了。

祁岸压着破烂脾气,绕过车头上了驾驶位。

期间,外婆还给宋枝蕙打来个电话,问她怎么下楼这久还没回去。宋枝蕙一时语塞,有点儿不知道怎么回答。

祁岸瞥她一眼,直接把她手机拿过去:"外婆,我和枝蕙在一起呢。"

自打两人从 B 市回来后,祁岸就跟着宋枝蕙一起改口叫外婆,说是这样显得更亲近。

外婆也确实是受用的,从开始的不太看好两个人在一起,到后来已经几乎要认定祁岸是她未来孙女婿。

听到祁岸的声音,外婆声音也放松了:"我说呢,大晚上的下去这么久,也不跟我说一声。"

没等她询问,祁岸自己说了:"我跟她有点儿小矛盾,得解决一会儿,您放心,今晚我肯定把她安全送回去。"

一听小矛盾,外婆明显愣了,但很快就说:"行行,我不打扰你们,你们先忙。"

说完电话就挂了,比宋枝蕙变着法儿撒谎可省心多了。

电话归还到宋枝蕙手里,下一秒,祁岸就又牢牢牵住她的左手,仿佛在用行动证明,他俩之间没矛盾,刚刚也只是为了跟外婆报备才那么说的。

宋枝蕙没吭声，她知道祁岸为什么生气。这事要是假的，就是她胡思乱想，要是真的，就是她瞒着不跟他沟通。

祁岸这脾气，最不爽的就是宋枝蕙有事不跟他说。

大概是在他身边，之前的忧心忡忡被冲淡，宋枝蕙这会儿也只在意祁岸是不是真的生气了。

正想着怎么跟他说，祁岸却率先开了口："别怕。"他侧眸看她，眼神坚毅笃定，"有我在，没事。"

祁岸嗓音一如既往地温柔，仿若带着安抚的魔力，瞬间就安抚了宋枝蕙的心神，她点点头。

祁岸又说："大不了就生下来。"说完，他唇畔噙起一抹情绪不辨的笑，调子轻松，"我又不是养不起。"

宋枝蕙有些好笑又不服气："你这话说得怎么好像我真怀了一样？"

祁岸挑起眉："这不是假设最严重的情况吗？"

宋枝蕙无语地瞅着他。

祁岸哼笑："最严重的情况也就是明年我当爹，你当妈。"他上下打量宋枝蕙，"不过婚礼倒是要先办，省得婚纱穿不下。"

试想一下那个画面，宋枝蕙彻底忍不了了，她闭了闭眼："你好烦。"

祁岸嘴角翘起。

宋枝蕙干脆把头扭到一边去，闷闷地说："你别说话了。"

她不让说，祁岸也就真没再开口。

买了验孕棒后，宋枝蕙一个人在卫生间里测。

事实证明，她和祁岸也确实是紧张过度。验孕棒的结果清晰明了，她根本没怀孕。

看到这个结果，宋枝蕙紧绷了一晚上的心情豁然开朗。祁岸那边却早已等得不耐烦，靠在门口敲门："好了没？"

宋枝蕙抿着唇打开门，祁岸紧张地瞧她一眼，又赶忙去瞧她手上的验孕棒。在他还没搞明白上面的显示是什么意思的时候，宋枝蕙小声道："我没事。"说完，她如释重负地笑了。

本以为祁岸也会跟她一样轻松起来，不想这家伙眸光先是一滞，继而有几分愁意地抬了抬眉，并没有一丁点儿高兴的意思。

宋枝蕙微微怔住："怎么？"

祁岸舔了下唇，像是有些失望，但又不死心地再问一句："真没怀？"

意识到这家伙居然在失落，宋枝蕙眉心浅浅突了一下，反捏了捏他的手，乌黑的眸子一眨不眨地望着他："你很失望？"

祁岸定睛看了她两秒，坦荡一笑："是啊，挺失望。"顿了顿，他又说，"但想到你不用这么早就体会这种辛苦，又替你感到轻松。"

宋枝蕙粉唇微动，讷讷地"哦"了声，又说："看不出来，你还挺喜欢小孩儿的。"

祁岸嗤笑道："我那是喜欢小孩儿吗？我那是喜欢你。"

宋枝蕙的眼眶一下热起来。

祁岸扯起唇："别告诉我你这就感动了。"

宋枝蕙不理会他的臭屁，别开眼，等水汽干了，才出声："我要是真怀了，你就真打算结婚吗？"

"嗯，结。明天就领证。"

宋枝蕙扭头不可思议地看向他。祁岸黑漆漆的眸云淡风轻的，唇畔的笑意真诚："你没怀，我们也可以明天领证。"

这话一丝一毫的假都不掺，就好像借着玩笑，说出一直藏在他心中的某个渴望。领了证，宋枝蕙就能名正言顺地属于他，也不会再有任何外力和可能，把他们俩分开。

被他安静地看着，有那么一瞬间，宋枝蕙有种脱口答应他的冲动，但这个想法只存在短短的一瞬间，就被外婆不放心的电话打断。

祁岸几不可察地压下气息，再次替宋枝蕙接了电话。

确定两人的"矛盾"解决后，外婆这才放了心。祁岸看外婆这态度，也不敢把宋枝蕙带回家去，只能原路返回把他的宝贝疙瘩给送回去。

车停在楼下，宋枝蕙反倒没着急上去。

祁岸靠在车上，把外套披在宋枝蕙身上，手臂环抱着她。

宋枝蕙的黑眸清凌凌地看着他，最后跟他确认一遍："我要是报北浔的大学，你真不后悔。"

祁岸觉得好笑，腔调都跟着漫不经心："我什么时候后悔过？"

宋枝蕙不放心："你真能来多看我吗？"

他轻笑点头："我住北浔都行。"

宋枝蕙揪着祁岸的衣领，踮起脚尖，在他微凉又柔软的唇瓣上吻了吻。

祁岸屏住呼吸，目光锁着她："上去吧，不然外婆该担心了。"

说话间，他低头，高挺的鼻梁蹭了蹭她的。就是这瞬间，宋枝蕊几乎不可控地从唇缝里挤出一句话。

她唤了声："祁岸。"

"嗯？"

宋枝蕊眼神亮晶晶的："如果我考上北浔那所大学，你愿意和我领证吗？"

祁岸吊儿郎当地道："你要这么说，我可就信了。"

想到这家伙听到这话时那诧异又惊喜的反应，宋枝蕊抿起唇，到现在还觉得可爱。只是怕回头考不上让他失望，她又保守地告诉祁岸，她的信心暂且只有百分之五十。如果考不上那所学校，她就留在北川，这个口头约定也自然不作数。

宋枝蕊一开始还没明白，直到第二天早上闹钟响起，祁岸的电话打来，她才反应过来：从这一天起，宋枝蕊考研不再是她一个人的事，也是祁岸的事。

或许高中已经太久远，宋枝蕊都快忘记祁岸曾经是个多么强悍的学霸，以至于接下来的一段时间，她被祁岸监督复习时格外不适应。别说白天陪她一起自习了，就算晚上也要盯着她学习。他忙的时候，就跟宋枝蕊打视频电话，不忙的时候，就把宋枝蕊接回家里，盯着她学习。

这样的相处模式，一开始确实让宋枝蕊挺新奇。毕竟当初她跟何恺在一起，看到何恺整日荒废时光，就想过拉他一起学习。

可当她真的被祁岸盯着学习的时候，她才恍然发现，这种感觉真是要多难受有多难受。

为了让宋枝蕊学得更好，祁岸在闲暇时间也开始钻研起她要考的科目，最可气的是，他学东西远比她快。眼睁睁看着两人之间的对话都变成学习小组的氛围后，宋枝蕊彻底后悔了。

祁岸往日里对她说的各种情话，也变成日复一日的——

"这个做完了吗？"

"那个背完了吗？"

"你念一段口语给我听听。"

蔡暄知道这事时，笑得差点背过气去，不仅不安慰她，还吐槽她，说什么风水轮流转，现在可是有人治她这个"死读书"的脑袋了。

宋枝蕙头疼到不想说话，等到当天晚上祁岸把她接回家，继续要陪着她熬夜刷题的时候，宋枝蕙彻底忍不了了，木着一张脸把笔一撂。

祁岸神色一顿，凝着眸关切地望着她："怎么了？"

宋枝蕙抿抿唇，好半天才挤出一句斩钉截铁的话："你找别人领证去吧。"

祁岸眼皮子一跳。宋枝蕙深吸一口气，理直气壮地说实话："你再这样下去……我要玩不起了！"

祁岸怎么都没想到，一向以"小书呆子"著称的宋枝蕙能在学习方面产生这么抵触的情绪。抵触就算了，还让他找别人领证。

祁岸不明所以地看着她。倒不是对她忽然发脾气有什么不满，而是不理解她为什么这样。毕竟他也没做什么，不过是最近叮嘱她学习多了些。为了不让她分心，他甚至这段时间也一直忍着不碰她。

祁岸见她表情越来越不好看，随即把椅子挪近点儿，试图搂她。宋枝蕙却油盐不进，木着一张脸起身，甚至看都不看他一眼，咬紧两腮，丢下一句"我去看看绣绣"就转身走了。

直到她的身影消失在书房门口，祁岸才闻到她身上浓淡适宜的栀子香。她身上穿的也是他之前给她买的毛衣和裙子，都是他前阵子送给她的。

祁岸说想看她穿，她今天就换上了，且明显是精心打扮过的样子。

可他呢？满心满眼就只有逼她学习，好像只有这样，两个人才能真的绑在一块儿，急功近利得可笑。

思及此，祁岸对着空旷的书房"啧"了声。他往后靠在椅背里，抬手摸了下脖子，蓦地自嘲一笑，糊涂。

宋枝蕙下楼找绣绣的时候，绣绣就在阳台那边玩球。绣绣现在早已自动把她当成女主人来依赖，甚至两人都在的时候，绣绣明显更愿意亲近她。

宋枝蕙一召唤，绣绣就叼着球朝她跑过去了。宋枝蕙揉了揉它的头，心情顿时好了许多，刚好有点口渴，她就叫绣绣一起去厨房找点儿水喝。

结果，她刚打开冰箱，身后就探来修长的胳膊，扣住她拿冰汽水的手。大手扣在她柔软的小手上，温温热热，另一只手理直气壮地扶着她的细腰，把她搂在怀中。

/522/

这一下有些突然，宋枝蕙低呼一声，瘦薄的背抵在柔韧坚挺的胸膛上。

祁岸低沉的嗓音落在她耳畔："不是答应我了，少喝凉的？"

虽然每天都能听到他好听的声音，宋枝蕙在这一刻还是不由自主地心悸了下。

祁岸算准了她受用似的，凑得更近，盯着她长长的眼睫蹭了蹭："经期还没过，喝多了疼得直打滚，到时候又让我担心分神。"

明明是埋怨的话，却被他绕着弯说成了情话，简直不符合他最近这段时间的人设。

宋枝蕙一时有些无措，绷着嘴角没说话。祁岸顺势拿了罐椰奶，替她关上冰箱，随后又烧了一壶热水，把那罐冰凉的椰奶放到热水里。

他做这些的时候，宋枝蕙就靠在一边看着。

祁岸还时不时地回头看她两眼，高眉深目跟会说话似的，看起来不动声色，里头尽是直白的求饶和讨巧的意味，搞得宋枝蕙都觉得自己刚刚的脾气发得有点儿过分了。

毕竟祁岸也是为她好，她也能理解他有多想和她在一起。

不然金煌俱乐部也不会在这么短的时间内声名鹊起，她知道祁岸不是功利心特别重的那种人，只是为了两个人的以后，他愿意去尽早承担。

可她呢，却在这儿闹什么小脾气。这么想着，宋枝蕙心头升起一丝愧疚，在祁岸把那罐椰奶倒进她专属的玻璃杯时，伸手牵住他的手。

祁岸嘴角噙着笑，给台阶就立马下，回握住她的手，又把那杯温热香甜的椰奶递给她。

宋枝蕙靠在他身边，小口小口地喝着。

柔顺黑亮的头发垂在两侧，长长的睫毛像是蝴蝶的翅膀轻颤着，祁岸看着看着就好像入了迷。察觉到他的目光，宋枝蕙双颊发热，抬头瞥了他一眼："你看什么呢？"

祁岸毫不心虚，扯唇道："看我未来的媳妇。"

一提到媳妇，宋枝蕙就有些心塞。祁岸看她蹙起眉，把她搂到怀里："今天是我不对，我不该逼着你学习。这段时间我也不该为了达到目的，忽略你的感受。"

宋枝蕙闻言哽住，低声道："也没有，我也有不好的地方，毕竟这话是我先说出来的，只是——"她声音低下去。

祁岸垂眸看她："只是怎么？"

"只是我没想到，我现在耐力这么差。"她话语间有些失落和泄气。

祁岸却说："你没有耐力差，是我给你压力太大了……还有，"他笑了笑，"也是我最近不够关心你。

"那话不作数了，明天开始，我也不逼着你学习。你想学就学，想考就考，一切都随你心意，你开心就行。"

几句话，撞破宋枝蕙的心防，她眨着湿漉漉的眼睛看他。

祁岸捧着她柔软的双颊，笑得痞坏："我可不要跟何恺一样。"跟何恺一样，为了满足自己的私欲，把宋枝蕙逼得不开心。话说完，他轻吻了吻她的鼻尖。

宋枝蕙抬眸望着他，终于舍得说出实话："其实我今天生气，也不完全是因为你拉着我学习。"

祁岸挑了下眉，明知故问地看着她："那是为什么？"

宋枝蕙抿抿唇，老实巴交地说："今天想跟你约会来着。"

她以为能约会，所以特意穿了他想看的衣服，喷了他送的香水，还专门去理发店保养了头发，但他都没看见，眼里就只学习。

所以她难受了，极其幼稚地无理取闹了。

在宋枝蕙愧疚的眼神中，祁岸笑起来："看来我反思得没错，是我太不解风情了。"

宋枝蕙别开眼，耳根红得可爱。

祁岸干脆托着她的腿弯把她打横抱上楼。

宋枝蕙其实在学习方面完全不需要祁岸盯，她是那种极其自律的人。

祁岸也算是摸清了，反倒是这种越拎得清、越自律的人，越不能被他像对待其他人那样魔鬼训练。

这套招数放在宋枝蕙身上只会物极必反，所以直到考试之前的那段时间，祁岸都没怎么关注她的学习，而是把精力放在照顾她上面。

反正她考得上考不上，两人以后都会领证，犯不上瞎着急。

总之，因为祁岸的陪伴，宋枝蕙非常放松地度过了这段本该难熬的考研时光。

祁岸也庆幸能够陪在她身边。在她高中最艰难的那段时间，他已经错过一次，所以这一次，无论如何也要弥补。

等到十二月下旬，考试终于来临。

那两天刚好在圣诞节前后，本来身边的朋友都约好圣诞节一起聚会，但因为宋枝蕙要考试，就只能作罢，就算不作罢也没办法，因为祁岸肯定是要陪着她的。

那两天，祁岸推掉了身边的所有工作、酒局、聚会，专门在宋枝蕙的考点附近租了两天的民宿，只为了方便她出门走几步就能进考场。

那两天，她的所有心思都投入到考试里。虽然之前她很抗拒祁岸带着她魔鬼训练，但并不代表她对待考研不认真，相反，她心里其实是很想去北浔外国语大学的。

因为她也想变得更好，好到可以和祁岸站在同一高度，不被任何人轻视。

还好她的付出没有白费，为时两天的考试，她以自己的感觉来判断，考得还不错。

于是当晚，祁岸就组织了聚会，准备给宋枝蕙简单庆祝一下。宋枝蕙没想那么多，只当是简单地和他的朋友见个面。

毕竟两人在一起后，她还真没怎么陪他跟朋友吃过饭。

然而祁岸这边有个投资商要见，所以她要先跟他回一趟俱乐部，等事情处理好后再去吃饭。

于是依旧像往常那样，罗贝贝把宋枝蕙带到祁岸专门的办公室，给她送去了很多零食和饮料，让她玩VR游戏。

只是没想到，宋枝蕙玩了没多久，就突然得知两个还算意外的消息。

一个消息是，易美茹刚从机场出来，这会儿要来俱乐部看祁岸。另一个消息是，参加了选秀比赛、刚刚要有点水花的应雪，突然被爆出高中"霸凌"事件。

这天晚上，易美茹来得很突然。不过这种突然，只针对宋枝蕙，金煌俱乐部的其他人早就习惯了易美茹的突然造访。

祁岸这几年和她关系一直不怎么样，即便过年也不会主动和易美茹团聚，更别说回家看她。都是易美茹主动来俱乐部这边探望祁岸，祁岸要是有时间，就会陪她待两天。

这种情况持续到祁岸和宋枝蕙恋爱，罗贝贝说从那之后，易美茹就很少过来了，这还是今年下半年的头一次。

宋枝蕙听她说这话的时候，易美茹人已经来了，俱乐部那群混小子和易美茹很熟悉，见祁岸在会议室和投资商会面，就主动出来招呼。

罗贝贝倒是没跟着出去，她留下来陪宋枝蕙："反正她也不喜欢我，我不在也一样。"

宋枝蕙神思木然了会儿，看着她："她为什么不喜欢你？"

"她觉得我像个小太妹。"罗贝贝翻了个白眼说，"感觉我配不上岸哥的俱乐部，现在我又跟祁颂在一起，估计她看我更不顺眼吧。"

宋枝蕙想说两句安慰她的话，却又感觉自己的处境还远不如她，便闭了嘴。

罗贝贝天生心大，她才不在乎，随手拿了两个橘子递给宋枝蕙。按照罗贝贝的想法，两个人会在小办公室待到易美茹离开，不想当晚罗贝贝的想法没得逞，易美茹在外面和那群人没聊多久，就主动上楼找宋枝蕙。

穿着贵气优雅的女人站在办公室门口，和多年前一样，有着女王般的气场和架势。

身后的钱向东立马朝往嘴里塞橘子的罗贝贝使了个眼色。罗贝贝差点儿没噎死，立马起身灰溜溜地离开。

不算大的空间，就剩下宋枝蕙和易美茹两个人。

外头那些人虽然下了楼，可办公室的门却没关，为的就是听着点动静，省得易美茹刁难宋枝蕙，想着要是有什么风吹草动，他们也好第一时间告诉祁岸。

不承想，罗贝贝和钱向东在楼下还没听到什么动静，祁岸那边就忙完过来了。

罗贝贝顿时收起吃瓜的表情，对他指了指楼上："阿姨——"

祁岸蹙着眉："我知道。"说完，他就阔步上了楼，那神色和气势，看起来还挺不好惹的。

罗贝贝的目光紧跟上去，钱向东"啧"了声："别凑热闹了，出不了事。"

这话说得没错，有祁岸在的地方，就算有十个易美茹，宋枝蕙也出不了事。

更别说易美茹这次出现，本就不是来找碴的。

于是祁岸上楼后，就看到极为神奇的一幕，他的母亲和他未来要一起过日子的姑娘，两个人和和气气地坐在茶几左右，和和气气地聊天。

易美茹问宋枝蒽考研的事，还有外婆的近况。宋枝蒽礼貌温婉地回答，看起来远没有祁岸想象中的不适和局促。

祁岸斜斜地靠在门口，抱着双臂紧盯着二人。

就这么持续了几分钟，易美茹终于受不了他这直勾勾的目光，转头忍无可忍地看着祁岸："你看够了没，我又没要吃了她，瞧把你紧张的。"

祁岸嘴角懒懒地勾着笑，不置可否："你来这儿干什么？"

易美茹没好气："我来这儿当然是看看你，你这没良心的，有了媳妇就忘了娘。"

眼见气氛并没有想象中僵滞，祁岸神经松懈下来，抬眸就看到宋枝蒽嘴角不着痕迹地勾了勾。

她没事，祁岸也就放心了。

祁岸插着兜正想过去，易美茹却拎着包起身了："我这次是顺道路过，等会儿就走了。"说话间，她冲宋枝蒽扬扬下巴，"我跟他单独说会儿话，有机会回头再见。"

宋枝蒽怔住，祁岸也挑起眉，还没反应过来怎么回事，人就被易美茹拽了出去。

两个人站在走廊的落地窗前，窗外是川流不息的街景，钢筋水泥的城市森林在夜色下透着璀璨鲜活。

想当初，易美茹刚得知祁岸要自己做俱乐部的时候，还很不看好，谁知转眼间，他就已经坚持四年，还做得有声有色。

作为亲妈，易美茹必须承认，她很骄傲。只是这份骄傲里，多少有些无奈。

易美茹感叹道："你跟你那个爹一样，但凡想做什么，就一定能成功。我这辈子拿谁都有办法，唯独你们俩。"

祁岸从她的话里听出松动的意味，并不意外地笑了。

在她过来之前，祁岸就已经得知易美茹的态度。一方面是因为顾清姚那边松了口，她得知祁岸有了极其相爱的女朋友后很生气，干脆和别人相了亲，这个娃娃亲自然就不再作数。另一方面，易美茹也知道祁岸对宋枝蒽用情至深。

祁家的爷爷奶奶，也都不再执着于祁岸的婚事，祁家子女众多，真想联姻，不差他一个。

最主要的是，祁岸现在有自己的事业，他和家里别的孩子不一样，就算断了他的翅膀，他也能成为雄鹰。

易美茹认清这个事实，也不想母子关系再度恶化下去，便在年末来了一趟。

祁岸心里有数，随意地倚在栏杆上："您大老远来，不会就是为了夸我吧。"

易美茹瞥他一眼："我是拿你没办法。"

她从前是对他的学业和未来没办法，现在对他的终身大事也认了命。不仅如此，到头来还要担心宋枝蕙面对她心里会有芥蒂，毕竟当初是她见死不救，又被那些追债人烦到，便给宋枝蕙外婆结算了工资，让她们离开。

没想到她儿子是个死心眼，兜兜转转还是要宋枝蕙，只要宋枝蕙。以至于到这个关卡，她不得不和祁岸坦诚："我想这事她应该早就跟你说过，我倒也不是想弥补什么，只是觉得应该和你说开，省得她回头因为这事记恨我，再跟你吹吹枕边风——"

祁岸云淡风轻地打断她："你放心，她不是这种人。"

易美茹张了张唇。

祁岸说："而且这事我也不是从她嘴里知道的，她什么都没跟我说。"

易美茹眼底闪过一丝微妙："那你怎么知道的？"

祁岸漫不经心地"噢"了声："找当年的司机叔叔问了问，又跟外婆提了提，就都知道了。"

这些细枝末节，连宋枝蕙也不曾得知，都是祁岸自己想不通，主动去问的。因为他知道，宋枝蕙这种懂事的性格，即便他去问，她也不一定会说实话。

祁岸平心静气地看着易美茹："她是个很好的女孩，心思单纯、善良，希望你放下对她的偏见。"

易美茹提上一口气："我对她没什么偏见……"她露出很没辙的表情，"反正随你们吧，爱处多久处多久，结婚我也管不着，反正现在离婚率那么高……"

祁岸"哧"了一声："您能对您儿子说点吉利话吗？"他不悦又笃定，

"我跟她结了婚就不可能离。"

易美茹："能耐了你。"

虽然话说得尖酸刻薄,她却还是从包里抽出一张黑卡,递给祁岸:"这次来得匆忙,也没给你们带什么东西,索性给你张卡吧。"

祁岸眉梢挑了挑,眼神戒备:"干什么?"

易美茹都气笑了:"给你卡就是给你钱,我还能害你不成?"

说话间,她没好气地把卡塞进他手里:"不只是我,里面还有你爸的,他最近状况还是不大好,所以就想多弥补你一些。

"总之,过去的事情就让它过去吧,大家心里都痛快。"

对于易美茹来说,这话已经相当于握手言和。祁岸垂眸盯着那张卡看了两秒,蓦地一笑:"行。"

当天晚上,易美茹没有留下来吃饭,和祁岸聊完后,就被司机接走了。

祁岸目送她上了车,刚好楼下有个提款机,就顺便把卡插上去看了看余额。七位数,够他开个酒吧了。

没想到这夫妻俩还有这一天,祁岸失神两秒,嘴角缓缓勾起。

上楼后,办公室里,宋枝蕙正一个人无聊地看着壁挂电视里的卡通片,听到祁岸故意的敲门声,顿时扭过头,眉眼闪过一丝欣喜。

祁岸勾着唇在她身边坐下,牵住她的手,十指相扣。宋枝蕙静静地瞧着他:"阿姨走了?"

祁岸迎着她的目光,笑道:"嗯,刚走。"

宋枝蕙抿抿唇:"她……跟你说了些什么?"

祁岸故意捉弄她,说:"嗯,她让我早点儿结婚。"

宋枝蕙眸色一暗。下一秒,祁岸就凑过去,在她唇上亲了亲:"和你早点儿结婚。"

提到嗓子眼的心脏霎时落下来,宋枝蕙瞪他。

祁岸笑得又痞又浑:"怎么,吓到了?"

宋枝蕙不说话。祁岸看看她:"她给了我一笔巨款,说咱俩以后过日子用。"

虽然原话没有这么直白,但易美茹就是这个意思。

宋枝蕙是真没想过,一直很让她担心的和"未来婆婆"的见面,能这么容易结束,一时间有些没缓过神。

祁岸见状，把她扯进怀里搂着，磁性的嗓音从胸腔里闷出来："还没问你呢，她刚刚刁难你没？"

宋枝蕙抿唇："没有，她就找我简单聊聊天，还……"

"怎么？"

宋枝蕙抬起清凌凌的眸子，眼神透出一点不确定的骄傲："还夸我来着。"

祁岸听笑了，饶有兴味地说："她夸你？夸你什么了。"

宋枝蕙也忍俊不禁："她夸我比当年好看，还夸我有上进心，人也变得开朗很多。"

倒是没想到毒舌的易美茹女士，能这么不吝啬地夸自己儿媳妇，祁岸嘴角上扬："行啊，和未来婆婆处得不错。"

这阵子被他调笑惯了，宋枝蕙脸不红心不跳，眼含期许："那是不是说明，她接受我了？"

祁岸瞅着她："接不接受能怎样，能妨碍我喜欢你，跟你在一起吗？"

宋枝蕙眼角眉梢漾起甜意，嘴上却不服地吐槽他："你可真能耐。"

"那当然。"祁岸傲娇地挑眉，"不然怎么配得上你？"

宋枝蕙被他逗得咯咯笑，随后又搂着他紧了紧，轻舒一口气："真好，祁岸，现在真好。"

没有他父母的压力，也没有考试和未来的压力。

在这里，她可以放松又恣意地霸占着属于她的祁岸。

祁岸下巴抵着她的额头，大手摩挲着她的耳垂："跟我在一起，以后会更好。我一辈子疼你。"

没了压力，当晚宋枝蕙心情极好。

出了俱乐部，外面下起了雪，格外浪漫的环境，连呼吸的空气都透着清洌的甜。大家该打车的打车，该开车的开车，没多久就去了吃饭的地方。

祁岸嫌人不够多，就又让罗贝贝打了几个电话，把这会儿在家里的兄弟叫过来，说见见嫂子。这一见，就见到了当初陪着祁岸第一次去宋枝蕙舅舅的烧烤店吃烧烤的两个小伙子。

这两个人年龄不大，都还在上大学，算是俱乐部里的预备役，平时来俱乐部的时间也都不定，所以一直都没和宋枝蕙正式碰过头，只是远远看过一眼。

这次也是本着见嫂子的面，专门过来的，不想一看，居然是当初两人私下里常提起的"烧烤西施"。

听到这话，钱向东吐槽："什么烧烤西施，你俩脑子里一天天能不能想点儿好词，咱枝葱妹妹这是仙女。"

一席话逗得一桌人都笑了，两个男生也有些不好意思。

后来还是罗贝贝再度提起应雪，宋枝葱才记起还有一件事没问祁岸。

易美茹来得突然，导致宋枝葱那会儿根本没心思关注微博，直到这刻才重新点进热搜，应雪相关的热搜已经升到更高的位置，点进去全都是骂她的。

罗贝贝作为半个追星族，帮大家科普了一下来龙去脉。说是这个叫应雪的练习生，参加选秀一开始就被网友骂，因为实力差又很作，奈何镜头很多，节目又给她剪辑了很多勤奋的高光片段，第一次公演又表现得很好，导致很多人都对她路转粉，名次也在一夜之间水涨船高，进了出道位。

本来是挺高兴的一件事，结果营销号突然爆料出应雪高中时霸凌别人的事。

宋枝葱不可思议地看向祁岸："是你做的？"

祁岸就这么看着她，目光含笑，宠溺地"嗯"了声。宋枝葱眨了眨眼，忽然就想起昨天晚上，她洗好澡出来，看到祁岸在外头接电话，电话里一个女人声嘶力竭地喊着什么。

祁岸不甚在意地掏了掏耳朵，嘴角还似笑非笑的。那会儿宋枝葱以为又是易美茹，没想到……

祁岸缓慢地眨了下眼，完全不在意："没错，是应雪。"祁岸知道，那次服了软，她不是真心的，她骨子里就是个坏种。

祁岸也绝不可能因为她告诉自己一点当年的真相，就真的放过她，更何况那点事还是她藏着掖着透露出来的。

祁岸原谅不了她当初对宋枝葱的使坏，也绝不原谅。

后来的几天，依旧大雪纷飞，家里却温暖如春。

无事一身轻，宋枝葱就这么在家陪祁岸厮混了三天，再往后，就是元旦，学校也如期放了寒假。

这个寒假，祁岸带宋枝葱和外婆去看了房子。房子在市中心的地段，不是很大,但一家人住正好,周围有个大商圈和电影院。用祁岸的话来说,这房子就当他投资了。

转眼新年将至,宋枝蕙的考研成绩也出来了。

也是巧,这边房子刚交了定金,她就得知了考研成绩过了北浔那边的分数线。导师知道后,也替她高兴。

宋枝蕙想过让祁岸把房子退掉,但奈何定金已交,祁岸也不想退。买的又是成品房,没多久就可以住进去。

祁岸哄着她:"就当我孝敬外婆,行不行?"

宋枝蕙拗不过,只能答应。想到新年之后,她就要准备复试,所以那几天,宋枝蕙格外沉浸地待在祁岸身边,约会或者陪他工作。

本以为会一起度过两人在一起后的第一个新年,没想到祁岸家里那边要他回去。

祁仲卿的情况一直不大好,宋枝蕙心里清楚,所以即便再舍不得,也还是没强求祁岸留下来。

最后,还是祁岸心里更舍不得一点,于是逗她:"不然你今年跟我回家过年?"

宋枝蕙摇头:"不行的,外婆离不开我。"

于是那天晚上,宋枝蕙送祁岸去了机场。

临别前,宋枝蕙踮脚吻了吻祁岸:"和家人在一起也不许忘了想我。"

他宠溺地看着她:"忘是不会忘。就怕想你想得太过,又要发疯。"

恋爱谈了几个月,但像这样的分别,两人还是头一次。宋枝蕙当晚送走祁岸回去的路上就不自觉地红了眼眶,这种感觉,哪怕是曾经她与何恺连续一个月不见面都不曾有过的。

或许是心有灵犀,祁岸一下飞机就给她打视频电话,也正因为有这个电话,宋枝蕙的心情才由阴转晴。

祁岸看出她的小心思,于是不管当晚在忙什么,都和她保持着密切的联系,直到睡觉。

后来想起,宋枝蕙觉得那天的自己矫情得好笑。

祁岸不过是回去过个年,又不是生离死别,也不是异地恋,真不至于。

想通后,接下来的新年,宋枝蕙过得格外充实悠闲,李桃桃也带了新男朋友回来见家长,一家人热热闹闹的。

大年夜的晚上,宋枝葱早早就下了桌和祁岸视频,祁岸一家人是在环山别墅过的年,一大家子十几口人,视频刚接通,就通过祁岸和她打了个招呼。祁奶奶和宋枝葱寒暄了好几句。

宋枝葱本就喝了点小酒,双颊绯红得厉害。祁岸全程宠溺地看着她,怕宋枝葱尴尬,就早早提出和她单独聊天。

于是当晚,两人像几年前决定要考同一所大学那般,祁岸陪她一起看祁家在别墅外放的烟花,随后通过转账,给她发了三个很大的红包。

宋枝葱收到第一个的时候就忙拒绝:"太多了,我不能要的。"

"前两个一个是奶奶的,一个是我爸的,最后那个才是我的。"说完,他勾唇浅笑,眸里映射的星光熠熠生辉,"算是长辈和我给未来媳妇的心意,你就趁早收了。"

宋枝葱思绪短暂空白了一瞬,心底的甜意继而漫上眉梢,安静两秒,到底抿唇笑着点了收款。

她一收,祁岸唇畔的笑意也跟着深了起来。

宋枝葱想了想,也给他转账——1314元。

祁岸额角抖了下,还未开始高兴,眉头就蹙起来:"你又偷偷攒钱了?"

宋枝葱一撒谎眼睛就往旁边看,说:"没有。"

祁岸笑了一声。宋枝葱眼神有些心虚,知道什么都瞒不过他,说了实话:"好吧,之前省吃俭用了一段时间。"

她私下还会接一些兼职稿子来做,所以一直有收入,只是不太多。直播那边也会有些收益,包括做视频流量赚的钱。

祁岸不爽:"不是都跟你说了,钱留着自己花,我又不缺。"

宋枝葱说:"你当然不缺钱,但我就是想给你。我也想为你做些什么的。"哪怕这个表达爱意的方法有些老土,哪怕,他根本不需要,但她也还是想给他。

意识到她的心意,祁岸怔了怔,随即一笑。只恨两人间距离太远,不然他一定赶到她面前,抱着她,亲亲她,说他现在有多受用。

静默两秒,祁岸看着她黑亮圆润的双眸,轻轻唤了声:"枝枝。"

宋枝葱被他叫得耳根一酥:"嗯?"

祁岸磁性的声音蛊惑又温柔,他一本正经地道:"我也爱你,一生一世。"

听到这话，宋枝蕙先是一愣，继而嘴角抿起涟漪，像波纹一般，一点点荡开，再绽放。

到底没忍住，她有些尴尬地吐槽："好像确实，挺土的。"

说完，两人对视一眼，一下就笑开了。

按照当晚两个人的约定，祁岸是打算用这个红包买返程的机票回去找她。哪知计划赶不上变化，初三一过，祁仲卿的病情又不太稳定。

祁家上下都紧张起来，恨不得把当地最好的医疗资源都用上，如此一来，祁岸本想回北川的计划也因此打断。

祁仲卿格外不想让祁岸离开，家里的长辈也纷纷劝说祁岸留下来陪着，顺便再帮忙照看一下祁仲卿手下的家业。关键时刻，他还是信任自己的儿子，再加上祁岸在经商方面本就有成熟的经验，所以祁家上下都想让祁岸先接手试试。

宋枝蕙得知这消息时，正在全身心准备复试。她以为祁岸没多久就会回来，没想到会突然听到这个消息。

电话里，祁岸少了往日的浑不懔，声音也带着倦意："再等等我好吗？等我爸情况好转，我一定尽早回去。"

宋枝蕙依旧乖软地应声。即便心里多少有些失落，但她知道这是祁岸应该做的事，所以思索一番后，她安抚他："没关系的，你放心大胆做，我相信你，也支持你。"

相信你不会因为距离与圈子的改变，动摇对我的爱，也支持你去做应该做的事。

祁岸本想再和她说些什么，奈何护士那边叫他过去。

后来的几天，祁岸依旧处于忙碌的状况中，在医院和祁仲卿的公司来回往返。

他暂时接手了祁仲卿这边的总公司的管理，成为大家口中高高在上的太子爷。听起来像是众望所归，但祁岸心里却想着宋枝蕙，担心宋枝蕙这段时间会不开心。所以只要一忙完，他就会及时和她联系，原来待在祁仲卿身边的都是女助理，也被他临时换成男性，还把助理的联系方式给了宋枝蕙。如果他临时有事，她联系不上他，助理也会给她交代。

被他的坦诚和体贴打动，宋枝蕙并没有祁岸想象中的那么不安。祁岸在她身边的时候，她有点儿"恋爱脑"，但当下的情况，她清楚，她也要为自己的未来全力以赴。

只是有些可惜，原本她打算陪祁岸一起过生日，这个计划恐怕要泡汤。三月初，他注定不能回来，而她也快要去北浔复试了。

在她去北浔的前几天，宋兰时在山顶举行了一场小型篝火晚会。宋枝蕙这才知道，宋兰时找到了新的男朋友，且晚会这天刚好是澜园成立五周年。

前一两年，她单打独斗，后面祁岸投资进来，两人生意做得风生水起。为了感谢员工们一路的信任和陪伴，也想跟大家分享自己的幸福，宋兰时才举办了篝火之夜。

宋枝蕙乘车上山时，大家都已经到得差不多。她第一时间把礼物交给宋兰时，然后就看到了她的外国男友。据说是英国国籍，一口纯正的英式口音，很绅士英俊。

好在宋枝蕙英文也不错，便短暂和他寒暄了下。

随后，她被宋兰时带着去了最热闹的那桌——员工都是年龄相仿的年轻人，平时跟宋枝蕙也很熟悉。

大家见到宋枝蕙过来，都立马热情欢迎，没一会儿她面前的食物就堆成小山。

随后，烧烤师傅又送来新切好的油滋滋的烤全羊，香气四溢之下，许久未见的宋兰时拉着宋枝蕙聊了起来。

宋兰时问了问她的学业，随后又提到了李望秋，说李望秋在得知宋兰时和她熟悉后，又来了这边好几次，打探她的近况。

宋枝蕙没想过母亲还会关心自己，瞬间怔了怔。

宋兰时叹了口气："感觉她也挺后悔的，问我好几次你的情况，一开始我都说不清楚，但她实在软磨硬泡，又一个劲儿地在我这儿花钱，我就说了，说你考研过了初试，学校是个特别好的学校，在北浔。"

宋枝蕙咬着肉串，若有所思，没吭声。

宋兰时又说："她还问我祁岸的情况，问你们两个怎么在一起的，他靠不靠谱。"

宋枝蕙抿抿唇，看向宋兰时："她还关心这个？"

"关心啊。"宋兰时说，"当妈的怎么可能不关心。"

怕宋枝蕙多想，她收了收表情："你别误会，我不是帮她说话，我就是跟你陈述这么一个事。她呢，挺担心你被骗被欺负的，毕竟祁岸条件好她清楚，就想知道你们俩到底什么情况。"

宋枝蔸笑了笑："没有，我知道你不会。"

宋兰时放心地笑："那就好。"

宋枝蔸想了想问："那你怎么说的？"

宋兰时说："当然实话实说了。我说祁岸等你等了好几年，想了不少办法讨好你呢。喜欢都来不及，又怎么可能骗你呢。"说着，宋兰时促狭地笑了，轻撞了宋枝蔸一下，"想不到哈，他那么骄傲的性格，居然能想出那么个破烂借口接近你。"

一提到祁岸，宋枝蔸眼底的蜜意和想念就藏不住，她垂眸轻笑，说："是呗。"

那时候的她以为，两人会在目的达成后一拍两散的。

却不想，祁岸要的，是她一整个未来。

宋枝蔸鼻尖忽然有些泛酸，哪怕昨晚刚刚跟祁岸视频过，但也还是架不住心里对他的想念，要是他在身边就好了……

刚好宋兰时的外国男友给她送来刚烤好的食物，宋枝蔸收回思绪。她看到宋兰时和她男友用流利的英文交流，看起来很相爱。

也许是想转移一下注意力，也许是出于关心和好奇，宋枝蔸没忍住，问了问宋兰时的事。她之前也是听祁岸说的，宋兰时跟他舅舅曾经很相爱，这些年甚至没有再谈过一场恋爱。所以她没想到，宋兰时也有再度恋爱的一天。

似乎不意外她会问这个问题，宋兰时靠在椅子里，淡淡地笑着，说："以前确实是想过就这么给他守一辈子的，但人生没有定数，你不知道未来会经历什么，遇到什么样的人。

"而这些未知数，就是改变你想法和人生轨迹的每一个因素。"

宋兰时看着她："和 Willox 在一起之前，我那段时间其实不太顺，生活和家里都遇到一些问题，是他一直在身旁默默帮助支持我，后来易美茹也过来劝了我一次。"

听到祁岸母亲的名字，宋枝蔸微微愣住："阿姨也来找你？"

宋兰时略略裹紧披肩，在夜色和星星灯下，她笑容柔美又坚韧："倒也不是专门来找我，过来看玉石罢了，不过也很意外，她原来是最讨厌我的那个。"

毕竟因为宋兰时,易美茹最小的弟弟才会抑郁不得志。曾经易美茹最气愤的事,就是她生命中最重要的两个和她有血缘关系的男人,一个个都着了魔似的喜欢姓宋的女人。

不过渐渐地,在得知宋兰时也为她弟弟坚守了这么多年,易美茹也想开了。人生在世,活着的人就要好好活着才行。她弟弟应该也希望他爱的女人开心幸福。

"大概是被她劝说的,再加上Willox对我真的很好很好,所以我就想,不然那就试试看吧,我们都已经不再年轻了,总需要有个陪伴。"说着,宋兰时握了握宋枝蕊的手,"但还是更羡慕你跟祁岸。"

从情窦初开,到刻骨铭心,不会再有什么外力把他们分开。宋兰时眼里闪过太多说不清道不明的情愫。

宋枝蕊知道,那里还有她对那个人的爱。

这个话题多少有些沉重,聊了没一会儿,就有眼尖的小姑娘提出玩游戏。

恰巧这桌上的男男女女也都是年轻人,就提出玩敲7游戏,输了的要么喝酒,要么说一件曾经做过的最大胆的事。

这个游戏虽幼稚,但胜在很能热场子。

宋兰时也不是个扭捏的,当即挣开披肩嚷嚷着说要一起玩。

她知道宋枝蕊不胜酒力,就告诉她,大不了就说自己当年的糗事。

宋枝蕊笑着说好,心里却觉得这么简单的游戏,她肯定不会轻易输。没想到还真被宋兰时猜中,这一晚上宋枝蕊也不知道怎么回事,一下就输了三次。

头两次,宋枝蕊还喝酒,等到第三次,她真的有点喝不下去了。

宋兰时用筷子敲着盘子,说她:"傻啊小姑娘,随便说件曾经做过的事不就行了。"

此话一出,旁边的人顿时笑着阻止,说胡编乱造可不行啊,一定要真实的。

宋枝蕊喝得有点迷糊,想了半天,也只有那一件事算得上大胆。

被逼无奈之下,她也只能慢悠悠地开口:"最大胆的事,应该就是高三那年,我帮别人往祁岸的桌子里塞了一封信。"宋枝蕊小脸红扑扑的,

"他当时生气了……生了好大的气。"

最先忍不住的小助理开了口："后来呢，后来呢？"

不想这话刚出口，她那渴望又好奇的小眼神就一下呆住，像看到了什么可怕的人，立马闭上嘴。

宋枝蒽却浑然不知，她稍稍斟酌了下，正打算开口，不料身旁刚刚空下来的座位，忽然就被扯开。

塑料靠背椅与山坡上的土石发出轻微摩擦的声响。就在她扬声的前一秒，那人裹挟着一身熟悉又好闻的气息落座，同时握住宋枝蒽桌下的手，温热宽厚，带着轻微的摩挲感。

刹那间，像有电流钻进心里，狠狠过了一遍，宋枝蒽后知后觉地睁大眼，侧过头，然后就看到，穿着白灰相间的冲锋衣，看起来风尘仆仆的祁岸，真真切切地坐在自己面前。

好多天没见，祁岸瘦了些，轮廓也更为立体深邃，是满满的男人味。

宋枝蒽霎时僵住。祁岸深眸缱绻，目不转睛地看着她："后来他亲眼看着她被别人截胡。"

慢条斯理的一句话，让整桌人都安静下来，所有的意外伴随风声渐渐融为背景音。

宋枝蒽还没来得及开口问他什么时候来的，就看到祁岸嘴角微扬，指尖尽是温存的力道，收紧牵着她的手："他处心积虑三年，终于，把她截了回来。"

话音落下，桌旁的所有看客，顿时爆发出难以压抑的欢闹赞叹。

那天晚上的风很大，气温也很低。

可即便这样，宋枝蒽也还是被那桌人闹得红了双颊，祁岸知道她害羞，干脆把衣襟敞开，把小小的她搂到怀里。

宋枝蒽眼眶湿润，低声问他："你怎么来了？"

祁岸笑："当然是想你了，坚持不住所以就回来了。"

宋枝蒽眨着眼："那叔叔不生气吗？"

祁岸漫不经心地哼笑："管他呢，哪有我媳妇重要。"

宋枝蒽没忍住一笑。祁岸仗着有衣服挡着，在她耳畔轻轻咬了下，威胁道："想我没？"

宋枝蕙红着耳根，点了点头。

祁岸拉着宋枝蕙先行离开。

说是离开，也不过是在附近不远处，更高一点的地方。

宋枝蕙本就喝得晕乎乎，这会儿见了祁岸挪不开步。祁岸牵着她，她就傻乎乎地跟着，嘴角还挂着收不回去的笑意。

祁岸越看她心越软得稀巴烂，最后牵着她站在山顶附近。低处是明亮的篝火、餐桌和小帐篷，以及袅袅炊烟。高处，是祁岸紧紧搂着她，接了一个时隔半个多月，渴望又想念的深吻。

短暂的一吻结束，祁岸稍稍退离，抵着她的额头，胸腔缓缓喘息。

宋枝蕙心跳也异常快，因为她已经感觉到，祁岸似乎有什么话想对自己说。

果不其然，下一秒，她听到祁岸低沉的嗓音震颤在她心间："枝枝，我忍够了。"

宋枝蕙微微抬眸，由下至上地看着他，眼底的水光在夜色下轻闪，漂亮清纯得可爱。

祁岸屏息凝神，牵着她的手，引着她在自己冲锋衣的口袋里掏出一个小巧的盒子。

这一瞬间，宋枝蕙只觉自己的心跳都漏了一拍，呼吸也急促起来。因为不需要看，她就已经从盒子的形状和质感猜出那是什么。

那是一枚极为漂亮的蝴蝶状戒指。蝴蝶的形状像在振翅欲飞，翅膀上镶嵌着璀璨而亮眼的钻石。

在她看到这枚戒指的完整形状时，祁岸已经拿着它倒退一步，单膝跪地。

那个她爱慕了好久好久的男孩，横跨了所有的阻碍，毅然决然地来到她身边。

似乎也没有完全准备好，祁岸在开口前，先笑了下，脸上有种不属于他的紧张。

"也许现在这个情境，对你来说很突然，我也没有提前跟你打招呼，但这确实是我当下最想做的事。

"一直以来，我都想对你说，当年的祁岸很抱歉，是他的不懂事，让我们错过了这么多年。

"我也要感谢你,谢谢你,愿意再度回到我身边。

"我知道我们还年轻,面对未来我们也没有十足的把握,但我会努力,努力把你照顾好,好好爱你,努力撑起我们的未来。

"说这些,我只是想告诉你,我不想再等了枝蒽,我不想让任何事情再把我们分开。

"所以,请允许我做出这个不合时宜的举动。"

话至此,祁岸在阵阵晚风中,深吸一口气:"宋枝蒽,我想让你嫁给我。你愿意吗?"

想念多日的人不止突然出现在自己面前,还跪在自己面前求婚,这一系列事情实在是太过出乎意料,以至于这刹那,宋枝蒽骤然陷入茫然的空白中。可身体机能却提前给出反应,宋枝蒽忽然就感觉到,成串的眼泪,滚烫滚烫,像珠子一样噼里啪啦地落下来。

再然后,低处的人群中,有人喊了一声:"嫁给他!"

话音刚落,山顶的四周就忽然亮起火光。金色的烟火闪烁着熠熠的光芒,在他们周围围成了一个心形圈。那是祁岸早早就让人布置好的。

而在这心形圈里,她最爱的人,在和她一同笑。他们笑中有泪,泪中,是浓浓的幸福。

祁岸等了许久,终于听到他挚爱的女孩,满脸泪痕,笑着轻唤了声:"我愿意。"

那场烟火求婚,被宋兰时全程拍摄下来,放到了一年后,两人的婚礼上。

为什么是一年后呢?

答案当然是因为宋枝蒽准备考研后,又稳定了一段时间,想着已经领了证也不急,就一直没想着办婚礼。

直到后来,祁岸去学校接她回家吃饭的时候,又看到一个不知死活的小学弟找她要电话号码。

于是某人怒了,婚礼成了。

再后来,北浔外国语大学上下,就都知道了一件事。那就是,有位巨漂亮还能干的研究生学姐英年早婚。

早婚对象,正是学校外那家巨火的酒吧的老板。传说这老板颜值也一绝,可惜人家宇宙级专一,眼里就只有这位仙女学姐。

不过这些人不知道的是,这位老板不只是酒吧老板,还是当下名声最旺的金煌俱乐部的创始人。

而圈中所有人都知道,金煌旗下最享誉盛名,最能打的有两个队伍。

其中一个叫 Snail(蜗牛)。

另一个叫 Butterfly(蝴蝶)。

番外二

蔡暄也说不清自己是从什么时候喜欢上邹子铭的。

可能是一瞬间，也可能是在潜移默化的相处中。

总之，蔡暄心中邹子铭的形象，说不清具体什么时候，就这么不知不觉地渗透到她的脑海中，逐渐深刻起来。

用她亲口对宋枝蒽说的话就是——邹子铭很帅，比她以前处过的男生都帅。

邹子铭很高，身形挺拔清瘦，皮肤很白，五官清秀，总爱穿浅色系的衣服，导致他看起来有种斯文又绅士的帅气感。

曾经她之所以不太觉得，大概是因为，她好闺密的对象——祁岸，太帅了。

这种遮天蔽日的帅，完美地把祁岸身边方圆五里内的男性衬得"花容失色"，再加上邹子铭这人巨低调，不止低调，还有个"爱财"的名号，导致这家伙愣是在她生活中晃荡了好久，她都没发现到他的帅。

等她真正对他动了心思，才发现这家伙在金融学院里的人气完全不低。不止她，还有其他的小姑娘对他有意思。

可邹子铭呢，大学这几年就跟个入定禅修的和尚似的，眼里除了赚钱、上课、考试，是真的一点儿别的事都没有。久而久之，那些女生也就不再往前凑。邹子铭自始至终都波澜不惊，一心只忙自己的。

从前蔡暄不懂，他到底是有多爱钱，才会跟宋枝蒽一样忙着兼职，直到那个暑假，她拎着水果和零食，去找他玩。

其实那会儿两人并没说好，蔡暄也是实在无聊，想去看看这位老乡，想着空手去不好，就买了一大堆东西。

结果到了邹子铭随口一提的住址一看，她才反应过来，为什么邹子铭会长成现在这番模样——心无旁骛又稳妥成熟，面对任何事都有种极为平静的随和。因为他的家境不足以让他有资本和别人一样放浪，一样浪费时间、金钱以及情绪。

望着眼前陈旧的老房子和屋内的摆设，以及家里年迈病弱的老人、年幼懵懂的弟弟妹妹，蔡暄沉默了。

邹子铭倒是没太惊讶，只是嘴角勾着笑，上前无奈地带她离开。

可能是那一瞬间太急了，邹子铭无意中牵了一下她的手腕。

那一瞬间，像是有道电流从蔡暄心间传过。她咬了咬牙，在走之前，把那堆不便宜的水果和零食都留了下来——她看得出来，那两个小朋友非常眼馋。

邹子铭也发现了，把她带到楼下后，提出转账给她。

蔡暄当即红了脸："咱俩这关系你还要给我钱？寒碜谁呢，邹子铭。"

知道这姑娘脾气火暴，邹子铭好脾气地笑了，说："我不是那个意思，你别误会……我就是觉得亲兄弟还明算账，你那堆东西挺贵的，就当我给俩孩子买的。"

说不上来为什么，蔡暄盯着他，突然就很心疼。明明前一秒还在气愤他拿自己当外人，可下一秒就软下来，她眼巴巴地问他："那两个是你弟弟妹妹？"

邹子铭"嗯"了声："堂弟堂妹，我叔叔前年上吊了，留下两个孩子没人养，我就接过来一起照顾。"

几句话被他说得云淡风轻，仿佛在说别人的事。

蔡暄心口突然像被手捏紧了般，说话也小心翼翼的："除了他们，你别的亲人呢……"

邹子铭笑了下："都不在了。"

这个不在，具体是抛弃他，还是去世，蔡暄不得而知，也没勇气往下问。她只是突然，非常非常心疼邹子铭。

这种感觉是曾经她对任何一任男友都不曾有过的，也让她有种前所未有的慌乱。

那天下午,两人在小区外面吃了顿刀削面,是邹子铭请她的。那堆东西的钱,他也如数用红包还给了她。

蔡暄本来不想收,是宋枝蒽告诉她,男人都是很要自尊的。

说起来也好笑,从小到大,她除了对父母和最好的朋友就没怎么体贴过别人,邹子铭是第一个。

那时候她以为,可能是邹子铭看起来很可怜,所以她才会这样,可接下来两人断断续续地相处了半个月后,她才发现,自己对邹子铭的占有欲越来越强。

不只是占有欲,还有依赖感,和分享欲。

白天邹子铭在咖啡店兼职上班,她就天天去那边喝咖啡。邹子铭很多时候都会多给她送些甜点,她心里美滋滋的,就猛点咖啡。

到了晚上,他给人当家教,她就专门去他做家教的那片遛狗,看看能不能刚巧碰到他。

有两次运气确实是不错,蔡暄刚好借机请他吃路边摊。不仅如此,即便在网络上,她也有事没事地找他。

有时候是单纯聊天,有时候是叫他上线一起和宋枝蒽他们五排。

有祁岸在,邹子铭一般不会拒绝,除非他真的很忙。

渐渐地,蔡暄发觉自己的生活中,到处都是他的影子,而她,好像已经离不开他了。

确定邹子铭好像对自己没那方面的意思,是在一场饭局上。祁岸组的局,本来想推一把她和邹子铭,没想到陈志昂也跟了过来。

对于这个前男友,蔡暄一直都挺理智的,分手后,她没有刻意逃避过他,也没和他藕断丝连,就当一个普通同学嘛。毕竟两人在一起的时间也不长,怎么可能有那么深的感情。

起码她这么认为,但陈志昂和邹子铭似乎并不这么认为。他们两个,一个对蔡暄旧情难忘,一个知道陈志昂对她旧情难忘,所以对她格外有分寸。

以至于这顿饭蔡暄吃得都要吐血了。

不过那会儿她是真的没死心的,毕竟正在兴头上,另一方面,她始终觉得邹子铭不至于真的对自己没感觉。她虽然没有宋枝蒽那么漂亮温柔,

/544/

但从小到大异性缘一直很好，再加上身材和家境都很优越，所以追她的男生一直都很多。

邹子铭对她会是这个态度，可能是出于陈志昂的关系。

两个人住在一个宿舍，抬头不见低头见的，她觉得，以邹子铭的性格，他肯定不愿面对这样的烦扰。所以，蔡暄决定原谅他。

于是当晚，她仍旧快快乐乐地跟着宋枝蒽去酒吧。

还好邹子铭没拒绝。

少了陈志昂，当晚气氛真的挺好，特别是蔡暄启用吃醋疗法后，刚开始还挺无动于衷的邹子铭，居然真的去人群中找她。甚至，他还护着她。

那一刻，台上纵情声色，喧嚣炙热。台下，她却只注意到邹子铭的气息，他身上淡淡的皂角香，还有他微笑时嘴角轻浅的弧度。

那个晚上，蔡暄突然就明白了什么叫春心荡漾，什么叫男友力爆棚，也明白了……什么是真正的心动和喜欢。

或许是那天，邹子铭后来的表现给了她自信，蔡暄第二天醒酒后，没找任何人商量，就做了个极没脑子的举动。

那就是——告白。

以她这么多年恋爱的经验来看，这事应该八九不离十，就算邹子铭不立马答应她，也不会拖太久。

然而事实证明，在拿捏邹子铭这件事上，她失算了。

现实给了她狠狠的一巴掌。在她那句笨拙的"你觉得我怎么样"之后，邹子铭并没有第一时间回答，也不知道在忙什么。

蔡暄就这么干等了一晚上，最后还是撑着自尊心，才托祁岸找到了邹子铭。

祁岸刚好把宋枝蒽送回宿舍，当晚留在了学校。

邹子铭知道蔡暄找自己后，第一时间用祁岸的备用手机给她回了个电话，解释说自己的手机掉水里坏了，送去维修，所以才没看到她的信息。解释完，他才问她找自己有什么事。他的语气还是那样平和温淡，就像在帮班上的一位女生解决学业上的问题。

蔡暄突然就觉得很委屈，即便当初陈志昂的前女友来找她，她也没这么委屈过。

也因为之前太自信，期望太高，所以那一瞬间，蔡暄的自尊心仿佛从跳楼机上自由落体一般地摔了下来。

她毫无预兆地红了眼眶,突然觉得自己很傻,为了一个根本对自己没意思的男生,家里舒服的席梦思大床不睡,回来住宿舍。

但更多的是失落。原来一直以来,真的是她自作多情。

如果当天这通电话,就这么挂断也就算了,蔡暄也就不会冲动。偏偏在她压着情绪说"没事了"的下一秒,邹子铭察觉到不对,问她:"你怎么了?怎么感觉你情绪不对。"

蔡暄捏着手机的手紧了紧。

邹子铭又问了句:"蔡暄?"

很奇妙,明明只是对着电话,她却仿佛能看到邹子铭此刻蹙着眉关切的样貌。

而这一刻的关切,不管出于什么心态,都属于她……要是这种关切,只属于她就好了。

她是真的很喜欢他,很喜欢很喜欢,所以不想错过。

思及此,蔡暄咬了咬牙,抱着最后一丝幻想。

眼底的水雾漫上来,她收起往常铿锵有力又嬉皮笑脸的声音,换成一副只对心上人才有的温软低语:"邹子铭,我好像喜欢上你了,怎么办?"

那天的那场告白,最终以蔡暄挂断电话结束。

原因是,邹子铭在听到她的话后,竟愣怔得一时间不知如何回答。

刚巧陈志昂和赵远回到宿舍,吵吵嚷嚷地问他和祁岸晚上要不要一起出去吃,邹子铭不得不回了两句。就在他跟陈志昂说话的那几秒,蔡暄把电话挂了。

邹子铭回过神时,电话那头就只剩嘟嘟的忙音。

后来,邹子铭从祁岸那儿听说,当晚蔡暄霸占了他老婆,在他老婆被子里哭了一整晚。邹子铭乍一听,只是无奈地勾唇,然后该干吗干吗。

但谁都不知道,被告白的那天晚上,邹子铭并不好过。因为家庭背景和成长环境,邹子铭骨子里远比同龄人要成熟好几倍,在身边人都忙着吃喝玩乐谈恋爱的时候,他想的永远都是学业和兼职赚钱。

他的学费、生活费,以及家里老人和小孩的生活费,都是靠他一个人赚的。他没办法,也没有资格像别人一样活得恣意,所以在他的字典里,就没有谈恋爱这个选项。

毕竟没有女孩愿意和一个没钱支付浪漫的男生谈恋爱，如果只是物质上匮乏也就算了，就连时间和陪伴，他也给不起。

更别说那个女孩子是蔡暄，那个像鲜花和太阳一样烂漫又活力四射的女孩，她应该值得更好的。

就这么想了一晚，邹子铭用超强的自制力，克制住回复她的冲动。因为他知道，有些事情一旦迈出一步，后果就不堪设想。

他不想给她带来任何伤害。所以，他选择沉默。

蔡暄也不傻，她当然明白邹子铭是什么意思，之后再也没找过他。

于是接下来的一段时间里，蔡暄对他告白的这件事，就像转瞬即逝的水痕，很快就消失在他的生活中。

他觉得以蔡暄的性格，这事可能很快就会过去，之后再见面，两人还是会像朋友一样相处。

最起码，以这段时间他对她的了解来说，他觉得会是这样。

毕竟蔡暄性格洒脱，当初对陈志昂都能说放手就放手，更别说对他这个"好像"喜欢上的人。

只是设想归设想，设想之后的一切发展，却完全不遵循轨迹。

当邹子铭在学校不经意碰到蔡暄，蔡暄却对他视若无睹；当他参加祁岸组织的饭局，蔡暄却不再出现，饭桌上也没有了她的欢声笑语；当他偶尔登上游戏，发现蔡暄和他绑定的"基友"账号，已经好多天都是灰色；当他刷到蔡暄的朋友圈，看到她打扮得精致漂亮，在镜头前，和一群男生女生在密室逃脱里的合照，笑容灿烂。

可两人的对话，却始终停留在很久之前的那天。蔡暄再也没有对他嘘寒问暖，再也没有了闲聊。

就在那个和往常一样熬夜刷题的夜晚，邹子铭对着手机里的那张照片，莫名其妙地发着呆。忽然就发现，蔡暄好像在不知不觉间，从他生活中退出了。

而他，却前所未有地，心里空了一块。

意识到这个事实，邹子铭从那之后的生活，好像忽然就变得不对味起来。

发现这点的还是赵远。上了大四，赵远家里对他不像以往那么松散，他不能像以前那样浑浑度日，只能跟着宿舍的人一起准备考研。

祁岸自然是不需要考的，那么剩下的就只有陈志昂和邹子铭。

邹子铭在学业方面一直都是宿舍的主心骨，即便祁岸在宿舍的时候，也是跟着他一块儿准备考试，更别说为考研做准备。于是大四学期的前一个月，赵远都和这两个人黏在一块儿。

邹子铭去兼职的时候，他就和陈志昂去自习室，邹子铭打完工回来，三人晚上就去外面的咖啡厅刷夜。

往常学习最认真的都是邹子铭，可不知从什么时候开始，赵远发现，邹子铭最近对待学习的态度，好像有些心不在焉。甚至有时候，邹子铭忽然就盯着手机，也不知道在看什么。刷题的时候，邹子铭也经常会拿起手机来看。

有一次，赵远凑过去想看看邹子铭手机里有什么，结果邹子铭突然就把手机屏幕熄灭，向来淡定的神色也飘起一丝隐约的慌张，却又故作镇定地看着他，说："有事？"

赵远摇头："没……就看看你弄什么呢这么专注，叫你好半天了。"

邹子铭嘴角缓缓抿直。旁边的陈志昂乐呵呵地吐槽："可能我们阿铭搞对象了，正跟女朋友谈心呢。"

本来只是玩笑的一句话，陈志昂自己都没当真，赵远却欲言又止。赵远只是觉得，这上下铺的两兄弟关系就是好，邹子铭说不定都跟他爱而不得的前女友谈恋爱了，陈志昂这傻子还能这么心胸宽广地乐呵。

佩服，实在是佩服。赵远在心里嘀嘀咕咕。

邹子铭却并不知道赵远刚刚已经注意到他在看蔡暄的朋友圈，他只是有些担心蔡暄的状况。前不久，蔡暄发了条生病的朋友圈，配图是一张打点滴的照片。

如果是以前那个"榆木脑袋"邹子铭，顶多点个赞，或者评论一句类似玩笑的关心话。但自从蔡暄对他告白后，邹子铭就再也回不到当初那个屏蔽一切的状态，像是突然有了记挂的人和事，他没办法真正平静地面对自己眼前的事。

思前想后，就在那天晚上，邹子铭单独找到宋枝蒽。

本来他应该找祁岸的，但那阵子祁岸带队在外地比赛，他只能先跟祁岸打声招呼，再找宋枝蒽。

两人约在学校最大的超市，宋枝蒽在货架上挑选蔡暄喜欢的零食，邹子铭就在她身后,插着裤袋,缓慢地跟着。

说起来,宋枝葱也挺意外。她是真没想过,有一天邹子铭给她打电话,居然是为了关心蔡暄的情况。

本来她都以为,邹子铭和蔡暄没戏的。而且那天晚上蔡暄哭得太惨了,到现在她还记忆犹新,导致她现在对邹子铭多少有些不满。

不过她还是很能理解邹子铭的,于是特意在挑选零食方面,没有拿贵的。结完账后,宋枝葱到底没忍住,问他:"所以你到底怎么想的?"

两人站在人来人往的超市门口,夜风徐徐。邹子铭白衫黑裤,身材高挑挺拔,月色下苍松翠柏般出尘,他却没有一丝傲气,甚至在被质问的时候,目光还有几分愧疚。

话在心口打了几转,邹子铭避重就轻地答:"她现在还好吗……我说的是心情。"

宋枝葱压下一口气,像是在犹豫该怎么说,想替姐妹说场面话,说她很好,说她一点也不在乎。但又想让邹子铭知道蔡暄的真实情况,让他内疚。

想来想去,都没找到一个合适的说法,宋枝葱只能把皮球踢回去:"你还没回答我的问题,我为什么要回答你的。"

说话间,她依旧轻声细语的,眼角眉梢却是不满意的抗拒。两人性格多少有些共同点,邹子铭无奈地笑了。

宋枝葱无语:"你再不说我回去了。"说着,她举了举手中的袋子,"我也不会跟她说实话的,我就说这些东西是我跟祁岸给她买的。"

不想邹子铭豁达地笑了:"本来也没打算让她知道,你不说更好。"

他这人虽然在赚钱方面极其有头脑,但为人还是非常实在的。搞得宋枝葱顿时噎住,突然就不知道该说什么。

邹子铭微微舒了口气:"就当是我的一点补偿吧。"

宋枝葱一颗心往下坠,没想到刚坠到一半,邹子铭又说:"毕竟我现在还没想好。"

宋枝葱意想不到地看着他。邹子铭很真诚地回望着她:"先给我一点时间。"

那天晚上,宋枝葱把那些零食和水果都给了蔡暄,足足两大袋子,都是她喜欢吃的。

本来她人病恹恹的,嗓子也哑得说不出话,可那会儿还是高兴得像个小傻子，说宋枝葱对她可太好了。

宋枝葱欲言又止了好一会儿，终究忍住没解释。

事后，她把这事告诉祁岸，祁岸倒没她那么多情绪，反倒平静地告诉她，邹子铭不是会随便做决定的人，他既然能说出这话，就代表已经对蔡暄动心了。

宋枝葱听到这话，先是惊讶了一番，继而又替蔡暄开心起来。

但蔡暄却跟个小学生似的，开心也只是那一会儿，没多久就重新裹着被子躺在床上半死不活地看电视剧，眼底没有半点神采。

看到她这副样子，宋枝葱有些心疼。祁岸笑着挤对她，说你现在明白我当初搞定你的时候有多费劲了吧。

那确实挺费劲的，就蔡暄和邹子铭他们俩，她这个蜗牛性格都看急了。

不过着急归着急，看在祁岸的面子上，宋枝葱当晚还是把蔡暄的情况转达给了邹子铭。

蔡暄倒也没生多严重的病，就是前两天出去玩得开心了点儿，得了伤寒感冒，又发烧又咳嗽的，好几天都没好。

昨天也是实在难受，蔡暄才去了医务室打点滴。

邹子铭这会儿正坐在桌前准备刷题，结果看到这几条消息，是一点儿往下做题的心思都没了，攥着笔的力道越来越深。

静默几秒，他蹙着眉，难得发了一长串文字给宋枝葱，拜托她这段时间帮忙好好照顾蔡暄。

宋枝葱没吐槽他，简短说了句好。不过回过头，她还是嘱咐他一句：如果没那个意思，就不要乱给希望，她是很洒脱，但也容易受伤。

邹子铭神色木然地盯着那条消息。

半晌后，邹子铭回：好。

结束话题，邹子铭坐在椅子上沉默了好一阵。期间，手机来了个电话，是奶奶打来的，每天晚上她都会打电话给邹子铭，跟他说两个孩子的情况，还有自己的身体状况。家里需要什么，需要多少钱，也会汇报给他，他会按时打过去。

只是今晚，邹子铭面对他们，没有露出太多笑容，没聊几句，就把他们需要的三千块钱转了过去。

电话挂断，又过了好一会儿，他才静下心来，强迫自己把注意力放到书本上。可落笔的瞬间，他还是会分心，一会儿想到蔡暄的笑脸，她扎着吊针的白皙手腕，一会儿又想到家里的老人和小孩。心里的天平也在不知不觉间左右摇摆。

直到身侧的陈志昂喊了句："蔡暄什么时候生病的？"

这一嗓子，在原本安静的宿舍里，画出一道无形的抛物线，顿时把邹子铭的心凭空拎起，又猝不及防地摔在地上。原本计算函数的笔猛地一滑，戳破了草稿纸。

身后的赵远"啊"了一声，捧哏似的搭腔："她生病？生什么病？"顿了下，他又说，"不对啊，你跟她不是互删了吗，怎么还能看到她朋友圈？"

陈志昂皱眉："是互删了，不过是大号，小号还留着。"

话落，赵远哽住："不愧是你，痴情前男友……牛。"说话间，他不经意地朝邹子铭的背影瞥去，却发现往常两耳不闻窗外事的学霸，这会儿居然侧过身在看陈志昂。

那双清澈明亮的眼睛里，完全没有往日里的淡然，像是极为在意什么，又努力克制地一瞥。

陈志昂浑然不知，垂着眼认真地刷着手机："不行，我得问问她怎么回事？"

赵远此刻的目光再度挪到邹子铭身上。

很好，邹子铭同学手上的笔也快被折断了。

赵远咽了咽口水，下意识地来了句："我觉得你还是别问了，万一人家有对象……"

此话一出，他左右两边的两个人几乎同一时间僵直了脊背，扭头错愕地看着他。

陈志昂跟被人打了一巴掌似的，不敢置信地看着他："她有对象？谁说的？什么时候？跟谁？真的假的？"

赵远还没来得及说话，就被邹子铭一道幽深又不解的目光锁住了喉。

在两人的注视下，赵远忽然福至心灵，涨红着一张脸，保命道："我不知道，我瞎猜的。"

说完，赵远立马转过身，打开他的台式电脑，迅速沉浸到游戏中。

他是脱身了，陈志昂却完了，说不清哪里觉得不对。

思来想去，陈志昂把目光落在邹子铭身上，刚巧，邹子铭也在盯着他看。

陈志昂的五官拧巴在一起，求救似的问："子铭，你跟蔡暄走得近，你知道内情吗？"

邹子铭没说话，陈志昂拖着椅子凑到他跟前，又问了一遍。

一句话就像吸了水的棉花团一样堵在喉咙里，邹子铭屏息凝神了好一阵才开口："我也不清楚，我最近没碰见她。"

陈志昂叹了口气，悻悻地回到桌前，像是被雨淋过的狗一样趴在桌上，也没心思做题了。

宿舍内一时间安静下来。

邹子铭把目光落回书本上，就这么僵持了几秒，到底没忍住，重新拿起手机。在与蔡暄死寂好多天的聊天框里，他绷着唇线，一字一句地打了两行话。

邹子铭：听说你感冒了。

邹子铭：好点没？

蔡暄是在第二天醒来后，才看到邹子铭的信息。

昨晚实在难受，她看完一集电视剧就早早睡了，想着第二天早点起来好去打针。结果第二天一睁眼，她就看到手机上挂了一堆信息，其中有两条是邹子铭发来的。

邹子铭？

蔡暄不可置信地揉了揉眼，从床上没什么力气地爬起来，一根手指不受控制地点进那两条信息，然后就看到聊天界面里，邹子铭对她的关心和问候。

说实话，这语气还挺客气的。只不过这客气里还带着点儿难以言说的暧昧。

感觉就像……就像分了手的前男友试探着想破镜重圆。

脑中蹦出这个想法，蔡暄被自己吓了一跳，并在宋枝蒽叫她的时候，毫不客气地给了自己一耳光，试图打醒自己。

这一幕刚巧被宋枝蒽看到，宋枝蒽迟疑地说："……你烧糊涂了？"

蔡暄摇头又摇头，举着手机，像一夜间中了八百万彩票似的对她说："邹子铭给我发信息了。他问我身体怎么样。"

后面那句极具恋爱脑的"他是不是后悔了"，蔡暄到底没好意思问出口，因为她从宋枝葱脸上看到了深深的无语。但她不知道，宋枝葱这无语显然不是对她，而是对邹子铭。

在等蔡暄洗漱的工夫，宋枝葱把这件事告诉了祁岸。

祁岸倒是云淡风轻，毕竟他眼里只有他女朋友的事，其他人爱怎样怎样，他才懒得管。

宋枝葱当然看得出他态度敷衍，于是情话只听一半，中间没忍住又叮嘱他几句，让他好好问问邹子铭怎么想的。蔡暄那边跟打了鸡血似的，可经不起二次折腾。

而且，她也是通过这次才发现，原来蔡暄恋爱脑发作起来，远比自己要邪乎。

听着她碎碎念，祁岸漫不经心地道："行，我回头说他两句，让他注意点儿。"

宋枝葱这才闭上嘴。祁岸敛起刚刚不太正经的语气，轻笑一声："不过也没什么可意外的，你就敢保证你和我在一起之前，心里没犹豫纠结？"

几句话直指要害，甚至还有那么点儿委屈。

宋枝葱引火上身，被堵得说不出话，最后也只能由他们去。半个小时后，她陪着蔡暄去医务室继续打点滴。

蔡暄知道她忙着复习，就没让她陪着，反正医务室里有老师，点滴打完了就睡一觉。

宋枝葱帮她把水果洗好放在桌前，思虑再三道："那我走了啊，你一个人别瞎折腾，有事给我打电话。"

蔡暄捣蒜似的点头，心情和精神看起来都比前两天好太多。

宋枝葱估摸着是邹子铭的"功劳"，在走之前到底没忍住说了两句，大意是，别对方一勾手，她就傻乎乎地冲上去。

然而话还没说完，蔡暄就打断她："放心吧，我都明白。"她冲宋枝葱调皮傲娇地眨眼，"我是别人仨瓜俩枣就能搞定的人吗？"

宋枝葱没再嘱咐，挥了挥手就离开了。

她一走，蔡暄的手机又响起来。

这次她生病，确实是"惊动"了不少人，除了对她极其宠爱的父母，还有身边的追求者，以及陈志昂。蔡暄确实没想到陈志昂还会惦记自己，多少有些意外。

但再多意外，都顶不住邹子铭的一条信息。早上，她装模作样地回复了邹子铭后，邹子铭知道她去打点滴后，很快又回了她。

邹子铭：没事就行。

毫无感情的四个字，直接把蔡暄气笑了。这是什么鬼回复？她怎么接？

蔡暄翻了个白眼，决定不搭理他了，谁知道他是不是一时兴起过来关心两句，她才不要当回事。

就这么鼓着腮帮子躺下，刚巧陈志昂又发来信息问她怎么样。

之前蔡暄就没搭理他，但好歹两人曾经在一起过，大家平时又抬头不见低头见的，就这么冷着，多少有些面子上过不去。

于是，蔡暄就顺便回了他一句：在医务室打点滴，不方便，先不说了。

发完，她把手机一放，打算睡一会儿。却不想就因为她这随手的举动，当天在医务室引发了第二次修罗场。

只是这次与在餐厅那次的情况完全不同，上次尴尬的人是她，而这次……似乎是邹子铭和陈志昂。

蔡暄也是真没想过，半个小时前还冷淡回复的邹子铭，在半个小时后，居然拎着午餐来了医务室。

就在校医老师给她重新换上一瓶药，准备出去吃饭的时候，他来了。

初秋爽朗的天气，邹子铭穿着简单的衬衫长裤，干净又清爽，模样俊秀得让人挑不出毛病——最起码在当时的蔡暄眼里，是这样的。她看得愣住了。

得知邹子铭是来找蔡暄的，校医也意外了一下，但很快就安心地说："那正好，你帮我看着她点儿，这药有点刺激胃，我吃完饭就回来。"

邹子铭礼貌地笑着，送走校医后，终于转过身看向蔡暄。

距离上次两人面对面，已经过了两周，久得蔡暄都快忘了邹子铭具体长什么样儿了。她也是听别人说的，说越是喜欢一个人，就越容易记不起对方的长相。

从前她不信，但现在，她觉得还是有几分道理的。

蔡暄克制不住地多看了邹子铭几眼，整个人不似往常那么张扬自信，稍微有些怯地问："你怎么过来了……"

说话间，她不自觉地揪着床单，心脏怦怦跳得像只打了鸡血的兔子。

邹子铭倒是比她好些。他目光直视着她，看起来挺平常的："刚好兼职午休,离这边挺近,我就过来看看你。"

蔡暄眨了眨眼,没说话。邹子铭拎着刚买好的热粥小菜,放到她床边的小桌上。在他整理期间,蔡暄没忍住,偷偷瞄了两眼,修长白皙的手,又干净又好看,腕骨也是清晰有力的,有种清寂的性感。

她就这么直勾勾地盯了好几眼,邹子铭回过头问她:"自己能吃吗?"

蔡暄吓得当即收回眼神目视前方:"我现在还不饿。"

邹子铭蹙了蹙眉。

他又看了眼墙上的钟表,这才发现才十一点,她不饿也正常。但就这么走了,他又有些不放心,一方面是担心她一个人在这儿,另一方面是觉得,好不容易见她一面,就这么走了,多少有些不甘。

思前想后,邹子铭又把午餐收起来:"那现在先不吃。"

蔡暄瞄着他,邹子铭也看向她。

蔡暄立马把目光收回来,再度目视前方。

邹子铭欲言又止,最终在她床边的沙发上坐了下来,不止坐下来,还从书包里拿出一本书,交叠着长腿,看了起来。

蔡暄脑子一热,眼睛瞪着他:"你干吗,跑我这儿复习来了?"

邹子铭停顿两秒,才慢悠悠地把目光从书本里拔出来:"你不是说现在不饿,我在等你饿。"

他这人天生眉目含笑,单是普普通通地跟人说着话,也能给人如沐春风之感。对于蔡暄来说,这种感觉就像被电击了一样,她不禁慌乱起来:"等我饿是什么鬼……"

邹子铭冲午餐微微抬眉:"保温饭盒是我的。"

蔡暄瞬间就悟了,她觉得好笑,不自觉嗤笑一声:"照你这么说,我今天要不吃,你今天就一直在这儿不走了?"

邹子铭直白又真诚地看着她:"也要看下午店里忙不忙。"

还真是有理有据又理直气壮,如果不是现在手背上插着针头,蔡暄真恨不得把药瓶砸他头上。

她不清楚邹子铭这死皮赖脸的一套,是不是跟祁岸学的,但有一点她很清楚,她可不是宋枝葱。她绝对不吃绕弯子搞暧昧那一套!

思及此,蔡暄深吸一口气,打算咬牙把话挑明说开,反正最坏的结果她也已经历过,她可没什么好怕的。

然而她做梦都没想到，就在她刚要开口的前一秒，陈志昂到了。

陈志昂刚进门，就看到坐在床上挂着点滴瓶的蔡暄，和从容坐在旁边沙发上拿着书的邹子铭。

别说，这两人凑在一块儿看起来还挺登对。

陈志昂也是第一次被这个画面冲击到。他稍稍愣了一秒神，进门下意识地就对邹子铭说："邹子铭，你怎么在这儿？"

就这一句，把蔡暄蓄势待发的一句话噎了回去，她不可思议地看着拎着一堆东西进来的陈志昂，一阵泰山压顶的压力瞬间扣在肩膀上。

邹子铭倒是比蔡暄淡定得多，不过他也没想到陈志昂会过来。

手里的书本下意识合上，就在他要开口的前一秒，陈志昂若有所悟地接下话茬："哦，是宋枝蕙让你过来看着的吧。"

成年人的世界里，没回答就是没否认，陈志昂乐呵呵地走到蔡暄面前，把一堆东西放到她床边，都是些她爱吃的零食和水果，还有一些常备的感冒药。

陈志昂每在她面前秀一样，邹子铭捏着书本的手就更紧一分。

蔡暄一开始还装模作样地和陈志昂说话，可说着说着，目光就不由自主地看向邹子铭，特别是看他神色明显不太爽的时候——不爽地看完陈志昂，又不爽地看向她。

那双狭长清澈的眼睛湿漉漉的，盯得蔡暄身心酥软，一时间还真有点儿不敢看陈志昂。

也是巧，陈志昂过来没多久，校医就吃完饭回来了，眼看病号床前居然围着两个男生，还挺乐呵："行啊，小姑娘魅力挺大。"

蔡暄嘴角尴尬一抖。

陈志昂倒是没太反应过来地怔了怔。

随后，校医就过来给蔡暄换第三瓶药，就是这会儿，邹子铭把书本收起来，又叫了陈志昂一声。

陈志昂回头看邹子铭："怎么？"

邹子铭朝窗外扬了扬瘦削的下巴，尖锐的喉结在阳光下轻轻滚动："出去吃午饭。"

邹子铭说这话的时候，蔡暄就透过缝隙偷偷看着他。似乎是察觉到她的目光，邹子铭在陈志昂说"好啊"的时候，刚好透过那个缝隙，回望了她一眼。

那一眼，深邃绵长，又隐隐含着只有她能读懂的淡淡笑意。

蔡暄被看得脊背一麻，火速移开目光，仰着头装作看天花板的模样。

陈志昂全程不知道发生了什么。在走之前，他恋恋不舍地让蔡暄照顾好自己，还说她要是哪里不舒服了，可以随时给自己打电话。

蔡暄心不在焉地听着，眼睛却不受控制地飘到他身后的邹子铭身上。

邹子铭就这么眼睛一眨不眨地盯着她，突然就横插了句："感冒了，零食要少吃，多吃些清淡的。"

他的嗓音清越动听，低声说话的时候，带着一点不明显的命令语气，格外好听。

蔡暄不能自已地心悸，傻乎乎地点头说了声"好"。

直到这会儿，陈志昂才终于觉得有些奇怪，他看了眼邹子铭，又看了眼蔡暄。邹子铭却碰了下他的胳膊："走了，再不走食堂没地方了。"

丢下这话，清瘦高挑的身影转身就走，陈志昂在原地踟蹰两秒，到底什么都没说，转身跟了上去。

两人走后，不算大的医务室安静下来。蔡暄嘴角浮现出笑意，随即转头，看了看桌上的清粥小菜。

那天中午，是她感冒的那几天中，胃口最好的一天。

邹子铭和蔡暄在微信上当天就恢复了聊天，邹子铭还专门腾出时间陪她打了两把游戏。虽然两人话不多，但那种奇妙的暧昧氛围，却越来越明显。

但蔡暄也不是那么好敷衍的，在邹子铭不把话说清楚的情况下，她什么都不会当真。反正她又不是没男生追，除了别的系的一个男生，还有死缠烂打的陈志昂。

当然，蔡暄几乎不搭理陈志昂，他给自己送来的那堆零食，她也计算好价格发红包还给了他。除此之外，信息一律不看不回。

陈志昂多少有些受不了，最后问了蔡暄一句：咱俩是不是彻底没戏了？

蔡暄回得也干脆：陈志昂，你很好，别在我身上浪费时间了。

这话说完，陈志昂再也没来找过她。

蔡暄乐得清静，当天快快乐乐地打游戏时，邹子铭又上线了。他不仅上线，还主动跟她组队。之前他可都不愿意花时间陪她玩。

蔡暄得意地勾了勾嘴角，刚进他的房间，就看到邹子铭说：给你发信息你没回。

蔡暄：我打游戏都开免打扰，怎么了？

邹子铭：没怎么。陈志昂失恋了，闹得很厉害。

蔡暄微微撇嘴：难不成我要吊着他，和他搞暧昧？那也太无聊太不是人了。

她话说得看似无情，其实是在点邹子铭。

也不知道邹子铭看没看懂，他没说什么，点击进了游戏。

两局都是排位赛，邹子铭玩打野，带着辅助蔡暄在峡谷里乱杀一番。蔡暄玩得相当开心，本以为还能再打一局的时候，邹子铭突然没动静了。

蔡暄只能退出游戏给他发微信，可是问完了，也没收到回信，奇奇怪怪的，莫名失落的心情再度涌了上来。蔡暄不得不敏感地认为，邹子铭又开始逃避了。

她这个人，一有什么情绪就挂在脸上，连晚饭也没心思吃，就这么六神无主地靠在转椅里发呆。

刚巧宋枝蕙回来，看她闷闷不乐的，问了问她怎么回事。蔡暄好不容易找到倾诉对象，就把来龙去脉都告诉了宋枝蕙，还评价了一番邹子铭这两天的表现："我也不知道他怎么想的，我感觉他是喜欢我的，但他的行为又让我七上八下，好烦。"

"你说他不会真的吊着我吧？一面不想让我和别人在一起，一面又不给我名分。"

"要真是这样的话，老娘才不惯着他。"

蔡暄义愤填膺地说着，一面让宋枝蕙给建议。

宋枝蕙很中肯地道："祁岸说他不是那种人。"

蔡暄将信将疑："可他现在做的事情，就像那种人啊。"说着她瞥了眼桌上的手机，"我最讨厌说着说着人没影这种事了。"她又看了眼聊天对话框，邹子铭依旧没回。

宋枝蕙也不知道怎么评价，想了想也只能说实话："其实前几天，那些零食和水果，是他让我给你的。"

蔡暄神色一滞，不可思议地坐直身子："你说什么？"

宋枝蕙叹了口气，到底没忍住，把那天两人的对话都告诉了蔡暄。

蔡暄没想到事情会是这样，有些激动，又有些不解："可他有什么好犹豫的……我不过是想和他谈个恋爱,又不是结婚。"

宋枝蕙无奈地看着她:"在你眼里,是谈个恋爱,可对他来说,谈恋爱就是个负担。"

蔡暄霎时怔住,像是一瞬间悟到了什么。

是的,恋爱对别人来说,是一件轻松愉快的事。可对邹子铭来说,那等同于压在他身上的另一个负担,他没有那个资本像别人一样恣意选择,所以他需要考虑清楚。考虑自己对她的喜欢程度,到底值不值得他扛住那些压力。

这么一想,蔡暄忽然觉得自己好像有点儿自私……她对待感情可以拿得起放得下,邹子铭走的每一步却都是深思熟虑的。

"反正你也别着急。"宋枝蕙劝导她,"你们要是真的喜欢彼此,一定会在一起的。"

就像她和祁岸,就算错过那么多时间,最后也依旧得到圆满。

想到这些,蔡暄心情又复杂起来。不过好在,胃口回来了,她打算和宋枝蕙、祁岸一起去夜市吃点东西。想着回来的时候,再问问邹子铭去哪儿了。

不想两人刚准备出门,祁岸那边就给宋枝蕙打了个电话,说今晚夜市先不去了,陈志昂和邹子铭吵架了。

听到这话,宋枝蕙神色一凛,扭头一看蔡暄。

蔡暄瞪大了眼:"谁跟谁吵架了???"

祁岸没说错,当晚确实是陈志昂和邹子铭闹了矛盾。

先动手的人是陈志昂,他晚上非常不开心,喝了酒后耍酒疯,揪着"好兄弟"邹子铭胡言乱语,说他不要脸抢自己喜欢的人。

当然,这话是在路上,蔡暄听赵远说的。真实情况是怎样,她也不知道,只能和宋枝蕙一起去医务室问清楚。

好在到了医务室才发现,这事倒是没有想象中那么严重。医务室里除了校医,就只有他们宿舍四个人,以及他们专业的辅导员。

辅导员似乎很生气,把陈志昂叫到里面的一间屋子单独谈。具体说了什么,蔡暄听不清,也懒得听清,她所有的心思都放在邹子铭身上。

还好邹子铭伤得不严重,除左边脸上有一点擦伤,还有手肘处有瘀青外没有太大问题。甚至看到她的时候,他还若无其事地笑了下:"真没什么事,不至于。"

蔡暄的表情看起来都要哭了。

这会儿其他人也都去了外面,把空间留给了他们俩。

邹子铭见她表情委屈着不说话,手臂抬起来,在空中顿了好几秒,跟着嘴角一弯,在她发顶揉了揉,宽厚有力,温柔得让人心动。

蔡暄眼眶一下就湿了:"还说不严重,都流血了。"说不清哪里来的勇气,她抬起手,碰了碰邹子铭嘴角的地方。

邹子铭也没躲,在白炽灯下就这么低眸柔和地看着她:"你就不问问,我和他为什么打架?"

蔡暄哭丧着脸:"路上赵远都告诉我们了。"

邹子铭淡淡地笑着。

蔡暄又问:"所以你那会儿突然消失,就是被他拉去打架了?"

邹子铭似是而非地点头:"他喝多了,心情不好,拉我们陪他打游戏,我说我玩不了,在陪别人,他看到你的头像,就过来抢手机。"

陈志昂一眼就认出蔡暄的头像,再加上前两天在医务室的那一幕,他终于后知后觉地反应过来。

其实这事本不该闹这么大的,但陈志昂喝了酒,赵远本想拉架,可说的话不经思考,导致陈志昂以为邹子铭早就和蔡暄私下在一起了,所以尤为生气。

蔡暄越听越无语:"他怎么这样啊,我去找他——"

她刚转身要走,邹子铭就拉住她的手:"架都打完了,找他有什么用。"

蔡暄停下来看他,语气放软:"可你也不能白挨打啊。"

邹子铭笑:"你就不问问,我说了什么?"

他这个笑,看起来有点愉悦。蔡暄愣了愣,傻乎乎地问:"你说了什么?"

像是终于被问到关键,邹子铭目光深沉起来,眼睛一眨不眨地看着她,说:"他问我什么时候和你在一起的,我说没在一起。

"他听到这话,松开了我。

"但我又说,我喜欢蔡暄,我要追她。"

话音落下,蔡暄脑中像被人用橡皮擦擦过一般空白着。隔了两三秒,她才讷讷地问道:"你说什么?再说一遍?"

邹子铭笑，笑得温淡，又让人心旌摇曳："我说，我喜欢蔡暄。"

一字一句，昭然若揭。蔡暄看着他，心脏像是停摆了一瞬，继而大片空气涌入肺部，双颊也火烧火燎，她仿佛能听到自己的心跳声。

邹子铭看着淡定，但内心也一样不平静，他定定地望着她，像确认一般："就是不知道，蔡暄喜不喜欢我，愿不愿意和我在一起。"

明明是很简单的几句话，却花费了好多时间酝酿。可他不知道，蔡暄期待这句话，已经期待好久好久了。

哭太矫情，所以蔡暄忍着眼泪不哭，同样用目光锁着他："她当然愿意的……"

邹子铭轻声打断她："可是他可能没有太多时间陪着她，可能暂时也无法给她什么物质上的弥补，即便这样——"

"我缺物质吗？我缺陪伴吗？"像是憋了好久，终于有机会把内心的话说出来，蔡暄格外不服气，"为什么你要想那么多有的没的，我只是喜欢你啊。

"物质我自己有，你陪不了我，我就去陪你。

"你只是现在没有，又不代表一辈子都不会有。邹子铭，请你对你自己有点信心，也对我有点信心！"

毕竟，我喜欢你，就只是，想和你在一起，爱你，被你爱，而已。

说着，蔡暄眼眶红了，还想继续往下说些什么，不想下一秒，邹子铭直接把她拉入怀中搂住。

邹子铭微微低下头，克制着紊乱的呼吸和心跳，说："那说好了，在一起，绝不轻易分开。

"我会尽全力对你好。希望你也认真一点，对待我的初恋。"

格外赤诚的话，把蔡暄逗得破涕为笑，眼泪也糊在邹子铭干净的白衬衫上。

蔡暄愤愤地打了他一下："我又不渣，你干吗跟我说这些？"

话说完，邹子铭笑了。

蔡暄仰头看着他，很诚实地说了句："邹子铭，你笑起来好好看。"

邹子铭嗓音低磁地应了声："然后呢？"

蔡暄余光瞥了眼，确定屋内只剩他们俩后，很小声很小声地说："这么好看的人，应该亲自己的女朋友——嗯。"

后面的字被堵在喉咙中，因为她夺走了邹子铭的初吻。

虽然这个初吻，是邹子铭自己送上门的。

后来很多年过去，蔡暄依旧能想起年轻的时候，她和邹子铭在医务室的那一幕。两个刚确定关系的小情侣亲得热火朝天，直到听到被辅导员扶着出来的陈志昂痛苦地号叫了一声。

当然，两个人那晚对彼此的承诺，也都说到做到。

邹子铭努力赚到了很多钱，也不再亏欠对她的陪伴。

邹子铭不到三十岁，就成了上市公司的副总，两人在宋枝葱和祁岸办婚礼后的两年领了证。

他们生了一个很可爱的男孩，与祁岸和宋枝葱的龙凤胎一起长大，成了最好的玩伴。

三个孩子最常争论的话题就是，谁的爸爸妈妈更恩爱。

但显然，这个话题无解。

因为他们都很相爱。

独家番外

那年北川市的九月秋阳杲杲。

就在研究生开学的前几天,宋枝葱和刚从 B 市卸任回来的祁岸,决定去民政局领证。

本来按照祁岸的计划,是在宋枝葱考研成绩公布后直接去领的。但那段时间祁仲卿身体状况实在太差,再加上公司遭逢派系间争斗,祁岸应接不暇,宋枝葱不想给他添乱,就和他协商往后延了几个月。

不过领证虽然延期,订婚宴却如期举行。

第一场办在澜园。好好的订婚局,硬是让宋兰时操持成一个规模隆重的宴会。

不仅和澜园交好的富商都来了,她还贴心地给两人学校那边关系好的同学也都发了请帖。

排场大到直接载入北川大论坛"史册"。有人在帖子里上传了当晚他们用手机拍到的宋枝葱和祁岸的合照。

照片里,宋枝葱一袭收腰白裙,身形姣好,体态轻盈,脖颈间戴着一串很惹眼的蝴蝶状的珠宝项链,有股浓浓的白月光的气质。

祁岸也难得穿上黑色西装,肩宽腿长的比例,简直比当晚请来的外籍男模还要光彩夺目。

难得的是,两人没有为了某些长辈富商曲意逢迎,而是站在廊桥那边,轻轻靠在一起说说话,喝喝酒。

最后一张抓拍，是祁岸凑到宋枝葱耳边说了什么，宋枝葱动情而羞涩地笑了。

那张照片后来被宋枝葱保存在手机里，发在了朋友圈。祁岸又从她那里保存下来，洗出照片，一直放在公司办公室的桌上。

订婚宴在澜园办完后，祁岸带着宋枝葱回B市又待了几个月，在公司那边又宴请了一次。其中有祁家的亲朋好友，还有公司那边的高层股东。

宋枝葱一连经历好几拨社交洗礼，以至于后来的好长一段时间，宋枝葱都拒绝陪祁岸参加私下狐朋狗友的聚会。

但不参加归不参加，祁岸的行程她还是了如指掌，都是祁岸主动报备。其中有两次，这家伙还刻意装醉，就为了宋枝葱能过去接他。

宋枝葱实在不理解这家伙的心理，一上车就颇为无语地觑他，像要在他脸上觑出一个答案。

大约没把司机当外人，祁岸牵着她的手紧了紧，眼神带着几分醉意撩人："幼儿园的小朋友不也都喜欢家长接？"

宋枝葱差点被他气笑："还小朋友呢，就没见过你这么厚脸皮的。"

一时没忍住，她抬手惩罚似的捏了捏祁岸的耳朵。这才发现，这家伙的耳朵软得简直不像他的破烂脾气。

似乎看出她眼底的诧异，祁岸似笑非笑地垂着泛红的眼尾，在宋枝葱耳畔轻声说："他们说耳朵软的男的怕老婆。"他往前一凑，轻轻啄了下宋枝葱的耳垂，"你什么时候给个名分，我让你体验体验？"

心头像被羽毛轻扫，密密麻麻的痒意爬上来，宋枝葱不经意就红了脸。

再后来，小祁总耳朵软怕老婆这件事在公司不胫而走。直到他卸任，都在被人口口相传。

在B市陪了他一段时间后，宋枝葱回了北川。家里老人需要照顾，她放心不下，只能和祁岸再来一段异地恋。

等熬到九月，祁岸终于把公司还给祁仲卿，回北川的第一件事，就是带宋枝葱去领证。

大清早的，宋兰时亲自过来给宋枝葱化妆，还拿着专业单反，给两人当专业跟拍摄影师。

宋枝葱被这架势搞得哭笑不得，说有必要这么隆重吗。宋兰时还没说什么，祁岸倒不乐意了。

看着镜子里漂漂亮亮的"准新娘",祁岸煞有介事地捏了捏她的脸:"这叫仪式感,懂吗?而且咱俩这辈子就领这一次证,不该好好纪念纪念吗?"

宋枝蕙想到祁岸之前的那场求婚仪式,忽然就原谅了他。

就这样,当天两人从出门到民政局,一路照着宋兰时的要求摆拍。

原本宋枝蕙以为祁岸会不大适应,结果没想到,这家伙远比她想象中的得心应手,甚至乐在其中。

宋兰时相机里几乎没有废片,不仅如此,就连红本本上的证件照,祁岸都格外在状态。

白衣红底的金童玉女,看着就喜气养眼。

后面排队的情侣知道两人年纪也不过是大学刚毕业,都惊呆了,还开玩笑说你们两个怎么这么想不开,年纪轻轻就结婚。

宋枝蕙闻言瞥了眼祁岸。祁岸低眸默契地和她对视一眼,憋着股坏劲儿笑道:"问你呢,怎么这么想不开?"

宋枝蕙面无表情地看他一眼:"哦,现在想开了。"

祁岸挑眉说:"那也没用,晚了。"

那对情侣被两人明撑暗撒糖的对话逗得咯咯直笑,回头又说了句恭喜的话,才和两人挥手告别。

宋兰时有事,拍完照片就走了。宋枝蕙和祁岸手牵手留下来等,特别是祁岸,白衬衫黑西裤,像个正儿八经的好学生。

也不知到底等了多久,两人终于拿到热乎乎的红本本。

这东西可比奖状证书新奇多了,宋枝蕙没忍住多看了会儿。

祁岸见她上了车还在左看右看,用手指逗弄似的挑了挑她的下巴,满眼的宠溺:"还没看够呢?"

宋枝蕙眨着亮晶晶的眼,诚实道:"就是感觉很神奇。"

祁岸忍俊不禁地看着她:"神奇什么?"

宋枝蕙想了想,说:"从现在开始,我跟你是一家人了。"

不只是一家人,她还是祁岸生命中最重要的,也是最爱的那个人。

情愫落在无声的眸光里,祁岸噙着笑意,拖腔拉调道:"所以,你现在是不是应该有点儿觉悟?"

宋枝蕙怔怔地望着他:"什么觉悟……"

"改个称呼，"祁岸挑挑眉，"从今天开始，我叫你老婆，你叫我老公。"

在宋枝蒽的认知里，这两个词真的绝顶肉麻。可不知道为什么，从他嘴里说出来，她就只感觉到心跳加速，甚至，大脑已经不知不觉开始分泌多巴胺。

就这么大眼瞪小眼地互看了几秒，宋枝蒽嘴巴像涂过胶水似的："……不要。"

祁岸并不意外地眯了眯眼，忽然俯身过来。

宋枝蒽以为这家伙不爽又要给她点"颜色"看看，干脆凑上去主动亲他一下。

祁岸意外一顿，扬起眉梢看她。

宋枝蒽抿了抿唇说："你等我适应一段时间。"话说完，她煞有介事地牵住他的手，软乎乎地捏了捏。

祁岸喉头轻滚，笑了。宋枝蒽不明所以。

祁岸歪了歪头，眼含嗔意地看着她："我说祖宗，你就不能让我给你好好系个安全带？"

宋枝蒽眉心一蹙，这才明白自己刚刚表错了情，会错了意。

不过没关系，祁岸还是挺受用的。他给她系完安全带，抬手帮她掖了掖耳边的碎发，也学着她刚刚的样子，在她脸上温柔地亲了亲："行，我等你适应。"

反正，他们未来有的是时间。

不同的是，这一次，祁岸再也不用担心——当天两人回到家，他就把刚领完还热乎的结婚证从她手里拿过来，放进家里的保险柜，密码从头到尾都没告诉过宋枝蒽。

研究生毕业后的那几年，宋枝蒽凭借优秀的履历和才能，在一家上市的日企做翻译部部长。

本来毕业那年，她导师给的人生规划是出国留学读博，或者留校任教。

这两点确实都很有诱惑力，祁岸也考虑过这两件事的可行性。但计划永远没有变化快，就在两人想要为此做个正式决定时，宋枝蒽怀孕了。

为此宋枝蒽那年必须在家好好休养，祁岸也为此把金煌俱乐部甩手给了罗贝贝。

知道她一下怀了两个,家里的奶奶和姑姑都过来陪她。

那段时间,宋枝葸可算是体会到什么叫国宝级待遇。

不过受宠归受宠,私下里祁岸很清楚宋枝葸害怕,所以他极尽可能地给宋枝葸无微不至的体贴跟呵护。他每天早晚都要亲一亲她,还专门为她学做饭,但因为做得实在是太难吃了,只能请专业的阿姨。

被他这么无微不至地照料着,当年八月底,两个孩子平安降生。

祁岸拿着早就准备好的一大捧郁金香,从她进去,一直焦灼地等到她出来,直到母子平安,才彻底松了口气。

宋枝葸生的是龙凤胎,两个孩子健康得不得了,并且完美地遗传了两人的优点。这可把两家的长辈高兴坏了,除了外婆。

到底是心疼自己的孙女,外婆想进去看,结果被舅妈拦住,说祁岸早就进去了,小两口现在腻歪着呢。

外婆笑说:"那我真是多余担心了。"

也还好她没进去,不然祁岸还真不好意思当着他们的面,和宋枝葸说"情话"。

祁岸吻了吻她的手,哄着她似的轻笑:"生孩子太辛苦了,不然下辈子我当女的,你当男的,我给你生。"

宋枝葸虽然面色苍白,精神却很好,她弯起唇:"这位父亲,我看你还是先想想我们的孩子叫什么吧。"

名字这事,祁岸早就想过。

他想的是,一个跟祁岸姓祁,另一个跟宋枝葸姓宋。

至于两人的大名儿。

祁岸取得比较敷衍,说女孩儿叫祁慕宋,男孩叫宋爱祁。结果被宋枝葸翻了个白眼吐槽说也太老土了。

而这段时间,祁岸整天只知道围着宋枝葸转,哪还有时间关心自己孩子叫什么。

祁岸笑:"你说叫什么,我都听你的。"

宋枝葸心里早就有了打算:"我想男孩叫祁相濡,女孩叫宋以沫。"

她眼神清澈得一如初见:"好听吗?"

祁岸眸光深邃又缱绻地看着她,仿佛能将她融化:"好听。"他俯身,吻了吻宋枝葸的唇,"这是我听过最好听的名字。"

宋枝蒽眼底浮起堪比情窦初开时更浓厚的蜜意,抬手搭在他的肩膀上,说:"那小名呢?"

"朝朝暮暮。"祁岸一瞬不瞬地望着她漂亮的眼睛,嗓音深挚,"我不仅要和你一辈子相濡以沫,还要朝朝暮暮,岁岁年年。"

—全文完—